©HeRaS Verlag, Rainer Schulz, Göttingen 2016
www.herasverlag.de
Layout Buchdeckel Rainer Schulz
Unter Verwendung eines Fotos von Netspy
ISBN 978-3-95914-037-9

Andreas H.P. Prümen

DAS FALSCHE GRAB DES DELPHINS

Kriminalroman
nach drei wahren Begebenheiten
und weiteren wahren Erfindungen.

Inhalt

Kapitel 1: Kattscheffs Rache
D. Kattscheff stirbt auf dem Familiengrab

Seit Jahren hatte sie morgens keinen Wecker mehr gehört. Wozu auch. Wecker sind dazu da, beim Einhalten von Terminen behilflich zu sein, und Termine hatte sie seit ewigen Zeiten keine mehr. Sie hatte keine Termine mehr, die so früh lagen, dass sie nicht auch freiwillig wach werden konnte. So lebt man länger, dachte sie.

Selbst Arzttermine ließ sie sich so spät geben, dass sie ohne Weiteres ohne einen Wecker auskam und trotzdem pünktlich in der jeweiligen Praxis erschien. Auch ihre freiwilligen Hilfsdienste in der Gemeinde, sie betreute alte Leute und Greise im evangelischen Seniorenheim Wattwigs, lagen nie vor dem Nachmittag oder vor dem frühen Abend des Tages. So schaffte sie es immer rechtzeitig und einigermaßen pünktlich ins Altenheim zu kommen um dort den alten Menschen etwas Abwechslung zu verschaffen. Und wenn es nur darum ging, diese oft an den Rollstuhl gefesselten Menschen, an die frische Luft zu fahren. Der Stadtpark mit Freilichtbühne lag nur wenige hundert Meter vom Altenheim entfernt und es war so für sie und auch die anderen Gemeindemitglieder, die sich dieser freiwilligen Hilfsgruppe der guten Taten angeschlossen hatten, kein großes Problem etwas Gutes zu tun. Außerdem kam man so unter Leute.

Eigentlich hatte sie immer ein entspanntes Leben gehabt. Sie war als manchmal verwöhntes Einzelkind ihrer finanziell recht gut abgesicherten Eltern behütet aufgewachsen.

Ihr Vater, ein Textilkaufmann, der seinen Laden schon von seinem Vater geerbt hatte, war immer mit der Zeit gegangen und hatte sein Textil- und Teppichsortiment stets den Kundenwünschen angepasst.

So waren im Laufe der Jahre drei ausgezeichnet und gut florierende Textil-und Teppichfachgeschäfte entstanden. Selbst wenn es anderen Händlern in der Branche nicht so gut ging und viel gestöhnt wurde, er hatte immer ausreichend zu tun und konnte seine Familie komfortabel ernähren.

9

Die Mutter, eine ehemalige Krankenschwester, die ihren Beruf aufgegeben hatte, als ihr einziges Kind kurz nach der Heirat der Eltern zur Welt kam, kümmerte sich rührend um sie. Nichts musste sie vermissen, ihr wurden die Wünsche von den Lippen abgelesen.

Später, als sie erwachsen geworden war, hatte sie dann, nach zwei, drei kurzen intensiven Liebesbekanntschaften, Horst Kattscheff kennengelernt. Horst war zwar einige Jahre älter als sie, dafür aber, was ihr sehr imponierte, wesentlich liebenswürdiger, zartfühlender und großzügiger als ihre vorherigen Liebhaber.

Nachdem sie sich zwei Jahre kannten, von denen sie ein Jahr zusammengelebt hatten, heirateten sie standesamtlich und kirchlich, und sie nahm den Familiennamen Kattscheff an.

Wenn sie heute das menschliche Elend in dem Altenheim sah, in dem sie ehrenamtlich arbeitete, war sie manchmal froh, dass ihre Eltern vor dem Erreichen des Siechtums bei einem Autounfall ums Leben gekommen waren. Die Eltern hatten ihr ein kleines Vermögen hinterlassen, mit dem es, als sie sich später verheiratete, möglich wurde das gemeinsame Haus für sich und ihren Mann zu finanzieren.

Es war schon erstaunlich was sie in dem Altenheim alles zu Gesicht bekam. Oft hatten die Kinder der alten Leute es schon nach kurzer Zeit nicht mehr für nötig befunden, ihre Eltern zu besuchen oder auch nur einmal anzurufen. Natürlich erst recht wenn die Altenheimbewohner ihr Vermögen, und war es noch so klein, schon zu Lebzeiten auf die Kinder überschrieben hatten.

Oft kamen nicht einmal zu den Geburtstagen oder den Feiertagen Besuche oder gute Wünsche der Kinder im Altenheim an. Manchmal hatte sie den Eindruck, dass die Kinder möglichst weit von Wattwig wegzogen, um bloß nicht in der Nähe ihrer Eltern sein zu müssen.

Natürlich war es nicht immer und bei allen Bewohnern so, aber der sich immer weiter verbreitende Egoismus machte eben auch vor den Altenheimen nicht halt.

Ihr Leben verlief also mit einer schönen bequemen alltäglichen Regelmäßigkeit, ungestört von großen Katastrophen oder gravierenden Überraschungen.

Sie hatten, trotz aller Bemühungen in den ersten Jahren ihrer Ehe, keine Kinder bekommen können. Die ersatzweise Adoption eines kleinen Hundes aus dem Tierheim von Wattwig war gescheitert, da sie schon nach zwei, drei Tagen keine Lust mehr hatte mit dem Tier durch die Gegend zu rennen, komische Ausdrücke zu benutzen wenn sie mit dem Tier sprach, und von den anderen Hundebesitzern angequatscht zu werden, wenn sie Gassi gingen. Außerdem wollte sie nicht immer die Hundekacke von dem Köter aufsammeln. Was sie im Altenheim oft sah, reichte ihr vollkommen. Schon nach zwei kurzen Wochen wurde das Tier an das Tierheim zurückgegeben. Es tat ihr kein bisschen leid.

Sie hatten sich eingerichtet, sie und ihr Mann. Das Haus war ja durch ihre Erbschaft finanziert, er verdiente gut und ausreichend als Finanzdisponent in einer großen Kette von Cash und Carry-Märkten. Man hatte sich, wie das so üblich war, das Leben eingeteilt. Während er seiner Arbeit nachging kümmerte sie sich um die Hausarbeit, kochte ihm sein Abendessen, kümmerte sich um den Garten, hatte ihren freiwilligen sozialen Dienst.

Und dann war so ein Tag auch schnell um. So lebte man eben, zum großen Teil nebeneinander her, vor sich hin.

Die gemeinsamen Urlaube verbrachten sie in aller Regel im Ausland um historische Stätten, meistens in Griechenland, zu besichtigen. Sein Interesse an griechischer Mythologie hatte in den letzten Jahren stark zugenommen und so mussten ihre Urlaube eben der optischen Unterstützung seines Wissensdrangs dienen.

Sie hätte eigentlich viel lieber auch wieder einmal Urlaub am Strand der Cote d´Azur gemacht. In der Nähe von St. Tropez lag ein wunderschöner Ort, Port Grimaud, wo sie früher öfter mit ihren Eltern die Urlaubszeit verbracht hatte. Dort konnte man, wenn man wollte, stundenlange Strandspaziergänge unternehmen oder einfach nur am Strand liegen und das Wasser und die anderen Menschen beobachten.

Daran war aber, nach einem gemeinsamen gescheiterten Versuch vor einigen Jahren, nicht mehr zu denken. Ihr Mann, der notorische Ruinenbesichtiger, war immer grummeliger und unzufriedener geworden und hatte ihr zuletzt das sinnlose Vergeuden seiner kostbaren und einmaligen Lebenszeit vorgeworfen.

Sie hatten den Urlaub dann noch mit Mühe und Not zu Ende gebracht, aber an eine Neuauflage war nicht mehr zu denken. Wenn sie gemeinsam reisen wollten, und ohne ihn wollte sie nicht verreisen, musste sie zukünftig weiterhin Kulturreisen unternehmen.

Doch dann geschah eines Tages etwas, was ihren gesamten Alltagstrott zukünftig nachhaltig durcheinander bringen sollte.

Horst Kattscheff kam eines Werktags abends nicht nach Hause. Erst merkte sie gar nichts davon, da es in der Vergangenheit immer schon einmal vorgekommen war, dass er später als erwartet von der Arbeit nach Hause kam.

Manchmal, wenn ihr freiwilliger sozialer Dienst länger als ursprünglich eingeplant dauerte, merkte sie gar nichts von seiner Rückkehr oder Anwesenheit. Dann hatte er sein Abendessen eben selber aufgewärmt und sich damit in sein Arbeitszimmer im Dachgeschoss verzogen.

An diesem Tag aber, sie hatte noch etwas im Garten gearbeitet und auch selber nicht so richtig gemerkt wie die Zeit verging, blieb er weg. Er kam einfach nicht. Obwohl ihre Beziehung keine unbedingte Liebesbeziehung mehr war, hatte er sich, wenn er nicht pünktlich aus der Firma kam, wenigstens über sein Handy gemeldet und ihr seine Verspätung angekündigt. Heute aber blieb das Telefon still.

Sie machte sich darüber keine besonderen Sorgen, vielleicht hatte er das Handy einfach nur verlegt oder heute keine Lust gehabt anzurufen. Sie wunderte sich aber doch und wollte ihn sobald er nach Hause kam zur Rechenschaft ziehen. Ihn über sein Handy anzurufen, dazu hatte sie auch keine Lust. Sollte er sich sein Abendessen doch selber aufwärmen. Wie das ging wusste er ja.

12

Horst Kattscheff hatte in seiner Funktion als Finanzdisponent der Letro-Märkte die hauptsächliche Aufgabe, die täglichen Kassenabschlüsse dieser Cash und Carry-Märkte seines Bezirks zu überprüfen und die von den einzelnen Märkten gemeldeten und an das Bezirkskonto überwiesenen Umsätze nach ihrer Überprüfung an die Zentrale weiter zu überweisen. Es wurden, da die Märkte bis 22 Uhr geöffnet hatten, täglich zwei Überprüfungen durchgeführt. Die erste Überprüfung und telegrafische Weiterleitung der eingegangenen Gelder erfolgte morgens früh, eine Stunde nach seinem Dienstantritt um 9 Uhr, die zweite Überweisung musste täglich pünktlich um 15.30 Uhr erfolgen. Danach war seine Arbeit getan und er konnte nach Hause gehen. Sicher, es gab auch schon einmal Verzögerungen weil die Kassen der Bezirksmärkte nicht stimmten, aber das waren Routinevorkommnisse die mit wenigen Telefonaten immer zur Zufriedenheit aller Beteiligten erledigt wurden. Die telegrafischen Überweisungen an das Zentralkonto wurden von ihm und seinem Vorgesetzten, dem Bezirksleiter, unterzeichnet, gegengezeichnet und abgeschickt. Eine Praxis die sich seit vielen Jahren bewährt, und die immer reibungslos funktioniert hatte.

Langsam wurde sie zornig. Wieso hatte der Kerl sich nicht bei ihr abgemeldet. Als er gegen 22 Uhr immer noch nicht zu Hause war beschloss sie in sein Dachgeschossarbeitszimmer zu gehen um nachzusehen ob er nicht doch, ohne ein Wort zu sagen als sie noch im Garten war, in seinem Arbeitszimmer verschwunden war.

Dieses Arbeitszimmer hatte sie seit vielen Monaten, seit seinen Verhaltensveränderungen, nicht mehr betreten. Dass er ihr das Betreten auch verboten hatte, hatte sie nie sonderlich gestört, sie hatte es, ohne näher darauf einzugehen, akzeptiert. Er musste in dem Zimmer eben selber für Ordnung sorgen, das war sein Reich, unantastbar für sie.

Oben, an dem Zimmer angekommen überfiel sie eine sonderbare Spannung. Was mochte sie hier oben wohl erwarten. Einen Augenblick verharrte sie, in der Hoffnung Geräusche aus dem Zimmer zu hören, regungslos und wie angewurzelt. Da sie den sonst um diese Zeit im Wohnzimmer laufenden Fernseher vor ihrem Gang nach oben ausgeschaltet hatte, war es im ganzen Haus fast mucksmäuschenstill. Außer den von der Straße her manchmal eindringenden dumpfen Geräuschen vorbeifahrender Fahrzeuge war weit und breit nichts zu hören.

Was sollte sie tun? Hatte er sein Zimmer abgeschlossen? Oder saß er vielleicht schlafend, mit einem seligen Lächeln auf seinen Lippen, an seinem alten Schreibtisch und träumte von besseren, längst vergangenen Zeiten?

Vorsichtig, nur keine Geräusche verursachend, machte sie einen kleinen Schritt nach vorne um an der Tür zu horchen. Es war nichts zu hören. Sie wusste immer noch nicht, was sie jetzt wirklich tun sollte. Vorsichtig bückte sie sich um vielleicht etwas durch das Schlüsselloch erspähen zu können.

Es war nichts zu sehen, nicht einmal der Schimmer eines Lichtausfalls. Da es im Haus nicht nur still, sondern dazu auch noch dunkel war, sie hatte die Hausflurlampe zuvor gelöscht, hätte sie selbst bei von innen eingestecktem Zimmerschlüssel doch wenigstens einen kleinen Lichtschein sehen müssen. Aber es war nichts zu sehen außer absoluter Finsternis.

Ihre ganze Hoffnung hier aus dieser Nummer einigermaßen unerkannt und unbehelligt heraus zu kommen, schwand mit jeder Sekunde. Gleichzeitig stieg ihre Neugier.

Eigentlich hätte sie sich schon immer mal gerne in seinem Arbeitszimmer umgesehen, aber es aus den bekannten Gründen natürlich nicht getan. Jetzt war vielleicht eine Gelegenheit, die sie so schnell nicht wieder bekommen würde.

Sie musste, trotz ihrer Ängste, diese einmalige Chance am Schopfe packen. Sie musste in dieses Zimmer, koste es was es wollte. Langsam legte sie ihre, in der Zwischenzeit verschwitzte rechte Hand auf die Klinke der Tür. Jetzt oder nie.

Mit einem Ruck, der ein Geräusch wie von einer Bombenexplosion auslöste, drückte sie die Klinke herunter. Sofort erwartete sie irgendeine Reaktion aus dem Zimmerinneren. Aber es tat sich nichts, nicht die geringste Regung erschreckte sie.

So konnte sie hier aber auch nicht stehen bleiben. Vorsichtig lehnte sie sich gegen das Türblatt. Da diese Tür schon immer etwas geklemmt hatte, erhöhte sie ihren Druck auf das Türblatt indem sie sich mit ihrer rechten Schulter anlehnte.

Tatsächlich, die Tür war nicht abgeschlossen sondern langsam und widerwillig bewegte sich das Türblatt um sie einzulassen.

Zentimeter um Zentimeter öffnete sie vorsichtig die Tür. Die auf sie zukommende Überraschung einkalkulierend hielt sie, um einer sofortigen sichtbaren Konfrontation mit dem zu erwartenden Anblick aus dem Wege zu gehen, den Kopf leicht gesenkt.

Da sich ihre Augen bereits an die Dunkelheit gewöhnt hatten, erkannte sie ohne Weiteres die schemenhaften Umrisse der in dem unbeleuchteten Raum befindlichen Möbel. Zu ihrer Linken stand immer noch, wie gewohnt, ein altes Ledersofa in dessen Leder schon vor vielen Jahren Risse und durch die häufige Benutzung in seinen besten Jahren, Abschabungen des Leders entstanden waren. Über dem Sofa war, bis zur Zimmerdecke reichend, ein Bücherregal, vollgestopft mit Büchern, Heften und kleinen Skulpturen, angebracht.

Ihren Blick schweifen lassend, erfasste sie die anderen im Raum befindlichen Gegenstände. Auch hier hatte sich scheinbar nichts Gravierendes verändert.

Vor Kopf stand, unter dem Fenster mit Blick in den Garten, immer noch Horst Kattscheffs Schreibtisch aus den Dreißigerjahren des letzten Jahrhunderts. Davor, etwas zur Seite gerollt, ein moderner bequemer Bürostuhl, den sie zuvor in ihrem Haus noch nicht gesehen hatte. Daran anschließend, rechts von ihr, ein vom Boden bis zur Decke reichender Bücherschrank, der mittig, zur optischen Auflockerung, mit zu den Seiten rollbaren Glasflächentüren versehen war.

Der ganze Raum machte einen aufgeräumten, ordentlichen Eindruck. Die auf dem Schreibtisch befindlichen Gegenstände, wie Schreibtischlampe, Locher, Brieföffner, ein Küchenmesser aus ihrer Küche, eine Schere usw. waren, scheinbar penibel aufeinander abgestimmt, angeordnet worden.

Vorsichtig trat sie jetzt ganz in den Raum ein und machte zwei, drei Schritte auf den Schreibtisch zu.

Horst Kattscheff war sicherlich ein ordentlicher Mann, der die Prinzipien seiner Mutter, Ordnung und Sauberkeit angehend, durchaus stark verinnerlicht hatte. Was sie hier im Dämmerlicht dieses Zimmers vorfand, machte auf sie aber schon eher den Eindruck einer, fast könnte man sagen, Ordnungsneurose.

Während ihr diese Gedanken durch den Kopf gingen, fühlte sie sich ratlos, unentschlossen und mit dem schlechten Gewissen, hier unerlaubt eingedrungen zu sein.

Das kleine, fast nicht wahrnehmbare Geräusch hinter ihrem Rücken, ließ sie in Sekundenbruchteilen innerlich erfrieren. Mit der gleichen blitzartigen Geschwindigkeit, mit der eine Blutleere in ihrem Gesicht eintrat, drehte sie sich um ihre eigene Achse, um da etwas zu sehen, was so nicht in dieser Welt sein konnte. Nur, das dieses Etwas, das hier so nicht leben konnte, ganz langsam und sehr lebendig auf sie zu gelaufen kam.

In Panik fasste sie blind hinter sich, ergriff irgendetwas auf dem Schreibtisch liegendes und stach damit zu.

Der Wecker rasselte unaufhörlich. Wecker deren Weckzeiten nicht eingestellt sind, können nicht rasseln. Wecker die es gar nicht gibt, rasseln noch weniger, sie rasseln gar nicht. Das wusste sie, obwohl sie noch schlief.

Während der Wecker in ihrem Kopf scheinbar unaufhörlich bimmelte, weigerte sich ihre innere positive Einstellung zu den für sie einigermaßen ausreichenden Schlafenszeiten, wach zu werden und aufzustehen.

Geweckt durch den plötzlich einsetzenden Alptraum eines ihr Haus vernichtenden Großfeuers riss sie die Augen auf und war auf der Stelle hellwach. In ihrem Bett aufgerichtet sitzend, sah sie einen Schatten an ihrem Schlafzimmerfenster vorbeihuschen.

Wenige Sekunden später hatte sie ihren auf dem Bett liegenden Bademantel übergeworfen und war aufgestanden.

Der wieder einsetzende Wecker entpuppte sich als die Schelle ihrer Haustür.

Sie konnte beim Aufstehen weder Rauch noch Feuer feststellen. Nichts deutete auf ein Feuer oder auch nur eine Rauchentwicklung hin. Ein kurzer Blick durch das Fenster der neben der Haustür befindlichen Küche zeigte ihr nichts Ungewöhnliches. Keine Feuerwehrautos, Krankenwagen, Polizeiwagen oder sonstige anormale Hektik die auf eine Katastrophe schließen ließ. Ein Blick auf die Küchenuhr zeigte ihr 8.30 Uhr.

Wirklich nicht ihre Zeit. Wer hatte um diese Zeit bei ihr sturmgeschellt?

Da es jetzt keinen Sinn mehr machte wieder ins Bett zu gehen, in einer Stunde wäre sie ohnehin aufgestanden, füllte sie Wasser in die Kaffeemaschine ein, um sich einen Kaffee zu kochen.

Wenn sie nur wüsste, wer das war, wer hatte da geschellt? Sie ging zur Eingangstür, entriegelte den Sicherheitsbalken der das Eindringen von Einbrechern verhindern sollte und öffnete die Tür.

Erst auf den zweiten Blick erkannte sie, dass an dem Oberlicht der Tür eine Karte und ein Zettel angeklebt waren. Sie nahm beides an sich, trat einen Schritt zurück und schloss von innen die Haustür.

Die mit einem Polizeistern verzierte Karte stellte sich als die Visitenkarte eines Kriminalbeamten, eines gewissen Jan Müller, heraus. Auf dem beiliegenden Zettel fand sie eine Nachricht. Horst Kattscheff war seit gestern Morgen nicht mehr an seiner Arbeitsstelle aufgetaucht und sie wurde gebeten um 11 Uhr im Polizeipräsidium der Nachbarstadt zu erscheinen.

Offenbar etwas Besonderes, sonst hätte man sie auch in die Polizeiwache von Wattwig einladen können. Sie ging zum Telefon und sagte ihren Termin im Altenheim von Wattwig ab.

Während sie auf den teilweise gekiesten, teilweise geteerten oder den nur aus Lehm bestehenden Wegen um die Gräber eher leicht gebückt schlich, als sich aufrecht gehend bewegte, hatte sie das Gefühl, nicht wirklich richtig vorwärts zu kommen.

Die Lehmwege waren heute scheinbar schwerer zu begehen als noch vorletzte Woche, wohl weil es an den letzten drei Sommertagen viel und ausdauernd geregnet hatte.

Manchmal wurden ihre Schritte so schwer, dass sie fast gestolpert wäre und sich nur mit Mühe aufrecht halten konnte. Die fremden Stimmen, die sie jetzt hörte, verbanden sich in ihrem Bewusstsein mit etwas ihr nicht nachvollziehbarem, vollkommen Unbekanntem, dass sie stark bedrückte.

17

Dazu kam, dass Sie jetzt auch noch glaubte, Schrittgeräusche zu hören und sie sich des Eindrucks nicht erwehren konnte von einem anderen Menschen verfolgt zu werden.

Sie spürte diesen Menschen förmlich, als würde er an ihr kleben, sie spürte ihn ohne diesen Menschen optisch wahrnehmen oder greifen zu können.

Dann, während sie langsam und stetig vorwärts kommt, ist es ihr als würde sie gar nicht stolpern müssen, sondern es ist etwas anderes, etwas Unbekanntes versucht an ihren Beinen ziehen um sie so zu sich niederzureißen oder zumindest doch zu Fall zu bringen.

Sie fror am ganzen Körper und ein kalter Schauer nach dem anderen lief an ihrem verschwitzten, durchnässten Rücken herunter.

Es gab nichts mehr daran zu rütteln, dieser Friedhofsbesuch würde ein anderer werden, als sie es von den vorherigen Besuchen her gewohnt war. Vielleicht sollte sie besser umkehren und ihr Glück am nächsten Abend noch einmal versuchen.

Sie hatte sich in den letzten Monaten oft auf diesem Friedhof mit dem von ihr versteckten Geld eingedeckt, aber so merkwürdig wie heute hatte sie sich dabei in der Vergangenheit noch nie gefühlt.

So beklommen war ihr noch nie zumute gewesen, sie hatte noch nie dieses Herzrasen gespürt und das Gefühl gehabt ihr würde im nächsten Augenblick die Kehle zugedrückt und sie müsste ersticken.

Was war heute nur anders als sonst. Die Geldbeschaffung war ihr doch von Mal zu Mal besser und reibungsloser gelungen, ernsthafte Schwierigkeiten hatte es wirklich nie gegeben.

Auf das von ihr sinnigerweise und makabererweise gewählte Geldversteck waren auch die Polizisten seinerzeit bei ihren Untersuchungen zum Fall Kattscheff nicht gekommen.

Eigentlich wäre für die den Fall untersuchende Polizei der benachbarten Großstadt nichts, so hatte sie eine Zeit lang geglaubt, nichts leichter gewesen als ihr Geldversteck zu entdecken. Oder hatte es die Polizei damals vielleicht sogar versucht, und sie hatten dann aber einfach den Öffnungsmechanismus ihres genialen Verstecks nicht entdeckt. Sie wusste es natürlich nicht und wollte es auch nicht wissen.

Eine Zeit lang, als die großen Polizeiuntersuchungen liefen, und jeder jeden irgendwie als Beteiligten an dem Fall Kattscheff verdächtigte, und auch noch einige Wochen später, hatte sie sich auf dem Friedhof nicht blicken lassen.

Natürlich wollte sie auf gar keinen Fall den Verdacht einer Mittäterschaft erregen, oder für irgendwelche letztendlich doch belastenden Klatschgeschichten in Wattwig sorgen.

Von diesen Geschichten gab es ohnehin schon genug. Und diese frei erfundenen dümmlichen Spekulationen hingen ihr verdammt zum Halse heraus. Immer wieder waren irgendwelche Bekannten und Unbekannten auf sie zugekommen, um, ganz im Vertrauen, ihre Meinung zu hören. Wohl in der Hoffnung, sie würde sich verplappern, da letztendlich ohnehin keiner im Ort von ihrer Unschuld überzeugt war.

Es hatte wieder stärker angefangen zu regnen und es wurde immer beschwerlicher vorwärts zu kommen.

Einen Regenschirm hatte sie bei ihren Ausflügen, obwohl es schon einige Male wenn sie loszog geregnet hatte, nie mitgenommen.

Erstens weil so ein Schirm total unpraktisch ist, da er bei diesem Pflanzenbewuchs von niedrigen Hecken und kleinen Bäumen doch dauernd irgendwo hängen bleiben würde, und zweitens wollte sie natürlich nach wie vor auf gar keinen Fall sonderlich in Erscheinung treten, denn manchmal waren auch zu später Uhrzeit noch andere Friedhofsbesucher Wattwigs unterwegs um ihre verblichenen Angehörigen zu besuchen oder die Gräber wieder herzurichten, die Blumen auf den Gräbern zu gießen, oder Monologe mit ihren Toten zu halten.

Da war es dann schon noch besser sich schnell hinter irgendeinem Baum verstecken zu können. Ohne einen auffälligen Schirm, verstecken zu müssen.

Da die Gerüchte kursierten, dass sie sich in den letzten Monaten vor Horst Kattscheffs Verschwinden nicht mehr besonders verstanden hatten oder vielmehr ihre Ehe total zerrüttet war, mussten jetzt keine Spekulationen über ihre häufigen Friedhofsbesuche für neue Gerüchte in Wattwig sorgen.

Der damals zuständige ermittelnde Beamte, ein Hauptkommissar dessen Namen sie inzwischen vergessen hatte, glaubt wahrscheinlich bis heute dass sie an dem Verbrechen Kattscheffs beteiligt war. Jedenfalls hatte dieser Hauptkommissar sich immer wieder in diese Richtung geäußert, konnte ihr aber natürlich nichts nachweisen und musste den Fall später zu den Akten legen.

Irgendwann in den letzten Wochen bekam sie dann dazu die Nachricht, dass der Fall abgeschlossen wäre und die Ermittlungen eingestellt würden.

Sie hatte sich, als sie zum Friedhof losging nur eine dünne Stoffjacke übergeworfen und einfach geglaubt dass der Regen über kurz oder lang eine längere Pause einlegen würde. Ein Blick zum nicht mehr ganz so regenverhangenen Himmel hatte ihr dazu ausgereicht. Ein fataler, wirklich bemerkenswert dümmlicher Fehler. Wie konnte sie bei diesem Wetter nur so leicht sommerlich bekleidet, loslaufen.

Langsam drang das Regenwasser durch die Nähte der Jacke und den nur spärlich imprägnierten Stoff in die darunter liegenden Kleidungsstücke ein. Bluse, BH, sogar ihr Höschen, alles war schon klitschnass vom Regenwasser. Kein Wunder, dass sie da mächtig fror und am liebsten auf der Stelle umgekehrt wäre.

Während sie sich noch über ihre Dummheit ärgerte, und sich ihre Unzufriedenheit immer weiter steigerte, hörte sie wieder diese halblauten unbekannten und unangenehmen Stimmen.

Doch dann plötzlich begriff sie. Sie begriff plötzlich, dass es nicht mehrere Stimmen waren, sondern es sich nur um eine einzige menschliche Stimme handelte, die sie da hörte. Und diese Stimme schien ihr etwas zuflüstern zu wollen.

Sie wurde sich immer sicherer: es war kein Windhauch der ihr in beide Ohren säuselte und ihr etwas vorzumachen versuchte, nein es war eine menschliche und dazu auch noch eine sehr männliche Stimme.

Als sie sich plötzlich ruckartig umdrehte, war niemand zu sehen und die Stimme verstarb sofort. Doch kaum hat sie sich aber wieder umgedreht und versuchte weiter vorwärts zu kommen, setzte ihr diese Stimme auch gleich wieder zu. Wenn sie nur verstehen könnte, was die Stimme ihr da die ganze Zeit zuflüsterte?

Wie sie sich auch mühte, sie konnte es einfach nicht richtig verstehen was ihr da mitgeteilt wurde, obwohl ihr diese seltsame Stimme immer bekannter vorkam.

Alles an dieser Stimme kannte sie, da war sie sich sicher. Die Tonlage, mit ihren Höhen und Tiefen, die Betonungen der einzelnen aber unverständlichen Wörter, die verschiedenen Lautstärken in denen diese einzelnen Wörter zu ihr gesprochen wurden. Es war ihr, als hätte sie diese Stimme jahrelang gehört und auch meistens verstanden. Doch jetzt war alles anders.

Sie verstand nichts wirklich von dem was hier passierte, außer dass ihr langsam angst und bange wurde.

Meeresrauschen und Pieptöne in den Ohren kannte sie als Krankheitsbild von einem zurückliegenden Gehörsturz. Aber das hier waren eindeutig keine Anzeichen für einen zu erwartenden Ausfall ihres Gleichgewichtsorgans.

Was sie hier und jetzt hörte kam nicht aus ihrem Inneren heraus, sondern war eindeutig eine eindringlich von außen auf sie einredende Stimme. Und diese Stimme sprach in einer ihr unbekannten Sprache zu ihr.

Ihr war klar, dass sie jetzt nicht durchdrehen und panikartig weglaufen würde. Sie war immer eine starke Frau gewesen, die einige schwierige Situationen in ihrem Leben durchgestanden hatte. Gerade auch in den zurückliegenden Wochen.

Von solchen dämlichen Halluzinationen würde sie sich nicht fertig machen lassen und sie würde nicht das Feld räumen.

Jeder Mensch, der Friedhöfe besucht, egal bei welchem Wetter und zu welcher Uhrzeit oder Jahreszeit bekommt doch mehr oder weniger klamme Gefühle beim Anblick von alten Gräbern, und natürlich mehr noch, von frischen erst vor wenigen Wochen bezogenen Grabstellen. Gerade auch wenn man beim Anblick der Grabsteine feststellt, dass die Toten oftmals nicht einmal so alt wie man selber geworden sind. Oder vielleicht, bis zu ihrem viel zu frühen Tod, kaum älter wurden als man heute selber ist.

Denn immerhin bedeutet so ein Stückchen Land neben der örtlichen Kirche das sorgenfreie Wohnen für wahrscheinlich viele Jahrzehnte. Jahrzehnte bis zum Öffnen der meist ungepflegten Gräber und Feststellen des Verwesungsgrades durch den Friedhofsgärtner. In der feuchten, lehmigen Erde des Friedhofs von Wattwig war an ein Umbetten der Leichen allerdings selbst nach 20 Jahren meistens nicht zu denken.

Durch die Beschaffenheit des Bodens kam es nicht selten vor, dass auch nach dieser langen Liegezeit die Gesichter der Toten noch so gut zu erkennen waren, als wären sie erst vor zwei Monaten unter die Erde gekommen. Selbst der Stoff des letzten Hemdes hätte fast noch einmal neu vernäht werden können wenn er nicht unter der braunen Farbe der lehmhaltigen Erde deutlich gelitten hätte. Vom kaum vermoderten Holz der Särge einmal ganz abgesehen, von denen man mit etwas Verschönerungspaste für Eichensärge, leicht einen neuen Sarg hätte zaubern können. Und fast jeder oder jede in unserem Kulturkreis gestorbener Mensch oder Menschin, einzige Ausnahme wahrscheinlich verbrannte und dann über dem Meer oder Streuwiesen verschüttete Leichen, wird einmal so untergebracht sein.

Der eigene, zu Lebzeiten geäußerte Wille zählt da nicht mehr besonders viel. Man ist ausgelöscht und die Grabpflege wird von den meisten Angehörigen der Toten ohnehin nach wenigen Jahren, immer mit guten Begründungen, aber eigentlich nur wegen der hohen Pflegekosten, eingestellt.

Bei solchen Aussichten stellte sich die Frage, ob die Verbrennung als Mordopfer in einer Müllverbrennungsanlage, vorher fein säuberlich in einem blauen Müllsack verpackt, nicht die bessere Alternative wäre. Aber das nur am Rande.

Je weiter sie sich der Familiengruft der Kattscheffs näherte, desto merkwürdiger wurde ihr. Die Lautstärke der sie begleitenden Stimme hatte sich nicht verändert, wohl aber der Tonfall mit dem diese Stimme auf sie einsprach. Trotzdem waren, wie sollte es auch anders sein, die einzelnen zu ihr gesprochenen Worte immer noch nicht zu verstehen.

Der letzte Regenschauer hatte nachgelassen und sich in einen unangenehmen Nieselregen verwandelt.

Jetzt merkte sie wieder mit aller Deutlichkeit, wie die Kleidung an ihr klebte. Und wie unwohl sie sich fühlte, denn die Kleidung klebte nicht nur durchtränkt vom Regenwasser an ihr, nein es war eher so, dass ihr vermehrt auftretender Angstschweiß in Kombination mit dem an ihrem Körper befindlichen, in der Zwischenzeit warmem Regenwasser diesen Klebstoff ergab, und nun, wenn auch nur leicht, aber doch unangenehm für sie, zu riechen anfing.

Wo sollte das noch enden?

Ihr Schädel brummte, als hätten sich Hornissen in ihm angesiedelt. Es war, als würden diese Hornissen ihr ins Hirn stechen, etwas davon absaugen um dann so gestärkt, ihre Nester an ihrer verbliebenen Hirnmasse anzukleben um sodann darin ihre Jungen aufzuziehen, die, wenn sie geschlüpft waren, von ihrer Hirnmasse ebenfalls etwas absaugten. Und mit jedem neuen Nest das die Hornissen mit ihren Hornissenexkrementen und ihrer Hirnmasse in ihrem Kopf anbauten, fühlte sie ihren Kopf immer ein Stückchen größer werden.

Es war ihr, als würde sich ihr Schädel mitsamt dem sich darin befindlichen Futter und auch den Hornissen, ausdehnen, um weiteren Hornissenbauten Platz zu schaffen und den Tieren immer wieder neue Nahrung zu geben. Eine nicht enden wollende Neugeburt kleiner gemeiner Vielfraße, die nur das eine Ziel verfolgten, nämlich ihren Kopf von innen heraus aufzublähen um ihn dann letztendlich mit einem einzigen Ruck platzen zu lassen. Diese Tiere hatten, das wusste sie sehr genau, nur das eine Ziel, und das war, sie auf bestialische und gemeine Art und Weise zu töten umso ihre eigene Freiheit zu erreichen. Sie zu töten, um aus ihrem Kopf entweichen zu können.

Während sie sich so weiter vor kämpfte, hielt sie meistens ihren Kopf nach unten abgesenkt, damit ihr von dem permanenten Nieselregen möglichst wenig ins Gesicht lief und sie gleichzeitig den matschigen Untergrund auf dem sie noch mühsamer versuchte weiterzukommen, in diesem halbdunklen Licht besser erkannte.

Nur ab und zu versuchte sie in diesem diesigen Wasserlicht die Grabstelle die sie suchte, ausfindig zu machen, indem sie den Kopf leicht anhob. Da sie sich wirklich gut auskannte, reichten wenige kurze Blicke um die gesuchte Stelle auf dem Friedhof genau ansteuern zu können.

Die anderen bekannten Grabstellen, Büsche, Bänke und Wegkreuze sowie kleine Mausoleen dienten ihr ebenfalls als Ansteuerungsmarken, um ihr Ziel, die Familiengruft der Kattscheffs, zu erreichen.

23

Was für ein Leben herrschte um diese Zeit noch auf dem örtlichen Feld der letzten Ruhe. Trotz ihrer immer schrecklicheren Situation vernahm sie dumpfe Raschelgeräusche von flüchtenden Kleintieren, von denen sie hoffte, dass es keine Ratten und Mäuse waren. Manchmal hatte sie das Gefühl ihr Gesicht würde in Spinnenweben geraten, die quer über die Wege gespannt waren. Spinnenweben, so groß, dass sie fürchtete darin hängen zu bleiben. Dabei waren es, wenn überhaupt, nur Spinnenfäden mit kleinen Spinnen die da von den Zweigen der Bäume herabhingen, einzig um sie zu ängstigen und sie in ihrem Schritt zu beschleunigen. Wie sollte ein Spinnennetz bei diesem Regen auch gesponnen werden können und Bestand haben, ohne gleich wieder vom Regen in Trümmer zu gehen.

Sie hasste Ratten, Mäuse und Spinnen. Wie die meisten Frauen die sie kannte, hatte sie sich immer vor diesen Tieren geekelt und fand sie für sich nur zuwider und trotz allem theoretischen Wissen über das sie verfügte, einfach nur deplatziert in unserer modernen Welt.

Horst Kattscheff hatte immer wieder und oft versucht, sie von diesen Ängsten zu befreien, indem er ihr Geschichten über die Nützlichkeit und die sinnvolle Arbeitsteilung in der Schöpfung Gottes, erzählte. Ja, er hatte in seiner Freizeit ein großes Wissen über die Natur und Umwelt sowie die Lebenszusammenhänge dieser Erde gesammelt. Wann immer er Zeit fand, las er darüber in Fachzeitungen, oder er unternahm Exkursionen in der näheren und weiteren Umgebung Wattwigs. Teilweise alleine, oder auch in von Fachleuten aller Wissensgebiete geführten Gruppen, die sich einen Spaß daraus machten, solchen wissenschaftlichen Laien ihre Wissensgebiete einzutrichtern.

Einmal, vor einigen Jahren, hatte er ihr, als es ihm einfach zu bunt wurde mit ihrem ewigen Gekreische sobald sie ein kleines Tier sah, eine kleine Spinne von hinten an ihren Nacken gesetzt. Sie wäre fast gestorben vor Ekel, und als sie sich umdrehte hielt er ihr eine weitere, an einem Spinnfaden hängende kleine Spinne vor die Nase. Sie hatte ihm daraufhin spontan so heftig eine geknallt, dass er Nasenbluten bekam und von der Wucht ihren Schlages fast nach hintenüber gefallen wäre.

Daraufhin hatte er nie wieder versucht, ihr die Schönheiten der Natur nahezubringen oder sie zu belehren oder zu bekehren. Wenn sie nach diesem Vorfall im Garten Mäuse- und Rattenfallen aufstellte, ließ er sie gewähren. Allerdings machte er die Fallen immer sofort unschädlich, sobald sie ihm den Rücken auch nur einen Moment zudrehte.

Kurze Zeit nach diesem Ereignis erlahmte sein Interesse an den Vorgängen in dieser Welt von heute und sein, auch früher schon vorhandenes Interesse an Mythen und den ewigen Geheimnissen der Vergangenheit nahm wieder merklich zu.

Was ihn früher nur am Rande interessiert hatte, stellte er jetzt immer mehr in den Mittelpunkt seiner nicht enden wollenden Wissbegierde.

Auch hatte sich seine Verhaltensweise ihr gegenüber im Laufe einer kurzen Zeit merklich verändert. Wenn er früher fast jede für ihn neue Erkenntnis, zu der er durch seine Studien gekommen war, sofort an sie weitergeben musste, so wurde es jetzt deutlich und unübersehbar für seine Umwelt, immer stiller um ihn.

Kaum hatten sie, wie fast jeden Abend, gemeinsam das Abendbrot gegessen, verzog er sich in sein kleines Arbeitszimmer im Dachgeschoss des Hauses, um dann weder durch Fernsehnachrichten noch durch die ihn immer interessierenden Kultur- und Wissenschaftssendungen angelockt zu werden.

Selbst wenn sie ihm während des Abendessens kleine Zettel mit den früher für ihn so wichtigen und geliebten Fernsehsendungen vor die Nase hielt, reagierte er nicht. Er verzog sich, meistens wortlos, in sein Arbeitszimmer und blieb dort oft bis in die frühen Morgenstunden.

Das ging manchmal so weit, dass er, ohne dass es für sie in der Nacht, sondern erst am folgenden Morgen erkennbar war, in dieser Nacht wahrscheinlich nicht geschlafen hatte, und dann, ohne zu frühstücken, morgens früh an seine Arbeitsstelle, den Cash und Carry-Markt, fuhr. Dass er das gemeinsame Bett nicht besucht hatte, merkte sie wegen ihres festen Schlafens nicht des Nachts, sondern erst wenn sie morgens sein Bett unbenutzt vorfand.

Sie hatten ohnehin schon lange nicht mehr miteinander geschlafen. Gemeinsamer Sex war nach den ganzen gemeinsamen Jahren an eine für beide sekundäre Randposition gerückt, sie konnte sich schon fast nicht mehr daran erinnern. Trotz ihrer erst 36 Lebensjahre und noch wenigen Ehejahre, schienen die Triebe bei beiden versiegt zu sein.

Des Öfteren hatte er sie in früheren Zeiten, vor seinen Verhaltensänderungen, morgens mit einem Frühstückskaffee geweckt und sich mit einem kurzen Kuss auf den Mund von ihr verabschiedet, denn er musste regelmäßig, für sie sehr früh, das gemeinsame Ehebett verlassen, um zum Dienst zu fahren. Das waren alles Dinge, Tätigkeiten und Rituale, die, so kam es ihr heute vor, Jahre zurücklagen und die wahrscheinlich auch für immer passé waren.

Manchmal tat es ihr doch leid, ihn seinerzeit so aus dem Affekt heraus geschlagen zu haben, denn sie machte heute diese damalige Begebenheit für seine späteren um hundertachtzig Grad erfolgten Verhaltensänderungen verantwortlich, und sie wünschte sich deshalb immer häufiger ihren alten, oftmals nervigen und auch manchmal etwas aufdringlichen Ehemann zurück.

Aber erstens war diese Reflexreaktion von ihr nun einmal so geschehen wie sie geschehen war, und zweitens hatte sie sich durch seine blöde und dumme Spinnenattacke fast zu Tode erschrocken und deshalb, so glaubte sie, hatte er auch nichts anderes verdient, als eben dass, was er von ihr bekommen hatte.

So fühlte sie sich tatsächlich auch noch heute und deshalb hatte sie sich letztendlich in diesem Punkt nichts, aber auch wirklich gar nichts vorzuwerfen.

Viel wusste sie nicht über seine neuen Wissensgebiete. Wenn sie ihn dazu befragte, was sehr selten vorkam, aber doch an wenigen Tagen und in kurzen Momenten, wenn er ihr gesprächiger erschien, möglich war, hielt er sich mit Informationen merklich zurück.

Er erzählte ihr zwar etwas darüber, und auch dass es Seelenverwandtschaften zwischen Tieren und Menschen geben würde. Ganz wichtig war ihm wohl auch, etwas von einer Seelenliebe zwischen Delphinen und Menschen erfahren zu haben, und dass es neben unserer real existierenden Welt, für die er sich immer sehr interessiert hatte, und einer Geisteswelt, die ihm jetzt erst bekannt geworden, Verbindungstüren geben müsste. Wo diese Tür aber war, hatte er wohl noch nicht herausgefunden. Jedenfalls hatte er ihr nichts davon erzählt.

Wenn sie so etwas hörte, wusste sie nicht was sie sagen sollte. Einerseits schien ihr dieses Wissen ganz interessant zu sein, andererseits hielt sie das Ganze für blanken Unsinn.

Wie sollte sie das Gehörte einordnen in eine Welt aus moderner Astrophysik, kirchlichem Glauben, von Heilslehren irgendwelcher Fanatiker die die Welt und mit ihr die Menschen unbedingt ändern wollten. Denen ging es doch hauptsächlich um Macht und Einfluss auf andere Kreaturen, letztendlich darum die Menschen auf die sie Einfluss genommen hatten, zu unterdrücken und auszubeuten. Das war nie und niemals anders gewesen auf diesem blauen Planeten, solange Menschen die Besitztümer anderer Menschen für sich beanspruchten und mit Gewalt an sich rissen. Das würde auch nicht anders sein können, es lag wohl schon immer in der Natur der Menschen, sich über Mord und Totschlag zu bereichern.

Wenn das Ganze, um die angewandte Gewalt zu legitimieren, dann auch noch mit einer Heilsgeschichte und in einer Glaubenslehre verpackt wurde, umso besser.

Das hatte nie geschadet und die Erträge deutlich erhöht. Warum liefen denn im Fernsehen und in den Kinos so viele Gewaltfilme. Warum brachten sie die höchsten Einschaltquoten?

Doch wohl weil hauptsächlich Niedertracht ergötzlich ist und am besten vom eigenen Elend ablenkt und gleichzeitig den fiesen Spanner in einem selbst erblühen lässt.

Da sie insgesamt eigentlich wenig von ihrem Mann im Laufe der letzten Monate hörte und noch weniger, von dem was er sagte, verstand, ordnete sie seine kurzen Erklärungen in ihr allgemeines Weltbild ein, ohne sich aber ernsthaft weiter damit zu befassen. Was sollte das auch schon weiter sein, außer vielleicht Fantasien eines scheinbar immer mehr zum Autismus neigenden Menschen.

Immer deutlicher, lautstärker und unablässig wurde sie von dieser noch unbekannten Stimme gequält. Was ihr ursprünglich wie ein leises geflüstertes Gemurmel vorkam war jetzt ganz eindeutig eine menschliche Stimme. Eine Stimme die sie erkannte, ja, die sie, das wusste sie jetzt plötzlich, sehr gut kannte. Diese Stimme klang wie die Stimme eines Toten klingen würde. Es war, da war sie sich jetzt ganz sicher, die Stimme ihres Ehemannes.

Natürlich musste sie, das war unvermeidlich wenn sie auf diesen Friedhof ging, nicht nur an ihren Ehemann denken. Nein, zu allem Überfluss hörte sie ihn jetzt auch noch zusätzlich. Sie hörte ihn mit einer Stimme, die jetzt deutlicher kaum sein konnte. Doch sie hörte seine Stimme in einer Sprache die sie immer noch nicht verstand und die sie noch nie gehört hatte.

Ein Impuls aus der ihr verbliebenen noch funktionierenden Hirnmasse zwang sie kurz stehen zu bleiben. Jetzt hatte sie dieses Etwas, jetzt hatte sie es verstanden.

Sie hörte diese bekannte Stimme in einer Sprache von der sie nicht nur ahnte, sondern jetzt auch wusste, dass sie diese Sprache bald wie ihre eigene Sprache verstehen würde.

Und sie hatte im selben Augenblick die Gewissheit, dass es ihr nicht einmal unangenehm sein würde diese Sprache zu sprechen und zu verstehen. Es würde die letzte Sprache sein, die jedes Lebewesen einmal beherrscht, das als menschliches Lebewesen das Licht der Welt erblickt hatte, um eine bestimmte kurze Zeit auf diesem Planeten zu verbringen. Sie hörte die Sprache der alle und alles erlösenden Gerechtigkeit, mit und von der es nie ein Zurück gibt in die Welt der Lebenden. Und sie verstand jetzt plötzlich, dass es jetzt schon ihre eigene Sprache geworden war. Sie hörte die Stimme ihres Mannes in der Sprache der Toten in den Gräbern.

Ein leises Zucken durchfuhr ihren angespannten Körper, als sie sich mit fast letzter Kraft aus diesen Gedanken riss um weiter vorwärts zu kommen. Sie fühlte ihren eigenen Blick als würde sie sich mit glasigen Augen selber ansehen.

Bei diesen letzten Gedanken hatte sie angefangen zu weinen. Ein leises lautloses Weinen, nur begleitet von der Stimme ihres Mannes, der jetzt zu allem Überfluss auch noch damit angefangen hatte, sie als lebendes Bild zu begleiten.

Sie sah ihn jetzt überall um sich herum. Gleich wo sie hinsah, ganz gleich welche Richtung ihr Blick nahm.

Sie sah ihn deutlich, und sie sah gleichzeitig durch ihn hindurch wie durch einen sie begleitenden, in ein blaugraues Licht umhüllten Geist. Aber er war nicht allein, denn er ritt auf einem anderen Lebewesen. Sie hatte es sofort erkannt.

Er ritt in ca. einem Meter Höhe vom Boden an gemessen, auf einem blaugrauen Delphin, wobei er sich an der Rückenflosse dieses Delphins festhielt um von dem Tier nicht heruntergeschleudert zu werden. Mit dem Oberkörper fast am gebogenen Rücken des Delphins anliegend als wären sie ein einziges gemeinsames, miteinander verbundenes Lebewesen.

Sie sah ihn, mit seinem Gesicht parallel zu dem Gesicht des Delphins immer in ihre Richtung blickend und sie dabei mit zornigen, hasserfüllten Augen anstarrend.

Und er ritt auf dem Tier, als würde er sich mit diesem Delphin in einem großen Wasser bewegen. Mit einer, wie ihr schien, unglaublichen Eleganz, aber so, als würden sie sich nicht von der Stelle bewegen können, um auf jeden Fall immer in ihrer Nähe zu bleiben.

Dabei kamen die beiden gemeinsam auch immer nur so schnell vorwärts wie sie zu Fuß auf den matschigen Friedhofswegen vorankam. Und wenn sie sich umdrehte und kurz stehen blieb, blieb der Delphin mit ihrem Mann auf seinem Rücken genauso lange bei ihr stehen. Bei gleichzeitigen und fortwährenden sehr eleganten, in Wellenbewegungen schwingenden Schwimmbewegungen des von ihm gerittenen Delphins.

Die für sie einzigen und wirklich wichtigen Gedanken waren jetzt nur noch, warum sie sich das heute hier antat und warum sie das getan hatte, was sie in den letzten Monaten getan hatte.

Um den Halluzinationen der letzten Minuten zu entgehen, hatte sie ihren Kopf wieder abgesengt und starrte förmlich auf den vor ihr im Halbdunkel liegenden Friedhofsweg. Sie wollte hier auf gar keinen Fall auch noch ausrutschen und auf diesen ekelig matschigen Weg fallen.

Bei dem Gedanken daran entwickelten sich in ihrem Kopf, kaum hatte sie die Halluzinationen abgeschüttelt, auch gleich die nächsten schrecklichen und üblen Fantasien.

Sofort dachte sie natürlich an übergroße, im Nu über sie herfallende Ratten und Mäuse. Sie wusste, kaum hätte sie den Boden berührt, würden die Tiere versuchen in die Öffnungen der an ihrem Körper klebenden Kleidungsstücke einzudringen. Sie würden versuchen unter ihren kurzen Rock zu kriechen um von da aus in ihre Körperöffnungen zu gelangen, oder sie würden, wenn ihnen das auf Anhieb nicht gelänge, innerhalb kürzester Zeit unter ihre regennasse Jacke krabbeln. Sobald den Tieren das gelungen wäre, würden sie versuchen an ihr noch lebendes, warmes, pochendes Fleisch zu gelangen um sie dann bei lebendigem Leibe, so wie das auch gerne in Horrorfilmen gezeigt wurde, und wie sie es einmal in einem solchen Film gesehen hatte, aufzufressen.

Sie merkte, dass ihre Fantasien immer mehr mit ihr durchgingen und ihre Halluzinationen ein Ausmaß annahmen, das sie fast in den Wahnsinn trieb.

Sie war hier nicht im Kino, auch nicht in einem ihrer nächtlichen Träume, denn geträumt hatte sie schon häufiger von solchen Dingen, sondern sie war auf dem ganz realen Friedhof ihrer kleinen Kirchengemeinde in Wattwig. Und sie hatte nichts weiter zu befürchten als vielleicht eine heftige Erkältung am nächsten Morgen, die sich nach zwei, drei Tagen in nichts auflösen würde, als wäre sie heute Nacht nicht hier gewesen.

Sie war wirklich schon oft zwischen diesen Grabstätten entlang geschlichen, sie kannte den Friedhof so gut und so genau wie den eigenen Garten hinter ihrem Haus in Wattwig.

Bei diesen Gedanken wurde es ihr auch gleich wieder etwas besser. Der Druck in ihrem Schädel ließ merklich nach, genauso wie der Nieselregen in den letzten Minuten nachgelassen hatte und praktisch nicht mehr vorhanden war.

Es duftete jetzt nach nassem und modrigem Grün, nebelartig vom Boden aufsteigender Wasserdampf hüllte die Umgebung in einen grauen Dunst ein.

Die im Licht der schwach leuchtenden Friedhofslaternen zu erkennenden, von den Blättern der Bäume vor ihr herabfallenden Regentropfen, erschienen ihr klar und durchsichtig. Der ganze Staub und Dreck der zurückliegenden Sommertage, vor diesen letzten drei Regentagen, war abgewaschen worden. Auch in diesem spärlichen Licht sah man den Pflanzen an, dass der Regen ihnen gut getan hatte.

Alles was sie sah und hörte, die ganze Umgebung auf dem Friedhof, das Rascheln der Blätter an den Bäumen und ihre Laufgeräusche auf dem matschigen Kiesweg schienen ihr jetzt auf einmal ganz so normal und vertraut wie immer zu sein. Offenbar hatten sich ihre Halluzinationen wieder ebenso schnell verflüchtigt, wie sie gekommen waren. Ganz gleich wo sie auch hinsah, auch wenn sie plötzlich stehen blieb und sich umschaute, von ihrem auf einem Delphin reitenden Ehemann war weit und breit nichts mehr zu sehen.

Während sie sich noch darüber wunderte, was ihr in der letzten halben Stunde wiederfahren war, hatte sie die Familiengruft erreicht. Jetzt waren es nur noch wenige Minuten und sie hatte wieder ausreichend Geld zur Verfügung, um ihren gewohnten Lebensstandard für einige Wochen aufrechterhalten zu können.

Jetzt musste alles möglichst schnell gehen, damit sie umgehend von diesem verdammten Friedhof kam. Wie sie diesen Friedhof mittlerweile hasste. Immer dieses Gefühl, doch von irgendwelchen zufällig in der Nähe befindlichen Friedhofsbesuchern entdeckt zu werden.

Was hätte sie dann getan? Auf jeden Fall hätte sie ihre oder ihren Entdecker für immer zum Schweigen bringen müssen.

Das wäre die einzige Möglichkeit gewesen um unentdeckt weitermachen zu können. Und sie wollte und musste weitermachen. Nur wie hätte sie das anfangen sollen? Umbringen mit dem Küchenmesser, das sie für alle Fälle zu ihrer Selbstverteidigung immer, in ihrer Jackentasche untergebracht, mit sich führte?

Ein auch für sie widerlicher Gedanke, einer sie zufällig entdeckenden älteren Dame, die sie womöglich auch noch aus der Gemeinde kannte, ein Messer zwischen die Rippen zu rammen. Damit sie ihr dann anschließend, mit dem Blut der Sterbenden an ihren Händen, der ihr gut bekannten Person das Messer aus der Brust ziehen würde, um aktive Sterbehilfe zu leisten.

31

Um dann auch noch das letztes Röcheln der ihr bekannten Person womöglich bis zum Ende ihrer eigenen Tage in den Ohren zu haben?

Nein, das wollte sie sich möglichst ersparen. Und wo hätte sie die Leiche dann auch hinschaffen sollen? Doch wohl auch nur in die Familiengruft.

Na, dass hätte ein schönes unübersichtliches Gedränge gegeben. Und dann die im Laufe der Zeit entstehenden Verwesungsgerüche. Wahrscheinlich hätte sie die neue zusätzliche Leiche in der Grabkammer eingraben müssen. Trotzdem wäre ihr bestimmt bei jedem Besuch der Grabkammer kotzübel geworden. Nein das musste nun wirklich nicht sein.

Einige Male hatte sie in den letzten Monaten schon vergeblich versucht, in die Familiengruft zu gelangen. Es waren manchmal eben auch abends einfach noch zu viele Menschen unterwegs. Darunter tatsächlich auch noch einige ziemlich aktive Liebespaare, die auf dem Friedhof wahrscheinlich den besonderen Kick bei ihrem Liebesspiel suchten.

Von schwarzen Messen hatte sie wohl auch schon gehört und gelesen, aber selber nie welche zu Gesicht bekommen.

Der Friedhof von Wattwig bot wahrscheinlich, obwohl er ja doch eigentlich ganz idyllisch und direkt neben der alten Kirche gelegen war, nicht die richtige Kulisse für Kinderopfer oder was man sich sonst so im Umfeld von schwarzen Messen so vorstellte.

In der örtlichen Presse wurde darüber natürlich immer wieder spekuliert, bedingt wohl auch durch das Pressesommerloch, oder wenn sonst kein Klatsch zur Verfügung stand, wurden öffentlich schleierhafte, nebulöse Vermutungen angestellt.

Letztlich und endlich wäre sie bei ihrem Tun jedenfalls zu leicht entdeckt worden. Da hatte sie es lieber auf sich genommen und war am nächsten Tag zurückgekommen um es noch einmal aufs Neue zu versuchen. Irgendwie hatte es dann auch immer wieder geklappt ohne von Fremden beobachtet zu werden, es war schließlich und endlich dann ganz leicht und schnell gegangen und hatte für sie erfolgreich geendet.

Als das Notwendige erledigt und sie somit zurück auf der Erde war, schien sich in den gleichem Minuten das neblig graue Licht, das sie sofort wieder aufs Neue umhüllt hatte, aufzuhellen, um dann wiederum sofort von einem blaugrauen Schimmerton überdeckt und verdrängt zu werden.

Ihre fast vergessen geglaubte Angst dieses langen Abends überfiel sie erneut als wäre diese Angst nie von ihr gewichen. Wieder schossen ihr Tränen in die Augen, wieder fror sie und zitterte gleichzeitig am ganzen Körper.

Mit der letzten ihr verbliebenen Kraft versuchte sie den Grabstein der Kattscheffschen Gruft in seine Verankerung zurückzudrehen. Jetzt waren es nur noch wenige Minuten um die Sache auf diesem unglückseligen Friedhof zu einem glücklichen Ende zu bringen.

Als sie stürzte nahm sie das Versagen ihrer Beine und ihrer Arme, ihre ganze fehlende Motorik, nicht mehr zur Kenntnis.

Ihren Sturz und ein in weiter Ferne verhallendes Klacken nahm sie schon nicht mehr als für sie bestimmt wahr.

Unter sich, in einem Meer von blaugrauem Licht, erkannte sie nach wenigen Sekunden die sich immer weiter von ihrem Körper entfernende Kirche und Friedhofslandschaft.

Alles was ihr bisher wichtig war, wurde klein und unbedeutend als wäre es im Leben überhaupt nie nötig gewesen. Glücksgefühle von unbeschreiblicher Schönheit und Intensität überkamen sie und löschten unwiederbringlich, und wie sie wusste dauerhaft für alle Zeiten, ihre Ängste ab.

Der mit ihr in weichen Wellenbewegungen in diesem Meer von blaugrauem Licht schwimmende Delphin würde für immer an ihrer Seite sein. Nichts konnte sie beide mehr trennen, nichts würde sie in ihrer Zukunft der großen Weiten besser beschützen als der Delphin auf dem sie ritt, als hätte es für sie vor dieser neuen Welt eine andere Welt nie gegeben.

Wenn sie eher gewusst hätte wie schön es ist zu sterben, hätte sie nicht so lange damit gewartet.

Kapitel 2: Pokern in Wattwig
Die Freunde stellen sich vor und spekulieren

Stanislaus Lukowitsch, genannt Luko, dachte über seine Karten nach und dass er heute besser zu Hause geblieben wäre.

Sie saßen im "Fisch", wie sie eine ihrer ältesten und gemütlichsten Kneipen Wattwigs nannten. Eigentlich hieß die Kneipe "Der schwarze Walfisch zu Askalon", und war genau wie das Fachwerkhaus in dem sich die Kneipe befand, schon mehrere hundert Jahre alt. Kein Mensch in Wattwig wusste mehr, wie die Kneipe zu ihrem merkwürdigen Namen gekommen war.

Direkt am Eingang des Wattwiger Hauptbahnhofs gelegen, hatte man die Bahntrasse scheinbar drumherum gelegt und das Gebäude so erhalten. Dieser sogenannte Wattwiger Hauptbahnhof, im Stil der frühen fünfziger Jahre erbaut, bestand aus einer Eingangshalle, einem überdachten Bahnsteig mit Fahrkartenautomat und mit je einem Gleis in Fahrtrichtung sowie einem Tunnel, über den dieser Bahnsteig zu erreichen war.

Die Überholgleise waren schon vor Jahren abgebaut worden.

Der Süßwassersee an dem Wattwig liegt ist gerade einmal 270 ha groß und Wale hatte es darin wohl nie gegeben. Nicht einmal kleine Wale. Aber wer weiß? Was nicht war, kann ja noch werden.

Außerdem hieß Wattwig schon immer Wattwig und nie Askalon.

Vielleicht war einer ihrer Vorfahren in grauen Vorzeiten zur See gefahren und hatte den Namen von einer seiner vielen langen Reisen irgendwoher, Gott weiß woher, mitgebracht, und als er dann die Seefahrerei leid war, hatte er die Kneipe in Wattwig eröffnet.

Im Stadtarchiv wurde jedenfalls nichts Aufschlussreiches zum "Fisch" gefunden und irgendwann sprach niemand mehr über die Herkunft des seltsamen Namens. Warum auch ?

Wattwig selber war, jedenfalls reichten alte Urkunden bis in diese Zeit zurück, wahrscheinlich vor ungefähr 1300 Jahren gegründet worden. Das ursprüngliche Dorf, inmitten eines Moorgebietes an einem kleinen Tal liegend, leitete seinen Namen aus den "Watten", den Mooren oder sumpfigen Wiesen, ab.

Die Stadt besteht aus einem historischen Stadtkern, mit alten, an kleinen Gassen liegenden und vielen mehrere hundert Jahre alten, aufwändig restaurierten Fachwerkhäusern. Dazu gibt es spätere Besiedlungen und eine Neustadt, die, wie es der Name schon sagt, jüngeren Datums ist. Die Altstadt von Wattwig ist, auch wenn es fast so aussieht, kein Freilichtmuseum. Die Menschen wohnen und arbeiten hier, es gibt eine Vielzahl von kleinen Geschäften, Restaurants und Wirtschaften.

Etwas außerhalb des, von der gut erhaltenen Stadtmauer umgebenen historischen Ortskerns liegt die später auf einer Anhöhe errichtete Friedenskirche mit ihrem Vorplatz und dem daran einseitig bis an den See reichenden Friedhof der Gemeinde.

Das Stadtarchiv Wattwigs ist in dem aus dem siebzehnten Jahrhundert stammenden, am historischen Galgenweg, in der Nähe des alten Marktes liegenden ehemaligen Kerker mit Schuldturm untergebracht, und wie der Ortskern selber eine der Touristenattraktionen des Ortes.

Nach dem zweiten Weltkrieg entstand eine, inzwischen wieder stillgelegte Eisenhütte, die dafür sorgte, dass sich viele Zulieferbetriebe mit neuen Arbeitsplätzen ansiedelten, und der Stadt zu einer ungeahnten, einige Jahrzehnte währenden Blüte verhalfen.

In der Folge dieses Aufschwungs breitete sich der Ort über seine alten Stadtgrenzen hinaus mit rasanter Geschwindigkeit aus. So entstanden neben hübschen Siedlungen mit Einfamilienhäusern auch eine kleine Trabantenstadt mit Gewerbeparks und einem Cash und Carry-Markt, es entstand diese schon erwähnte "Neustadt", die teilweise sicherlich heute so nicht mehr gebaut würde, aber leider auch nicht ohne Weiteres, wie es viele gerne sähen, weggesprengt und abgerissen werden kann.

Südlich begrenzt wird Wattwig heutzutage durch den künstlich angestauten, im Rahmen einer Arbeitsbeschaffungsmaßnahme in den Dreißigerjahren des vorigen Jahrhunderts entstandenen Süßwassersee, den Rurlsee.

Der Rurlsee ist auf seiner östlichen Seite umgeben von bewaldeten Hügeln, die, obwohl als Naturschutzgebiet ausgewiesen, leicht zersiedelt sind durch die eine oder andere halbillegale Fabrikantenvilla vor deren repräsentativen Terrassenanlagen immer wieder der Baumbewuchs abgeholzt wird um den Blick auf den See nicht zu versperren.

Diese Hügellandschaft sorgt dafür, dass auf dem Rurlsee wechselnde, manchmal stürmische Winde und Fallwinde entstehen, die bei Seglern, die den See oft bevölkern, mehr als berüchtigt sind. Es macht nicht immer Spaß, auf dem Rurlsee zu segeln. Schon mancher von außerhalb kommende Regattasegler hatte hier sein blaues Wunder erlebt und musste mit ansehen wie eigentlich viel schlechtere, aber mit dem einheimischen Revier vertraute Segler die schon sicher geglaubten Siegertrophäen einheimsten. Es ist nämlich so: Immer da wo der Wind gerade nicht ist, segelt man rum und wundert sich.

Das gegenüberliegende westliche Seeufer wird durch flach aufsteigende Felder und Wiesen mit verstreut aufstehenden Bauerngehöften und dazu gehörenden kleineren Bewaldungen begrenzt.

Der auf der südöstlichen Seite in den See einfließende Fluss Rurl, nachdem der See sinnvoller Weise benannt wurde, wird, nachdem er den See mit frischem Wasser gespeist hat, auf der dem Zufluss gegenüber liegenden Seeseite von einer Staumauer mit kleinem Wasserkraftwerk, in seine Schranken gewiesen. An den Seeufern haben sich über die Jahrzehnte Wassersportvereine aller Art angesiedelt. An schönen Sonnenwochenenden wird auf dem See gerudert, gepaddelt und gesegelt, was das Zeug hält. Eine Flotte von kleinen Passagierdampfern sorgt dafür, dass auch Menschen ohne eigenes Schiff eine Chance bekommen, an diesen schönen Tagen den See befahren zu können.

Umgeben ist der Rurlsee, als beliebtes Naherholungsgebiet, von Rad- und Wanderwegen, die von der nach Erholung suchenden Bevölkerung so massiv und intensiv mit Fahrrädern, Inlinern oder als Fußgänger genutzt werden, dass an schönen Tagen schon so manche handgreifliche Auseinandersetzung zwischen den einzelnen Benutzergruppen, von der auf Fahrrädern patrouillierenden Polizei, geschlichtet werden mussten. Erstaunlicherweise bisher ohne Tote.

Lukos Chef war heute schlecht drauf und ließ ihn eine Poker-partie nach der anderen verlieren. Wahrscheinlich war der liebe Gott der Ansicht, ein Pfarrer sollte an einem Donnerstagabend lieber Predigten für die Sonntagsmesse schreiben oder sich um das Seelenheil seiner Gemeindemitglieder kümmern statt mit seinen alten Freunden im "Fisch" zu pokern.

"Der schwarze Walfisch zu Askalon" war, wie es sich für eine "Seefahrerkneipe" gehörte, mit allerlei Tand von und auch für die christliche Seefahrt ausgestattet. Nicht einmal die auf einer Fensterbank stehende, ganz aus abgebrannten Streichhölzern gebastelte Zweimastbark fehlte. Vom Schiffsbau hatte der Bast-ler der Bark allerdings nicht allzu viel verstanden, ihm ging es eindeutig mehr um die Entsorgung seiner abgebrannten Streichhölzer. Gut das dieses Schiff im Original nie vom Stapel gelaufen war. Es hätte sich selbst innerhalb von Minuten ver-senkt und wäre vom Wasserdruck zerdrückt wahrscheinlich bis heute in irgendeinem Schlick der Nord- oder Ostsee vergra-ben.

Ansonsten hingen von den Decken und Wänden im "Fisch" allerlei Bojen, Fischernetze mit zugehörigen bunten Glasku-geln, nachgebaute Leuchtfeuer in allen denkbaren Größen, und anderes Seefahrerzeug, herunter.

Der über der kleinen Theke schwebende, mit roten und, wenn vom Wirt eingestellt, blinkenden Leuchtaugen versehene, mit künstlichem Seegras verkleidete Neptun, durfte in dieser Sammlung natürlich auch nicht fehlen. Dazu gab es einen Plüschwal im Regal.

Bedingt durch die Fachwerkbauweise des alten Hauses wa-ren, abgesehen von einem größeren Vorraum vor der Theke, kleine und große, durch Balken abgetrennte Nischen entstan-den. In diesen Nischen waren die alten, mit Marmortischplat-ten versehenen Tische und ihre teilweise noch viel älteren Be-stuhlungen aufgestellt.

Allerdings konnte man von Bestuhlung im eigentlichen vor-stellbaren Sinne nicht sprechen. Es gab wohl kaum einen Tisch an dem alle Stühle aus ein und derselben Kollektion oder

Epoche stammten. Nicht nur das man einigen Exemplaren ihre zeitweise Verwendung bei Kneipenschlägereien deutlich ansah, die Stühle waren auch alle unterschiedlich in Größe und Stilrichtung.

Scheinbar hatten die vielen Pächter des "Fisch" über die Jahrhunderte die diese Kneipe schon existierte, ein und dasselbe Sammelleidenschaft. Sie sammelten Stühle und vermischten diese mit den schon vorhandenen Stühlen.

Ein nettes Hobby der Gastronomen, denn der Gemütlichkeit der Schänke tat das keinen Abbruch.

Wie in allen Kneipen und Spelunken gab es auch im "Fisch" einen Stammtisch. Dieser Stammtisch, ausgestattet mit dem obligatorischen großen, in der Mitte des Tisches platzierten Aschenbecher, wurde immer an den gleichen Tagen, zur gleichen Zeit, von den gleichen Männergruppen mit Beschlag belegt.

Es wurden die gleichen Getränke getrunken, und die mit fortschreitendender Uhrzeit und zunehmendem Getränkekonsum, gleichen lautstarken Gespräche und zu späterer Stunde, Gesprächsgegröle geführt.

Man ging zur gleichen Uhrzeit, mit den letzten Zoten auf den Lippen, nach Hause und war gleich zufrieden mit dem doch wieder sehr schönen und gelungenen Abend.

Allerdings gab es vor ein paar Jahren bei aller Regelmäßigkeit und Gemütlichkeit im "Fisch" ein schicksalhaftes Ereignis, das bis heute immer noch nicht richtig verdaut ist. Als seinerzeit auch der letzte Teilnehmer der Runde des "Invaliden- und Versehrtenvereins Kaiser Wilhelm von 1919 e.V." friedlich seinen 1916 erlittenen Kriegsverwundungen erlegen war, gab es diese wirkliche Revolution.

Der "Frauenturnverein von 1948 e.V.", in dem so ziemlich alle Frauen vertreten waren die in Wattwig Rang und Namen hatten, beanspruchte für ihren Verein den jetzt freigewordenen Platz am Stammtisch im "Fisch".

Kaum hatte sich diese Nachricht unter den Einwohnern Wattwigs herumgesprochen, gab es ein, meistens verbales, Hauen und Stechen unter den Männern und Frauen des Ortes.

38

Von beiden Gruppen, den Befürwortern, meistens Frauen, und auch den Gegnern dieses Begehrens, wurde mit schmutzigen, teilweise entehrenden Presseartikeln, Aufklebern an Fahrzeugen aller Art, Plakaten an den Häuserwänden und in den Schulen, Autokorsos usw., Politik gemacht.

Die mit den hauptsächlichen Argumenten, "Niedergang der Kultur im Fisch" und "Stürmt die letzte Bastion der Männer" geführte Schlacht dauerte einen knappen Monat, dann waren die Frauen drin. Sie hatten ihren Stammplatz.

Allein zwei Ehescheidungen vorher intakter Beziehungen, sowie mehrere, allerdings nur kurze Krankenhausaufenthalte, wurden später diesem Ereignis zugeschrieben. Sagt man.

Der Wirt und Koch des "Fisch", ein Vollblutgastronom mit Namen Manfred Mannort, der natürlich von allen nur "Manni" gerufen wurde, hatte jede Situation in seiner Kneipe stets und jederzeit zur Zufriedenheit der meisten Gäste voll im Griff.

Manni hatte, wenn sein Laden brummte, gute Laune und für seine Stammgäste einen kleinen Scherz parat.

Manni, ein Mann von ca. 58 Jahren, das genaue Alter war nicht bekannt da er ungerne darüber sprach, trug seine langen lockigen, inzwischen ergrauten Haare, immer zu einem Zopf zusammen gebunden. Gekleidet war er ausnahmslos mit einem, über seinem Bauch gewölbtem, übergroßen grauen Hemd, von denen er wahrscheinlich mehrere, in Aussehen und Größe gleichartige, im Wäscheschrank hatte. Um seine Umsätze zu steigern und auch selber Spaß an seinem Wirtedasein zu haben, veranstaltete er Jahr für Jahr, zweimal jährlich im Frühjahr und im Herbst Whiskytastings, auch gab es kleinere Theateraufführungen, Livemusik an langen Winterabenden und ähnliches. Livemusik kostete natürlich extra. Offenbar betrachtete er seine Kneipe auch als eine Art künstlerische Wirkungsstätte, verbunden mit der Ausgabe von Getränken aller Art. Hauptsache der Umsatz stimmte. Ganz gleich, ob die ansonsten friedliebenden Bürger Wattwigs sich nur im "Fisch" besaufen oder etwas essen wollten, oder sich einige seiner volltrunkenen Gäste über die Kneipenstühle hermachten um diese zu zerlegen, Manni bewahrte die Ruhe und stellte anschließend die saftigen Rechnungen für Getränke, Essen, die Reparaturen und sonstige Auslagen.

Wobei, soviel war sicher, Mannis gute Speisekarte sowie die gezielte gute Auswahl auch englischer und irischer Biere, sowie eine große Anzahl feiner Single-Malt-Whiskys, manchen Gast oft schon am frühen Abend anlockte um hier gut zu essen und sich hier auf feine Art und mit Stil abzufüllen. Man gönnte sich ja sonst nichts.

Kurz und gut. Manni war einer der ideenreichsten Wirte vor Ort und schlau genug, sich in die Auseinandersetzungen innerhalb Wattwigs nie einzumischen, denn eines war Mannis Kneipe zusätzlich: es war die Widerstandszentrale Wattwigs gegen die Okkupation durch die große Nachbarstadt Bochkum. Hier wurden trotz der erfolgten, wie viele meinten widerrechtlichen Eingemeindung nach Bochkum, regelmäßig Demonstrationen, immer mittwochs, oder andere, teilweise nicht ganz so legale Widerstände organisiert. So war es zum Beispiel an der Tagesordnung, dass die Ortseingangsschilder Bochkums, die sich auf dem ehemaligem Stadtgebiet Wattwigs befanden, durch Aufkleber "Stadt Wattwig" überklebt wurden oder an den Rathausscheiben des Rathauses von Bochkum morgens faule Eier oder Obstreste klebten. Nicht unbedingt Mittel um eine Rückgemeindung zu erwirken, aber immerhin der Volkszorn kochte noch dauerhaft und gewaltig.

Als die kleine Stadt Wattwig 1975 dem Stadtgebiet von Bochkum zugeschlagen wurde, hatte das handfeste finanzielle Gründe. Bochkum stand, bedingt durch Fehlspekulationen und Korruption seiner Stadtoberen, einem in weiten Teilen unnötigen U-Bahn-Bau und anderen Bauspekulationen, vor dem finanziellen Ruin. Wattwig hingegen, die kleine Nachbargemeinde Bochkums, war durch die jahrelange kluge Haushaltspolitik seiner Kommunalpolitiker ein wirtschaftlich gesundes Gemeinwesen, in dem es keine Renovierungsrückstände seiner öffentlichen Gebäude oder marode Straßen oder Wege gab. Es waren ausreichend Kinderspielplätze vorhanden und die Stadtspitze Wattwigs überlegte sogar, die Steuern für die angesiedelten Betriebe des Ortes zu senken um so weiteren Firmen die Ansiedlung schmackhaft zu machen. Letztendlich konnte also nur die Zusammenlegung der beiden Orte die Stadt Bochkum retten, was dann gegen den ausdrücklichen Willen der Wattwiger auch geschah.

Von nun an ging es mit der kleinen Stadt Wattwig stetig bergab.

Pfarrer Stanislaus Lukowitsch war mit dem Kartenmischen und anschließendem Kartengeben an der Reihe. Fünf Karten für jeden beteiligten Spieler am Tisch, unter den Spielern abwechselnd gemischt und gegeben, Runde um Runde.

Stanislaus Lukowitsch war nicht als Pfarrer auf diese Welt gekommen, sondern hatte seine berufliche Karriere nach den erfolgreichen Abschlüssen an einem polnischen Gymnasium und einer anschließenden Dreherlehre in einem volkseigenen Betrieb in Polen, an einer Drehbank begonnen. Sportlich immer sehr aktiv, hatte er als junger Mann schon frühzeitig Karriere als Weltergewichtsboxer gemacht, was ihm bei einer Körpergröße von einssiebzig und einem Gewicht von vierundsechzig Kilogramm als genau die richtige Sportart erschien, um für sein zukünftiges Leben genügend Selbstbewusstsein zu entwickeln.

Als seine deutschstämmigen Eltern später aus Polen nach Deutschland geflohen waren, ging er, da er sehr an seinen Eltern hing, mit ihnen in das für ihn weite fremde Land. Nach einer kurzen Zeit von zwei Jahren in denen er sich auf Kirmesveranstaltungen als Preisboxer in einer Boxbude durchschlug, konnte er endlich seinen wirklichen Traum, ein Studium der evangelischen Theologie, verwirklichen. Während des Studiums lernte er dann Karin, die ebenfalls Theologie studierte, und später seine Frau wurde, kennen. Nachdem beide ihre erste Pfarrstelle angetreten hatten, kamen ihre eineiigen Zwillingstöchter, denen sie die Namen Clarissa und Simone gaben, auf die Welt.

Das alles war jetzt zweiundzwanzig Jahre her, und nachdem seine Frau Karin vor drei Jahren an einer schweren unheilbaren Krankheit gestorben war, lebte er, jetzt 47 Jahre alt, als Witwer, der den frühen Tod seiner geliebten Frau nur schwer verwunden hatte, in Wattwig.

"Wie man so sagt hat sich bekanntlich schon mancher totgemischt", sagte der Richter und machte dabei ein mürrisches Gesicht, "allerdings ist mindestens einer von denen keines natürlichen Todes gestorben, sondern wurde von einem seiner Kumpels mit einem ollen Zinnkrug erschlagen. Soll hier im "Fisch" gewesen sein. Noch gar nicht lange her, höchstens hundertfünfzig bis zweihundert Jahre."

Der Richter, den seine Freunde wegen des zu langen Namens und dem von ihm erworbenen akademischen Grad, nicht Dr. jur. Carl M. Meyer, sondern nur kurz "Dr.CM" nannten, sah Luko dabei mit schrägem Kopf von der Seite an, als wollte er diese Bluttat in guter alter Tradition wiederholen.

Dr. jur. Carl M. Meyer war, nachdem man das Amtsgericht Wattwigs, angeblich aus Kostengründen, aufgelöst hatte, Amtsrichter beim Amtsgericht der Stadt Bochkum geworden, das jetzt auch für die Bürger Wattwigs zuständig war. Dr.CM´s etwas aufbrausender Charakter und stechend scharfer, von einem fotografischen Gedächtnis unterstützter Verstand war bei den Anwälten der Orte gefürchtet, verschaffte ihm aber andererseits auch hohen Respekt bei allen Prozessbeteiligten. Wer als ein auf seinen Prozess schlecht vorbereiteter Anwalt oder Staatsanwalt mit ihm zu tun hatte, dem wurden, dass ihm hören und sehen verging, die Leviten gelesen. Und das geschah häufig bei den Prozessen des Dr.CM, denn eher findet man, wie Dr.CM gerne sagte "ein Goldkorn in der Wüste als einen für seine Mandanten gut vorbereiteten Anwalt".

Dr.CM war der Ansicht noch keinem Rechtsanwalt begegnet zu sein, der sein Geld wirklich wert war. Außer seiner Frau natürlich.

Dr.CM war verheiratet und seine Frau, selbstständige Rechtsanwältin in Wattwig, hatte ihm drei Söhne von heute vier, sechs und zehn Jahren, zur Welt gebracht.

Luko hatte jetzt gegeben und lehnte sich gemütlich in seinem Stuhl zurück. "Wollen mal sehen was wir so haben." sagte Luko und machte dabei sein undurchschaubares Sonntagsmorgenpredigtgesicht.

Mit von der Pokerpartie war wie jeden Donnerstag im "Fisch", Charly, seines Zeichens Taxifahrer in Wattwig und ehemaliger bekanntester Kleinkrimineller des Ortes.

Dr.CM, als der seinerzeit für Charly zuständige Richter, hatte ihn in den zurückliegenden Jahren mehrfach in den Knast geschickt. Charly, der mit bürgerlichem Namen Charles Bulowski hieß, war eine stattliche Figur von 35 Jahren, einsachtzig groß und neunzig Kilo schwer.

Charly war aber seit vielen Jahren nicht mehr auffällig oder rückfällig geworden und lebte mittlerweile als gut angesehener, integrierter Bürger und treusorgender Familienvater in Wattwig.

Dr.CM grinste und betrachtet genüsslich die Karten in seiner Hand. Was sich da beim Sortieren der Karten zeigte, sah aus wie ein ausgewachsener "Royal Flash". Das erste wirklich gute Blatt an diesem Abend und das war damit so glaubte er, so sicher wie das Amen in der Kirche, sein leicht gewonnenes Spiel.

Nachdem Trixi zwei Karten, Luko und Dr.CM keine und Charly drei Karten bekommen hatten, stiegen Trixi und Charly sofort aus und Luko gewann die Partie nach einer "Runde zum Sehen" mit einer "Großen Straße" vor Dr.CM.

Dr.CM fluchte laut und erbittert, bestellte sich bei Manni ein weiteres Kilkenny und seinen an diesem Abend zweiten, diesmal doppelten "Fünfzehnjährigen Glenfiddich Solera Reserve".

Der vierte im Bunde, neben Luko, Dr.CM und Charly, war Mike Trix, genannt Trixi.

Trixi war, offiziell als Hausmeister der Pfarre vor vielen, vielen Jahren eingestellt worden, aber tatsächlich das "Mädchen für alles". Und es gab auch nichts was er nicht konnte. Vom Rasenmähen angefangen bis zu schwierigen handwerklichen Tätigkeiten. Es gab fast keinen Automotor oder sonstiges großtechnisches Gerät in der Gemeinde den oder das er nicht schon repariert, oder wenigstens begutachtet hatte.

Auf Mike Trix war immer Verlass. Trixi war für sein Alter von 56 Jahren, einer Körpergröße von einsfünfundneunzig und im Durchschnitt einhundertsieben Kilo Lebendgewicht immer, nicht nur auf seinem Motorrad, einer mit ihm gealterten BMW, flott dabei.

Mike Trix war kinderlos, und, wie er selber sagte, mit der "Gemeindetratsche Wattwigs" verheiratet.

Langsam zog sich der Abend Spiel um Spiel dahin, bis sie wieder einmal zu ihrem derzeitigen, schon etwas in die Monate gekommenen, aber immer wieder interessanten Lieblingsthema kamen. Wo war Horst Kattscheff und wo waren die mit ihm zusammen verschwundenen 1,6 Millionen der Letro-Märkte?

"Das war schon irre, wie der Kattscheff das Ding durchgezogen hat. Wenn das stimmt, was in den Zeitungen stand, dann brauchte er nur eine Unterschrift fälschen, nämlich die seines Vorgesetzten, um an die Kohle zu kommen. Er hat dann einfach die Tagesumsätze telegrafisch auf sein extra dafür eingerichtetes Konto überwiesen und ist anschließend mit der von seinem Konto abgehobenen Kohle abgehauen.

Und die Idioten von Letro haben nichts gemerkt. Oder besser, erst einen Tag später als es längst zu spät war und er lange weg war." sagte Charly "Was habe ich früher für Handstände gemacht um an Geld zu kommen, und ich habe nicht mal Bruchteile von dem verdient was der sich eingesackt hat."

"Kluge Berechnung ist eben eine Sache und Dilettantentum eine andere." sagte Dr.CM und grinste, "bei dir wussten wir doch schon immer bevor wir es beweisen konnten, das konnte nur einer gewesen sein, unser Freundchen Charly.

Deine Haftbefehle hatte ich sozusagen schon fertig unterschrieben in der Schreibtischschublade liegen. Ich musste nur noch den Beschuldigungstext und das aktuelle Datum eintragen."

"Das beste Stück von dir war doch, als du damals bei deinem Apothekeneinbruch in die St. Barbara Apotheke deinen Ausweis liegen gelassen hast", sagte Trixi, "und dann die Frechheit hattest zu behaupten ein anderer hätte den Ausweis in der Apotheke hinterlegt um dir eins auszuwischen. Und dann ist dir nicht mal eingefallen wer das sein konnte."

"Kumpels verpfeift man eben nicht" sagte Charly, "auch wenn sie einen reinlegen wollen. Das Problem löst man später selber mit denen. Von Mann zu Mann."

"Besonders, wenn es sich bei den Kumpels um Geister handelt, die Ausweispapiere in Apotheken zaubern. Was hast du von mir eigentlich damals für deinen Apothekenbruch gekriegt?"

"Ich glaube ein Jahr mit Bewährung. Aber nicht wegen des Bruchs, sondern als Dankeschön für deine besonders verlässliche Blödheit. Die Bullen hatten ja seinerzeit praktisch nicht arbeiten müssen, die mussten dich nur von zu Hause abholen und einlochen." sagte Dr.CM grinsend.

"Aber wo der Kattscheff jetzt steckt, würde mich doch wirklich brennend interessieren. Der ist ja nicht dumm der Kattscheff. Der wird sich ein Land ausgesucht haben, wo leicht unterzutauchen ist. Mit bestechlicher, korrupter Polizei, Justiz, Verwaltung, was weiß ich. Irgendwo in einem Land in Südamerika, oder vielleicht in Südafrika, tippe ich. "

"Der muss doch alles super gut vorbereitet haben. Wahrscheinlich hat der sich in der Zwischenzeit ein neues Gesicht machen lassen. Gibt doch plastische Chirurgen, die so was können wie man weiß. "

"Für richtiges Geld kriegen die alles hin. Wenn die fertig sind, ist von dem alten Gesicht nichts mehr übrig, was auch nur annähernd an die alten Fotos erinnert. Die verändern alles an so einem Gesicht. Nase, Ohren, Haaransatz, Augenbrauen. Die stopfen eingefallene Backen aus, entfernen Falten oder machen schöne neue Falten und nähen Muttermale in so ein Gesicht ein. Da bleibt nichts wie es war. Den erkennt hinterher kein Mensch mehr, nicht mal die eigene Mutter wenn er bei ihr schellt und sie vor ihm in der Haustür steht und ihn ansieht." sagte Luko und ließ den Blick dabei nicht von seinen Karten.

"Wenn der in Südamerika sein sollte, dann ist die Kohle bald alle. Da ist doch blitzschnell die gesamte südamerikanische Unterwelt mitsamt der kolumbianischen Rauschgiftmafia hinter ihm her um an sein Geld heranzukommen. "

"Und hinterher erledigen die den so gründlich, da hat der gar keine Zeit mehr sich ein neues Gesicht basteln zu lassen, so schnell sind die mit dem fertig und haben ihn im Nullkommanichts im Regenwald verbuddelt oder an die ortsansässigen Krokodile verfüttert.", sagte Dr.CM.

"Nein, ich glaube nicht, dass Kattscheff nach Südamerika abgehauen ist. Der weiß wie heiß es da für ihn werden, und wie schnell das mit ihm zu Ende gehen kann. Wie du schon sagtest, Luko, blöd ist der Kattscheff nicht, war der nie." sagte Dr.CM weiter.

"Wenn ihr mich fragt", sagte Trixi", ist der noch irgendwo in erreichbarer Nähe. Irgendwo im europäischen Ausland. Da hat der sich, wahrscheinlich unter falschem Namen, vor ein paar Jahren ein nettes kleines etwas abgelegenes Häuschen gekauft, hat ein nettes kleines Konto bei irgendeiner Bank eröffnet, auf das er immer wieder mal nette kleine Summen eingezahlt haben wird, um sich in Erinnerung zu halten. Das nette kleine Häuschen wird eine nette kleine Garage mit einem netten kleinen Auto darin haben. Das holt er jetzt regelmäßig aus der netten kleinen Garage raus, um nette kleine Spritztouren in der wunderschönen Umgebung seines Häuschens zu unternehmen. Und weil, wie Luko schon sagte, er ein, wahrscheinlich in Deutschland angefertigtes neues Gesicht haben wird, wird ihn kein Mensch so schnell erkennen. "

"So wird das sein. Und das wird auch kein Land mit dauerndem Regen sondern ein Land mit dauerndem Sonnenschein sein, in dem er sich aufhält. "

"Wir wissen doch, dass Kattscheff diesen Mythologietick hatte und wann immer er konnte, nach Griechenland abgehauen ist. Ich wette, der ist in Griechenland und lacht sich über uns hier kaputt. In ein paar Jahren bekommen wir bestimmt mal eine anonyme Postkarte aus Griechenland hier in den "Fisch". Also ich bin davon überzeugt, dass der in Griechenland sitzt und fröhlich seinen Studien über die griechische Antike nachgeht."

"Hört sich nett an, da könnte was dran sein", sagte Dr.CM nachdenklich, "vielleicht sollte ich unseren Zielfahndern vom BKA mal einen Tipp geben mit ihrer Suche in Griechenland anzufangen. Ich kenne da einige der Herren. Aber andererseits, was geht mich das an, wo das BKA den Kattscheff sucht. Die kriegen Kattscheff auch irgendwann ohne meine Hilfe. Und bis dahin hat er wenigstens ein schönes Leben gehabt, wie er es nach seiner Festnahme nie wieder haben wird."

"Ihr spekuliert hier herum", sagte Charly mit leiser Stimme", vielleicht war das Ding gar nicht so toll geplant, wie ihr glaubt. Vielleicht war das eine kurzfristige, von ihm in ein, zwei Wochen durchgezogene Aktion. Vielleicht war er bloß seine Frau, diese Dorina leid. Richtig leid. Und wollte einfach nur weg, und den ganzen verdammten Mist in dem er feststeckte, mitsamt dieser dummen Kuh von Dorina, die ihn ohnehin dauernd betrogen hat, hinter sich lassen. Vielleicht hatte er einfach nur die Schnauze voll und ihm wurde plötzlich klar, wie schnell und einfach und mit wieviel, richtig viel Geld er sich aus dem Staub machen konnte. Und dann hat er das ruckzuck umgesetzt und ist verschwunden."

"Könnte natürlich auch sein, vielleicht hat Charly recht, vielleicht reden wir die Sache komplizierter als sie in Wirklichkeit ist", sagte Dr.CM mit nachdenklichem Blick zu Charly.

"Vielleicht hält Kattscheff sich in irgendeiner Erdhöhle in einem unserer Wälder versteckt und wartet nur darauf bis sich der Rauch gelegt hat und er wieder rauskommen kann um erst dann in aller Ruhe zu verschwinden."

"Netter Zug von dir, dass du mir auch mal einen Gedankengang zutraust, der in deinen Augen nicht nur Schwachsinn ist", sagte Charly an Dr.CM gewandt.

Dr.CM hob den Kopf blickte zu Charly rüber und sagte sanft, "du weißt genau, dass ich das nicht so meine wie es sich vielleicht manchmal anhört."

"Die Ehe der beiden war doch vollkommen hinüber", sagte Charly weiter, "dass der sich das überhaupt so lange angesehen hat mit seiner Frau. Der war doch viel zu gutmütig für diese Dorina. Die hat doch wirklich jeden angebaggert, der unter achtzig war und nicht schnell genug entkommen konnte. Ich weiß wovon ich rede, ich war ja schließlich auch mal an der Reihe. Die hat aber auch ein bildschönes Gesicht mit tollen Augen und diesem verführerischen Lächeln. Dazu noch dieser tolle Arsch und ihre super Beine. Leider praktisch keine Titten. Und ihr wisst ja, dass ich auf einen großen Brustumfang stehe. Deswegen hat es damals ja auch nicht geklappt mit mir, das gebe ich zu. Ich habe meine Prinzipien."

"Herrgott wenn ich daran denke, was die für Handstände gemacht hat als sie merkte, dass sie mich nicht rumkriegt.

Dauernd diese Anrufe bei mir. Gut, dass ich damals noch nicht mit meiner Frau zusammen war. Die hätte mir nie geglaubt, dass ich mit der nichts hatte. Aber dafür hat sie einige andere Ehen ruiniert oder den Ehen den Rest gegeben. Dass sich nie jemand an ihr gerächt hat wundert mich. Es gibt genug Männer und Frauen in Wattwig, die mit der ein richtiges Hühnchen zu rupfen hätten, aber bis jetzt ist sie immer glimpflich davongekommen. Außer einigen Ohrfeigen die sie sich mal eingefangen hatte, hat der nie jemand was ernsthaftes getan. Leider, kann man fast sagen."

"Solche Frauen wie die Kattscheff vergleiche ich immer mit überreifen Früchten oder mit Früchtchen", sagte Trixi, "Von außen wunderschön anzusehen. Eine glatte, makellose Oberfläche, sie strahlen dich an und glänzen in der Sonne ihrer eigenen Schönheit. Wenn du dann aber reinbeißt in diese Früchte, merkst du, dass sie von innen überreif, faul, matschig und bis an ihren Kern verdorben sind."

"Die hat es sogar bei mir seinerzeit versucht, als Karin gestorben war", sagte Luko, "wenn Clarissa und Simone der damals nicht ordentlich den Marsch geblasen hätten, als sie mal wieder anrief, so von Frauen zu Frau, dann hätte ich die wahrscheinlich heute noch am Kragen. Ich wusste gar nicht, dass meine gut erzogenen Töchter so eine Auswahl an Kraftausdrücken parat haben. Schlampe und Gemeindehure waren da noch die harmlosen Vokabeln. Ich habe das Telefonat auf unserer Seite ja mitgekriegt. Gut getan hat mir das Gespräch, das sage ich euch. Die hatte wohl geglaubt sie könne die neue Pfarrersfrau werden und bei mir ins irdische Himmelreich einziehen. Nach dem Telefonat zwischen ihr und meinen Töchtern habe ich von Kattscheffs Frau nie mehr was gehört."

"Wenn die die neue Pfarrersfrau geworden wäre, hätten wir dir die Kirchentüren zugenagelt, das kannst du wohl glauben", sagte Dr.CM mit belustigtem Gesicht.

"Es bestand nie die Gefahr, das kann ich euch versichern", erwiderte Luko lachend.

"Und was für einen Affentanz die Bullen hier aufgeführt haben, als Kattscheff mit den 1,6 Millionen weg war. Am liebsten hätten die jedes Haus, jede Scheune, jeden Schuppen durchsucht um den Kattscheff zu finden. Überall haben sie sein Bild rumgereicht, obwohl doch jeder, wenn er ihn nicht sowieso schon kannte, sein Bild mindestens einmal in der Zeitung gesehen haben musste, so oft wie der veröffentlicht wurde. Für die Zeitungen war das Ding ja damals der Bringer schlechthin. Aus jedem kleinsten Hinweis oder Anruf bei den Zeitungen haben die eine Zeitungsseite mit Vermutungen gebastelt, wo er angeblich gesehen worden war. Sogar an einer Bushaltestelle wurde Kattscheff mal gesichtet um dann gemütlich mit dem Bus zu fahren. Nur im Bus selber hatte ihn dann leider keiner bemerkt. Ich glaube die haben die Bushaltestelle nach dem Hinweis trotzdem drei Tage lang in der Hoffnung observiert, er könnte wieder Lust auf öffentlichen Personennahverkehr bekommen, und sich im Bus verhaften lassen. Wir wurden hier doch angesehen, als wären wir allesamt Mittäter. Und jeder der mit ihm irgendwie zu tun hatte, war doppelt und dreifach verdächtig bei dem Ding mitgemacht zu haben. Aber genutzt hat es ihnen nichts. Kattscheff ist bis heute verschwunden. Aus einem schnellen pressewirksamen Erfolg für die Polizei wurde nichts, bis heute haben die wahrscheinlich nicht mal eine ernsthafte Spur von ihm.", sagte Trixi.

"Ihr seid ja noch mit einem blauen Auge davon gekommen", sagte Charly, "mich hatten die Bullen ja, wie sie glaubten, sozusagen schon der Mittäterschaft überführt. Bloß weil ich als selbstständiger Taxiunternehmer eine Einkaufsberechtigung zu den Letro-Märkten habe und ein alter Kunde von den Bullen war. Die hatten geglaubt ich hätte Kattscheff regelmäßig an seinem Arbeitsplatz besucht um das Ding mit ihm zu planen und durchzuführen."

"Macht ja auch Sinn. Ich gehe schön im Letro Markt einkaufen, treffe Kattscheff, natürlich öffentlich damit uns alle sehen, und gehe dann, nachdem wir alles, ich weiß nicht wie oft durchgesprochen haben, winkend zur Zufriedenheit aller die mich hoffentlich gesehen haben und später identifizieren können, nach Hause. Zum Entwickeln von so viel Schwachsinnsfantasie sind auch nur die Bullen Bochkums in der Lage. Drei Tage haben die mich immer wieder verhört und mir die gleichen saudummen Fragen gestellt. Meine drei Tage Verdienst- und Umsatzausfall hat mir bis heute keiner von denen bezahlt, nicht einen Cent habe ich bekommen."

In der Zwischenzeit hatten sie Runde um Runde weitergepokert. Gemischt, gegeben, gewonnen, verloren.

Eine Zeitlang spielten sie schweigend weiter. Jeder der vier Freunde hing seinen Gedanken über Kattscheffs Verschwinden nach. Dieser Fall war eben das Rätsel des Ortes und sicher auch eine der aufregendsten Geschichten die in Wattwig in den letzten Jahren passiert waren. Was ereignete sich auch schon in einer kleinen Ortschaft außer Verkehrsunfällen, Wohnungseinbrüchen, Diebstählen, Körperverletzungen oder sonstigen kleineren Betrügereien. Morde, Vergewaltigungen, Raubüberfälle oder andere wirkliche Kapitalverbrechen waren nicht an der Tagesordnung, kamen natürlich wie sich das gehörte auch schon mal vor, aber doch sehr selten.

Außer Kattscheffs Verschwinden war lediglich eine bis heute unaufgeklärte Serie von Brandstiftungen, bei der bisher, Gott sei Dank ohne Personenschaden, hauptsächlich einige Pkws und Gartenhäuschen in der örtlichen Kleingartenanlage abgefackelt worden waren. Dabei waren bis dahin nur verhältnismäßig geringe Sachschäden entstanden, die aber trotzdem für Gesprächsstoff im "Fisch" sorgten.

Allerdings war vor einer Woche der eingedeckte Dachstuhl eines Neubaus sowie wieder ein fast neuer Pkw angesteckt worden und die Leute waren der überwiegenden Meinung, dass dem Brandstifter das Anzünden von Gartenhäuschen inzwischen zu langweilig geworden war, oder er die Kleingärtnerlauben nur probeweise angesteckt hatte um sich jetzt interessanteren Objekten zuzuwenden.

Diese, natürlich auch von der örtlichen Presse diskutierte und verbreitete Meinung, sorgte inzwischen allerdings für wirkliche Unruhe in Wattwig, weil sich jetzt, auch vorher in Sicherheit wiegende Bürger, für sie so völlig unerwartet, persönlich in ihrer Sicherheit bedroht fühlten. Wo zuvor noch eine unterschwellige Schadenfreude über die Brände in den Kleingärten weit verbreitet war, wich diese Schadenfreude jetzt fast einer blanken Angst vor dem Verlust des eigenen fast neuen Mittelklassewagens vor der Haustür oder in der Garage. Der Ruf nach massiven Polizeieinsätzen, und wenn die nichts tun, einer Bürgerwehr, wurde unter den Einwohnern Wattwigs immer lauter.

"Für mich gibt es noch einige weitere offene Fragen zu Kattscheffs plötzlichem Verschwinden. Wir wissen doch bis heute nicht einmal ob er das Ding alleine durchgezogen hat oder ob er Komplizen hatte. Die Polizei und das LKA gehen lediglich mit Sicherheit davon aus, dass sein inzwischen entlassener Chef an dem Betrug nicht beteiligt war. Soviel weiß ich aus der Aktenlage. Kattscheffs Chef hatte, und darum wurde er auch später entlassen, die Zahlungsanweisungen im Vertrauen auf Kattscheff vor und nicht nach Kattscheff unterschrieben. Also sozusagen blanko unterschrieben. Er hätte die Zahlungsanweisungen erst prüfen müssen und dann gegenzeichnen.

Kattscheffs Chef wollte aber eher zu Hause sein und in den zurückliegenden Jahren hatte es ja auch nie Probleme gegeben. Kattscheff galt ja auch als höchst zuverlässig und integer. Da kann man mal wieder sehen wozu Routine und zu viel Vertrauen trotz der langen Zusammenarbeit in trotzdem immer noch fremde Menschen führen kann.

Wenn Kattscheff aber Komplizen hatte, bleibt die Frage was passierte mit dem von Kattscheffs Konto abgehobenen Geld. Wurde es geteilt unter den Beteiligten?

Vielleicht lebt Kattscheff auch gar nicht mehr. Vielleicht wurde er von seinen Komplizen, wenn er denn welche hatte, umgebracht. Wenn Kattscheff sich mit Profis eingelassen hat, die vor nichts zurückschrecken, kann es durchaus sein, das die den Kattscheff zur Seite geschafft haben. Warum mit Kattscheff teilen? Es ging immerhin um mehr als eine Million und es sind schon für viel weniger Geld eine Menge Menschen umgebracht worden.

Für meine Theorie dass Kattscheff tot ist spricht auch, dass Profis, die uns bis heute völlig unbekannt sind, einen Mittäter der sie kennt und verraten könnte, schon zu ihrer eigenen Sicherheit umbringen müssen. Der Kattscheff ist doch Polizeiverhöre überhaupt nicht gewohnt.

Wenn die Kripo oder das BKA den ein, zwei Tage in die Mangel genommen hätten, hätte der mit Sicherheit die Tat gestanden und dazu auch gleich seine Mittäter verraten. Wenn Kattscheff also Mittäter hatte, lebt der bestimmt schon seit Wochen nicht mehr und ist inzwischen irgendwo einbetoniert und jetzt Teil eines Brückenfundaments oder vielleicht ist er in einer

Müllverbrennung gelandet und da zu kleinkörniger Asche verwandelt worden. Sauberer und sicherer, ohne Spuren zu hinterlassen, kann man eine Leiche nicht verschwinden lassen.", sagte Dr.CM.

"Also du meinst", sagte Luko, der sich in der Zwischenzeit eine Pfeife angesteckt hatte und gemütlich vor sich hin paffte", wenn er den Deal alleine durchgezogen hat, hält er sich irgendwo versteckt und wartet dort ab bis sich alles beruhigt hat. Vielleicht versteckt er sich sogar irgendwo in unserer Nähe. Wenn er aber Mittäter hatte, ist er längst tot, und zwar so, dass er für immer unauffindbar bleibt?", fragte Luko weiter.

"Genau das meine ich." antwortete Dr.CM.

Kapitel 3: Die tote Frau
Luko entdeckt die tote D. Kattscheff

Ganz früh morgens, wenn sogar viele Vögel noch schliefen, war Luko am liebsten auf seinem Friedhof unterwegs.

Da doch alles im Fluss ist und sich bewegt und miteinander verbunden ist, aus sich heraus entstanden und niemals zurück kann, und alles irgendwann, früher oder später vielleicht, vielleicht auch nur zeitweise, verschwindet, dann müssen doch noch mindestens Reste von allem irgendwo zugegen sein? Und nicht nur in Büchern oder auf was weiß ich für Speichern. Luko dachte bei diesen morgentlichen Gängen unentwegt darüber nach. Schon fast zwanghaft, ohne jedoch bis heute für sich persönlich die richtige Antwort auf viele seiner Fragen gefunden zu haben.

Wie an jedem frühen Morgen suchte er die Zwiesprache mit Karin. Er war auf dem Weg zum Grab von Karin, seiner so sehr geliebten, und viel, viel zu früh an Krebs verstorbenen Frau.

Luko wusste, dass er irgendwann seine Antworten gefunden haben wird. Ein Mensch hat nur eine körperliche und eine seelische Chance zu leben und wird geschlachtet, dachte Luko.

Sie konnten sich nicht wehren. Sie waren chancenlos. Die Millionen grausam in deutschen Konzentrationslagern vergasten Menschen, weil sie die Idee ihres Glaubens hatten, und aus reinem wahllosem Rassenhass getötet von den Vollstreckern der Hassprediger und ihrem Führer Hitler, der geschickt den Neid und die Missgunst zwischen Göring und Himmler nutzte.

Luko dachte an den grausamen sowjetischen und heutigen russischen Gulag, an Polpot und die Armenier, an die vielen durch Folter oder nach wahllosen Anschlägen Gestorbenen und die noch sterbenden unschuldigen Menschen aller Länder.

Er dachte an den Wohlstand durch Versklavung über Jahrhunderte. Ganze Nationen waren dadurch reich geworden. Piraten wurden zu Ehrenmännern erklärt und zu englischen Vizekönigen. Er dachte an die gnadenlose Arroganz und Dummheit aller derer die im Namen Gottes vernichten. Was für eine ungeheure Lästerung Gottes. Es muss eine Hölle geben, denn wo sollen diese Geister sonst hin. Eine hoffentlich ewige Hölle.

Und immer ging es einzig um Macht und Geld, um Gier und ums Wegsehen. Mit Menschenblut geschmierte Geschäfte sind es, um die es geht. Das Glück von Macht in der internationalen Mördertruppe. Menschen ändern sich nicht, nur die Mittel ändern sich. Schlechte Menschen werden durch Bildung nicht zu guten Menschen. Wie hieß es da: Erst kommt das Fressen, dann die Moral. Sie glauben an das ewige Leben und werden zerstückelt in der ewigen Verdammnis enden. Die, die alt werden, sollen schon zu Lebzeiten die ewige Verdammnis zu spüren bekommen.

Wenn sie älter geworden sind, holt er sie ein. Ihr eigener Teufel wird sich an ihnen rächen. In der einen oder anderen Form holt es sie ein. Vor ihrem Tod werden sie sich doppelt fürchten denn ihre Gräber werden bespuckt werden, ewig bespuckt werden. Denn sie werden zu denen gehören, denen nie verziehen wird.

Jeden Morgen, wenn er über seinen Friedhof ging dachte er an das Elend dieser Welt. Und er wusste, was er für ein Glück hatte, hier und jetzt leben zu dürfen. Vor allem im zentralen Europa leben zu dürfen. Hoffentlich bleibt ihm dieses Glück noch lange erhalten. Trotz aller täglichen Widrigkeiten. Was für Kleinigkeiten diese Widrigkeiten doch sind. Wenn es nicht so traurig wäre, aber hier auf dem Friedhof fielen ihm seine besten Predigten ein. Aber wir haben es nicht geschenkt bekommen und wir müssen es verteidigen. Sie sind noch alle da. Sein Zorn, das spürte er, hatte seinen Höhepunkt erreicht.

Luko blickte zum Himmel.

Die gestern noch fast bis zum Boden reichenden Wolkenmassen hatten sich weitestgehend aufgelöst und dem Himmel wieder Platz gegeben sich auszuweiten. Immer noch große Wolkengebirge, seitlich angestrahlt durch die langsam aufgehende tiefrote fast dunkelrote Sonnenscheibe waren zu sehen.

Unterbrochen wurden diese unförmigen riesigen dunkelgrauen teilweise schwarzen Wolkengebilde durch sie ergänzende in scheinbar unendliche Höhen reichende hellblaue Weiten, an denen zusätzlich neben den bedrohlichen Wolkenungetümen bizarre hellgraue bis ins Reinweiße reichende Wolkenfetzen über ihm dahinschwebten.

Was würde dieser neue Tag bringen? Auf jeden Fall endlich wieder schönes, warmes Wetter!

Während er zum Himmel blickte, streckte er seine Arme mit den ineinander verhakten Fingern seiner beiden Hände in die gleiche Richtung. Gleichzeitig dehnte er nacheinander sein rechtes und dann sein linkes Bein, dass er jeweils lang ausgestreckt, mit ganzer, den Boden berührender Fußsohle, nach hinten wegstreckte. So wie es richtig ist. Ein schöner Tag um gleich anschließend eine Stunde zu joggen, bevor der Alltag mich wieder einholt, dachte Luko.

Ruhe, nur unterbrochen von dem Gezwitscher der verschiedenen Vogelarten begleiteten seinen Gang. Jetzt sind sie wach, es kann losgehen, dachte Luko.

Das Knirschen des kiesigen Weges unter seinen Schuhsohlen störte ihn nicht im Geringsten, es unterbrach diese angenehme Ruhe der ersten Morgenstunde in keiner Weise. Die kühle, noch feuchte Morgenluft roch unverbraucht als wäre sie gerade erst produziert worden und wirkte auf ihn fast als Heilmittel um einen normalen Tag wie diesen, ohne Hektik und große Anstrengungen, zu bewältigen.

Langsam, während er seines Weges schritt, erwärmte sich, durch die unaufhaltsame Kraft der aufgehenden Sonne die Luft um ihn herum und verlor so ihre jungfräuliche Frische der ersten Minuten des Tages. Die gerade noch gespenstigen Morgenschatten wurden jetzt durch sich immer mehr verbreitendes strahlendes und wärmendes Licht vertrieben. In dem gleichen Maße wie sich dieses wohltuende Helligkeit plötzlich hundertfach ausbreitete, stiegen, angeregt durch die Wärme, lichtdurchlässige Nebelschwaden von den Gräbern, kleinen Wiesen, Hecken, Büschen und Bäumen in den Himmel empor, um sich dort mit den immer schneller abziehenden Wolken zu vereinigen.

Tief in Gedanken versunken ging er fast automatisch die gewohnte Wegstrecke. Nur sein Unterbewusstsein registrierte die täglichen Veränderungen seines Friedhofs. An der neu eingerichteten Streuwiese mit ihren Hinweisschildern, die das Spielen der Kinder auf dieser Wiese unterbinden soll, und an mit teilweise schon verwelkten Blumen geschmückten und mit Kränzen verzierten neuen Gräbern ging es vorbei. Die an anderer Stelle eingeebneten Grabstellen längst verwester Gemeindemitglieder registrierte er ebenso wie die zwei neuen schon gestern ausgehobenen Gruften für die in den nächsten Tagen stattfindenden Beerdigungen.

Luko war stolz auf seinen Friedhof. Seit einigen hundert Jahren wurden auf diesem Acker Menschen in christlicher Tradition bestattet. Im Laufe der letzten Jahrhunderte hatte es natürlich auch auf den Friedhöfen Veränderungen gegeben.

So war es heutzutage nicht mehr üblich und natürlich, auch viel zu teuer und viel zu platzintensiv, kleine Mausoleen mit begehbaren Totenkammern für die Toten zu bauen. Aber in früheren Zeiten hatte man das eben getan und diese Grabstellen waren, in der Zwischenzeit zwar teilweise stark verwittert, weitestgehend erhalten geblieben. Auf anderen älteren Friedhöfen waren diese Mausoleen aus Platzgründen, und weil sich die Friedhöfe kaum ausdehnen konnten, längst abgerissen, und die frei gewordenen Plätze waren mit kleineren Grabstätten belegt worden.

Dieser Friedhof war vor Urzeiten, aber damals schon außerhalb der alten Stadtmauern angelegt worden und hatte so, mitten im Feld, seinerzeit aber noch am Tal der Rurl liegend, immer weiter problemlos ausgedehnt werden können. So waren die schönen alten platzfressenden, geheimnisumwitterten Grabstellen erhalten geblieben.

Karins Grab lag auf dem Teil des Friedhofs den sie den "Neuen Friedhof" nannten. "Neuer Friedhof" hieß er deshalb, weil vor ungefähr dreißig Jahren noch einmal ein großer, an den alten Friedhof angrenzender Acker von der Gemeinde dazugekauft worden war, der seitdem ebenfalls als Beerdigungsstätte diente. Auf diesem neuen Teil des Friedhofs waren seit seinem Bestehen Einzel- und Familiengräber angelegt worden und nichts deutete mehr darauf hin, dass an dieser Stelle einmal eine einfache Wiese gewesen war auf der in früheren Zeiten Pferde und Kühe gegrast hatten.

Das zukünftige Doppelgrab selber war betont schlicht gehalten. Ein großer schwarzer Granitgrabstein mit einem in der Mitte eingravierten goldenen Kreuz; auf der linken Seite der polierten Grabsteinfläche war der Stein mit ihrem Namen sowie ihrem Geburts-und Sterbedatum versehen, es war der einzige

Schmuck und die einzige Erinnerung an sie. Auch auf das Anbringen eines Bildes, was immer moderner wurde, hatte er verzichtet weil er Karin in eigener Erinnerung halten wollte und nicht nur in der Momentaufnahme eines Porträtfotos. Bepflanzt wurde das Grab natürlich von ihm selber, der jeweiligen Jahreszeit entsprechend, mit Blumen oder im Herbst mit kleinen Büschen aus Heidekraut. Die im Spätherbst von den angrenzenden Bäumen auf das Grab gewehten Blätter wurden von ihm immer erst im darauffolgenden Frühjahr beseitigt. Das rote Totenlicht brannte zur Erinnerung an sie ununterbrochen zu jeder Jahreszeit, Tag und Nacht.

Wie immer, wenn er das Grab Karins besuchte sprach er für sie halblaut ein kleines Gebet oder zitierte aus dem "Neuen Testament". In Gedanken übermittelte er ihr die Geschehnisse des letzten Tages oder der letzten Tage. Meistens veränderte er dann anschließend das Grab ein wenig, indem er frische Pflanzen eingrub oder das Grab auch nur harkte.

Wie immer führte ihn sein Weg vom Grab zurück nicht direkt zu Kirche und Pfarrhaus sondern er machte gerne den kleinen Umweg über den "alten Friedhof". Vorbei an den teilweise uralten Familiengruften der seit vielen Jahrzehnten oder oft Jahrhunderten in Wattwig eingesessenen Familien.

Viele hunderte Mal war er diesen Weg schon gegangen und hatte doch immer irgendetwas Neues, für ihn Überraschendes, an diesen teilweise reichlich verzierten alten Gräbern entdeckt.

Obwohl er wusste, dass das natürlich nicht sein konnte, schien es ihm als würden sich die Verzierungen und Verschnörkelungen im Laufe der Jahre verändern. Als würden sie neue Formen annehmen um die Aufmerksamkeit auf sich zu lenken, um allen zu zeigen, dass die Steine gar nicht so tot sind wie viele glauben. Luko wusste ganz genau, dass die einzigen Veränderungen die hier in den Jahren noch eintraten witterungsbedingter Zerfall oder Moosbewuchs war, wobei mit zunehmendem Alter der, rechts und links mit kleinen kirchturmähnlichen Gebilden verzierten Mausoleen die Verfallgeschwindigkeit deutlich zunahm.

So hatte er es sich zur Angewohnheit gemacht, noch genauer hinzusehen, denn oft musste er einzelne kleine Gesteinsbrocken die abgefallen, auf den Wegen gelandet waren zur Seite

schieben, um den Friedhofsbesuchern Stolperfallen zu ersparen.

Der da nach der nächsten Biegung des Weges in einer Entfernung von ungefähr fünfundzwanzig Metern links von ihm
liegende Gesteinsbrocken war überdimensional groß, dazu
scheinbar angekleidet und hatte ansonsten die Form einer, wie
ihm durch den Kopf ging, gefallenen großen Putte deren linke
Schulter nach oben gedreht schien.

Stanislaus Lukowitsch blieb wie angewurzelt stehen.

Im immer noch leicht dämmrigem Licht des frühen Morgens
konnte er, trotz der Entfernung, deutlich die Umrisse eines
Menschen erkennen, der sich dort niedergelegt hatte, wo seit
Urzeiten die Familienmitglieder der Kattscheffs beerdigt wurden.

Der blitzartige Gedanke an eine gefallene Putte war ihm,
dass wusste er sofort, gekommen, weil der dort liegende
Mensch mit einem kurzen Rock bekleidet war, in dem zwei
übereinander und miteinander verdrehte Beine steckten, die
wiederum mit kurzen Socken und hochhackigen schwarzen
Schuhen bekleidet waren.

Wenn sie sich frühmorgens nach einem Spaziergang so
leicht bekleidet auf eine kalte Grabplatte legt, muss sie sich
nicht wundern wenn sie sich erkältet oder sogar eine schwere
Lungenentzündung zuzieht, schoss es Luko durch den Kopf.

Diesen weiblichen Menschen dort liegen zu sehen hatte ihm
einen gehörigen Schrecken eingejagt. Im ersten Augenblick
wusste er nicht wie er sich jetzt verhalten sollte. Sollte er hingehen und die Frau aufwecken oder sollte er es erst einmal mit
Zurufen versuchen um die schlafende Person nicht allzu sehr
zu erschrecken. Die ihn ergreifende Feigheit und die im Box-
ring erlernte Vorsicht im Umgang mit unberechenbaren Personen und Situationen ließ ihm keine andere Wahl und er versuchte es mit Zurufen.

Erst als trotz mehrmaliger leiser dann immer lauter werden-
der Hallo-Rufe keine Reaktion der weiter unbeweglich auf der
Grabplatte liegenden, unbekannten Frau erfolgte, entschloss er
sich, seine Kontaktstrategie zu ändern. Es blieb ihm also wohl
nichts anderes übrig als hinzugehen und die Frau wachzurüt-
teln.

Jetzt erst spürte er den auf seiner Stirn liegenden kalten Angstschweiß und seine in Stresssituationen immer verschwitzten Hände.

Irgendein Wissenschaftler hatte vor Kurzem einmal behauptet, dass unsere Hände wenn wir Angst haben deshalb schweißnass werden, weil wir das von unseren Vorfahren aus grauen Urzeiten als Urinstinkt übernommen haben. Unsere Vorfahren waren mit ihren verschwitzten Händen angeblich schneller auf die Bäume gekommen und hatten sich sodann besser vor ihren Feinden verstecken können. So ein Unsinn.

Luko fühlte sich mehr als unwohl in dieser Situation, denn er spürte die Verantwortung, jetzt sofort zu handeln, irgendetwas tun zu müssen, und nicht einfach, was er am liebsten getan hätte, so zu tun, als sei nichts.

In Bruchteilen von Sekunden hatte sich sein Gehirn darauf vorbereitet mit der schlimmsten für ihn denkbaren Situation konfrontiert zu werden. Sein Gehirn das er jetzt deutlich als schmerzenden Klumpen in seinem Kopf spürte, hatte sich darauf vorbereitet, einer auf einer Grabstelle liegenden toten Frau zu begegnen und er wusste, noch bevor er bei der auf dem Grab liegenden Frau angekommen war, das er Recht behalten sollte.

Er erkannte sofort wer sie war, und dass sie mausetot war.

Die Leiche die ihn da, mit verdrehten großen toten erschrockenen Augen aus einem irgendwie verdrehten zur Seite liegenden Kopf ansah, war keine andere als Dorina Kattscheff, die Frau von Horst Kattscheff, dem flüchtigen Millionendieb.

Luko hatte als Pfarrer schon viele tote Menschen gesehen, aber noch niemanden in einer so merkwürdigen bemerkenswerten Lage. Alles an ihr war verdreht und nicht wirklich an dem Platz an den es ordentlich angeordnet hingehört hätte. Ihr Oberkörper wurde auf seiner linken Seite durch eine Blumenvase, die, damit sie durch Windzug nicht umfallen konnte in die Grabplatte eingelassen worden war, abgestützt.

Ihr rechter Arm lag schlaff neben der Grabplatte, während ihr linker Arm angewinkelt, so als hätte sie sich noch abstützen und einen Sturz abfedern wollen, neben ihr auf dem Grab zu sehen war.

Eine, selbst für sie als Tote sicher eher unangenehme und nicht gerade ästhetische Liegeposition. Aus ihrem halbgeöffneten Mund war eine rötlichgelbe Flüssigkeit gelaufen und hatte sich in einer kleinen Lache auf der Grabplatte gesammelt. Vermutlich handelte es sich bei der ausgetretenen Flüssigkeit um eine Mischung aus Erbrochenem und Blut.

Die leicht zu erkennenden rötlichgelben Krallenspuren auf der Grabplatte deuteten darauf hin, dass hier schon einige Vögel, vermutlich Elstern, versucht hatten sich ein für sie leckeres Frühstück zu bereiten. Auch die in der ihm zugewandten Gesichtshälfte zum Teil bis auf die Backenknochen fehlenden Wangenstücke Dorina Kattscheffs konnte er sich nur mit den Ernährungsversuchen der Friedhofsvögel erklären. Die durchnässte Kleidung klebte an Dorina Kattscheff wie eine Gummihaut und gab auf Anhieb keinen Blick auf eventuelle weitere Verletzungen frei.

Hier konnte er wirklich nicht mehr helfen. Die einstmals schöne Dorina Kattscheff war seit vielen Stunden tot und bot, so wie sie dalag, überhaupt keinen angenehmen Anblick mehr.

Erstaunlich, wie ein zu Lebzeiten so schöner Mensch sich durch seinen plötzlichen Tod und einige fehlende Fleischstücke im Gesicht so krass ins optische Gegenteil verändern konnte.

Sie sah so erschrocken aus, als hätte sie sich vor ihrem Ende schon zu Tode geängstigt, als hätte sie vor ihrem Tod bereits gewusst, dass sie keine Chance auf ein Weiterleben mehr hatte. Als hätte sie gewusst, dass sie von diesem Friedhof nicht mehr lebend entkommen konnte, dachte Luko.

Er hatte keine Erklärung dafür, was in dieser Nacht passiert war, wie sollte er das auch wissen können. Er kam sich hilflos vor. Aber er fragte sich auch sofort, ob er hier eine Unfalltote vor sich hatte oder ob die Tote ermordet worden war. Sofort ging ihm der Gedanke durch den Kopf was er denn jetzt sinnvollerweise täte, wenn er die Todesart untersuchen müsste.

Diese Tote machte ihn neugierig. Erstens war sie keine Unbekannte im Ort und zweitens gefiel ihm irgendetwas an dieser Liegeposition auf dem Grab überhaupt nicht.

Von den allermeisten, im Rahmen seiner Arbeit als Seelsorger besuchten Toten, kannte er die Todesursachen, da ihm bisher immer Tote begegnet waren, deren Todesursachen amtlich festgestellt worden waren. Oft hatte er die später Verstorbenen auch eine lange Zeit bis zu ihrem Tod begleitet. Meistens hatten die Menschen zuvor eine lange Krankheit, oft auch Schmerzen, durchlitten bevor sie starben.

Es kam also praktisch nicht vor, dass die Todesursachen nicht stimmen konnten oder er es mit Menschen zu tun hatte, die eines unnatürlichen Todes gestorben waren. Die ihm persönlich bekannten, zu den Toten gerufenen Ärzte waren korrekt arbeitende Mediziner, die, wenn sie eine Todesursache feststellen mussten, sich an ihre gesetzlichen Vorschriften hielten und die Leichen auszogen, um Spuren von eventueller Gewalteinwirkung und damit eines gewaltsamen Todes festzustellen. Einfache Diagnosen wie lediglich Herzversagen oder Atemstillstand, daran stirbt letztendlich jeder Mensch einmal, waren ihm in seiner langjährigen Praxis als alleinige Todesursache nur äußerst selten begegnet.

Langsam ging er um das Grab herum bis er an der linken Seite der Toten angekommen war. Wieso war die Tote so verbogen auf der Blumenvase liegen geblieben und nicht von der Vase, nachdem sie darauf gefallen war, abgerutscht? Lag das an ihrem, sie scheinbar abstützenden linken Arm, und gar nicht an dieser Vase auf der sie so unglücklich lag?

Langsam beugte er sich über die übelriechende Leiche. Ein Gefühl von Ekel und Mitleid überkam ihn so stark, dass er nur mit Mühe verhindern konnte sich über der Leiche zu übergeben.

Vorsichtig versuchte er die Tote an ihrer rechten Schulter so zu sich umzudrehen, dass er erkennen konnte warum ein zierlicher aber doch bestimmt fünfzig Kilogramm schwerer Mensch auf einer Blumenvase mit einem Öffnungsdurchmesser von höchstens zehn Zentimetern liegenbleiben konnte.

Obwohl die Leichenstarre zwischenzeitlich wieder von der Toten gewichen war kam Luko zu keinem nützlichen Ergebnis. Die Schulter der toten Frau ließ sich zwar nach hinten bewegen, aber das war auch schon alles was er erreichte.

Ansonsten war der Leichnam zu schwer um ihn aus dieser Position heraus zu sich umzudrehen oder anderweitig mehr als fünf, sechs Zentimeter bewegen zu können.

Er ging an seine alte Position am Grab zurück, um es von hier aus noch einmal zu versuchen. Vorsichtig, um nur ja keine wichtigen Spuren zu verwischen, stellte er sein rechtes Bein auf die Grabfläche. So hatte er ausreichend Standkraft, um, indem er seinen rechten Arm auf seinem angewinkelten rechten Bein abstützte, es noch einmal versuchen zu können. Indem er jetzt, wieder mit seinem Brechreiz kämpfend, die Leiche an ihrem rechten Oberarm fassend hochzog, hoffte er den Leichnam von der Blumenvase und der Grabplatte anheben zu können.

Mit einem Ruck gelang ihm dieses Unterfangen und er konnte den Leichnam Dorina Kattscheffs weit genug anheben um genug gesehen zu haben und jetzt ziemlich sicher sein zu können, woran sie gestorben war.

Vorsichtig legte er die Leiche wieder genauso an ihrem Platz zurecht wie er sie nur wenige Minuten zuvor vorgefunden hatte. Einen Schritt zurücktretend stand er wieder auf dem Kiesweg neben dem Grab.

Einen Augenblick wusste er nicht, was er tun sollte. Dorina Kattscheff war also, so viel war sicher, wahrscheinlich keines natürlichen Todes gestorben. Vielleicht erklärte das ihren erschrockenen Blick, der Blick einer Frau die Todesangst gehabt haben musste, als sie hier auf dem Friedhof vielleicht ihren Mörder begegnet war.

Langsam gewann er seine alte Fassung zurück.

Wenn Dorina Kattscheff umgebracht worden sein sollte, musste das einen triftigen Grund gehabt haben. Und da gab es für ihn, ohne groß nachdenken zu müssen, nur eine einzige erklärbare Möglichkeit. Der tragische Tod Dorina Kattscheffs konnte nur die Tat, oder die Folge der Tat eines Triebtäters sein, der sie bis hierhin auf den Friedhof verfolgt hatte.

Jetzt erst wurde ihm richtig bewusst, wie leichtsinnig er mögliche Spuren verwischt hatte und wie leicht er, wenn er jetzt nicht aufpasste, eventuelle weitere Spuren verwischen konnte. Spuren, die für die Polizei besonders wichtig sein mussten, wollte sie diesen Todesfall schnell und gründlich aufklären. Und daran war er durchaus interessiert.

Auf Kieswegen kann man keine Fußspuren feststellen, schoss es Luko durch den Kopf. Er hatte sein Leben lang Kriminalromane berühmter und anerkannter Autoren gelesen, er wusste dass auf der ganzen Welt, von allen Polizisten der Welt zu allererst auch nach Fußspuren gesucht wird. Obwohl Kieswege ungeeignet sind um Gipsabdrücke von Schuhsohlen, Reifenspuren oder Ähnlichem herzustellen, hielt er seinen Blick nach unten gerichtet, in der Hoffnung etwas Nützliches oder Interessantes zu finden.

Warum tat er das nur? Wollte er in "einen Fall" der in keinem Krimi stand sondern hier vor ihm ganz real war, bei der Aufklärung helfen oder sich in die Arbeit der örtlichen Polizei einmischen?

Die würden ihm schön was erzählen und sich jegliche Einmischung in ihre Arbeit verbitten. Nein, einmischen wollte er sich wirklich nicht, das lag ganz bestimmt nicht in seiner Absicht.

Trotzdem hatte er das ganz sichere, aber doch unbestimmte Gefühl, hier nicht so einfach weggehen zu können. Er hatte das Gefühl, dass ihn hier noch etwas erwartete, dass er noch etwas zu erledigen hatte, doch er hatte keine Vorstellung von dem und was das wohl sein konnte.

Irgendetwas hielt ihn an diesem Ort fest, etwas dass ihn nicht einfach zurück zur Kirche und zum Pfarrhaus gehen ließ um die Polizei anzurufen und zu melden, dass er eine tote Frau gefunden hatte, die er kannte und die, in für sie viel besseren Zeiten, Dorina Kattscheff gewesen war.

Suchen musste er, etwas ihm noch Unbekanntes suchen und finden, dass wusste er. Nur was konnte das sein, fragte er sich wieder und wieder, was konnte das sein, von dem er ahnte es hier, und möglichst schnell finden zu müssen?

Luko richtete sich in ganzer Länge auf und streckte seine Schulterblätter nach hinten zurück umso seiner Wirbelsäule die nötige Entlastung zu bringen; Sie hatte unter dem angestrengten Bücken nach der Toten gelitten und schmerzte jetzt etwas.

Sofort überkam ihn ein Gefühl von neuer Tatkraft und von neuer Energiezufuhr und Frische. Wie weggeblasen war seine schweißtreibende Angst, die ihn erst vor wenigen Minuten bei der Entdeckung der Leiche so plötzlich überkommen hatte.

Einen Schritt langsam vor den nächsten setzend, den Blick aufmerksam nach unten zum Boden gerichtet, ging er um die Grabstelle herum. Wenn hier schon keine Fußspuren zu entdecken waren, dann vielleicht irgendetwas anderes, was von Wichtigkeit sein konnte.

So ein Unsinn, dachte Luko im gleichen Augenblick, so ein Unsinn, was mache ich hier bloß.

Als er auf der Rückseite der verzierten Wand der Grabstätte angekommen war, sah er im Halbschatten dieser gemauerten Fläche im gleichen Augenblick ein orangebräunlich schimmerndes Stück Papier, dass dort, so schien es ihm jedenfalls, an der Wand festklebt worden war, oder sich dort selbstständig festgeklebt hatte.

Er ging in die Hocke um sich die Sache genauer anzusehen.

Tatsächlich, ca. zweidrittel eines Zweihunderters, ein nicht gerade täglich anzutreffender Euroschein war da zu sehen. Aber dieser Schein war nicht angeklebt oder sonst wie an der Wand festgepappt, sondern er steckte scheinbar in der Wand der Grabstelle. Oder besser gesagt, der Schein schaute aus der Wand heraus.

Er hatte in seinem Pfarrersleben umfangreiche Erfahrungen bei vielen natürlichen und manchmal auch scheinbar unnatürlichen Begebenheiten sammeln können, trotzdem wunderte er sich auch weiterhin darüber, was einem im Leben so alles angeboten wird. Aber dass Geldscheine aus Gräbern heraussehen, als wollten sie von ihm abgepflückt und mitgenommen werden, dass irritierte ihn in diesem Augenblick mehr als die alltäglichen Überraschungen seines Berufsalltages.

Diesen Schein musste er haben, koste es was es wolle.

Nervosität überkam ihn. Sich mit seiner linken Hand an der Grabstelle abstützend umfasste er gleichzeitig mit seiner leicht zitternden rechten Hand den Schein um ihn so ganz vorsichtig zu entfernen oder herauszuziehen. Der Schein bewegte sich nicht einen Millimeter von seinem angestammten Platz.

Was war zu tun? Nur leichte Gewalt kann in solchen Fällen helfen. Mit einem beherzten Ruck hatte er den Euroschein so in seiner Hand, wie er es fast erwartet hatte. Ungefähr zweidrittel des Scheins waren sein Eigentum geworden, der Rest blieb in der Wand verschwunden.

Er stand auf und betrachtete den Teil der Banknote den die Wand freigegeben hatte. Was er da in der Hand hielt war zweifelsfrei der größere Teil eines nagelneuen Zweihunderteuroscheins, der, bevor er je in Umlauf kommen konnte, von ihm zerrissen worden war. Kein Falschgeld oder Spielgeld. Er konnte die Prägungen fühlen und den Silberstreifen sehen. Wirklich war, ein Echter, ein echter Zweihunderter. Auch auf der Rückseite des Scheins waren keinerlei Spuren einer vorherigen Verwendung zu sehen. Kein Zweifel, dieses Stück Geldschein war neu und ungebraucht.

Aber was sollte er jetzt und hier damit anfangen? Ja wohl kaum zu einer Bank bringen und gegen einen anderen Zweihunderter eintauschen! Kurz entschlossen bückte er sich und legte das Papier ungefähr da auf dem Weg neben der Wand ab, wo er ihn zuvor von der Wand abgerissen hatte. Hier konnte die Polizei den Schein finden und sich selber einen Reim aus der Sache machen.

Die inzwischen blendend helle Sonne war mit ihrem Aufstieg ein beträchtliches Stück weiter vorangekommen. Wo vor einer Stunde noch tiefe Schwärze und graue Schatten vorherrschten, leuchtete alles um ihn herum in heller Vorfreude auf den neuen langen Tag.

Das Leben geht weiter, dachte Luko, wenn auch nicht für jeden, aber auf jeden Fall auch dann, wenn man morgens an einem eigentlich ganz normalen Tag eine tot Frau auf einem Grab findet.

Die Grabstelle der Kattscheffs war eines der auf diesem Teil des "alten Friedhofs", unmittelbar in der Nähe der alten Friedhofsummauerung angelegten ersten Gräber gewesen.

Hinter den ersten Gräbern war ein, diesen Teil des Friedhofs umlaufender Kiesweg, angelegt worden. Zwischen dem Kiesweg und der ca. einmeterfünfzig hohen Bruchsteinmauer der Friedhofsummauerung hatte man seinerzeit auf einem verbleibendem Streifen von ca. zehn Metern Tiefe eine den alten Friedhof umfassende, aus stacheligen Pflanzen bestehende Hecke angepflanzt, die, inzwischen von erstaunlicher Dichte und Höhe, immer wieder unterbrochen von großen dichten Holundersträuchern, für einen ausreichenden Sicht, und wenn nötig, Schallschutz sorgte.

Das war auch gut so, denn auf der anderen Seite der Mauer verlief der, den heutigen Rurlsee begrenzende Fußweg, beziehungsweise der Uferseite gegenüber verlief eine kleine, wenig befahrene Straße, mit einem Fußweg.

Als er sich umdrehte um zum Pfarrhaus und zur Kirche zurückzugehen, traf ihn ein Blitz aus dieser Hecke. Der Blitz traf mit einer solchen Kraft, dass er dachte er müsste auf der Stelle erblinden. Gleichzeitig mit diesem grellen Licht schloss er seine Augen und trat zwei Schritte zurück um nicht noch einmal von dem Licht getroffen zu werden.

Nachdem einige Sekunden später seine Augen von innen nicht mehr hell erleuchtet waren, machte er den Versuch seine Augen wieder zu öffnen.

Was hatte ihn da mit einer solchen Kraft geblendet? Vorsichtig sah er in die Richtung des Blitzes in dessen Schussrichtung er sich durch seine beiden Schritte zurück nicht mehr befand.

Was er da sah ließ ihn stutzen. Der ca. 60 Zentimeter breite und vielleicht auch sechzig Zentimeter hohe, halb nach hinten gekippte spiegelnde Gegenstand war scheinbar ein Aluminiumkoffer wie er sie schon des Öfteren gesehen hatte und den er sofort instinktiv zu erkennen glaubte.

Der Koffer wurde so von der aufgegangenen Sonne angestrahlt, dass er seinen Spiegelblitze weiter verschießen konnte, aber jetzt ohne ihn zu treffen.

Ein Aluminiumkoffer als Laserkanone schoss es Luko durch den Kopf. Nur, und dass wusste er in diesen Bruchteilen von Sekunden, viel wertvoller für ihn als eine Laserkanone, und viel zu schade um ihn hier einfach so liegenzulassen, damit ein anderer ihn finden und ganz sicher mitnehmen würde.

Nicht der geringste Zweifel oder ein Hauch von schlechtem Gewissen überkam ihn, als er den Koffer wie automatisiert an sich nahm um den Friedhof in Richtung Kirche und Pfarrhaus zu verlassen. Ein nicht sehr schwerer Koffer. Trotzdem wurde die Handfläche seiner rechten Hand wieder einmal feucht, die Hand, die den Griff des Koffers fest umklammerte als er ihn wegtrug.

Im Pfarrhaus angekommen wählte Luko die Telefonnummer des Polizeipräsidiums in Bochkum. Er wurde mit der zuständigen Abteilung für Kapitalverbrechen verbunden. Dort gab er an, eine vermutlich unfreiwillig aus dem Leben geschiedene weibliche Person auf seinem Friedhof gefunden zu haben.

Ein Kriminalhauptkommissar Hoover, leitender Kommissar der dortigen Mordkommission, bat ihn, wenn es ihm denn bitte keine besonderen Umstände machte, auf ihn zu warten und sich gegebenenfalls heute zwei, drei Stunden zur Verfügung zu halten.

Gerne willigte Luko ein, ihm schien die Sache jetzt spannend zu werden. Makaber aber spannend. Und auch ein wenig illegal.

Kapitel 4: Hoovers Einsatz
Hoover tritt zum ersten Mal in Erscheinung

Kriminalhauptkommissar Karl Hoover mochte Stanislaus Lukowitsch nicht. Nicht etwa weil er schon einmal beruflich mit ihm zu tun gehabt hätte oder er ihn anderweitig kannte. Nicht etwa, weil Herr Lukowitsch, nach eigenen Angaben, Pfarrer der evangelischen Gemeinde in Wattwig war. Hoover mochte Lukowitsch nicht, weil der ihm gerade eine Tote, und das schon um kurz vor acht Uhr morgens, gemeldet hatte und Lukowitsch das auch noch gerade heute, ausgerechnet an "seinem" Dienstag getan hatte. Dienstag war sein Angeltag am Rurlsee. Wenn es eben ging nahm er sich dienstags mindestens den halben Tag frei um zum Angeln zu gehen.

Seine Abteilung im Polizeipräsidium von Bochkum nannte er nur die "Abteilung für Morde und Totschläge aller Art und in jeder Weise". Diese Abteilung war ihm, dem leitenden Kriminalhauptkommissar Karl Hoover, seit mehr als zehn Jahren unterstellt. Seine Abteilung arbeitet schnell und effektiv, gründlich, sauber und zuverlässig.

Alles lief mehr oder weniger reibungslos, es gab keinen Grund zu Klagen. Ihre Aufklärungsquoten lagen über dem landesweiten Durchschnitt.

Der Polizeipräsident im Polizeipräsidium von Bochkum, Polizeidirektor Klaas de Boer hatte ihn ins Herz geschlossen und er den Polizeipräsidenten. Man ging ab und zu zusammen essen, erzählte sich etwas über die Arbeit, machte kleine nette unanständige Witze, lästerte über Kollegen und Kolleginnen und freute sich insgeheim auf die in einigen Jahren, vielleicht über Frühpensionierungen, anstehenden Pensionszeiten.

Immerhin hatten beide schon mehr als zweidrittel ihres Berufslebens hinter sich. Von ihrem Berufsleben hatten sie die meiste Zeit gemeinsam verbracht. Seit einigen Jahren duzten sie sich auch. Das hatten sie auf einem Polizeifest mal beschlossen. Sie waren etwas angetrunken aber nicht betrunken gewesen. Ihrer kritischen aber trotzdem sehr produktiven Zusammenarbeit hatte dieses Du keinen Abbruch getan.

Heutzutage ging ja fast schon die Hälfte aller Arbeitnehmer in die vorzeitige Rente. Mit unübersehbaren Folgen für die Rentenkassen. Aber egal. Warum also nicht auch sie beide. Man würde nach der Pensionierung sicher den Kontakt zueinander nicht verlieren und weiter ab und zu gemeinsam, wie in den "guten alten Zeiten", essen gehen und dabei über längst Vergangenes reden. Und wie schön doch alles war. Früher und damals. Nett verklärt und eigentlich überflüssig. Und dass sie froh sind, dass die Jüngeren jetzt am Ruder sitzen. Sollen die sich doch die Hörner abstoßen und beweisen was sie können.

Aber eigentlich doch schade. Jetzt in der großen Langeweile mit der vielen unnützen Zeit die sie auf einmal hatten. Würde er dann täglich angeln gehen oder gar nicht mehr? Wär alles nur noch langweilig und trist oder würden sie ein ausgefülltes Leben führen?

Jedenfalls hatten sie immer gut und kollegial zusammen gearbeitet und sie würden es auch weiterhin tun. Einen manchmal sehr kritischen aber insgesamt besseren Chef als Klaas de Boer konnte man sich nicht vorstellen.

Hoover kratzte sich mit einem Bleistift hinter seinem rechten Ohr. Das war's dann wohl, dachte er.

Hoover griff zum Telefon und wählte über die Kurzwahlfunktion der Telefonanlage seinen engsten und besten Mitarbeiter in der Abteilung, Kriminalkommissar Fritz Tulsky, an. Nach fünfmaligem Läuten wurde am anderen Ende der Leitung der Hörer abgenommen.

"Tulsky", meldete sich Tulsky.

"Fritz", sagte Hoover "komm mal rüber zu mir, wir haben eine weibliche Leiche auf dem evangelischen Friedhof von Wattwig."

Ein langer Augenblick des Schweigens verging.

"Du willst mich wohl verarschen", sagte Tulsky leicht säuerlich zu seinem Freund und Dienstvorgesetzten, "auf Friedhöfen gibt es fast ausschließlich Leichen. Es ist wirklich noch zu früh am Morgen für dumme Scherze. Ich bin müde. Ich möchte noch etwas schlafen und schön träumen. Geh lieber angeln. Es ist Dienstag. Lass mich in Ruhe."

"Ja", sagte Hoover und lehnte sich in seinem Bürostuhl zurück, "aber diese Leiche von der ich gerade spreche ist so neu und so frisch dass sie es noch nicht bis unter die Erde gebracht hat, sondern erst einmal tot auf einer Grabplatte liegen geblieben ist. Möglicherweise hat sie da auch niemand hingetragen, sondern sie ist ganz von selber hingegangen."

Wieder verging ein Augenblick des Schweigens.

"Ich bin schon bei dir", sagte Tulsky gähnend und legte auf. Noch keine acht Uhr, dachte Tulsky, so eine Scheiße.

Während er auf Tulsky wartete, kratzte sich Hoover weiter mit dem Bleistift hinter seinem rechten Ohr und dachte an seinen Angeltag, und dass die Fische im Rurlsee ihm vergeben würden wenn er heute nicht zum Angeln käme, um sie fangen.

Zwei Minuten später stand Tulsky in Hoovers Dienstzimmer. Sie schnappten sich Hoovers Dienstpassat und fuhren los Richtung Wattwig.

"Du fährst wie eine besengte Sau. Ich darf dich daran erinnern dass du nicht mehr bei der Verkehrspolizei bist und wir auch kein Blaulicht auf dem Dach haben. Ich würde auf dem Friedhof und bei diesem Pfarrer Lukowitsch gerne lebend ankommen", sagte Hoover und wirkte dabei ein wenig bedrückt. Tulsky fuhr weiter als hätte er die Bemerkung seines Chefs und Freundes gar nicht gehört.

"Aber je eher wir da sind, desto eher sind wir fertig mit der Leiche, desto eher kannst du angeln gehen. Ich tue das also nur für dich. Du bist unerträglich wenn du an deinem Angeltag nicht zum Angeln kommst. Die ganze Woche bist du mürrisch, schlecht gelaunt, ungerecht, willst alles ganz genau wissen und gibst mir keinen mehr aus. Außerdem bin ich an allem schuld, was irgendwie schlecht läuft.

Weißt du noch wie wir alle in der Abteilung gelitten haben, wenn deine Exgattin Katinka dich dienstags nicht zum Angeln gehen ließ. Was sie ja gerne tat in ihren Glanzzeiten, während eurer glücklichen Ehejahre.

Die Folge waren dann deine Gemeinheiten mit den nicht abgeschlossenen und unerledigten Vorgängen.

Manchmal mussten wir alte Akten aus dem Kellerarchiv holen. Alte Akten noch einmal aufarbeiten und sichten. Und was ist daraus geworden. Nullkommanichts. Nach ein paar Tagen haben wir die Akten in den Keller zurückgebracht und alles war wieder gut", monologisierte Tulsky und gab Gas um noch eben einen Lkw zu überholen, der sich im gleichen Augenblick vorgenommen hatte nach links abzubiegen.

Der Lastkraftwagenfahrer hupte wie verrückt und machte eine Vollbremsung als sie an ihm vorbeischossen. Braver Junge, dachte Hoover, der LKW-Fahrer hat mir gerade das Leben gerettet.

"Das ist damals höchstens ein oder zweimal vorgekommen. Und ich hatte gute Gründe. Anfragen von Kollegen aus anderen Revieren. Das musst du mir nicht immer wieder vorhalten und mich mit deinem halsbrecherischen Fahrstil bestrafen. Außerdem ist das schon einige Jahre her und längst verjährt. Wir sind nicht mehr diese Heißsporne von damals. Dein Fahrstil verjährt aber scheinbar nie. Du bist viel zu müde umso zu fahren. Beinahe wären wir unter den Lkw geraten", schrie Hoover und verkrampfte sich immer mehr in seinem Beifahrersitz.

Heißsporne war Tulskys Stichwort. Tulsky tat so als würde er Hoover gar nicht hören und kam ins Schwärmen.

"Weißt du noch. Wir waren jung, wir wollten die Welt erobern. Kein Fall konnte kompliziert genug sein um nicht von uns doch gelöst zu werden. Kein Verbrecher schnell genug laufen um nicht doch eingeholt und zuletzt von uns gefangen und verhaftet zu werden. Wir waren enthusiastisch und die jungen Polizistinnen lagen uns zu Füssen. Wir wurden bewundert. Welch eine Aufbruchsstimmung und was für Erfolge. Und du hattest damals auch nichts gegen meinen Fahrstil. Du konntest gar nicht genug davon kriegen. Du warst auch mal ein Heißsporn, wenn auch vor hundert Jahren, erinnere dich. Du Memme von heute."

Ach du je, dachte Hoover, Tulsky ist in der Midlifecrisis. Von wem spricht der nur wieder.

"Kann schon sein, dass das so war. Aber das ist lange her. Heute bist du alt und müde, du Fritz Tulsky, also fahr bitte vorsichtiger, fahr wie es sich für einen netten älteren Herrn gehört.", antwortete Hoover, der sich immer noch verkrampfte, aber nicht mehr schrie.

Nach fünfzehn Minuten halsbrecherischer Fahrt kamen sie vor der Friedenskirche von Wattwig an. Hoover hatte das Gefühl überlebt zu haben. Aber er fühlte sich unwohl.

71

Er musste Tulskys Fahrstil hinnehmen, wenn er nicht selber fahren wollte. Und das wollte er nicht. Wie heißt es noch so schön: Wer das eine will, muss das andere mögen.

Luko öffnete die Tür seines Pfarrhauses nach dem zweiten Schellen. Schließlich hatte er jeden Augenblick mit dem Eintreffen der Polizei gerechnet.

"Guten Morgen", sagte Hoover. "Sind sie Herr Pfarrer Lukowitsch? Mein Name ist Hoover, ich bin der Leiter der zuständigen Mordkommission von Bochkum. Und das ist mein Mitarbeiter Herr Kriminalkommissar Tulsky. Wir sind angerufen worden, weil hier eine weibliche Leiche auf einem Grab, statt in einem Grab liegen soll, wenn ich nicht irre".

"Ja ich weiß", sagte Luko. "Wir haben vorhin zusammen telefoniert. Netter kleiner Scherz von Ihnen, Herr Kommissar. Kommen sie rein".

"Sorry, war nicht so gemeint", grummelte Hoover, der es sehr wohl so gemeint hatte.

"Nicht so schlimm. Möchten Sie einen Kaffee oder etwas anderes zu trinken bevor sie sich über die Leiche hermachen? Oder möchten Sie die Leiche lieber mit trockenem Hals besichtigen? Bei uns hier in der Gemeinde ist es üblich dass wir den Kaffee und den Kuchen immer nach den Leichenbesichtigungen und den anschließenden Beerdigungen einnehmen. Mit vollem Magen ist die Stimmung nach einer Beerdigung einfach besser, wissen sie", sagte Luko.

"Es ist wie es ist", sagte Hoover, "Der Begräbnisschmaus. Das Leben geht eben weiter."

Hoover hatte das Gefühl von Luko verstanden worden zu sein. Der Mann hatte, zumindest in Ansätzen so etwas wie Humor. Mit dem würde er sich sicher ganz gut verstehen, zumindest würden sie sich schätzen und wahrscheinlich, wenn notwendig, gut zusammenarbeiten.

"Nein danke Herr Pfarrer, wir machen uns am besten gleich an die Arbeit. Um diese Zeit ist der Friedhof wahrscheinlich noch wenig besucht, das erleichtert unseren Job. Außerdem ist es jetzt noch nicht ganz so heiß, das macht die Arbeit auch angenehmer. Also wenn es Ihnen nichts ausmacht und sie uns die Leiche sofort zeigen könnten, wäre ich Ihnen sehr dankbar", sagte Hoover mit einem wesentlich freundlicherem Gesicht als er es gerade bei ihrem Eintreffen im Pfarrhaus gemacht hatte.

"Überhaupt kein Problem", sagte Luko "wir können direkt losgehen".

"Sind schon Leute von Ihnen vor Ort", fragte Luko weiter als Sie ein paar Schritte gegangen waren. "Nein, nein", antwortete Hoover, "wir wollen uns erst einmal selber ein Bild von der Situation machen und auch sehen wo sich diese Fundstelle überhaupt genau befindet."

Tulsky sah man deutlich an, dass er lieber erst einen Kaffee getrunken hätte.

In der Zwischenzeit war die Sonne ganz aufgegangen und die Wärme des ganz frühen Morgens hatte sich schon in beträchtliche Hitze verwandelt.

Luko fühlte, während sie zum Grab mit der toten Kattscheff gingen, eine Leere im Kopf durch dessen Vakuum jetzt kreuz und quer unzusammenhängende Gedanken schossen. Joggen konnte er wohl für heute vergessen. Wann setzt eigentlich bei einer Leiche, so fragte er sich, die der prallen Sonne ausgesetzt ist, die Verwesung ein? Wann fängt sie an zu stinken? Noch mehr zu stinken? Ob die Elstern wohl weiter an Dorina Kattscheffs Gesicht geknabbert haben? Mögen Elstern lieber totes, heißes, verwestes Menschenfleisch oder ziehen sie dem heißen Fleisch eher kühleres verwestes Fleisch vor?

Nach wenigen Minuten, die sie schweigsam nebeneinander her gegangen waren, kamen sie an dem Grab mit der Toten an. In der kurzen Zwischenzeit hatte sich scheinbar nichts verändert. Die Tote lag immer noch genauso da, wie Luko sie vorhin vorgefunden hatte. Auch an der Toten selber war nichts verändert, sodass Luko jetzt wusste, dass Elstern lieber eher kühleres verwestes Fleisch dem wärmeren Fleisch vorziehen. Oder die Tiere waren einfach nur satt.

Als sie angekommen waren ging Hoover erst einmal prüfend um das Grab herum, während Tulsky stehengeblieben war und über sein Handy die Rufnummer der Spurensicherung anwählte und einige Streifenwagen bestellte. Schließlich musste die Fundstelle ja großflächig abgesperrt werden.

"Tja, sie werden wohl recht haben, Herr Pfarrer. Nach einem natürlichen Tod sieht das hier erst einmal nicht aus", sagte Hoover.

Während er das sagte, fiel sein Blick auf die Beschriftung der Grabplatte. Erstaunt wandte er sich an Luko. "Ich lese da "Kattscheff", sagte Hoover "hat der Name etwas mit unserem flüchtigen Horst Kattscheff zu tun?"

"Hat er, Herr Kommissar, hat er. Außerdem kenne ich die Tote hier. Das ist Dorina Kattscheff, die Ehefrau von unserem zurzeit nicht auffindbaren Gemeindemitglied Horst Kattscheff. Oder besser gesagt, war seine Ehefrau", sagte Luko.

Hoover starrte einen Augenblick vor sich hin. "Da wird sich der Kollege vom Betrugsdezernat aber freuen, wenn seine wahrscheinlich wichtigste Zeugin jetzt tot ist", sagte Hoover. "Aber die haben den Fall ja ohnehin vorläufig abgeschlossen"

"Scheiße", entfuhr es Tulsky halblaut, "Scheiße, dann haben wir im Präsidium jetzt zu dem ersten noch nicht abgeschlossenen Fall "Kattscheff" auch noch einen zweiten Fall "Kattscheff".

"Und wir haben spätestens ab heute Nachmittag die Presseheinis wieder am Hals. Und zwar richtig am Hals. Für die ist so eine Geschichte wie sie sich hier scheinbar anbahnt doch das gefundene Fressen. Ich könnte kotzen, wenn ich an diese sensationsgierigen Leichenfledderer, die nichts anders im Sinn haben als uns das Leben schwer zu machen, auch nur denke."

Mein Gott, ein richtiger Wutausbruch von Tulsky, dachte Hoover.

"Na, warte mal ab. Noch haben wir überhaupt nichts außer der Toten", sagte Hoover zu Tulsky "Und sieh das doch mal positiv. Sollte es einen Zusammenhang geben zwischen den beiden Fällen Kattscheff, wenn das hier überhaupt ein Fall ist, dann steigen unsere Chancen dass wir die Fälle, oder den Fall, klären können. Weil es dann doch vermutlich mehr Leute gibt die in diese Geschichten verwickelt sind. Und wo es mehr Beteiligte gibt, gibt es auch mehr Menschen die Fehler machen. Ich sehe das so: wenn es einen Zusammenhang gibt, haben wir den ersten Fall Kattscheff wahrscheinlich schneller gelöst als ohne diese Tote. Pass auf, die Tote hier wird sich für uns noch als ein "Geschenk des Himmels" herausstellen", sagte Hoover weiter, "und mit der Presse sind wir immer fertig geworden. Die brauchen uns und wir brauchen die."

Luko war in der Zwischenzeit schweißnass gebadet. Mittlerweile war es in der prallen Sonne unerträglich heiß geworden. Den Beamten schien es ähnlich zu gehen wie ihm. Sie hatten sich ihrer Jacken entledigt und diese auf einer zwei, drei Meter entfernten Friedhofsbank abgelegt. Die an den Gürteln ihrer Hosen hängenden Handschellen glitzerten in der Sonne, und sogar die in Schulterhalftern untergebrachten Waffen der Kriminalbeamten schienen das Sonnenlicht zu reflektieren. Ihre mittlerweile vom Schweiß durchtränkten Oberhemden klebten an den Körpern der Männer.

Die Leiche schien Luko in der Zwischenzeit etwas aufgedunsen zu sein und er fragte sich, ob sie wohl platzen würde wenn sie nicht bald abtransportiert würde.

"Herr Lukowitsch", sagte Hoover", sie sehen die Leiche ja jetzt zum zweiten Mal. Ist ihnen irgendetwas aufgefallen. Ist irgendetwas verändert an oder mit der Toten?"

"Soweit ich sehen kann", sagte Luko "ist noch alles genau so wie vorhin. Selbst die Elstern haben nicht weiter zugelangt."

"Sie meinen vermutlich die Gesichtsverletzungen der Toten?", fragte Tulsky, der sich, nachdem er eine Runde um die Grabstelle gegangen war, wieder bei den beiden aufgestellt hatte.

"Die Tote muss zu ihren Lebzeiten eine schöne Frau gewesen sein", sagte er weiter.

Hoovers Handy bimmelte. Das Team der Spurensicherung und die Jungs und Mädels in ihren Streifenwagen waren vor der Kirche angekommen und ließen sich von Hoover den Weg zu der Leiche erklären. Kurze Zeit später kamen die, ganz in weiße Overalls gekleideten Damen und Herren, bei den Dreien an. Sie schwitzten schon jetzt mächtig obwohl sie erst die wenigen Meter bis hierhin zu ihnen gelaufen waren.

"Lasst uns bloß schnell machen", sagte einer von ihnen "ich komme um in meinem Ganzkörperkondom".

"Guten Morgen", stellte sich einer der Weißen bei Luko vor. "Mein Name ist Dr. Knäpper. Ich bin Pathologe und der Chef der Bochkumer Gerichtsmedizin".

Nachdem Dr. Knäpper sich Luko vorgestellt hatte begrüßte er nacheinander Hoover und Tulsky mit Handschlag.

"Wann haben Sie die Tote denn gefunden", fragte der Mann, der sich als Chef der Gerichtsmedizin vorgestellt hatte, Luko.

"Das muss heute Morgen so gegen 7 Uhr in der Frühe gewesen sein. Genau kann ich das nicht sagen. Wenn ich morgens über den Friedhof gehe nehme ich keine Armbanduhr mit. Aber ich kenne meine Zeiten wenn ich auf dem Friedhof meine morgendliche Runde drehe. 7 Uhr wird es ziemlich genau treffen", sagte Luko.

Auch Dr. Knäpper fragte Luko, ob sich seit dem Leichenfund irgendetwas verändert hätte an der Fundstelle.

"Ihr Kollege Hoover hat mich das auch schon gefragt", sagte Luko "Mir ist nichts aufgefallen, was sich verändert haben könnte."

"Wenn ich das richtig verstehe gehen sie beinahe jeden Morgen über den Friedhof", fragte Hoover Luko "Ist Ihnen sonst etwas aufgefallen was uns weiterhelfen könnte. Irgendetwas Ungewöhnliches. Das kann auch in den vergangenen Tagen gewesen sein. Ist Ihnen vielleicht jemand begegnet, den sie nicht kannten oder der ihnen merkwürdig vorkam. Oder haben sie irgendetwas gefunden und nicht weiter beachtet und dann vielleicht in den Abfall geworfen? Jedes noch so kleine Detail, jeder Papierschnipsel kann für uns später von großer Wichtigkeit sein und helfen den Fall aufzuklären".

Luko überlegte einen Augenblick. "Auf Anhieb fällt mir da wirklich nichts ein", sagte Luko "aber ich lasse es sie natürlich wissen, wenn mir später noch etwas einfallen sollte. Ich bin ja selber daran interessiert, dass wir hier nicht zu lange in die Schlagzeilen kommen. Für mich ist der Gedanke daran, dass möglicherweise Horden von Journalisten und Neugierigen aus ganz Deutschland über meinen Friedhof trampeln auch nicht sehr angenehm."

In der Zwischenzeit hatten die Leute von der Spurensicherung mit ihrer Arbeit begonnen. An allen für sie wichtigen Stellen der Fundstelle waren kleine mit Nummern versehene Schildchen aufgestellt worden. Der vom Team der Spurensicherung mitgebrachte Kameramann war fleißig damit beschäftigt, diese Schildchen zusammen mit der Toten zu fotografieren. Ein anderer hatte die Zeit genutzt und mit weißer Kreide die Umrisse der Toten auf die Grabplatte gemalt.

"Sieh dir das hier mal an, Karl", sagte die Stimme von Dr. Knäpper der sich offenbar hinter der rückwärtigen Wand des kleinen Mausoleums befand. "Und Andreas komm du doch auch mal rüber zu mir".

Der Kameramann, der scheinbar Andreas hieß, schnappte sich eines der kleinen Schildchen und marschierte in Richtung der von ihm vernommenen Stimme. Karl Hoover unterbrach sein Gespräch mit Tulsky und ging ebenfalls los. Tulsky, den eine Müdigkeitsattacke überfiel marschierte in Richtung Friedhofsbank, um sich dort niederzulassen und auszuruhen. Hoover hatte das aber offenbar mitbekommen und rief Tulsky zu sich.

Aha, dachte Luko, der nur auf diesen Augenblick gewartet hatte, jetzt haben sie den Euroschein gefunden. Der wird ihnen Kopfschmerzen bereiten.

"Herr Lukowitsch können sie bitte einmal hier zu uns herüber kommen", hörte Luko wenige Sekunden später die Stimme Hoovers sagen.

"Vorsicht bitte", sagte Hoover und zog Luko an dessen Arm ein kleines Stückchen zu sich hinüber, "da vor uns auf dem Weg liegt der größere Teil eines Zweihunderteuroscheins. Ist ihnen dieser Schein heute Morgen aufgefallen, haben sie diesen Schein schon einmal gesehen? "

Luko blickte zum Boden und tat überrascht. "Ach wissen sie Herr Kommissar, ich glaube nicht, dass ich überhaupt hier lang gegangen bin, heute Morgen. Aber wenn der Schein mir aufgefallen wäre, könnte ich mich bestimmt daran erinnern", sagte Luko mit Unschuldsmiene. "Vielleicht bin ich auch hier entlang gegangen und es war einfach noch zu dunkel um den Schein zu sehen." Luko hielt einen Augenblick inne. "Aber warum ist das kein ganzer Schein sondern nur ein Teil davon?" fragte Luko.

"Das wissen wir zu diesem Zeitpunkt natürlich auch noch nicht" antwortete Hoover mürrisch, stutzend.

Hoover, der sich zwischenzeitlich Latexgummihandschuhe übergezogen hatte, nahm den Geldschein mit zwei Fingern auf und steckte ihn in eine kleine Plastiktüte, die er dann in seine

Hosentasche stopfte, um sie dann aber doch Dr. Knäpper zu geben.

"Wissen Sie Herr Lukowitsch", begann Hoover von Neuem und sah dabei wieder auf den Boden als hätte er die Chance, weitere Geldscheine ausfindig machen zu können, "in letzter Zeit sind im Rurlsee einige Geldscheinchen schwimmen gegangen. Die Leute haben sie aufgefischt als sie so am Ufergestrüpp hingen und dann brav bei uns vorbei gebracht. Es gibt echt ehrliche Leute in Wattwig. Die wollten natürlich wissen wo die her sind, die Scheinchen. Wir haben denen dann erklärt, wir hätten eine Wasserleiche aus dem See gefischt und die Wasserleiche hätte ihr Portemonnaie im See verloren und da wär das Geld dann eben her."

Hoover sah Luko jetzt wieder an und fuhr, ohne eine Antwort abzuwarten, fort, "selbstverständlich wissen wir nicht wo das Geld her ist. Aber bei so einer Geschichte von einer Wasserleiche wird von den Leuten wenigstens nicht rumerzählt im See wäre ein Schatz untergegangen, oder so was Ähnliches. Wir überprüfen jetzt mal die Seriennummer, vielleicht passt das Stück Geldschein zu den anderen von uns gefundenen Scheinen"

Während er das erzählte hatte Hoover offensichtlich begriffen, dass keine weiteren Scheine zu holen waren und sah Luko jetzt halb fragend, halb geistesabwesend an.

Luko machte sich die Mühe, Hoovers Blick mit einem ähnlichen, vielleicht mit einem Hauch dümmlicheren Blick, zu beantworten. "Also ich weiß auch von nichts, wenn Sie das meinen?" antwortete Luko "Keine Ahnung wo die Geldscheine im Rurlsee her sind."

"Hätte ja mal sein können, dass Ihnen einer was gebeichtet hat", sagte Hoover weiter, ohne dabei seinen Gesichtsausdruck zu verändern.

"Also ich bin von der Christenfraktion, bei der die Beichte abgeschafft ist", antwortete Luko und musste jetzt plötzlich laut gähnen.

Hoover sagte nichts mehr, veränderte seinen Gesichtsausdruck immer noch nicht und drückte sich an Luko vorbei.

Ob man an Geldscheinen wohl einzelne Fingerabdrücke feststellen kann? fragte sich Luko nachdem das kurze Gespräch mit Hoover jetzt offensichtlich vorbei war.

Hoover ging das Ganze hier auf die Nerven. Und dazu noch diese unerträgliche, stehende Hitze. Kein Lüftchen rührte sich. Und dann auch noch auf diesem Friedhof. Wo er so schön an einem schattigen Plätzchen am Rurlsee sitzen könnte und friedlich angeln.

Sie waren von der Fundstelle des Geldscheins zurück an ihren Ausgangspunkt gegangen und betrachteten gemeinsam die Leiche.

Die Jungs vom Team der Spurensicherung hatten allesamt hochrote Köpfe und kochten in ihren Anzügen still vor sich hin. Der in der Zwischenzeit von zwei Männern der Spurensicherung neben der Gruft aufgestellte Blechsarg, mit innenliegendem, verschließbarem Plastiksack, hatte sich mittlerweile wahrscheinlich so stark in der Sonne erhitzt, dass man Würstchen und Schnitzel in ihm hätte braten können.

Komisch, dachte Luko, die packen selber ein, Beerdigungsunternehmer werden hier nicht gebraucht.

"Gut dass sich Tote keine Verbrennungen dritten Grades mehr zuziehen können", murmelte Luko beim Anblick der offenen Blechkiste vor sich hin.

"Okay, Leute. Wenn ihr schon etwas von diesem erbrochenen Zeugs eingesammelt habt, dann lasst uns die Tote jetzt mal vorsichtig umdrehen und in den Sarg legen. Aber passt auf. Das hat vielleicht einen Grund, wenn die so komisch auf der Vase liegt. Und trampelt nicht in dieser stinkenden halbtrockenen Kotze da rum. Wenn ihr das Zeug an euren Schuhen mit in unseren Bulli schleppt könnt ihr den erst mal vergessen. Den Geruch von der Kotze kriegt ihr so schnell nicht wieder raus", sagte Dr. Knäpper.

Vier Leute machten sich sofort daran die Tote zu bergen.

Zwei der "Weißen mit den roten Köpfen" stellten sich vorne an der Leiche auf und zwei von ihnen hinten. Auf einen Zuruf von Dr. Knäpper hin, hoben sie die Leiche an und drehten sie vorsichtig nach links herum, um sie dann auf den Rücken legen zu können. Die sich mit dem Anheben aus ihrer Verankerung gelöste Blumenvase schwebte an der Leiche klebend gemeinsam mit ihr in die Höhe. Offensichtlich hatte sie beschlossen zukünftig nicht mehr als Blumenvase zu dienen, sondern wollte jetzt nach all den Jahren treuer Dienerschaft als Friedhofsvase, endlich selber beerdigt werden.

"Das ist ja ein tolles Ding, das habe ich ja noch nie gesehen", entfuhr es Hoover, als er die Tote mit der aufgesetzten, umgedrehten Stilblumenvase auf der Brust so vor sich liegen sah.

"Wird schwierig den Deckel von der Blechkiste drauf zu kriegen", meinte Tulsky, der die ganze Zeit über mit seiner Müdigkeit kämpfend beinahe im Stehen eingeschlafen war.

Alle anderen des Teams waren beim Anblick der Toten jetzt plötzlich hellwach und rührten sich nicht vom Fleck. Andreas, der Mann mit der Kamera, schoss sofort mehrere Fotos aus verschiedenen Richtungen.

"Wir könnten ein Loch in den Deckel der Blechkiste sägen und die Vase durchstecken." sagte Tulsky gähnend.

"Mann Tulsky", sagte Hoover genervt, "am besten du hältst jetzt mal das Maul. Lass es einfach. Halt einfach den Mund. Bitte." Tulsky grinste vor sich hin, und tat so als hätte er Hoovers letzte Bemerkung nicht gehört, verkniff sich aber weiteres eigenes Gerede.

Eine kurze Weile standen sie ratlos herum.

"Einer muss es ja tun", sagte Hoover weiter und machte einen Schritt nach vorne auf die Leiche zu.

"Einer muss das Ding da abnehmen, und das werde ich jetzt sein. Aus dem Weg, Kameraden".

Hoover beugte sich vor und mit einem Ruck zog Hoover, der dabei einen Schritt zurück trat, die Blumenvase zu sich nach oben hoch.

Die Vase gab ohne große Widerstände nach und löste sich mit einem gut vernehmlichen "Plop" von Dorina Kattscheffs Brust ab.

Von dem in ihrer linken Brust sitzenden Messer war bis auf den Griff dieses Messers und einem kleinen Teil der Klinge nichts weiter zu sehen.

"Ich würde sagen Herzstich, mitten rein in die Pumpe mit tödlichem Ausgang. Kurzer, schneller Abgang. Wahrscheinlich die Todesursache", sagte Dr. Knäpper trocken und nach ein, zwei Sekunden Überlegung, "bleibt jetzt nur die interessante Frage, wer das Messer da in die arme Frau reingestochen hat."

Hoover war perplex. "Und aus welchem Grund er oder sie die Kattscheff umgebracht hat", ergänzte Hoover nach weiteren Sekunden.

"Ihr werdet es herausfinden. Ihr seid gute Jungs", antwortete Dr. Knäpper zu Hoover gewandt.

"Und ihr Pathos werdet herausfinden ob es vielleicht noch andere Todesursachen gibt. Ihr seid auch gute Jungs", entgegnete Hoover.

"Du meinst Sie ist gleichzeitig an mehreren Ursachen gestorben?", fragte Dr. Knäpper.

Hoover sah Dr. Knäpper an als wollte er ihn sofort erwürgen. "Könnte doch sein, verdammt, irgendein Mittel vorher, oder sonst was. Hat es doch schon gegeben, verdorrich." Dr. Knäpper grinste.

Luko wartete, als er das hörte, auf den üblichen Fernsehquatsch wie: Und wann haben wir oder ihr die Ergebnisse der Obduktion. Das Übliche eben. Aber es kam nichts davon. Kein Dialog dieser Art zwischen Kommissar und Pathologe. Eben Fernsehblödsinn, solche immer gleichen Dialoge.

Hoover sah Luko mit einem wütenden Blick an, als würde er ihn mindestens heute für den Täter halten.

Luko sah den Blick und musste grinsen.

"Also ich war es nicht, Herr Kommissar. Ich beerdige zwar regelmäßig Leute, aber ich bringe sie vorher nicht um. Mir reichen die Toten die eines natürlichen Todes sterben oder die von anderen oder sich selber umgebracht werden. Ich wasche meine Hände in Unschuld."

"Nein", sagte Hoover und guckte sofort freundlicher, "ich hatte nur immer noch die Hoffnung hier nicht in einer Mordsache ermitteln zu müssen. Aber so wie es aussieht kann ich diese Idee jetzt endgültig zu den Akten legen. Aber jetzt mal ganz im Ernst. Eine Frage an den kriminaltechnischen Laien. Was glauben sie, wer macht so was? Wer bringt eine junge Frau auf einem Friedhof um. Das ist doch noch perverser als ein "normaler" Mord oder Todschlag. Sie kannten die Tote und sie haben sich doch bestimmt Gedanken über die Todesursache gemacht als sie die Kattscheff hier heute früh gefunden haben."

81

"Das stimmt", antwortete Luko, "natürlich habe ich mir Gedanken gemacht. Ich mache mir immer noch Gedanken dazu. Mehr als sie ahnen. Für mich kommen eigentlich nur zwei Möglichkeiten in Betracht. Erste Möglichkeit: Dorina Kattscheff ist auf den Friedhof verfolgt worden. Verfolgt worden von einem Triebtäter, der sie vergewaltigen wollte oder der sie vergewaltigt hat. Ihre Gerichtsmedizin in Bochkum wird das herausfinden.

Weil das Opfer den Täter erkannt hat, oder sie sich zu heftig gewehrt hat oder zu laut um Hilfe geschrien hat, ist er in Panik geraten und hat zugestochen.

Vielleicht ein Triebtäter der so etwas schon öfter auf Friedhöfen versucht hat, weil es für ihn besonders reizvoll ist, auf Friedhöfen zu vergewaltigen. Also eine eigentlich simple, aber besonders ekelhafte Variante von Triebtäter und der Tat eines Triebtäters.

Zweite Möglichkeit: Der Tod von Dorina Kattscheff hängt irgendwie mit dem Verschwinden von Horst Kattscheff zusammen.

Und da gibt es für mein Dafürhalten wiederum zwei denkbare Möglichkeiten. Erstens: Vielleicht wusste Dorina Kattscheff nichts von dem Millionenbetrug, ist ihrem Mann dann aber später dahinter gekommen und hat versucht ihn zu erpressen.

Die Ehe der Kattscheffs stand sowieso nicht zum Besten oder besser gesagt, war am Ende. Gründlich am Ende. Horst Kattscheff konnte kein Interesse daran haben von seiner Frau erpresst und dann vielleicht auch noch anschließend von ihr verraten zu werden.

Also haben sie sich auf dem Friedhof, warum auch immer gerade hier, getroffen und es kam nach einem Streit zwischen den beiden zu dem tödlichen Ausgang den wir hier vor uns liegen haben."

"Oder aber zweitens zu Möglichkeit zwei: Was ist", sagte Luko weiter "wenn der Kattscheff damals Mittäter hatte, die jetzt überhaupt keine Lust mehr haben mit potentiellen Mitwissern teilen zu müssen. Und dass diese Mittäter deshalb Dorina Kattscheff erledigt haben weil die ihrer Meinung nach zu viel wusste. Gesetzt den Fall, dass das so ist, dann meine ich, ist Horst Kattscheff wahrscheinlich auch nicht mehr am Leben.

Dann wurde der von seinen Kumpanen auch schon umgebracht und beseitigt".

Luko überlegte einen Augenblick und fuhr fort "Natürlich alles nur Vermutungen, nur so Ideen, man weiß es nicht."

"Meine Hochachtung, sie haben sich aber wirklich eine Menge Gedanken gemacht, Herr Pfarrer", sagte Hoover zu Luko nachdem er Lukos Meinung gehört hatte", und ich glaube sogar, dass an ihren Ideen etwas dran sein könnte. Auf jeden Fall werde ich überprüfen lassen, ob es in Deutschland in den letzten Jahren Vergewaltigungen oder Vergewaltigungsversuche auf Friedhöfen gegeben hat. Von einem ähnlichen Mord auf einem Friedhof ist mir aber nichts bekannt. Den wird es auch so nicht gegeben haben, der wäre so spektakulär gewesen, dass ich mich bis heute daran erinnern könnte. Über alles andere, das waren wirklich gute Ideen von Ihnen, denken wir auf jeden Fall auch noch nach.

Das Kattscheff seinen Betrug der Letro-Märkte zusammen mit Komplizen durchgezogen habe könnte, war den Kollegen vom Betrugsdezernat ursprünglich auch in den Sinn gekommen. Die hatten diese Idee dann aber wieder verworfen, weil der Diebstahl im Grunde so einfach und unkompliziert war, dass er dafür keine Komplizen brauchte. Es gab auch keinerlei Hinweise auf Komplizen. Bei den Banken wo er seine Konten hatte, war Horst Kattscheff alleine aufgetaucht und hatte sich die Geldbeträge in bar auszahlen lassen.

Nach der Auszahlung hatte er dann, die für diese Transfers einige Tage zuvor eröffneten Konten, löschen lassen. Trotzdem werden wir aber auch über diese Variante erneut nachdenken. Eine Festnahme hatten die Jungs vom "Betrug", wenn ich mich recht erinnere, ja damals auch. Vielleicht sollte ich den Mann, ich glaube der hieß Charles Bulowski, verhören. Vielleicht hat dieser Charly mit der Tat hier etwas zu tun. Ich werde darüber nachdenken, befragen kann ich ihn ja mal."

Armer Charly, dachte Luko, hoffentlich kommt es nicht zu einem erneuten Verhör und hoffentlich erfährt Charly nie, sollte er nochmals verhört werden, dass ich heute mit Hoover über den "Fall Kattscheff" gesprochen habe. Oder ich rufe ihn einfach an, dachte Luko weiter.

"Jedenfalls vielen Dank, dass sie uns ihre Zeit zur Verfügung gestellt haben", sagte Hoover, "wenn sie möchten und interessiert sind, halte ich sie gerne über unsere Ermittlungen auf dem Laufenden".

"Doch sehr, ich bin sehr interessiert", sagte Luko, "ich würde mich freuen, wenn sie mich ab und an über den Stand der Dinge informieren. Würde mich wirklich sehr freuen."

Luko wollte sich gerade umdrehen um zu gehen, blieb aber noch einmal stehen. "Da fällt mir noch eine Möglichkeit ein, wer Dorina Kattscheff erstochen haben könnte. Ganz einfach und unkompliziert. Vielleicht war es nur eine betrogene Ehefrau, die sich an ihr gerächt hat. Dorina Kattscheff hat, so sagt man, nichts anbrennen lassen. Möglich wäre es."

"Und sie meinen, wenn ich sie richtig verstehe, dann hätte ich einige Damen im Ort und aus ihrer Gemeinde zu befragen?", fragte Hoover.

"Das meine ich", antwortete Luko lächelnd.

Das sind ja schöne Aussichten, dachte Hoover. Hoover drehte sich um, nahm sein Handy aus der Hosentasche und bestellte bei der zuständigen Staatsanwaltschaft eine erneute Hausdurchsuchung für das Haus der Kattscheffs.

"Gut Leute", sagte Hoover "wir haben hier lange genug in der Hitze herumgestanden. Lasst uns abziehen. Wir sind hier für heute fertig. Alle anderen Leichen sind in ihren Kisten verpackt, da wo sie hingehören, also nichts wie weg".

"Und die Tote jetzt ganz schnell, ruck, zuck ab in die Gerichtsmedizin, die kocht schon innerlich, die verkocht uns womöglich noch", schob Dr. Knäpper witzelnd hinterher.

Wenn es etwas gibt im Leben worüber ich mir wirklich keine Sorgen machen muss ist es die Lebenseinstellung von Kriminalbeamten und Gerichtsmedizinern, dachte Luko als er zurück Richtung Pfarrhaus ging.

Kapitel 5: Luko lernt dazu

Luko's Töchter berichten ihm von Kattscheff und seinen Vorlieben, den Delphinen, den Mythen...

Die angenehme schattige Kühle, die ihn in seinem alten Pfarrhaus empfing, kam ihm vor wie der Eintritt in eine andere Welt. Gerettet. Für heute hatte er genug von seinem Friedhof und von Toten überhaupt. Er fühlte sich nach diesen letzten zwei Stunden auf dem Friedhof ausgepowert und er war total kaputt. Er war reif für ein ausdauerndes Duschbad, nur so konnte er wieder auf die Beine kommen. Schließlich musste er heute noch seinem seelsorgerischen Hauptberuf, oder besser seiner Berufung als Pfarrer, nachgehen. Schwächeln war da nicht angesagt, er war hier in der Gemeinde für seine Gemeindemitglieder, der für sie immer bereite, unverwüstliche und standhafte "Felsen in der Brandung". Ein Felsen der manchmal seine Form verlor.

Manchmal hatte er unter dieser Last und den Ansprüchen seiner Gemeindemitglieder schwer zu tragen, meistens kam er aber ganz gut zurecht auch wenn er manchmal für "seine Leute" die letzte Rettung war.

Luko dachte immer ganz automatisch, wenn ihm solche Gedanken durch den Kopf gingen, an die "Lange Anna" von Helgoland.

Ein gefährdeter Felsen in der Brandung des Ozeans, der hoffentlich noch lange nicht fällt, sondern weiter den Fluten, den Winden und den Stürmen standhält. Es war lange her, dass er zusammen mit Karin die Felseninsel Helgoland besucht hatte.

Dickköpfig und standhaft dieses Helgoland, dachte Luko.

Die Friedenskirche von Wattwig, seine Kirche, war als eine Kombination aus im oberen Teil achteckigen, und sich daran anschließenden viereckigen Kirchturm, mit Kupferplatten eingedeckter Kirchturmspitze und dem daran angebauten Kirchenschiff errichtet worden. Das Pfarrhaus war rechtwinklig mit dem hinteren Teil des Kirchenschiffs verbunden worden und bildete so mit dem Kirchturm und dem Kirchenschiff zusammen eine bauliche Einheit. Die Satteldächer von Kirchenschiff und Pfarrhaus waren mit Tondachziegeln eingedeckt worden. Die auf einem aus ca. einem Meter hohen Bruchsteinsockel mit gebrannten und dann verputzten Ziegeln aufgemauerte Gebäudekombination, machte auf den Betrachter den Eindruck, als würden sie gemeinsam noch schadlos Jahrhunderte überdauern können.

Der von der Wehrmacht und den deutschen Nazis begonnene zweite Weltkrieg und die dann später von den Alliierten auch mit Luftangriffen auf deutsche Städte begleiteten Gegenschläge, waren am Stadtzentrum von Wattwig und der Friedenskirche von Wattwig auch nicht schadlos vorbei gegangen. Die Schäden an der Kirche waren aber relativ harmlos ausgefallen, sodass der Wiederaufbau zügig erfolgen konnte.

Hinter der Eingangstür des Pfarrhauses verbarg sich ein großer Empfangsraum mit an der linken Wand des Saales angebrachter, in dunkler schwerer Eiche errichteter Treppe. Die Treppe endete in einem langgestreckten sich um die rechte Saalwand verlängerndem, ebenfalls in gleicher Eiche errichteten Podest, von dem die Zimmer im ersten Stock des Hauses zu erreichen waren. Im Erdgeschoss befanden sich die Küche mit Esszimmer, sein Arbeitszimmer, ein Besprechungszimmer, das Wohnzimmer mit offenem Kamin, sowie ein Badezimmer mit Toilette und die später errichtete separate Gästetoilette. In der ersten Etage waren die Schlaf- und die beiden aneinander liegenden Arbeitszimmer seiner Töchter, sein eigenes Schlaf- und Ankleidezimmer, ein weiteres Bad mit Toilette sowie ein Gästezimmer untergebracht.

Gestützt wurden Treppe und Podest durch große eichene gedrechselte Säulen. Das alles war sehr großzügig und repräsentativ errichtet worden. Der Empfangsraum selber war lediglich mit einem großen ebenfalls eichenen Tisch und sechs dazu passenden Stühlen ausgestattet. Der Wandschmuck bestand aus modernen freundlichen Grafiken zeitgenössischer Künstler, darunter zwei Arbeiten von Günther Grass. Es handelte sich dabei um zwei seiner Radierungen. Eine davon war das "Selbstportrait mit Mütze und Unke".

Stanislaus Lukowitsch musste sich erst einmal setzen. Ihn fröstelte und er musste sich schütteln. Zum einen Teil lag die frostige Reaktion seiner Hautoberfläche sicher an der plötzlichen Kühle seines Empfangszimmers, und zum anderen Teil an seinen durcheinander zuckenden und wirren Gedanken zu den Ereignissen dieses Vormittags.

Herrgott nochmal muss das denn alles sein und dann auch noch auf seinem eigenen Friedhof, fragte sich Luko und wusste, dass Gott ihm jetzt sicher nicht antworten würde.

Wieder musste er sich schütteln. Ist das alles unangenehm, dachte er, verdammt unangenehm und ich bin da mitten drin in der Geschichte. Aber ich wollte oder ich konnte nun einmal nicht anders. Ich habe nicht die geringste Ahnung wo das noch hinführt und wo es endet. So ist das eben, dachte er weiter.

Luko stützte seinen Kopf in beide Hände und sah über den Besuchertisch.

Was er eben, als er sich gesetzt hatte mit seinem Unterbewusstsein wohl wahrgenommen, aber nicht wirklich registriert hatte, fiel im jetzt überraschend deutlich auf. Am anderen Ende des Tisches lag ein großes, fast quadratisches in einen weißen Umschlag eingebundenes Buch. Dieses Buch war ihm unbekannt, er hatte es, so glaubte er, noch nie gesehen.

Luko versuchte das Buch zu greifen indem er sich über dem Tisch lang ausstreckte, konnte es aber nicht erreichen. Mühsam stand er von seinem Platz auf um sich sofort zwei Stühle weiter wieder hinzusetzen. Jetzt würde ihm dieses dicke Buch nicht mehr entkommen können.

Sein ganzes Leben lang hatten ihn Bücher fasziniert. Viel mehr fasziniert als etwa Reisen in ferne Länder, oder Autos oder sonst irgendetwas anderes. Bücher dienten ihm hauptsächlich dazu, einfach alles so intensiv wie möglich über Dinge und über Menschen zu erfahren von denen er bis dahin nicht die leiseste Ahnung hatte.

Reine Unterhaltungsliteratur war nicht so sein Ding. Er hatte manchmal beim Lesen, in diesen Augenblicken, das Gefühl, dass ihm Bücher mehr bedeuteten als anderen Menschen. Nichts war in dem Augenblick wichtiger. Das immer Gleiche interessierte ihn wenig. Und was für ihn das Allerinteressanteste daran war, wenn es nicht hunderte, ja tausende von Menschen gäbe für die das für ihn so völlig Neue etwas ganz Normales war, wären bestimmt nicht Bücher über das für ihn so Neue geschrieben worden. Schon komisch.

Also gab es Millionen von Menschen über die er etwas für sie Wichtiges und gleichzeitig damit über sie selber erfuhr, wenn er nur etwas zu Themen las für die sich diese Menschen interessierten.

Selbst wenn es ihm selber nicht immer sofort nutzte oder er es nicht sofort begriff, was er in diesen Büchern fand, brachten sie ihn doch immer ein kleines Stückchen näher heran an den Anfang und das zukünftige Ende dieser Welt. Und wie schwer es doch war, das Lesen.

Luko griff sich das vor ihm liegende große und schwere, so wie der abgenutzte Einband aussah, etwas in die Jahre gekommene Buch und stellte es auf dem Tisch aufrecht vor sich hin.

"Die Delphine", stand in großen Buchstaben auf dem Deckblatt, und dann weiter im Untertitel, "Der Glaube der Alten über die Lebenskraft des Meeres und den Kreislauf von Geburt und Wiedergeburt. Berichte über die Mythologie der Griechen. Der Delphin als der gebärende Leib des Meeres als Ursprung aller Dinge."

Mein Gott, dachte Luko.

Seitdem seine Töchter Elektrotechnik an der Technischen Hochschule von Bochkum studierten, wusste er meistens nicht mehr so genau ob die beiden nun gerade zu Hause waren oder an der Uni oder sonst wo. Er hatte sie, altersentsprechend aus den Augen verloren. Sicher hätte er es gewusst, wenn er etwas nachgedacht hätte. Aber warum? Und die Zeit verrann ja auch wie im Fluge.

In ihrem Haus jedenfalls war es im Augenblick totenstill. Nicht einmal ihre Hauskatze "Pieze" war zu sehen.

Normalerweise kam Pieze angelaufen wenn er zur Tür hereinkam oder wenn sie merkte, dass er im Empfangszimmer war und begrüßte ihn indem sie zuerst um seine Beine strich, um sich dann auf den Rücken zu werfen und sich anschließend ausgiebig den Bauch streicheln und kraulen zu lassen. Ein Ritual, das sich oft mehrmals täglich wiederholte. Wie herrlich muss es sein, Katze zu sein.

Auf seine beiden zweiundzwanzigjährigen Töchter war Luko mehr als stolz. Sie waren nicht nur intelligent, gebildet und kamen an der Uni und im Leben gut zurecht, sondern sie waren auch in keiner Weise arrogant, selbstgefällig oder von Vorurteilen vernagelt.

Dazu boten sie ein Äußeres nachdem sich viele Männer, wie er selbst schon des Öfteren beobachtet hatte, regelmäßig auf der Straße umdrehten. Besonders dann wenn die beiden zusammen mit ihm unterwegs waren. Obwohl beide Frauen auf außergewöhnliche optische Aufmachungen verzichteten, boten sie den "Herren der Schöpfung", so dachte er sich, Treibstoff für schöne unerfüllte Träume.

Er hatte in seiner Jugend jedenfalls häufiger so etwas wie unerfüllte Träume gehabt, wenn er schöne Frauen gesehen hatte und er glaubte dann immer, dass sie unerreichbar waren für ihn. Was ja auch stimmte. Nicht den inneren Werten gehört der Erfolg.

In der Vergangenheit hatten seine Mädels, wie andere Teenager in dem Alter auch, ihre festen Freunde gehabt mit denen "sie gingen", gerade auch als sie in späteren Jahren auf dem Gymnasium waren, und sie beide hatten, das wusste er weil er manchen Jüngling am Telefon immer mal wieder trösten musste, diesen ungewollt intensiven Liebeskummer verpasst. Auch eine Form von Seelsorge, die man ernst nehmen musste, denn junges Leben prägt das alte Leben.

Da seine Beiden vieles gemeinsam unternahmen und gemeinsam hatten, waren beide zurzeit mal wieder Single. Schließlich kamen ihre Gleichartigkeiten aus einer gemeinsamen Eizelle, denn sie waren eineiige Zwillinge.

"Simone, Clarissa", rief Luko laut zu den Zimmern im ersten Stock hoch", seid ihr zu Hause, oder ist wenigstens eine von euch da oben?"

"Wir sind beide da, Papsi", hörte er Simone zurückrufen, die er an ihrer Stimme erkannte. Er konnte tatsächlich beide an ihren Stimmen unterscheiden. Übung macht den Vater.

Dieses "Papsi" hatten sie sich von Kindheit an bewahrt und wollten sich einfach nicht davon trennen. Gott sei Dank nannten sie ihn aber nur noch "Papsi" wenn sie wussten oder glaubten, dass kein Unbekannter in der Nähe war. Er fand "Papsi" albern, dass wussten sie, aber da ihm sonst eigentlich keine "Fehler" seiner beiden Töchter einfielen, konnte er mit diesem "Unwort" leben. Außerdem liebten sie ihn sehr und verbanden dieses "Papsi" wohl mit ihrer Liebe zu ihm. Und sie störten sich ohnehin nicht daran.

"Hat eine von euch dieses merkwürdige Delphinbuch hier auf den Tisch gelegt?", rief er jetzt erneut nach oben.

"Ich habe es dahin gelegt. Das Buch ist von Kattscheff", rief Clarissa zurück, "er hat es uns vor fünf, sechs Monaten geliehen und wir wollen es zurückgeben, wenn er wieder aus der Versenkung auftaucht."

Merkwürdige Sache, dachte Luko, wieso von Kattscheff geliehen? Wieso leihen sich seine Töchter von Kattscheff Bücher? Er wusste gar nicht, dass Simone und Clarissa so einen guten Kontakt zu Kattscheff hatten, und dass sie sich sogar schon Bücher von ihm ausgeliehen hatten. Merkwürdig, ausgerechnet zu Kattscheff hatten sie Kontakt gehabt? Langsam entgleiten sie mir aber deutlich, meine großen Töchter, dachte Luko weiter und versuchte es erneut.

"Könnt ihr mir mal bitte verraten was mit dem Buch hier ist? Warum leiht ihr euch von Kattscheff Bücher über Delphine? Das kommt mir merkwürdig vor", rief Luko nach oben.

"Ist es aber nicht, Papsi. Wir lernen für eine Mathematikklausur, morgen", rief Simone zurück.

Prima Antwort, passt genau. dachte Luko.

Luko setzte sich auf seinem Stuhl ganz gerade und aufrecht hin und entspannte so zum x-ten Male heute seine arme Wirbelsäule.

Das kann doch alles mal wieder nicht wahr sein, dachte er weiter.

Kaum habe ich Dorina Kattscheffs Leiche ordnungsgemäß der Kripo übergeben, erwartet mich hier die nächste "Kattscheffüberraschung".

Werde ich denn von dem Clan der Kattscheffs verfolgt? Jetzt fehlt nur noch, dass der Horst Kattscheff hier schellt, und mir irgendeine dumme Frage über seine Frau stellt. Vielleicht würde er fragen, dachte er weiter, wie geht es jetzt meiner seligen Frau, Herr Pfarrer. Geht es ihr gut? Ist sie im Himmel oder in der Hölle? Sie müssen das doch wissen als Pfarrer, Herr Pfarrer. Sie sind doch für die Seelen zuständig, oder etwa doch nicht?

Als es im gleichen Augenblick an der Eingangstür klopfte, erschrak Luko bis auf die Knochen. Jetzt ist es soweit, dachte er, jetzt drehe ich durch wenn es klopft. Da es nach wenigen Sekunden erneut klopfte, stand er mit einem mulmigen Gefühl in der Magengegend auf, um zu öffnen.

Im prallen Sonnenlicht stand, breit grinsend und offenbar besonders guter Dinge, sein Freund der Richter, Dr. Carl M. Meyer.

"Lasst mich in eure Hölle ein und gebt mir ein Getränklein fein!", reimte Dr.CM. frohgemut.

Luko wusste nicht, ob er lachen oder weinen sollte. Auch das noch. Nette Überraschung. Der hatte ihm gerade noch zu seinem Glück gefehlt.

"Ein Getränklein fein, es darf auch etwas Warmes sein. Einen Kaffee oder einen Tee und ich den Himmel lachen sch." reimte Dr.CM weiter und war auch schon eingetreten.

"Auch wenn es dir noch nicht aufgefallen sein sollte. Der Himmel lacht seit heute Morgen wieder, und wenn du nicht sofort mit dem Reimen aufhörst, trete ich dir in deinen Richterdingsbums", entgegnete Luko grummelig. "Du fehlst mir jetzt gerade noch zu meinem Glück"

"Welch garstig Wort in diesen hohen, heiligen Hallen", antwortete Dr.CM. immer weiter frohgemut, "welch böse Worte die einem Pfarrer nicht geziemlich sind."

Deine gute Laune werde ich dir noch austreiben, dachte Luko, obwohl er eigentlich gar keinen Grund dazu hatte. Aber so ist das eben manchmal.

Dr.CM hatte bei Gericht von dem Leichenfund in Wattwig gehört und war sobald es ihm möglich war, losgefahren um sich an Ort und Stelle und aus erster Hand zu erkundigen.

Das sein Freund Luko auf seinem eigenen Friedhof eine Frauenleiche gefunden hatte, die nicht verpackt in einem Sarg lag, kam ja schließlich auch nicht alle Tage vor.

Luko ging in die Küche um seinem Freund eine Tasse Kaffee, von dem, der von heute Morgen übrig geblieben war, einzugießen.

"Milch oder Zucker", fragte Luko herüber.

"Wie immer; du weißt doch, schwarz wie deine Pfarrersseele", rief Dr.CM zurück.

Da die Kaffeekanne mit dem sich in ihr befindlichen restlichen Kaffee in der noch warmen Kaffeemaschine stehen geblieben war, hatte sich ein Extrakt gebildet der mit einem guten Kaffee nur noch die schwarze Farbe gemeinsam hatte. Luko goss diesen schwarzen Extrakt in eine Tasse und brachte sie Dr.CM.

Als Dr.CM den Kaffee probierte, tat er so als merkte er nichts von dieser Gemeinheit.

"Oh, ein vorzüglicher Kaffee, wie ihn nur ein lieber Freund und Pfarrer aufbrühen kann", lobte er Luko.

Luko musste innerlich grinsen. Dr.CM tat ihm schon leid, aber wenigstens lässt er jetzt, so hoffte Luko, seine Reimversuche am frühen Morgen. Luko entschloss sich, Dr.CM haargenau die gleiche Geschichte zu erzählen, die er auch schon Kriminalhauptkommissar Hoover, diesem Tulsky und dem Pathologen erzählt hatte. Nicht mehr und nicht weniger. Jedenfalls hier und heute.

"Das ist ja wirklich hammerhart", bemerkte Dr.CM als Luko geendet hatte. "Da bin ich echt gespannt wie die Geschichte weiter geht. Und vor allem, ob es einen Zusammenhang zwischen den beiden Taten gibt. Aber ich denke der Hoover kriegt das schon raus. Das ist einer der besten Leute den die Kripo in Bochkum hat. Ich werde mich auf dem Laufenden halten und dir berichten wenn du möchtest. Schon wegen des vorzüglichen Kaffees den du mir serviert hast. Unübertrefflich, lieber Freund. Gut, ich lass dich jetzt in Ruhe. Wir sehen uns ja sowieso spätestens Donnerstag im "Fisch". Vielleicht gibt es dann schon etwas Neues.

Ach so. Wenn sie unseren Charly nochmals verhören wollen werde ich versuchen das zu unterbinden. Ich habe ganz gute Beziehungen zu Hoover. Der arme Charly hat genug unter Jan Müller gelitten. Charly hat mit Sicherheit nichts mit der Toten zu tun. In dreißig Minuten habe ich noch eine Verhandlung. Meine Pause ist rum. Danke noch mal für den Kaffee."

"Jan Müller?", fragte Luko. "Wer ist Jan Müller?".

"Ach, auch so ein Polizist", antwortete Dr.CM. "Von deren Betrugsdezernat."

Genau so schnell wie Dr.CM gekommen war, war er auch wieder verschwunden und ließ Luko mit einem schlechten Gewissen, wegen seiner miserablen Gastfreundschaft zurück. Das tut man auch nicht, dachte Luko, ich bin ein Blödkopf.

Als Luko die Tür hinter Dr.CM geschlossen hatte, fiel ihm ein Stein vom Herzen. Keine weiteren Fragen euer Ehren, dachte Luko.

Als er jetzt wieder alleine am Tisch saß griff Luko erneut nach dem alten Delphinbuch, um lustlos darin herumzublättern.

Seine Töchter sollten ihm erzählen was es mit dem Buch auf sich hat. Dazu konnten sie ihre Arbeit doch mal kurz unterbrechen. Er konnte sich das dicke Ding ja jetzt nicht mal eben durchlesen.

Frauen lockt man am besten mit ihrer Neugierde, dachte Luko, da meine Töchter schließlich auch Frauen sind, wird es damit klappen.

"Habe ich schon erzählt, dass ich heute Morgen eine weibliche Leiche auf unserem Friedhof gefunden habe? Und das Beste daran ist, (verzeih mir lieber Gott), dass es sich bei der Toten um Dorina Kattscheff handelt. Dorina Kattscheff ist tot. Vermutlich ermordet.", rief Luko laut und vernehmlich in Richtung der Arbeitszimmer seiner Töchter. "Sie wissen es noch nicht".

Selbst als Dr.CM im Haus war, Dr.CM, den seine Töchter sehr mochten und den sie normalerweise immer begrüßten, wenn er vorbei kam, hatten sie sich unten im Raum nicht sehen lassen, obwohl sie Dr.CM gehört haben mussten.

Umso deutlicher vernahm Luko jetzt ein Grummeln, Stimmen und ein Stühlerücken in den Arbeitszimmern seiner Töchter. Ich kenne doch meine Mädchen, dachte Luko, ... gewonnen.

Clarissa und Simone waren wunderschön anzusehen als sie, die Treppe zum Empfangszimmer herunterkamen. Ihre langen blonden Haare hatten beide zu Pferdeschwänzen gebunden. Sind uns gut gelungen, dacht Luko mal wieder.

"Was hast du da gerade gerufen", fragte Clarissa als sie unten angekommen waren, "wen hast du tot gefunden? Dorina Kattscheff?"

"Warum habt ihr Dr.CM nicht begrüßt", stellte Luko die Gegenfrage um sie noch einen Moment länger auf die Folter zu spannen.

"Hätten wir noch", sagte Simone, "aber der war ja schneller wieder weg als er gekommen ist. Was wollte er denn von dir?"

Meine Töchter haben doch gute Ohren, dachte Luko, aber alles kriegen sie scheinbar doch nicht so mit.

"Ach, der wollte nur eben schnell die Geschichte von der toten Dorina Kattscheff aus erster Hand erfahren. Deswegen ist er kurz vom Gericht in Bochkum rübergekommen und auch schon wieder weg, weil er gleich noch eine Verhandlung hat", antwortete Luko.

"Was, wie, was ist los? Die Dorina Kattscheff ist tot?", fragten beide aufgeregt durcheinander. Simone und Clarissa die neben ihrem sitzenden Vater stehen geblieben waren platzten fast vor Neugierde.

"Erst erzählt ihr mir was mit dem Delphinbuch, das hier rumliegt und dann erzähle ich von meinem Leichenfund", sagte Luko lachend, der sehr wohl merkte, dass seine Töchter es kaum noch aushielten, von der Toten zu hören. "Eine Hand wäscht die andere."

"Das kannst du nicht machen, Papsi. Außerdem sind wir in der klaren Überzahl und wenn wir abstimmen würden, müsstest du erst deine Geschichte erzählen und dann würden wir dir unsere Geschichte erzählen. Du siehst, du hast gar keine Chance. Clarissa und ich halten gegen dich zusammen, dass weißt du doch", sagte Simone, die ihrem Vater, während sie das sagte, beständig über die kurzen Haare streichelte.

Ein bisschen albern, dachte Luko.

Luko willigte, immer noch lachend, ein. "Okay, okay, ihr habt gewonnen. Meinen Goldmädchen kann ich selbstverständlich keinen Wunsch abschlagen. Setzt euch zu mir. Ich setze noch eben einen Kaffee auf und dann kann es losgehen."

Nachdem der frische Kaffee fertig und eingeschenkt war, erzählte Luko seinen Töchtern die ganze Geschichte von dem Leichenfund und was er mit den Kripobeamten und der Spurensicherung erlebt hatte. Die gleiche Geschichte, vielleicht etwas ausgeschmückter, die er gerade vor ein paar Minuten seinem Freund Dr.CM erzählt hatte.

94

Clarissa und Simone waren tief beeindruckt. Eine gruselige Geschichte in ihrem relativ kleinen Wattwig. Und der Mord war dazu auch noch, sozusagen direkt unter ihren Schlafzimmern, ohne dass sie davon etwas gemerkt hatten, passiert.

"So, das war's", sagte Luko, "nachdem er geendet und seinen beiden noch einige kurze Fragen beantwortet hatte. Und jetzt seid ihr mit eurer Geschichte dran".

"Also gut", begann Simone nach einigen Sekunden zu erzählen. "Vor ungefähr zwei Jahren gab es in der Volkshochschule von Bochkum eine Lehreinheit von, ich glaube sechs mal zwei Doppelstunden, oder so, zum Thema "Der Delphin in der griechischen Mythologie. Die Gottheiten der alten Griechen als Delphine und Delphinreiter".

"Du weißt ja, dass wir uns immer für den Schutz von Delphinen und Walen eingesetzt haben. Damals, heute ja nicht mehr so, einfach keine Zeit. Unter anderem zusammen mit so Greenpeace Leuten und Leuten von so einer anderen Tierschutzorganisation, das war eine Arbeitsgemeinschaft." Simone überlegte einen Moment und Clarissa fuhr fort.

"Deswegen essen wir doch auch seit damals keinen Thunfisch mehr. Weil bei der Thunfischfangerei immer so viele Delphine in den Netzen der Fischer hängen bleiben und dann elendig in diesen Netzen unter Wasser ersticken. Die Tiere verheddern sich in den Fischernetzen, und können nicht mehr zur Meeresoberfläche aufsteigen um zu atmen. Du weißt ja, Delphine sind Lungenatmer. Die Fischer machen in ihren schwimmenden Fangfabriken dann mit anderen Fischen zusammen, die sie eigentlich auch nicht fangen dürfen weil sie geschützt oder noch zu klein zum Fangen sind, Fischstäbchen oder Fischmehl, aus ihnen. Es ist für uns eine furchtbare Vorstellung das diese gelehrigen, hochintelligenten Tiere, von denen man inzwischen weiß, dass sie sich sogar in Spiegeln erkennen können, zu Fischmehl verarbeitet werden.

Neben Menschen, Menschenaffen und Delphinen gibt es bis heute keine weiteren Lebewesen von denen man weiß, dass sie so etwas können. Delphine besitzen ein Einfühlungsvermögen in die Nöte anderer Lebewesen und können ihnen helfen, wenn diese Lebewesen in Not sind. Es gibt eine Verbindung zwischen Empathie und der Fähigkeit sich im Spiegel zu erkennen, denke ich." "Raben können sich wohl auch im Spiegel erkennen, auch andere Vogelarten können das wohl, habe ich gelesen", bemerkte Luko. Nachdem die kurze, jetzt entstandene Pause überstanden war ging es weiter.

"Was ist denn Empathie?", wollte Luko weiter wissen, der das Wort wohl schon einmal gehört hatte, aber nichts Rechtes mehr damit anfangen konnte.

"Empathie ist die geistige und gefühlsmäßige, sympathische Verbindung zwischen Lebewesen, auch zwischen unterschiedlichen Lebewesen wie Menschen und Delphinen. Es ist kein Zufall, dass Delphine immer wieder Menschen aus Seenot gerettet oder vor den Angriffen von Haien geschützt und gerettet haben", erklärte Clarissa ihrem Vater.

Luko konnte sich jetzt wieder ganz gut an die seinerzeitigen Diskussionen mit seinen Töchtern, und an ihre Aktionswochenenden zum Schutz von Delphinen und Walen, zusammen mit vielen anderen Menschen, erinnern. Für ihn stand fest, dass seine Töchter mit ihrer Meinung durchaus recht hatten, er selber hatte sich aber darüber hinaus mit dem Thema nicht weiter beschäftigt, sondern die beiden lediglich, wo er konnte, bei ihrer gemeinsamen Sache unterstützt. Später hatte er dieses Interessensgebiet seiner Töchter dann mehr oder weniger aus den Augen verloren.

"Weil wir mit der Materie so vertraut waren", fuhr Clarissa fort, "war es für uns natürlich ein hochinteressantes Thema, das da angeboten wurde und wir haben den Kurs sofort gebucht. Du kannst dich daran sicher auch noch erinnern. Wir haben davon ein paar Mal beim Frühstück erzählt."

"Ja, ja ich erinnere mich", antwortete Luko.

"Und bei diesem Kurs in der Volkshochschule habt ihr dann Horst Kattscheff getroffen?", fragte Luko weiter, bei dem sich langsam auch die Erinnerung an Details einstellte.

"Genau Papsi", fuhr jetzt Simone wieder fort, "und der war richtig gut im Thema. Ich glaube der wusste mehr über dieses Wissensgebiet als die Referentin die diesen Kurs seinerzeit geleitet hatte."

"Gut", fragte Luko jetzt neugierig geworden, weiter, "und um was ging es denn eigentlich, wenigstens so im Groben, dabei. Ich kann mich nicht an alles erinnern, fürchte ich"

"Es ging letztendlich darum, ich will mal versuchen, es noch zusammen zu kriegen", erzählte Simone jetzt weiter, "wie Clarissa auch schon sagte, das Delphine eben keine "normalen Lebewesen" sind, sondern, dass es bei den Griechen eine Seelenverwandtschaft zwischen Menschen, Delphinen und den "lebenden" Gottheiten gab. Dass Delphine einen besonderen Bezug zu Menschen haben, und dass das auch umgekehrt so ist.

Und zwar bis zum heutigen Tage so ist. Und das es viele Menschen auch heute noch gibt, die an diese besondere Seelenverwandtschaft und an die antiken Gottheiten glauben. Die Delphine galten und gelten für sie unter anderem als die Überbringer der Seelen der Toten, in ein Land der Toten. Bei den alten Griechen heißt es dazu ungefähr so, wenn ich mich recht entsinne: In Gestalt eines Delphins brachte Apollo die Seelen der Abgeschiedenen ins Land der Toten. Dieser Apollo war wahrscheinlich ein Todesgott, denn, so hieß es, appollymi bedeutet "vollkommen vernichten". So erinnere ich mich."

Luko war ehrlich baff. "Könnt ihr mir das noch etwas genauer erzählen? Könnt ihr mir noch etwas mehr darüber erzählen?", fragte Luko erstaunt über dass, wie es schien, doch noch umfangreiche Wissen seiner Mädchen.

"Klar doch", antworteten Simone und Clarissa mal wieder gleichzeitig.

"Es ist so. In fast allen Religionen oder Glaubensrichtungen spielt das Meer eine entscheidende und ganz wichtige Rolle. Das Meer gilt vielen Menschen als die Quelle allen Lebens, vielleicht auch als Urmutter aus der das Leben insgesamt entstanden ist. Auf unserem Planeten. Wissenschaftlich ist ja auch bewiesen, dass viele an Land existierende Tiere und Pflanzen ihren Ursprung im Meer hatten. Wusstest du, zum Beispiel, Papsi, dass alle Kohlsorten die wir kennen, Züchtungen aus dem Meereskohl sind?" fragte Simone dazwischen.

"Nein", sagte Luko erstaunt und belustigt zugleich", das wusste ich nicht."

"Nun ja", fuhr Clarissa fort "Also bei den alten Griechen war es eben auch so, dass sie vom Meer die Vorstellung als Ursprung allen Lebens hatten, und darüber hinaus war eben der Delphin auch der geborene Leib der Meeres, als Ursprung aller

Dinge. Er hatte im Mythos, wie ich mich erinnere, die Form einer Seefisch-Mutter und war als Dionysos, Teil des Kreislaufs von Geburt und Wiedergeburt. Es gab Griechen, die hatten die Idee, die Schöpfung sei dem Leib einer Fisch- oder Walfrau entflossen; Leviathan oder Tiamat."

"Und warum war der Kattscheff so hinter der griechischen Mythologie her", wollte Luko wissen, "hat der geglaubt er würde, wenn er eines Tages gestorben ist, als Delphin wiedergeboren und könnte dann im Meer weiterleben? Oder was hat der geglaubt?".

"So genau weiß ich das auch nicht", sagte Clarissa weiter, "Aber ich glaube du bist ziemlich nahe dran. Aber eher so wiedergeboren, ich meine, er glaubte er könnte als antiker Delphin-Reiter wiedergeboren werden, was auch eine Menge mit den Gottheiten bei den alten Griechen zu tun hat."

"Also ich denke auch", sagte Simone jetzt ebenfalls, "Er glaubt beides. Er glaubt als Delphin-Reiter wiedergeboren zu werden und er glaubte, dass Delphine die Verkörperung der beim Tod von unseren Körpern gegangenen Seelen darstellen. Ich glaube das bedeutet für ihn, dass jeder getötete Delphin auf nimmer Wiedersehen eine von uns gegangene menschliche Seele ist. Delphine sind für ihn der Inbegriff alles Guten auf der Welt."

"Okay, aber was sind denn dann Delphin-Reiter nun wieder", wollte Luko, noch ein Stück neugieriger geworden, wissen.

"Wirklich viel wissen wir eben auch nicht", antwortete Simone. "Wie Clarissa auch schon sagte, es ist uns nicht richtig klar geworden was er meinte und was er wirklich wollte. Aber einiges können wir noch aus diesem Kurs erzählen. Es ging im Kurs fast immer um Götter und Delphine, und dass sie untrennbar miteinander verbunden sind. Apollo der Sonnengott steht Delphyne dem Delphin-Mutterleibsungeheuer gegenüber. In Delphi wird sie dann besiegt und Apollo errichtet sein berühmtes Orakelheiligtum und nimmt dann den Titel Delphinos, Delphingott, an.

Zum Andenken daran begründet er ein Fest, das Delphinia genannt wird. Es war im Übrigen immer schwierig festzustellen ob bei einer Gottheit der alten Griechen die Partien unterhalb der Hüfte einem Delphin, einer Schlange oder einem Fisch ähnlich waren. Und daraus sind vielleicht auch die Geschichten entstanden in denen sich die halbmenschliche Gestalt der Gottheit vom ursprünglichen Tier ablöst und ihnen bisweilen als "Reiter" wieder aufgesetzt wird. Diese "Reiter" konnten männlich wie z.B. Apollo und Delphyne, oder weiblich und liebevoll wie Aphrodite und der Delphin, sein. Oder vielleicht auch männlich und liebevoll als Eros und der Delphin oder männlich und vielleicht homosexuell wie der Knabe von Iassos, sein. Diese Fragen lassen sich, wenn ich mich recht entsinne, nicht eindeutig beantworten aber sie zeigen das Ineinander von Identität, Wandel und Erneuerung, die das Meer stets versinnbildlicht hat."

"Der in der Antike wohl bekannteste Delphin-Reiter", erzählte Clarissa jetzt an Stelle von Simone weiter, "war Eros, der die Welt erschuf. Eros ist wohl ein anderer Name für Phanes, der dem Weltei entschlüpft. Das Weltei haben der fliegende Drache Kronos und seine Frau, bekannt als Frau Hyle, die Mutter der Materie, oder als Mutter Rhea, die Königin der Flut, erzeugt. Nachdem nun Phanes/Eros das Ei verlassen hat, macht er aus der oberen Hälfte der Schale den Himmel und aus der unteren Schale die Erde. So erschuf der bekannteste Delphin-Reiter, Eros, die Welt. Später wird Phanes und mit ihm seine erschaffene Welt, von seinem Urenkel Zeus verschlungen, aber aus Liebe zu der schönen Semele gibt Zeus ihn den Phanes, der wohlbehalten im Leib von Zeus ruht, als Dionysos zurück."

Viel Phantasie hatten die Griechen schon immer, dachte Luko, und musste schmunzeln. Nachdem Luko alle drei Kaffeetassen erneut gefüllt hatte, fuhr Clarissa mit der Erzählung fort.

"Tja, es gab darüber hinaus, oder vielleicht gibt es sie auch noch, noch weitere Delphin-Gottheiten. Da war Aphrodite, die aus dem blutigen Schaum des Meeres geboren wurde, als die abgetrennten Hoden ihres Vaters ins Meer stürzten. Daraufhin begegnete sie einem Delphin, der sie auf seinem Rücken nach Zypern trug. Vielleicht ist Aphrodite in Wirklichkeit die Meermutter Tiamat oder Echidna? Wir wissen es nicht. Jedenfalls soll die Göttin Aphrodite immer wenn sie auf das Meer hinausfuhr auf einem Delphin geritten sein. So ist nach Eros, Aphro-

dite die populärste Reitergestalt der Antike. Sogar auf Strau
ßeneiern die in den mykenischen Schachtgräbern des 2. Jahrtausends v.Ch. gefunden wurden gab es Delphindarstellungen.
Das Ei ist das Symbol des zukünftigen Lebens, seine Oberfläche stellt das Wasser dar, über das die Delphine die Toten
bringen und zugleich ist es Symbol des Universums, dem die
Göttin entspringt, die nach ihrer Geburt aus dem Meerschaum
von einem Delphin an Land gebracht wird. Übrigens war es bei
den alten Griechen Sitte im Monat Delphinios die Toten zu ehren. Und ist es, glaube ich, bei manchen Griechen auch heute
noch"

"Wichtig war als Figur auch noch", fuhr Simone jetzt fort.
"Triton, der phallische Delphin. Diese Delphinfigur war als weit
ausschweifend und gewalttätig bekannt. Er wurde als Zwitterperson, halb Mann und halb Schlange, und wird mit Delphinschwanz, dargestellt. Wobei er in seiner Linken einen aufgerichteten an einen erigierten Penis erinnernden Delphin hielt.
Außerdem hatte dieser Triton eine Beziehung zum Wind. Er
blies ein riesiges Horn und erzeugte, ähnlich wie Pan, bei allen
zur See fahrenden Menschen Panik. Im Altertum tanzten mit
Delphinschwänzen angetane Männer zu seinen Ehren. Sie verwandelten sich so in ihn."

Hier musste Luko unterbrechen. "Also gab es schon immer
Identitätsfindungen durch Uniformen, genau wie heute."

"Ja, klar", antwortete Simone "wissen wir doch."

"Als später dann Eros und Phanes vergessen wurden", fuhr
Clarissa fort, "wurde Dionysos zum bevorzugten Delphin-
Reiter. Selbst im italienischen Tarent wurde er unter dem Namen Phalantros als Delphin-Reiter verehrt. Ein Orakelspruch
aus Delphi identifizierte diesen Phalantros später, wenn ich
mich recht entsinne, als Dionysos Phallen, also den mit dem
Phallos."

"Außer dem hier, was wir dir jetzt gerade erzählt haben",
fuhr Simone fort "gibt es noch unzählige antike Gedichte und
viele, viele andere Geschichten über den Glauben und die Mythen bei den alten Griechen. Und meistens, oder oft eben, geht
es dabei um Schöpfung und Untergang und ein Weiterleben
nach dem Tode. Und natürlich immer wieder, dass die Anfänge
der Welt, aber das haben wir ja gerade erzählt, in die unendli-

chen Weiten der Meere zurückreichen. Das gilt aber eben nicht nur für die Griechen, sondern für fast alle Kulturen dieser Erde."

"Geburt und Untergang und das Warum und Wozu dazwischen. Das Dauermenschheitsthema eben", dachte Luko laut.

"Dass ihr das alles noch so parat habt, meine Hochachtung. Es ist ja doch schon einige Zeit her. Das ist wirklich interessant, was ihr mir da gerade erzählt habt", sagte Luko, etwas nachdenklicher geworden. "Mir brummt jedenfalls der Schädel, ich werde das Meiste davon auch bald wieder vergessen haben, es ist zu viel. Aber egal. Tolle Geschichte. Die Griechen sind, was Geschichten angeht, echt gut drauf."

Clarissa beugte sich zu ihrem Vater rüber "Wenn du möchtest einfach fragen, Papsi, wir sind immer für dich da" und gab ihm ein Küsschen.

"Immer wenn Menschen keine Erklärungen zu ihrem Leben hatten, mussten, was auch sonst, Gottheiten und Gegengottheiten herhalten. Es gibt immer gute Götter und es gibt immer böse Gegengötter. Und miteinander kämpfende Gottheiten und Gottheiten die die Kämpfe gewannen und die Gottheiten die die Kämpfe verloren haben.

Und es gibt es ja auch diese Unmenge von Dingen zwischen Himmel und Hölle von denen wir nur Bruchstückchen kennen und deshalb auf die irrsinnigsten Vermutungen angewiesen sind. Vieles bildet man sich mal eben ein und immer wieder sieht man was Neues, aber tatsächlich war es schon da.

Ich meine schon auch diese scheinbaren Gedankenübertragungen die sich zwischen unseren Köpfen abspielen. Wisst ihr?

Ich meine diese Art von Gedankenübertragung die wir alle kennen oder zu kennen glauben. Die sich zwischen Menschen abspielen, die sich irgendwie nahe stehen. Ganz gleich ob geschäftlich oder privat, aber eben nahe stehen oder nahe standen. Wenn es eine geistige Beziehung zwischen zwei und mehr Menschen gibt, dann gibt es immer auch eine Gedankenübertragung zwischen diesen Menschen.

Man ruft sich dann zum Beispiel an oder man wird angerufen, wenn man an einen Menschen gedacht hat. Das meine ich. Passiert mir doch immer wieder. Also warum soll es nicht auch

Gedankenverbindungen zwischen unterschiedlichen aber intelligenten Lebewesen geben?", sagte Luko.

Luko war, während er das sagte aufgestanden, hatte sich gereckt und dann wieder hingesetzt. Jetzt fühlte er sich ganz leer.

"Kann schon sein, kann alles sein", antwortete Simone ihm. "Es kann aber auch alles reiner Zufall sein. Einfach Zufall. Nichts Mythisches. Nur dumme Zufälle. Reine Einbildung bei uns. Wie auch immer. Auf jeden Fall haben wir den Horst Kattscheff als eine sehr interessante Persönlichkeit kennengelernt."

Eine Zeitlang saßen sie noch, ohne ein Wort zu sagen, am großen Tisch. In der Zwischenzeit war auch Pieze erschienen, sie war sofort behände auf den leeren Stuhl neben Luko gesprungen, was sie eigentlich nicht sollte, und hatte sich so, dass sie nicht übersehen werden konnte auf dem Stuhl aufgestellt. Mit guter Übersicht über den Tisch.

"Tja Pieze", sagte Luko an seine Hauskatze gewandt, "bei dir schätze ich sieht die Sache auf jeden Fall ganz anders aus. Du lebst glücklich und unkompliziert. Dir ist das alles vollkommen egal. Du würdest dir nur dann Sorgen über deine Büchsenöffner, also uns hier, machen, wenn dein Futter ausginge oder deine Schmuseeinheiten ausblieben. Wahrscheinlich würdest du dir nach kurzer Zeit einfach einen anderen Büchsenöffner suchen. Und auch finden. Deine Liebe zu uns ist rein egoistisch. Rein geschäftsmäßig. Und wir wissen das und finden dich trotzdem toll."

Pieze sah zu Luko hoch und mauzte zur Bestätigung. Das nächste Mauzen bedeutete dann "Bitte kraule jetzt mein Köpfchen". Auch wieder typisch, dachte Luko amüsiert. Kommt an und will sofort bei uns im Mittelpunkt stehen. Und was mache ich? Ich kraule ihr Köpfchen!

"Hast Du dir die alte Karte schon angesehen? Was sagst du denn zu der alten Landkarte aus dem knittrigen Pergamentpapier, die da hinten in Kattscheffs Buch steckt", fragte jetzt Simone, während ihr Vater ihre Pieze fleißig weiter kraulte.

"Eine alte Landkarte aus Pergamentpapier?", fragte Luko, "habe ich noch nicht gesehen. Was soll die denn darstellen?"

"Wir haben keine Ahnung. Sieh dir die Karte bei Gelegenheit doch bitte mal an, vielleicht wirst du daraus schlau. Wir konnten, egal wie wir sie drehten und wendeten, nichts Rechtes damit anfangen. Ziemlich geheimnisvoll. Das Blatt ist in einer alten Schrift beschrieben, die wir nicht kennen und daher nicht richtig entziffern konnten. Wir konnten nur das darauf befindliche Datum lesen. Wahrscheinlich ist das Blatt am 04. May 1937 bemalt und auch beschriftet worden. Jedenfalls steht dieses Datum darauf", sagte Clarissa.

Kapitel 6: Der Koffer vom Friedhof
Luko träumt und muss seinen Töchtern den Koffer erklären.

Nachdem Luko aus seinem Schlafzimmer kommend die Treppen zum Erdgeschoss des Pfarrhauses heruntergeschwebt war, ging er mit federnden Schritten in die Richtung seines Arbeitszimmers. Er wollte den großen, schweren, blitzenden Aluminiumkoffer holen, den er vor einigen Tagen, er wusste nicht mehr genau wann das gewesen war, morgens vom Friedhof mitgenommen hatte.

Die Räume des Pfarrhauses waren erfüllt mit einem blaugrauen nebeligen Dämmerlicht das ihn gänzlich zu umhüllen schien. Immer wenn er nach rechts oder links sehen wollte um sich zu orientieren, musste er passen, da sein Kopf die von seinem Gehirn dazu ausgesandten Durchführungsbefehle nicht verstand oder einfach nicht verstehen wollte. Sein Kopf verweigerte ihm den Dienst, sein Kopf ignorierte seine Wünsche, was ihn sehr ärgerte.

Nachdem er mit ungewohnt schnellen, federnden Schritten sein Arbeitszimmer erreicht hatte, hielt er abrupt an. Vor ihm lag, lang ausgestreckt, ein nur mit einer Badehose bekleideter, sonnengebräunter Mann. Der nicht sonderlich muskulöse, ca. einmeterfünfundsiebzig große Mann, drehte ihm den Rücken zu, sodass er das Gesicht des Mannes nicht erkennen konnte. Der Mann war ihm völlig egal. Er wollte jetzt endlich wissen was in dem Koffer war.

Er sah sich in seinem Arbeitszimmer um, was ihn irgendwie erstaunte und erfreute, denn offenbar konnte er jetzt seinen Kopf wieder ganz normal bewegen, um sich damit ganz normal umzusehen zu können.

Durch die Fensterscheiben der geschlossenen Fenster seines Arbeitszimmers strömte blaugrauer Nebel herein, der sich mit den ohnehin im Zimmer befindlichen blaugrauen Nebeln zu einem einzigen Nebel vermengte ohne dadurch seine Farbe zu verändern oder intensiver zu werden. Die Farben der wabernden Nebel stimmten haargenau überein. Auf seinem in der Raummitte befindlichen Schreibtisch, den er als Karins ehemaligen Schreibtisch identifizierte, stand ein großer Koffer aus Aluminium.

Das musste der von ihm auf dem Friedhof gefundene Koffer sein. Er umfasste den Griff des Koffers um ihn von diesem Schreibtisch herunterzuheben und aus dem Raum zu tragen. Der Koffer bewegte sich nicht einen Millimeter, sondern blieb wie festgenagelt auf Karins Schreibtisch stehen. Na warte Freundchen, dir werde ich es zeigen, dachte er. Dann eben mit einem Trick.

Erneut griff er mit seiner rechten Hand nach dem Koffergriff und legte ihn mit einem Ruck zu sich um. Den jetzt so daliegenden Koffer zog er von der Schreibtischplatte herunter um ihn aus dem Raum zu tragen. Na bitte, geht doch, dachte Luko. Der Koffer war unglaublich schwer und er entwickelte übermenschliche Kräfte um ihn aus seinem Arbeitszimmer heraustragen zu können, wobei er sich zur linken Seite beugen musste um überhaupt eine Chance zu haben den Koffer bewegen zu können.

Nachdem er endlich den Empfangsraum seines Pfarrhauses erreicht hatte, nahm er seine letzten Kräfte zusammen und beförderte den Koffer auf den großen Empfangstisch, um ihn hier endlich öffnen zu können.

Der nun so vor ihm auf dem Empfangstisch liegende Koffer war nur mit zwei einfachen, mit einem Schlüssel zu verschließenden Schlössern abgesperrt. Die Schlüssel steckten nicht. Hoffentlich ist der Koffer nicht abgeschlossen und ich muss Gewalt anwenden, dachte Luko.

Aber kein Problem. Mit einen "klack, klack" klappten die Schließmechanismen der Schlösser aus ihren Verankerungen, sodass sich der Koffer jetzt wahrscheinlich ganz einfach öffnen ließ. Er umfasste beidseitig rechts und links den Kofferdeckel um ihn mit einem Ruck anzuheben und den Koffer so zu öffnen.

Eine unglaubliche Gestankswelle, die ihm fast das Bewusstsein raubte, strömte ihm, wie von einer Bombenexplosion ausgelöst, entgegen. Sein Blick löste sich von der Innenseite des Kofferdeckels und er konnte ins Kofferinnere sehen.

Im Koffer befand sich ein blutverschmiertes Messer, neben dem der noch blutende, vom Rumpf eines Delphins abgetrennte Kopf dieses Tieres lag. Das Maul leicht geöffnet und die Augen halb geschlossen lag der Kopf da, als wäre der Tod sehr plötzlich und für ihn vollkommen unerwartet eingetreten. Der Delphin hatte augenscheinlich nicht damit gerechnet getötet zu werden.

Außer dem Küchenmesser mit der blutverschmierten Klinge und dem Delphinkopf befand sich nichts weiter in dem Koffer.

Das Blut an dem Messer war geronnen, vertrocknet und dunkelrot. Der wohl doch schon in den Verwesungszustand übergegangene Kopf des Delphins musste diesen Gestank auslösen. Oder der Gestank kam von der Klinge des blutverschmierten Messers. Oder es stank beides, was ihm hier und jetzt aber völlig gleichgültig war.

Als er den Deckel des Koffers vorsichtig wieder schloss, dachte er, dass in dem Koffer das Messer lag mit dem Dorina Kattscheff erstochen worden war.

Jetzt, wo er den Inhalt des Koffers kannte, hatte der Koffer keine sonderliche Bedeutung mehr für ihn.

Ohne es bemerkt zu haben stand er wieder auf der von blaugrauen Nebeln verhangenen Treppe zu den oberen Räumen seines Hauses. Hatte er nicht etwas vergessen?

Lag da nicht immer noch dieser Mann in seinem Arbeitszimmer? Welcher Mann könnte das wohl sein, dachte er. Ich müsste einmal nachsehen und mich vergewissern. Er schwebte zurück in sein Arbeitszimmer, in dem zu seiner Verwunderung von Karins Schreibtisch nichts mehr zu sehen war.

Der Platz im Zimmer an dem der Schreibtisch gestanden hatte war jetzt leer. Karins Schreibtisch war, ohne eine Spur zu hinterlassen, verschwunden.

Der Mann lag noch genau in der gleichen Haltung da, genau wie vorhin als er zum ersten Mal in das Arbeitszimmer gekommen war, und er lag an dem genau gleichen Platz in dem Zimmer.

Der Mann hatte sich in der Zwischenzeit scheinbar nicht bewegt, sodass er das Gesicht des Mannes immer noch nicht erkennen konnte. Was hatte der hier nur zu suchen?

Er beugte sich herunter um den Mann zu sich umzudrehen, was ihm ohne besondere Mühe mit elfenhafter Leichtigkeit auch auf Anhieb gelang.

Der da vor ihm liegende, braun gebrannte, nicht sehr muskulöse, nur mit einer Badehose bekleidete Mann hatte das Gesicht von Horst Kattscheff.

Das Gesicht von Kattscheff, dachte Luko, ein Gesicht, das nicht zu dem Körper gehört, der hier liegt.

In dem Mann, der das Gesicht von Horst Kattscheff hatte, steckte ein Küchenmesser, das fast bis zum Messergriff hineingestoßen, aus der linken Brustseite herauslugte als wäre es für ein Küchenmesser die größte Selbstverständlichkeit auf der Welt aus der linken Brustseite eines Mannes herauszulugen.

Das ist das Messer aus dem Koffer, genau an der richtigen Stelle hineingestoßen, genau mitten ins Herz, dachte Luko.

Er stellte sich wieder aufrecht hin um jetzt endgültig in sein Schlafzimmer hochzugehen und sich ein weiteres kleines Nickerchen zu gönnen.

Luko wachte schweißgebadet auf.

Leise blinzelten einzelne Sonnenstrahlen zwischen den beiden mittig nicht ganz zusammengeschlossenen schweren, aus grünem Baumwollstoff bestehenden Schlafzimmerfenstervorhängen hindurch. Die Sonnenstrahlen streichelten ihm, aus einem gelblichen über die ganze Höhe des Fensters gezogenen vertikalen Lichtstreifen, der sich zwischen den nicht vollständig geschlossenen Vorhängen gebildet hatte, über das Gesicht.

Das Wetter war heute scheinbar genauso gut wie am Vortag und es versprach ein schöner sonniger und heißer Tag zu werden.

Luko hatte die Weckzeit seines Radioweckers gestern Abend auf 7 Uhr eingestellt, da er erst einmal auf seine morgendlichen Spaziergänge über den Friedhof verzichten wollte und so etwas länger schlafen konnte. Was ihm sicherlich nach den letzten Aufregungen um Dorina Kattscheffs Leiche auch sehr gut tun würde.

Ein Verzicht der ihm leicht fiel, denn erstens wollte er in den nächsten Tagen morgens auf gar keinen Fall weitere Tote finden und zweitens waren gestern Nachmittag schon die ersten Journalisten aufgetaucht und hatten ihn mit allerhand Fragen und mit ihren eigenen Vermutungen zu der von ihm gefundenen Leiche genervt.

Er rechnete fest damit auch heute Morgen auf einige Presseleute zu treffen und die hätten ihm mit ihren Fragen den Tag versalzen.

Sollten sie sich doch ohne ihn zwischen den Gräbern herumtreiben. Schließlich gab es auch noch Hoover und seinen Assistenten diesen Tulsky, die sie zu der Toten ausquetschen konnten. Nur an Hoover und Tulsky, so schätzte Luko die beiden Kripobeamten ein, würden sich die Presseheinis sicher die Zähne ausbeißen bevor sie was Handfestes von denen erführen.

Wenn die beiden überhaupt schon etwas Handfestes herausgefunden hatten, was sie der Presse erzählen konnten oder wollten.

Als er auf den hinter seinem Bett auf einem antiken Nachttischchen stehenden mit Digitalanzeige ausgestatteten Radiowecker sah, war es 7.15 Uhr.

Im Radio spielten sie gerade Stoppoks "Der Kühlschrank". In einem Kühlschrank wäre er jetzt auch gerne, dachte Luko, aber der müsste, anders als in dem Song, funktionieren und ihn kühlen. Er hatte gerade einen fürchterlichen Alptraum gehabt, an den er sich noch allzu gut erinnern konnte.

Sieh jetzt mal alles positiv dachte sich Luko, schlimmer als in meinem Alptraum kann der Inhalt des realen Koffers kaum ausfallen.

Mühsam rollte sich Luko von der Bettmitte kommend unter seiner etwas klammen Bettdecke hervor. Von hier aus robbte er sich weiter bis an die Bettkante seines zwei Meter breiten, sehr flachen Bettes, um sich erst einmal aufrecht hinzusetzen.

Ein Frühaufsteher war er bestimmt nicht, war er nie gewesen, er musste sich immer wieder zwingen früh aufzustehen. Und anders als es allgemein heißt, war er auch noch nicht "der senile Bettflüchtige" oder erst recht nicht der Mensch in dem sich "Altersgeiz mit seniler Bettflucht" verbindet. Er fühlte sich zwar manchmal alt und schlapp mit seinen siebenundvierzig Jahren aber er war insgesamt noch gut drauf und machte manchem Jüngeren einiges vor wenn es darauf ankam.

Er hielt sich regelmäßig mit einem leichten Fitnesstraining im WFV fit, einem Wattwiger Sportstudio, außerdem liebte er joggen und Jollensegeln auf dem Rurlsee.

Das Boxen hatte er seit einigen Jahren ganz aufgegeben, obwohl es in der Zwischenzeit wieder stark in Mode gekommen war zu boxen, oder sich Boxkämpfe anzusehen.

Sogar in seiner "Muckibude" wurden jetzt Boxkurse angeboten die einen regen Zulauf bei Männern und Frauen fanden. Die Leute laufen eben hinter allem her was zurzeit "in" ist und machen es mit.

Seine Einstellung zum Boxsport hatte sich geändert. Er hielt nichts mehr davon einem Gegner solange auf die "Fresse zu hauen" bis der zusammenbrach und dann liegenblieb oder "technisch K.o." war.

Die verbalen Auseinandersetzungen mit Gehirneinsatz waren ihm in der Zwischenzeit wesentlich lieber geworden.

Wenn er sich manchmal schlapp fühlte, hatte er einfach keine Lust mehr den Tagesstress kombiniert mit Tagesroutine zu ertragen. Vielleicht war er auch nur Urlaubsreif. Reif für die Insel, wie man so schön sagte.

Nachdem er aufgestanden war, hatte er sich wie immer, vor dem Badezimmerspiegel stehend trocken rasiert, die Zähne mit Zahnseide behandelt und geputzt, sein Gesicht gründlich nach Pickeln abgesucht, die gefundenen Pickel genussvoll beseitigt und sich dann unter die lauwarme, bloß nicht zu kalte, Dusche gestellt.

Er war im Laufe der Jahre ein richtiges Weichei geworden, stellte er fest, aber er hatte mächtigen Spaß daran, ein Weichei geworden zu sein.

Ich muss mich dem Leben stellen, dachte Luko während das lauwarme Wasser an seinem durch einen kleinen Bauch verzierten Körper herunterlief, gleich nach dem Frühstück nehme ich mir den Koffer vom Friedhof vor.

Als er das Duschen nach fünfzehn Minuten beendet und die Duschkabine wie nach jedem Duschen gereinigt und trocken gewischt hatte, zog er frische Unterwäsche und Kleidung an, um sich anschließend ein kräftiges Frühstück zu machen.

Luko liebte kräftige Frühstücke, am liebsten nach der Art der Engländer. Nur ohne die kleinen fettigen Würstchen, die waren nicht sein Ding. Und statt getoastetem Weißbrot durfte es auch Graubrot oder Schwarzbrot sein. Aber auf jeden Fall gebratener Schinkenspeck, ein oder zwei Spiegeleier, und rote

Bohnen mit etwas Ketchup. Herrlich, davon konnte er nicht genug bekommen!

Ihm war jetzt deutlich besser zumute als noch vor einer halben Stunde. Von seiner Müdigkeit war nicht die geringste Spur übrig geblieben. Jetzt noch ein Powerfrühstück in den leeren Magen, weggespült mit zwei, drei Tassen Kaffee und der Tag konnte beginnen.

Luko wurde, nachdem er die schwere Eichentreppe heruntergegangen war, im Empfangsraum schon von Pieze begrüßt, die sich sofort als sie ihn sah, auf den Rücken warf, um sich von ihm ihren Bauch kraulen zu lassen. Während er ihre Katze kraulte, strömte ihm ein herrlicher Kaffeeduft in die Nase. Luko ließ von ihrer Katze ab, um in die Küche zu gehen. Wo es so gut nach Kaffee duftet, dachte Luko, ist auch der frische Frühstückskaffee in nicht allzu weiter Ferne.

In der Küche angekommen sah er Clarissa am Herd stehen, die gerade dabei war in einer Pfanne etwas Bratenfett zu erhitzen.

"Einen wunderschönen guten Morgen. Bedeutet dein Gebrutzel ein Frühstück für mich?", fragte Luko. "Guten Morgen, Papsi. Wir haben dich schon kommen hören und ich dachte, ich tue dir heute Morgen was Gutes", sagte Clarissa.

Luko sah sich um und konnte außer Clarissa niemanden in der Küche sehen. Mit "wir" war zweifelsohne Pieze gemeint. Und das war ja auch richtig so. Pieze war im Laufe der dreizehn Jahre die sie inzwischen schon bei ihnen wohnte ein vollwertiges Familienmitglied geworden, die häufig, wenn sie etwas von ihren Menschen wollte, menschliche Züge an den Tag legte. Abgesehen davon war sich Luko ziemlich sicher, dass Pieze ihre Sprache ganz genau verstand. Pieze gehorchte immer dann aufs Wort, wenn s i e es so wollte, wenn sie es aber nicht hören wollte, konnte sie, auch sehr menschenähnlich, ihre Ohren "auf Durchzug" stellen. Auch wusste Pieze genau, wie sie mit den Gefühlen ihrer Menschen spielen konnte.

Pieze war übrigens so gut erzogen, dass sie zwar fast immer versuchte während sie bei Tisch saßen, auf den Schoss eines Essenden zu kommen, aber sie versuchte nie während des Essens auf den gedeckten Tisch zu springen.

Dafür wurde Pieze aber nach dem Essen auch nie vergessen und bekam ihre Portion anschließend aufgetischt. Auch sonst sprang Pieze niemals auf Tische oder auf die Küchenplatte oder auf Anrichten, jedenfalls niemals tagsüber oder wenn jemand im Haus war. Dass sie nachts, wenn alle schliefen, machte was sie wollte, stand für die ganze Familie außer Frage.

Luko genoss das ausgiebige Frühstück gemeinsam mit seiner Tochter und Pieze.

Während sie frühstückten überflog er die Morgenzeitung. Die tote Dorina Kattscheff auf dem Friedhof war der Renner des Tages. Ausgiebig wurde über die Tote berichtet und es wurden natürlich auch Vermutungen geäußert und Zusammenhänge zum Verschwinden von Horst Kattscheff konstruiert. Luko fand in den Artikeln aber nichts Neues was für ihn wirklich interessant gewesen wäre.

Nachdem sie gefrühstückt und dann nach dem Abräumen des Geschirrs in die Spülmaschine noch eine kleine Weile Belangloses plaudernd bei einer Tasse Kaffee am Frühstückstisch gesessen hatten, dachte Luko wieder an seinen Alptraum von letzter Nacht, und dass er sich noch so drehen und wenden konnte wie er wollte. Er musste den Koffer vom Friedhof heute und am besten jetzt gleich öffnen.

"Danke für das Frühstück, Clarissa", sagte Luko, "dass war ganz hervorragend. Der Tag konnte besser nicht beginnen." Und hoffentlich beginnt er nicht tatsächlich mit einem weiteren Alptraum, dachte er weiter.

Luko stand auf und ging in das der Küche gegenüber liegendes Arbeitszimmer. Den Koffer hatte er in seinem aus dem Ende des achtzehnten Jahrhunderts stammenden Weichholzbarockschrank versteckt. Diesen seltenen, sehr gut restaurierten Schrank hatte er vor einigen Jahren von einer Antiquitätenhändlerin aus Wattwig erworben. Luko liebte Weichholzantiquitäten und dieser über zweihundert Jahre alte Schrank war sein ganzer Stolz.

Luko schloss die Tür des Arbeitszimmers, ging an seinen zweiflügeligen Barockschrank und öffnete die beiden großen Schranktüren.

Da stand er nun vor ihm, der Koffer.

Blitzblank mit wenigen Lehmflecken und kaum verkratzt als wäre er aus dem Laden in dem er gekauft worden war, direkt in diesem Schrank gelandet. Auch sonst nirgendwo beschädigt, ohne jede Delle, fast wie neu. Und dazu völlig harmlos als könnte er keiner Fliege etwas zu Leide tun.

Luko fasste den Koffergriff. Ihm wurde leicht schwindelig als er den Koffer heraushob. Wie immer wenn es aufregend wurde, bekam er seine feuchten Hände, für die er sich regelmäßig schämte wenn er Menschen einen feuchten Händedruck geben musste.

Der Koffer war lange nicht so schwer wie der Koffer den er aus seinem Traum kannte, und er war auch lange nicht so groß dimensioniert wie er ihn in seiner kurzen Erinnerung hatte.

Vorsichtig legte er den Koffer auf einen kleinen, neben seinem Schreibtisch stehenden Beistelltisch. Der Beistelltisch, eigentlich nur als Aktenablage angeschafft, hielt dem Gewicht des Koffers stand.

Genauso wie in seinem Traum, und daran konnte er sich immer noch sehr gut erinnern, war der Koffer nur mit zwei einfachen, mit einem Schlüssel zu verschließenden Schlössern gesichert.

Wie in seinem Traum öffnete er die rechte und linke Verankerung der Schlösser gleichzeitig. Ohne nennenswerten Widerstand zu leisten sprangen die Haken aus ihren Verankerungen und klappten gleichzeitig zurück. Beidseitig griff Luko an den Kofferdeckel um ihn ganz vorsichtig anzuheben. Auch der Kofferdeckel ließ sich leicht, als wären die Scharniere noch vor Kurzem absichtlich geölt worden, anheben.

Was würde ihn erwarten?

Würde es das sein, was er erwartete und was direkt nichts mit blutverschmierten Messern und abgeschnittenen Delphinköpfen zu tun hatte?

Er schloss seine Augen und klappte den Deckel so weit nach hinten auf, wie es eben ging. Der ihm aus dem Koffer entgegenströmende Geruch hatte nichts mit dem Geruch von Verwesung oder dem Geruch von Blut gemein, den er noch aus seinem Traum in der Nase hatte.

112

Der ihm entgegenströmende Geruch, war ein Geruch den er bis heute nicht kannte, ein ihm unbekannter Duft, den er, sobald er seine Augen wieder öffnen würde, mit einem angenehmen Inhalt verbinden würde.

Luko öffnete seine Augen und sah vor sich viele auf Papierstreifen gedruckte bunte Farben und große Zahlen. Der Koffer war bis zum Rand gefüllt mit großen und kleineren Euroscheinen.

Er hatte gerade den Duft des Geldes gerochen und roch ihn immer noch, ein Duft der ihn jetzt gänzlich umhüllte.

Das müssen hunderttausende Euro sein, einige hunderttausend Euro, das sind die Hunderttausende, die ich heimlich und mit Spannung erwartet habe, als ich den Koffer an mich nahm, dachte Luko.

Während er wie versteinert in den Koffer starrte, nahm er mit einem kleinen Teil seines Unterbewusstseins wahr, wie sich die Tür zu seinem Arbeitszimmer langsam öffnete.

"Willst du verreisen?", hörte er und wie ihm schien ganz weit entfernt, eine Stimme fragen, die wie die Stimme seiner Tochter Clarissa klang.

Luko blickte auf und sah seine Tochter wie hypnotisiert an. "Wieso, wieso sollte ich verreisen?", fragte Luko entgeistert in den Raum.

"Weil ein offener Koffer vor dir steht und du so überrascht guckst, als hätte ich dich bei geheimen Reisevorbereitungen erwischt", sagte Clarissa beim Anblick ihres Vaters amüsiert und belustigt.

"Ich, ich will nicht verreisen, wo soll ich auch schon hinreisen", stammelte Luko und klappte den Koffer mit einem Ruck wieder zu.

Clarissa hatte Feuer gefangen.

Immer näher auf ihn zukommend würde sie keine Ruhe mehr geben bis sie das Geheimnis des Koffers kannte. Das spürte und das wusste er.

"Den Koffer habe ich hier noch nie gesehen. Ist der neu? Hast du dir einen neuen Koffer gekauft? Warum hast du mir vorhin bei unserem Frühstück nichts davon erzählt?", fragte Clarissa, jetzt noch neugieriger geworden.

"Warum sollte ich dir von dem Koffer erzählen? Das ist ein ganz gewöhnlicher Diplomatenkoffer, wie es ihn dutzendfach in jedem größeren Kaufhaus zu kaufen gibt. Nichts Außergewöhnliches. Eben ein Koffer. Nichts weiter als ein Koffer", sagte Luko irritiert und etwas verärgert.

Einige Sekunden vergingen in denen Clarissa ihren Vater nur ansah.

"Papsi", sagte Clarissa jetzt in einem vorwurfsvollen Ton und mit ernster Miene, "natürlich ist der Koffer etwas Außergewöhnliches. Ich bin erstaunt über dich, weil wir uns in der Familie doch immer alles Wichtige und Unwichtige erzählen. Wenn ich mich recht entsinne war das auch nie anders. Seit ich denken kann, nicht anders. Und wenn einer von uns einen neuen Koffer braucht oder wir einen neuen Koffer brauchten oder wir was auch immer brauchten, wurde bis zum heutigen Tage in unserer Familie darüber beraten und darüber gesprochen. Und es gab immer eine gemeinsame Entscheidung ob etwas Neues angeschafft wird oder auf die Anschaffung verzichtet wird. Bis jetzt war das immer so!"

Einen Augenblick herrschte tiefe Stille im Zimmer. Die berühmte Stille in der man eine Stecknadel fallen hören kann. Selbst Pieze, die in der Zwischenzeit durch die offen stehende Tür hereingeschlichen war, saß friedlich auf ihrem Katzenhintern und guckte mucksmäuschenstill abwechselnd ihre beiden Menschen an. Pieze, deren Schwanz aufgeregt zitterte, hatte ein gutes, angeborenes Gespür für spannende Situationen. Auch wenn es für sie nicht unbedingt etwas zu essen gab.

Es war wieder Clarissa, die die Stille im Zimmer unterbrach.

"Dieser Aluminiumkoffer kommt mir bekannt vor, Papsi. Diese Aluminiumkoffer gibt es nicht so häufig, und schon gar nicht in jedem x-beliebigen Kaufhaus. Den da oder einen ähnlichen Koffer habe ich schon einmal gesehen. Und ich weiß auch wo. Der sieht aus wie einer der Geldkoffer mit dem der Kattscheff damals verschwunden ist. Der Koffer vom Kattscheff war doch seinerzeit in allen Zeitungen mehrfach und immer wieder abgebildet. Regelrecht zur Fahndung war der damals ausgeschrieben worden".

"Papsi", sagte Clarissa jetzt aufgeregt weiter, "wir hatten in den letzten Tagen irgendwie so viel mit den Kattscheffs zu tun, und jetzt liegt hier zufällig dieser Koffer da auf deinem kleinen Tisch. Und du siehst aus als wärst du das schlechte Gewissen in Person. Da stimmt doch was nicht. Und die Türen des Barockschranks stehen sperrangelweit auf. Als hätte der Koffer bis zu unserem Frühstück vorhin versteckt in deinem Schrank gestanden und du hast ihn da gerade in diesem Augenblick, kurz bevor ich hereingekommen bin aus dem Schrank herausgenommen, um nachzusehen was da wohl drin ist. Außerdem würdest du dir so einen im Grunde hässlichen Koffer im Leben nicht kaufen. Du bist das schlechte Gewissen in Person und ich bin sicher, dass ich recht habe."

Luko wusste, dass er das Spiel gegen seine Tochter verloren hatte. Das ging ihm hier alles zu schnell.

"Der Koffer ist nicht hässlich, sondern aus Aluminium. Was machst du überhaupt hier. Warum bist du heute Morgen nicht zur Uni gefahren? Ist Simone an der Uni oder ist deine Schwester auch noch irgendwo im Haus versteckt?", unterbrach Luko sie barsch.

"Papsi, lenk nicht ab. Hier im Haus versteckt sich niemand. Da ist doch etwas drin in dem Koffer was ich nicht sehen soll, sonst würdest du nicht immer noch so komisch gucken und hättest den Kofferdeckel bei meinem Erscheinen nicht schnellstens wieder zugeklappt. Ich will jetzt sofort wissen, was in dem Koffer ist. Auf der Stelle will ich das wissen. Und was du damit zu tun hast, ganz gleich was da drin ist", sagte Clarissa mit lauterer Stimme und jetzt vollkommen aufgeregt.

"Ja, ja, ist ja gut", sagte Luko

Scheiße, wie ärgerlich, dachte Luko weiter, aber doch auch etwas amüsiert, von wem haben meine herrschsüchtigen Töchter bloß dieses gute Gedächtnis und ihre Neugierde geerbt.

In der Zwischenzeit war Clarissa weiter auf Luko und den Koffer zugegangen und stand jetzt ganz dicht neben ihm.

Mit einem plötzlichen Ruck riss sie so heftig den zugeklappten Kofferdeckel nach oben auf und zurück, dass der Koffer dadurch beinahe vom Tisch gefallen wäre.

"Mein Gott ist das viel Geld", schrie Clarissa, während sie Luko, jetzt plötzlich genau so überrascht wie ihr Vater ein paar Minuten zuvor überrascht war, ansah.

115

"Kattscheffs Koffer. Das ist tatsächlich Kattscheffs Koffer. Das ist einer von Kattscheffs Koffern. Du hast doch nicht etwa mit dem Kattscheff zusammen?", sagte sie weiter und wieder leiser und wurde dabei kreidebleich.

"Nein, verdammt noch mal", schrie jetzt Luko, "Ich ahne was du jetzt vielleicht denkst. Ich habe natürlich nichts mit Kattscheffs Diebstahl oder sonst irgendwie mit der Sache zu tun. Das ist doch wohl selbstverständlich. Du glaubst doch nicht, dass ich, dein alter Vater, zum Verbrecher wurde und auf seine alten Tage eine Großmarktkette um ein paar Hunderttausend erleichtert habe? Der Koffer lag unter einem Busch auf unserem Friedhof in der Nähe der Kattscheffschen Gruft. Ich habe ihn, als ich die tote Kattscheff gefunden habe, in der Nähe liegen sehen und mitgenommen. Nicht mehr und nicht weniger. Verdammt noch mal."

Clarissa ging langsam, ohne sich umzudrehen, rückwärts und ließ sich, instinktiv richtig, auf den, neben Lukos Schreibtisch stehenden Besucherstuhl, fallen. Pieze war schon vorher erschrocken aufgesprungen und hatte den Kriegsschauplatz sicherheitshalber verlassen.

"Ach Papsi", sagte Clarissa als sie sich nach einigen Sekunden wieder etwas gefangen hatte. "Ich würde doch nie auch nur im Traum daran denken, dass du Kaufhäuser ausraubst oder, viel schlimmer noch, unschuldige Frauen umbringst."

"Aber du kannst doch nicht einfach einen Aluminiumkoffer, der neben einer Toten auf dem Friedhof liegt, und von dem du auch noch zu wissen glaubst, wem der Koffer wahrscheinlich gehört, so mir nichts, dir nichts mitnehmen, als wäre es das Normalste auf der Welt", sagte Simone empört als sie von der Uni nach Hause gekommen war, und, während alle drei neben dem geöffneten Geldkoffer standen, die ganze Geschichte ebenfalls von ihrem Vater erzählt bekommen hatte.

"Ich habe auch nicht einfach einen Aluminiumkoffer mitgenommen, sondern ich habe lediglich geahnt, verteidigte sich Luko, dass das hier bestimmt der Geldkoffer vom Kattscheff ist. Ich habe den doch auch erkannt oder besser gesagt, geglaubt ihn zu erkennen. Und in der ganzen Situation mit der Dorina Kattscheff, die da tot lag, war mir das schon irgendwie sofort blitzartig klar", sagte Luko, der jetzt ob der hitzigen Diskussion leicht ins Schwitzen kam. Und ergänzte. "so was spielt sich doch alles in Zehntelsekunden ab."

"Aber hättest du ihn dann nicht liegenlassen müssen, bis die Polizei kommt. Der ist doch sicher ein wichtiges Beweisstück um den oder die Täter zu finden?", fragte Clarissa.

"Naja, er lag ja nicht direkt neben der Toten, sondern etwas abseits von ihr unter diesem Busch. Da ist es eben passiert. Ich habe ihn mitgenommen und warum ich das getan habe weiß ich auch nicht so genau. Es ist einfach so über mich gekommen. Und jetzt muss ich sehen was daraus wird. Wie oft soll ich das denn noch erzählen", sagte Luko aufgeregt und gab durch ein für ihn selber unverständliches Gebrummel gleichzeitig zu verstehen, dass das Thema "Geldkoffer von Kattscheff" damit für ihn und für heute erst einmal erledigt war.

Luko schloss den Kofferdeckel zum x-ten Male heute und stellte den Koffer zum x-ten Male dahin in den Schrank zurück, wo er ihn vorhin zum x-ten Male herausgenommen hatte.

"Ich bin heute Nachmittag in der Pfarre unterwegs", sagte er "und wahrscheinlich erst zum Abendessen zurück. Ihr könnt euch ja in der Zwischenzeit, wenn ihr etwas Zeit über haben solltet, noch einmal mit diesem Pergamentplan aus dem Delphinbuch beschäftigen. Wie wär's, wenn wir so gegen 18 Uhr, 18.30 Uhr zusammen schön gemütlich zu Abend essen? Könnt ihr dann? Nach dem Abendessen können wir uns dann gemeinsam den Plan mal näher ansehen und uns überlegen was das alles bedeutet, was da so aufgezeichnet ist. Bis heute Abend ihr Lieben! Und kein Sterbenswörtchen, zu wem auch immer, über diesen verdammten Koffer", ergänzte Luko.

Ohne eine Antwort der beiden abzuwarten, und ohne Pieze nochmals zu streicheln, die sich ihm, wie sie wohl glaubte rechtzeitig, zum Beschmusen in den Weg gestellt hatte, verschwand er durch die offene Zimmertür.

"Papsi hat es aber plötzlich sehr eilig hier raus zu kommen", sagte Clarissa belustigt. "Und ich bin mal gespannt wie unser lieber Vater aus dem Schlamassel, in den er sich da reinbugsiert hat, wieder rauskommen will?", fügte Simone an.

Gegen achtzehn Uhr erschien Luko tatsächlich frohgelaunt und leise vor sich hin pfeifend im Pfarrhaus.

Seine geliebten Töchter waren, das schloss er aus dem Geklapper von Tellern und Töpfen und dem Geklimper des Bestecks, in der Küche und brutzelten vor sich hin.

Toll, dachte Luko, toll, toll, toll, ich bekomme ein Abendessen und muss mich heute um gar nichts mehr kümmern.

So gut ging es ihm nicht jeden Tag. Bevor sie abends zusammen aßen, war jeder von Ihnen turnusmäßig mit den Zubereitungen der Mahlzeiten an der Reihe und musste die anderen bekochen. Was dem jeweilig Auserkorenen natürlich nicht nur Stress sondern in der Regel auch viel Spaß machte.

Überhaupt war es für ihn heute insgesamt ein ganz guter Tag gewesen. Der anfängliche Ärger vom Vormittag, der Ärger darüber, dass seine Töchter jetzt schon die Geschichte von Kattscheffs Koffer kannten, war verflogen. Irgendwann hätte er es den beiden sowieso erzählen müssen.

Ihm war heute keine neue Leiche begegnet, womit er natürlich ernsthaft auch nicht gerechnet hatte, aber was mindestens genauso gut war; Ihm war auch kein Journalist begegnet, der in ausquetschen wollte.

Entweder hatten die Presseleute heute irgendwo anders eine für sie attraktivere Geschichte entdeckt oder sie waren zum Polizeipräsidium von Bochkum abgewandert, um dort diesen Hoover und seinen Adjutanten Tulsky zu belagern und zu nerven. Vielleicht hatte er ihnen ja auch schon ausreichend Material für ihre Stories geliefert, die sie dann immer wieder mehr oder weniger aufgepeppt und locker modifiziert in ihren Nachrichten bringen konnten.

Heute Abend wollte er um die 19 Uhr die Regionalnachrichten im Dritten Programm sehen, um sich über den Stand der Ermittlungen zu informieren. Von Hoover, der sich ja eigentlich mal bei ihm melden wollte, um ihn aus erster Hand zu informieren, hatte er bis jetzt noch nichts gehört.

Wahrscheinlicher aber ist, dachte Luko, dass Hoover noch gar nichts hat, was sich zu berichten lohnt.

Schauen wir nachher mal, ob die Nachrichten was Neues bringen. Schließlich ist der Fall kurios. Eine Tote auf ihrem Familiengrab. Das gibt es nicht alle Tage.

"Na, Mädels, alles gesund und munter", rief er mit fröhlicher Stimme und ebensolchem Gesicht, als er zu seinen Töchtern in die Küche kam.

"Mädels" nannte er seine Töchter nur, wenn er besonders gute Laune hatte und sich relativ ausgeglichen fühlte. "Ich habe einen Riesenhunger. Ich könnte ein halbes Schwein aufessen. Was gibt es denn Gutes."

"Heute ist es aber fast vegetarisch", sagte Clarissa, "und trotzdem lecker", ergänzte Simone.

"Oh, da habe ich gar keinen Zweifel, wenn ihr kocht meine Lieben, kann es nur Klasse werden. Was gibt es denn nun Leckeres wenn es schon kein Rumpsteak mit Pommes ist?"

"Als Vorspeise", sagte Simone, "gibt es eine "Spanische Safran-Lauch-Suppe. - Eine Safransuppe mit Lauchstreifen und Kartoffelstückchen, mit Sherry abgeschmeckt, ursprünglich ein bäuerliches Gericht aus dem Norden Spaniens, dass durch Safran und Sherry seine feine Note erhält. Und als Hauptgericht gibt es dann anschließend "Gratinierte Ofenkartoffel.- Kartoffel mit einer Füllung Sauerrahm, Speck und Zwiebeln, mit Parmesankäse überbacken." Dazu eine kleine Salatgarnitur. Na, ist das was für dich?"

Luko lief das Wasser im Mund zusammen, als er das hörte. "Ihr habt aber ein tolles Kochbuch. Was wollt ihr denn zu diesem Mahle trinken", fragte Luko in die kleine Runde.

"Wir würden dazu gerne einfach ein Bier trinken", sagten Clarissa und Simone mal wieder gleichzeitig im Chor.

Luko nahm das Flaschenkörbchen aus der Ecke neben dem Kühlschrank um damit in den Keller zu gehen. "Da schließe ich mich gerne an. Ich gehe mal gerade in den Keller runter und hole ein paar Flaschen Fieglings hoch." Fieglings, ein Bier aus Bochkum, aber was sollte man machen. Damit war er auch schon verschwunden.

Als Luko aus dem Keller zurückkam, war die nicht zu heiße, dampfende Suppe serviert und sie begannen, nachdem Luko den Töchtern und sich ihre Biere eingeschenkt hatte, mit dem Abendessen.

Während sie aßen und tranken sprachen sie kaum ein Wort miteinander. Eine fast andächtige Stille erfüllte den Raum. Pieze saß, wie so häufig wenn sie alle in der Küche zum Essen versammelt waren, neben dem rustikalen Küchentisch auf dem gefliesten Fußboden, sah zu Ihnen hoch und ärgerte sich wahrscheinlich darüber, dass es weder nach Schweinebraten noch nach Rindersteak oder nach halben, gebratenen Hähnchen roch. Die Reste von halben Hähnchen waren eindeutig Piezes Lieblingsessen.

"Was war denn heute Nachmittag noch so los bei euch", wollte Luko wissen, als sie mit dem Essen fertig waren.

"Oh, eigentlich nichts Besonderes, Papsi. Wir waren fast den ganzen Nachmittag zusammen hier im Haus, haben gelernt oder uns um die Wohnung gekümmert", sagte Clarissa.

"Und kein Journalist und niemand sonst der etwas wissen wollte?", fragte Luko neugierig.

"Dieser Kommissar war hier, dieser Hoover, von dem du uns erzählt hast. Der wollte dich sprechen. Es wäre aber nicht so wichtig oder dringend hat er gesagt und er würde sich wieder melden oder vorbeischauen, wenn er in der Nähe ist oder er etwas Zeit hat. Er will sich aber auf jeden Fall morgen oder übermorgen telefonisch melden", sagte Simone.

"Und ob er den Koffer gleich mitnehmen könnte", rutschte es Clarissa so ganz nebenbei heraus.

Luko guckte Clarissa wie vom Blitz getroffen, an. Simone, die den Blick aufgeschnappt hatte beruhigte ihren Vater sofort. "Sollte ein Scherz sein, Papsi. War ein Scherz, nur ein Scherz. Der wollte wirklich nichts Besonderes. Hoover ist auch direkt wieder abgezogen. Wir haben ihm natürlich noch einen Kaffee angeboten, aber er hat dankend abgelehnt."

Lukos Stimmung sank wegen dieser dummen Bemerkung aus dem Stand auf null. Ohne das gute Essen im Magen und die bei ihm schon einsetzende Verdauungsmüdigkeit wäre er wahrscheinlich auf der Stelle lauthals explodiert.

"Wisst ihr was Kinder? Für heute reicht's mir! Den Plan können wir uns morgen auch noch ansehen. Morgen ist auch noch ein Tag. Ich für meinen Teil gehe jetzt in Ruhe fernsehen. Lasst hier alles stehen und liegen, ich räume später alles ab und spüle die Geschirrreste nachher auch noch weg", sagte Luko missmutig und schlecht gelaunt.

In der Zwischenzeit war es fast 20 Uhr geworden und er ging zusammen mit Pieze, die auch keinen besonderen Wert auf

Reste von Safran-Lauch-Suppe mehr legte, in ihr Wohnzimmer um sich gleich die 20 Uhr Nachrichten im Ersten Programm anzusehen und um gemütlich eine Pfeife mit "Mac Baren-mixture-Scottish Blend Tabak" zu rauchen.

Während er sich die Nachrichten ansah, die auch nichts Neues brachten was er nicht schon längst kannte, hörte er wie in der Ferne seine Töchter kichernd und lachend die Küche aufräumten.

Die hatten ihren Spaß an Clarissas Bemerkung von vorhin.

Pieze, die es sich, als er seine Pfeife aufgeraucht hatte, auf seinem Schoss gemütlich gemacht hatte, war in der Zwischen-zeit vor Langeweile und unterstützt durch sein Streicheln, ein-geschlafen.

Luko hatte sich, als er aus der Küche ins Wohnzimmer ge-gangen war vom Esszimmertisch, das da immer noch liegende, von Kattscheff ausgeliehene, Delphinbuch mit dem Pergament-plan mitgenommen und auf dem kleinen Klapptisch, der neben seinem Fernsehsessel stand, abgelegt.

Ich könnte doch noch einen Blick in den Plan werfen dachte Luko, lustlos an seiner aufgerauchten, kalten Pfeife nuckelnd.

Lauthals gähnend nahm er den Plan aus dem Buch um sich gleich darauf die müden Augen reiben zu müssen. Es hat wirk-lich keinen Zweck mehr sich das Ding anzusehen, dachte er.

In Gedanken versunken sah er sich stattdessen im Fernse-hen einen Tatsachenbericht über Politikerkorruption in Deutschland an. Manche Berufspolitiker schimpfen über Schwarzarbeit, illegale Beschäftigung, Menschen- und Drogen-handel und sonstige schweren Verbrechen, sie sind aber im Grunde nicht besser als diese Täter und Verbrecher, die von Ihnen oft auch noch gedeckt werden.

Naja, dachte Luko dann weiter, mancher meint es aber auch ernst und einige von denen sind auch ganz in Ordnung. Die müssen ja auch einiges aushalten. Wenn ich da an manchen Wähler denke. Die über ihre Blogs ihren Unsinn verbreiten. Vollkommen ahnungslos oft. Was für Schwätzer und was für ein dummes Volk.

Eines nahm er aber sicher heute Abend für sich an, um auf das hier und jetzt zurückzukommen; es gab einen Zusammen-hang zwischen Kattscheffs Verschwinden und seiner toten Ehefrau auf der Familiengruft. Da war er sich Einhundertprozentig sicher. Aus dem Bauch heraus. Und diesen Zusammenhang wollte er herausfinden und mithelfen die Zusammenhänge aufzuklären. Und wenn er es ganz alleine machen müsste. Auch wenn es wahrscheinlich ziemlich gefährlich für ihn werden könnte. Das war so ein Gefühl. Auch so ein Bauchgefühl.

Kapitel 7: Der Plan
Sie finden in dem alten Mythenbuch von Kattscheff den Plan. Die Freunde beraten darüber.

"Donnerstag, die Welt ist schön, ein Donnerstag", sang Luko, während er unter der lauwarmen Dusche stand. Er dachte bei der Melodie an eine Biersorte, die er aus einer Radiowerbung kannte und die sich in seinem Unterbewusstsein wie eine Klette festgesetzt hatte. Unter dem lauwarmen Duschwasser zu stehen und so etwas vor sich hin zu singen, das ist ja geradezu pervers, murmelte er laut vor sich hin. Und dann vor dem Frühstück. Echt pervers. Aber was soll es schon, dachte er weiter. Der Tag musste einfach gut werden und er freute sich schon auf seinen heutigen Pokerabend und seine Freunde im "Fisch".

Er war gestern Abend nach den Fernsehnachrichten und einem anschließenden Tatsachenbericht über Beraterverträge und Lobbyistentum, Korruption und Bestechlichkeit deutscher Politikprofis, ein wirklich spannender Bericht der ihn noch eine Weile nachdenklich gehalten hatte, ganz zeitig zu Bett gegangen. Interessanterweise gibt es, das wurde auch versucht nachzuweisen und zu belegen, kaum einen Unterschied zwischen Vollprofis im Bund und den Ländern und Scheinprofis auf kommunaler Ebene. Nehmen tun viele was sie kriegen können, ohne jedes Unrechtsbewusstsein, nur die Summen und Forderungen sind, je nach Hierarchiestufe in der Politik, unterschiedlich hoch. Das fängt in den Ortsvereinen an. Schon bei der Sondergenehmigung für einen Privatparkplatz. Und die am lautesten schreien...

Gut auch, dass es nicht nur Klatschspaltenjournalismus gibt sondern auch noch Journalisten die die Pressefreiheit in unserem Land ernst nehmen, dachte Luko. Man soll ja nicht alle in einen Sack stecken. Aber viele. Das schon.

Im Bett hatte er noch eine Zeitlang in dem Delphinbuch von Kattscheff geblättert und dabei ein Fläschchen Bier getrunken, das er sich zuvor aus der Küche mitgenommen hatte.

Kurz darauf war er dann, jetzt geistig damit beschäftigt seinen kleinen Hunger zu bekämpfen, den er immer um diese Zeit bekam, eingeschlafen.

Morgen früh, nach dem Frühstück, wollte er sich den Plan aus Kattscheffs Buch, oder was auch immer diese Zeichnung war, die da aus dem Delphinbuch herausgefallen war, ansehen.

Luko hatte in dieser Nacht tief, fest, grau und traumlos, wie ein Stein geschlafen.

Als er nach der Morgentoilette unten in der Küche angekommen war, saßen schon Clarissa und Simone am Frühstückstisch und aßen ein Spiegelei auf Brot. Nachdem sie sich begrüßt und Luko sich zuerst einmal zum Wachwerden einen Kaffee eingeschüttet hatte, setzte er die Pfanne auf den Herd um sich sein "englisches Frühstück ohne Würstchen", sein absolutes Lieblingsfrühstück, heute zur Abwechslung mal mit Rührei, zuzubereiten.

"Hast du dir das Pergamentblatt aus dem Delphinbuch gestern Abend noch angesehen?", wollte Clarissa wissen, während sie gemeinsam weiter frühstückten. "Nein", sagte Luko kauend, "ich bin, nachdem ich noch etwas in dem Delphinbuch geblättert und etwas ferngesehen habe, eingeschlafen. Ich war zu müde, und ich habe so tief geschlafen, keine zehn Pferde hätten mich letzte Nacht wecken können."

"Du hast dir bestimmt wieder einen Bericht über den Clan der Politiker, Verbrecher und Erpresser angesehen. Gibt es ja zurzeit fast täglich. Wechselweise von Kanal zu Kanal", murmelte Simone vor sich hin und grinste dabei.

"Genau", antwortete Luko, "und ich bin immer dabei. Aus mir wird gerade ein Wutbürger, ein besonders wütender". Und grinste ebenfalls.

Nein, ein Wutbürger, der im Alter merkte, dass er sein Leben versäumt hatte, jetzt merkte, dass er ohne jedweden Einfluss und Möglichkeiten dastand, das wollte und konnte er nicht werden, das wusste Luko.

Gegen acht Uhr verabschiedeten sich Clarissa und Simone um zur Uni zu fahren. Luko spülte im Waschbecken ab, was nicht in die Spülmaschine passte, räumte die Küche auf und ging in sein Arbeitszimmer rüber um seinen Tagesablauf mit dem genaueren Studium des Plans zu beginnen.

Dieser Plan, diese Karte oder was auch immer das war, was er da in der Hand hielt, war mittig nach innen zusammengeklappt und hatte so eine Größe von ca. 30 mal 30 Zentimetern.

Es handelte sich um ein fast durchsichtiges Stück Pergamentpapier mit einer schwer lesbaren verwaschenen und vergilbten Beschriftung darauf. Da er sich ja schon einmal kurz diesen Papierbogen von innen angesehen hatte, wusste er, dass sich im Inneren des Papiers eine Zeichnung befand, die hauptsächlich aus einem großen Hufeisen zu bestehen schien. Dass an seinen Rändern beschädigte und etwas zerknitterte Stück Papier sah genauso aus wie man sich Papiere vorstellt, die einige Jahrzehnte auf dem Buckel haben. Zusätzlich war die Schrift auf dem Papier so stark vergilbt, dass das den Schluss zuließ, dass diese Zeichnung wahrscheinlich auch irgendwann eine Weile ungeschützt dem Tageslicht ausgesetzt gewesen war.

Luko breitete den zusammen mit dem Delphinbuch aus seinem Schlafzimmer mitgebrachten Plan ganz vorsichtig, um ihn auf gar keinen Fall weiter zu beschädigen, vor sich auf der auf seinem Schreibtisch befindliche Schreibtischunterlage aus.

So daliegend betrachtete Luko den zugeklappten Plan einige Sekunden ehrfürchtig. Sieht gut aus das Ding, dachte Luko, so werden richtige Schatzpläne ausgesehen haben. Schatzpläne von Piraten, Räubern und Erpressern. Auch wenn es solche Pläne heutzutage nicht in der wirklichen modernen Welt, also im Hier und Jetzt, sondern nur im Kinderfernsehen oder in Kinderbüchern gab. Hier vor ihm lag tatsächlich so ein Ding. Kannst du mal sehen, dachte Luko.

Mit etwas Mühe konnte Luko die Tintenschrift auf dem nach innen gefalteten Blatt Pergamentpapier erkennen. In einer schon lange in Deutschland nicht mehr gebräuchlichen Schriftart, dem Sütterlin, meinte er die in großen Buchstaben geschriebenen Worte "Fluchttunnel der ehemaligen Wehrkirche zu Wattwig, der Kirchenburg von 690" entziffern zu können.

Darunter erkannte er die in Klein-und Großschrift geschrieben Worte: "Wiederentdeckt und gezeichnet von Wilhelm Kattscheff", gefolgt von dem weiteren Zusatz "Wattwig, den 04. May 1937". Selbst wenn er nicht jeden Buchstaben auf Anhieb entziffern konnte, reimten sich die von ihm erkannten Buchstaben doch zu einem sinnvollen Wortzusammenhang zusammen.

Vorsichtig klappte Luko das Stück Pergamentpapier auseinander um sich den Inhalt des Papiers jetzt einmal genauer anzusehen.

Zu sehen waren auf dem Pergament ein gezeichnetes hufeisenförmiges Gebilde in dessen Mitte zwei miteinander verbundene längliche Kästen eingezeichnet waren. Diese hufeisenförmige, aus zwei parallel laufenden Linien gezeichnete Darstellung wurde, den Kästen gegenüber mittig durch einen ca. eineinhalb Zentimeter breiten offengelassenen Spalt unterbrochen. Mit einem Abstand von ca. 10 Zentimetern von diesem Spalt entfernt war ein ebenfalls in zwei parallel laufende, aber diesmal gerade Linien eingelassener ca. eineinhalb Zentimeter breiter weiterer Spalt zu sehen.

Innerhalb der hufeisenförmigen Zeichnung, fast am Ende des zweiten rechteckig eingezeichneten Kastens, waren, unterbrochen durch diesen Kasten wieder zwei parallel laufende Linien zu sehen. Diese nur ca. 3 - 4 Millimeter auseinander liegenden Linien wurden auf der rechten Seite, kurz bevor sie auf die Linien der Hufeisenform trafen, noch einmal von zwei viel kleineren rechteckigen Kästen unterbrochen. Rechts und links der durch die Hufeisenlinien unterbrochenen hauchdünn voneinander entfernt liegenden Parallellinien wurden diese weiter gezeichnet und endeten im Nichts.

Auch die Hufeisenlinien waren nicht zu Ende geführt worden, sondern waren, ca. 4 bis 5 Zentimeter oberhalb des innenliegenden Kastens, ebenfalls nicht weitergezeichnet worden. Der größere eingezeichnete rechteckige Kasten war mit einem "K" bezeichnet, der kleinere angezeichnete Kasten war mit einem kleinen Kreuz versehen. Weitere Beschriftungen fehlten oder waren so unleserlich, dass Luko sie nicht entziffern konnte.

Nun gut, dachte Luko, die beiden innen im "Hufeisen" liegenden Kästen stellten sicherlich die Wehrkirche dar und die restliche Zeichnung hatte irgendetwas mit Fluchtgängen der "Wehrkirche oder Kirchenburg zu Wattwig" zu tun.

Ihre evangelische Friedenskirche war aber nie eine Wehrkirche gewesen. Wie sollte sie auch. Martin Luther war schließlich erst 1483 geboren worden. Wehrkirchen hatte man vor der evangelischen Glaubensauslegung gebaut.

126

Außer der Friedenskirche gab es noch die Katholische Kirche in Wattwig. Auch die katholische Gertrudiskirche in Wattwig war im vorletzten Jahrhundert errichtet worden und damit vom Baujahr her ebenfalls viel zu jung um als Wehrkirche gedient zu haben. Seines Wissens hatte es nie eine dritte Kirche oder eben diese ominöse "Wehrkirche zu Wattwig" gegeben.

Luko hatte während seines Theologiestudiums auch zur Kirchengeschichte einiges gelernt; Wehrkirchen waren tatsächlich fast nur im frühen Mittelalter, kaum noch im späten Mittelalter, gebaut worden. In diese Wehrkirchen flüchteten sich die ortsansässigen einheimischen Christen und sonstige anwesende Dorfbewohner, wenn feindliche Truppen oder Söldnerscharen und Freischärler in ihre Bauerndörfer einfielen und diese ausrauben und brandschatzten wollten.

Auch 1618 bis 1648, während des Dreißigjährigen Krieges, der in seiner ersten Kriegshälfte als Religionskrieg zwischen Katholiken und Protestanten geführt wurde, in den späteren Jahren des Krieges verlor sich diese Bedeutung, zogen regelmäßig reguläre Religionsheere, Söldnertruppen, Banditen und Gauner durch halb Europa und verwüsteten es bis zur politischen und wirtschaftlichen Bedeutungslosigkeit. Die europäischen Länder, Staaten und Kleinststaaten versanken in bitterer Armut und Leid, von dem sie sich teilweise nie mehr erholten.

Die Menschen, die die Kriege überlebten, kamen, statt eines natürlichen Todes zu sterben, meistens durch Krankheiten, am schlimmsten wütete die von Rattenflöhen übertragene schwarze Beulenpest, ums Leben. In kurzer Zeit waren so dreiviertel der europäischen Bevölkerung umgekommen.

Wurden Dörfer die eine Wehrkirche besaßen von diesen Truppen angegriffen und sahen die Bewohner der Dörfer keine andere Chance mehr sich gegen die angreifenden Feinde zu verteidigen, war ihr letzter Zufluchtsort diese Kirche, in der sie sich noch eine Weile verbarrikadieren und wehren konnten. Da diese Kirchen keine wirklichen Festungen waren, sondern nur kurzzeitige Sicherheit boten, konnten sich die Geflüchteten meistens nicht sehr lange gegen ihre Angreifer verteidigen.

Wehrkirchen konnten aber nur dann wirkliche Wehrkirchen sein, wenn die von ihren Feinden in diesen Kirchen eingeschlossenen Verteidiger eine Chance hatten aus den Kirchen lebend zu entkommen, ohne bei ihrer Flucht sogleich von den Angreifern massakriert zu werden. Die Kirchen mussten daher, um ihrer Wehrfunktion gerecht zu werden, an einem strategisch günstigen Ort gebaut werden. Dieser Ort musste so gewählt sein, dass man z. B. mit der Kirche verbundene unterirdische Gänge anlegen konnte, damit die Kirchen von den angegriffenen Insassen im letzten Augenblick, wenn eine sinnvolle Verteidigung nicht mehr möglich war, über diese unterirdischen Gänge gefahrlos verlassen werden konnten.

Die Ausgänge dieser Tunnel mussten so angelegt sein, dass sie von den Angreifern nicht als Tunnelausgänge erkannt wurden, oder die Ausgänge von ihnen nicht so schnell und einfach erreicht werden konnten. Idealerweise lag eine Wehrkirche auf einem Hügel, umgeben von morastigen Wiesen und Mooren, mit einem unterirdischen Ausgang in einem Tal und einem anderen Ausgang, zum Beispiel zu einem undurchdringlichen Waldgebiet hin.

Die Einheimischen kannten die gefahrlosen Wege und Pfade durch die Wälder und Moore, die auswärtigen Angreifer aber nicht, sodass sie sich bei der Verfolgung der Einheimischen der Gefahr aussetzten in diesen Mooren und Wäldern auf schreckliche Art und Weise umzukommen. Sei es, dass sie sich in den Wäldern und Mooren verliefen, von wilden Tieren gefressen wurden, verhungerten oder einfach in Moor und Watt versanken.

Luko dachte nach. Die Friedenskirche und auch die katholische Kirche von Wattwig waren beide gegen Ende des neunzehnten Jahrhunderts errichtet worden. Wattwig war ungefähr siebenhundertfünfzig Jahre alt und damit wesentlich älter als die beiden vorhandenen Kirchen. Also hatte es entweder eine dritte Kirche, oder besser gesagt eine ehemalige erste Kirche gegeben von der ihr damaliger Standort heute nicht mehr bekannt ist, oder eine der beiden heute existierenden Kirchen steht auf den Fundamenten der ehemaligen Wehrkirche.

Das würde aber weiter bedeuten, wenn der Hinweis auf das Jahr 690 in Zusammenhang mit der Kirchgenburg richtig ist, dass Wattwig wahrscheinlich viel älter ist, als bis heute angenommen. Dass es eine Kirche in Wattwig gegeben haben soll, von der man gar nichts weiß, ist so gut wie ausgeschlossen, dachte Luko. Dafür sind die kirchlichen Aufzeichnungen beider christlichen Glaubensgemeinschaften zur Kirchengeschichte und zu Kirchenbauwerken der letzten Jahrhunderte viel zu gut bekannt, zu genau und präzise.

Vielleicht würde man den genauen Standort einer ehemaligen Kirche nicht mehr hundertprozentig kennen, aber man wüsste zumindest, dass es eine solche Kirche gegeben hätte.

Damit scheidet die Theorie von der dritten unbekannten Kirche in Wattwig aus. Dann bleibt nur, dass eine der beiden heutigen Kirchen oberhalb oder auf den Fundamenten der ehemaligen Wehrkirche gegründet wurde. Aber welche von beiden örtlichen Kirchen könnte es dann sein?, fragte sich Luko weiter. Realistisch betrachtet kommt dann wiederum, wegen ihrer Lage auf einer leichten Anhöhe, dachte Luko weiter, auch wieder nur eine von beiden Wattwiger Kirchen in Frage.

"Da bin ich aber platt", sagte Luko laut vor sich hin. Das hieße dann ja: Eine evangelische Kirche auf den Fundamenten einer alten katholischen Wehrkirche.

Clarissa, die inzwischen ohne dass er es wahrgenommen hatte, in Lukos Arbeitszimmer gekommen war, stand wieder einmal neben ihrem Vater. "Warum bist du platt, Papsi", wollte Clarissa wissen, die offenbar den zweiten Teil seines kurzen Selbstgesprächs nicht verstanden hatte.

Luko, der sich erschrocken hatte, sah seine Tochter geistesabwesend an. "Ich glaube im Anschleichen bist du besser als unsere Pieze, mein Schatz".

"Ich dachte du bist vorhin mit deiner Schwester zur Uni gefahren? Ist irgendwas?", fragte Luko weiter. "Wir sind nur eben umgekehrt weil ich meine "Einführung in die Elektrotechnik" vergessen habe. Ich bin schon wieder weg", sagte Clarissa gab ihrem Vater einen Kuss auf die Backe und verschwand genauso lautlos durch die Tür, wie sie vor ein paar Minuten hereingekommen war.

Nachdem Clarissa wieder gegangen war, nahm er das Pergamentpapier und machte von beiden Seiten auf seinem kleinen Bürokopierer eine Kopie des Plans. Das Original faltete er vorsichtig wieder zusammen und legte es genauso in Kattscheffs Buch zurück wie er es da herausgenommen hatte.

Manni, der Wirt des "Fisch" begrüßte seine Gäste die in sein Lokal kamen grundsätzlich, wenn er nicht gerade in der Küche am Herd stand und kochte, mit einem Handschlag und meistens auch mit einer von zwei weiteren Begrüßungsfloskeln der Höflichkeit, indem er "Na, wie iss es, alles klar", oder "Schön, dich zu sehen", sagte.

Oft grinste er dabei in sich hinein, wenn er das so sagte, und hatte irgendwie einen heimlichen Spaß, von dem nur er wusste wo der Spaß wohl herkommen konnte.

Heute musste für Manni wohl schon ein ganz besonderer Tag gewesen sein, denn kaum hatte Luko die Kneipe betreten kam Manni auch schon hinter seiner Theke hervor und gab ihm die Hand. Er kommt hinter seiner Theke hervor, dachte Luko, schaut, schaut.

"Man hört und liest ja tolle Sachen von dir", sagte Manni zu Lukos nicht allzu großer Überraschung. Manni konnte scheinbar zur Begrüßung auch was anderes sagen, als man es von ihm im Allgemeinen gewohnt war.

"Warum von mir ? Ich bin doch nicht tot, oder sehe ich so aus", fragte Luko zurück. "Ich habe die tote Kattscheff nur entdeckt. Das hätte jedem anderen Friedhofsbesucher auch so gehen können. Oder hat die Presse mich schon zum Mörder abgestempelt und ich weiß nur noch nichts davon und werde jetzt hier im "Fisch" als der heimliche Mörder gehandelt?"

"Nein, nein, so schlimm ist es noch nicht", antwortete Manni. "Es waren nur einige Presseleute und ein paar Fernsehleute in den letzten beiden Tagen auch bei mir hier in der Kneipe. Ich weiß nicht ob die rausgekriegt haben, dass du regelmäßig mit eurem Stammtisch hier bist oder ob sie nur mal einen Kaffee trinken wollten? Sie haben mir ein paar Fragen gestellt. So nach dem Motto: wie gut kennen sie Pfarrer Lukowitsch, hat er irgendetwas erzählt, usw.? Nichts Besonderes also. Ich habe denen natürlich nichts erzählt. Wie sollte ich auch. Ich weiß ja nichts, was die nicht auch schon wussten."

Wie die rausgekriegt haben, dass ich hier regelmäßig verkehre, kann ich dir sagen, dachte Luko, du hast sie angerufen und ihnen das häppchenweise erzählt, damit sie herkommen und so deinen Umsatz steigern.

"Na wunderbar", lachte Luko, "dann kann ich ja als freier Mann weiter bei dir essen und trinken. Fürs Erste natürlich nur, bis mich die Kripo hier am Stammtisch beim Pokern verhaftet, das ist klar! Aber Herr Kommissar, das hier ist kein illegales Glücksspiel, werde ich sagen. Aber Herr Pfarrer das wissen wir. Wir verhaften sie wegen des Verdachts Dorina Kattscheff ermordet zu haben, wird der Kommissar sagen und dabei sehr ernst aussehen."

"Genauso ist es. Bis zu deiner Verhaftung. Was möchtest du denn trinken?", fragte Manni nachdem das geklärt war. "Einen Springbank und ein Bier bitte und bring ruhig schon die Speisekarte mit", sagte Luko indem er sich umdrehte um an seinen Platz am Stammtisch zu gehen. Er war der Erste heute, von seinen Freunden war noch keiner eingetrudelt.

Nacheinander kamen, als er gerade sein Bier und den Whisky bekommen hatte, Dr.CM, Trixi und Charly. Sie setzten sich, nachdem sie wie üblich von Manni begrüßt worden waren, zu Luko an den Stammtisch.

"Hast du schon Essen bestellt", fragte Dr.CM und sah Luko dabei an.

"Nein noch nicht, ich habe natürlich auf euch gewartet, ich bin aber selber auch erst vor ein paar Minuten gekommen", war Lukos Antwort.

Nach einigen Minuten schweigsamer Betrachtung der vielversprechenden Speisekarte kam Manni an ihren Tisch und nahm die Bestellungen auf. Die drei bestellten ihre Getränke und alle vier dann einige der auf der Speisekarte angebotenen vielversprechenden und mit Sicherheit wie immer hervorragenden Speisen.

Luko bestellte sich die "Artischockencremesuppe, mit Zitrone verfeinert, mit Croutons bestreut", sowie als Hauptgericht die "Wildente in Rotwein", nach der Karte zubereitet als "halbe in Rotwein, Knoblauch, Zwiebeln, Lauch und Speck geschmorte Wildente mit in Butter geschwenkten Nudeln. Nach einem Rezept aus dem Italien des 17. Jhd."

Trixi entschied sich für die "Gratinierte Ofenkartoffel", Charly für den "Salat mit gebratener Hühnerbrust", und Dr.CM bestellte ebenfalls die "Artischockencremesuppe" sowie das "Rindersteak mit Haushofmeister Butter", zubereitet als "Steak vom Roastbeef, dazu eine Kräuter-Senfbutter, gebratene Polentagnocchi und gebratene Champignons, nach Rottenhöfer, königlicher Haushofmeister am Hofe König Maximilians II. von Bayern, und später bei König Ludwig". Auch die Speisekarten waren eine von Mannis Spezialitäten. Meistens wurden die Gerichte auf den Karten genau beschrieben und die geschichtlichen Hintergründe der angebotenen Speisen erläutert, sodass der Genießer eine Vorstellung davon bekam, was ihre Vorfahren schon so alles gemocht und geschmeckt hatten. Natürlich nur die, die es sich seinerzeit auch leisten konnten. Also Edelleute, Raubritter und anderes Gesocks. Da ging es ihnen heutzutage wirklich saugut dagegen, denn Edelleute wären sie im Mittelalter bestimmt nicht gewesen.

Als Getränke nahmen sie allerdings nicht die auf der Karte empfohlenen Weine, sondern blieben heute bei den einheimischen und den angebotenen irischen und schottischen Bieren.

Bis das Essen zubereitet war und sie es danach auf ihrem Tisch serviert bekamen, verliefen die Gespräche mit allgemeinem Geplänkel über die Ereignisse der letzten Tage.

Wie schon häufig, und gerade natürlich seit den letzten drei Tagen wieder ganz aktuell war ihr Hauptthema die Spekulationen um die tote Dorina Kattscheff und ihren Mann den geflüchteten Horst Kattscheff. Aber auch die "Brandstifter von Wattwig" hatten vor zwei Tagen wieder zugeschlagen und eine Garage mitsamt der darin parkenden Mercedeslimousine angesteckt. Gott sei Dank konnte das Feuer aber schnell von der "Wattwiger Freiwilligen Feuerwehr" gelöscht werden. Trotzdem war durch den Brand und durch die Löscharbeiten der Feuerwehr ein beträchtlicher Sachschaden an dem Haus und dem Auto entstanden und die Unruhe in der Bevölkerung nahm deutlich zu. In der Zwischenzeit war aber, erzählte Dr.CM, im Polizeipräsidium von Bochkum eine Sonderkommission "Brandstifter-Bande" gegründet worden, deren Arbeitsaufnahme man aber nicht an die große Glocke hängen wollte um den oder die Täte zu verunsichern. Dem Treiben der Bande, oder wer auch immer die Brände legte, sollte schnellstens ein Ende bereitet werden, daran wurde mit Hochdruck gearbeitet.

Die Zeit im "Fisch" verlief wie im Fluge. Sie hatten in der Zwischenzeit alle ihr zweites Bier schon fast ausgetrunken, als die bestellten Essen kamen. Es dauerte immer ein klein wenig länger als in anderen Lokalen bis die Speisen zubereitet und serviert wurden, dafür waren sie aber von einer einzigartigen Köstlichkeit und das entschädigte allemal die etwas längere Wartezeit.

Nach einigen Minuten kam Manni an ihren Tisch und erkundigte sich ob alles in Ordnung wäre. "Es ist himmlisch, es ist vorzüglich, du kannst zaubern, immer wieder unglaublich", antwortete Luko und die drei anderen stimmten mit ein in die Lobhudelei. Manni freute sich immer wieder über solche Komplimente. Er hatte natürlich, aber auch nichts anderes erwartet. Manni wusste was er am Herd konnte.

Als nach dem Essen das Geschirr abgeräumt war und jeder der Herren sein drittes Bier vor sich stehen hatte und ruhig über seine gerade verzehrten kulinarischen Wohltaten nachdachte, begann Luko das durch ihre Mahlzeit unterbrochene Gespräch erneut.

"Bevor wir heute mit dem Pokern anfangen", eröffnete Luko, "muss ich euch etwas zeigen und erzählen". Indem er das sagte, zog er die von ihm angefertigte Kopie des "Pergamentplans von Kattscheff" aus der Tasche, räumte die Biergläser auf dem Tisch etwas zur Seite und breitete die Kopie in der Mitte des Tisches aus.

"Was soll das denn sein?" fragte Charly und griff sich den Plan um genauer nachzusehen.

"Das weiß ich bis jetzt auch nicht hundertprozentig, ich habe nur einige Vermutungen. Wenn du die Karte zurücklegen würdest, Charly, könnten wir uns alle das Papier oder eben diesen Plan, den ich hier mitgebracht habe, ansehen", sagte Luko mit Blick auf Charly und nahm ihm dabei gleichzeitig und ungeduldig die Kartenkopie wieder ab.

Dr.CM und Trixi sahen sich wortlos an und zuckten dabei mit ihren Schultern.

Luko legte die Karte auf den Tisch zurück und las laut den auf der Karte vermerkten Text vor, wobei er gleichzeitig die kopierte Seite mit der "Hufeisenzeichnung" vor den Dreien auf dem Tisch auseinander faltete.

Als sich seine drei Freunde vornüber gebeugt die Karte angesehen hatten und sich danach wieder zurücklehnten erzählte

Luko ohne abzuwarten von seiner Theorie und im Anschluss daran ausführlich, was er von den Wehrkirchen und Kirchenburgen des frühen Mittelalters wusste.

Als er damit fertig war, sah er sich triumphierend im Kreise um. Beifall hatte er nicht erwartet und er bekam auch nur irritierte und verwunderte Blicke.

"Und was soll das Ganze jetzt? Das ist ja sicher alles ganz interessant was du da gerade erzählt hast, aber ich verstehe nicht warum wir uns ausgerechnet heute Abend damit befassen sollen?, fragte Dr.CM, der seinen Pokerabend irgendwie langsam aber sicher in weite Ferne rücken sah.

"Weil ich glaube, dass es zwischen den uns bekannten Kattschefffällen und diesem seltsamen Plan aus dem Delphinbuch von Kattscheff einen Zusammenhang gibt. Und weil ich gerne, was weiß ich warum, herausfinden möchte welcher Zusammenhang das ist, wenn es denn einen Zusammenhang gibt. Und weil ich eure Mithilfe dazu brauche. Alleine schaffe ich es nicht", antwortete Luko.

"Warum lässt du denn den Hoover nicht einfach seine Arbeit machen und gut ist?", fragte Dr.CM weiter. "Was interessierst du dich denn dafür? Der findet den Mörder auch ohne deine und unsere Mithilfe. Da bin ich mir ziemlich sicher."

Luko starrte eine Weile vor sich hin, bevor er weitersprach. Trixi und Charly sahen sich an und sagten gar nichts.

"Weil ich die Leiche von der Kattscheff gefunden habe. Und wenn ich den Leichenfund dem Hoover in dem Zusammenhang mit der Karte bringe, erklärt der mich doch für verrückt. Der geht der Sache doch im Leben nicht nach. Und weil ich einfach herausfinden möchte was es mit dieser Karte auf sich hat und ob es eben diesen Zusammenhang gibt. Einfach so. Das ist doch sehr spannend. Seht das mal als eine spannende Abwechslung unseres langweiligen Alltagslebens", erwiderte Luko.

"Du meinst also es gibt einen Zusammenhang zwischen dieser Zeichnung und den Kattschefffällen", wiederholte Dr.CM an Luko gewandt, "da wo heute unsere Friedenskirche steht, stand vor Urzeiten, wahrscheinlich schon bevor Wattwig gegründet worden war, eine alte katholische Wehrkirche? Vielleicht ein Kloster"

"Wie gesagt, davon bin ich ziemlich fest überzeugt. Wo soll die Kirche sonst gestanden haben?", antwortete Luko und dachte kurz über Klöster nach.

"Und es gibt keinerlei weitere alte Aufzeichnungen darüber, oder was Ähnliches?", fragte Dr.CM weiter.

"Nicht das ich wüsste, mir ist nichts bekannt. Ich habe nie von einer ehemaligen Wehrkirche gehört. Vielleicht weiß Trixi mehr, der ist schon länger als ich für die Pfarre tätig", sagte Luko und fragte zu Trixi gewandt, "was sagst du dazu, weißt du etwas von einer alten Kirche oder von Aufzeichnungen über eine ehemalige alte Kirchenburg?"

Trixi, so angesprochen, hob und senkte die Schultern und machte dazu ein skeptisches Gesicht. "Nie von so was gehört, nicht mal als Vermutung oder als Gerücht. Ich kann mir auch nicht vorstellen, dass es eine solche Kirche hier gegeben haben soll", sagte er, "aber man weiß ja nie?".

Dr.CM. hatte sich in der Zwischenzeit die Karte genauer angesehen.

"Okay", sagte Dr.CM, "aber nehmen wir mal an, Luko hat recht mit seiner Vermutung. Da wo heute die Friedenskirche steht, stand schon einmal eine Kirche. Wirklich, nur einmal angenommen. Und das war auch von mir aus eine sogenannte Wehrkirche oder was auch immer. Dann ist dieser dünne Streifen da, der von der rechteckigen Zeichnung unterbrochen wird, wahrscheinlich die Einzeichnung von so einer Art Fluchttunnel von der Luko gerade erzählt hat. Und der breite hufeisenförmige Streifen stellt die Friedhofsmauer da. Dann ist das..."

"Aber der Fluchttunnel kann doch nicht im Rurlsee enden. Das bringt doch nichts", unterbrach Trixi, Dr.CM.

"Das tat er auch nicht", gab Dr.CM zur Antwort. "Erinnere dich mal, Trixi. Der Rurlsee ist erst in den Dreißigerjahren des letzten Jahrhunderts angelegt und aufgestaut worden. Als die Karte oder der Plan hier angefertigt wurde, war da, wo heute der Rurlsee ist, ein tiefes Tal. Der Fluchttunnel endete irgendwo im Tal der Rurl als dieser noch ein braves Flüsschen und kein See war".

"Und wo endete der Tunnel deiner Meinung nach auf der anderen Seite der Friedhofsmauer?", fragte Charly, der die Sache ebenfalls immer interessanter fand.

"Auf der anderen Seite könnte der Tunnel in einem Waldgebiet oder im Moor von Wattwig geendet haben. So wie Luko das gerade gesagt hat. Da wo heute die "Neustadt" steht und wo das Gewerbegebiet mit dem Letro-Markt ist, war früher Wald und Moor, nichts als unüberschaubarer, undurchdringlicher mittelalterlicher Urwald. Praktisch undurchdringlich für die damaligen Menschen, die die Tücken dieser Gegend nicht kannten. Voll mit wilden Tieren, Sümpfen und vielen anderen Gefahren wie Wegelagerer und anderem Gesindel. Den sogenannten Vogelfreien, die alle erschlugen und ausplünderten die ihnen in den Weg kamen", sagte Dr.CM und überlegte dabei, ob sich bis heute daran irgendetwas geändert hat.

"Aber ein ideales Versteck für die flüchtenden Dorfbewohner, die sich in dem Wald besser auskannten als die Fremden und die in Gruppen zusammengeschlossen auch vor im Wald lebendem Gesindel keine Angst haben mussten, oder aus dem Urwald nicht lebend wieder rauszukommen", ergänzte Trixi.

Luko, der die ganze Zeit geschwiegen hatte meldete sich jetzt zu Wort. "So stell ich mir das auch vor. Eine ideale Gegend für den Ausgang eines solchen Fluchttunnels." Luko zog die Karte etwas zu sich herüber. "Gut, dann ist der hier aufgezeichnete, breite, einmal unterbrochene Querstrich, der hier der von mir vermuteten Friedhofsummauerung gegenüber eingezeichnet ist, wahrscheinlich eine alte Stadtmauer oder ein Befestigungswall oder Schutzwall. Die Unterbrechung in der Zeichnung stellt möglicherweise ein Stadttor oder etwas Ähnliches dar. Irgendwo mussten die Leute ja rein- und rauskommen aus ihrem Dorf, mussten ihr Vieh auf die Weiden treiben und zurückbringen usw. Soweit ist das alles ganz verständlich und passt ja auch alles ganz wunderbar zusammen. Was ich aber nicht verstehe, was sind wohl diese beiden kleinen, ebenfalls den Fluchttunnel unterbrechenden, eingezeichneten Kästchen. Was sollen diese Kästchen darstellen?".

"Diese Zeichnung hat doch, sehr zu vermuten, ein gewisser Wilhelm Kattscheff 1937 gefertigt", sagte Dr.CM, "da muss ich doch nicht lange raten um zu glauben dass das ein Vorfahre von unserem Horst Kattscheff ist. Die Namensgleichheit ist bestimmt kein Zufall, erst recht nicht da die Karte in dem Buch von dem Kattscheff lag. Und da es, wie wir glauben, sehr wahrscheinlich keine sonstigen Aufzeichnungen zu dieser alten Kirche mit angeschlossenem Tunnelsystem gibt, hat dieser unbekannte Vorfahre das alles irgendwie und irgendwann entdeckt. Vielleicht zufällig, oder er hatte alte Aufzeichnungen darüber und ist dann der Sache nachgegangen, hat alles vervollständigt und neu aufgezeichnet. Offensichtlich hat er das aber, aus welchem Grunde auch immer nicht an die große Glocke gehängt, sondern geheim gehalten. Sonst wäre heutzutage von kirchlicher und städtischer Seite etwas darüber bekannt und wir müssten nicht hier zusammensitzen und herumrätseln."

"Und wenn er es geheim gehalten hat, bestimmt nicht aus Lust und Laune, es muss einen triftigen Grund dafür geben haben", ergänzte Luko.

"Aber welcher Grund soll das gewesen sein?", wiederholte Charly noch einmal das schon gesagte. "Schatzsucher war der bestimmt nicht. Was sollte er auch suchen was er nicht schon in dem Tunnel gefunden hatte? Die Zeichnung hat der bestimmt erst angelegt, nachdem er den Tunnel von innen besichtigt und untersucht hatte", sagte Charly weiter.

"Charly hat bestimmt recht", bemerkte Trixi an alle, "das glaube ich auch. Alte Aufzeichnungen wird der nicht gehabt haben, sonst hätte er sich die Mühen mit dieser Zeichnung sparen können. Der hat den Tunnel durch Zufall entdeckt, dann bestimmt von innen erforscht und für sich erschlossen, vielleicht sogar vermessen und dann anschließend die Zeichnung darüber angelegt. Aber wie und wo ist der in den Tunnel gelangt oder eingestiegen? Irgendwo muss es einen oder mehrere Eingänge oder Ausgänge in den Tunnel geben."

"Stimmt genau", sagte Charly, "aber nicht da wo die Zugänge früher, also zu Zeiten des Tunnelbaus, lagen. Durch den Rurlsee, der ja schon Anfang der Dreißigerjahre aufgestaut wurde, ist dieser Wilhelm Kattscheff bestimmt nicht in den Tunnel eingetaucht. Entweder hat der den Eingang irgendwo im Feld entdeckt wo heute die "Neustadt" steht oder es gibt einen oder weitere Eingänge von denen wir nicht wissen, wo sie sind und deshalb lange grübeln werden, wo die sich wohl verstecken."

"Ich komme mir inzwischen vor", sagte Dr.CM lachend, "wie in einer Geschichte in einem Märchenbuch für Kinder. Freigegeben ab sechs Jahren. Wie hieß das noch damals in meinen Kindertagen? Fünf Freunde auf der so und so Insel, glaube ich. Nur sind wir eben im richtigen Leben und irgendwie in einem Zusammenhang mit einer realen richtigen Toten und einem flüchtigen Millionendieb. Das darf ich niemandem erzählen. Wer das hier gesagte und vermutete von mir hört, hält mich spätestens danach für endgültig durchgeknallt und lässt mich in eine Klapse einweisen."

"Und weil wir nicht in die Klapse wollen, wie ich auch mal von euch vermute, sollten wir das gerade hier Besprochene auch für uns behalten und nicht überall herumerzählen. Und erst recht nicht dem Hoover und seinen Leuten, meine ich", sagte Luko. "Und im Übrigen sagt man doch immer, dass Geschichten aus dem wirklichen Leben meistens viel spannender sind als die erfundenen Geschichten."

Die Freunde nickten einander zu und erklärten dadurch ihre Bereitschaft dicht zu halten und nichts nach außen dringen zu lassen.

"Aber um jetzt noch einmal drauf zurückzukommen was Charly gerade gesagt hat. Der Eingang in den Tunnel muss gefunden werden. Der Eingang ist der Schlüssel zu der ganzen Geschichte hier. Ich finde wir müssen uns diesen Tunnel ansehen. Wo ist also dann der Einstieg in diesen verdammten Fluchttunnel unserer Vorfahren? Vielleicht in der Kirche ? Das wäre doch möglich! Vielleicht muss man den Altar nur eben zur Seite schieben und schwupps ist man drin im Tunnel. Nein, aber im Ernst. Wie ist dieser Wilhelm Kattscheff in den Tunnel gekommen?", fragte Trixi ratlos.

"Ich denke", sagte Charly nachdenklich, "eines dieser Kästchen auf der Zeichnung wird der Einstieg zum Tunnel sein. Warum sollte der Wilhelm Kattscheff sonst diese Kästchen eingezeichnet haben."

Luko, der die ganze Zeit wortlos dabeigesessen hatte, wusste jetzt auf einmal ziemlich genau wo wahrscheinlich der Eingang zum Tunnel war.

"Sag mal Luko", sagte Dr.CM und sah Luko dabei an, "wenn du dir unseren Friedhof mal so vorstellst und einmal angenommen die Friedenskirche steht jetzt ungefähr da, wo dieser Wilhelm Kattscheff seine Kirche eingezeichnet hat, was könnte denn heute an der Stelle sein wo er diese Kästchen in seinen Plan gezeichnet hat ?"

Luko, der ja nun ziemlich sicher wusste was die Kästchen bedeuteten, musste nicht mehr lange über die Frage nachdenken, was da an ungefähr dieser Stelle im Plan heute auf dem Friedhof war.

"Der eingeklemmte Zweihunderteuroschein. An der Stelle auf dem Friedhof, die im Plan mit einem Kästchen eingezeichnet ist, befindet sich ungefähr oder genau da das Familiengrab der Kattscheffs", sagte Luko halb in Gedanken versunken.

Dr.CM dachte als er das hörte sofort an eines seiner Gespräche mit Kommissar Hoover in den letzten Tagen.

"Wieso eingeklemmter Zweihunderteuroschein ? Meinst du den Teil eines Zweihunderteuroscheins den der Hoover neben dem Grabstein bei der Toten gefunden hat?", wollte Dr.CM an Luko gewandt, messerscharf kombinierend wissen.

Luko erschrak aus seinem Halbtraum bevor er antwortete. "Ach das erzähle ich euch später einmal alles genauer", gab er zur Antwort.

Das brauchst du nicht, dachte Dr.CM. ich bin im Bilde.

"Ich finde", sagte Trixi, der die kurze Frage von Dr.CM zu dem Geldschein nicht richtig mitbekommen hatte, wohl aber Lukos Hinweis zu der Grabstelle, "wir sollten uns den Friedhof mal genauer ansehen. Speziell die Ecke des Friedhofs mit der Grabstelle von Kattscheffs".

"Das ist eine sehr gute Idee", stimmten Charly und Dr.CM zu.

"Einverstanden", sagte Luko, "machen wir. Möglichst schon morgen oder übermorgen. Das wäre gut. Ich bin gespannt, ob wir da etwas finden was uns weiterhilft."

Kaum hatte Luko ausgeredet spielte in der Hosentasche von Dr.CM ein Handy wie wild die Melodie "Freude schöner Götterfunken". Dr.CM kramte in seiner Tasche nach dem Handy und nahm das Telefonat an. "Dr. Meyer", sagte Dr.CM.

Am anderen Ende der Leitung war Hoover.

"Guten Abend, Dr. Meyer, Ich hoffe ich störe sie nicht, aber ich dachte das würde sie vielleicht interessieren", sagte Hoover, "vor ungefähr zwei Stunden ist das Auto von der toten Kattscheff in der Garage angezündet worden und dabei leider total ausgebrannt. Die Feuerwehr konnte gerade noch verhindern, dass das Feuer auf das Wohnhaus übergreift. Ich war auch da und bin eben erst vom Einsatz zurück und im Präsidium angekommen. Wir wissen natürlich noch nicht ob die "Brandstifter-Bande", angelockt durch die Presseberichte wieder gezündelt hat, oder ob jemand versucht hat Beweismaterial zu vernichten, oder ob das Ganze nur Zufall war?"

"Zufall glaube ich nicht", sagte Dr.CM, "aber vielen Dank für Ihren Anruf. Sie haben mich auf gar keinen Fall gestört. Rufen sie mich jederzeit wieder an, wenn sie interessante Neuigkeiten zu den Fällen haben. Vielen Dank noch einmal und gute Nacht. Machen Sie sich einen schönen Feierabend."

Dr.CM beendete das Gespräch und gab die von Hoover erhaltenen Informationen, über die Brandstiftung an Dorina Kattscheffs Auto, an seine drei Freunde weiter.

Kapitel 8: Todesfall Dorina Kattscheff
Hoover, Tulsky und Dr. Knäpper

Hoover saß an seinem Schreibtisch im Polizeipräsidium von Bochkum und dachte nach.

Er hatte sich in seinem hochmodernen Schreibtischstuhl mitsamt der Stuhllehne und Sitzfläche zurückgelehnt und wie immer, wenn er in seinem Büro ungestört war und eine ruhige Minute hatte, die Beine ausgestreckt und seine Füße übereinander auf dem seitlich vor ihm stehenden Schreibtisch liegen. Das war zwar irgendwie auch nicht richtig gemütlich, aber er hatte trotzdem das Gefühl sich so besser entspannen und nachdenken zu können.

Hoover dachte an seine Kreuzschmerzen, seine geschiedene Ehe, seine Hobbyangelei, an Tulsky, dass es gut war, dass Katinka und er keine Kinder zusammen hatten. Ihre Ehe war genau nach den drei großen L in ihrer Folge abgelaufen: Leidenschaft, Lustlosigkeit, Langeweile... mit anschließender Scheidung. Eine Ehe ist eine Beziehungstat, zu der immer mindestens zwei gehören. Er dachte alles kreuz und quer.

Eigentlich war es gar nicht so schlimm an einem so sonnigen Tag wie diesem im Büro zu sitzen und sich zu entspannen. Den nur durch die Entspannung, dachte Hoover, kommt die Erkenntnis. Und die hatte er bitter nötig.

Vor sich hielt er, auf seinen Beinen liegend, einen roten Aktendeckel fest, auf dem mit schwarzem Filzstift "Todesfall Dorina Kattscheff" geschrieben stand. Ihm gegenüber auf seinem Schreibtisch lagen mehrere Akten die ihm gestern der Kollege Jan Müller vom Betrugsdezernat herüber gebracht hatte.

Jan Müller passt gut ins Betrugsdezernat, dachte Hoover, von dem können sich seine betreuten Verbrecher eine dicke Scheibe abschneiden. Ein fieser, undurchsichtiger Typ, dieser Jan Müller.

Es waren grüne Aktendeckel die ebenfalls mit schwarzem Filzstift beschrieben waren. Und ebenfalls tauchte darauf der Name Kattscheff auf. Nur stand auf den Aktendeckeln "Betrugssache Horst Kattscheff".

Hoover hatte nicht die geringste Ahnung ob diese Fälle nun zusammenpassten, zusammengehörten, oder gar nichts miteinander zu tun hatten. Aber er hatte das ganz sichere Gefühl, dieses Gefühl das in diesem Beruf unentbehrlich ist, wenn man erfolgreich sein will und dass ihm auch schon oft weitergeholfen hatte, das Gefühl, dass diese Fälle irgendwie zusammengehören mussten. Irgendwie.

Alles andere konnte einfach keinen Sinn ergeben und ein Sechser im Lotto war seiner Meinung nach wahrscheinlicher, als wenn beide Fälle nichts miteinander zu tun hatten. Nur: wie hatten sie miteinander zu tun? Er hatte keinerlei Anhaltspunkte. Außer das die beiden ein Ehepaar waren. War Dorina Kattscheff von ihrem flüchtigen Mann getötet worden? Gab es einen dritten Täter? Warum wurde sie auf dem Friedhof umgebracht?

Horst Kattscheff war jetzt seit Monaten verschwunden ohne irgendeine Spur zu hinterlassen zu haben. Er war wie vom Erdboden verschwunden.

Hatte der Todesfall, wahrscheinlich Mord, auf dem Friedhof etwas Symbolisches oder war der Tatort Friedhof reiner Zufall?

War vielleicht eine Sekte im Spiel, die ein Opfer gesucht und zufällig in Dorina Kattscheff gefunden hatte?

War Dorina Kattscheff vielleicht selber Sektenmitglied in irgend so einer ominösen, teufelsanbetenden oder sonst wie kriminellen Opfersekte?

Heutzutage war es ja modern, Sekten zu bilden, sich einige Dumme zu suchen die den Quatsch glauben z. B. wiedergeboren oder sonst wie erleuchtet zu sein, um dann sich und andere im Wahn oder im Namen des Satans oder im Namen Gottes oder wem auch immer, umzubringen und vielleicht sogar aufzuessen. Vielleicht sogar ungekocht? Wer weiß?

Vielleicht passten die Theorien von dem Pfarrer Lukowitsch irgendwie doch? Oder irgendwie teilweise? Oder annähernd genau? Oder ganz genau ?

Viele, sehr viele Fragen, aber keine Antwort. Nicht die klitzekleinste Antwort.

Wenn er eines gelernt hatte, wie wahrscheinlich viele Menschen in höherem Lebensalter, die nicht geistig blind, borniert und verblendet durchs Leben eilen, dann dass man oft nur die schöne Fassade sah und hinter dieser schönen Fassade, alles nur Denkbare und nicht denkbare möglich war. Oder sieht man einem Serienkiller etwa an, dass er Serienkiller ist? Wenn der serientötende Psychopath neben dir in der Straßenbahn sitzt oder vor dir an der Kasse beim Discounter steht? Stell dir vor, du bist sein nächstes Opfer, weil du in sein Muster passt.

Alles war möglich, es musste nur möglichst brutal, grausam, widerwärtig, ekelhaft, abscheulich und unvorstellbar sein. Dann passte es schon. Dann passte es ins Leben. Bis zum Tod. Oft handelten die Täter auch im Affekt, in einer nicht zu bändigenden Aufwallung von Wut und Zorn, die sich oft über viele Jahre angestaut hatten. Warum auch immer, oftmals waren es Kleinigkeiten. Bei täglichem Mord und Vergewaltigungen waren es oft Beziehungstaten. Täter und Opfer hatten eine irgendwie bekannte Beziehung zueinander, die Täter konnten dadurch meistens schnell und ohne große Probleme ermittelt werden. Vergewaltigungen und Mord waren meistens die Taten Einzelner, Raub und andere Gewaltverbrechen oft die Taten von kriminellen Banden. Obwohl auch hier immer mehr Einzeltäter Boden gut machten.

Und sie taten es immer wieder. Und kaum waren die einen weggesperrt, für Jahre hinter Gittern, waren die nächsten Verbrecher mit ihrem Werk schon fertig und spielten ihr Katz und Maus Spiel mit der Polizei. Oder versuchten es.

Hoover nahm seinen Job immer noch ernst und wichtig. Er war zu allen Zeiten Teil der Gesellschaft, mit all ihren Facetten, gewesen. Er war es der sie fasste und überführte, diese Verbrecher, wo er nur konnte und ihrer habhaft wurde. Sie wurden der Gerichtsbarkeit überstellt. Fast nie der Gerechtigkeit. Das war ihm immer klar. Das gehörte zu dem Gesamtspiel dazu. Nicht alle, die er ablieferte wurden verurteilt, manche kamen frei, aber eben nur manche. Seine Beweise, seine Indizien, seine abgelieferten Geständnisse, die er durch Geschicklichkeit und Können erhielt, niemals durch Schläge. Was er ablieferte waren aussagekräftige und gerichtsfähige Geständnisse.

Vielleicht hatten die Richter ja recht, vielleicht lieferte er manchmal die Falschen ab. Vielleicht hatte er auch die Richtigen abgeliefert und die Richter ließen sich blenden oder hatten einfach nur schlechte Tage. Oder der Staatsanwalt war schlecht? Keine Ahnung !

Wahrscheinlich lief das ganze Spiel über die Jahre, die er diesen Job schon machte auf ein Patt zwischen Gerechtigkeit und Ungerechtigkeit hinaus. Er wusste es nicht, er ahnte es nicht einmal wirklich.

Er machte das hier freiwillig, er war nicht zu diesem Beruf gezwungen worden und er machte es immer noch, wenn auch manchmal etwas widerwilliger, doch zum Schluss immer noch gerne.

Wenn es ekelhafte Morde mit Verstümmelungen der Leichen gab, was bei den Tätern scheinbar auch immer moderner wurde, dann war er nicht mehr so dickhäutig wie früher, ging über die Brutalitäten nicht mehr so leicht hinweg. Er nahm sich der Taten mehr an; wie sollte er sagen, er nahm sich der Seelen der Getöteten mehr an. Er fragte sich immer sofort, ob es Mehrfachtaten waren wenn die Beziehungen zwischen Tätern und Opfern nicht sofort klar waren. Und wenn dem nicht so war, wurde er immer mehr zum Profiler, zum wirklichen Profi. Er hatte das Gefühl erst spät wirklich zum Profi geworden zu sein.

Hoover wurde vom Läuten des Telefons aus seinen Tagträumen gerissen. Es wäre angenehmer, wenn das Telefon nicht so schrill läuten würde. Eine ruhige Telefonweckmelodie, schön leise beginnend, vielleicht ganz zärtlich lauter werdend, das wäre es, dachte sich Hoover.

Mühsam nahm er seine alten Fußknochen vom Schreibtisch, setzte sich aufrecht hin, streckte sich etwas, spähte einen Moment aus dem Fenster, gähnte und nahm den Hörer ab. Hoover meldete sich, wie er es meistens tat, mit seinem Geburtsnamen.

"Mein lieber Freund, wie geht es dir denn?", hörte Hoover die Stimme eines Namenlosen, die er als die Stimme von Dr. Knäpper identifizierte.

"Danke, ich kann mich nicht beklagen, ich lebe", sagte Hoover.

"Ich dachte, ich rufe dich zwischendurch mal an und berichte was ich so schon habe, in der Kattscheffsache. Aber alles natürlich noch unter dem Vorbehalt, bis der offizielle, schriftliche, dreimal versiegelte und notariell beurkundete Obduktionsbericht vorliegt. Was hältst du davon?", fragte Knäpper,

144

und Hoover wusste, dass Knäpper bei dem von ihm Gesagten vor sich hingrinste.

"Nicht schlecht, Herr Specht", antwortete Hoover der jetzt wieder voll im hier und jetzt war. "Ich tu jetzt mal nicht so, als wäre ich nur mäßig interessiert und frage mal nicht ganz beiläufig. Also schieß los aber triff mich nicht. Was hast du herausgefunden?" Aber bitte keine Plattitüden mehr von dir, dachte Hoover.

"Also viel habe ich wirklich noch nicht. Nur die Routinesachen, aber die sind ja auch wichtig und bieten Anhaltspunkte. So viel schon einmal. Sie ist nicht vergewaltigt worden. Wir haben weder an ihr selber, noch an ihrer Bekleidung Spermaspuren gefunden. Sie weist auch keinerlei Spuren von sonstigen Gewalttätigkeiten auf. Keine zerrissenen Klamotten, kein zerrissener Slip, nichts dergleichen. Keine Verletzungen am Unterleib. Keine Würgemahle am Hals, keine Blutergüsse an den Armen, Handgelenken usw., nichts. Es gibt eine blutunterlaufene Stelle an ihrem rechten Oberarm, aber das kann sie sich irgendwann in der letzten Zeit vor ihrem Tod woanders zugezogen habe, oder es ist bei ihrem Sturz auf die Grabplatte entstanden. Jedenfalls ist es kein Fingerabdruck. Nur eben ein kleiner Bluterguss."

Hoover unterbrach Dr. Knäpper an dieser Stelle. "Meinst du sie hatte Geschlechtsverkehr in den letzten Tagen vor Ihrem Tod?"

"Schwer zu sagen", sagte Dr. Knäpper, "sehr schwer zu sagen, aber ich glaube nicht." Beide schwiegen einen Augenblick am Telefon.

Dann begann Dr. Knäpper erneut das Gespräch: "Gut das waren jetzt nur die ersten Ergebnisse. Wir wissen natürlich noch nicht, ob sie vielleicht von einem langsam wirkenden Gift getötet wurde, oder ob es weitere Anomalien, die auf den ersten Blick nicht erkennbar sind, gibt. Eines haben wir noch gefunden, was sehr merkwürdig ist. Wir haben uns mal den Einstichkanal des Messers angesehen, dass wir in ihrer Pumpe gefunden haben. Das sagte ich, glaube ich, ja schon am Grab, mitten rein in die Pumpe. Dieser Einstichkanal verläuft fast ganz gerade. Es sieht so aus als wäre das Messer weder von unten noch von oben in ihr Herz gestoßen worden, sondern es ist ganz gerade da hineingeraten."

Hoover überlegte einen Augenblick. "Hm, seltsam, vielleicht ein Suizid. Sie hat das Messer genommen, mit beiden Händen ganz gerade gehalten und dann selber zugestochen. So wie die Japaner es machen, nur nicht in den Bauch und nur nicht mit einem, ich glaube, Schwert."

"Okay", antwortete Dr. Knäpper, "aber dann hätte ich mir an ihrer Stelle nicht die Mühe gemacht und wäre dazu auf den Friedhof gegangen, sondern hätte das ganz gemütlich zu Hause erledigt. Der eigene Garten wäre ein hübscher Ort für einen netten Suizid. Sie hatte übrigens noch Reste von Gartenerde aus ihrem Garten und Reste der Friedhofserde unter ihren Fingernägeln. Na, ja. Andererseits, wenn ich mir es recht überlege. Es hat natürlich was, so ein schöner Suizid auf dem Familiengrab." Dr. Knäpper lachte.

"Tja, schon merkwürdig. Sag mal Doc, hast du noch andere Partikel außer Dorina Kattscheffs Blut, auf dem Messer gefunden, oder kannst du dazu noch nichts sagen?".

"So weit sind wir noch nicht", antwortete Knäpper, "da sind wir gerade dran."

"Hm, ... na gut, alter Freund. Abgesehen mal davon sollten wir in den nächsten ein, zwei Wochen vielleicht mal wieder ein Bierchen trinken gehen. Ist lange her, dass wir einen trinken waren. Jedenfalls nochmals ein Dankeschön für deine Infos", sagte Hoover.

"Das sollten wir tun. Ich melde mich bei dir sobald der Obduktionsbericht fertig ist. Und dann machen wir einen kurzfristigen Termin aus. Bis dahin." Damit legte Dr. Knäpper auf.

Früher haben wir fester Feste gefeiert, dachte Hoover.

Hoover machte es sich wieder gemütlich und dachte weiter nach. Die bisherigen Obduktionsergebnisse hatten ihm hier sicherlich etwas mehr Klarheit gebracht. Dorina Kattscheff war wahrscheinlich nicht von einem Triebtäter umgebracht worden, oder besser gesagt, sie war jedenfalls vor ihrem gewaltsamen Ende nicht vergewaltigt worden. Es gab keinerlei Hinweise zu einem Angriff auf sie, oder dass sie sich gegen jemanden verteidigen musste. Keine Kratzspuren oder Ähnliches. Keine Hautpartikel unter ihren Fingernägeln, sonst hätte Knäpper das gerade erzählt. Oder blieb doch, dass ein Triebtäter ihr auf den Friedhof gefolgt war und als er keine Chance sah an sie ohne aufzufallen heranzukommen, einfach zugestochen hat. Nein, ausgeschlossen! So etwas kommt bei Triebtätern nicht vor. Sie befriedigen ihren bestialischen Trieb, dann töten sie ihre Opfer um später von den Opfern nicht erkannt und überführt zu werden.

Hoover richtete sich erneut mühsam aus seiner Liegeposition am Schreibtisch auf, nahm den Telefonhörer ab und wählte Tulsky an.

Mal hören was Tulsky mit Jan Müller, dem fiesen Leiter des Betrugsdezernats, gestern besprochen hatte, dachte Hoover.

Immer wenn Hoover an seinen Kollegen Jan Müller dachte, mochte er ihn weniger. Müller verkörperte für Hoover fast alles in einer einzigen Person, was an allen Menschen insgesamt unangenehm sein kann. Müller war ein Schleimer. Ein mittelmäßig erfolgreicher, aber umso mehr protzender Schleimer und Schönredner vor dem Herrn. Voll mit heißer, stickiger Luft. Ein Kugelfisch. Interessanterweise kam Müller, der in den Augen vieler Frauen auch noch gut aussah, mit seinen Schleimereien bei denen gut an.

Viel besser als er, der bei Frauen oft nicht wusste was er sagen sollte, oder der etwas aus dem Bauch heraus geradeaus sagte, was beides dann auch wieder falsch war. Auch deswegen mochte Hoover den Kollegen Jan Müller nicht. Das musste er fairerweise zugeben.

Diesmal war Tulsky schneller als letztes Mal. Zwei Minuten nachdem Hoover aufgelegt hatte stand Tulsky bei Hoover im Büro.

"Sag mal, Fritz", begann Hoover das Gespräch, "Kannst du dir vorstellen, dass die Kattscheff auf dem Friedhof vergewaltigt worden sein könnte?".

Ganz schön fies von mir, dachte Hoover, eine solche Frage zu stellen, wo er das erste Ergebnis der Obduktion schon kannte. Andererseits konnte er seinen Freund auch so aus der Reserve locken.

"Nein glaube ich nicht. Das wäre für einen Täter viel zu gefährlich. Auf einem Friedhof können auch spät abends noch

Leute unterwegs sein und das mitbekommen. Das Friedhofsgelände ist viel zu unübersichtlich. Gerade der alte Teil des Friedhofs mit seinen teilweise sehr hohen Grabsteinen und Grabkammern." Tulsky konnte sich ein Lachen nicht verkneifen. "Außerdem habe ich genauso wie du schon mit Knäpper gesprochen. Ich habe von vornherein nicht an eine Vergewaltigung mit Todesfolge geglaubt. Anders als du, denke ich."

"Du hast recht, Knäpper hat gerade angerufen", sagte Hoover. "Du hattest den richtigen Riecher. Aber wie geht es jetzt weiter? Ich bin auf das Ergebnis der Messeranalyse gespannt. Ich meine ich bin gespannt darauf was außer dem Blut von der Kattscheff noch an dem Messer klebt. Das hilft uns dann bestimmt ein Stückchen weiter."

"Du meinst eventuell Fingerabdrücke von Horst Kattscheff. Weil er seine Frau bei einem gemeinsamen Spaziergang über den Friedhof oder bei einem Treffen am Grab der Familie umgebracht haben könnte?", fragte Tulsky.

"Die Möglichkeit besteht jedenfalls. Scheint mir auch naheliegend. Je mehr ich darüber nachdenke, desto eher glaube ich das auch. Die Kattscheff hat von dem Betrug ihres Mannes gewusst, hat ihn unter Druck gesetzt, vielleicht sogar erpresst und er hat die Gelegenheit genutzt und hat sie erledigt. Ratzfatz. Vielleicht im Affekt und ungeplant, aber er hat. Dann ist er in sein Versteck zurück und hat sich die Hände gerieben", sagte Hoover.

Während er das sagte, hatte Tulsky sich einen von zwei Besucherstühlen, die vor Hoovers Schreibtisch standen, zurechtgerückt und darauf niedergelassen.

"Oder er war es nicht, sondern einer seiner Spießgesellen der das erledigt hat. Oder Kattscheff ist tot und die wollten eine Mitwisserin beiseiteschaffen? Wir haben noch genug zu tun, wenn du mich fragst", sagte Tulsky.

"Recht hast du", antwortete Hoover, "machen wir weiter. Wie war es denn gestern bei Jan Müller? Hat der Kugelfisch nur heißen Dampf abgelassen, oder auch etwas geplaudert?"

Tulsky rückte sich auf seinem Stuhl zurecht.

"Erst wollte er nicht plaudern. Deutete was an von gleichrangiger Ebene auf der man sich unter Kollegen unterhalten sollte, und weiter so was wie: Er wäre ja schließlich der Leiter des Dezernates, usw., usw. Ich habe dann ernst und nachdenklich geguckt, ihm in die Augen gesehen und nichts mehr weiter gesagt. Bin ganz still geblieben wo er vielleicht eine Explosion meinerseits erwartet hatte. Das war dann wohl das Zeichen für ihn, Ärger vermeiden zu wollen und er hat meine nachfolgenden Fragen dann ungerne beantwortet. Zwischendurch hat er immer wieder irgendwelche Kollegen reingerufen die ihm berichten mussten, ich weiß gar nicht was, und bei ihrem Rapport strammstanden. Und alles mit Pomp und großem Getue. Und wie wichtig alles sei und wie genau sie gearbeitet hätten an dem Betrugsfall Kattscheff. Du weißt schon."

Hoover überlegte einen Augenblick.

"Du hättest ihn mal fragen sollen, warum er Kattscheff noch nicht geschnappt hat, wenn er denn so toll ist und er so toll gearbeitet hat. Leider ohne ein wirklich verwertbares Ergebnis bis heute. Dieser Hohlkopf", sagte Hoover.

"Ich wollte von ihm Fakten, die für unsere Arbeit wichtig sein könnten. Sonst nichts. Soll er doch die Luftkanone machen, der Dünnbrettbohrer. Mir ist das gleichgültig. Vollkommen gleichgültig. Der ist einfach nur ein Arschloch und so nehme ich ihn", sagte Tulsky.

"Du hast schon wieder recht", sagte Hoover, der bekannterweise, wenn er den Namen Jan Müller auch nur hörte, vor Zorn einen hochroten Kopf bekam. "Deswegen schreibe ich dir das auch mal wieder hoch an, dass du mit ihm gesprochen hast und nicht ich. Ich kann den Typen eben zum Kotzen nicht ausstehen".

Während des letzten Satzes von Hoover fragte sich Tulsky zum ungezählten Male, warum Hoover den Müller so abgrundtief hasste. Sicher, Müller war ein Widerling, ein Fiesling, mit Sicherheit korrupt und ohne Gewissen. Aber warum dieser Hass? Lag es vielleicht auch mit daran, dass Müller Hoovers Ex-Frau Katinka dauernd schöne Augen gemacht hatte. Auf jedem Polizeifest klebte dieser Frauenheld an Katinka wie eine Klette. Sicher ohne nennenswertes Ergebnis, aber der Hass auf Müller kam sicher auch daher. Katinka wäre sich viel zu schade gewesen um mit Müller was anzufangen. Auch als Hoovers Ehe nicht mehr zu retten war.

"Also erzähl mal, was Müller so von sich gegeben hat. Vielleicht können wir was damit anfangen", sagte Hoover, der sich auch schnell wieder abkühlen konnte.

"Also", begann Tulsky, der dabei in seinen mitgebrachten Notizen blätterte, "als die Letro-Märkte seinerzeit den Diebstahl, oder wie soll man es bezeichnen, anzeigten und schnell bekannt wurde, welche riesige Geldmenge da verschwunden war, wurden die vom Betrugsdezernat ganz hektisch. Die große Bewährungschance für Müller nehme ich mal an. Sollte er den Fall nicht lösen, sondern wir, weil es jetzt vielleicht auch plötzlich ein Mordfall geworden ist, dann ist der Müller im Arsch. Dann darf der im Aktenkeller weitermachen. Aber egal. Ich wünsche ihm, dass er bald richtig im Arsch ist. Also, wie auch immer. Der Diebstahl wurde von den Letro-Märkten gleich am nächsten Morgen angezeigt. Eher ging nicht, da erst am nächsten Morgen klar war, dass das Geld nicht auf einem dafür bestimmten Hauptkonto angekommen war. Da war sicher, dass das Geld weg ist. Jedenfalls auf dem Weg zum Hauptkonto verschwunden.

Sofort wurde die Staatsanwaltschaft in Bochkum eingeschaltet und es war ganz schnell offenkundig, gleich am Nachmittag desselben Tages, dass Kattscheff in die Sache verwickelt war. Wie wir wissen, war er ja natürlich an dem Morgen auch nicht zum Dienst erschienen."

"Gut, das ist, wie du schon sagtest, soweit bekannt, steht ja auch in der Akte", sagte Hoover, "aber gibt es sonst noch was? Mittäter, was weiß ich, irgendetwas was wir noch nicht wissen? Haben Müller und Konsorten seinerzeit eine Hausdurchsuchung bei Kattscheff gemacht? Und dabei etwas gefunden, was wir vielleicht brauchen könnten?"

"Ja, das ist merkwürdig, da werde ich nicht draus schlau. Eine offizielle Hausdurchsuchung wurde nicht sofort gemacht. Erst einige Tage später. Es war ja ganz einfach für Kattscheff, an die 1,6 Millionen zu kommen. Der Müller, dieser Idiot, ist wohl sofort und ganz automatisch davon ausgegangen, dass Kattscheff das Ding alleine gedreht hat. Der Müller hat dann aber doch recht zügig die Dorina Kattscheff besucht und auch befragt. Er durfte mit ihrer Genehmigung, zusammen mit zwei Kollegen aus seinem Dezernat, das Haus durchsuchen. Was er, wie er sagt, auch gründlich getan hat. Müller durfte auch in die Schränke gucken, im Keller gucken, was er wollte und wo er wollte".

"Vermutlich hat Müller in erster Linie in ihren BHs, in ihren Slips und in Kattscheffs Pornosammlung nachgesehen. Die Kartoffelkiste im Keller wird er nicht durchwühlt haben, nehme ich an. Um darin den Koffer oder die Koffer mit dem Geld zu finden, oder?", fragte Hoover.

"Danach habe ich ihn nicht gefragt", sagte Tulsky.

"Und was ist sonst noch passiert?" wollte Hoover wissen.

"Sie haben dann noch eine ordentliche Hausdurchsuchung nachgeschoben. Was sehr wohl Frau Kattscheff gewundert, und natürlich auch nichts gebracht hat. Dann haben sie das Haus der Kattscheffs zwei, drei Wochen rund um die Uhr observiert. Der Kattscheff ist aber nicht angewackelt gekommen und hat seine Geldkoffer im Haus abgestellt, oder sie abliefern lassen oder sonst was. Die Raubleute haben die üblichen Fahndungsfotos verbreitet, einen internationalen Haftbefehl beantragt, Zeugen vernommen, auch im Altenheim von Wattwig wo die Kattscheff gearbeitet hat, sie haben mit den alten Leuten und dem jungen Pflegepersonal gesprochen , haben sich mit der Presse rumgeschlagen, haben die Kattscheff zwei, drei Mal zu sich eingeladen und bearbeitet, usw.."

"Aber Greifbares herausgekommen ist dabei nichts? Oder? Versagen von Müller auf der ganzen Linie? Oder was? Was ist rausgekommen?" Hoover wurde ungeduldig.

"Auch wenn ich mich wiederhole, es ist nichts dabei herausgekommen, was wir nicht schon wissen", sagte Tulsky.

"Sie hatten doch einen Verdächtigen, wie hieß der noch gleich?" wollte Hoover wissen.

Tulsky blätterte erneut in seinen Notizen, die er während des Gesprächs mit Müller gemacht hatte. "Der heißt Charles Bulowski und war, wie sich schnell herausstellte nicht an der Tat beteiligt. Ich denke Müller brauchte irgendetwas für die Presse und da hat er sich diesen Bulowski geschnappt. Nur um irgendwas erzählen zu können. Aber dann mussten sie den armen Kerl doch wieder laufen lassen. Aber zwei, drei Tage war er Futter genug für die Presseheinis."

Ein Arschloch ist das dieser Müller, dachte Hoover erneut. Hält Unschuldige unnötig lange fest, oder verdächtigt sie, weil er sonst keine Erfolge nachweisen kann. Diese verdammte Niete.

"Hast du schon was von der Spurensicherung, die gestern Kattscheffs Haus und die Reste von der Garage und dem Autowrack untersucht hat?", wollte Tulsky wissen.

"Nee, habe ich nicht, die sind noch nicht soweit mit ihren Ergebnissen. Das braucht noch ein paar Tage, hat mir Knäpper vorhin erzählt. Beziehungsweise hätte er mir erzählt, wenn er was gewusst hätte."

Hoover dachte einen Augenblick nach und lief dabei wieder rot an. "Warum gebe ich eigentlich Anweisungen, wenn sie keiner ausführt. Meine Anweisung war, nachdem wir die Kattscheff gefunden hatten, das Auto sofort abzuholen und in die Spurensicherung zu bringen. Nicht erst zwei Tage später. Und wenn unser eigener Abschleppwagen kaputt ist, dann muss eben mal einer geliehen werden. Scheiß Verwaltung mit ihrem Kostensparprogramm. Dummerweise ist die Karre jetzt halb verbrannt. Scheiß Verwaltung."

Hoover hatte, während er die letzten Sätze mehr schrie als sagte einen noch röteren Kopf bekommen, der optisch kurz vor dem zerbersten stand. Hoover reckte sich, stand von seinem Platz auf und beugte sich über seinen Schreibtisch in Richtung Tulskys Gesicht. "Ich denke, wir beide sollten uns die Hütte vom Kattscheff jetzt noch mal von innen ansehen. Und zwar sofort und ohne die Spurensicherung", sagte Hoover und stellte sich während er das sagte, aufrecht hin.

"Ja denn mal los", antwortete Tulsky und erhob sich ebenfalls.

In diesem Augenblick ging das Telefon. Hoover überlegte einen Augenblick und nahm dann aber doch den Hörer ab. "Guten Tag Herr Präsident, guten Tag Klaas", sagte Hoover in die Sprechmuschel. Gleichzeitig gab er Tulsky ein Zeichen sich wieder zu setzen.

Hoover hörte einen Augenblick zu, dann antwortete er. "Ich kann nicht sagen, ob es einen Zusammenhang zwischen den Taten Betrugsfall Kattscheff und Todesfall, wahrscheinlich Mordfall Kattscheff, gibt. Aber ich sehe es genau wie Du, Klaas.

Es ist eher wahrscheinlich, dass ein Zusammenhang besteht. Ich meine, es ist eher wahrscheinlich als unwahrscheinlich, dass es diesen Zusammenhang gibt... Die Presse habe ich noch nicht informiert... Selbstverständlich machen wir morgen oder übermorgen, okay eher morgen, eine eigene Pressekonferenz... Müller soll auch dabei sein??...Gut, mit Müller... Ich soll die Konferenz leiten?? Danke für Dein Vertrauen... Nein, ich werde Müller nicht bloßstellen, selbstverständlich nicht, nein Klaas... Wir sind uns einig über Müller, ist sicher Klaas... Danke, wir sind selbstverständlich voll am Ball... Oberste Priorität. Ach so, die Brandstifterbande... Eventuell auch ein Zusammenhang... wegen dem halbverbrannten Wagen von Kattscheff. Was wir jetzt gleich machen? Tulsky und ich fahren jetzt noch einmal ins Haus von Kattscheffs. ...Ja, danke nochmals... Dir auch einen angenehmen Resttag, Klaas... Vielen Dank... Sobald ich Genaueres weiß, setzte ich dich selbstverständlich ins Bild... ist doch klar. Wiederhören Klaas."

Damit legte Hoover auf.

Hoover sah durch Tulsky hindurch als er ihn ansah.

"Der Präsident hat recht und wir haben recht. Weil wir der gleichen Meinung sind. Weil wir nichts wirklich wissen über die Fälle. Wir wissen nichts. Kennen keine Zusammenhänge. Das ist Scheiße. Ich will dem Präsidenten etwas Brauchbares abliefern. Etwas abliefern, was es wert ist abgeliefert zu werden. Der Präsident soll gut schlafen können. So einen Präsidenten bekommen wir nie wieder. Er hält uns den Rücken frei, steht zu uns. Beschimpft uns nicht. Bedroht uns nicht. Ist auf unserer Seite, war immer auf unserer Seite, hat immer zu uns gestanden, in guten wie in schlechten Zeiten. Wie in einer guten Ehe. Und wenn der Präsident mal nicht mehr ist, bin ich auch nicht mehr. Wenn der geht, gehe ich auch", sagte Hoover während er immer noch durch Tulsky hindurchsah.

"Ja, denn mal los", sagte Tulsky zum zweiten Mal an diesem Vormittag und erhob sich.

"Wie der Herr befiehlt", sagte Hoover, stand auf, klopfte Tulsky auf die Schulter und öffnete ihm die Tür des Arbeitszimmers. "Abmarsch".

Hoffentlich fährt der nicht wieder so bescheuert, dachte Hoover als sie loszogen. Das hatte er schon so häufig gedacht und auch laut gesagt, hatte aber in der Vergangenheit nie was genutzt. Irgendwann würde er Tulsky das Autofahren im Dienst verbieten und selber fahren. Irgendwann.

Nach kurzer, weil halsbrecherischer Fahrt kamen sie am Haus der Kattscheffs an. Hüttenstr. 41 in der Neustadt von Wattwig. Oder besser: In dem älteren Teil der Neustadt von Wattwig.

Die Hüttenstraße lag in dem Teil der Neustadt der durch seine Bebauung mit Doppelhaushälften und freistehenden Einfamilienhäusern geprägt war.

Auf den für heutige Besitztumsverhältnisse großen, für normale, durchschnittliche Einkommensverhältnisse unbezahlbar gewordenen Grundstücken, waren meist jeweils zwei zweistöckige Gebäude, zum Teil mit ausgebautem Dachgeschoß, errichtet worden.

Ursprünglich hatten die Häuser einheitlich gleich ausgesehen, waren aber dann im Laufe der Jahre und mit zunehmenden Besitzerwechseln, individuell verändert worden.

Manche der Gebäude hatten über die Jahre nur neue Anstriche bekommen, andere waren mit Anbauten versehen worden, aber fast alle hatten in der Zwischenzeit mehr oder weniger große Wintergärten bekommen.

Einige der Häuser, vor allem die einzelnstehenden Gebäude, waren so umfangreich umgebaut worden, dass sie ihren ursprünglichen Charakter vollständig verändert hatten. Die Häuser machten den Eindruck als hätten sie sich mit dem Charakter ihrer Bewohner verändert.

Wo früher fast ausschließlich leitende Mitarbeiter der Eisenhütte gewohnt hatten, waren jetzt auch sogenannte bessere Kreise, bestehend aus Rechtsanwälten, Ärzten und Steuerberatern zugezogen und versuchten der Gegend ihren Stempel aufzudrücken.

Hoover, der froh war eine Fahrt mit Tulsky wieder einmal so gerade überlebt oder mindestens überstanden zu haben, quälte sich mühsam aus dem Dienstpassat. Tulsky war schneller und eilte seinem Chef zu Hilfe. "Ich bin doch kein Opa, lass das", schnauzte Hoover als er spürte, dass Tulsky seinen Arm ergriff um ihm aus dem Auto zu helfen.

"Nettes Anwesen, wenn man von der ausgebrannten Garage einmal absieht", sagte Tulsky als sie nebeneinander auf der Straße standen und zu dem Haus der Kattscheffs hinübersahen. "Da ist viel Geld in den Ankauf und den Umbau investiert worden.

"Das sehe ich genauso. Das ist mir gestern schon aufgefallen als ich den Anruf von der Feuerwehr bekam und mir den halb ausgebrannten Wagen in der ausgebrannten Garage angesehen habe. Das Haus hat einiges gekostet. Einiges mehr als ich mir leisten könnte. Ich habe mich gestern schon gefragt, wo die beiden das Geld für das Haus her hatten. Er kann als kleiner Finanzdisponent in den Letro-Märkten ja wohl so üppig nicht verdient haben. Hat Müller dir verraten was die tote Kattscheff beruflich gemacht hat, oder was sie sonst wie gemacht hat? Das wird er doch wohl herausbekommen haben bei seinen Ermittlungen", sagte Hoover

Jan Müller hat den gleichen Dienstrang wie ich. Ich kenne ihn bestimmt schon zwanzig Jahre. Und ich begreife immer noch nicht, wie der an seine Beförderungen gekommen ist. Wahrscheinlich über die Arbeit seiner Leute und seine Schleimereien, aber bestimmt nicht über seine eigenen Leistungen, dachte Hoover.

Tulsky sah, wie sich das Gesicht seines Chefs verfinsterte, er ahnte woran Hoover dachte. Hoover dachte öfter, was er jetzt dachte, dachte Tulsky.

"Die Kattscheff hat keine erwerbsmäßige Tätigkeit ausgeübt. Sie war Hausfrau und hat regelmäßig im Altenheim von Wattwig ehrenamtlich ausgeholfen", sagte Tulsky.

"Und wovon konnten sie sich dieses Anwesen leisten? Hatten sie Schulden, Belastungen, irgendetwas in der Art?", wollte Hoover wissen.

"Müller hat erzählt, dass die Kattscheff von ihren Eltern ein hübsches Sümmchen geerbt hat. Mit dem Geld haben sie dieses Haus gekauft und das verbleibende Geld haben sie gut angelegt. Sicher angelegt, vielleicht als Altersversorgung, jedenfalls nicht an der Börse verzockt. Die beiden waren vollkommen

155

schuldenfrei. Gelebt haben sie dann von seinem monatlichen Angestelltengehalt als Finanzdisponent. Keinerlei bekannte Unregelmäßigkeiten. Bis zu Kattscheffs Clou und seinem Verschwinden alles gut bürgerlich und ohne Auffälligkeiten", sagte Tulsky knapp.

Die haben es einfach, diese Erben. Alle reden von den Erbengenerationen und bei mir wird's nichts werden mit dem Erben. Ich muss ohne zu erben, sterben. Außer ein paar Möbeln und einem ausgeleierten Sparbuch, nichts. Ich frage mich, wo diese großen überdurchschnittlichen Erbschaften, von denen man immer wieder liest und hört, wohl stecken? An mir geht alles vorbei, dachte Hoover.

"Sollen wir uns erst die Garage ansehen, oder erst das Haus?", fragte Tulsky.

"Erst ins Haus. Den Gestank von Verbranntem können wir noch früh genug genießen. Hier draußen ist der Geruch der aus der Garage strömt schon ekelhaft genug", sagte Hoover.

Durch den Vorgarten, der im Wesentlichen aus einer erst vor wenigen Tagen geschnittenen Wiese, auf der vereinzelte zurecht geschnittene und gestutzte Büsche standen, gingen sie zur Haustür. Alles machte einen sehr gepflegten Eindruck und sah nicht so aus, als sollte es für längere Zeit von seinen Eigentümern verlassen werden. Bald wird es hier wohl anders aussehen, wenn sich keiner um den Garten kümmert, dachte Hoover.

Ganz gleich ob sie nun Horst Kattscheff fänden oder auch nicht. Wenn sie ihn fänden, würde er mehrere Jahre nicht mehr hier wohnen. Haus und Garten würden verkommen. Soviel war klar.

"Fritz, ich will mir mal eben hinter dem Haus den Garten ansehen bevor wir reingehen", sagte Hoover als er an Tulsky vorbei in Richtung Garten ging. Hoover bog ums Haus und sah den gesamten Garten. Auch hier hinter dem Haus machte alles, wie nicht anders zu erwarten war, einen ordentlichen, gepflegten Eindruck.

Der Garten hinter dem Haus bestand zum Teil aus Gemüsebeeten, zum Teil aus einer gepflegten Wiese, auf der an den Rändern an den Zäunen zum Nachbargarten hin, Nutzsträucher angepflanzt waren. Die ganze Komposition wurde von angelegten kleinen, schmalen Wegen unterbrochen.

Der Garten war rational gestaltet. Es gab keinerlei Tand wie Gartenzwerge, Springbrunnen, Frösche aus Terrakotta oder Ähnliches. Der Garten machte eher den Eindruck, als wäre gerade noch in ihm gearbeitet worden, als würde ein Gärtner jeden Augenblick zurückkommen und da weitermachen, wo er vor ein paar Minuten aufgehört hatte mit seiner täglichen Gartenarbeit.

Tulsky hatte in der Zwischenzeit das Polizeisiegel aufgebrochen und die Haustür mit dem zugehörigen Schlüssel, den sie bei der Toten gefunden hatten, aufgeschlossen.

Im Haus stand die Luft. Es roch muffig, lauwarm feucht nach Keller und abgestanden. So wie eben Luft riecht, die in einem Haus eingeschlossen ist, in dem in letzter Zeit keine Fenster zum Lüften geöffnet wurden. Dazu kam in diesem Haus ein leichter Brandgeruch der sich überall hin verteilt hatte.

Im Eingangsflur war es düster, wie in einem schattigen Wald an einem feuchten Herbsttag. Aus den Türöffnungen drang fahles Licht in den Flur und gab ihm so viel Helligkeit, dass man nicht vor die Wände lief, wenn man gut genug aufpasste.

So schön das Haus von außen und sicherlich auch teilweise von innen renoviert war, der Hauseingangsflur war scheinbar nicht verändert worden.

Tulsky war das egal und gleichgültig. Er ging in die sich am hinteren Ende des Ganges anschließende Küche und öffnete das Küchenfenster. Dann ging er in das gegenüberliegende Wohnzimmer und öffnete ebenfalls eines der beiden Wohnzimmerfenster. Sofort durchwehte ein angenehm frischer Luftzug die beiden Räume.

In der Zwischenzeit war Hoover ebenfalls ins Haus gekommen und sah sich im Flur die dort aufgehängten Bilder an.

"Sag mal", rief Tulsky zu Hoover rüber, "ich grüble hier so vor mich hin. Der Knäpper hat mir und wahrscheinlich doch auch dir erzählt, dass der Einstichkanal von dem Messer vollkommen, oder fast vollkommen gerade verläuft. Kann es sein, dass sich die Kattscheff vielleicht selber erledigt hat? Was meinst Du? Ein Suizid, ist ein Suizid möglich?"

157

"Hab ich auch schon drüber nachgedacht. Und auch mit Knäpper besprochen. Aber alleine der Garten hier. Der Garten macht mir nicht den Eindruck als sollte er für längere Zeit verlassen werden", sagte Hoover als er neben Tulsky im Wohnzimmer stand.

"Ich meine", sagte er weiter, "wenn jemand vor hat sich selbst zu töten, dann lässt er oder sie sich in der Regel eine Zeitlang vorher gehen. Das haben wir doch schon oft genug gesehen. Oft haben die Leute Depressionen, waren nicht mehr in der Lage irgendetwas Vernünftiges zu tun. Sind regelrecht innerlich verfault. Waren meistens auch innerlich für niemanden mehr erreichbar. Irgendwann bringen sie sich dann um, nachdem sie eine Weile ihr Leben nicht mehr ausgehalten haben."

"Schon, aber es gibt auch die anderen, die Spontansuizide", antwortete Tulsky. "Kannst du dich an den Fall Matysinski erinnern. Die Frau kommt dahinter, dass ihr Mann fremdgeht. Statt ihn zur Rede zu stellen und rauszuschmeißen, steigert sie sich emotional in eine vermeintliche aussichtslose, katastrophale Situation hinein. Ihre beiden kleinen Jungen waren ihr vollkommen egal. Sie meinte so nicht mehr weiterleben zu können und bringt sich um. Vielleicht hat die Kattscheff irgendetwas über ihren Mann erfahren, dass sie so fertiggemacht hat, dass sie keinen Sinn im Weiterleben sah. Vielleicht hat sie, von wem auch immer, erfahren dass er längst tot ist? Dann hat sie sich umgebracht."

"Ne du, das glaube ich nicht", antwortete Hoover, der sich jetzt umdrehte um das Wohnzimmer zu verlassen. "Wir haben doch von den Nachbarn übereinstimmend gehört, dass deren Ehe, ganz gelinde gesagt, kaputt war. Wenn meine Ehe kaputt ist und ich von meinem im Geiste schon Ex-Partner etwas Schlimmes höre, von mir aus auch, dass er tot ist oder ihm sonst was zugestoßen ist, etwas was mich früher fix und fertig gemacht hätte, dann berührt dich das nicht mehr als Trauer, sondern eher als Genugtuung. Vielleicht ist noch ein Rest von Wehmut als Gefühl für den ehemaligen Partner übrig geblieben. Aber das ist auch schon alles".

Während er das sagte dachte Hoover mal wieder an seine Ehe mit Katinka.

"Ich bleibe dabei. Ich schließe einen Suizid aus. Immer mehr aus. Ich glaube nicht an Selbstmord. Egal ob der Einstichkanal jetzt gerade oder von unten nach oben oder von oben nach unten sonst was ist", sagte Hoover der sich schon auf der Treppe zur ersten Etage befand.

Selbstmord wollte er doch nicht mehr sagen, dachte Hoover, Selbstmord gibt es nicht. Das Wort Mord schließt ein Eigenverschulden aus.

Hoover hatte in der Zwischenzeit die erste Etage des Hauses erreicht. Mein Gott, dachte Hoover, ich bin ein Klischeemann. Zu schwer und zu alt um noch Treppen steigen zu müssen. Und trotzdem muss ich es immer wieder tun. Es war ihm immer wieder und immer noch unangenehm in Häusern von ihm fremden Leuten herumzulaufen. Selbst wenn diese Leute tot, verschwunden oder sonst was waren. Als noch schlimmer empfand er es, wenn die Bewohner der Häuser und Wohnungen bei gerichtlich angeordneten Hausdurchsuchungen mit dabei waren. Die Durchsuchungen waren wichtig, nützlich und gut und es ging natürlich nicht anders, aber es war ihm doch unangenehm. Meistens jedenfalls. Was auch immer. Er war eben ein Schnüffler. Ein Polizeihund. Ein Bulle. Aber nicht so blöde wie ein Bulle. So stabil wie ein Bulle.

Hoover öffnete ohne nachzudenken die erste Tür die ihm im Wege war. Ohne sich darüber Gedanken zu machen, ob in dem Zimmer ein Mensch versteckt sein könnte.

Auch in diesem Zimmer roch es unangenehm muffig. Dieser Geruch wurde noch dadurch verstärkt, dass vor dem Zimmerfenster ein ockerfarbenes heruntergezogenes Rollo dem Tageslicht den Eingang versperrte. Hoover schritt auf das Fenster, vor dem ein Schreibtisch aufgebaut war, zu und beförderte das Rollo nach oben.

Durch das stark verschmutzte Fenster drang immer noch mühsam aber schon viel eindringlicher, Tageslicht in den Raum ein. Hoover öffnete das Fenster und riss es auf.

Mit einem lauten Knall fiel etwas vom Schreibtisch herunter und kullerte mit mindestens der gleichen Geschwindigkeit, mit der er das Fenster aufgerissen hatte, an ihm vorbei.

Scheiß egal, dachte Hoover, ich muss mich erst einmal setzen. Damit riss er den vor dem Schreibtisch stehenden Bürostuhl zu sich rüber und setzte sich. Hier sitze ich jetzt und bin nicht erschossen worden. Schwein gehabt, keiner im Raum der mich hätte erschießen wollen, dachte er weiter.

Einige Sekunden vergingen, die ihm wie Minuten vorkamen. Das Zeitgefühl ist relativ, hat Einstein herausgefunden. So oder so ähnlich jedenfalls hat Einstein es beschrieben. Hoover sah sich im Raum um.

Geldkoffer werde ich hier nicht finden, die hätten sie mit Sicherheit bei der von ihm angeordneten Hausdurchsuchung entdeckt. Das hätte Müller geschafft. Aber er fand ja meistens irgendetwas Verwertbares. Mal schauen was es diesmal ist.

Tulsky war in der Zwischenzeit ebenfalls in der ersten Etage angekommen. "Mein Gott, du japst ja als hättest du einen 100 m Lauf in 5 Sekunden hingelegt. Und ganz blass bist du auch. Ist dir schlecht oder bist du nur kaputt von dem Aufstieg auf die Zugspitze?", bemerkte Tulsky grinsend.

Hoover sagte nichts dazu. Er wusste um seine beschissene körperliche Form. Aber er war am Leben, was andere in seinem Alter nicht mehr unbedingt sagen konnten. Und das hatte er auch schon oft genug öffentlich verbreitet. Lieber alt als kalt, war einer seiner Standardsprüche.

"Die Frage ist nur, wie lange du noch lebst", sagte Tulsky, der manche von Hoovers Gedanken lesen konnte und ergänzte, "wenn du dich nicht mal um deine Fitness kümmerst."

"Nettes kleines Arbeitszimmer, ich würde sagen Kattscheffs Arbeitszimmer. Das Arbeitszimmer eines Mannes. Männlich eingerichtet. Keine Stofftiere, keine Blumen und Girlanden, kaum Fotos oder sagen wir mal wenig Fotos, ein altes Ledersofa, das nicht mit einer Decke zugelegt ist sondern seine Natürlichkeit bewahren durfte, Bücher die nicht nach Liebesromanen aussehen, ein alter Teppichboden, der nicht allzu oft einen Staubsauger gesehen hat. Ein männliches Arbeitszimmer wie ich es auch haben könnte", sagte Tulsky weiter.

"Dass es Kattscheffs Arbeitszimmer ist erkennst du vor allem auch an einem. Sieh dich nochmal um. Was fällt dir besonders auf?", fragte Hoover.

Tulsky drehte sich im Kreis und sah sich um. Er zögerte einen Augenblick, dann sagte er: "Hmm... Du meinst das ungeputzte Zimmerfenster. Alles im Haus ist geputzt und einigermaßen sauber. Nur dieses Fenster hat scheinbar in den letzten Jahren kein Putzwasser mehr gesehen. Dies ist ein Zimmer das Dorina Kattscheff so häufig nicht betreten hat oder betreten durfte.", sagte Tulsky.

"Genau das meine ich, genau das ist mir auch aufgefallen".

Tulsky setzte sich auf die Couch und starrte in die Luft zur Zimmerdecke. "Ich habe das Gefühl, das wir hier etwas finden werden was uns ein Stückchen weiter bringt, obwohl der Raum schon zigmal von den Spürhunden durchgeschnüffelt wurde. Wir sollten solange in dem Raum bleiben bis wir es gefunden haben. Wir warten ab und es wird uns sozusagen zufliegen. Wir müssen gar nicht viel tun. Nur ganz ruhig werden und abwarten. Ganz ruhig werden".

"Ommm, so machen wir's. Ommm, heiliger Geist komm über mich und bring mir die Kraft der Intuition. Ommm, komm schon, aber ein bisschen zackig, wir haben nicht so viel Zeit", antwortete Hoover.

Wenn die Zeit so vergeht, wie sie jetzt vergeht, vergeht sie in kleinen Weilen wie in kleinen Wellen. Es sind kleine Zeitwellen. Die Zeit, sie plätschert so vor sich hin und dauernd passieren wichtige Dinge von denen du nichts weißt und nichts mitkriegst, dachte Hoover.

Tulsky sah Hoover an. "Ich habe Hunger und Durst und wenn nicht bald was passiert verhungere ich oder verdurste. Der Geist soll jetzt kommen. Jetzt sofort", sagte Tulsky plötzlich.

"Ja , was denn jetzt ? Zeit oder keine Zeit ? Entscheide dich", sagte Hoover.

"Eine Debatte um deinen Hunger und Durst ist jetzt unangebracht", sagte Hoover weiter.

"Es ist die alte Leier. Kaum soll der kleine Junge einmal für ein paar Minütchen still sitzen, schon bekommt er Hunger und Durst und will weg. Ich habe eine bessere Idee. Als ich vorhin in dieses Zimmer kam habe ich sofort unachtsam das ungeputzte Fenster zum Lüften aufgerissen. Dabei ist etwas vom Schreibtisch gefallen und weggekullert. Das suchen wir jetzt und befördern es dahin auf den Schreibtisch zurück wo es hingehört. In der Zwischenzeit wird der heilige Geist schon über uns kommen", sagte Hoover.

Während er das sagte, rutschte Hoover langsam von seinem Schreibtischstuhl auf den Fußboden und fing an, auf allen vieren krabbelnd den Teppich abzusuchen.

Tulsky blieb ungerührt auf seinem Sofa sitzen. Dieser Raum ist viel zu klein um zwei krabbelnde Menschen auszuhalten, dachte er. Ein krabbelnder Hoover reicht.

Hoover setzte sich aufrecht auf dem Teppich hin. "Siehst du diesen kleinen Schrank, diese Anrichte oder was auch immer das da ist, in der Ecke neben der Zimmertür stehen? Siehst du es? Da könnte das Ding vom Schreibtisch drunter gekullert sein. Bitte hebe es an und trage es woanders hin, damit ich weiter suchen kann. Vielen Dank für deine Freundlichkeit im Voraus", sagte Hoover hechelnd.

Bewegungen auf allen vieren waren auch nicht unbedingt das Ding was er täglich machen wollte.

Tulsky erhob sich, machte einen großen Schritt über seinen Chef um ihn nicht an irgendwelchen Körperteilen zu treffen und stand vor der Anrichte. Tulsky öffnete die Türen um nachzusehen wieviel Gewicht er schleppen musste. Gähnende Leere sah im entgegen. Er ruckelte die Anrichte etwas zu sich vor, packte sie seitlich an den Wänden, hob sie leicht an und stellte sie vor dem Sofa, auf dem er gerade noch gesessen hatte, ab. Schwerer als sie aussieht, dachte Tulsky.

Japsend und schon leicht schwitzend ließ sich Tulsky auf den Schreibtischstuhl fallen.

"Deine körperliche Verfassung ist genauso beschissen wie meine", bemerkte Hoover zu seiner eigenen Erleichterung.

Hoover starrte vor sich hin. "Ja was muss ich denn da sehen. Was liegt denn da vor mir? Klein und rund und bunt. Eine Weltenkugel klein."

Hoover beugte sich weiter vor um genauer hinsehen zu können.

"Und wo liegt sie denn die kleine runde bunte Kugel? Sie liegt auf einem dunklen Fleck umgeben von einer unstrukturierten Anzahl kleiner, ebenfalls dunkler Flecken. Das ist aber nett. Wenn das da, was da vor mir auf dem Teppich und schon angetrocknet ist, Marmelade ist", Hoover lag in der Zwischenzeit mit seinem Gesicht fast auf dem Flecken neben der bunten kleinen Kugel, "dann will ich nie mehr angeln gehen. Nie mehr.

162

Herr Tulsky, nehme er sich bitte ein Messer und schneide er aus diesem Flecken ein großes Stück heraus und packe er es dann in einen Beutel und bringe er den Beutel samt Inhalt dann später ins Labor zu unseren kleinen Spürhunden, die hier nicht aufmerksam genug geschnüffelt haben. Außerdem stelle ich Folgendes fest: die von dem Schränkchen oder An-richte oder wie immer man das Ding nennt, was du gerade auf meinen ausdrücklichen Befehl hin freundlicherweise angeho-ben und zur Seite gestellt hast, seine hier in diesem Teppich hinterlassenen Abdrücke noch nicht besonders fest in den Teppich gedrückt hat. Auch stelle ich keinerlei Spinnenweben oder sonstigen Dreck zwischen dem Schränkchen und der Zimmerwand fest. Also wird das Teil noch nicht so wirklich lange hier gestanden haben. Kann er, Tulsky, mir da eventuell zustimmen? "

Oft, wenn Hoover plötzlich besonders gute Laune bekam, verfiel er in so eine Art preußischen Redestil. Und er konnte dann besonders schnell denken und reden.

"Er kann, er kann. Macht er doch gerne. Wie könnte er sei-nem hochverehrten, hochdekorierten und viel bejubelten Chef, ja seinem beruflichen Vorbild, nicht zustimmen?"

Hoover hatte sich in der Zwischenzeit wieder aufgerichtet und an den Schreibtisch gesetzt, während Tulsky aufgestanden war und mit einem Klappmesser, das er immer bei sich trug, versuchte, ein Stück des Teppichbodens zu entfernen.

"Wenn du mit dem Teppich fertig bist sehen wir uns die Ga-rage und den ausgebrannten Wagen an. Übrigens habe ich Marmelade gesagt. Wenn das da auf dem Teppich sagen wir mal Nutella, oder sonst was ist, darf ich noch angeln gehen. Nur dass wir uns richtig verstehen, ich habe nie von Blut ge-sprochen oder Blut gemeint. Nur zur Verdeutlichung. Ich habe nur von Marmelade gesprochen. Marmelade", bemerkte Hoover wie beiläufig.

"Sicher", antwortete Tulsky schnaufend, "sicher".

In der Zwischenzeit hatte Tulsky ein Stück des Teppichbo-dens entfernt und in eine der mitgebrachten Plastiktüten ge-stopft. "Wenn es dem Herrn gefällt können wir jetzt zur Garage runter gehen und weitere Beweisstücke sammeln." sagte

Tulsky und sah sich schon Lackreste von einem halbabgebrannten Fahrzeugwrack kratzen.

"Sag mal", fragte Tulsky, "wie sind die Brandstifter eigentlich in die Garage gekommen. Einen Schlüssel werden die wohl kaum benutzt haben?"

"Die haben einfach die Tür aufgemacht und sind rein gegangen. Die Garagentore waren nicht abgeschlossen. Und da es sich hier noch um eine richtige zweiflügelige Tür handelt, konnten die sich auch noch unauffälliger in die Garage schleichen, als wenn sie ein Schwingtor hätten öffnen müssen."

Hoover öffnete während er das sagte die beiden Garagentorflügel um das Fahrzeug besser sehen zu können und um etwas zu lüften.

Von dem Auto war nicht mehr viel zu erkennen. Bis auf das Heckteil des Fahrzeugs, das zwar auch gebrannt hatte, aber nicht vollständig ausgebrannt war, war wirklich kaum noch etwas übrig geblieben.

"Das war mal ein wunderschöner Mercedes, der ganze Stolz seines Besitzers", sagte Tulsky.

"Ist es nicht so, dass diese Feuerteufelbande, wenn sie Autos gezündelt haben, hauptsächlich Mercedeslimousinen angesteckt haben? Ich meine Knäpper hätte so was bemerkt", fragte Hoover.

Hoover hatte sich zwischen verrußter Garagenwand und ausgebranntem Fahrzeug bis zum Kofferraum durchgequetscht. "Wenn die Garage eine direkte Verbindungstür zum Haus hätte, wäre von dem Haus wahrscheinlich auch nicht viel übrig geblieben.

Wann wird die Karre eigentlich von den Spürhunden abgeholt, oder ist unser Abschleppwagen immer noch nicht repariert? Egal. Lass mal sehen was so alles im Kofferraum rumliegt".

"Da wirst du nicht viel finden", antwortete Tulsky, "die Spürhunde haben, nachdem das Fahrzeug ausgekühlt war, alles mitgenommen, was nicht niet- und nagelfest war. Das Wrack hier soll noch im Laufe des Tages abgeholt werden".

Das wird aber auch Zeit, dachte Hoover. Hoover quetschte sich zurück, ohne doch noch in den Kofferraum zu sehen.

Scheiße, dachte er, jetzt bin ich total eingesaut, den Mantel kann ich nur noch wegschmeißen. Vielleicht reinigen lassen? Wenn ich Glück habe.

"So nehme ich dich aber nicht mit", sagte Tulsky als sie sich ins Auto setzen wollten um zurück ins Präsidium zu fahren, "mindestens dein Mantel kommt gut verpackt in den Kofferraum. Am besten legst du dich komplett in den Kofferraum. Aber vorher kommt eine Plastiktüte drüber, du stinkst fürchterlich, richtig abgebrannt."

Der spricht von meinem Portemonnaie, dachte Hoover und musste erneut grinsen.

Tulsky hatte seinen Mantel ebenfalls abgelegt und im Kofferraum seines Passats abgelegt.

"Denk an meine Gesundheit", sagte Hoover als er, ebenfalls ohne Mantel bekleidet, in Tulskys Passat eingestiegen war, um hoffentlich wieder einmal eine Fahrt mit Tulsky zu überleben.

"Ach so, was ich noch sagen wollte", sagte Tulsky bevor sie losfuhren "Es waren alle möglichen Autos, die angesteckt wurden. Nicht nur Mercedeslimousinen"

Kapitel 9: Das Tor zur klagenden Hölle
Luko und Trixi öffnen die Grabstelle der Kattscheffs und hören merkwürdige Geräusche.

Wieder und wieder blinzelte ihn etwas an. Das spürte er ganz deutlich obwohl er ja eigentlich noch schlief. Er spürte auch, dass er alleine im Bett lag, was er morgens vor dem Aufstehen schon oft bedauert hatte, ohne so recht zu wissen, wie er da Abhilfe bekommen könnte. Aber er wusste nicht was ihn da anblinzelte.

Es war schön angeblinzelt zu werden, das war ein irgendwie gutes Zeichen. Immer und immer weiter wurde er angeblinzelt, bis er begriffen hatte woher dieses Licht kam.

Die Vorhänge vor seinem Schlafzimmerfenster waren nicht ganz geschlossen und ließen es zu, dass die Sonne ihn wachküsste. Lichtküsse. Schön, dachte Luko.

Mit einem Satz war er aus dem Bett, torkelte, torkelte zum Schlafzimmerfenster und stand nun schwankend da. Luko hatte sich sofort gefangen und riss die Vorhänge ganz auseinander.

Der Schein der prallen Sonne tankte ihn auf, mit der Wucht einer Druckbetankung. Nichts war mit aus dem Bett robben, wie an manchen anderen Tagen. Keine Trauer vor Tagesbeginn. Nichts da. Wau, da stand er. Er stand tatsächlich am Fenster.

Duschen, Pieze streicheln, Frühstück zubereiten, seine Mädels ärgern, frühstücken und loslegen. Reihenfolge gleichgültig. Nichts würde ihn heute aufhalten können. Nichts und gar nichts.

Die Ereignisse der letzten Tage schienen ihn mit Leben zu erfüllen, wie er es lange nicht mehr gespürt hatte. Gestern im "Fisch", das war was. Die Jungs sind noch skeptisch, das ist klar, dachte Luko. Heute werde ich so lange suchen bis ich irgendwas finde was sie richtig überzeugt und dann geht's los, dann geht's zur Sache.

Nachdem er geduscht hatte und angezogen war, sprang er zur Küche runter um sich ein deftiges englisches Frühstück zuzubereiten. Unten, mitten in der Küchentür, saß Pieze, wie sie meistens saß, gemütlich auf ihrem Katzenhintern. Ganz cool leicht nach hinten gelehnt, putzte sich und sah zu ihm

166

hoch als er die Treppe herunterstürmte. Wie konnte Pieze morgens so cool tun? Normalerweise kam sie morgens früh gerne hoch zu ihm und ließ sich beschmusen, aber heute war ihr wohl doch irgendwie alles zu komisch hektisch.

Die war gar nicht cool. So komisch hektisch wurde es ihr, dass sie dann sogar plötzlich und blitzschnell aus der Küchentür rannte und es sich in einigen Metern, mit sicherem Abstand, im Empfangsraum bequem machte, als Luko angestürmt kam. Er sah seiner alten Katze an, was sie dachte. Der spinnt, der alte Knabe, dachte sie. Aber ich muss ihn lieb haben, sonst kriege ich heute Morgen womöglich nichts zu essen, dachte sie weiter. Sofort mach ich mich auf den Weg und umschmeichele ihm, damit ich was zu essen bekomme. Bevor er frühstückt, nachher vergisst er mich womöglich. Tunfisch wäre jetzt gut, oder Kaninchenragout oder was auch immer, Hauptsache es geht schnell und ist kräftig und deftig und es ist niemand da, der es mir wegfrisst.

Die Mädels müssen heute alleine frühstücken, da hilft nichts, dachte Luko. "Dicke, komm schon, tu nicht beleidigt, es gibt Chappi. Es gibt aber keinen Thunfisch mehr, auch für dich nicht. Es gibt Kaninchen. Gib Gas sonst esse ich es selber", rief er Pieze zu.

Pieze war schon zurückgekommen, hatte den Kopf durch die Küchentür gestreckt und sah sich die ganze Hektik an. Dann rannte sie los, dass ihr Bauchfell nur so hin und her wackelte, umschmeichelte Luko mit zwei, drei Runden die Beine, ließ sich kurz am Köpfchen kraulen und stürzte sich dann auf ihren frisch gefüllten Fressnapf, bevor es ein anderer tat.

Clarissa und Simone hatten offenbar schon gefrühstückt.

Ihr Essgeschirr stand zusammengeräumt auf der Küchenanrichte. Wahrscheinlich war es nicht in die Spülmaschine eingeräumt worden, weil die vollständig gefüllt war und erst durchlaufen musste. Die beiden hatten wohl keine Lust gehabt die Maschine anzuschmeißen.

Während er sein Frühstück aß, überlegte er wie er gleich nach dem Frühstück vorgehen sollte. Morgenzeitung lesen war jetzt nicht angesagt, dazu war er innerlich viel zu hektisch und aufgewühlt. Was interessierten ihn heute der Kleingartenverein oder Kaninchenzüchterverein oder Kegelverein oder sonst was aus Wattwig. Nicht einmal die Totenanzeigen seiner katholischen Mitbürger interessierten ihn heute Morgen. Ihn interessierte nur eines wirklich.

Wie würde er heute vorgehen? Wo würde er heute auf dem Friedhof suchen? Was würde er überhaupt auf dem Friedhof suchen? Und wie könnte er das Ganze anstellen, ohne dabei besonders aufzufallen. Vielleicht sollte er gar nicht alleine losgehen sondern direkt Trixi mitnehmen.

Das war eine gute Idee. Das war eine supergute Idee. Trixi sollte sofort, gleich heute Vormittag alles stehen und liegen lassen und mitkommen.

Dann muss er eben morgen oder heute Nachmittag den Rasen am Pfarrhaus schneiden oder Kerzen besorgen oder was er sonst heute Vormittag noch so erledigen will, eben später erledigen. Das läuft ihm nicht weg, das ist nicht wirklich wichtig!

Aber was erzähle ich unseren Gemeindemitgliedern, die über den Friedhof wandern, wenn sie Trixi und mich im Gebüsch oder auf dem Grab herumkriechen sehen. Da muss mir noch was Entscheidendes einfallen.

Luko überlegte einen Augenblick. Dann hatte er plötzlich eine sehr gute Idee. Vielleicht leben zu viele dicke Ratten auf unserem Friedhof und wir überlegen, was und wie wir dagegen unternehmen können. Man könnte sagen, es sind schon Ratten mit Knochen im Maul gesehen worden und so kann es ja schließlich nicht weitergehen. Wer weiß, wo sie die Knochen her hatten? Kein Mensch weiß das. Deswegen krauchen wir hier so rum. Immer im Dienste unserer Gemeindemitglieder, selbstverständlich. Aber das ist dann doch ein bisschen albern, dachte Luko weiter

Während er über die Knochenidee noch schmunzelte, traf ihn der Gedanke wie ein erneuter Blitz aus heiterem Himmel. Ich habe etwas Entscheidendes vergessen. Vergessen ist das falsche Wort. Ich hätte schon eher drauf kommen können.

Kattscheffs Familiengrab, dachte Luko, was heißt das überhaupt? Wann ist in diesem Grab überhaupt das letzte Mal jemand beerdigt worden? Vielleicht brauchen sie ja nach gar nichts Besonderem zu suchen?

Die letzte Beerdigung war vor seiner Zeit als Pfarrer von Wattwig gewesen, das war klar. Aber wann, in welchem Jahr war die letzte Beerdigung? Warum sind sie denn gestern im Fisch nicht auf die Frage gekommen? Sie waren wohl etwas vernebelt gewesen! Vom Alkohol oder eher der Aufregung kleiner Jungen vor dem großen Abenteuer. So in der Art.

Wenn es in den letzten Jahren eine Beerdigung in dem Familiengrab gab, dann war sie auch vor Trixis Zeit gewesen, dachte Luko. Sonst hätte Trixi mit Sicherheit irgendetwas in der Art gesagt wie: "Was macht ihr hier für ein Buhei, das ist doch ganz einfach, das geht so und so und fertig."

So oder so ähnlich wäre das gelaufen.

Da Trixi gestern aber nichts gesagt hat, dachte Luko weiter, wird es zu seiner Zeit, in seinem Job auch keine Beerdigung in der Kattscheffschen Familiengruft gegeben haben.

Ich muss also als Erstes die Kirchenbücher der letzten Jahre durchsehen um herauszufinden wann diese letzte Beerdigung stattgefunden hat. Denn irgendwann wird es eine letzte Beerdigung gegeben haben.

Die Mädels müssen ran, dachte Luko. "Clarissa, Simone, ihr sündigen Töchter des tollsten Pfarrers aller Zeiten, wo steckt ihr schon wieder oder immer noch?", rief Luko in Richtung der höheren Etagen. "Hallo, hallo, kommt doch bitte mal runter zu mir, ich habe da eine gute Idee."

Nachdem Clarissa und Simone am Küchentisch Platz genommen hatten und er kurz und bündig vom gestrigen Abend im Fisch berichtet hatte, eröffnete Luko den Töchtern genau so kurz und bündig seine Idee.

"Ich brauche euch dringend und kurzfristig und am besten jetzt gleich. Ihr müsst mir bitte einen großen Gefallen tun und die Kirchenbücher von Wattwig durchsehen. Ich muss wissen, wann zum letzten Mal ein Kattscheff in der Familiengruft beerdigt wurde. Und dazu müssen die Kirchenbücher durchgesehen werden. Möglicherweise bis ins letzte Jahrhundert. Das heißt, besser gesagt, die letzten dreißig Jahre braucht ihr nicht suchen, da gab es wahrscheinlich keine Beerdigung in der Grabkammer. Ihr müsst in der Zeit davor, rückwärts suchend beginnen. Alles klar? Die Bücher sind in dem Raum hinter dem Altar gelagert, aber das wisst ihr ja", bemerkte Luko weiter.

Clarissa und Simone sahen sich an, nickten sich zu, standen auf, drückten nacheinander ihrem Vater ein Küsschen auf die Stirn und verschwanden genauso schnell, wie sie vorhin in die Küche gekommen waren.

Toll, dachte Luko, keine weiteren Fragen, euer Ehren. Und was mache ich jetzt? Ich gehe auf meinen Friedhof. Und ich rufe noch eben Trixi an, der soll mitkommen.

Pieze hatte sich das Ganze angesehen und zugehört und sie fühlte sich ganz doll vernachlässigt.

Luko wollte gerade Trixi anrufen als das Telefon ging.

Rangehen oder nicht rangehen, dachte Luko, natürlich rangehen, was denn sonst?

"Pfarrer Lukowitsch am Apparat, guten Morgen", sagte Luko hektisch. "Ah, ja. Guten Morgen Herr Pfarrer. Hier ist Hoover. Wie geht's denn so, wieder neue Erkenntnisse oder Theorien die uns voranbringen werden?".

"Wenn ich helfen kann, helfe ich doch gerne", bemerkte Luko überrascht und erstaunt über seine zügige Antwort auf die gut vorbereitete und wie ihm schien ironische Frage von Hoover.

"Was kann ich für Sie tun, Herr Hauptkommissar?"

"Weiß ich nicht wirklich", antwortete Hoover, "aber ich wollte mich doch bei Ihnen melden und mal einen Zwischenbericht abgeben. Schließlich müssen und wollen wir ja auch in Zukunft positiv zusammenarbeiten. Und das geht nur wirklich gut wenn man sich gegenseitig mit ehrlichen Informationen versorgt.", sagte Hoover weiter.

Der kann aber reden, dachte Luko.

"Da haben Sie aber auch vollkommen recht", antwortete Luko amüsiert über diesen, wie ihm schien, doch eigenartigen Anruf von Hoover.

Hoover erzählte Luko von dem verbrannten Auto und andere Kleinigkeiten die er gestern Abend telefonisch schon Dr.CM mitgeteilt hatte und von denen er nicht wusste, dass Luko sie schon kannte.

Während Hoover vor sich hin erzählte, dachte Luko über eine Frage nach die er spontan spannend fand und die gut genug war um Hoovers Redefluss über Dinge die er schon wusste zu unterbrechen.

"Herr Hoover, was mich interessiert, ist im Augenblick vor allem eines: Was hat der DNA Test von dem Messer ergeben?".

Hoover stutzte. "Hm, Moment, was?", fragte Hoover verdutzt. "Ja, äh, wir haben noch kein Ergebnis, aber was soll die Analyse schon großartig ergeben. In erster Linie wird es ja wohl Dorina Kattscheffs Blut sein, was da auf dem Messer gefunden wird. Es werden wohl kaum mehrere Leute mit dem Messer, womöglich hintereinander, ermordet worden sein. Also davon gehe ich erst einmal aus. Ein Messer, eine Tote, und fertig gemordet."

"Ja gut", sagte Luko, "sonst fällt mir auch nichts weiter ein. Ich melde mich wieder bei Ihnen, wenn ich eine neue Theorie zu dem Vorgang habe. Meine Theorien scheinen Sie ja zu interessieren. Aber im Ernst, vielen Dank für Ihren Anruf. Wenn mir etwas einfällt, was ihnen weiterhelfen könnte, melde ich mich wirklich und sofort."

"Okay, und ich teile Ihnen das Ergebnis der Analyse mit, sobald ich die DNA-Analyse von dem Messer habe, das in der Kattscheff gesteckt hat. Einen schönen Tag noch Herr Pfarrer."

Damit legte Hoover auf ohne noch eine weitere Antwort von Luko abzuwarten. Der hatte gerade keine Lust auf mich, dachte Hoover. Komisches Telefonat.

Hoover nahm seine Füße vom Schreibtisch und rief Tulsky an.

"Sag mal Tulsky, wo bleibt denn eigentlich die DNA-Analyse von dem Messer aus der Kattscheff? Und was ist mit der DNA-Analyse von dem Teppichflecken. Frag doch beim Knäpperteam mal nach, bitte. Aber nicht mit Weile sondern mit Eile, also mal ganz untypisch für dich."

Tulsky ist nur schnell beim Autofahren, ansonsten ist und bleibt er ein ziemlicher Lahmarsch, dachte Hoover

"Mach ich. Sonst noch was, noch weitere Tagesbefehle?", fragte Tulsky.

"Nee, im Augenblick nicht", antwortete Hoover, "wenn ich mir welche ausgedacht habe, melde ich mich wieder bei dir, dann geht's lustig weiter". Damit legte Hoover auf. Es dauert ungefähr zwei bis drei Tage bis die DNA-Analysen vorliegen werden, überlegte sich Tulsky. Knäpper hat mir gestern gesagt sie wären überlastet, also rufe ich morgen früh die Mädels und

Jungs von der DNA Truppe an und frage nach. Das reicht vollkommen aus. Keiner verfolgt uns. Wieso ist der heute Morgen so garstig, der Hoover?

Luko schloss hinter sich die Tür vom Pfarrhaus und hatte vergessen Trixi anzurufen, den er jetzt gleich gerne bei sich gehabt hätte. Luko wählte im Weitergehen mit seinem Handy die Nummer von Trixi an. Nach der üblichen Weiterverbindungsdauer und einigen Malen läuten, hörte Luko das ohrenbetäubende Geräusch eines Rasenmähers und Stimmenfragmente, die wohl zu Trixi gehörten.

"Mach doch mal den Rasenmäher aus, Trixi, ich verstehe kein Wort von dem was du sagst", schrie Luko.

Sekunden später verklang das Rasenmähergeräusch.

"Guten Morgen, lieber Pfarrer, womit kann ich dienen?" fragte Trixi freundlich und gut gelaunt

"Wo steckst du denn gerade mit deinem Rasenmäher? Ich dachte wir beide machen einen kleinen Ausflug auf unseren Friedhof. Mal sehen, was sich so verändert hat in den letzten Tagen. Du weißt schon was ich meine. Ich bin hier in der Nähe der Pfarrhaustür und gehe Richtung alter Friedhof. Hast du Lust mitzukommen und mitzumachen?"

"Nichts lieber als das", antwortete Trixi "Ich bin ungefähr 50 Meter von dir entfernt, wenn Du dich umdrehst kannst Du mich sehen".

Nachdem Trixi bei Luko angekommen war, der eben gewartet hatte, zogen beide zusammen los, Richtung "Alter Friedhof".

"Ich nehme an es geht zufällig Richtung Kattscheffscher Familiengruft und wir sehen mal nach, ob da etwas aufgeräumt werden muss. Vielleicht hat die Polizei die Örtlichkeit in der Zwischenzeit zum Polieren freigegeben. Richtig so?".

"Genauso. Genau das ist es", antwortete Luko.

Zügigen Schrittes kamen sie voran. Luko kam es tatsächlich so vor, als müsste überall auf dem Friedhof ordentlich aufgeräumt werden. Die letzten Tage hatten ihrem Friedhof nicht gutgetan. Überall lag irgendwelcher Müll herum, der von den Schaulustigen, den Journalisten und von wem auch immer dagelassen worden war. Und weil sie den Fundort der Leiche nicht gleich gefunden hatten, war auch alles um die Wege herum irgendwie plattgetreten worden.

Dämliche Gaffer, dachte Luko.

Nach kurzer Zeit sahen sie das Kattscheffsche Mausoleum.

Das von der Polizei ursprünglich um die Grabstelle herum angebrachte rotweiße Flatterband wehte lustig in kleinen Stücken im sachten Wind.

"Wenn hier nochmal Hoovers Spürnasen suchen müssten, würden sie viele Spuren finden", sagte Luko an Trixi gewandt "nur nicht die richtigen."

Als sie angekommen waren musste Luko sich erst einmal auf die kleine Bank neben der Grabstelle setzen. Kommt mir vor, als ist es verdammt lange her, seitdem ich den silbernen Koffer mitgenommen habe, dachte Luko.

Mit einem Ächzen quetschte sich Trixi neben Luko auf die Bank.

"Was sollen wir denn jetzt tun?" fragte Trixi und sah dabei Luko in die Augen. "Weiß ich auch nicht", antwortete Luko.

"Ich denke wir suchen die unmittelbare Gegend hier ab, ob wir hier irgendwas Verwertbares finden. Irgendwas, was uns nützlich vorkommt. Vielleicht finden wir ja etwas, was die Polizei übersehen hat."

"Nützlich wofür", wollte Trixi wissen, "alles was hier an Nützlichem herumlag, hat die Polizei schon mitgenommen. Die haben bestimmt nichts übersehen. Was hast du überhaupt wirklich vor, raus damit?"

"Na gut, dann eben anders. Wir haben uns doch gestern im "Fisch" überlegt, dass an dieser Stelle hier irgendwo, oder besser ganz genau an dieser Stelle ein Eingang zu diesem Fluchttunnel der ehemaligen Wehrkirche sein könnte. Also versuchen wir jetzt herauszufinden, ob die Gruft der Kattscheffs der besagte Eingang ist. Ich weiß nicht, wann hier jemand von den Katscheffs das letzte Mal beerdigt wurde, aber dazu müssen sie ja vor der Beerdigung irgendwie die Grabplatte angehoben haben. Oder sie haben sie zur Seite geschoben, oder was weiß ich. Und wir versuchen jetzt herauszufinden, wie die das gemacht haben."

"Gut", sagte Trixi, "dann gehe ich schon mal probeschieben."

Während er das sagte, stand er, erneut laut ächzend auf und bewegte sich Richtung Grabkammer.

Schwein gehabt, dass die Bank nicht umgekippt ist, dachte Luko.

Wo habe ich denn den Zweihunderter gefunden?, dachte Luko weiter. Genau, in der Grabwand am Kopfende der Grabstelle, irgendwie eingeklemmt in der Wand. Fest genug um nicht herausgezogen werden zu können. Sonst wäre er mir ja auch nicht zerrissen. Also gibt es da einen ganz schmalen Spalt in dem der Zweihunderter feststeckte. Und mich würde nicht wundern, wenn der Spalt so breit wie eine Türöffnung ist. Vielleicht eine bewegliche Wand. So eine Art Geheimtür, die aber in Wirklichkeit keine Geheimtür ist, sondern eine Tür die gebraucht wurde um in die Grabkammer zu gelangen, um dort in der Kammer die Toten abzulagern.

Und wenn die Tür einmal geöffnet ist, kann sicher die Grabplatte angehoben werden, weil sonst nützt die Tür, oder besser, die drehbare Mausoleumsrückwand, ja auch nichts. Man muss da ja einigermaßen bequem runtergehen können. Es kann natürlich auch sein, dachte Luko weiter, dass erst die Grabplatte angehoben werden muss, um danach diese Tür zu öffnen, auf jeden Fall hängt beides technisch zusammen und beide Teile muss man öffnen, sonst kommt man nicht vernünftig rein in die Kammer.

Luko wurde durch ein lautes "Scheiße" aus seinen Überlegungen gerissen.

Vor sich sah er Trixi, der kniend versuchte die Grabplatte zur Seite zu schieben. Die Grabplatte gab keinen Zentimeter nach. Scheinbar fiel das Trixi nicht auf, oder er hielt sich für schlauer als die Platte, jedenfalls drückte er weiter und weiter, ohne dass sich die Platte auch nur einen Millimeter rührte.

Luko musste lachen. Hunderttausend Volt in den Armen, aber die Birne geht nicht an, dachte er. Stattdessen rief er Trixi zu, es doch mal mit anheben zu versuchen.

Trixi drehte sich um, sah ihn mit großen weit aufgerissenen Augen an, fiel nach hinten und setzte sich auf seinen Hintern.

Luko stand auf und ging zu Trixi rüber.

174

"Komm, du armer Kerl", sagte Luko, "wir versuchen es mal mit anheben. Erst an der einen Längsseite dann an der anderen Längsseite. Vielleicht kann man die Grabstelle ja aufklappen. Fangen wir an der Seite mal an, an der du sitzt, würde ich sagen." Trixi erhob sich und gemeinsam versuchten sie die Grabplatte erst an der einen Seite, dann an der anderen Seite anzuheben. Nichts rührte sich.

"Das dachte ich mir fast", sagte Luko, "Lass uns mal versuchen die Rückwand zu verschieben, aber erst will ich mir die Wand mal genauer ansehen."

"Mach das", antwortete Trixi, "ich setze mich in der Zwischenzeit mal wieder hin. Wenn du mir sagst schieben, dann schieb ich. Ich schieb wohin du willst."

Luko hatte sich in der Zwischenzeit hinter die Rückwand gestellt und überlegte wo er den Geldschein von der Wand gepflückt hatte. Ungefähr 30 cm über dem Boden muss das gewesen sein. Luko kniete sich hin. Gut dass er heute Morgen seine älteste Jeans angezogen hatte. Und das ohne Anraten seiner Töchter. Ganz von alleine.

Vorsichtig tastete er mit seinen Händen die Steinreihen ab. Fingerkuppen sind sehr sensibel, sie können ganz feine Unebenheiten aufspüren, wenn man sie richtig vorsichtig einsetzt. Bei diesen Gedanken wurde ihm ganz warm ums Herz, denn er musste an gewisse andere Unebenheiten denken. Luko fuhr Fuge für Fuge mit seinen Fingerkuppen ab. Sicherheitshalber ganz unten am Boden beginnend. Längsfuge nach Längsfuge nach Längsfuge. Und tatsächlich, in ca. 30 cm Höhe wurde er fündig. Hier fühlte er eine Fuge, aber eine Fuge ohne Füllung. Er prüfte die Fuge noch einmal. Und tatsächlich.

"Das ist es", sagte Luko laut vor sich hin und begab sich zu Trixi auf die Friedhofsbank.

"Ich hab's gefunden", sagte Luko als er neben Trixi saß, "also jedenfalls teilweise gefunden. Ich glaube ich weiß jetzt, ich meine ich habe eine Idee wie das Grab geöffnet werden kann. Super Idee, super."

"Teilweise öffnen kann ich auch", antwortet Trixi "man nehme einen dicken Hammer. Und dann immer auf die Schale mit dem Hammer. Du weißt schon."

"Ich bin, denke ich, schon von berufswegen für die gewalt-
freie Methode. Und für die bruchfreie Methode. Ich bin für die
Sesam, öffne dich Methode." antwortete Luko.

Trixi sah Luko während der ihm seine Theorie zur Graböffnung über die verschiebbare Rückwand der Grabkammer erzählte, interessiert an.

"So wird es sein, natürlich, so oder so ähnlich. Ich wiederhole mal damit ich es auch wirklich verstehe. Es muss da einen versteckten Öffnungsmechanismus geben, der technisch
robust ist und im Grunde sehr einfach funktioniert. Technisch
robust deshalb, weil er zuverlässig über viele Jahrzehnte funktionieren muss. Stell dir mal vor, die wollen da unten rein oder
von mir aus auch eine neue Leiche unterbringen und die Kiste
geht bei der Generalprobe oder bei einer Beerdigung nicht auf.
Man kann das Ding ja nun wirklich schlecht aufbrechen, denke ich. Auch nicht mit einem Hammer. Und einfach muss das
Ganze auch konstruiert sein, weil es sonst auch wieder zu an-
fällig wäre und nicht lange halten würde."

"Und wie wird das gehen, lieber Techniker, was meinst du
Trixi", fragte Luko.

"Es wird mit einer Kurbel oder einem Rad gehen, das auf einen Schraubmechanismus aufgesteckt wird. Und dieser
Schraubmechanismus wird irgendwie Zahnräder in Bewegung
setzen, und diese Zahnräder werden in Ketten, oder besser
noch, in mit den Steinen verbundene Metallbänder greifen und
die schweren Steine oder, wie gesagt vielleicht auch nur die
Rückwand, dann mit Leichtigkeit bewegen. Deine vielleicht
vorhandene Rückwandtür zur Seite oder nach hinten schieben
und die Grabplatte nach oben hin aufklappen und wir können
da reinmarschieren oder besser gesagt runtermarschieren, als
wäre es das natürlichste auf der Welt in Grabkammern zu klet-
tern", sagte Trixi.

Ein paar Minuten saßen sie schweigend nebeneinander.

"Und wie erkläre ich meinen Gemeindemitgliedern, dass wir
hier herumkriechen und an dem Kattscheffschen Steinhaufen
herumzerren wie die Wahnsinnigen. Ich meine bis jetzt hat uns
wahrscheinlich noch keiner gesehen, aber das wird sich spätestens in ein, zwei Stunden ändern. Dann geht es hier richtig

los. Viele Witwen und Waisen aus Wattwig versammeln sich hier täglich", sagte Luko.

"Erzähl denen doch einfach wir putzen die Platte. Sie hätte so hässliche Flecken bekommen von der Leiche", bemerkte Trixi.

Luko tat so, als würde er diesen Vorschlag Trixis ernst nehmen.

"Genau, und dann rennen die los, nach Hause, zerren ihr Polierzeugs, mit dem sie sonst ihre Gelsenkirchener-Barock-Möbel polieren aus den Schränken, kommen hierhin zurück und wollen mithelfen."

"Ist auch wieder war", gestand Trixi, der jetzt wiederum glaubte, dass Luko ihn verstanden hatte.

Sollte ein Scherz sein, dachte Luko, sagte aber nichts.

"Wir haben das Flatterband. Das Flatterband von der Polizei. Wir dekorieren die ganze Fundstelle einfach aufs Neue so um, dass uns hier bei unserer Suche keiner zu nahe kommen kann. Die Grabstelle ist doch sowieso ziemlich uneinsichtig angelegt. Hier gibt es viele Büsche und Bäume. Die Gewächse verbinden wir so mit dem Flatterband, dass uns hier auf ein paar Meter keiner auf die Pelle rücken kann. Die Besucher lassen sich von dem Flatterband mit Sicherheit abhalten. Das ist hoheitliches Flatterband, da steht Polizei drauf. Da machen die Ömmerkes sogar noch einen Diener vor, so hoheitlich ist das."

"Wenn ich Dich nicht hätte", meinte Luko. Und er meinte es ganz ernst.

Sie standen gleichzeitig auf und begannen sofort damit, mit dem Flatterband umzudekorieren.

Nach getaner Arbeit setzten sie sich wieder hin. "Wir sitzen verdammt oft", sagte Trixi.

"Wir sind ja auch im gesetzten Alter, sozusagen im ungestörten gesetzten Alter", bemerkte Luko und freute sich über seine witzige Antwort.

Kaum hatte er das gesagt, ließ sich Luko plötzlich nach vorne auf seine Oberschenkel fallen, um sich darauf abzustützen.

Jetzt hat er einen Schwächeanfall, dachte Trixi im gleichen Augenblick.

Luko betrachtete einen langen Moment seine ungeputzten schwarzen Lederschuhe. Lederschuhe die auch schon mal bessere Tage gesehen hatten.

"Ich habe ein Augenpaar in den Büschen gesehen. Genau uns gegenüber in den Büschen. Für Zehntelsekunden. Genau da, genau uns gegenüber. Das Augenpaar hat uns beobachtet. Gerade in diesem Augenblick hat es uns angesehen. Sieh nicht hin", flüsterte Luko der immer noch regungslos, abgestützt auf seinen Oberschenkeln, auf der Friedhofsbank kauerte.

"Also ich habe nichts gesehen", antwortete Trixi, der sofort das ihm gegenüberliegende Buschwerk anstarrte, und laut und vernehmlich, "da ist nichts. Du siehst Gespenster. Am helllichten Tage siehst du Gespenster", sagte.

Luko atmete laut ein und aus. So wie er es jahrelang als Boxer trainiert hatte.

"Mag sein, dass ich Gespenster oder besser ein Gespenst gesehen habe. Aber, ich schwöre, es war ein Gespenst mit Menschenaugen und ich habe diese Augen wirklich für einige Zehntelsekunden gesehen", erwiderte Luko, der sich wieder in eine normale Sitzposition geschoben hatte, resigniert darüber wie unsensibel Trixi gerade auf die Situation reagiert hatte.

Trixi hörte schon nicht mehr zu und tat so, als wäre das in den letzten wenigen Sekunden hier so Geschehene gar nicht geschehen.

Manchmal ist der unbegreiflich dieser Trixi, dachte Luko verärgert, unfassbar stur, dumm und dickköpfig. Verdammt noch mal.

"Im gesetzten Alter und gleichzeitig abenteuerlustig wie die Kinder", nahm Trixi den Gesprächsfaden von vorhin in normaler Lautstärke wieder auf.

"Man muss dem Leben noch was Interessantes abringen, sozusagen. Was haben wir denn sonst noch?

Wir wären nicht hier wenn Dorina Kattscheff hier, ich nehme mal an, hier an diesem Ort, nicht ermordet worden wäre. Und mal ganz ehrlich. Es geht uns doch gar nicht alleine um den Einstieg in den alten Fluchttunnel, wir sind doch genauso an der Mitaufklärung des Mordes und am Verschwinden von dem Horst Kattscheff interessiert. Und jeder von uns glaubt doch, dass das alles miteinander zu tun hat und zusammenhängt. Wir sind neugierig wie die Waschweiber und vielleicht kann man noch irgendwie was dabei herausschlagen für uns. Was genau weiß ich nicht, irgendwas. Vielleicht einen Finderlohn, wenn wir was finden. Was weiß ich, was wir finden und ob wir überhaupt was finden."

"Boh, was für ein Text", antwortete Luko.

Das kann ich alles nur unterstreichen, was du da sagst, dachte Luko weiter, der sich genauso schnell wieder abgeregt, wie er sich aufgeregt hatte. Und was ganz Wichtiges ist ja auch schon gefunden, dachte er weiter.

"Gut, gut, dann wollen wir mal wieder", sagte Luko. Und nach einem kurzen Moment fügte er hinzu "wie würdest du denn so etwas konstruieren, wenn du den Auftrag kriegen würdest so was zu bauen?"

"Na ja" antwortete Trixi" ich würde es so ausführen, wie ich es bei den vorherigen Aufträgen auch schon erledigt hätte. Ganz einfach."

"Schlaukopf", sagte Luko. Der nimmt die Sache nicht ernst, dachte Luko weiter, und merkte wie er plötzlich wieder sauer wurde.

"Ist ja gut", sagte Trixi, der einen bösen Blick von Luko aufgefangen hatte.

"Also ich würde das Ganze, wie gesagt, möglichst einfach konstruieren. Das muss ja, ich wiederhole mich, schließlich viele Jahre halten. Einfach heißt unter anderem auch, mit wenig Verschleißteilen und wenig Mechanik. Außerdem sollte es so angelegt sein, dass man nicht sozusagen darüber stolpert. Will sagen: es muss versteckt angelegt sein. Schon um zu verhindern, dass jedes Kind daran herumspielt und dann mit seinen Kollegen und Kolleginnen in der Grabkiste "blinde Kuh" oder was Ähnliches spielt. Also der Öffnungs- und Schließmechanismus muss irgendwie abschließbar sein."

Luko überlegte einen Augenblick.

"Also eines ist unseren Altvorderen auf jeden Fall schon gelungen. Die heutige deutsche Kriminalpolizei haben sie verstanden auszutricksen. Wenn auch unbewusst, natürlich. Die Kripo hat den Öffnungsmechanismus auf jeden Fall schon mal nicht gefunden."

"Die haben auch gar nicht danach gesucht. Die sind überhaupt nicht auf die Idee gekommen, dass wir hier so was wie eine begehbare Grabkammer haben. Wie sollten die auch. So was kennt man ja auch nicht mehr heutzutage. Und wir wissen, dass die Kiste hier wahrscheinlich zu öffnen ist doch nur durch die Kattscheffsche Zeichnung. Sonst wüssten wir das auch nicht", sagte Trixi.

"Aber wie würde ich es machen?" fragte sich Trixi laut weiter.

Trixi und Luko grübelten eine Weile vor sich hin. Die Sonne stieg am Himmel langsam höher, aber es war immer noch ganz angenehm kühl und erträglich an diesem Plätzchen am Grab der Kattscheffs.

"Ich würde es mit einem Hebel machen. Nicht, wie vorhin angenommen, mit einem Rad, das wäre auch zu aufwendig. Mit so einer Art Hebel aus Eisen, den man nur umlegen muss", entfuhr es Trixi plötzlich.

"An dem Hebel ist eine Stange befestigt an deren anderem Ende wiederum ein Zahnrad montiert ist. Alles aus Eisen natürlich. Wenn Du den Hebel jetzt von einer Seite auf die andere Seite umlegst, bewegst du dieses Zahnrad. Das Zahnrad greift in Zähne, die, wie schon gesagt, an der Grabwand befestigt sind. So wird die Wand dann bewegt. Zur Seite bewegt. Nach rechts oder links, je nachdem in welche Richtung du den Hebel umlegst. Das Tor "Grabwand" öffnet und schließt sich. Je nach dem eben."

"Das klingt äußerst vernünftig und einleuchtend", sagte Luko, der einen Augenblick darüber nachgedacht hatte.

"Ein einfacher Mechanismus bei dem kein großer Wartungsaufwand notwendig ist und der zuverlässig über viele Jahre und Jahrzehnte funktionieren wird. Lass uns diesen Hebel suchen."

"Lass uns erst einmal überlegen wo wir suchen sollen", sagte Trixi, der in der Zwischenzeit mal wieder von der Bank aufgestanden war. "Einfacher Mechanismus bedeutet, gerade Stange mit Hebel. Keine Knicke in der Stange oder so etwas. Das wäre viel zu kompliziert, wartungsintensiv und so weiter. Wir haben die Rückwand der Grabstelle. Wir nehmen an, dass sich diese Rückwand bewegen lässt. Wir nehmen weiter an, dass diese Rückwand mit dem von uns angenommenen Bewegungsmechanismus verbunden ist. Hinter der Rückwand verläuft der Weg an den Gräbern entlang. Dahinter befinden sich die dichten Sträucher, dahinter wiederum die unseren Friedhof begrenzende Friedhofsmauer. Dann muss sich der gesuchte, angenommene Hebelmechanismus, in den Sträuchern oder vor oder hinter der Friedhofsmauer befinden."

"Hinter der Friedhofsmauer ist unmöglich", antwortete Luko. "Da befindet sich der Uferwanderweg um den Rurlsee und eben der Rurlsee. Da ist kein Platz mehr für so etwas. Vom Uferweg bis zum Wasser ist zwar noch das abfallende Ufer. Aber, nee, denke ich nicht."

"Richtig", sagte Trixi", es wäre, denke ich, auch von vornherein Unsinn gewesen so etwas hinter der Wand anzulegen. Wozu das auch?"

"Also müssen wir in den Büschen suchen", sagte Luko.

"Genau, wir müssen in den Büschen suchen", wiederholte Trixi.

Luko und Trixi begaben sich zu den Büschen in Höhe der Rückwand der Kattscheffschen Grabstelle.

"Die sind ja voll dornig, diese verdammten Büsche", sagte Luko, als sie nach einigen Schritten an den Büschen standen. "Das ist mir bis heute noch gar nicht so aufgefallen", bemerkte Luko weiter.

"Du musst sie ja auch nicht regelmäßig beschneiden damit sie nicht zu sehr in den Weg wachsen, diese verfluchten Dinger", antwortete Trixi.

Und schon gar nicht gucken da die Augen eines lebendigen Menschen raus, aus diesen Stacheln, dachte Trixi weiter. Der spinnt, der Pfarrer.

"Nee, ich bete jeden Tag, dass der liebe Gott sie kräftig weiter wachsen lässt", entgegnete Luko amüsiert, "als Teil unserer erhaltenswerten Natur und Umwelt. Da wohnen schließlich kleine, niedliche Vögelchen drin. Und viele andere kleine Tierchen"

"Ich scheiß auf deine kleinen, niedlichen Vögelchen", entgegnete Trixi, "lass uns mal lieber überlegen, wie es jetzt weitergeht. Da kommen wir nicht durch, die stehen zu eng, diese Büsche."

"Wenn der gerade, dafür aber dornige Weg nicht geht, dann müssen wir eben den krummen, aber dafür bequemen dornenlosen Weg wählen." sagte Luko und dachte dabei an den von ihm gefundenen Geldkoffer.

"Du meinst drumherum?"

"Ich meine drumherum, vielleicht an den Büschen entlang, und dann von hinten suchen. Die Büsche sollen den Mechanismus vor neugierigen Blicken und sonstigen Begehrlichkeiten schützen, denke ich", sagte Luko.

"Die sind auf jedenfalls sehr alt, diese Büsche", sagte Trixi, "Ich habe sie nicht angelegt, die waren schon vor meiner Zeit da. Ich behandele nur regelmäßig ihre Wucherungen."

"Gut, gut. Das hatten wir schon. Lass uns suchen", gab Luko zur Antwort.

Luko ging los. Ganz langsam suchend ging er an den Büschen entlang. Dabei versuchte er ab und zu die Büsche auseinander zu drücken, was ihm aber nicht wirklich gelang. Entweder war es ein Stachelgewächs, das er versuchte auseinanderzudrücken oder die Büsche waren so ineinander verwachsen, dass es ebenfalls unmöglich war sie auseinander zu bekommen. Es war auch nicht wirklich zu erkennen wo ein Gewächs aufhörte und wo das nächste Gewächs anfing. Eine einzige Buschwand.

Endlich, nach einigen Metern, entdeckte er was er gesucht hatte. Zwei Büsche der vorderen Buschreihe schienen nicht so dicht gedrängt zu stehen wie die anderen Büsche.

"Trixi komm doch mal bitte her", rief er Trixi zu. "Ich glaube hier ist eine Lücke im Gestrüpp."

Trixi, der selbst noch nichts unternommen hatte kam zu ihm rüber und sah sich die von Luko gefundene Stelle an.

"Nee, glaube ich nicht", sagte er." Außerdem brauchen wir Handschuhe wenn wir da durch wollen. Hier mit bloßen Händen zu arbeiten ist viel zu gefährlich. Entweder ich hole uns Handschuhe und feste Arbeitsjacken die wir uns zur Abwehr dieser Dornenpracht überziehen oder wir suchen weiter".

Luko, der, als Trixi das gesagt hatte, an die leicht bekleidete Dorina Kattscheff und an den von ihm gefundenen Geldkoffer dachte, war für weitersuchen.

Ganz langsam gingen beide weiter an der Hecke entlang. Meter für Meter. Nach ungefähr hundert Metern, einige Meter hinter der von ihnen schon großzügig umdekorierten Polizeiabsperrung fehlte plötzlich ein Busch und es war ein schmaler Durchgang zu sehen.

"Das hier könnte ein Durchgang sein, wenn man einen Durchgang sucht", sagte Luko an Trixi gewandt.

"Breit genug zum Durchgehen, ohne sich schwer zu verletzen, ist das Loch in der Hecke jedenfalls", antwortete Trixi.

"Es ist zwar weit weg von der Grabstelle, aber gerade das spricht ja womöglich dafür, dass wir richtig liegen", sagte Trixi weiter.

"Dann lass es uns versuchen. Versuch macht klug. Ich gehe mal vor", antwortete Luko.

Vorsichtig, um sich ja nicht an den scharfen Dornen zu verletzen, bewegte sich Luko vorwärts. Trixi folgte ihm mit kleinem Abstand und ebenfalls sehr vorsichtig. Nach zwei, drei Metern machte der schmale Weg, denn um einen solchen handelte es sich offenbar, einen Rechtsknick. Nach einem weiteren Linksknick und diesmal fünf, sechs Metern Weg standen sie vor der, an dieser Stelle ca. zwei Meter hohen Friedhofsmauer, immer noch umgeben von hohen und dichten Büschen.

"Und wie geht es jetzt weiter?", fragte Luko. "Sicher", sagte er nach kurzer Bedenkzeit, "wir sind scheinbar einen Trampelpfad entlanggegangen. Und das hier wird die Friedhofsmauer sein. Aber rechts und links von uns sind Büsche".

Trixi sah sich die Büsche an und überprüfte die Äste der Büsche. "Sicher, das sind unübersehbar Büche, aber sie haben keine Dornen mehr. Die Büsche hier, unmittelbar an der Friedhofswand sind dornenlos".

In dem Trixi das sagte, bog er rechts von sich zwei Büsche auseinander und ehe Luko sich versah, war Trixi auch schon mit einem großen Schritt in den Büschen verschwunden und nicht mehr zu sehen.

Weg ist er, dachte Luko, wenn ich jetzt einen Schrei höre ist Trixi in eine Löwengrube gefallen und von Pfeilen aufgespießt. Luko hörte nichts dergleichen, dafür war aber im selben Moment Trixis fröhliche Stimme zu vernehmen.

"Was ist denn jetzt? Kommst du auch oder soll ich dich rübertragen?"

Nachdem Luko es Trixi gleich getan hatte, standen beide auf einem etwas breiteren Weg, unmittelbar an der Friedhofsmauer.

"Die Frage ist jetzt nur", sagte Trixi an Luko gewandt, "wie weit müssen wir an der Wand zurücklaufen um auf die gleiche geografische Höhe wie das Kattscheffsche Grab zu kommen?"

"Also ich schätze", sagte Luko, "wir müssen so ungefähr einhundert Meter zurückgehen und dann werden wir finden was wir suchen".

Luko sah zu seinen Füßen herunter auf den schmalen Weg. "Wenn ich mir diesen Weg oder Trampelpfad, oder was immer das hier ist so ansehe", sagte er weiter zu Trixi, "dann ist hier in der letzten Zeit öfter jemand langgegangen."

"Vielleicht kommen wir ja auch zu Horst Kattscheffs kleiner Hütte und der sitzt gerade an einem kleinen Lagerfeuer und brät sich ein Bratwürstchen. Oder so was in der Art", sagte Trixi.

"Toller Scherz. Wir suchen jetzt keine Hütte", sagte Luko, "wir sehen jetzt schön nach unten und suchen den Boden nach einer kleinen Kiste mit einer Kurbel darin ab."

"Oder einem Hebel darin", ergänzte Trixi.

"Das ist ganz schön clever gemacht mit der Dornenhecke. Selbst wenn in der dunklen Jahreszeit die kleinen Blätter abgefallen sind, stehen die Dornen immer noch so dicht, dass man nicht allzu weit durchsehen kann durch diese Hecke, und an ein Durchkommen ist sowieso nicht zu denken", bemerkte Trixi während sie langsam suchend vorwärts kamen.

Nachdem sie ungefähr die einhundert Meter an der Wand lang zurückgegangen waren, blieb Luko, der vorgegangen war, plötzlich stehen.

"Ich fasse es nicht", sagte Luko lauter als er eigentlich wollte. "Da, sieh dir das hier mal an. Komm mal hier an meine Seite, da Trixi guck dir das mal an."

Trixi klemmte sich an Luko vorbei und sah jetzt ebenfalls zum Boden runter.

"Nicht zu fassen. Ohne jede Tarnung", sagte Trixi und kniete sich, während er das sagte, hin. Luko trat einen Schritt zurück und Trixi schabte neben Lukos Füßen am Boden herum.

"Es ist nicht zu fassen. Eine Aushöhlung. Und wenn ich es richtig sehe ist da auch genau der von uns angenommene Mechanismus drin. Das ist ja unglaublich." Trixi stand wieder auf und sah Luko an.

"Und es sieht mir so aus", sagte Trixi, "als wäre der Mechanismus vor noch gar nicht so langer Zeit benutzt worden."

Das ist richtig. Oder um es genau zu sagen, in der Nacht als Dorina Kattscheff starb, dachte Luko.

"Und was sagst Du noch dazu?" wollte Luko von Trixi wissen.

"Also als Profiler", sagte Trixi, "würde ich kurz und schmerzlos Folgendes antworten: Eine in die Erde eingelassene, wahrscheinlich Metallkiste, von ca. einem Meter Breite mit einem mittig in der Kiste angebrachten, vermutlich umlegbaren, Hebel. Die Funktion dieses Hebels ahnen wir, kennen die Funktion aber noch nicht. Die Kiste kann mit einem an die Kiste angebrachten Deckel zugeklappt werden um den darin befindlichen Hebel zu verbergen. Da die Kiste etwas tiefer in die Erde eingelassen ist, können bei verschlossenem Kistendeckel Erde, Blätter usw., auf den Deckel gelegt werden, sodass das Ganze dann mit dem umgebenden Boden eine Einheit bildet, die so ohne Weiteres nicht mehr ausfindig gemacht werden kann. Der Zustand den wir hier vorfinden lässt darauf schließen, dass die den Mechanismus zuletzt benutzende Person es wohl sehr eilig hatte hier wieder weg zu kommen, da diese Person vollständig darauf verzichtete die Tarnung des Hebels wieder, wie soll ich sagen, in Kraft zu setzen."

"Fein gesagt", lobte Luko, wie man sonst Hunde lobt, als Trixi mit seiner Rede zu Ende war. "Es lohnt sich Krimis zu lesen und zu sehen."

Ob diese Person, die mit Sicherheit Dorina Kattscheff war, überhaupt wiederkommen wollte, werden wir sehen, wenn wir in die Grabkammer einsteigen, dachte Luko. Wenn wir noch weiteres Geld in der Grabkammer finden, dachte Luko weiter, wollte Dorina Kattscheff wieder kommen und das Geld holen, das ist doch wohl ziemlich klar. Wenn wir kein Geld finden ist

Dorina Kattscheff bei ihrem vermutlich letzten Gang gestorben. Denn sie war öfter hier und auch im Grab, sonst wäre hier nicht alles so niedergetrampelt. Und ich glaube ich weiß jetzt auch zu welchem Zeitpunkt sie ermordet wurde. Sie wurde ermordet als sie, nachdem die Grabstelle wieder geschlossen war, den abgelegten Geldkoffer holen wollte, um damit zu verschwinden. Sie wollte den Geldkoffer einfach nicht unnötig weit über den Friedhof tragen. Und sie wollte ihn auch nicht durch die Dornenbüsche schleppen. Der Koffer hätte sie nur behindert. Wahrscheinlich hat sie den Koffer da abgelegt, wo ich ihn gefunden habe. Um ihn nach der Grabschließung an sich zu nehmen.

Und das wusste der Mörder nicht. Der Mörder wusste nicht, dass es einen Geldkoffer mit so viel Geld gab. Sonst hätte er doch mit Sicherheit den Koffer mitgenommen, nachdem er Dorina Kattscheff ermordet hatte.

Dann wird folglich der Mörder von Dorina Kattscheff nicht ihr Mann Horst Kattscheff gewesen sein. Denn der hätte sich doch denken können was seine Frau hier trieb. Schließlich kennt er das Familiengrab seiner Familie. Der hätte den Koffer gesucht und gefunden oder selber aus dem Grab geholt, wenn er den Koffer im Grab vermutet hätte. Nein, Horst Kattscheff ist nicht der Mörder von Dorina Kattscheff. Ganz sicher nicht.

"Und was machen wir jetzt", riss die Stimme von Trixi Luko aus seinen Gedanken. Luko schüttelte sich und sah Trixi an.

"Jetzt probieren wir es aus. Wir probieren ob es, und wenn ja, wie es funktioniert", antwortete Luko.

"Gute Idee", sagte Trixi und verstummte.

"Also, ich denke mir das so", sagte Luko, "du hast doch dein Handy dabei?

Oder?"

"Ja klar, habe ich, wir haben doch vorhin noch telefoniert", antwortete Trixi.

"Gut, dann bleibst du hier an diesem Mechanismus stehen und ich gehe zurück zur Grabstelle. Wenn ich da angekommen bin, rufe ich Dich an und wir besprechen wie es weitergeht. Ist das okay für dich?", wollte Luko wissen.

"Das ist ok für mich", antwortete Trixi, "also du siehst zu, dass die Luft rein ist, sagst mir über Handy Bescheid und ich lege den Hebel um. Wenn es funktioniert, beziehungsweise wenn der Hebel funktioniert, dann sehen wir, ob sich die Kiste öffnet".

"Genau so machen wir es. Ich geh jetzt und sag dir Bescheid", antwortete Luko.

Nachdem Luko gegangen war, sah Trixi sich den Mechanismus noch mal aus der Nähe an. Sieht aus wie frisch geschmiert, dachte Trixi.

Luko war in der Zwischenzeit zurück an der Grabstelle. Nichts hatte sich verändert. Die Polizeiabsperrung flatterte im Wind, die Sonne schien immer noch, und weit und breit waren keine anderen Menschen zu sehen. Mann, oh mann, was wird gleich passieren?, dachte Luko. Luko nahm sein Handy aus der Tasche und hielt es fest umklammert. Seine Hände waren schweißnass, außerdem schwitzte er auf der Stirn vor Nervosität, wie er erst jetzt bemerkte.

Soll ich, oder soll ich nicht, sagte er sich. Los, dachte Luko, wir müssen weiterkommen, es ist noch viel zu tun. Luko drückte die Wahlwiederholungstaste und nach 5 Sekunden hörte er Trixis Stimme.

"Also", flüsterte Luko in sein Handy, "hier ist alles okay. Weit und breit kein anderer Mensch zu sehen. Wenn wir es jetzt nicht versuchen, können wir es gleich sein lassen. Versuchs mal, leg mal den Hebel um", sagte er zu Trixi.

"Mach ich", antwortete Trixi, "Moment. So, geht los."

Luko, der ungefähr zwei Meter neben der Grabstelle stand, hörte ein leises knirschendes Geräusch. Und tatsächlich. Ganz langsam schob sich die Rückwand des kleinen Mausoleums zur Seite. Wie ihm schien, gleichmäßig Millimeter um Millimeter.

"Was ist denn", hörte er wieder Trixis Stimme durch sein Handy, "ich bewege den Hebel ganz langsam zur anderen Seite. Tut sich was?"

"Die Wand bewegt sich tatsächlich", antwortete Luko, "das ist der Hammer. Es sieht fast so aus, als würde es genau so funktionieren wie wir es uns gedacht haben."

"Ist ja Klasse", hörte er Trixi sagen, "und es geht wirklich ganz einfach. Hier klemmt nichts, oder so. Es läuft wie geschmiert. Warte, eine Sekunde. So das war's. Der Hebel ist umgelegt. Das war es."

"Und die Wand ist an die Seite geschoben. Und das Beste ist: Die Grabplatte steht hoch. In voller Breite hoch", antwortete Luko.

"Das will ich sehen. Ich komm rüber" sagte Trixi und unterbrach die Leitung ehe Luko noch was sagen konnte. Luko hatte sich noch nicht vom Fleck gerührt, als Trixi bei ihm ankam.

"Nah, du Feigling, traust du dich nicht oder hast du schon reingesehen?" wollte Trixi wissen.

"Unheimlich ist es mir schon", antwortete Luko.

Luko fasste sich ein Herz und ging an die Graböffnung. Dort mit zwei Schritten angekommen erfasste er die Geldscheine, die sich in einem, was sollte es anderes sein, Luftstrom bewegten und die versuchten aus der Grabstelle zu flattern. Luko trat noch etwas näher an die geöffnete Gruft heran, um besser hineinsehen zu können.

Scheinbar grün bewachsene, ungefähr einsfünfzig breite Stufen führten nach unten und endeten in einem dunklen Nichts. Gleichzeitig bemerkte er den strengen Geruch, dieses aus der Tiefe der Grabkammer aufsteigenden feuchten Luftstroms. Ein süßlicher, ekeliger Gestank strömte ihm da entgegen.

"Bah, das riecht ja lecker", sagte Trixi, der jetzt neben Luko stand und ebenfalls nach unten sah.

"Wenn wir da runter gehen sollten, müssen wir Gasmasken mitnehmen, glaube ich", sagte Trixi weiter.

"Grabgeruch ist das, Verwesungsgeruch", sagte Luko, "ich wundere mich nur, dass es so stinkt wo doch seit ewigen Zeiten keiner mehr da drin beerdigt wurde", sagte Luko weiter.

Im gleichen Augenblick hatte es ein zwanzig Euroschein endlich geschafft. Der Schein war aus der Grabstelle gehüpft und hatte sich vor Trixis Füßen abgelegt.

"Wir haben das Tor zur Hölle gefunden. Und in der Hölle sitzt der Teufel, furzt und stinkt vor sich hin und produziert gleichzeitig fleißig Falschgeld."

"Dass sich sofort in echtes Geld verwandelt, sobald man es nur berührt", vervollständigte Luko Trixis Satz.

188

"Das ist kein Falschgeld", sagte Luko, der den vor Trixis Füßen gelandeten Geldschein aufgehoben hatte und vor sich in Augenhöhe in die Sonne hielt.

"Der ist echt. Das ist richtiges Tata. Ein bisschen feucht vielleicht der Schein, man wird eben feucht, wenn man lange in einem Erdloch liegt, aber durchaus echt", sagte Luko, der an der Echtheit der Scheine die sich da im Luftstrom bewegten natürlich von vorne herein keinen Zweifel gehabt hatte.

Vielleicht ist der Dorina Kattscheff oder dem Horst Kattscheff ja mal beim Transport ein Geldkoffer aufgegangen, dachte Luko weiter, und sie oder er hat dann das aus dem Koffer geflogene Geld nicht wieder vollständig aufsammeln können. Oder es ist noch weiteres Geld im Grab versteckt? Wir werden sehen.

"Zeig mal", sagte Trixi und ließ sich den Schein geben. Nach einigen Sekunden gab Trixi den Schein ohne Kommentar an Luko zurück.

Luko steckte den angereichten Schein in die Tasche, hielt sich mit einer Hand seine Nase zu und beugte sich etwas weiter vor um den grünen Belag der Stufen besser sehen zu können.

"Ein merkwürdiges Geräusch. Das ist aber ein merkwürdiges Geräusch", sagte er zu Trixi, als er sich wieder aufgerichtet hatte. Hör du doch mal".

Jetzt war es an Trixi, sich herunter zu beugen.

"Bah, pfui. Das geht wirklich nur mit Nase zuhalten", sagte Trixi und legte dabei seinen Kopf zur Seite um besser hören zu können.

"Hört sich an, als würde der Teufel in seiner Hölle sitzen und nicht nur furzen sondern auch noch zusätzlich vor sich hin klagen. Vielleicht ist im langweilig und er will raus aus dem Loch?", sagte Trixi.

"Soweit ich weiß kommt er regelmäßig raus aus seinem Loch und verführt die armen Menschenkinder zu allerlei üblem Tun", antwortete Luko und grinste dabei mal wieder vor sich hin.

"Auf jeden Fall hört es sich an wie ein Klagelaut. Oder besser noch, wie verschiedene Klagelaute", sagte Trixi, der etwas vorgerutscht war und seinen Kopf noch tiefer in das geöffnete Grab hielt.

"Hat ein bisschen was von einer klagenden menschlichen Stimme, würde ich sagen".

"Kann man sich zumindest einbilden", gab Luko zur Antwort.

"Würde ich auch meinen. Und was sagst du zu den Stufen. Sind die begehbar oder brechen wir uns den Hals wenn wir da runter gehen?", wollte Luko weiter wissen.

Trixi, der jetzt aufrecht, auf seinen Füßen abgestützt neben dem Grab kniete, sah zu Luko hoch.

"Wenn wir vorsichtig und langsam sind, müsste das Heruntergehen ohne Probleme zu schaffen sein. Ich denke mal das kriegen wir hin ohne uns was zu brechen. Die Stufen sind zwar ziemlich glitschig und vermoost, aber wenn wir vorsichtig sind, wie gesagt, wird es gehen."

"Was ist mit dem Geruch?", wollte Luko weiter wissen.

"Was glaubst du. Gewöhnen wir uns an den Geruch und kommen ohne Gasmasken aus? Oder brauchen wir Gasmasken? "

Trixi bewegte seinen Kopf hin und her während er antwortete, "ich würde sagen wir kommen ohne Gasmasken aus. Wir müssen ohne Gasmasken auskommen .Wo sollen wir solche Masken jetzt auch so schnell herbekommen. Einfach jeder, der mitgeht, einen nassen Lappen vor die Nase und fertig ist die Gasmaske. An den Rest gewöhnen wir uns schon. Komm hilf mir bitte mal eben wieder hoch".

Luko gab Trixi die Hand und zog in nach oben.

"Dann sollten wir hier jetzt abbrechen", sagte Luko als Trixi wieder neben ihm stand.

"Gut, ich geh abschließen. Ruf mich an, wenn es klemmt oder sonst was sein sollte", sagte Trixi, drehte sich um und marschierte los.

Während Luko vor sich hin grübelnd auf das offene Grab starrte, schloss es sich nach einigen Minuten genauso sanft und ohne große Geräusche, wie es sich geöffnet hatte. Nur ein leises Knirschen, wahrscheinlich ein knirschendes Zahnrad, war zu hören. Jetzt haben wir uns den Öffnungsmechanismus gar nicht richtig angesehen, dachte Luko, aber ist ja auch egal. Es funktioniert ja.

Nach weiteren wenigen Minuten war Trixi zurück und stellte sich neben Luko.

"Super, super. Sieht aus als wäre nichts geschehen. Als hätte sich das Grab nie geöffnet. Ich fasse mal zusammen", sagte Trixi aufgekratzt. "Da sitzt was drin, in dem Grab. Etwas von dem wir nicht wissen was es ist. Und das oder was da drin sitzt, stinkt ekelig, es klagt wie eine Heulsuse, und es produziert wahrscheinlich Euronoten."

Wenn ich deine Fantasie hätte könnte ich mit Sicherheit keine Nacht mehr ruhig schlafen, dachte Luko. Es ist schon so schwer genug, manchmal.

"Dann lass uns mal zurückgehen, es ist ja noch einiges zu tun", sagte Luko. "Wohl war", antwortete Trixi, "der Rasen wartet und meine Frau will bestimmt wissen wo ich gesteckt habe."

"Wir haben zusammen nachgesehen was in den nächsten Tagen auf dem Friedhof so gerichtet werden muss", sagte Luko mit Blick auf Trixi.

"Ist schon klar, ich bin ja nicht blöde", gab Trixi zur Antwort.

Nachdem die beiden am Pfarrhaus angekommen waren, ging Trixi zu seinem Rasenmäher zurück und Luko schnurstracks in die Küche seines Pfarrhauses um sich ein Glas Wasser einzugießen. Auf dem großen Tisch im Empfangsraum lagen mehrere Bücher herum, denen man schon von Weitem ansah, dass sie einige Jahre auf dem Buckel hatten. Das sind wahrscheinlich die kirchlichen Aufzeichnungen, dachte Luko, mal gespannt was die Mädels herausgefunden haben.

Clarissa saß am Küchentisch, aß ein Stück Erdbeertorte, trank eine Tasse Kaffee und blätterte in einem der alten Bücher.

"Wo ist denn die Erdbeertorte her", wollte Luko wissen, "gibt's davon noch mehr?"

"Die haben wir gestern aus der Stadt mitgebracht. Die stand im Kühlschrank. Ist jetzt aber alle", gab Clarissa zur Antwort während sie weiterblätterte.

Na, Klasse, dachte Luko.

"Und, habt ihr was herausgefunden", wollte Luko wissen während er sich ein Glas Wasser einschüttete.

"Sieht so aus, als wäre in den letzten Jahrzehnten, so ich sage mal ab ca. 1960, also in den Jahrzehnten nach 1960 niemand mehr in dem Grab beerdigt worden", gab Clarissa zur Antwort.

"Das habe ich mir schon fast gedacht", sagte Luko und dachte ohne es auszusprechen, dass die Dorina Kattscheff ja wohl kaum in die Grabstelle geklettert wäre, wenn da noch relativ frische Leichen drin lägen.

"Aber wo sind sie dann beerdigt worden, die Kattscheffs?", wollte Clarissa weiter wissen. "Da gab es in den letzten Jahrzehnten doch bestimmt einige Tote in der Familie".

"Gute Idee", antwortete Luko und sagte nach einigen Sekunden Bedenkzeit "Also da habe ich noch gar nicht richtig drüber nachgedacht. Aber vielleicht haben die ja in Bochkum gelebt, die Angehörigen vom Kattscheff. Also, vielleicht die Eltern. Oder vielleicht leben die ja auch noch, die Eltern. Oder sie sind ausgewandert. Oder sonst was. Ich habe keine Ahnung. Wenn die Eltern vom Kattscheff verstorben sind, sind sie eben woanders beigesetzt worden. Kann doch sein. Hier in unserer Gemeinde haben sie ja bekannterweise nicht gelebt, die anderen Kattscheffs".

Luko hielt einen Moment inne, bevor er weitersprach.

"Außerdem ist mir noch etwas eingefallen und ich muss mich bei euch beiden entschuldigen, wenn ich es recht bedenke. Wenn ich mich nämlich recht entsinne ist es verboten so nahe an einem Gewässer Beerdigungen vorzunehmen. Die Rurl war ja früher ziemlich weit weg von dem Friedhof, der See ist es aber nicht mehr. Und wenn es früher diese Bestimmung nicht gab, heute gibt es sie jedenfalls."

Clarissa sah ihren Vater an. "Dann hätten wir uns diese Sucherei sparen können, meinst Du?"

"Ich fürchte so ist es", antwortet Luko "tut mir leid."

Clarissa verzog ihren Mund und machte ganz kleine Augen als sie ihren Vater ansah.

"Prima, dann haben wir jetzt aber ordentlich was gut bei dir", sagte Clarissa, "da kommen wir bestimmt noch mal drauf zurück."

Clarissa klang aber gar nicht sauer als sie das sagte.

"Wohin bist du denn vorhin so schnell verschwunden, was war denn noch so los?", wollte Clarissa weiter wissen.

"Och, nichts Besonderes", antwortete Luko nach einer Sekunde Bedenkzeit.

"Ich habe mir Trixi geschnappt, wir sind zum Kattscheff Mausoleum und dann haben wir versucht es zu öffnen."

"Und hat es geklappt?", wollte Clarissa wissen, die, während sie die Frage stellte gleichzeitig auf ihrem Kuchen herumkaute.

"Klar, war ganz einfach", antwortet Luko, "nichts leichter als das, ruckzuck war die Kiste auf".

Der schöne Kuchen, dachte Luko, als Clarissa ihren Kuchen laut hustend auf ihren Kuchenteller zurückspuckte.

Kapitel 10: Brandstiftungen
Polizeipräsident Klaas de Boer bittet Hoover die Sonderkommission Brandstiftungen zu unterstützen.

Der weiß mehr über die Kattschefffälle als er zugibt, dieser Pfarrer, dachte Hoover. Wenn ich nur wüsste was der noch so weiß, dieser Lukowitsch? Aber das wiederrum ist ja andersherum auch wieder eine einigermaßen bescheuerte Frage, denn sie würde sich ja gar nicht stellen, wenn es anders wäre. Aber welchen Grund kann der nun haben, mir nicht alles zu erzählen was er weiß? Kirchliche Schweigepflicht? Was kann das sein? Der Lukowitsch ist im Prinzip doch ganz kooperativ. Jedenfalls tut er so. Im Großen und Ganzen, wie man so schön sagt. Oder bilde ich mir das ein? Okay, ich bin von Berufswegen misstrauisch und auch neugierig. Wäre ich das nicht, müsste ich zur Müllabfuhr gehen. Bei der Müllabfuhr darf man nicht misstrauisch sein. Sonst würde man vor dem Tonnenleeren jede Mülltonne durchwühlen. Zwanghaft durchwühlen. Man würde es nicht aushalten, wüsste man nicht was in den Tonnen steckt, bevor der Inhalt in den großen Wagen gekippt würde. Ich möchte gar nicht wissen, wie viele Leichen schon illegal, vielleicht in kleine Portionen zerlegt, schon in Mülltonnen und Toiletten entsorgt wurden. Möchte ich gar nicht wissen. Oder auf Nimmerwiedersehen auf Müllhalden verschwanden, von Ratten gefressen wurden, oder in Müllverbrennungsanlagen zu feinem Staub verwandelt und dann ab in den Himmel gepustet. Spätere Grabpflege nicht mehr nötig. Welches auch ?

Immer und immer wieder, sein gesamtes Berufsleben hindurch waren ihm solche Fragen über diese Arten der illegalen Leichenentsorgung nicht aus dem Kopf gegangen. Warum nur?

Schon bevor er sich entschloss Polizist zu werden, war das so. Warum nur?

Hatte er als Kind mal in einem Krimi so etwas im Fernsehen gesehen? Viel Fernsehen tat er ja nicht mehr heutzutage, keine Zeit, keine Lust oder beides. Heute wusste er ja auch wie es geht, warum dann fernsehen?

Manchmal zwang er sich ja regelrecht zum Fernsehen damit die Rundfunkgebühren nicht ganz umsonst ausgegeben waren. Scheiß Programme, zu viel Fußball, zu wenig Kopfball. Etwas

Kultur und doch auch noch Krimis. Das ging. Trotz alledem, trotz des wirklichen Lebens konnten solche Sendungen ab und an seiner Entspannung förderlich sein. Manchmal. Meistens war es gähnend langweilig.

Neulich hatte er einen Krimi gesehen, in dem der Mörder, bewaffnet mit einem Nachschlüssel zum örtlichen Krematorium, seine, durch den von ihm verübten Mord entstandene Frauenleiche, zu einer anderen, eines natürlichen Todes gestorbenen Leiche, in den Sarg gelegt hatte um sie so ganz praktisch zu entsorgen. Der Täter kannte sich gut aus in dem Verbrennungsladen, denn er hatte als Student in dem Krematorium gejobbt und kannte die Arbeitsabläufe wie aus dem Effeff. Der Kommissar war schlau und dröge, hatte das herausgefunden und konnte den Täter schließlich überführen. Die Ermordete wurde im letzten Augenblick entdeckt, gerade noch rechtzeitig bevor sie beinahe verbrannt worden wäre. Der Mörder hatte Pech gehabt.

Können Mörder überhaupt Pech haben? Schließlich hatte die Ermordete vorher noch viel mehr Pech.

Was denke ich hier wieder, kreuz und quer durcheinander? fragte sich Hoover.

Hoover wurde unsanft aus seinen Träumen gerissen.

"Was machen wir jetzt", wollte eine Stimme plötzlich wissen. Das ist Tulsky, dachte Hoover, öffne jetzt bloß nicht deine Augen.

Tulsky hatte seinem Chef jetzt fast eine Viertelstunde beim Grübeln zugesehen und bedauerte, dass er nicht schon lange in sein Arbeitszimmer zurückgegangen war um dort ein Nickerchen zu machen. Aber er konnte ja nicht einfach in sein Zimmer rübergehen, schließlich hatte ihn sein Freund und Chef hierher zitiert. Vielleicht hätte es er gar nicht bemerkt wenn ich gegangen wäre, dachte Tulsky. Vielleicht aber doch ? Egal.

Scheiß egal Karl, dachte Tulsky. Toller Spruch.

"Was wir machen sollen? Weiß ich auch nicht so genau", antwortet Hoover nach kurzem Zögern.

"Sag mal, weißt du eigentlich, wo das herkommt, dieses "Pech gehabt", fragte Hoover und sah Tulsky dabei unwissend an.

"Wieso", fragte Tulsky.

"Ach nur so, ich will es einfach wissen", antwortete Hoover.

"Ja weiß ich", antwortete Tulsky und schüttelte dabei seinen Kopf, "ich hatte als Kind eine Ritterburg".

"Sag schon!", antwortete Hoover.

"Wenn die Angreifer vor den geschlossenen Toren standen, vor einer Burg oder an einer Stadtmauer, dann wurde ihnen durch das oberhalb des Tores befindliche Pechloch, kochender Teer, oder wie man auch sagt, Pech, auf die Köpfe gekippt. Und dann kamen Federn hinterher. Geteert und gefedert. "

"Auch nicht schlecht. Besser man steht nicht in vorderster Reihe", sagte Hoover.

"In vorderster Reihe stehen ist immer Scheiße. Besser man hält sich im Mittelfeld auf. So wie wir", antwortete Tulsky.

Sag mal?", fragte Hoover weiter "Wattwig hatte doch mal eine Stadtmauer?"

"Ja sicher, da sind doch noch Ruinen von da. Kennst du doch".

"Wieso ?"

"Ach nur so", antwortete Hoover

"Wie, ach nur so?"

"Brainstorming, vielleicht ist es Brainstorming?", sagte Hoover weiter.

Dabei versuchte Hoover sich in seinem Schreibtischstuhl etwas aufzurichten ohne dabei seine Füße vom Schreibtisch nehmen zu müssen. Was für ihn kein wirklich leichtes Unterfangen war. Er war ja schließlich auch nicht mehr der Dünnste. Mal wieder nicht.

"Beim Brainstorming spricht man aber ab und zu so miteinander, damit der andere weiß in welche Richtung gedacht wird. Gedanken lesen kann ich vielleicht manchmal bei Vernehmungen, glaube ich, aber ich kann keine Gedanken lesen, wenn du mich mit deinen leeren Augen so ansiehst als wäre ich gar nicht anwesend oder du eingeschlafen bist und du dann ab und zu so komische Fragen stellst".

"Sorry" sagte Hoover der jetzt langsam fitter wurde.

"Ich glaube dieses Kerlchen von Pfarrer, dieser Lukowitsch, weiß mehr über die Kattschefffälle als er uns erzählt. Das ist mir gerade so durch den Kopf gegangen. Warum er uns das dann aber nicht erzählt, sollte er mehr wissen als er zugibt, weiß ich auch nicht", ergänzte Hoover.

"Wie siehst du das, Tulsky? Sprich, Herr Tulsky!"

"Vielleicht hat er ja auch die eine oder andere Idee, will es aber nicht sagen, weil wir ihm in der Zwischenzeit lästig geworden sind. Wir stören seine Ordnung. Oder er traut sich nicht, weil er glaubt wir halten ihn für bekloppt, wenn er mehr erzählt als er schon erzählt hat. Vielleicht hast du deswegen das Gefühl er verschweigt uns was", antwortete Tulsky.

"Nee, nee das glaube ich nicht. Irgendwas ist da im Busch. Ich hab so ein Bauchgefühl. Und meinem Bauch, wie du weißt, dem glaub ich auch. Außerdem ist er wohl ziemlich eng mit unserem Dr.CM befreundet. Und mit diesem Kleinkriminellen, diesem Bulowski, ist er ebenfalls befreundet. Jedenfalls treffen sich er, Dr.CM, Bulowski und dieser Hausmeister Trixi regelmäßig in dieser Wattwiger Kneipe, dieser Kneipe mit dem langen Namen, zum Pokern".

Schön gereimt hab ich vorhin, dachte Hoover, als er das so zu Tulsky gesagt hatte.

Tulsky blickte seinen Chef erstaunt an.

"Und woher weißt du das von der Freundschaft mit Dr.CM. und diese anderen Sachen alles?", wollte Tulsky sofort wissen.

Hoover gähnte und schüttelte seinen Kopf.

"Ich bin gestern Abend da hin, in die Kneipe in Wattwig, um da mal ein Bierchen zu trinken. Einfach nur so, ohne besonderen Grund. Es gibt ja nicht mehr viele Kneipen in Wattwig. Und bingo, es ging ganz schnell. Der Wirt hat mich sofort erkannt. Wohl weil er doch mal ein Bild von mir in der Zeitung gesehen hat oder warum auch immer. Vernommen hatten wir den Wirt ja nicht. Warum auch. Und nicht nur der Wirt hat mich erkannt. Auch so eine besoffene Schlampe, die da an der Theke rumlungerte und sich einen nach dem anderen nahm, und mich, kaum hatte ich zum ersten Schluck Bier angesetzt, angequatscht hat. Sie würde mir alles verraten, wenn ich ihr einen ausgäbe. Alles was sie wüsste, sagte sie. Ich hab sie dann etwas zappeln lassen. Du kennst das ja. So nach dem Motto, was können sie mir schon erzählen, sie sind ja total besoffen, und so weiter, und so weiter. Dann habe ich ihr einen spendiert. Die fing dann auch sofort an zu quatschen. Ein Durcheinander ohne Punkt und Komma hat die gequatscht. Aber eben auch, dass die Vier sich gut kennen und immer wieder zusammenhocken hier in der Kneipe. Die pokern da wohl. Immer am selben Tisch. Das hat sie mehrfach wiederholt. Sie hat auch andere Sachen mehrfach wiederholt, aber das eben auch".

"Und wenn das auch nur dummes Gequatsche von der Besoffenen war. Ich meine das Gerede über die Vier, ich nenne sie mal die vier Freunde?", fragte Tulsky.

"Dann hätte der Wirt nicht so böse geguckt, als die mir davon erzählte. Der Wirt hat das Gespräch mitgekriegt und hätte die Schlampe am Liebsten sofort rausgeworfen aus seiner Kneipe, so sauer war der plötzlich", antwortete Hoover.

"Hat er aber nicht. Sie ist ja eine gute Kundin. Der Wirt hat sich aber auch nicht eingemischt oder sonst was gesagt."

Tulsky dachte einen Augenblick nach. Dann wusste er was ihm fehlte.

"Sag mal, was ganz anderes", fragte Tulsky" hast du schon gefrühstückt heute Morgen? Schön gefrühstückt?"

Hoover guckte verblüfft, aus dem Zusammenhang gerissen, zu Tulsky rüber.

"Wie, was denn jetzt? Hab ich, wieso?".

Hoover grübelte einen kurzen Augenblick. "Stimmt, wenn ich es mir recht überlege. Gegen ein zweites Frühstück habe ich nichts einzuwenden".

"Gut, dann lass uns jetzt sofort in die Kantine gehen, ich habe Hunger und Durst", sagte Tulsky während er auch schon aufstand um sofort loszugehen. "Wir kommen so nämlich nicht weiter. Nicht wirklich."

Kaum hatten sie den Raum verlassen und waren ein, zwei Meter gegangen, läutete in Hoovers Arbeitszimmer das Telefon. Aber niemand ging an den Apparat um ihn von seinem Geläute zu befreien. Nach einigen langen Sekunden, in denen die beiden im Flur stehen blieben um zuzuhören, gab das Telefon sich schließlich ungehört geschlagen.

"Guten Morgen, die Herren", sagte Klaas de Boer als er am Tisch von Hoover und Tulsky angekommen war. "Schmeckt er denn, oder ist der Kaffee mal wieder verkocht. Wie so oft in den letzten Jahren ? Habe ich Sie geweckt, Tulsky?"

De Boer war für Tulsky nicht sichtbar hinterrücks an den Tisch gekommen an dem Hoover und Tulsky saßen, sodass Tulsky sich so erschrak, dass er sich den heißen, verkochten Kaffee fast über sein Hemd gekippt hätte.

"Stimmt. Verkocht und zu heiß", gurgelte Tulsky.

Hoover, der das Ganze hatte kommen sehen, grinste in sich hinein.

"Guten Morgen, Chef", sagte Hoover und gab Klaas de Boer die Hand.

"Ich habe vor ein paar Minuten versucht dich telefonisch zu erreichen, Karl. Aber ihr zwei wart wohl schon hier in der Kantine oder unterwegs hierhin. Jedenfalls ist bei Dir keiner drangegangen. Darum bin ich mal eben gucken gegangen", sagte Klaas de Boer während er sich zu den beiden an den Tisch setzte und dabei Tulsky freundlich anlächelte.

"Ich darf doch, Herr Tulsky?".

Der hat was gegen mich, dachte Tulsky, der mag mich nicht. Blöder Kerl.

"War doch nur ein kleiner Scherz. Nichts Schlimmes. Ist doch nichts passiert. Ein kleiner Weckruf", sagte der Kriminaldirektor immer noch lächelnd, an Tulsky gewandt.

De Boer hatte sich gesetzt und starrte kurz aus einem der Kantinenfenster.

"Wie geht es denn so voran mit den Kattschefffällen, beziehungsweise mit dem Todesfall Kattscheff? Oder soll ich schon vom Mordfall Kattscheff sprechen? Wisst ihr schon ob die Fälle irgendwie zusammenhängen? Karl, sei so nett und erzähl mir davon. Was hat sich in den letzten zwei, drei Tagen insgesamt getan", wollte de Boer fast alles gleichzeitig wissen.

"Was soll es denn sonst sein, Klaas, außer einem Mordfall? Für mich ist es ein Mordfall, was ja auch gleichzeitig ein Todesfall ist."

Als er das gesagt hatte wusste Hoover im gleichen Augenblick, dass es nicht besonders intelligent war, was er da von sich gegeben hatte.

"Ich hole mir noch eben ein halbes Mettbrötchen zu dem leckeren Kaffee. Möchten Sie etwas zu essen oder zu trinken haben, Herr Direktor, ich bringe es Ihnen selbstverständlich gerne mit", fragte Tulsky in die kleine Runde nachdem er von seinem Platz aufgestanden war.

De Boer sah zu Tulsky hoch, lächelte wieder und schüttelte den Kopf.

"Um ehrlich zu sein, Klaas, wir sind noch nicht weitergekommen, ich weiß nicht, ob die Fälle zusammenhängen. Nicht wirklich. Ich glaube schon, dass sie zusammenhängen, aber ich weiß es nicht. Ich will mich gleich mal bei Knäpper um die DN Analyse kümmern. Die Obduktion der Kattscheffleiche müsste eigentlich in der Zwischenzeit einigermaßen erledigt sein. Der Knäpper wird also wesentliche Ergebnisse haben mit denen wir dann wahrscheinlich was anfangen können. Und dann sehen wir weiter. Dann weiß ich wo ich noch ansetzen kann und was als Nächstes zu tun ist, um mit unserem Fall voran zu kommen", sprudelte es aus Hoover heraus.

De Boer dachte einen Augenblick nach.

"Arbeitest du eigentlich mit dem Jan Müller vom Betrug zusammen? Ich meine, wenn es, wie du sagst, einen Zusammenhang zwischen den Fällen gibt", wollte de Boer weiter wissen.

"Wie gesagt, die Fälle hängen zusammen, das glaube ich felsenfest", antwortete Hoover "davon bin ich, ich wiederhole mich zwar schon wieder, aber ich bin davon überzeugt. Das ist kein Zufall, diese Ansammlung von Kattscheffs hier. Und was die Zusammenarbeit mit Müller angeht ? Naja, du weißt ja was ich von ihm halte. Wir, beziehungsweise hauptsächlich Tulsky, mussten ihn wieder Mal unter Druck setzen damit er die Akten, die wir brauchen, rausrückt. Aber schließlich und endlich blieb ihm ja nichts anderes übrig und wir haben die Akten bekommen. Insofern arbeiten wir zusammen."

Tulsky war in der Zwischenzeit zurück an ihren Tisch gekommen, hatte sich dazu gesetzt und kaute auf einer Zwiebel herum, die kurz zuvor noch auf seinem Mettbrötchen gelegen hatte.

De Boer starrte vor sich auf die Tischplatte als müsste er sich auf einen unsichtbaren schwarzen Punkt auf dieser Platte konzentrieren.

"Karl", sagte er plötzlich "ich weiß, es ist viel verlangt, aber ich brauche deine Mithilfe bei den Brandstifterermittlungen.

Ich habe dich bisher da rausgehalten, weil du mit den Kattscheffermittlungen gut ausgelastet bist. In der Zwischenzeit sind diverse Kleingartenhütten, Vereinsheime und Pkw´s in Flammen aufgegangen. Wir müssen diese Bande von Feuerteufeln unbedingt und schnellstens fassen. Die Bevölkerung ist stark beunruhigt. Die Presse hat einen Heidenspaß, weil sie fast jeden Tag was zu schreiben hat. Ich kriege Druck von allen Seiten. Du weißt schon, die Politik mischt sich hier ein. Alle örtlichen Parteien hängen mir am Pelz, ohne Ausnahme. Die machen sich gegenseitig närrisch und mich auch. Diese Idioten. Verstehen nichts aber auch gar nichts von unserem Gewerbe, mischen sich aber ständig ein und erzählen mir wie es besser geht und wie ich meinen Job zu machen habe."

Hoover überlegte einen Augenblick bevor er antwortete. "Das Übliche eben. Nix wissen, aber mitmischen. Du hast eine Sonderkommission eingesetzt, was ist denn mit denen?".

De Boer verzog seinen Mund und antwortet hastig, "die tun ihr Bestes, aber nicht genug. Nicht schnell genug. Nicht effektiv genug. Ich brauche meine besten Leute, deswegen brauche ich euch. Auch wenn ihr schon genug am Hals habt. Der Druck wächst", antwortete de Boer und sah Hoover dabei fast bittend in die Augen.

Hoover verstand, dass er de Boer helfen musste.

Diese Kommunalpolitiker, dachte Hoover, sind typisch für die ganze politische Bande. Sie tun wenig, kriegen den Arsch kaum oder gar nicht hoch, außer sie können sich unnütz profilieren, und wenn sie die Glocken läuten hören, behaupten sie, sie hätten die Glocken selber gebimmelt. Dazu Riesengehälter und Pensionen aus Steuergeldern und vor der Pensionierung noch schnell ein Parteibuchaufstieg in die nächste Besoldungsklasse.

"Was soll ich tun?", fragte Hoover und sah de Boer dabei ebenfalls in die Augen, um sich auch gleich darauf selbst die Antwort zu geben.

"Ich seh mir noch einmal die abgebrannte Kattscheffgarage an und vergleiche dann unsere Erkenntnisse mit den Aktenlagen der anderen Brandfälle aus neuester Zeit. Auch Brandstiftungen in anderen Orten in unserer Nachbarschaft. So was in der Art. Die ganze Palette. Welche Feuerteufel es schon gegeben hat. Ob die Teufel noch sitzen oder wieder frei herumlaufen um weiter neue Brände zu legen, und so weiter. Mach ich. Wir fangen gleich, wenn wir von Knäpper zurück sind, damit an."

"Wir können ja auch mal gucken, welche Feuerwehrleute erst seit Kurzem bei den Feuerwehren mitmachen. Ich meine die Feuerwehrleute, die noch in der Ausbildung sind. Vielleicht gibt es da Zusammenhänge. Zeitliche Zusammenhänge zwischen den Ausbildungszeiten und den Brandstiftungen. Schon oft waren Feuerwehrleute auch gleichzeitig die Brandstifter?", fügte Tulsky an.

"Das hört sich gut an. Das wird die Sonderkommission auch schon alles gemacht haben, aber trotzdem, überprüft alles doppelt und dreifach. Macht was ihr für richtig haltet, das passt dann schon", sagte de Boer während er aufgestanden und den beiden zum Abschied die Hand gegeben hatte.

Der ist wirklich geschafft, dachte Hoover, als er de Boer nachsah, wie der durch die Kantinentür verschwand. Auch kein schöner Job, den der da hat.

Tulsky war mit seinem Brötchen fertig, wischte sich den Mund mit der mitgebrachten Serviette ab und lehnte sich in seinem Stuhl zurück. "Gemütlich machen ist nicht mehr, Schätzchen", sagte Hoover und stand dabei auch schon von seinem Platz auf, um zu gehen.

"Geschirr zurück und Abgang", antwortete Tulsky

Während sie mit dem Fahrstuhl zur Pathologie in den Keller fuhren, sprach keiner von beiden auch nur ein Wort. Auch auf dem langen Gang im Keller zu Knäppers weiß gekacheltem Reich, sprachen sie nicht. Auf der großen zweiflügeligen Schwingtür stand in ebenfalls großen schwarzen Lettern geschrieben "Kein Zutritt. Nur für Berechtigte".

Jedes Mal wenn Hoover das lass, schnürte sich sein Hals noch ein kleines bisschen mehr zu, als er sich ohnehin auf dem Weg hierhin schon zugeschnürt hatte.

Wenn ich hier unten mal endgültig keine Luft mehr bekomme, können sie bei mir gleich weitermachen, dachte Hoover.

"Das ist aber eine nette kleine Überraschung", sagte Dr. Knäpper als die beiden zu ihm in sein ebenfalls weißgekacheltes Arbeitszimmer kamen.

"Setzt euch und fühlt euch wie zu Hause. Da habt ihr aber Glück gehabt, ich wollte gerade wieder zum schnibbeln rüber gehen", sagte er weiter.

Das Wort "schnibbeln" verursachte in Hoover, zu seinen hier unten ohnehin permanenten Atmungsproblemen, sofort einen zusätzlichen Anfall von Übelkeit. Dazu kamen diese Gerüche, die es so ekelerregend nirgendwo sonst auf der Welt gab. Jedenfalls war Hoover davon überzeugt. Nirgendwo sonst auf der Welt konnte es solche Gerüche geben.

"Im Urlaub sehne ich mich manchmal sogar nach diesen Gerüchen", sagte Dr. Knäpper, der Hoovers Gesicht ansah was sein Freund gerade dachte.

"Die gute Luft an der Nordsee wird mir dann einfach zu viel nach zwei, drei Wochen. Ich brauche den Stallgeruch. Mein wirkliches Leben", sagte Knäpper weiter und grinste dabei.

"Was wir wissen wollen", sagte Hoover jetzt, "ist Folgendes: Was weißt du? Sag uns alles. Und sei so nett und sag es uns bitte schnell."

Dr. Knäpper hatte in der Zwischenzeit eine angebrochene Tafel Schokolade aus einer halb offen stehenden Schreibtischschublade seines Schreibtisches herausgezogen und begann damit an einem abgebrochenen Stück dieser Schokolade zu lutschen. "Entschuldigung", sagte Dr. Knäpper lächelnd und schob die Schokolade Richtung Hoover, "ich hätte euch erst ein Stückchen anbieten müssen. Wie unhöflich von mir. Wir können aber auch sofort rüber gehen und uns die zerlegte Kattscheff gemeinsam ansehen, wenn ihr wollt."

"Irgendwann krieg ich dich", antwortete Hoover würgend und hustend.

"Also schwanger war sie jedenfalls nicht", sagte Dr. Knäpper, auch auf die Gefahr hin, dass er sich wiederholte, während er versuchte dem nach vorne gebeugt auf seinem Stuhl hockenden Hoover durch Klopfen auf dessen Rücken den nicht enden wollenden Hustenanfall wegzuklopfen.

"Das ist doch immer das Erste was in Krimis erzählt wird wenn Leichen von jüngeren Frauen untersucht oder obduziert wurden. Aber es ist natürlich ihr Blut an dem Messer, das ich aus ihr rausgezogen habe. Aber das weißt du ja. Das habe ich dir, glaube ich, ja schon bei unserem Telefonat erzählt", sagte

Dr. Knäpper weiter, nachdem er an seinen Schreibtisch zurückgekehrt war. "Natürlich ziemlich zugeblutet, dieses Messer. Ein Messer, wie du ja am Fundort schon vermutet hast, lieber Karl, ein ziemlich langes Messer. Ein Messer mit einer geriffelten Schneide und dazu auch noch sehr scharf. Ein schönes, scharfes Messer. Ein Messer, das man für alles Mögliche benutzen kann. Und wie jedes, oder fast jedes Messer, auch zum Töten von Menschen geeignet. Scharfe Messer sind was Schönes. Ich hasse Messer die zu nichts zu gebrauchen sind, weil sie zu stumpf sind. Mit denen man nicht mal ordentlich ein Stück Fleisch schneiden kann. Mit denen man nicht sauber das unnötige Fett vom Fleisch trennen kann um sich das Fleisch dann zu braten und anschließend genüsslich zu verzehren. Zu dem Fleisch dann einen schönen roten..."

"Jetzt reichts aber, Knäpper. Ich will jetzt nicht auch noch was vom Essen und Trinken oder irgendeinen anderen Scheiß hören", schrie Hoover plötzlich auf und unterbrach so Dr. Knäppers Monolog.

"Was hast du noch gefunden, verdammt noch mal? Was ist noch mit der Leiche?" Hoover war zornig geworden. So zornig, dass der Zorn es doch tatsächlich schaffte seine Übelkeit zu verdrängen.

So alte erfahrene Kriposäcke, dachte Knäpper, und ihnen wird immer noch regelmäßig schlecht, wenn sie in meinen Keller kommen.

"Gut, machen wir weiter", sagte Dr. Knäpper und grinste wieder dabei.

"Dir geht es ja jetzt besser, wie ich höre. Also nochmal, wie ich auch schon am Telefon teilweise sagte. Sie war weder schwanger, noch auf dem Weg schwanger zu werden. Will sagen, wir haben auch keinerlei Spermaspuren gefunden. Keine Vergewaltigung und keinerlei Anzeichen dafür, dass versucht worden wäre sie zu vergewaltigen. Nichts, gar nichts. Keine Hämatome am Körper, keine Würgemale am Hals, keine zerrissene Wäsche, eben gar nichts was auf eine Vergewaltigung hindeuten könnte. Die Erde unter ihren Fingernägeln stammt aus ihrem eigenen Garten. Wir haben da Bodenproben genommen. Des Weiteren haben wir auf dem Messergriff lediglich ihre Fingerabdrücke gefunden. Keinerlei weitere Spuren oder andere Fingerabdrücke.

Auch auf der Grabplatte keinerlei weitere Fingerabdrücke, sondern nur die Fingerabdrücke der toten Kattscheff. Fußspuren waren keine feststellbar in dem losen Kies rund um die Grabstelle"

"Gibt es sonst irgendwelche Auffälligkeiten", wollte Hoover, der sich in der Zwischenzeit wieder deutlich beruhigt hatte, weiter wissen.

Knäpper überlegte kurz. "Zwei Auffälligkeiten gibt es. Erstens: Sie hatte einen Pflanzenbewuchs an ihren Schuhen, den ich mir nicht erklären kann. Moos und Schimmel. Spuren von Pflanzen, die nur in dunklen feuchten Räumen vorkommen. Kann sein, dass sie diese Pflanzenreste aus ihrem eigenen Keller mit auf den Friedhof geschleppt hat. Halte ich aber für eher unwahrscheinlich, denn diese Pflanzenreste haben wir auf den Sohlen und Absätzen ihrer Schuhe gefunden, und zwar in größerem Umfang. Auf dem Weg von ihrem Haus, wenn sie denn von da gekommen ist, bis zum Friedhof, hätte sie sich einiges davon abtreten müssen. Wenn du willst schnappe ich mir aber zwei meiner Leute und untersuche noch mal dahingehend die Räumlichkeiten in dem Kattscheffschen Anwesen. Das haben wir vergessen. Wir haben nur Bodenproben aus dem Garten genommen."

"Ja das wäre gut", unterbrach Hoover Dr. Knäpper, der aber sofort weiterredete.

"Und zweitens, noch einmal: Der Einstichkanal des Messers in ihr Herz. Wir haben ihn nochmals untersucht. Dieser Einstichkanal ist irgendwie merkwürdig. Den Weg des Messers kann ich mir nicht wirklich erklären. Er kommt etwas von unten, ist aber fast gerade. Das heißt, der Angreifer, oder die Angreiferin muss wesentlich kleiner als die Kattscheff gewesen sein. Fast ein Kind noch. Und das ist schon merkwürdig. Ein Kind oder ein ganz kleiner Erwachsener."

"Oder vielleicht ein kniender Erwachsener", sagte Hoover nachdem Dr. Knäpper geendet hatte und eine kurze Weile vergangen war.

"Das macht uns die Aufklärung nicht leichter, das ist aber auch wiederum egal", schob Hoover nach.

205

"Was gibt es sonst noch?"

"Ich habe", sagte Dr. Knäpper, der in der Zwischenzeit auch nicht mehr an Scherze dachte. "deinen Teppichrest untersucht. Außer den Üblichkeiten, die sich auf Teppichen so befinden, habe ich auf dem Teppichrest oder besser Teppichstück, das du mir vorbeigebracht hast, Blut gefunden. Und zwar Menschenblut, um es gleich zu sagen. Aber nicht Blut von unserer Frauenleiche nebenan, sondern anderes Menschenblut. Von wem das Blut ist, weiß ich nicht. Dieser gesamte rote Fleck auf dem Teppichstück ist jedenfalls Menschenblut."

"Dann tu mir bitte einen Gefallen", sagte Hoover, der keinerlei Anzeichen von Gereiztheit mehr zeigte, "wenn du ohnehin noch mal wegen dieser Moose und Schimmelpilze das Haus und den Keller untersuchst, dann sieh doch mal nach ob du irgendetwas anderes findest, von dem du einen weiteren genetischen Fingerabdruck machen kannst. Vielleicht gibt es einen Kamm oder eine Bürste im Badezimmer an dem, oder an der sich noch Haare von den beiden Kattscheffs befinden. Vielleicht stammt das Blut auf dem Teppichstück ja von Horst Kattscheff, unserem Millionendieb. Wir könnten jedenfalls versuchen, das so herauszufinden. Und guck dich bitte nach weiteren Blutspuren im Haus um".

Dr. Knäpper nickte und zeigte sich so einverstanden. "Ich habe noch was ganz anderes", sagte Hoover und sah Dr. Knäpper dabei wieder an.

"Als wir vorhin in der Kantine waren, kam de Boer zu uns an den Tisch. Der ist ziemlich fertig wegen dieser Brandstiftungen. Dem sind eine ganze Menge Leute auf den Fersen, Presse und so weiter, sowieso. Die Brandstiftungen sind von hohem allgemeinem und auch politischem Interesse. Und weil das so ist, bat er uns die Kattschefffälle, ich sage einmal, etwas liegen zu lassen und uns auch um die Brandstiftungen zu kümmern. Und das passt ja auch vielleicht irgendwie zusammen. Die Kattscheffsche Garage wurde ja auch abgefackelt. Wir wissen nicht, ob das jetzt Zufall war oder ob da von dem oder den Tätern was vertuscht werden sollte. Jedenfalls bat uns de Boer, ihm bei den Brandfällen zu helfen".

"Und was ist mit seiner Sonderkommission", wollte Dr. Knäpper von Hoover wissen.

"Na ja, die machen ihre Arbeit. Und auch sicher gut, aber es reicht nicht", sagte Hoover "und bevor ich mich jetzt in was weiß ich, wegen Genetik und den ganzen Mist durch die Akten wühle, und da ich ohnehin schon mal hier bin, erzähl mir doch mal bitte kurz, was du zu den Brandfällen so herausgefunden hast."

"Nun ja", antwortet Knäpper ohne lange zu überlegen. "Wir haben unsere Untersuchungen gemacht. Unsere Standard- und Routineuntersuchungen. Alles was wir so machen. Und dann sind sie aufgetaucht. Ich habe das in meinen Berichten und Analysen, wie du dir denken kannst, genauer und sauber erläutert."

"Wer ist wo und was aufgetaucht", unterbrach ihn Hoover. "Erzähl mir bitte alles was du weißt. Und bitte auch jetzt zügig".

"Diese Papiertaschentücher sind aufgetaucht. Und zwar in unmittelbarer Nähe der Brandstellen. Zugeschnupfte Papierta- schentücher, fast wie absichtlich liegengelassen und absicht- lich zugerotzt für wunderschöne genetische Fingerabdrücke. Und sie stammen alle von ein und derselben, uns aber unbe- kannten Person", sagte Dr. Knäpper.

Hoover überlegte einen Augenblick. "Stopp mal. Du hast da gerade was gesagt. Du hast gesagt, ich zitiere: Wie absichtlich zugerotzt, und ich ergänze das Gesagte jetzt, wie dann absicht- lich, damit wir die Taschentücher finden, in der Nähe der Brandstellen weggeworfen?"

"Könnte so sein", sagte Dr. Knäpper und ergänzte, "auffällig ist das schon. Oder besonders schusselig von dem vermeintli- chen Täter. Aber so schusselig ist kein Mensch. Ich vermute eben Absicht."

"Wie viele Tücher waren es denn", wollte Hoover weiter wis- sen.

Dr. Knäpper überlegte einen Augenblick, "ohne mich jetzt genau festlegen zu wollen, da müsste ich erst noch mal die Ak- ten einsehen. Ist ja schon ein paar Tage her. Ich würde sagen, an acht Brandstellen acht Tücher. Wobei an einer Brandstelle zwei davon gefunden wurden. Also an sieben Brandstellen von insgesamt acht Brandstellen haben wir die Papiertaschentücher gefunden. Und alle waren von der gleichen Person zugerotzt."

Jetzt brauchen wir nur noch die Person zu der Rotze, dachte Hoover.

Eine kleine Weile verging, ohne dass einer der Anwesenden etwas sagte.

"Es gibt noch etwas sehr Wichtiges, was du natürlich auch wissen musst, das ist ganz, ganz wichtig", bemerkte Dr. Knäpper plötzlich.

"An den Brandorten hat es immer fürchterlich gestunken. Fast so intensiv gestunken wie verbrannte Leichen stinken. Nur wir haben, das weißt du ja, nie eine Leiche gefunden. Tote Menschen hat es keine gegeben. Kein Mensch ist in den Feuern ums Leben gekommen oder verletzt worden. Also haben wir weitergesucht. Und dann hatten wir des Rätsels Lösung. Wir haben Reste von Tieren gefunden. Zum Teil verbrannt, angekokelt, oder noch nicht verbrannte Teile von Tieren."

"Was denn", unterbrach ihn diesmal Hoover, dem langsam aber sicher wieder übel wurde, "du meinst Überbleibsel von Katzen, Hunden, Meerschweinchen, also Überbleibsel von Haustieren?"

"Überbleibsel von Haustieren schon, das ist ganz richtig", antwortet Dr. Knäpper "aber nicht von Haustieren die du meinst, sondern von Haustieren auf die du nie kommen würdest. Es waren Kadaverreste und Fellreste und Stücke von Kühen, Schafen und Schweinen."

Hoover schüttelte sich. Er wollte auf keinen Fall wieder Schwäche zeigen.

"Das ist ja ekelhaft und pervers, wie hat der Brandstifter, oder wie haben die Brandstifter denn die Tierteile an die Brandstellen geschafft? Ist darüber was bekannt? "

"In Eimern", antwortete Dr. Knäpper, "der oder die Brandstifter haben die Teile von den Tieren in Eimern an die Brandstellen geschafft, die Eimer ausgekippt, den Inhalt schön verteilt und dann die Feuer gelegt. Als Brandbeschleuniger haben sie die an jeder Tankstelle erhältlichen Grillanzünder benutzt. Wir haben Teile der Transporteimer und Teile der Verpackungen der Grillanzünder gefunden. Die Sache ist, so gesehen, also ziemlich klar und eindeutig."

Hoover überlegte wieder einen Augenblick.

"Stand irgendetwas von dem, was du mir hier gerade zu den Brandfällen erzählt hast in der Zeitung oder ist sonst wo veröffentlicht worden?", wollte Hoover von Dr. Knäpper wissen.

Dr. Knäpper antwortete, bevor Hoover seinen Satz beenden konnte.

"Du bist wohl verrückt. Das ist natürlich alles Täterwissen geblieben. Stell dir mal vor, wir hätten das veröffentlicht oder wir hätten nur Teile davon veröffentlicht. Dann hätte doch jeder Bürger, der ein Papiertaschentuch in seinem Vorgarten gefunden hätte, gedacht er wäre als nächster dran. Oder wir hätten die Kadavergeschichten, oder nenne es wie du willst, veröffentlicht. Das hätte doch Volksaufläufe gegeben. Die sind doch sowieso schon völlig hysterisch, die Leute. Nein, natürlich ist nichts davon veröffentlicht worden. Keiner, außer uns hier im Präsidium weiß etwas davon. Also keiner der nicht unmittelbar damit zu tun hat."

Wieder verging eine kleine Weile. "Wir sollten eine genetische Reihenuntersuchung bei den an den Löscharbeiten beteiligten Feuerwehrleuten machen lassen. Oder ist das schon gemacht worden", brummelte Hoover vor sich hin.

"Ist nicht gemacht worden. Wir wollten Speichelproben von allen infrage kommenden Feuerwehrleuten nehmen. War politisch aber nicht gewünscht eine solche Untersuchung. Feuerwehrleute als Brandstifter macht sich nicht so gut. Auch wenn es immer wieder vorkommt", antwortet Dr. Knäpper ohne von Hoover gefragt worden zu sein.

"Wann war das denn. Ich meine wann wurde darüber diskutiert, ob man die Feuerwehrleute überprüft?", fragte Hoover weiter.

"Tja, so nach dem dritten Brandfall, glaube ich, hatte irgendeiner die Idee zu dieser Untersuchung. Aber de Boer war derjenige, der dagegen war. Der hatte Bedenken wegen der guten Zusammenarbeit zwischen Polizei und Feuerwehr und hat das deswegen nicht zugelassen."

"Hat er uns vorhin gar nichts zu gesagt, dass er dagegen war. Ich spreche noch einmal mit dem Chef darüber", sagte Hoover und schob sich nach vorne aus seinem Stuhl, um aufzustehen.

"Vielleicht reicht es ja schon, wenn wir das Gerücht streuen. Wenn der Brandstifter ein Feuerwehrmann ist, macht der sich vielleicht in die Hose und stellt sich. Vielleicht."

"Normalerweise stellen die sich nicht. Die brauchen den Kick, die stellen sich nicht. Das sind Psychopathen", antwortete Dr. Knäpper.

Tulsky, der während des ganzen Gesprächs ohne etwas zu sagen dabei gesessen hatte, war ausschließlich damit beschäftigt gewesen seine Gesichtsfarbe von weiß zu grau und grün und wieder zurück zu wechseln. Er wusste es nicht. Aber er spürte es genau. Alles andere hier unten interessierte ihn nicht mehr. Ihm war nur noch das Wechseln seiner Gesichtsfarbe wichtig. Und, kotzen wollte er hier nicht. Auf gar keinen Fall kotzen.

"Ich habe mal irgendwo gelesen", sagte Dr. Knäpper als Hoover und Tulsky sich verabschiedeten, "dass ein richtiger, plötzlicher, ausgewachsener Tobsuchtsanfall Übelkeit vertreiben kann. Zorn vertreibt alles Mögliche. Zorn ist meistens ein sehr übler Antrieb, vertreibt aber eben oft auch Übelkeit und setzt so dann gleichzeitig, unter Umständen sogar positive Energien frei.

Also eine bewusste Provokation vorhin hier unten, wusste Hoover jetzt, der ist doch ziemlich clever unser Doktorchen. Macht seine Experimente mit uns, der Sausack...

"Das es keine weiteren Fingerabdrücke auf dem Messer gibt mit dem die Kattscheff ermordet wurde, finde ich seltsam", sagte Hoover beim Rausgehen zu Tulsky. "Wäre das Messer abgewischt worden, hätten wir doch auch keine Fingerabdrücke von der Kattscheff selber gefunden."

"Vielleicht hat der Täter Handschuhe getragen?", fragte Tulsky

"Vielleicht Latexhandschuhe wie unser Doktore?", fragte sich Hoover laut.

"Bestimmt wie unser Doktore, stimmt." antwortete Tulsky seinem Chef.

Er, Tulsky, war eindeutig noch nicht wieder in der Lage mehr als diese wenigen Worte hintereinander zu sprechen.

Jetzt müssen wir es nur noch den anderen beibiegen, dachte Luko während er Clarissa, die immer noch leise vor sich hin hustete, von der Seite ansah. Luko hatte Schuldgefühle. Es war ihm so rausgerutscht während sie aß. Er hätte ja auch noch ein paar Sekunden warten können. Er wusste ja vorher was er anrichten würde.

"Ja und", Clarissa fragte mit der Stimme einer Frau, die sich wirklich ärgerte aber von ihrer eigenen Neugierde besiegt wurde und deshalb keinen sofortigen Tobsuchtsanfall bekam.

"Ja und, was war noch? Das war doch nicht alles?"

"Doch das war alles. Wir sind ja nicht da runter gegangen. Wir haben von oben reingesehen und außer vermoosten Treppen war da nichts oder nicht viel zu sehen. Es hat ziemlich gestunken und es waren merkwürdige, klagende Geräusche zu hören. Deswegen haben wir das Mausoleum erst einmal wieder geschlossen und sind gegangen. Und jetzt sitze ich hier."

"Und du bist sicher, dass du nicht noch einen weiteren Geldkoffer mitgenommen hast?", wollte Clarissa spöttisch wissen.

"Doch, mindestens zwanzig Stück", gab Luko zur Antwort, "Trixi und ich konnten sie gar nicht alle gleichzeitig schleppen, so viele waren es."

Clarissa rutschte nervös auf ihrem Stuhl hin und her. "Und wie geht es jetzt weiter mit der Geschichte, was habt ihr jetzt vor", wollte sie wissen.

Luko überlegte einen Augenblick, bevor er antwortet. "Wir werden uns jetzt schnellstens, wahrscheinlich in Kürze, morgen, übermorgen, nachts treffen und da runter gehen. Wir nehmen Seile, Taschenlampen, Gasmasken, Verpflegung und was weiß ich alles mit und steigen da runter. Das werden wir machen".

"Und wer ist wir?", wollte Clarissa weiter wissen.

"Na wir sind, wer wir immer sind", antwortete Luko "Der Doc, Trixi, Bulowski und ich eben."

"Dann gehen wir mit, Simone und ich", sagte Clarissa, die, ohne sie gefragt zu haben, genau wusste was ihre Zwillingsschwester wollte.

"Da geht ihr nicht mit", sagte Luko bestimmt und mit einer Stimme die ab sofort keinen Widerspruch mehr zuließ.

211

Puh, dachte Clarissa, das war deutlich. Aber es gibt immer einen Weg. Es gibt immer einen Weg für Simone und mich.

"Und was wird heute noch mit euch beiden, was treibt ihr heute noch, den lieben, langen Tag? ", wollte Luko knatschig wissen, auch um abzulenken. Manchmal gingen ihm seine schönen, geliebten Töchter auf die Nerven. Zusammen oder einzeln, ganz gleich. Meist nicht wirklich sehr lange, aber wenn, dann doch deutlich.

"Wir haben gleich ein Seminar, sind also auch gleich von hier verschwunden. Simone wollte heute Morgen nicht frühstücken. Es ist ja eigentlich auch schon ein bisschen spät zum Frühstücken."

Clarissa hielt inne, überlegte einen Augenblick, stand von ihrem Stuhl auf und verschwand durch die Küchentür.

Der ist sauer, dachte sie beim Herausgehen, ich hab ihn zu sehr bedrängt, unser Väterchen.

Luko sah seiner Tochter nach, wie sie durch die Tür verschwand. Ich habe die beiden wirklich lieb, dachte er. Sie sind mir lieb und teuer, dachte er weiter und musste im gleichen Augenblick auch an die Studiengebühren denken die vor einem Jahr eingeführt worden waren. Was würde ich nur ohne die beiden machen? Ohne sie wäre ich nur ein halber Mensch. Und ich sollte mal nicht so egoistisch sein.

Und plötzlich sah er sich von ganz weit oben am Küchentisch sitzen und lächeln. Eine seltene Gabe. Und er hatte ein sehr gutes warmes Gefühl dabei.

Nachdem weitere kurze Momente einer Kopfleeren aber glücklichen Zeit vergangen waren, holte er sich mit einem Ruck in seine lebendige Wirklichkeit zurück.

Ich sollte jetzt mal schnell vergessen was Trixi und ich heute Morgen gemacht haben und mich auf mein Tagesgeschäft konzentrieren. Auch wenn es schwerfällt. Am Liebsten würde er sofort in die Gruft krabbeln und herausfinden, was es mit diesem Familiengrab und vermutlich ehemaligen Fluchttunnel so auf und in sich hatte. Das wäre mit Sicherheit spannender als sich auf seine nächste Sonntagsansprache an seine lieben Gemeindemitglieder zu konzentrieren.

Er könnte ja mal, dachte er belustigt, über so Sachen reden, wie: Du sollst nicht stehlen. Du sollst keine fremden Koffer mitnehmen, die auf Friedhöfen rumliegen und die darauf warten von der Polizei gefunden zu werden. Du sollst, wenn du die Koffer schon mitnimmst, sie dann wenigstens bei der örtlichen Polizei abliefern. Gerade wenn sie eine wahrscheinlich wichtige Rolle in einem oder mehreren noch nicht aufgeklärten Mordfällen spielen. Du sollst Vorbild sein. Vorbild für deine Nächsten. Immer auf dem Pfade der Tugend wandeln. Schäm dich was, Gemeindemitglied, wenn du das nicht tust. Schäm dich was Luko.

Luko spürte, nein er wusste es irgendwie, er war sich ziemlich sicher, dass er in nächster Zeit noch einiges durch diesen Geldkoffer erreichen würde und er schämte sich in keiner Weise seines bisherigen Tuns. Und er würde um das zu erreichen nicht einen einzigen Cent von diesem gefundenen Geld ausgeben oder gar stehlen müssen.

Es wird Spaß machen mit diesen Leuten zu sprechen dachte Luko, und er sah schon ihre verdutzten Gesichter und ihre erstaunten Blicke. Gesichter und Blicke von Leuten, die er wahrscheinlich noch nie gesehen hatte. Jedenfalls bis dahin nicht bewusst gesehen hatte. Und die er wahrscheinlich auch so oft, oder gar nicht wiedersehen würde. Danach. Nach seinem Besuch bei den Leuten. Aber bis zu diesem Zeitpunkt waren das alles ja nur seine Vermutungen und er hatte keinerlei Beweise für diese Vermutungen. Nicht einmal Indizien hatte er. Und es konnte durchaus auch ganz anders kommen, als er sich das jetzt und hier so zusammenfantasierte.

Nein, eigentlich konnte es nicht anders kommen. Es wird so sein. Man wird sehen. Er wurde sich immer sicherer.

Luko stand auf, reckte sich und starrte dabei geistlos seine Katze an, die fragend zu ihm hochsah.

Ich muss noch mal auf den Friedhof zurück, dachte er, ich muss es herausfinden.

Am besten jetzt gleich.

Kapitel 11: Der Dornenmann

Luko lernt den Dornenmann kennen und schon wieder eine Menge dazu.

Und ich habe sie doch gesehen, diese Augen, dachte Luko, wenn auch nur ganz kurz, aber sie waren da, wo sie nicht hingehören. Immerhin, ganz kurz gesehen. Ganz kurz in der Dornenhecke. Auch wenn Trixi denkt ich spinne und ich habe mir das nur eingebildet, nein ich spinne nicht. Verdammt noch mal, ich spinne nicht, ich habe sie gesehen.

Mein Gott, dachte Luko, wie oft bin ich schon auf diesen Friedhof gegangen? Tausendmal? Zweitausendmal ? Dreitausendmal ? Er wusste es nicht. Und jetzt seit einigen Tagen, das hier. Diese Unruhe, dieses Theater. Fern jeder Normalität. Fern jeder Vernunft. Eigentlich außerhalb seines Vorstellungsvermögens. Erst findet er eine weibliche Leiche auf einer Grabplatte, einer ehemals polierten Grabplatte. Wahrscheinlich, nein, ziemlich sicher, ermordet. Was denn sonst? Ein Freitod war das wohl kaum. Ausgeschlossen. Und er kennt das Opfer. Es ist diese schöne, aber charakterlose Dorina Kattscheff. Obwohl, so charakterlos war sie auch wieder nicht, denn immerhin hatte sie ehrenamtlich im Wattwiger Altenheim gearbeitet. Zu ihren Lebzeiten. Ja, wann denn sonst?

Aber wer weiß, was sie da sonst noch so getrieben hat. Bekannt ist ihm nichts, aber wer weiß, wer kann es schon wissen. Man darf seine Vorurteile haben. Sollte man nicht! Hat man aber.

Dann das ganze Theater mit der Polizei und den Journalisten und seinen neugierigen Gemeindemitgliedern, die ihn auch dauernd belatschern und befragen und einfach nur lästig sind. Gut, so sind sie. Oft lästig, oft sehr lästig. Kommen immer im falschen Augenblick mit irgendwas daher. Aber das gehört dazu. Trotzdem geht einem das oft auf die Nerven. Was soll er ihnen denn erzählen? Also erzählt er ihnen, dass er von nichts weiß und von nichts eine Ahnung hat. Und jetzt in die Kirche muss, oder sonst was muss.

Er, Luko, ihr Pfarrer, ihr Superpfarrer, ist vollkommen ahnungslos. Die Unschuld vom Lande, sozusagen. Nichts als ein unschuldiges Lamm oder besser der unschuldige Leitbock seiner Gemeindelämmer. Ihr Anführer, ihr unschuldiger Anführer. Selbstverständlich unschuldig.

Denn er hat diese Dorina Kattscheff ja schließlich nicht getötet, sondern nur tot, mausetot aufgefunden. Er ist auch nur ein Mensch.

Und sie hatte ihm, wenn er ehrlich ist, nicht einmal leidgetan, so wie sie da lag. Mausetot und unschön anzusehen.

Drauf statt drunter, sozusagen. Kurz vor drunter, sozusagen.

Wer seiner Freunde hatte es noch gesagt? Bulowski war es wohl? Von außen wunderschön anzusehen, aber von innen verfault und matschig. So oder so ähnlich hatte er es gesagt. Warum hatte er, immerhin von Beruf Pfarrer, eigentlich kein Mitleid mit dieser Dorina Kattscheff.

Weil ich auch nur ein Mensch bin, dachte Luko wieder. Und Menschen sind eben Menschen.

Sie hatte ihn zu sehr belästigt, war ihm zu nahe gekommen, hatte ihn zu sehr bedrängt, als Karin gestorben war. Zu ihren vergangenen Lebzeiten hatte sie ihn zu sehr belästigt. Damit ist es jetzt vorbei, endgültig vorbei. Hoffentlich. Hoffentlich bleibt da nichts im Kopf zurück.

Ich muss verzeihen können besser lernen.

Und dann geht das Unmögliche weiter. Dann finden er und seine Freunde heraus, dass ihre Friedenskirche auf den Fundamenten dieser alten katholischen Wehrkirche errichtet worden ist. Zufällig auf diesen Fundamenten errichtet.

Reiner Zufall. Oder nicht? Und, dass es alte, Jahrhunderte alte, Fluchttunnel geben muss und, dass ausgerechnet die Grabstelle der Kattscheffs irgendwann mit diesem Tunnel oder vielleicht mit diesem Tunnelsystem verbunden worden ist. Oder immer verbunden war?

Jedenfalls nach diesem Plan aus dem vorletzten Jahrhundert vermutlich verbunden ist. Vielleicht?

Und auf der Grabplatte der Kattscheffschen Familiengruft, ausgerechnet auf der Grabstelle der Kattscheffs liegt sie dann, die Tote. So ein Scheiß, ausgerechnet auf dieser Grabplatte.

Aber wo denn sonst wenn nicht auf dieser Grabstelle? Sie kannte also das Geheimnis.

Sie wird ja wohl den Geldkoffer verloren haben, den er gefunden hat?

Oder nicht ?

Oder war Horst Kattscheff auch da, sie haben sich getroffen und er hat den Koffer verloren?

Oder sie haben sich getroffen, die beiden Kattscheffs und er wollte seine Frau nur mal eben umbringen?

Oder was weiß ich?

Und zum guten Schluss?

Zum bisher vorläufigen für heute vielleicht guten Schluss, öffnen Trixi und er heute Morgen in aller Frühe doch tatsächlich diese Kattscheffsche Grabstelle. Dieses alte, geheimnisvolle Mausoleum.

Und das Ganze funktioniert auch noch genauso, wie sie beide sich das vorgestellt und besprochen haben.

Und was macht er, Luko, statt für heute Ruhe zu geben? Er geht noch einmal auf den Friedhof um nachzusehen, ob ihn, ihn Luko, aus der undurchdringlichen Stachelhecke noch einmal ein Augenpaar ansieht.

Ein Augenpaar, dass er sich heute Morgen vielleicht doch nur eingebildet hat. Vielleicht spinnt er ja doch?

Womöglich hat Trixi ja recht, und es gab gar kein Augenpaar. Das ist doch alles verrückt, das ist doch nicht normal, dachte Luko. Bin ich noch normal, bin ich ganz gesund?

Wer hockt denn in einer Dornenhecke, wo ihm beim Anblick der langen Dornen schon gefühlt das Blut aus den aufgeritzten Armen und Händen läuft?

In der Zwischenzeit war Luko an dem kleinen Kattscheffschen Mausoleum angekommen und setzte sich auf die gleiche Bank, auf der er heute Morgen auch schon gesessen hatte.

Was sollte er jetzt tun?, dachte Luko. Warten bis es Nacht wird und er hier einschläft? Rufen? In die Hände klatschen? Mit den Füßen trampeln? Oder alles gleichzeitig? Oder nur still dasitzen und auf ein Wunder hoffen?

Harren wir der Dinge die da kommen werden! "Wir" harren.

Luko starrte in die Stachelhecke und tat weiter gar nichts. Zehn Minuten, fünfzehn Minuten saß er so da.

Langsam fingen seine Augen an zu brennen und er hatte das Gefühl sein Gehirn nahm die Strukturen der von ihm angestarrten Stachelhecke an. Allerdings war ihm nach wenigen Minuten schon klar geworden, dass diese von ihm angestarrte Hecke kein lebloses Wesen war.

Es kreuchte und fleuchte in der Hecke. Es raschelte und tuschelte. Da scheinen eine Menge Lebewesen drin zu hocken in dieser Hecke, dachte Luko, undurchdringlich ist dieses Stachelmonster wohl nur für Menschen, nicht aber für Vögel, Mäuse, Kaninchen, Blindschleichen und anderes Getier. Warum sollen also nicht auch Augenpaare darin wohnen.

Alberner Gedanke, dachte Luko weiter, Augenpaare wohnen nicht, Augenpaare gehören zum Beispiel zu Menschen.

Während er so da saß, wurde sein Kopf immer schwerer und seine Augen immer kleiner.

Luko fühlte sich müde, kaputt und überflüssig und war drauf und dran einzuschlafen. Was wäre das für ein Segen um seine brennenden Augen zu beruhigen. Ein kleiner Schlaf.

Dass ist eben so, bist du einmal zur Ruhe gekommen überfällt dich die Müdigkeit, dachte Luko, eine bösartige, betäubende, elende Müdigkeit, der man nicht nachgeben darf. Jetzt und hier schon gar nicht. Was für eine Quälerei.

Ich muss aufstehen, dachte Luko, ich muss mich bewegen. Luko stand von der Bank auf und während er mit seinen Armen nach vorne und hinten ruderte bewegte er sich auf die Dornenhecke zu.

Nach fünf, sechs Metern stand er vor der Hecke. Ungefähr an der Stelle, an der er glaubte heute Morgen die Augen gesehen zu haben. Ich versuche es mal mit einer kleinen Ansprache, dachte Luko, darin bin ich ja ganz gut.

Aber was mache ich, wenn er oder sie oder das, was da in der Hecke hockt mich angreift, dachte Luko weiter. Dann wehre ich mich. Schließlich war ich mal aktiver Boxer und bin für mein Alter noch ganz gut in Schuss.

Jetzt mach dir mal nicht in die Hose, du Feigling. Der da in der Hecke hockt ist wahrscheinlich noch feiger als du, dachte Luko weiter. Auch ein Grund in einer Hecke zu hocken.

Und wenn es Horst Kattscheff ist, der da drin hockt. Horst Kattscheff der Mörder seiner Ehefrau Dorina Kattscheff?

Luko brach der kalte Schweiß aus bei dem Gedanken. Das darf nicht sein, das will ich nicht glauben, dachte Luko weiter. Los jetzt.

"Ich habe Sie gesehen. Heute Morgen gesehen. Sie haben mir zugezwinkert", begann Luko, "geben Sie sich zu erkennen, kommen Sie da raus aus dem Busch, ich will hier nicht länger den Hampelmann machen", sagte Luko dann leise und deutlich weiter in Richtung Buschwerk.

Das war deutlich genug um verstanden zu werden. Hoffentlich sieht mich hier so keiner.

Das war doch gar kein Zwinkern, dachte Luko gleichzeitig.

So unwohl wie in diesem Augenblick, hatte er sich auch nur ganz selten gefühlt. Und noch überflüssiger. Vielleicht bei seinem ersten Gottesdienst? Vielleicht? Vielleicht da? Scheiß Gefühl hier.

Luko wartete einen Augenblick und versuchte es noch einmal mit der gleichen Kurzansprache. Nichts rührte sich in dem Dornenwerk.

Was soll ich machen, dachte Luko, ich stehe hier wie doof und keiner hilft mir. So was Dämliches.

Luko drehte sich um und ging zu seiner Friedhofsbank zurück, um sich zu setzen. So schnell gebe ich nicht auf, dachte Luko. Geduld muss belohnt werden!

Soll mich der Teufel holen, wenn der da nicht noch drinsteckt in der Hecke. Oder schon wieder drinsteckt

Luko drehte sich zu allen Seiten um, um nachzusehen, ob irgendwo ein Friedhofsbesucher zu sehen war.

"Es ist niemand zu sehen, verdammt noch mal, komm endlich da raus", Luko rief laut, deutlich und zornig.

Das erste was Luko erkennen konnte waren zwei große, übergroße Hände die versuchten das Dornengestrüpp seitlich auseinander zu drücken.

Da die großen Hände das einigermaßen geschickt, und wie Luko schien, auch mit guter Übung taten, war wenige Sekunden später ein großer schwarzer Kopf zu sehen. Der Kopf hatte keine Augen, dafür war er nichts als schwarz und lugte in ungefähr eins achtzig Höhe aus dem Gebüsch.

Die großen Hände hatten in der Zwischenzeit weitergearbeitet und im tieferen Bereich unterhalb des Kopfes das Gebüsch auseinander gedrückt. So konnte sich jetzt der ebenfalls schwarze Körper, der deutlich einem menschlichen Körper ähnelte, zusammen mit dem darauf sitzenden Kopf aus dem Gebüsch drücken.

Mein Gott, ein Außerirdischer, dachte Luko und stand auf, ohne sich weiter zu rühren.

Mit sechs, sieben Schritten stand der Außerirdische jetzt direkt vor Luko und entpuppte sich als ein, von oben bis unten in schweres, schwarzes Leder gehüllter, mit schwarzem Vollvisierhelm bekleideter, offensichtlicher Motorradfahrer.

Dazu trug der große Unbekannte einen schwarzen Lederschal als Halsschutz und einen schwarzen, fast undurchsichtigen Augenschutz an seinem Vollvisierhelm.

An den Händen befanden sich ebenfalls schwarze Motorradhandschuhe über die sich der vor ihm stehende Unbekannte noch zusätzlich Arbeitshandschuhe aus Leder gestülpt hatte.

Ein Dornenheckengepanzerter, dachte Luko.

Einen kurzen Augenblick sahen sich der Mann in Leder und Luko ohne etwas zu sagen an.

Wollen wir uns setzen, Herr Lukowitsch? Entschuldigung. Ich meine, wollen wir uns setzen Herr Pfarrer?", fragte die ihm unbekannte, tiefe Stimme seines Gegenüber.

Aha, der kennt mich, dachte Luko blitzschnell.

"Ja, natürlich", antwortete Luko ohne zu zögern und setzte sich hin. "Ich denke beim Sitzen redet es sich leichter und wenn sie sich in Ihrer Hecke aufhalten, werden Sie wohl kaum viel sitzen, nehme ich mal an", sagte Luko weiter und fragte sich, ob die Antwort jetzt nicht zu flapsig gewesen war.

Schließlich kannte er seinen Banknachbarn nicht, noch nicht, und er wollte den Ganzledermann auf gar keinen Fall schon zu Beginn ihres Gesprächs verärgern. Luko und der Ledermann setzten sich gleichzeitig auf die Friedhofsbank und sahen sich an.

Jeder der beiden spürte die Nervosität des anderen und beide wussten, dass sie in diesem Gespräch Wichtiges zu bereden hatten.

Nur was wird das sein, welche Fragen stelle ich ihm?, fragte sich Luko der sich gleichzeitig mal wieder über seine feuchten Hände und die Schweißperlen auf seiner Stirn ärgerte.

Ich müsste jetzt auch so einen Helm tragen, dachte Luko, der Ledermann schwitzt sicher auch, wahrscheinlich noch mehr in seiner Lederkluft als ich ohne Kluft, aber man sieht es wenigstens nicht.

"War das Absicht, ich meine, haben Sie mir Ihre Augen absichtlich gezeigt oder habe ich nur gerade zufällig hingesehen als sie ihr Visier geöffnet haben. Ich meine, heute Morgen, als ich Sie das erste Mal gesehen habe, als Sie mir in der Dornenhecke aufgefallen sind", fragte Luko, der immer noch nicht wirklich wusste, wie er das Gespräch beginnen sollte.

Jetzt hatte es eben angefangen, ihr Gespräch, dachte Luko.

"Sie haben das Visier doch angehoben als Sie zu mir rübergesehen haben? Oder?", fragte Luko weiter.

"Das war natürlich Absicht. Ich habe Sie angesehen, als Sie in meine Richtung sahen. Ich wusste, dass sie meine Augen sehen werden, wenn ich das Visier anhebe", antwortete der Unbekannte.

"Und warum nur so kurz, warum haben Sie mir Ihre Augen nur so kurz gezeigt, nur diesen kurzen Augenblick?", wollte Luko wissen.

Einige Momente vergingen, Zeit in der der Unbekannte scheinbar überlegte was er richtigerweise sagen sollte.

"Ich wollte sie verunsichern. Ich wollte erreichen, dass sie wiederkommen, und zwar alleine wiederkommen. Ohne Ihren Hausmeister. Und das ist mir gelungen. Sie sind wieder hergekommen an diesen besonderen Ort. Ohne ihren Hausmeister. Genau wie ich das haben wollte und sie sind noch heute hierhin zurückgekommen. Was will der Dornenmann mehr, als das zu erreichen, was er erreichen will. Was will er mehr", antwortete der Unbekannte, mehr zu sich selbst als an Luko gerichtet.

Luko sah seinen Nachbarn ob dieser Ansprache verdutzt an. "Dann nennen Sie sich also "Dornenmann", habe ich das gerade richtig verstanden?".

"Das haben Sie nicht richtig verstanden", sagte der Unbekannte. "Ich bin der Dornenmann, ich nenne mich nicht einfach nur so. Bitte seien sie so freundlich und beachten das in Zukunft. Ich bin der Dornenmann."

"Entschuldigung", sagte Luko spontan, "tut mir leid. Darf ich sie denn so ansprechen, ich meine, darf ich sie Dornenmann oder Herr Dornenmann nennen?" fragte Luko weiter.

"Das ist schon in Ordnung, Dornenmann reicht", sagte der Dornenmann kurz und bündig.

"Und ihr anderer Name, ich meine ihr bürgerlicher Name, sagen sie mir auch ihren Geburtsnamen", wollte Luko weiter wissen.

"Das ist mein Geburtsname, den Namen hat mir der Herr gegeben. Der Herr hat mich geschaffen, der Herr gab mir den Namen. Ein anderer Name ist vollkommen uninteressant. Von Menschen gemacht. Willkürlich vergeben. Niemand interessiert sich dafür", antwortete der Dornenmann.

Luko schluckte lautlos. Das war eine überraschende Antwort.

Wie bitte ich ihn denn nun den Helm abzunehmen oder wenigstens das Visier hochzuschieben, damit ich seine Augen sehen kann, ohne dass er mir hier gleich ausflippt und mir was vom Herrn erzählt, dachte Luko weiter.

Luko entschied sich für einen Kurzangriff.

"Ich würde gerne ihr Gesicht sehen, oder wenigstens ihre Augen sehen, wenn wir uns hier unterhalten. Ich fühle mich sonst nicht gut und ich fühle mich unsicher und unfair behandelt, wenn das nicht gehen sollte", sagte Luko.

Der Dornenmann zuckte kurz zusammen und schien zu stutzen. Aber nur einen kurzen Moment. Mit einem Ruck schob er das Visier an seinem Helm hoch.

Zwei große Augen mit dunkler Iris sahen Luko an.

"Ist es erstmal so in Ordnung?", fragte die dunkle Stimme des Dornenmanns leicht verunsichert, um aber gleich anschließend selbstsicher anzufügen, "mehr geht nicht, jedenfalls jetzt noch nicht. Damit müssen sie jetzt erst einmal leben, Herr Pfarrer."

"Einverstanden, alles in Ordnung", sagte Luko sofort zustimmend und nickte.

Luko hatte Glück. Er hatte auf dem Teil der Friedhofsbank Platz genommen, die nicht in der offenen Sonne lag, sondern von einem Kugelahorn abgeschattet wurde und daher schön kühl dastand, während der Dornenmann am anderen Ende der

Bank sitzend unablässig von der Sonne beschienen wurde und daher still vor sich hin dampfte.

Man konnte den am Dornenmann entstehenden Wasserdampf förmlich aus dem geöffneten Visier entweichen sehen.

Luko hätte seinen Platz mit dem Platz vom Dornenmann getauscht, wenn der Dornenmann etwas gesagt hätte, wenn er ihn gebeten hätte den Platz mit ihm zu tauschen. Aber der Dornenmann sagte nichts.

Wenn der was von mir will, muss er sich melden, dachte Luko, seine Dummheit.

Luko war ein praktisch denkender Mensch. Schließlich war er in Kattowitz unter ärmlichen Verhältnissen aufgewachsen, bevor sie, er und seine Eltern, nach Deutschland geflüchtet waren.

Er war, schon mit jungen Jahren in Polen Boxer geworden und hatte auch hier mancherlei erlebt, hatte einige Zeit als Dreher gearbeitet. Nachdem er seine Dreherlehre erfolgreich beendet hatte, war er dann zum guten Schluss nach vielen Irrwegen in Deutschland Pfarrer geworden. Er hatte viel erlebt bisher, so viel war sicher. Und er hielt sich für ziemlich ausgeschlafen und lebenserfahren, obwohl, wie man hier sah, immer wieder Sachen in seinem Leben passierten, die man niemandem erzählen konnte, weil keiner sie geglaubt hätte, so unwahrscheinlich klangen diese Dinge.

Irgendwo muss er ja herkommen, der, der sich Dornenmann nennt, dachte Luko. Kein Mensch steckt sein Leben lang in einer Dornenhecke. Er ist irgendwo aufgewachsen, er hat Eltern oder er hatte Eltern, er wird zur Schule gegangen sein. Er wird sich selbst und vielleicht eine Familie ernährt haben, oder wird diese Familie noch ernähren und er wird einen Beruf haben. Einen Beruf den er immer noch ausübt, oder den er ausgeübt hat. Eben um sich zu ernähren oder um vielleicht Spaß an diesem Beruf zu haben.

Was weiß ich. Auf jeden Fall wird er hier, in diesem ganzen Durcheinander, sicher ein wichtiger Zeuge sein. Genau.

Wenn, ja wenn er öfter und zu verschiedenen Tages- und Nachtzeiten hier vor Ort seine Beobachtungen gemacht hat. Und wenn er vielleicht auch gesehen hat, wie ich den Koffer mitgenommen habe, dachte Luko, der, bei dem Gedanken daran möglicherweise ertappt worden zu sein, sofort eine Gänsehaut und eine schweißnasse Stirn bekam.

"Wollen Sie nicht wenigstens ihren Lederschal abnehmen. Das würde Ihnen Luft verschaffen. Und wenn Sie weg wollen, haben Sie den Schal auch schnell wieder umgelegt. Sie brauchen keine Angst zu haben. Wir sind hier nicht auf der Flucht", sagte Luko jetzt.

Vielleicht ist er ja auf der Flucht, dachte Luko jetzt. Ich sage das so einfach daher. "Ich gehe jedenfalls davon aus, dass Sie nicht auf der Flucht sind, sonst säßen sie vermutlich nicht so ruhig neben mir", wiederholte Luko das zuletzt Gesagte in leicht abgewandelter Form.

Einige Sekunden vergingen.

Ohne ein Wort zu sagen band der Dornenmann den Lederschal von seinem Hals herunter und legte ihn sorgfältig und jederzeit greifbar neben sich auf die Bank.

Ein erster, nein zweiter Schritt, dachte Luko, er scheint mir zu vertrauen. Ein wildes, scheues Tier, dachte Luko weiter, vielleicht kann ich ihn ja zähmen.

"Der Dornenmann ist nicht auf der Flucht. Wer soll ihn jagen? Menschen? Menschen etwa? Menschen können den Dornenmann nicht mehr jagen. Jagen und erwischen. Ausgeschlossen.

Der Dornenmann bestimmt, wenn der Dornenmann mit einem Menschen sprechen will. Ganz alleine der Dornenmann bestimmt das.

Der Dornenmann bestimmt das Handeln der Menschen", sagte die dunkle Stimme zu Luko.

In gewisser Weise hat er ja recht, dachte Luko. Ich kann ihn nicht zwingen und ich bin mal gespannt, wie das hier und heute so weiter geht mit uns beiden Hübschen.

"Bleiben wir hier, oder gehen wir woanders hin. Ich meine, wenn wir uns unterhalten wollen, können wir auch woanders hingehen. Vielleicht um dabei einen Kaffee zu trinken oder irgendetwas anderes zu trinken", fragte Luko um den ohnehin nur dünnen Gesprächsfaden nicht abreißen zu lassen, und um zu versuchen irgendwie die Vertrauensbasis zu seinem Nebenmann weiter zu stärken.

"Wir bleiben hier, hier in der Nähe der Hecke", war die kurze und bündige, wie aus der Pistole geschossene Antwort für Luko.

"Scheinbar wissen sie einiges über mich und mindestens auch einiges über unseren Gemeindehausmeister, wie mir scheint", versuchte Luko es jetzt erneut.

Ein zähflüssiges Gespräch wird das, dachte Luko, dem das Geplänkel hier langsam aber sicher die Nerven anfranste.

"Woher haben Sie ihr Wissen über mich und Trixi? Haben Sie uns nur belauscht als Sie in Ihrer Hecke saßen, standen oder was weiß ich, oder ist Ihr Wissen aus der Zeitung? Verraten Sie mir das?"

"Ich weiß nichts über Sie und was Sie so tun, wer Sie sind, wie alt Sie sind, was Sie dazu bewegt hier zu sein, eben gar nichts", sagte Luko weiter zu dem Dornenmann. "Außer, dass Sie Dornenmann heißen, natürlich", fügte Luko hinzu. "Und dass Gott, Gott höchstpersönlich, Ihnen diesen Namen verpasst hat."

Der Dornenmann starrte vor sich hin und langsam erstrahlten seine großen dunklen Augen.

Von meiner Ironie scheint er nichts bemerkt zu haben, dachte Luko als er das Leuchten in den Augen des Dornenmanns sah.

"Sie sollen alles Notwendige über mich erfahren", sagte die dunkle Stimme des Dornenmanns. "Selbstverständlich, das ist der Dornenmann ihnen schuldig", sagte er weiter. "Fragen Sie mich. Wenn der Dornenmann kann oder will, wird der Dornenmann ihre Fragen beantworten. Schließlich ist er hier, damit die Menschen endlich erfahren, was sie ihm zu verdanken haben und ihm endlich die Anerkennung geben, die er schon lange verdient, aber bis heute nicht bekommen hat."

Wenigstens hat er nicht Menschheit gesagt, dachte Luko als er diese Antwort gehört hatte.

"Also erzählen Sie mal", sagte Luko. "Woher kennen wir uns. Wie man so schön sagt".

Der Dornenmann atmete laut und vernehmlich bevor er antwortete.

"Als ich Sie hier auf dem Friedhof öfter als andere Menschen gesehen habe, hat sich der Dornenmann eben gefragt, wer das ist, der da so oft in seiner Nähe ist. Das hat sich der Dornenmann gefragt. Ganz einfach. Und dann habe ich gehört, wie sie von Ihren Leuten, ich meine den Menschen hier auf dem Friedhof, angesprochen wurden. Eben als Pfarrer. Und den anderen, Ihren Trixi, habe ich auch öfter gesehen und der ist mir auch sehr nahe gekommen als er meine Hecke ab und zu beschnitten hat in den letzten Monaten. Da hat sich der Dornenmann eben gefragt und sich gesagt, dass muss der Dornenmann jetzt genauer wissen, wer diese Leute sind mit denen er so oft zu tun hat. Dann ist der Dornenmann ab und zu in seine andere Behausung gegangen und hat da gelesen. Hat Zeitung gelesen der Dornenmann.

Und da stand viel drin. Auch über die Vorgänge, so hieß das in der Zeitung, die der Dornenmann gesehen hat. Manchmal hat der Dornenmann sich gewundert, was da geschrieben stand und was er hier gesehen hat. Das stimmte ganz oft nicht zusammen.

Was über sie und ihren Trixi geschrieben stand in der Zeitung, dass stimmte aber meistens. Und wer sie sind und was sie tun, stimmte auch. Und da hat sich der Dornenmann gesagt, dass er mit ihm sprechen muss, damit die Menschen es endlich erfahren. Damit die Menschen wissen, was der Dornenmann für sie getan hat. Er soll es in die Welt hinaustragen, der Pfarrer soll es tun."

"Dann haben Sie also Vertrauen zu mir gefasst?", fragte Luko.

Einen Augenblick überlegte der Dornenmann was er sagen sollte. "Das hat der Dornenmann, das hat er", antwortete der Dornenmann mit leuchtenden Augen.

Der ist ja ganz schön durchgeknallt, dachte Luko, da muss ich jetzt aber dranbleiben, bevor die Quelle versiegt.

"Das ist richtig, genau richtig", sagte Luko weiter. "Sie können mir vertrauen. Ich bin zum Schweigen verpflichtet. Von Berufswegen verpflichtet. Aber natürlich nur dann, wenn sie es ausdrücklich wünschen. Wenn sie möchten, dass ich bestimmten Menschen etwas erzählen soll, dann tue ich das selbstverständlich jederzeit für sie."

Der Vogel weiß einiges was auch den Hoover und Konsorten brennend interessieren wird und einiges was die besser nicht wissen sollten, dachte Luko während er das sagte.

"Es sind auch ganz banale Sachen die mich interessieren. Nichts unbedingt Besonderes", sagte Luko nach wieder einer kleinen Weile.

"Dann fragen sie doch endlich, fragen sie einfach den Dornenmann", antwortete der Dornenmann.

"Gut, wie alt sind Sie?", fragte Luko.

"Ich bin vierundfünfzig Jahre alt", antwortete der Dornenmann.

"Was machen sie beruflich?"

"Der Dornenmann macht nichts mehr beruflich. Das ist schon einige Jahre her."

"Aber Sie haben doch mal was beruflich gemacht, oder nicht?"

"Ja. Der Dornenmann war Schlachter und Ausbeiner im Schlachthof von Bochkum. Akkordarbeit. Schichtarbeit. Scheißarbeit. Fast 15 Jahre lang. Elendige 15 Jahre lang. Aber gut bezahlt. Damals."

"Haben Sie Kinder oder Familie oder sonstige Angehörige?", wollte Luko weiter wissen.

"Keine Kinder, keine Familie. Der Dornenmann hat nur sich und sein Leben. Sein Leben für die Menschen, die er vor dem Bösen rettet und gerettet hat. Nur sich selber. Alles andere würde nur stören und wäre ihm hinderlich. Der Dornenmann hat die Höllentiere in den Feuern getötet und so die Menschen vor der Verderbnis bewahrt."

Hups. Jetzt wird es aber spannend, dachte Luko.

"Und es wird jetzt wirklich allerhöchste Zeit, dass die Menschen erfahren, was sie dem Dornenmann zu verdanken haben", ergänzte der Dornenmann das zuletzt von ihm Gesagte.

Gleich wirst du es bei mir los, was wir dir zu verdanken haben, dachte Luko im gleichen Augenblick.

"Eines interessiert mich noch", fragte Luko jetzt weiter, "woher kommen Sie, kommen Sie aus Wattwig oder aus Bochkum oder woher?"

"Aus Bochkum", war die einfache Antwort.

"Und was verschlägt Sie dann ausgerechnet auf diesen Friedhof in Wattwig?".

"Kein Friedhof den ich kenne hat so eine schöne und dichte und breite und einfach wunderbare Dornenhecke wie dieser Friedhof. Nirgendwo können die Sünden der Welt besser vergeben werden als auf diesem Friedhof", antwortete der Dornenmann Luko.

Langsam schwante Luko, dass dieser Typ, der da neben ihm auf der Bank saß, dass dieser Typ seine Freizeit in der Dornenhecke verbrachte, weil er glaubte dadurch sich und die Menschheit von ihren Sünden zu befreien. Oder so ähnlich.

"Der Herr hat eine Dornenkrone getragen und seinen Peinigern vergeben", sagte der Dornenmann im gleichen Augenblick als Luko darüber nachdachte "und durch mich in der Hecke wurden alle Sünden und bösen Taten danach vergeben. So hat der Herr es von mir gewollt. Ich bin sein treuer Diener und führe seine Befehle aus."

"Sie meinen alle Sünden aller Menschen der letzten ca. 2000 Jahre", fragte Luko, dem langsam aber sicher die Sache hier unheimlich vorkam.

"So hat es der Herr mir aufgetragen", antwortete der Dornenmann. "So und nicht anders. Und so führe ich es aus."

Luko wusste in diesem Augenblick nicht ob er lachen oder weinen sollte. Was mach ich denn jetzt, was frag ich denn jetzt? fragte sich Luko. Und, und das soll ich jetzt der Menschheit berichten? Ich meine was soll ich den Menschen sagen? Ja was eigentlich ? Ich kann doch schlecht..., fragte Luko ratlos vor sich hin.

"Das was der Dornenmann gerade erzählt hat und dazu noch viel viel mehr", antwortete der Dornenmann unbekümmert und erzählte weiter "und sie, die Menschen, müssen außerdem wissen dass ich die Höllentiere, die bösen, üblen, feuerspeienden Höllentiere, die die Menschen greifen und vernichten wollen in den Feuern, in ihren eigenen Feuern, in den Feuern der Höllentiere immer wieder vernichtet habe. Endgültig und für immer vernichtet habe. Die Menschen müssen sich keine Sorgen mehr machen. Ich wache über sie. Und wenn die Höllentiere nachwachsen sollten, was ich aber jetzt erst einmal nicht mehr glaube, werde ich sie fangen und immer wieder

227

vernichten. In ihren eigenen Feuern. Den Feuern der Höllentiere. Die Menschen können sich auf mich verlassen. Das verspricht der Dornenmann. Hoch und heilig."

Puh, dachte Luko, dass jetzt auch noch. Jetzt redet der sich aber in Rage. Was kommt denn jetzt noch für eine weitere Geschichte? Wo bleibt denn der Teufel? Kommt der auch noch vor?

"Und der Teufel?", wollte Luko wissen, "was ist mit dem Teufel? Ist dem Dornenmann auch der Teufel begegnet?"

Der Dornenmann stutzte, sah Luko mit großen Augen an und dachte nach.

Offenbar hatte er mit einer solchen Frage zu diesem Zeitpunkt nicht gerechnet. Die Frage brachte ihn scheinbar aus dem Konzept.

"Der Dornenmann hat nicht gesagt, dass er in der Hölle war", antwortete er stotternd. "Den Teufel hat der Dornenmann nie gesehen."

Lukos Gesprächspartner schien gedanklich mit der neuen Situation nicht wirklich fertig zu werden.

Einige Minuten, die Luko wie Stunden vorkamen, saß der Dornenmann bewegungslos neben ihm, starrte ihn weiter mit seinen weit aufgerissenen Augen an und sagte nichts.

"Der Dornenmann hat die Helfershelfer des Teufels vernichtet", sagte der Dornenmann trotzig. "Das muss reichen. Wenn der Teufel keine Helfershelfer mehr hat, kann der Teufel auch den Menschen nichts mehr anhaben. Alleine ist er machtlos. Vollkommen machtlos."

"Das will ich mal glauben", antwortete Luko und musste innerlich grinsen, er durfte sich aber auf gar keinen Fall etwas anmerken lassen. Sonst wäre das Gespräch hier an dieser Stelle zu Ende gewesen und der Dornenmann womöglich wieder in seiner Hecke verschwunden.

"Und diese Höllentiere von denen Sie erzählen", wollte Luko weiter wissen" wie und wo sind Sie denen denn begegnet und in welchen Feuern haben sie die Höllentiere dann, wie sie sagen, vernichtet? Haben Sie die Viecher in einen Ofen, einen großen Ofen gesteckt und dann verbrannt? Lebendig oder tot? Oder wie muss ich mir das vorstellen?"

Vielleicht in einer Müllverbrennungsanlage, dachte Luko als er das sagte. Vielleicht hat der Durchgeknallte zerhackte Tiere auf diese Art und Weise beseitigt. Der Mann war Schlachter, der weiß wie man so was macht. Aber vielleicht waren diese Höllentiere nur in seiner Phantasie existent, also gar keine wirklich existierenden Tiere. Manche Lebewesen der Spezies Mensch sehen ja auch dauernd kleine grüne Männchen die vom Mars kommen, oder sonst was für Wesen aus sonst was für Galaxien. Warum also hier keine eingebildeten Tiere ? Durchgeknallte gibt es mehr als man gemeinhin vermutet, dachte Luko weiter.

Scheinbar überlegte sich der Angesprochene genau wie er Lukos Frage beantworten sollte. Plötzlich brach es aus ihm heraus: "Der Dornenmann hat die Höllentiere in den Behausungen der Menschen aufgespürt", antwortete der Dornenmann.

Luko war platt und musste laut schlucken als er das hörte.

"Wie? Wie aufgespürt? Woher wussten Sie denn wo die Tiere waren? Ja und, und was sind das denn überhaupt für Tiere?", fragte Luko, dem jetzt, als ahnte er etwas von dem er nicht wusste was es war, langsam aber sicher heiß und kalt gleichzeitig wurde.

"Der Dornenmann ist der Jäger der Höllentiere. Er wusste immer wo sie waren. Ganz automatisch. Wie von selber. Und er hat sie immer sofort erkannt. Da konnten sich die Höllentiere noch so tarnen und versuchen sich vor ihm zu verstecken und sich ein anderes Aussehen geben. Auch wenn sie fast so aussahen wie die Tiere, die der Dornenmann früher täglich auf der Arbeit tötete und ausbeinte. Der Dornenmann wusste immer, dass es die Höllentiere sind. Und er hat sie gnadenlos vernichtet. Zum Wohle der Menschen", sagte der Dornenmann.

"Und, und dann. Hat er sie dann gefangen, diese Höllentiere gefangen, um sie zu töten? Ich meine um sie zu verbrennen? Oder beides?", fragte Luko.

"Nein, natürlich nicht", antwortete der Dornenmann, "dazu waren immer zu viele gleichzeitig in einer Behausung. Ich habe sie an Ort und Stelle verbrannt. Nur so konnte ich sicher sein, dass mir keines von ihnen entkommt und ich irgendwann alle Höllentiere vernichtet habe."

Luko merkte ganz deutlich wie sich seine Gesichtsfarbe veränderte als er das hörte.

"Und jetzt ist eben die Zeit, dass die Menschen erfahren was ich für Sie getan habe. Deswegen sitzen wir hier."

"Also die Häuser der Menschen, in denen sich die Höllentiere, was weiß ich, sagen wir mal aufhielten, wurden ebenfalls verbrannt oder teilweise verbrannt? Das ist doch richtig so?", wollte Luko wissen.

Der Dornenmann sah vor sich auf den Boden und schwieg.

"Und dass diese Höllentiere und die Häuser zusammen mit den Höllentieren verbrannten ist wahrscheinlich auch noch nicht so lange her?", wollte Luko weiter wissen.

Der Dornenmann sah immer noch vor sich auf den Boden, ohne etwas zu sagen oder sich zu bewegen. Die Minuten vergingen mit einer für Luko knisternden Spannung, ohne dass einer der beiden etwas sagte.

Das sind die Situationen, die ich so hasse, dachte Luko, ich hasse es wenn es nicht weitergeht. Wo es doch ganz leicht weitergehen könnte. Was fehlt denn jetzt noch? Warum sagt er nichts mehr?

"Das ließ sich nicht vermeiden", sagte der Dornenmann plötzlich als wäre er aus einem kurzen Schlaf erwacht.

Dabei sah er Luko mit seinen großen, schwarzen und diesmal, wie es Luko schien, traurigen Augen an.

"Aber jetzt sind alle vernichtet, alle Höllentiere sind vernichtet. In der letzten Woche habe ich die letzten getötet und die Menschen haben jetzt Ruhe vor ihnen. Das verspricht der Dornenmann."

Luko wusste jetzt, dass er sich mit dem Brandstifter von Wattwig die Friedhofsbank teilte.

"Gab es noch...", beinahe wäre Luko das Wort Komplizen herausgerutscht, "ich meine, gibt es noch weitere Jäger, oder wie soll ich sagen, Jäger der Höllentiere?", fragte Luko.

Der Dornenmann sah Luko von der Seite an. Seine Stimme klang empört. "Der Herr hat nur den Dornenmann erwählt um die Menschen vor den Höllentieren zu retten. Sonst niemanden. Und das sollen die Menschen jetzt erfahren. Jetzt wo es vollbracht ist. Hoffentlich nicht nur vorläufig vollbracht ist. Sondern für immer vollbracht ist."

"Gut", sagte Luko, "sie sollen es erfahren. Hat der Dornenmann eine Vorstellung davon wie und wo das denn geschehen soll. Wie die Menschen das über ihn und was er für sie getan hat, erfahren sollen?"

Immer wieder erstaunlich wie schnell man das Vokabular eines Durchgeknallten übernimmt, dachte Luko als er seine Frage stellte. Das ist jetzt mindestens schon das zweite Mal, dass ich wie der Durchgeknallte rede.

"Sie haben vorhin gesagt, dass Sie zum Schweigen verpflichtet sind, Herr Pfarrer", sagte der Dornenmann "aber wenn ich Sie bitten würde teilweise, ich meine, wenn ich Sie bitten würde, Teile von dem was Sie jetzt von mir wissen zu erzählen, würden Sie das tun?"

"Das würde ich tun", antwortete Luko spontan ohne über die Frage weiter nachzudenken. "Das habe ich vorhin doch schon angeboten. Warum denn nicht. Klar. Mach ich."

"Dann gehen Sie bitte zu diesem Kommissar von dem ich in der Zeitung gelesen habe", sagte der Dornenmann. "Bitte gehen Sie zu diesem Kommissar Hoover. Bitte sprechen Sie mit diesem Kommissar".

"Und was soll ich dem Kommissar sagen, dem Kommissar Hoover?", fragte Luko.

Der Dornenmann dachte nicht lange nach. Sicherlich hat er sich vor diesem Treffen sehr genau überlegt was er mir mitteilen wollte, dachte Luko.

"Sagen Sie dem Kommissar bitte, dass es keine weiteren Höllenfeuer geben wird weil die Arbeit des Dornenmanns erledigt ist, die Höllentiere sind getötet, sie sind verbrannt. Sie wissen das ja jetzt auch Herr Pfarrer. Und bitte geben Sie dem Kommissar das hier".

Der Dornenmann hatte in der Zwischenzeit in einer seiner Jackentaschen herumgekramt und irgendetwas für Luko undefinierbares aus dieser Tasche herausgezogen.

Luko nahm den ihm hingereichten Gegenstand entgegen und sah ihn sich an.

"Ein kleines braunes Plastiksäckchen wie man es in Apotheken bekommt wenn man Medikamente einkauft, mit weichem Inhalt?", fragte Luko als er sich den Gegenstand angesehen und befühlt hatte.

"Ja, das ist richtig. Ein braunes Plastiksäckchen mit weichem Inhalt für den Kommissar. Bitte tun sie mir den Gefallen und geben Sie das Säckchen dem Kommissar. Bitte so wie es ist", antwortete der Dornenmann.

"Selbstverständlich so wie es ist, natürlich", antwortete Luko. "Sie können sich auf mich verlassen. Voll und ganz. Sobald ich gleich zurück im Pfarrhaus bin rufe ich den Kommissar an und er bekommt das Säckchen von mir".

"Danke", sagte der Dornenmann.

"Der Kommissar wird wissen wollen von wem und wo ich das Säckchen hier bekommen habe. Und er wird wissen wollen, was er damit anfangen soll. Was soll ich dem Kommissar denn erzählen?", fragte Luko.

"Sagen Sie dem Kommissar bitte, er soll den Inhalt des Säckchens untersuchen lassen. Er weiß dann schon woran er ist. Sagen Sie dem Kommissar weiter, was der Dornenmann Ihnen über die Höllenfeuer der letzten Monate gesagt hat. Sagen Sie ihm bitte auch, dass die Höllenfeuer erloschen sind weil alle Höllentiere getötet sind."

"Und sonst soll ich Hoover nichts über unser heutiges Treffen erzählen", fragte Luko den Dornenmann. "Nichts zu Ihrer Person ? Vielleicht wollen Sie Hoover ja selber mal treffen?"

"Nichts weiter, vielleicht später mal", sagte der Dornenmann und fügte mit ernster Stimme hinzu: "Und bitte denken Sie an Ihre Verschwiegenheit".

"Ich denke an nichts anderes", antwortete Luko kurz und knapp.

"Dann sollten sich unsere Wege jetzt erst einmal trennen", sagte der Dornenmann zu Luko und erhob sich schwerfällig.

"Es ist für das Erste genug gesagt, finde ich".

Luko erhob sich ebenfalls. "Eines möchte ich aber noch eben wissen, dass beschäftigt mich schon während des ganzen Gesprächs mit Ihnen. Was sind das für merkwürdige rote Zeichen auf Ihrer Jacke", fragte Luko.

Der Dornenmann sah an seiner schwarzen Lederjacke herunter.

Das sind keine Zeichen, Herr Pfarrer, das sieht vielleicht so aus. Das sind Zeichnungen. Kleine Zeichnungen. Der Dornenmann hat immer mit dem Blut der Höllentiere das aufgemalt,

232

was er aus seinen Dornen heraus beobachtet hat. Immer das Beobachtete später in seiner anderen Behausung auf seine Jacke gemalt. Immer das, was der Dornenmann gesehen hat, wenn er ein Teil der Dornen war."

Das möchte ich gar nicht wissen, dachte Luko als er das hörte.

Jetzt haben wir hier möglicherweise einen Generalzeugen für das eine oder andere Geschehnis der letzten Wochen auf dem Friedhof.

Nein, und der Durchgeknallte hat davon auch noch Zeichnungen gemacht.

Und wenn ich Hoover erzähle was der Dornenmann mir aufgetragen hat, dachte Luko weiter, hält er mich mit an Sicherheit grenzender Wahrscheinlichkeit für den Bescheuerten. Wenn er das nicht ohnehin jetzt schon von mir denkt. Ich kann nur hoffen, dass der Inhalt des Säckchens den Kommissar Hoover davon überzeugt, dass ich nicht plemplem bin. Ganz gleich was in dem Säckchen steckt. Andererseits kann es mir aber auch egal sein was der Hoover denkt. Was weiß ich.

"Eine Frage hätte ich dann doch noch", sagte Luko " damit ich keine Angst haben muss. Was befindet sich in dem Säckchen für Hoover?"

"Nichts eigentlich Besonderes", antwortete der Dornenmann, "nur ein von mir benutztes Papiertaschentuch. Nichts zum fürchten. Für den Hoover aber interessant."

Lecker, dachte Luko, köstlich. Da muss ich jetzt nicht nachsehen.

Luko und der Dornenmann gaben sich zum Abschied die Hand.

"Dann bis zu einem weiteren Treffen, denke ich", sagte Luko.

"Sicher sehen wir uns wieder", antwortete der Dornenmann spontan.

"Würde mich freuen, wirklich freuen", sagte Luko zum Abschluss.

Luko drehte sich um, nicht ohne dabei dem Dornenmann noch einmal zuzuwinken, und ging los. Als er vielleicht zweihundert Meter gegangen war kam es ihm vor als würde er die dumpfen Auspuffklänge eines schweren Motorrades hören, das sich schnell entfernte.

Was für ein Tag, dachte Luko, super.

Kapitel 12: Besuchszeit in Bochkum

Luko besucht Hoover im Polizeipräsidium von Bochkum und die Beiden reden miteinander. Aber nicht alles.

Ich hätte schon gerne gewusst, ob er mich gesehen hat, als ich den Koffer an mich genommen habe, dachte Luko, als er sich auf den Weg ins Polizeipräsidium von Bochkum machte. Ich werde es herausfinden.

"Gemütlich haben Sie es hier", sagte Luko als er in Hoovers Dienstzimmer, im Polizeipräsidium von Bochkum, eintrat.

"Finde ich auch", antwortet Hoover, der sofort aufgestanden war, als er Luko hatte eintreten sehen. "Wenn es zu Hause schon ungemütlich ist, dann sollte es doch wenigstens am Arbeitsplatz gemütlich sein. Ich bin Beamter, die lieben es gemütlich. Außerdem bin ich ohnehin fast nie zu Hause. Und auch noch Single. Also was soll es. Schön das Sie gekommen sind. Es freut mich Sie zu sehen", sagte Hoover weiter und er meinte ehrlich was er sagte und er wunderte sich etwas, dass er es meinte wie er es sagte.

Hoover gab Luko die Hand zur Begrüßung.

Luko setzte sich auf den von Hoover zurechtgerückten und angebotenen Besucherstuhl.

Hoover ging um seinen Arbeitsplatz herum und nahm wieder hinter seinem Schreibtisch Platz.

"Ist das ihr erster Besuch im Polizeipräsidium von Bochkum oder waren Sie schon mal hier?", fragte Hoover.

Luko dachte einen Augenblick nach. "Ja, das heißt nein, so ist es. Ich hatte, wenn ich mich recht besinne, noch nicht das Vergnügen und auch bis heute keinen Anlass. Ich dachte ich sehe mir mal an, wie und wo Sie so arbeiten.

Man hat ja normalerweise nichts mit der Polizei zu tun und da wir uns einige Male bei mir in der Pfarrei getroffen haben, fand ich es naheliegend jetzt mal bei Ihnen vorbei zu schauen und Ihnen einen Gegenbesuch abzustatten."

"Gute Idee von Ihnen", antwortete Hoover gut gelaunt, "aber wie sie sehen können, ein ganz normaler Büroarbeitsplatz."

"Stimmt", antwortete Luko, wobei er sich gleichzeitig umsah, "wenn man mal von den vielen Fotos mit den großen Fischen, und wie ich hier sehen kann, auch große Fische zusammen mit

Ihnen, einmal absieht. Und Angelruten hat auch nicht jeder in einer Ecke seines Büros stehen."

"Das ist richtig", antwortete Hoover, "damit werden Verbrecher gefangen. Wenn sie Pech haben legt sich die Angelschnur um den Hals der Gangster und ich ziehe zu. Nein, aber im Ernst und ohne dumme Albernheiten. Die Fische auf den Bildern habe ich selbst gefangen. Allerdings, wie Sie sich denken können, nicht alle im Rurlsee."

"Wenn man solche Kawenzmänner wie sie da auf den Fotos zu sehen sind, im Rurlsee fangen könnte", antwortete Luko, "würde ich auch sofort mit der Angelei anfangen. Schon aus ernährungstechnischen Gründen."

Luko grinste dabei, wunderte sich über den Blödsinn den er gerade verzapfte und sah Hoover dabei an.

Ich bin wohl ein bisschen nervös, dachte Luko.

"Darf ich ihnen eine Tasse Kaffee anbieten?", fragte Hoover als Luko geendet hatte.

"Aber sehr gerne", antwortete Luko, "und bevor Sie fragen, gerne mit Milch und ohne Zucker."

"Wird erledigt", antwortete Hoover, der schon aufgestanden war und sofort im Flur verschwand um am Kaffeeautomaten das gewünschte Getränk zu besorgen.

Als Hoover zurückgekommen war und Luko den Kaffee angereicht hatte, nahm er wieder an seinem Schreibtisch Platz.

Sie schwiegen einen kurzen Augenblick während Luko an seinem heißen Kaffee nippte.

"Aber Sie sind bestimmt nicht nur hergekommen um mit mir Kaffee zu trinken und meine Fotos mit den von mir geangelten Fischen zu bewundern und zu sehen wo ich arbeite?", nahm Hoover das Gespräch wieder auf. "Es gibt was zu berichten und es gibt Neuigkeiten, stimmt's?", fragte Hoover weiter.

"Sie haben recht, nur für einen Smalltalk bin ich nicht gekommen. Ich dachte mir, wir machen einen kleinen netten Nachrichtenaustausch. Oder wir bemühen uns zumindest", antwortete Luko, "außerdem habe ich Ihnen etwas, wie ich denke Interessantes, mitgebracht. Aber dazu später", sagte Luko weiter.

"Einverstanden", antwortete Hoover "Am Telefon wollten Sie mir ja nichts sagen, weil Sie auf jeden Fall herkommen wollten.

Das klang ja etwas geheimnisvoll. Wollen sie mit Ihrer Geschichte anfangen?"

Wie sag ich es meinem Kinde und was sag ich meinem Kinde, dachte Luko während er weiter von dem Kaffee probierte.

"Gar nicht so schlecht ihr Kaffee", sagte Luko und versuchte so etwas Zeit zu gewinnen. "Ich hab schon schlechteren Automatenkaffee getrunken."

Wieder verging eine kleine Weile. Hoover starrte gedankenversunken vor sich hin.

"Also, es ist so", begann Luko das Gespräch erneut, "ich habe jemanden getroffen, der für einige, ich will es mal die Vorgänge der letzten Tage und Wochen nennen, wahrscheinlich ein wichtiger Zeuge sein könnte oder eher sogar ist."

Hoover rührte sich nicht und starrte weiter vor sich hin als hätte er das gerade von Luko zu ihm gesagte gar nicht mitbekommen.

Tolle Reaktion, dachte Luko.

"Ein Zeuge für was?", fragte Hoover plötzlich streng. "Zeugen melden sich hier viele, wenn der Tag lang ist. Und alle erzählen was anderes. Die Meisten sind Wichtigtuer. Manche erzählen von Fällen, die es gar nicht gegeben hat und die es auch nie geben wird. Kommen einfach rein, tun wichtig und erzählen Blödsinn. Und wollen auch noch belohnt werden dafür. Knallköppe allesamt!"

Luko erschrak etwas. Mit dieser schroffen Reaktion von Hoover hatte er nicht gerechnet.

Hoover erschrak ebenfalls über sich selber und merkte sofort, dass er sich im Ton, Luko gegenüber, etwas vergriffen hatte.

"Entschuldigung", sagte er sofort "ist mir so rausgerutscht. Ich weiß auch nicht warum. Selbstverständlich sind Zeugen wichtig. Ohne vernünftige Zeugen und ohne die Mithilfe der Bevölkerung könnten wir bei der Kripo nur einen Bruchteil unserer Fälle lösen. Oder es würde viel länger dauern. Tut mir leid. Ich bin etwas nervös und dünnhäutig zurzeit."

Luko räusperte sich. "Kann ich verstehen", sagte Luko.

Wieder verging eine kleine Weile.

"Ja, was ist denn mit diesem Zeugen. Bitte erzählen Sie", sagte Hoover jetzt mit augenblicklich mehr Interesse an der

Sache aber immer noch nervös und unausgeglichen und viel zu laut, aber eine Spur freundlicher.

Luko gefiel der Beginn dieser Vorstellung hier überhaupt nicht mehr.

Während Luko versuchte sich wieder auf das Gespräch zu konzentrieren, hatte es zeitgleich an der Bürotür geklopft und ohne eine Antwort abzuwarten war die Tür auch schon aufgeflogen und Tulsky stand im Zimmer.

"Das ist genau das, was ich immer wieder zu ihm sage. Ja förmlich predige, wenn ich das mal so sagen darf. Entspann dich, sag ich immer. Entspann dich doch einfach. Sie sollten Hoover mal sehen wenn wir zusammen Auto fahren. Nicht auszuhalten und immer so laut dazu."

Tulsky hatte dem überraschten Luko während er das sagte die Hand gegeben, sich einen weiteren Besucherstuhl geschnappt und ohne eine Antwort oder Reaktion der beiden abzuwarten neben Luko vor Hoovers Schreibtisch gesetzt.

Eine Zehntelsekunde Schweigen verging. "Von mir aus könnt ihr weitermachen. Ich bin ganz Ohr", sagte Tulsky fröhlich.

Hoover sah Luko und Tulsky nacheinander immer wieder an. Von rechts nach links, von links nach rechts.

"Sagt mal, spinnst Du eigentlich? Wer ist denn hier wohl der Chef in der Manege? Wer stellt hier die Fragen? Was ist das hier für ein Zirkus? Wieso bist Du überhaupt so munter Tulsky", blökte Hoover grinsend und tat empört. "Das ist hier kein Zirkus sondern ein Anglerheim und du bist der Chefangler, wir sitzen an einem Ufer und fischen unentwegt im Trüben", antwortet Tulsky und wollte weiter wissen, was bisher geredet wurde.

"Herr Lukowitsch hat bis jetzt lediglich erzählt, dass es wahrscheinlich einen wichtigen Zeugen zu unseren beiden Fällen gibt", antwortet Hoover " und jetzt, verdammt noch mal, bitte los endlich. Fangen wir an, Herr Lukowitsch erzählen Sie bitte."

Die sind gaga, die beiden, dachte Luko, die kommen aus Gagatanien.

"Gut, dann erzähle ich mal. Aber es gibt gleich das nächste kleine Problem. Mein Zeuge möchte gegenüber der Polizei anonym bleiben und ich darf nicht erzählen wo ich ihn getroffen habe, weil er Angst vor Nachstellungen durch die Polizei hat", sagte Luko "Er hat Angst von der Polizei zum Verhör festgenommen zu werden.", sagte Luko weiter.

"Okay, okay, kein Problem, solange er nicht selber straffällig geworden ist", antwortete Hoover, dem man noch nicht wirklich ansah, dass er das hier jetzt alles ein bisschen gelassener angehen wollte.

"Außerdem ist mein Zeuge etwas, wie soll ich sagen, leicht verrückt oder vielleicht geistig entrückt", sagte Luko, der auf gar keinen Fall bescheuert oder so etwas in der Art sagen wollte.

"Ich bin aber fest davon überzeugt, dass sie beiden Kriminalisten hier, einiges von dem was der Zeuge mir gesagt hat, entschlüsseln können und sie dadurch in ihren Fällen weiter kommen."

"Was heißt denn hier entschlüsseln, was denn entschlüsseln?", wollte Tulsky an dieser Stelle wissen und dachte dabei über Kriminalisten nach.

"Entschlüsseln heißt, denke ich", antwortete Luko, "oder wie soll ich sagen? Ja, ich wiederhole mich, ich weiß, aber es ist schwierig. Ja ich würde sagen der Zeuge drückt sich etwas blumig aus. Er formuliert etwas blumig. Und das von dem Zeugen gesagte, muss ich Ihnen genau so rüber bringen. Blumig eben. Und sie übersetzen die mir gegenüber gemachten Aussagen des Zeugen dann in Ihre Ermittlersprache, oder verbinden sie mit ihren eigenen schon gewonnenen Erkenntnissen."

"Und warum kommt der Zeuge nicht selber zu uns ins Präsidium, warum hat er Bedenken uns gegenüber?", wollte Hoover jetzt wissen, "wir sind doch keine Unmenschen."

"Weil er, so denke ich, nicht nur Zeuge sondern auch Täter ist. Zumindest in einigen Fällen Täter ist. Davon bin ich überzeugt. Und weil er, so vermute ich einmal weiter, nicht gleich in den Knast abwandern will, sobald er mit ihnen gesprochen hat. Weil er, denke ich, auch Straftaten begangen hat."

Wieder vergingen einige Sekunden des Nachdenkens auf beiden Seiten.

"Kennen Sie den Zeugen näher, ist er Ihnen schon einmal zuvor begegnet?

Ich meine vor seinen, ihnen gegenüber, gemachten Aussagen", wollte Tulsky wissen.

"Nein, nicht das ich wüsste. Ich glaube kaum", antwortete Luko nach einer kurzen Pause zum Überlegen und bestätigte dabei seine Überlegungen mit einer leichten Kopfbewegung.

"Aber ich habe ihn auch nicht wirklich vollständig gesehen, sondern im Grunde genommen nur einen Teil von ihm. Ja, so kann man sagen. Einen Teil von ihm."

Als Luko das gesagt hatte, fasste sich Hoover an seinen Kopf und fragte sich womit er das hier verdient hatte.

"Was meinen Sie denn mit, nicht vollständig gesehen. Ein Mann ohne Unterleib oder ohne Kopf, Beine, Arme?", fragte Hoover Luko.

Hoover war ganz die Ruhe selber.

Luko ließ sich nicht irritieren.

"Ziemlich einfach eigentlich. Der Zeuge steckte in einer Motorradlederkluft und hatte einen schwarzen Vollvisierhelm auf seinem Kopf sitzen und Handschuhe aus Leder an den Händen", antwortete Luko, um einer eventuellen Frage der Kriminalbeamten nach Fingerabdrücken oder Gesichtserkennung ober beidem, zuvor zu kommen.

"Und den Helm hat er auch nicht abgenommen als er mit Ihnen gesprochen hat? Ist das richtig?", wollte Tulsky wissen.

"Genau so ist es. Er hat den Helm nicht abgenommen als er mit mir gesprochen hat", antwortete Luko.

"Sie haben sein Gesicht also nicht erkannt?", wollte Tulsky weiter wissen.

"Richtig", antwortete Luko.

"Ok, das ist erst einmal nicht so tragisch", sagte Hoover

"Wir machen hier erst einmal jetzt so weiter, ohne zu wissen oder zu ahnen um wen es sich bei unserem Zeugen handelt. Gut. Alles klar. Wo haben Sie ihn denn getroffen? Das wissen Sie ja, denke ich."

"Meine Augen waren nicht verbunden, natürlich weiß ich, wo ich diesen Ledertypen getroffen habe", antwortete Luko. "Aber ich sag es ihnen nicht. Ich kann es Ihnen nicht sagen..."

"...weil", setzte Tulsky den Satz fort, "wir sonst mehr über den Typen erraten könnten, als Sie ihm gegenüber vertreten können. Richtig?"

"Richtig", antwortete Luko.

Scheiße, dachte Hoover während er das hörte, wir kommen doch sowieso irgendwann dahinter. Wir kommen dahinter, wer das ist und was da ist, wir kommen dahinter warum und wann und weswegen. Wir kommen hinter alles. Na sagen wir, fast alles. Dauert nur etwas. Gut Ding will Weile haben.

"Mannomann", sagte Hoover jetzt, "machen wir es doch ganz einfach so; wir fragen nichts und sie erzählen einfach. Wie wäre das denn? Und immer wenn Sie was gesagt haben, sagen wir, also Tulsky und ich, was uns dazu einfällt. Was halten Sie davon?"

Hoover rutschte auf seinem Stuhl unruhig hin und her. Luko musste über die Antwort nicht lange nachdenken.

"So machen wir es", antwortete Luko fröhlich.

"Jetzt haben wir es, so ist ab sofort unsere Vorgehensweise. Geht ja wahrscheinlich sowieso ziemlich schnell, denke ich."

"Also noch einmal von vorne, zum Mitschreiben", sagte Luko. "Es gibt eine ca. einmeterachzig große, männliche, ich denke, meistens in Leder gekleidete Person, die von sich behauptet, bei einigen Vorgängen auf dem Friedhof als Augenzeuge anwesend gewesen zu sein. Wie gesagt, diese Person war ganz in Leder gekleidet als sie mir begegnete. Diese Person hatte dazu einen schwarzen Vollvisiermotorradhelm mit geschlossenem schwarzen Visier auf dem Kopf sitzen, sodass ich das Gesicht dieser Person nicht erkennen konnte. Als der Typ dann etwas später das Visier des Helms öffnete, konnte ich seine großen schwarzen Augen erkennen. Das war alles."

Luko hielt einen Moment inne um dann fortzufahren. "Ich gehe fest davon aus, dass der Augenzeuge die Wahrheit sagt, wenn er behauptet einige Vorgänge der letzten Tage und Wochen auf dem Friedhof gesehen zu haben. Der Zeuge hat keinen Grund mich zu belügen oder sich wichtig zu machen."

Luko schwieg wieder einen Augenblick um nachzudenken und sich an sein Versprechen an den Dornenmann zu erinnern.

"Das hier von mir gesagte bedeutet nicht, dass ich dem Typen auf dem Friedhof begegnet bin, sondern es bedeutet lediglich, dass der Zeuge mir von seinen Beobachtungen auf dem Friedhof berichtet hat".

Wieder musste Luko überlegen. "Das war jetzt falsch ausgedrückt", berichtigte Luko sich sofort. "Ich wollte sagen, der Dornenmann hat mir berichtet, dass er Vorgänge beobachtet hat. Mehr nicht. Aber deswegen wollte er mich nicht treffen. Das waren nur Randbemerkungen des Zeugen. Tatsächlich ging es um etwas ganz anderes. Deswegen bin ich eigentlich hier. Um Ihnen davon zu berichten."

Hoover und Tulsky sahen sich fragend an. Sie hatten weitestgehend Wort gehalten, und hatten Luko bis hierhin nicht mit neugierigen Fragen dazwischen gefunkt.

"Ich muss an dieser Stelle jetzt aber einfach doch mal fragen", sagte Hoover, "wenn ich das richtig verstanden habe, ist Ihr Zeuge bis hierhin Ihrer Meinung nach, wie soll ich sagen, nicht straffällig geworden."

"Ich denke, das ist richtig", antwortete Luko.

"Und jetzt kommt der Teil Ihres Berichts, so nenne ich das einfach mal, in dem Ihr Zeuge selber zum Straftäter geworden ist? Ist das richtig so?", fragte Hoover weiter.

"Könnte sein", antwortet Luko und sagte weiter, "ich habe einen Verdacht, ich bin nicht mehr einhundertprozentig sicher. Wenn Sie später weitere Erkenntnisse gesammelt haben, werden sie, denke ich, meine Vermutung bestätigen und damit meinen Verdacht bestätigen und mir das auch bitte gleich mitteilen. Hoffe ich jedenfalls."

"Wir werden Ihnen alles Relevante berichten", sagte Hoover und sah Luko dabei an", was wir zu den Fällen wissen, die wir in diesen Zusammenhängen bearbeiten."

"Warum soll ich mich darauf verlassen, dass wir hier zusammen arbeiten?", fragte Luko.

Hoover dachte einen Augenblick nach.

"Weil ich glaube, dass Sie den Zeugen nochmals treffen werden. Und weil ich hoffe, dass Sie uns weiterhelfen, wenn wir den Zeugen brauchen. Wir werden versuchen, eine gewisse Vertrauensbasis herzustellen."

"Okay, machen wir weiter", sagte Luko und fuhr fort, "natürlich habe ich in dem Gespräch versucht soviel wie eben möglich herauszufinden. Ich bin nicht nur neugierig, ich möchte schon gerne wissen mit wem ich es zu tun habe. Also habe ich den, ich nenne ihn mal, Ledermann befragt. Nach seinem

Familiennamen, seinem Alter, seinem Familienstand, seinem Beruf. Seinen Familiennamen habe ich leider nicht herausgekriegt. Aber er ist, wie er sagte, vierundfünfzig Jahre alt, jetzt offenbar arbeitslos und war zuvor fünfzehn Jahre lang Ausbeiner auf einem Schlachthof."

An dieser Stelle unterbrach Luko einen Augenblick seinen Redefluss um darüber nachzudenken, ob er sagen sollte, dass es sich um den Bochkumer Schlachthof handelte. Besser nicht, dachte Luko, ich will den Dornenmann noch etwas schützen.

"Sie verraten uns den Ort des Schlachthofs nicht, um den Zeugen zu schützen", sagte Tulsky genau in dieser Sekunde des Nachdenkens.

"Das ist mit dem Zeugen so ausgemacht, das geht nicht anders, jetzt jedenfalls noch nicht, wie ich schon sagte", antwortete Luko.

"Das hatten wir schon, das ist in Ordnung so", warf Hoover ein und sah Tulsky dabei an.

"Ich erzähl jetzt weiter", sagte Luko und fuhr erneut fort. "Auf einmal sagte der Ledermann, und so will ich ihn einfach mal weiterhin nennen, er wäre von Gott auserwählt um die Menschen zu retten. Ich habe ihn dann gefragt, ob er die gesamte Menschheit meinte, so die Menschheit der letzten circa 2000 Jahre. Der Ledermann bekam aber die Ironie meiner Frage gar nicht mit und erzählte munter weiter. Er wäre der Erretter, ja er sagte der Erretter und hätte die Menschen vor den Höllentieren gerettet und von den Höllentieren befreit".

Einige Sekunden vergingen schweigend.

"So, so, befreit hat er uns", warf Hoover ein und entschuldigte sich sofort bei Luko, dass er ihn unterbrochen hatte.

"Wie hat er das denn geschafft", fragte Hoover schmunzelnd weiter.

"Durch Feuer", antwortete Luko, "er hat sie verbrannt, diese Höllentiere. Und zwar direkt in den Behausungen der Menschen. Und die hat er dann wohl, zumindest teilweise, auch gleich mitverbrannt, diese Behausungen, meine ich".

Hoover und Tulsky sahen sich verblüfft an. "Ach du Scheiße", entfuhr es Tulsky.

"So eine Kacke", ergänzte Hoover.

Luko musste innerlich über die Reaktion der beiden Kriminalbeamten lachen. Diese oder eine ähnliche Reaktion habe ich mir gedacht, wenn ich das erzähle, dachte Luko.

"Berichten Sie bitte weiter", sagte Hoover zu Luko "aber mir wird jetzt schlagartig Einiges klar."

"Nun ja", sagte Luko "mir wurde auch Einiges schlagartig klar, als der Ledermann mir das alles, teils auf meine Nachfrage hin, teilweise aber auch ganz von sich aus erzählte. Und wissen Sie, er glaubt das alles, was er insgesamt erzählt, davon bin ich überzeugt, tatsächlich. Der fühlt sich tatsächlich als der Befreier der Menschheit von irgendwelchen Höllentieren. Also der ist in meinen Augen natürlich ziemlich durchgeknallt. Aber andererseits auch ganz rational. Will sagen. Er hat immer darauf geachtet, dass bei seinen Taten keine Menschen verletzt wurden. Das war ihm ganz wichtig, darauf hatte er immer Wert gelegt, das hat er extra betont. Er wollte ja die Höllentiere vernichten und nicht die Menschen. Die Menschen wollte er unbedingt schützen und beschützen. Dass hat er mir auch ausdrücklich bestätigt."

Luko hielt wieder einen Augenblick inne, um dann weiter zu sprechen. "Mir fällt da noch etwas ein. Ich weiß nicht ob das wichtig ist. Der Ledermann sprach davon, dass die Höllentiere aussahen wie die Tiere, oder besser gesagt, wie Teile von Tieren, die er in seinem Beruf geschlachtet, beziehungsweise ausgebeint hat. So, oder so ähnlich hat er sich ausgedrückt."

Mit einem lauten "Ach du Scheiße", unterbrach Hoover diesmal abrupt erstaunt und erschrocken zugleich Lukos Redefluss. Tulsky war von seinem Stuhl aufgesprungen. Er hätte beinahe etwas Ähnliches geäußert, hielt sich aber im letzten Augenblick zurück.

Luko wunderte sich und sah die beiden Herren erstaunt an.

Hier, an dieser Stelle seines Berichts hatte er mit einer solchen Reaktion nicht unbedingt gerechnet.

"Entschuldigen Sie bitte meine Unterbrechung Herr Lukowitsch", sagte Hoover, "aber das, was Sie da gerade gesagt haben, ist ein Schlüssel zu den Brandstiftungen von Wattwig".

Jetzt war Luko an der Reihe damit, erstaunt zu gucken. Er hatte es sich ja schon gedacht, aber diese Reaktion?

"Ich werde Ihnen gleich erzählen was ich meine, beziehungsweise", sagte Hoover weiter, "sie werden gleich verstehen, warum ich jetzt weiß oder fast einhundertprozentig davon überzeugt bin, dass Ihr Ledermann der Brandstifter von Wattwig ist. Es ist nämlich so", fuhr Hoover ohne zu warten fort, "dass wir, und das stand in keiner Zeitung oder ist sonst wo veröffentlicht worden und das muss auch vertraulich unter uns bleiben, verbrannte und halbverbrannte Kadaverreste von Tieren an den Brandstellen gefunden haben. Und diesen Zusammenhang kann nur einer wissen, der an den besagten Brandstellen war und der damit, so sicher wie das Amen in der Kirche, wahrscheinlich auch der Täter war. Das ist absolutes Täterwissen."

"Das überrascht mich natürlich jetzt und beseitigt meine letzten Zweifel", sagte Luko nach einer kleinen Gesprächspause. "Und das leuchtet mir natürlich auch vollkommen ein. Ich war schon bei meinem Gespräch mit dem Ledermann ziemlich überzeugt, dass er der Brandstifter von Wattwig ist. Jetzt bin ich mir noch deutlich sicherer."

Einen Augenblick herrschte wieder einmal Funkstille zwischen den Dreien, bis Hoover das Gespräch fortsetzte.

"Wir müssen ihn uns greifen, bevor er weiteres Unheil anrichtet. Soviel ist klar. Ihre Schutzversprechen dem Täter gegenüber in Ehren, aber wir müssen ihn greifen. Eher jetzt als morgen. Bevor er weitere Brände legt."

Hoover war jetzt ebenfalls vor Aufregung von seinem Stuhl aufgestanden und machte Anstalten loszulaufen.

Luko sah an Hoover und Tulsky hoch, blieb schön sitzen und blickte von einem zum anderen. "Bei allem Respekt", sagte Luko an Hoover gewandt und sah dabei immer noch zu ihm hoch, "sie können sich beide wieder setzen. Alle Höllentiere sind verbrannt. Die Menschheit ist vorläufig gerettet."

Hoover sah an sich herunter auf seine Füße, taumelte leicht hin und her und setzte sich wieder auf seinen Schreibtischstuhl.

"Also, sagte Hoover nach einer kurzen Besinnungspause, "er hat, wie wir jetzt wissen, die Behausungen der Menschen abgefackelt. Das waren ja diese Kleingartenhütten, Vereinsheime usw. Was war denn mit den Autos, die in den letzten Monaten verbrannt sind? Was hat er damit zu tun? "

"Hat er nichts von gesagt", antwortete Luko, "da müssen sie ihn selber befragen. Oder ich frage ihn noch mal, sollte ich ihn treffen. Ich kann es mir aber nicht vorstellen. Das müssen andere gewesen sein. Oder haben sie Tierreste gefunden?".

"Wenn das so ist", sagte Tulsky, der sich auch wieder gesetzt hatte, ironisch, "schließen wir die Akte und gehen nach Hause Bier trinken. Dumm ist nur wenn seine Mittäter weiter fleißig Brände legen und Höllentiere vernichten möchten? Was ist dann? Gehen wir dann auch gleich nach Hause und trinken Bier oder Schnaps oder was?"

"Wenn es nur um die Mittäter geht, können Sie beruhigt nach Hause gehen und Bier trinken. Er hatte nämlich keine Mittäter. Sagte er mir. Und das glaube ich ihm auch. Der Mann wollte die Menschheit alleine retten. Er alleine ist der große Held. Der alleinige Erretter. Der Retter der Witwen und Waisen, der Retter von Jungen und Greisen", antwortete Luko an Tulsky gewandt und dachte dabei, jetzt nur nicht albern werden, sonst nehmen die beiden das Ganze hinterher womöglich doch nicht ernst. Luko fühlte sich in diesem Augenblick irgendwie erleichtert.

"Ohne Mittäter, ich gehe mal davon aus, muss er die Tierreste ja dann selber zum Verbrennen angeschleppt haben", sagte Hoover.

"Und das hat er verdrängt. Und zwar so gründlich verdrängt, dass er eben keine Erklärung dafür haben wird, wie die Teile dahin gekommen sind. Das sind ja auch die, wie er sagt, Höllentiere. Der ist echt wahnsinnig, der Kerl", ergänzte Tulsky.

"Tja, muss wohl", grummelte Hoover zu dem gerade von Tulsky Bemerkten.

"Sagen Sie mal", fragte Hoover in den Raum, meinte aber Luko mit der Frage, "hat er gesagt ob er auch den Brand in Kattscheffs Garage gelegt hat? Hat er den Wagen von Kattscheffs abgefackelt?"

Luko sah Hoover an.

"Das weiß ich nicht. Ich hab ihn aber auch nicht gefragt", antwortet Luko, "keine Ahnung, nicht den blassesten Schimmer".

"Meinen Sie, er hat etwas mit dem Tod von Dorina Kattscheff zu tun? Hat unser Ledermann sich irgendwie dazu geäußert?", setzte Hoover seine Frage fort.

Luko überlegte einen Augenblick. "Kann ich mir nicht vorstellen", antwortete Luko und fuhr fort, "unser Ledermann, wie Sie sagen, hat, davon bin ich überzeugt, einiges beobachtet, was so vorging, auch was vielleicht auf dem Friedhof so vorging. Aber er ist ja vom Typ her eher einer, der, aus gutem Grunde, Menschen keinen Schaden zufügen will. Warum soll der dann Dorina Kattscheff getötet haben?"

"Vielleicht weil die Kattscheff ihn bei seinen Beobachtungen entdeckt hat. Vielleicht auf dem Friedhof entdeckt hat. Kann doch immerhin möglich sein." Hoover schwieg einen Augenblick um dann fortzufahren, "oder weil er doch die Garage der Kattscheffs angesteckt hat und die Kattscheff wiederum unseren Ledermann dabei beobachtet hat. Und der hat sie dann erledigt, weil er Angst um seine Existenz hatte. Er hat sie einfach auf der Grabplatte kalt gemacht?"

Nee, das passt ja zeitlich nicht, dachte Hoover im gleichen Augenblick, erst war die Kattscheff tot, dann brannte die Garage und der Wagen der Kattscheffs. So herum. Oder doch anders, weil ein anderer Täter bei Kattscheffs gezündelt hat?

Das passt alles nicht, dachte auch Luko.

"Dann hätte der Ledertyp vielleicht doch Menschen auf dem Gewissen. Wer weiß, wer den alles beobachtet hat im Laufe der Zeit. Außerdem. Wenn der in seinen Lederklamotten bei seinen Taten unterwegs war, war er ohnehin kaum zu erkennen. Und oft war es ja auch dunkel, tiefe Nacht. Erkannt worden ist der von niemandem. Nein, der Ledermann hat die Kattscheff nicht getötet. der hat nur seine Höllentiere getötet", antwortete Luko, fest davon überzeugt, dass das richtig war, was er sagte.

"Tja", sagte Tulsky, der die ganze Zeit geschwiegen hatte, "tja, leuchtet ein. Schaun wir mal."

Alle drei sahen sich an und wussten, dass sie jetzt auch nicht weiter kamen.

"Ich gehe dann mal zurück zu meinen kirchlichen Verpflichtungen", sagte Luko, kramte in seiner rechten Hosentasche und zog den Beutel mit dem scheinbar vollgerotzten Taschentuch aus der Tasche."

"Das hier ist meine kleine Überraschung für Sie", sagte er zu Hoover und hielt ihm die Tüte entgegen, "ist vom Ledermann eigennäsig eingeschnupft und extra für Sie bestimmt."

Hoover sah sich den Beutel und den Inhalt des Beutels an, bevor er ihn an Tulsky weitergab.

"Wir haben an den Brandstellen, wie mir scheint, ähnliche Taschentücher gefunden und dann genetisch untersucht. Sie stammten alle von der gleichen Person. Wenn das Rotztuch hier dazu passt, ist es der beste und letzte Beweis, dass unser Ledermann tatsächlich der gesuchte Brandstifter ist."

"Und er möchte, dass wir es wissen", sagte Tulsky.

"Wir sollen wissen, dass der "Erretter" sich gemeldet hat. Und ein Geistlicher, der die Botschaften überbringt, erhöht dann noch dazu seine Glaubwürdigkeit."

"Geht gleich zu Knäpper zur Untersuchung", sagte Hoover.

Und Tulsky geht mit, dachte er weiter.

Luko war in der Zwischenzeit aufgestanden, streckte sich jetzt und hielt Hoover seine Hand zum Abschied hin.

"Wir hören voneinander", sagte Hoover als er Lukos Hand geschüttelt hatte.

"Unbedingt", antwortete Luko, "vielleicht bis bald."

Luko drehte sich um, gab Tulsky ebenfalls die Hand zum Abschied und blieb mit dem Rücken zu den beiden wie angewurzelt stehen als er Hoovers unerwartete Fragen hörte.

"Und sonst gibt es weiter nichts Neues vom Friedhof? Ich meine, Ihnen ist nicht doch noch irgendetwas eingefallen, was sie uns seinerzeit vergessen haben zu erzählen?"

Luko drehte sich wieder um: "Und was soll das sein?", beantwortete Luko die Frage mit einer Gegenfrage. "Das einzige Neue ist, dass es nichts Neues mehr gibt und deswegen sogar der allerletzte Journalist das Feld geräumt hat. Es ist wieder schön ruhig geworden bei uns. So wie es sich gehört, auf einem Friedhof."

"Na dann ist es ja gut", sagte Tulsky und gähnte dabei.

Jetzt wird es aber doch irgendwie unangenehmer, das Ganze, verdammt noch mal. Ich muss höllisch aufpassen und die Jungs noch einmal einschwören bevor es losgeht", dachte Luko, nachdem er sich noch einmal durch Zuruf von den beiden Kriminalisten verabschiedet hatte.

Als sich die Tür hinter Luko geschlossen hatte, sahen sich Hoover und Tulsky ohne etwas zu sagen an.

"Wir hätten ihn rausbegleiten können", sagte Hoover nach einer kleinen Weile. "Das ging jetzt alles zu schnell", antwortet Tulsky.

Wieder trat Ruhe ein.

"Kannst Du dich erinnern was Lukowitsch gesagt hat?", fragte Hoover nach der kleinen Denkpause.

"Sicher", antwortete Tulsky. "Sicher kann ich das."

"Und was hat er gesagt?", fragte Hoover weiter.

Tulsky grinste Hoover an. "Er hat gesagt, ungefähr so was gesagt wie, ich zitiere: ich will nicht gesagt haben, ... auf dem Friedhof."

"Richtig, ungefähr so. Und er hat einmal von dem Dornenmann gesprochen, wenn du dich erinnerst", sagte Hoover.

"Du meinst er hat genau das gesagt was Zeugen gerne sagen, wenn sie sich verplappert haben?", fragte Tulsky.

"So ist es. War ja dann doch auch ziemlich nervös, der Gute", antwortete Hoover, "wenn sie mehrfach deutlich darauf hinweisen, dass das Naheliegende nicht stimmt, betonen sie es eben besonders deutlich. Unbewusst oder besonders selbstsicher und bewusst, oder beides. Und naheliegend ist es natürlich auch, dass die beiden sich auf dem Friedhof getroffen haben."

"Und, dass der Ledermann auf Lukowitsch zugegangen ist. Und um ganz sicher zu sein, dass er ihn möglichst alleine trifft, hat er sich vor dem Treffen, wahrscheinlich, indem er ihn länger beobachtet hat, mit den Gewohnheiten von Lukowitsch vertraut gemacht", antwortete Tulsky.

"Davon hat der Pfarrer aber nichts bemerkt, weil sich dieser Ledermann, oder Dornenmann, wie er ihn auch nennt, eine Zeitlang versteckt gehalten hat", sagte Hoover.

"Das leuchtet mir ein", antwortete Tulsky und fuhr sofort fort, "die Frage ist nur wo? Es gibt zwar Möglichkeiten, wie hinter einzelnen Büschen und Sträuchern, einzelnen Gräbern, aber irgendwann fällst du auf. Eine falsche Bewegung und schon wirst du gesehen, tagsüber meine ich."

"Ist dir diese Monsterhecke aufgefallen, die da rings um den Friedhof, an der Friedhofsmauer entlang, angepflanzt ist?", fragte Hoover.

"Ja, ist mir aufgefallen, stimmt", antwortete Tulsky. "Monstermäßig, das Ding."

"Da drin wird er sich versteckt gehalten haben", sagte Hoover.

"Du meinst, in der Hecke?", fragte Tulsky.

"In der Hecke, klar in der Hecke. Ein besseres Versteck kann es doch gar nicht geben", antwortete Hoover.

"Dann gehen wir mal davon aus, dass er sich in der Hecke versteckt gehalten hat, bevor er den Lukowitsch getroffen hat. Nehmen wir das mal als gegeben an", sagte Tulsky. "Und noch ein Beleg dafür, dass sich die beiden auf dem Friedhof getroffen haben."

"Hat uns Lukowitsch nicht mal bei einer Befragung erzählt, dass er morgens auf dem Friedhof seine Joggingrunden dreht? Ganz früh morgens, wenn noch nicht so viele Besucher auf dem Friedhof sind?", fragte Hoover und grinste dabei.

"Ich fürchte mit dem morgendlichen Ausschlafen hat es sich für mich in der nächsten Zeit erst einmal erledigt", antwortete Tulsky.

"Da wirst du wohl recht haben", antwortete Hoover. "Und noch was. Noch was Neues für dich", sagte Hoover weiter, "dein Motorradführerschein wird nützlich. Übe schon mal Motorrad fahren. Die Motorradstaffel wird dir zu Übungszwecken eine Maschine zur Verfügung stellen. Damit du gut genug fahren kannst, um unseren Ledermann einzufangen, wenn der mit seinem Motorrad wieder Richtung Friedhof düst und dann vielleicht auf seinem Motorrad flüchten will. Der soll dir doch nicht entkommen, oder? Außerdem ist so ein Motorradfahrer, der, sagen wir mal, an seiner Karre an der Straße rumbastelt eine prima Tarnung für dich. Was denkst du über meinem grandiosen Plan."

"Hab ich mir gedacht, dass du es so meinst wie du es eben von dir gegeben hast. Der hatte nicht nur Motorradklamotten angezogen, denke ich auch, der fährt auch Motorrad, was auch sonst, ist doch klar. Und man läuft ja wohl kaum mit einem Vollvisierhelm auf dem Kopf durch die Straßen. Besser kann man gar nicht auffallen", sagte Tulsky

"Wir passen gut zusammen, wirklich gut", antwortete Hoover.

"Ich geh dann mal zur Fahrbereitschaft und ich nehme das Rotztuch zu Knäpper mit", sagte Tulsky indem er sich von seinem Stuhl erhob.

"Und ich sehe unsere Karteien durch, ob es jemanden gibt der auffällig geworden ist und mal auf einem Schlachthof gearbeitet hat", antwortete Hoover und schmiss seinen Rechner an.

Kapitel 13: Höllentour
Vorbereitungen auf den Abstieg

Es war doch besser und leichter gelaufen gestern im "Fisch", als er gedacht hatte. Sie waren wie jeden Donnerstag zusammengetroffen, Manni hatte jedem sein erstes Bier hingestellt, wobei Dr.CM natürlich auch gleich seinen ersten Whisky bekommen hatte, und allen war natürlich auch klar, dass heute nicht gepokert würde.

"Ich freue mich, dass wir hier und heute alle versammelt sind ohne zu pokern", eröffnete Dr.CM, "aber vielleicht ist unser informeller Abend auch rasch zu Ende und wir können trotzdem pokern", ergänzte er.

"Du mit deinem Pokern", antwortete Trixi, "heute wird es mal ein bisschen spannender, es geht um mehr".

"So, so es geht um mehr", grummelte Dr.CM. "Es geht um mehr, wie schön".

Eine kurze Pause entstand.

"Kann es sein, dass du schlechte Laune hast", mischte Charly sich jetzt ein. "War wohl kein guter Tag, was? Nur Freisprüche? Hast keinen verknacken können, wie?" Charly grinste als er das sagte.

"Du hast es immer noch nicht verstanden", antwortete Dr.CM knurrig.

"Also Leute", fing Trixi den weiteren Dialog zischen Dr.CM und Charly jetzt ab.

"Schluss jetzt, keine Reibereien, wir reden nun mal über das, was Luko und ich gestern so auf unserem Friedhof getrieben haben."

Nachdem das letzte Gegrummel der Freunde verklungen war berichtete Trixi ausführlich, aber mit einer Lautstärke, die nur an ihrem Tisch zu hören war, über die Ereignisse ihrer Friedhofsbegehung.

Luko ergänzte das eine oder andere Mal, die eine oder andere Passage um die Ausführlichkeit von Trixis Bericht noch zu steigern.

Nachdem Trixi geendet hatte, setzte eine entspannende Ruhe ein. Man hörte förmlich wie die Freunde die Geschichte "sacken" ließen. Natürlich stellten Dr.CM und auch Charly noch einige Fragen, aber im Grunde war ja alles Notwendige erklärt und auch geklärt.

Luko hatte sich in der Zwischenzeit entschlossen auch von seiner Begegnung mit dem Dornenmann zu erzählen. Wann sollte er es auch sonst tun, wenn nicht heute, wenn sie hier und alle zusammen saßen.

"So und wo wir gerade so schön dabei sind und alle schon eingestimmt sind, habe ich auch noch die eine oder andere Geschichte zu erzählen", sagte Luko jetzt.

Diesmal sah auch Trixi Luko mit großen erstaunten Augen an.

Nachdem frisches Bier der unterschiedlichsten Brauarten auf ihrem Tisch stand, erzählte Luko ohne etwas auszulassen, von seiner Begegnung mit dem Dornenmann und auch von seinem Besuch im Polizeipräsidium von Bochkum. "Und damit das klar ist", beendete Luko nach einer knappen Stunde seine Berichte und wandte sich dabei hauptsächlich an Dr.CM, "mehr als sie schon wissen, sollen Hoover und Tulsky auch nicht erfahren. Nicht mehr als ich, wie gerade berichtet, den beiden bei meinem Besuch im Präsidium erzählt habe".

"Puh, das war eine Menge Holz in so kurzer Zeit", antwortete Dr.CM und ergänzte, "mir ist schon klar, dass wir heute nicht mehr pokern. Ja sicher, du kannst Dich natürlich auf mich verlassen."

Als sie nach weiteren zwei Stunden und endlosen Spekulationen sowie ihrer Terminvereinbarung zum Einstieg in das Höllengrab, den "Fisch" verließen hatte Luko das Gefühl, alles richtig gemacht zu haben.

Zusammen mit dem Bier in seinem Bauch ergab das eine gute Wohlgefühlmischung.

Luko hatte viel zu tun.

Seine sonntägliche "Ansprache" an die Gemeinde war auch noch nicht fertig. Außerdem hatte er sich selbstverständlich verpflichtet die notwendigen Ausrüstungsgegenstände für ihren gemeinsamen nächtlichen Ausflug, in der Nacht von Freitag auf Samstag, zu besorgen.

Als die Freunde im "Fisch" rumbrummelten, dass es schon schwierig genug würde nachts aus dem Haus zu kommen, möglichst unbemerkt aus dem Haus zu kommen, hatte Luko den Vorschlag gemacht, die notwendigen Utensilien selbst zu besorgen.

Wie sollten sie auch noch unbemerkt diese Ausrüstungsgegenstände besorgen und irgendwo deponieren. Und das Ganze dann auch noch in der Kürze der Zeit. Charly kam sogar auf den absurden Gedanken die ganze Aktion vielleicht um ungefähr eine Woche zu verschieben. Vielleicht auf kommenden Donnerstagabend. Da hätte er dann eine gute Ausrede. Er würde seiner Frau einfach erzählen im "Fisch" hätte es länger gedauert als sonst. Daher sein frühmorgentliches Auftauchen im Ehebett. Offenbar schliefen Charly und seine Frau noch in einem gemeinsamen Bett, in einem gemeinsamen Schlafzimmer.

Dieses Ansinnen einer Terminverschiebung wurde aber sofort von allen anderen Beteiligten abgelehnt. Andererseits konnte er Charly ja verstehen. Der Freitagabend ist sein umsatzträchtigster Tag in der Woche.

Da wird Taxi gefahren bis der Arzt kommt. Vor allem die jungen Leute gönnen sich, wenn sie frühmorgens aus den Diskotheken und Kneipen kommen, gerne den Luxus eines Taxis. Und das ist auch gut so. Als Luko Charly darauf aufmerksam machte, dass die lange Taxinacht doch auch ein gutes Argument für eine frühmorgentliche Rückkehr sein könnte, wäre Charly ihm beinahe an den Hals gesprungen.

Ich werde ihm das über den "Geldkoffer" ausgleichen hatte er nach dieser durchaus berechtigten Beinaheattacke gedacht. Auf drei, vier Hunderter weniger konnten die Letro- Märkte gut verzichten. Die Scheinchen waren dann eben von der toten Kattscheff verprasst worden. Er konnte sich aber auch noch was anderes überlegen.

Tatsächlich gab es aber doch noch ein Problem, auch für Dr.CM und Trixi. Wie sollten sie ihren Frauen erklären, dass sie von Freitagnacht auf Samstagnacht unterwegs sein würden?

Tatsächlich hatte Charly die rettende Idee. Sie sollten erklären, dass sie sich Freitagabend nochmals trafen um ihr 10 jähriges Jubiläum im "Fisch" zu feiern.

Das wäre ihnen erst an diesem Abend eingefallen und bliebe selbstverständlich die einzige Ausnahme nochmals rauszugehen und dann auch noch an zwei Abenden hintereinander. Alle fanden die Idee gut und stimmten zu.

Was musste er alles besorgen?

Also erst einmal Lichtquellen. Am geeignetsten wären sicher so batteriebetriebene LED-Lampen. Diese kleinen wunderbaren Taschenlampen.

Noch toller wären Helme mit montierten Lampen. Aber da war ja nicht auf die Schnelle dranzukommen.

Dann gab es, hatte er mal in einem Elektronikartikelkatalog gesehen, diese LED-Lampen verbunden mit einem Gummiband um sich die Lampe um den Kopf zu ziehen.

Für das nächtliche Jogging. Die Dinger waren auch nicht so teuer und in diesem Elektronikladen in der Nachbarstadt erhältlich. Fehlten jetzt noch die Helme.

Im fielen Helme ein, die von Bergleuten getragen werden, wenn sie in den Schacht einfahren. Da sind die Lampen direkt integriert.

Unsinn, da war auch nicht dranzukommen. In Wattwig leben zwar viele ehemalige Bergleute, und die haben sicher ihre alten Helme zur Erinnerung noch zu Hause rumliegen. Aber die Ehemaligen konnte er ja nun nicht abklappern und um ihre Helme bitten. Die würden ihren Pfarrer ziemlich blöde ansehen. Und das berechtigt.

Was würde das für ein Chaos und Gefrage verursachen. Also dumme Idee.

Er hatte seit Jahrzehnten einige Kunststoffhelme, wie sie auf Baustellen getragen werden, im Keller rumliegen. Keine Ahnung wo die herkamen. Die lagen schon im Keller als er die Gemeinde "übernommen" hatte. Die müssten noch funktionieren, also tragfähig sein ohne zu zerbröseln, wenn man sie aufsetzte.

Er hatte im Laufe der Jahre immer mal so einen dieser gelben Helme in die Hand genommen und dann nach kurzer Betrachtung zurückgelegt. Die fraßen ja kein Brot im Keller. Wer weiß wofür die mal zu gebrauchen waren. Jetzt war aber offenbar ihr großer Tag gekommen. Die mussten nur gereinigt werden. Dann die LED-Lampe drumgebunden. Fertig.

Was fehlte noch? Ein oder zwei Seile. Ein Hammer, wofür auch immer? Auch ein Schraubendreher musste mit. Aber welche Größe? Oder besser noch eine Miniwerkzeugkiste. Mit dem Notwendigsten als Inhalt.

Feste Schuhe und der Expedition entsprechende Kleidung sowie Handschuhe musste natürlich jeder selber mitbringen, also irgendwie aus dem Haus bekommen. Jeder hatte Handschuhe zu Hause.

Trixi wollte außerdem noch zwei, drei Satz Gartenhandschuhe aus dem Gemeindegartenschuppen mitbringen.

Er könnte noch sehen, ob er einige Pudelmützen mitnehmen könnte, wenn die Helme zu ungemütlich würden, oder es einfach zu kalt würde in dieser Gruft.

Und gegen den Geruch ? Was konnte er gegen den Geruch besorgen? Geruch ist ja wirklich untertrieben. Diesen fürchterlichen Gestank. Diesem fürchterlichen Gestank nach Verwesung? Dieser süßliche Gestank. Wo sollte er Atemmasken herbekommen? Er hatte nicht die geringste Ahnung.

Die anderen notwendigen Sachen besorgen war kein Problem für ihn, die Atemmasken besorgen, aber sehr wohl.

Sie hatten beschlossen sich um 22.00 Uhr an dem Kattscheffschen Mausoleum zu treffen. Jeder sollte für sich kommen. Es gab verschiedene Wege dorthin und sie hatten das gestern genau abgesprochen, wer von ihnen über welche Zuwegung zu der Grabstelle gelangt.

Sie wollten sich auf gar keinen Fall zum Beispiel am Pfarrhaus treffen um dann gemeinsam zur Grabstelle zu gehen. Das wäre viel zu auffällig gewesen.

Selbst um 22 Uhr laufen da manchmal noch Friedhofsbesucher herum. Oder Menschen, die sonst was auf dem Friedhof suchten oder machten.

Was auch immer.

Völlig gleichgültig, aber sie wollten auf gar keinen Fall als Gruppe wahrgenommen werden. Kann man ja auch verstehen. Er und seine Freunde sind ja bekannt in der Gemeinde wie "ein bunter Hund". Da würde sofort rumgetuschelt und ruckzuck wären die nächsten dummen Gerüchte in die Welt gesetzt. Nein, darauf konnten sie wirklich verzichten. Sehr gerne.

Blieb noch die Frage, wer das ganze Zeug zum Mausoleum schleppt. Und wieder einmal hatte Trixi, ihr Gemeindeschatz, die rettende Idee.

Sie einigten sich darauf das Luko die Sachen Stück für Stück bis 20 Uhr in Trixis Schubkarre, die im Schuppen stand, verstaut hatte.

Trixi wollte das Ganze dann mit einer dieser Kunstgrasrasenmatten tarnen, die auch bei Beerdigungen gebraucht werden. Die Schubkarre wollte er dann vorher zur Grabstelle karren und dort so gut es ginge verstecken. Sollte doch jemand die Karre vorher entdecken, würde er nicht so schnell unter so eine "Beerdigungsdecke" gucken. Außerdem wollte er die Grabstelle zuvor wieder weiträumig mit Flatterband absperren.

Das Flatterband sollte Luko ihm ebenfalls in die Karre legen, weil er nichts mehr davon hatte. Auch das Band musste Luko, am besten in dem örtlichen Laden für Bauzubehör, da holte Trixi das Band zur Absicherung seiner offenen Grabstellen ja auch immer, auch noch besorgen.

Hatte er noch etwas vergessen?

Na klar, hatte er. Mindestens ein Kasten Bier musste mitgenommen werden. Schließlich feierten sie ihr Zehnjähriges im "Fisch". Da konnte keiner ohne "Fahne" nach Hause kommen. Und von Bier bekam man eine schöne "Fahne".

Luko hatte jedenfalls an diesem Vormittag genug zu tun. Nicht weil die Aufgabe schwierig war, nein, sie war nur zeitaufwendig.

Wenn die Sachen zusammen waren mussten die Helme gesäubert und mit den LED-Leuchten präpariert werden. Das alles bis 20 Uhr in die Schubkarre von Trixi, Abendessen, noch eine halbe Stunde aufs Ohr legen und los zum Mausoleum.

Leider hatten sie nicht geklärt, wer welche Aufgaben an der Grabstelle übernehmen würde. Es war auch schon viel zu spät geworden und alle wollten nach Hause. Denn eines war schon klar, auch wenn das nicht wirklich angesprochen worden war: Der Ledermann konnte auch in der Nähe sein. Für sie unerkannt, aber in ihrer Nähe sein. Irgendwo in der Dornenhecke konnte er hocken und sie beobachten. Genau so, wie er ihn und Trixi möglicherweise beobachtet hatte, als sie das Mausoleum öffneten, so wie er viele Male zuvor beobachtet hatte was sich auf dem Friedhof tat. Was sich Tag und Nacht auf dem Friedhof tat.

Ob der Ledermann wohl auch in seiner Hecke hockte, als die Kattscheff umkam? Und warum hatte er den Koffer dann nicht selber an sich genommen und war damit verschwunden? Für immer und ewig ? Gereicht hätte es ja.

Luko dachte weiter an den Koffer und ihm schwindelte bei den verschiedenen Gedanken. Und wusste er, ob der Ledermann nur gute Absichten hatte. Er hatte zwar das Gefühl, dass der Ledermann okay war, denn sonst hätte der wohl kaum diesen Kontakt zu ihm aufgenommen, aber konnte er sich wirklich darauf verlassen?

Nein nicht wirklich.

Er konnte es nicht wirklich wissen, aber bei einem war sich Luko fast hundertprozentig sicher: Den Grabmechanismus kannte der Ledermann auch, der war mit Sicherheit schon mal da unten gewesen.

Was wäre denn, wenn sie alle vier die wahrscheinlich glitschige Steintreppe runtergestiegen wären, eher runtergekrabbelt und gerutscht als gestiegen, und das Grab würde sich schließen und es wäre dann fest verschlossen. Sie könnten sich bemerkbar machen. Irgendwann würde irgendjemand sie suchen. Und Hoover würde sich vielleicht einen Reim daraus machen, wenn alle vier als vermisst gemeldet würden. Dem fiele mit Sicherheit auch sofort das Kattscheffsche Familienmausoleum ein. Simone und Clarissa würden sich auch was denken können und ahnen wo sie sind. Aber bis sie da raus kämen aus diesem Loch, das könnte dauern.

Luko musste grinsen bei dem Gedanken daran wie sich die Grabplatte öffnet und Hoover von oben in das bis dahin ziemlich ausgemergelte fahle Gesicht von Dr.CM guckt und sofort eine dumme Bemerkung macht.

Oder sich einfach nur kaputtlacht, wenn er sie da raus krabbeln sieht aus der Gruft. Und dann die Szene wie Hoover sofort darauf von einem völlig geladenen Dr.CM die passende Antwort bekommt.

Das wäre schon irgendwie lustig, aber Luko konnte auch gut auf solche Szenen verzichten.

Gibt es eigentlich einen Handyempfang in solch einem fiesen, stinkenden Erdloch?

Und die Tagespresse ?

Gar nicht dran zu denken. Wenn auch nur ein Sterbenswörtchen an die Presse geht, Hoover, würde Dr.CM wahrscheinlich sagen, bringe ich Sie um.

Und zwar hier am Grab. Auch Tage später. Ganz egal.

Ungefähr in der Mittagszeit, so um 12 Uhr herum, hatte Luko die für ihren Höhlengang benötigten Ausrüstungsgegenstände zusammengekauft oder auch zusammen gesammelt und die ziemlich eingedreckten, oder man kann schon fast sagen eingesauten Helme aus seinem Keller in eine Plastikkiste gepackt und in sein Arbeitszimmer gestellt.

Die Helme hatten ja lange in seinem Keller gelagert und kein Licht gesehen. Da es in seinem Keller auch immer etwas feucht ist, hatten die mit einem Kinnschutz versehenen Tragebänder der Helme teilweise Schimmel angesetzt und stanken auch entsprechend.

Das stinkt ja zum Himmel, dachte Luko, das Grab stinkt und wir werden stinken.

Alles das, der ganze Dreck, musste jetzt abgewaschen werden. Zu seiner Sicherheit, und zum Schutz vor seinen neugierigen Töchtern hatte er versucht die Kiste möglichst so hinter seinem Schreibtisch zu palzieren, dass sie nicht gesehen werden konnte.

Was war jetzt noch zu tun?

Mit Sicherheit hatten Simone und Clarissa sehr schnell raus wo der Haase im Pfeffer lag. Denen wird sehr schnell klar sein, was hier läuft und wann was wo läuft. Erstens hatte er ihnen erzählt, dass sie in das Grab einsteigen wollten und schließlich waren es seine süßen und intelligenten Töchter mit denen er es hier zu tun hatte.

Blieb also nur die Frage ob er sie irgendwie austricksen konnte. Luko wollte die beiden eigentlich nicht dabei haben, dass hatte er ihnen ja auch schon deutlich gemacht. Im Augenblick waren sie ja noch an der Uni und kümmerten sich um ihr Studium. Aber die beiden konnten trotzdem jederzeit, plötzlich und unerwartet zurück sein. Aber was soll es.

Er nahm die Kiste mit den Helmen wieder an sich, trug sie in das Badezimmer und legte die Helme dann nebeneinander in die Badewanne. Mit einer Nagelbürste, dem Scheuermittel, der Handdusche und Gummihandschuhen an den Händen ging es sofort zur Sache.

Es wäre ja auch zu schön gewesen.

Das Befestigungsband des letzten Helms gerade in der Mache, hörte er wie unten die Eingangstür aufgeschlossen wurde und seine zwei Mädels, die sich über irgendwas halb schlapp lachten, hereinkamen.

Scheiße, dachte Luko, und ich habe kein Kommunikationskonzept. Erst einmal verhielt er sich ruhig. Mucksmäuschen still. Er duckte sich regelrecht in seine eigene Stille.

Nach kurzer Zeit verebbte das Lachen seiner beiden Mädels und er hörte nur noch ein leises Gemurmel. Das Gemurmel hielt aber nicht lange an.

"Papsi, wo bist Du?" hörte er eine von den beiden, mit einer Stimme rufen, die er jetzt hier nicht von der Stimme seiner anderen Tochter unterscheiden konnte,

"Wir kommen jetzt rauf zu dir, also versteck dich nicht."

Seit Kindestagen hat sich nichts geändert, dachte Luko.

Schon als kleine Kinder, auch als seine Karin noch lebte, wussten die beiden immer irgendwie instinktiv wo er steckte und sie hatten Spaß dabei ihn dann auch zu finden. Und sie fanden ihn immer, außer wenn er gerade mal weit außerhalb des Pfarrhauses unterwegs war. Aber das war ja eigentlich eher selten der Fall.

Während es ihm immer noch ruckartig durch den Kopf schoss ohne Strategie dazustehen, kam das Getrampel auf der Treppe und auf der Empore so schnell näher, dass er Mühe hatte so aus dem Einfallbereich der Badezimmertür zu verschwinden, dass er nicht gleich umgelaufen wurde, wenn die beiden reinstürmten.

Abschließen, Tür abschließen, schoss es ihm durch den Kopf. Aber gleichzeitig Unsinn, so ein Unsinn. Glasklares offensives Management, zeigen wer der Herr im Hause ist, dachte er weiter.

Im gleichen Augenblick wusste er, dass er keine Chance hatte, der Herr im Hause zu sein.

Jetzt kam das Getrampel aus dem Arbeitszimmer, wo sie ihn sichtlich nicht angetroffen hatten, und ohne zu klopfen standen beide auch schon neben ihm, gaben ihm zur Begrüßung einen Kuss auf den Mund und sahen gleichzeitig in die Badewanne.

Zehntelsekunden vergingen.

"Wie denn, was denn?", lachte Simone, "neues Hobby, Helme waschen?"

"Nein", antwortet Clarissa "Unser Papsi geht in den Bergbau, Kohlen ausbuddeln". "Ja, aber wo denn?", fragte jetzt wieder Simone, "es gibt doch gar keine Pütts mehr in der Nähe, die geöffnet haben."

"Ja, das ist aber doof für Papsi", gab Clarissa jetzt wieder als Antwort, "dann hat er sie ja ganz umsonst gewaschen".

Luko wusste nicht, ob er lachen sollte oder die Krätze kriegen. Er entschied sich für die Erste der Alternativen.

"Ihr seid bescheuert", lachte Luko los, "was soll ich bloß mit euch beiden machen, könnt ihr mir das mal sagen?"

"Lieb sein und stets die Wahrheit sagen", antworteten beide gleichzeitig und lachten laut mit.

Sie hatten vereinbart, dass Luko ihnen erzählen wollte was sich in den letzten Tagen Neues ereignet hatte, wenn er mit den Helmen hier fertig war und einen Termin auf dem Friedhof erledigt hätte.

Er wollte Ihnen von seiner Begegnung mit dem Dornenmann und von seinem Termin im Polizeipräsidium von Bochkum erzählen.

Die Idee mit dem Termin auf dem Friedhof war ihm wie ein Geistesblitz während seines kurzen Gesprächs gerade mit Simone und Clarissa, gekommen.

Er würde zum Mausoleum gehen und dort auf den Ledermann warten. Wenn der Ledermann mit ihm Kontakt aufnehmen wollte, und davon war er fest überzeugt, dann ist er schon da in seiner Hecke oder er kommt etwas später.

Der Ledermann wollte mit Sicherheit wissen, was sich im Polizeipräsidium von Bochkum abgespielt hat.

Und er wollte den Ledermann darauf einschwören sie heute Abend nicht zu stören. Luko war davon überzeugt, dass das gelingen würde. Er würde mit dem Ledermann diese Vereinbarung hinbekommen. Wenn er ihn nachher träfe.

Er musste jetzt noch die LED-Lampen montieren, die Sachen dann in die Schubkarre bringen und dann auf den Friedhof , zu seinem Termin, so der denn hoffentlich stattfand, gehen.

Die Mädels und er wollten sich gegen 16 Uhr in ihrer Küche treffen. Sie hatten ja in den letzten zwei Tagen kein vernünftiges Wort mehr miteinander gesprochen und Luko fand auch, dass es jetzt wirklich an der Zeit war, seinen Töchtern Bericht zu erstatten.

Die Montage der LED-Lampen an den Helmen stellte sich als etwas schwieriger heraus als er zuerst angenommen hatte.

Immer wenn es schnell gehen muss, immer der gleiche Mist. Erst klebte das Büroklebeband nicht richtig, sodass er richtiges Packpaketband nehmen musste, das er noch irgendwo hatte, und dann mussten die Lampen so sitzen, dass sie ein- und ausgestellt werden konnten, ohne die Helme jedes Mal abnehmen zu müssen. Und mittig auf den Helmen sollten die LED-Dinger auch möglichst noch sitzen. Aber nach anderthalb Stunden war das dann doch geschafft.

In dem Baufachgeschäft hatte er mehrere Staubschutzmasken besorgt, die aber nicht vor Gerüchen schützten. Mit den Gerüchen mussten sie so fertig werden, an den Gestank in der Gruft mussten sie sich eben gewöhnen.

An funktionsfähige Gasmasken war nicht so schnell heranzukommen. Und um solche Dinger vielleicht über ebay oder ein anderes Internetportal zu ersteigern, dazu war es jetzt deutlich zu spät.

Während er vor sich hinwerkelte und die Helme präparierte war ihm schon klar, was als Ergebnis seines Gespräches mit Simone und Clarissa nachher herauskäme. Oder besser, er würde sich sehr wundern wenn es anders laufen würde.

Die beiden würden selbstverständlich immer noch mitmachen wollen. Und das konnte er ihnen auch nicht wirklich verwehren. Und er wollte es auch gar nicht, denn eigentlich waren sie ja mittendrin im Geschehen. Und vielleicht war das auch gar nicht schlecht, denn zwei Leute mehr waren eigentlich als Bewachung des Öffnungsmechanismus für die Grabplatte dringend erforderlich. Auch wenn er möglicherweise gleich mit dem Ledermann sprechen kann und der zusichert, dass er sich nicht einmischt, heute Nacht. Er konnte sich nicht wirklich darauf verlassen, dass der Ledermann sie nicht einsperren würde. Auch wenn er es nicht glaubte, dass er es täte, wenn er es versprechen würde.

Seinen Mädels würde der Ledermann nichts tun, da war er sich sicher. Er würde es auch nicht riskieren wollen. Und wenn er keine zwei Freiwilligen finden würde, weil sie alle vier, und seine Mädels auch, lieber mit in die Gruft kämen ? Dann müsste eben gelost werden. Mit einem Verfahren, dem sich keiner entziehen kann. Mit Streichholzziehen. Wer den Kürzeren zieht, hat verloren und muss den Mechanismus bewachen.

Also musste er unbedingt daran denken gleich Streichhölzer einzustecken. Die hatte er immer in der Kirche, als Reserve zum Anzünden der Kirchenkerzen liegen, falls seine Gasanzünder mal ausfielen.

Eine von den Mädels und einer von den Jungs zusammen sollten also den Mechanismus bewachen. So war es gut. Das würde er den beiden nachher erklären, damit es heute Abend, wenn sie sich getroffen haben, kein Theater gibt. Mal sehen.

Zu blöde, dass sie gestern im "Fisch" alles Mögliche bequatscht hatten, nur nicht wer welche Aufgaben zu erledigen hatte.

Allen war es irgendwie selbstverständlich vorgekommen, wie gesagt ohne darüber zu reden, dass sie zusammen in die Gruft gehen.

Auch hatte er vergessen seinen Freunden zu erzählen, dass seine Töchter ebenfalls von ihren Absichten wussten und mitmachen wollten.

Luko packte die gesammelten Sachen zusammen und brachte alles in Trixis Schubkarre. Danach machte er sich sofort Richtung Mausoleum auf.

Es war jetzt 13.30 Uhr und genug Zeit um den Ledermann zu treffen und um 16 Uhr zurück bei seinen Töchtern zu sein. Dass es heute losgehen würde, hatten die beiden sicher schon begriffen.

Er hatte dem Ledermann zwar keinen Zettel an die Friedhofsbank geklebt, aber vielleicht würde er auch ohne Termin kommen.

Luko saß auf der Bank am Mausoleum, wo er auch schon Dienstag gesessen hatte, und wartete. Nichts tat sich.

Doch dann, plötzlich streifte Luko der Hauch eines Atems der ihn erfrieren ließ.

Er war ein kleines bisschen eingenickt und sofort hellwach. Hellwach, wie ein irgendwo lebendes wildes Tier, das sich Schlaf nur erlauben kann, wenn es nicht unerwartet gefressen werden will.

"Und, waren Sie da?", fragte der Atem in seinem Nacken.

Luko drehte sich blitzartig um, um der Stimme hinter ihm einen Schlag zu verpassen. Die Stimme hatte das scheinbar geahnt und war einen Schritt zurück getreten.

"Mein Gott, haben sie mich erschreckt, sind Sie bescheuert?" schrie Luko als er im gleichen Moment den Ledermann wahrnahm. Um sofort mit gepresster Stimme fortzufahren, "wenn Sie das noch einmal machen, verpasse ich Ihnen eine, dass Sie hier die längste Zeit herumgelaufen sind. Darauf können Sie sich verlassen".

Luko war automatisch in seinen alten Boxerslang verfallen. "Nächstes Mal erscheinen sie mir von vorne oder ich haue Sie so um, dass Sie die längste Zeit irgendjemanden errettet haben. Haben Sie mich verstanden?"

Der Dornenmann wich noch einen Schritt zurück, schob die geöffneten Hände vor seine Brust und schien schockiert.

"Ist ja gut, ist ja gut, kommt nicht wieder vor", hauchte der Dornenmann und ließ dabei gleichzeitig seine Hände sinken.

Luko rutschte ein Stück auf der Bank zur Seite.

"Kommen Sie, setzen Sie sich hier zu mir auf die Bank." Das klang wie ein Befehl. Ein Befehl, dem der Dornenmann auf der Stelle folgte. Luko atmete zwei, dreimal schwer ein und spürte dabei, das er alles richtig gemacht hatte.

"Und was reden wir jetzt", fragte die schüchterne, fast ängstliche Stimme seines großen, schwarzen Banknachbarn jetzt.

"Ich erzähle Ihnen was ich Hoover und Tulsky erzählt habe als ich bei ihnen in Bochkum war und danach erzähle ich

Ihnen eine kleine Geschichte darüber was sich heute Nacht hier an dieser Grabstelle abspielen wird. Und ich erzähle Ihnen welche Rolle Sie heute Nacht in dieser kleinen Geschichte spielen bzw. welche Rolle Sie nicht spielen werden", antwortete Luko.

"Da bin ich aber gespannt", antwortet die Stimme des Ledermanns, die sich nach Lukos ernst gemeintem Wutanfall wieder zu beruhigen schien.

"Es tut mir auch leid, dass ich sie erschreckt habe, das wollte ich nicht", sagte der Ledermann weiter. Bitte erzählen Sie mir was in Bochkum im Polizeirevier passiert ist."

Vielleicht eine halbe Minute verging. Luko sah den Ledermann an und antwortete kurz und knapp: "Also ich hab mich genau an unsere, wie soll ich es nennen, Verabredung gehalten. Ich hab den beiden Polizeibeamten, also Hoover und Tulsky, die Sachen, die sie mir gegeben haben, also ich meine, dieses Säckchen, übergeben. Ich habe denen erzählt, wie sie es wollten, dass sie die Menschen vor den Höllentieren errettet haben. Und ich habe auch noch extra Wert darauf gelegt, dass das auch anerkannt wird, was sie getan haben. Hoover und Tulsky waren, glaube ich, ganz zufrieden."

"Haben sie etwas zu mir, zu meiner Person, erzählt?", fragte der Ledermann.

"Ich habe das erzählt, was ich weiß", antwortete Luko, "dass ich sie nicht erkannt habe, dass sie plötzlich neben mir auf der Bank saßen, dass sie ganz in Leder gekleidet waren und ich durch ihren Vollvisierhelm ihr Gesicht nicht erkennen konnte."

Der Ledermann setzte sofort zur nächsten Frage an. "Dann wissen die jetzt, dass ich Motorrad fahre?"

"Das müssen sie Hoover selber fragen, was er vermutet. Sie können in so einer Kluft auch Auto fahren und das Zeugs nur deshalb tragen, weil sie sich tarnen wollen. Was weiß ich?", antwortete Luko.

Der Ledermann dachte einen Augenblick nach. Ihm schien Lukos Antwort zu gefallen.

"Also das war es, mehr habe ich in Bochkum nicht erzählt und mehr habe ich hier zu diesem Thema nicht zu sagen", sagte Luko weiter.

"Gut, danke schön", antwortete der Ledermann.

Kurz und knapp, die Antwort, dachte Luko, aber wie mir scheint doch erleichtert.

Nach einem kurzen Augenblick entspannender Ruhe fuhr der Ledermann fort: "Welche Rolle haben Sie mir denn zugedacht, in welchem Spiel hier heute Abend?"

"Ich habe Ihnen die Rolle zugedacht, keine Rolle zu spielen heute Abend." Luko hielt einen Augenblick inne um dann sofort weiter zu reden, "heute Abend werden hier sechs Personen erscheinen, davon werden sich vier Personen in die Gruft bewegen, zwei Personen werden sich um den Öffnungs-und Schließmechanismus der Grabplatte kümmern, den sie mit Sicherheit auch kennen und sie werden bitte von allem die Finger lassen. Kann ich mich darauf verlassen?" Luko hatte wieder, ohne es eigentlich zu wollen, in einem strengeren Ton gesprochen.

Der Ledermann ging auf Lukos Frage nicht direkt ein sondern sagte in einem aggressiveren Tonfall zu Luko: "Erst wenn ich weiß, wer diese Leute sind, von denen Sie da reden."

Luko sah dem Ledermann in die dunklen Augen: "Natürlich, warum denn nicht. Es sind meine Freunde, Trixi, den Sie ja kennen, Dr.CM und Charly. Dann meine Wenigkeit und meine beiden Töchter. Wir sechs wollen wissen, was da unten los ist. Und daher steigen wir hier heute ein."

"Ich kenne sie alle", antwortete der Ledermann, "ich kenne sie und natürlich Trixi, ich kenne Ihre Töchter und ich kenne die beiden anderen. Sie wissen, dass ich sie eine Zeit lang beobachtet habe. Ich weiß, dass Sie sich donnerstags regelmäßig im "Fisch" treffen. Ich habe auch den Hoover da mal reinkommen sehen, in den "Fisch". Ist schon eine Weile her. Ich war ganz in der Nähe als er versucht hat den Wirt auszufragen. Zu Ihnen und zu Kattscheff auszufragen, und ob es eine Verbindung gibt, denke ich. Auch ich gehe manchmal ein Bierchen trinken. In einem anderen Outfit natürlich, wie sie sich wiederum denken können."

Luko musste grinsen, als er das hörte. Dass der Ledermann soweit ging und sogar im "Fisch" verkehrte, hätte er irgendwie nicht von ihm gedacht. Auch der Ledermann fing an zu grinsen, so als hätte er gerade Lukos Gedanken erraten. Sie grinsten sich an, was Luko zwar nicht richtig erkennen konnte, aber die Augen des Ledermanns verrieten es ihm.

"Ich nehme die Rolle an", sagte der Ledermann, "ich mische mich nicht ein, auf mich können Sie sich verlassen. Hundertprozentig und garantiert."

Luko war erleichtert aber noch nicht ganz überzeugt. "Es könnte doch sein, dass es da unten ein Geheimnis gibt von dem sie nicht wollen, dass es auffliegt, weil sie darin irgendwie verstrickt sind? Kann das sein, ist das möglich? Kann ich mich wirklich auf sie verlassen?"

Der Ledermann überlegte einen Augenblick.

Luko schien, als hätte er mit einer solchen Frage nicht gerechnet. Der Ledermann schien ihm irgendwie verdutzt zu sein. Dann kam die Antwort.

"Wissen sie, Herr Lukowitsch, für mich ist das, was sie da unten wahrscheinlich vorfinden werden, kein Geheimnis. Ich habe es mir nicht ganz genau angesehen, aber es liegt auf der Hand. Auch wenn mich mein Gedächtnis langsam verlässt, dass weiß ich noch. Und ich weiß vor allem, dass ich damit nichts, aber auch nicht das Geringste zu tun habe. Wie auch und warum auch? Darum können sie gerne selber nachsehen. Ich bringe mich dadurch nicht in Gefahr. Jedenfalls nicht in die Gefahr, dass man mir irgendetwas anhängen kann."

Luko war immer noch nicht ganz überzeugt, aber er beließ es dabei.

Der Ledermann war ja nicht gewalttätig. Außer gegen seine Höllentiere. Aber nicht gegen Menschen. Ein armer Irrer, mehr nicht.

"Okay", sagte Luko, "dann wäre das auch geklärt. Ich muss jetzt los, ich muss noch einige Besorgungen machen und ich muss mich noch ein wenig ausruhen. Wenn jetzt nichts Akutes mehr anliegt würde ich mich gerne vom Acker machen."

"Nee, kein Problem", antwortete der Ledermann, "ich muss auch los. "Vielleicht können wir unsere Unterhaltung in den nächsten Tagen fortsetzen. In Zukunft denk ich dran und kleb einen Zettel an die Bank. Sie wollen das ja auch tun. Mit Datum drauf, wann man sich sehen will".

Während Luko das sagte, war er aufgestanden und reichte dem Ledermann seine Hand zum Abschied.

Der Ledermann war mit ihm aufgestanden, ergriff Lukos Hand und verabschiedete sich hastig mit den Worten: "So machen wir es, Danke".

Es war jetzt 15 Uhr und er hatte noch einiges zu tun. Wie verklickere ich die neue Situation jetzt meinen Jungs? fragte Luko sich. Ich fange mit der guten Nachricht an. Die gute Nachricht ist, dass der Ledermann sich heute Nacht nicht einmischt. Das ist klar eine gute Nachricht.

Und aus der Nachricht, dass seine Mädels mitkommen muss er den Jungs auch irgendwie eine gute Nachricht basteln bevor die gegen die Mädels argumentieren. Besonders Dr.CM wird sich sperrig zeigen. Den ruf ich am besten als Ersten an, dann habe ich die härteste Arbeit erledigt. Ich sag einfach, dass es unweigerlich für uns sicherer ist wenn Simone und Clarissa den Mechanismus bewachen, auch wenn er dem Ledermann glaubt. Das mit der Streichhölzchenzieherei lass ich sein. Das ist Quatsch. Und wenn er damit nicht einverstanden ist, dass Simone und Clarissa mitkommen dann muss Dr.CM eben den Mechanismus bewachen und sie gehen ohne ihn in die Hölle. Das wird Dr.CM nicht wollen, also muss er zustimmen.

Außerdem kennt Dr.CM seine beiden Süßen so gut, dass er genau weiß, dass sie sich sowieso nicht davon abhalten lassen mitzukommen. Also zwei Fliegen mit einer Klappe geschlagen.

Als Luko im Pfarrhaus angekommen war und die Haustür aufgeschlossen hatte, hörte er schon, dass sich in der Küche etwas tat. Sie drei wollten sich ja gleich hier unten treffen. Scheinbar hatten die beiden ihn nicht kommen gehört, sodass er schnellstens in seinem Arbeitszimmer verschwinden konnte. Zur Sicherheit schloss er die Zimmertür ab und ergriff das Telefonhandy.

Heute ist so ein klein bisschen ein Glückstag für mich, dachte Luko als er mit dem Letzten im Bunde, Charly, sein Telefonat beendet hatte.

Dr.CM hatte erwartungsgemäß etwas rumgezickt, dann aber, nachdem Luko kurz von dem Gespräch mit dem Ledermann berichtet hatte, Lukos Argumente eingesehen.

Die beiden anderen fanden es sofort gut, dass die Mädels mitkommen und hatten überhaupt nichts dagegen.

In wenigen Minuten war alles erledigt. Dann noch das kurze Telefonat mit einem verdutzten Manni, der ihren Stammtisch im "Fisch" für sie reservieren musste.

Luko stellte das Telefonhandy in seine Ladeschale zurück, schloss seine Zimmertür auf und ging, leise vor sich hin pfeifend, die Treppe herunter in ihre Küche.

Seine Taktik war eine kleine Notlüge.

Schließlich hatte er den Jungs am Telefon gesagt, dass die Mädels den Mechanismus bewachen sollten, und nicht umgekehrt, wie er es seinen beiden Töchtern gleich erzählen würde.

Auch hatte er gerade am Telefon noch einmal genau festgelegt wie es laufen sollte. Sie würden sich um 20 Uhr zu ihrem Jubiläum im "Fisch" treffen. Um 21.30 Uhr würden sie aus dem "Fisch" verschwinden und auf getrennten Wegen am Mausoleum wieder zusammen kommen. So gegen 22 Uhr würden sie sich da treffen. Die Mädels würden zusammen das Pfarrhaus verlassen und ebenfalls um ca. 22 Uhr am Mausoleum eintreffen. Dann musste einer von ihnen, am besten Trixi, mit den Mädels zum Öffnungsmechanismus gehen und die Grabstelle öffnen. So war der Plan.

Frauen versuchen es gemütlich und romantisch zu machen, wenn sie etwas Bestimmtes von einem Mann wollen, dachte Luko spontan als er unten in ihrer Küche angekommen war.

Selbst wenn es der eigene Vater ist, versuchen sie es, dachte Luko weiter und musste dabei innerlich lachen.

Simone und Clarissa hatten den Küchentisch mit einer gefüllten Teekanne, drei gläsernen Teetassen, einem Schokoladenkuchen, Kandiszucker und einem Strauß gemischter Blumen versehen. Das Ganze nett dekoriert auf einer weißen Tischdecke mit Spitzen.

Stimmung schaffen vor dem Angriff, dachte Luko noch belustigter, als er das alles sah.

Clarissa begann, kaum hatte er Platz genommen, noch bevor der Tee eingeschüttet war. Sie konnte es wohl nicht aushalten.

"Papsi", sagte Clarissa, "um es kurz zu machen: Wir beide, Simone und ich, wissen was ihr vorhabt, das weißt du. Du hast es uns ja schließlich selber erzählt. Wir wissen nur noch nicht wann ihr euer Vorhaben umsetzt."

"Und Papsi", ergriff Simone jetzt die Initiative, "wir werden dabei sein. Und wenn wir Tag und Nacht aufpassen wann du aus dem Haus schleichst. Und wir schleichen dir dann nach."

Luko hatte lange nicht mehr soviel gelacht wie heute. Auch jetzt konnte er sich ein Lachen nicht verkneifen. Er nahm die Teekanne und goss seinen Mädels und sich den Tee ein. Dann packte er sich zwei Stückchen Kandiszucker in die Tasse und rührte ganz langsam, ohne etwas zu sagen, seinen Tee um.

Pieze saß ganz nahe am Küchentisch und wollte keinen Tee. Pieze wollte noch etwas von dem Futter, was sie heute Morgen bekommen hatte.

Sie wollte es jetzt und gleich. Sie wollte Tunfischleckerchen. Sie wusste, dass jetzt, wo alle versammelt waren, ihre größte Chance bestand, das Gewünschte auch zu bekommen.

Luko sah zu seiner Katze herunter

"Hat die Dicke heute schon ihr Futter bekommen. Die guckt so traurig, die sieht so hungrig aus."

Pieze hatte verstanden und lief, so schnell sie konnte, nach einer kleinen Hinstell-Streckübung, zu ihrem Chef und schubberte sich an Lukos rechtem Bein.

"Papsi, lenk nicht ab", riefen Simone und Clarissa gleichzeitig im Chor. "Lass die Pieze da raus. Die simuliert mal wieder"

Als hätten sie es geübt, diesen Gleichklang, dachte Luko. Aber das konnten sie ja schon ihr ganzes Leben. Immer im Gleichklang.

"Ihr seid dabei", sagte Luko, bevor es noch turbolenter wurde, "wenn ihr die Aufgabe erledigt, die wir vier für euch beschlossen haben."

Simone und Clarissa sahen sich fragend an.

"Und was wäre das?", fragte Simone.

"Ihr müsst den Grabmechanismus überwachen, ihr geht nicht mit in die Gruft runter."

Die Mädels sahen sich enttäuscht an.

"Ist das verhandelbar?", fragte Clarissa.

"Ist es nicht", antwortete Luko.

"Dann machen wir es", sagte jetzt wieder Simone.

"Gut dann heute um 22 Uhr am Mausoleum, zieht euch was Warmes an und vergesst nicht euch Handschuhe mitzunehmen".

Das ging jetzt aber zack, zack, dachte Luko.

Nachdem Luko seinen Töchtern noch weitere Details erklärt hatte, war es 17.30 Uhr geworden und er verabschiedete sich aus der Küche, um sich noch zwei Stündchen aus Ohr zu legen.

Pieze hatte es sich in der Zwischenzeit quer im Türrahmen der Küchentür bequem gemacht und mauzte ziemlich böse als Luko einfach so über sie steigen wollte. Und sie hatte Erfolg.

Sie bekam ihre Extraration zusammen mit phantastischen Streicheleinheiten. Was für ein herrliches Katzenleben.

Luko war nach dem Gespräch sofort hoch in sein Schlafzimmer gegangen und hatte sich so wie er war, ohne die Mühsal eines Entkleidens auf sein Bett geschmissen um innerhalb weniger Sekunden einzuschlafen.

Nach wenigen Sekunden Schlaf wurde er von seiner inneren Uhr aus dem Schlaf gerissen. Luko sah auf die Uhr an seinem Bett.

Es war 19.30 Uhr, höchste Zeit aufzustehen um seine Freunde im "Fisch" zu treffen. Noch benommen torkelte er die Treppe hinunter und verließ, wie in Trance, das Pfarrhaus.

Er wollte möglichst als erster im "Fisch" sein um seine Freunde zu begrüßen. Irgendwie hatte er auch ein ungutes Gefühl, weil er sie mit der Idee, dass seine Töchter mitmachen, ziemlich überfallen hatte.

Natürlich war Luko nicht der Erste.

Dr.CM war schon da und sah ihn, auf seinem Stammplatz an ihrem Stammtisch sitzend, mit weit geöffneten Augen an.

Im ersten Augenblick dachte Luko Dr.CM hätte was genommen als er ihn so sitzen sah, aber das war natürlich Unsinn.

"Na, Luko, schon aufgeregt?" fragte Dr.CM und hob sein Bierglas um ihm zuzuprosten.

"Etwas schon", erwiderte Luko

"Aber vor allem bin ich hungrig und durstig und ich finde es spannend, was uns da in dem Stinkeloch erwartet."

"Wahrscheinlich ein Drache, der aus seinem Maul stinkt, weil er sich nicht regelmäßig die Zähne putzt," antwortete Dr.CM und fuhr fort, "aber dann müsste es verbrannter riechen, weil Drachen ja bekanntlich Feuer spucken". "Vielleicht habt ihr beide, Trixi und du es nur noch nicht rausgerochen, den Brandgeruch?"

"Übrigens, Brandgeruch", fuhr Dr.CM fort, "ich habe heute dienstlich mit Hoover gesprochen. Die DN-Analyse ist fertig. Also die DN von dem Inhalt des Säckchens das du Hoover gegeben hast stimmt mit Fundsachen an den Brandherden überein. Der Hoover ist sich jetzt ganz sicher, es mit dem Brandstifter von Wattwig zu tun zu haben. Also der Drache in unserer Hölle heute, ist der Brandstifter daher eher nicht."

"Dann bin ich aber beruhigt", antwortete Luko, "ich wollte heute auch auf gar keinen Fall in der Hölle verbrannt werden. Das hat noch ein paar Jahre Zeit."

In diesem Augenblick trafen Charly und Trixi im "Fisch" ein.

"Die Idee, deine Mädels mitzunehmen ist gar nicht schlecht", sagte Dr.CM nachdem sie das erste Mal angestoßen hatten, um dann süffisant fortzufahren, "wahrscheinlich haben sie rausgefunden was wir heute vorhaben und dich dann unter Druck gesetzt. Ich kenne die beiden doch. Die sind doch eher kleine Jungs als kleine Mädchen. Stimmts?"

"Na ja, so ähnlich", antwortete Luko und beließ es dabei.

Luko berichtete jetzt noch einmal, aber etwas ausführlicher von seinem heutigen Gespräch mit dem Ledermann.

Nach dem Bericht waren sie sich einig, dass sie von dem armen Irren nichts zu befürchten hatten.

"Um eines muss ich Dich aber noch bitten", sagte Luko und wandte sich dabei an Dr.CM, "ich habe dem Ledermann versprechen müssen Hoover nicht zu sagen, wo ich ihn getroffen habe. Der Ledermann vertraut mir. Und ohne dieses Vertrauen hätten wir nicht die Beweise für die weitere Klärung der Brandstiftungen in Wattwig. Bitte, Carl-Martin, halte du dich auch an dieses Versprechen".

"Ich will mich bemühen", antwortete Dr.CM nachdenklich und fuhr fort: "Ja, ist gut, mache ich".

Der weitere Abend verging mit Gerede, Witzen, und ohne zu pokern. Immer wieder stießen sie auf ihren zehnjährigen Pokerstammtisch an, bis Manni es begriffen haben musste.

Als sie dann gegen 21.30 Uhr den "Fisch" verließen und sich lautstark von Manni verabschiedeten und betonten noch unbedingt woanders hinzumüssen, konnte Manni nur glauben, dass damit eine andere Kneipe gemeint war. Wenn er später mal nach dem Abend gefragt würde, würde er schwören, dass die Vier noch in eine andere Kneipe gezogen waren.

Auf verschiedenen Wegen machten sie sich auf zum Mausoleum. Allerdings ganz leise und ganz stiekum.

Gegen 22 Uhr waren alle vier, mehr oder weniger gleichzeitig, am Mausoleum eingetroffen. Vor Ihnen befand sich die schon geöffnete Familiengruft der Kattscheffs.

Die Freunde sahen sich mit erstaunten Gesichtern an. Sie waren baff.

"Was ist das denn?", fragte Luko als er die geöffnete Grabstelle sah.

"Das ist eine geöffnete Grabstelle", sagte Clarissa trocken. "Und die stinkt. Genau wie ihr, nur nicht so nach Bier und Schnaps."

"Woher wusstet ihr wie man die Grabstelle öffnet?", wollte Dr.CM, an die Zwillinge gewandt, wissen.

"Wir waren zwar die ersten hier und wir waren vorher keinen mehr trinken", antwortet Simone sofort, "aber geöffnet haben wir die Grabstelle nicht."

Immer ein Hauch von Vorwurf dabei wenn Frauen so was bemerken, dachte Trixi, wie seine Alte zu Hause, nur jünger.

Sie sahen sich fragend an.

"Na ja", sagte Luko, "da bleibt ja nur eins, der Ledermann hat mitgeholfen."

Eine Sekunde Schweigen verging.

"Wollen hoffen, dass es der Ledermann war und nicht ein anderer", bemerkte Charly.

"Wer denn sonst wohl?", fragte Trixi mit leiser Stimme.

"Vielleicht Horst Kattscheff?", sagte Charly weiter "vielleicht erwartet uns Horst Kattscheff da unten?"

"Vielleicht ist der Ledermann ja Horst Kattscheff", bemerkte Dr.CM, um sich aber sofort zu korrigieren "Nein, kann er nicht sein. Nach deiner Beschreibung, Luko, hat der Ledermann ja eine viel kräftigere Statur als Horst Kattscheff."

Trixi hatte in der Zwischenzeit die Schubkarre mit den von Luko eingepackten Sachen aus dem Versteck geholt.

"Wollen wir jetzt mal langsam los oder bis morgen diskutieren?".

Clarissas Frage klang ungeduldig. "Wir wollen anfangen, kommt ihr zwei, ich zeig euch euren Arbeitsplatz für heute Nacht", sagte Trixi und drehte sich um die eigene Achse um loszugehen.

Simone und Clarissa folgten ihm schweigend in die dunkle Nacht.

Einen kurzen Augenblick sahen die Drei Ihnen nach.

Dann nahm Luko die Kunstrasendecke von der Karre und stellte fest, dass noch alle Sachen beisammen waren.

"Los jetzt, Jungs, angezogen, Klamotten gepackt und wenn Trixi zurück ist, zack, zack, ab in die Gruft", sagte Luko.

"Genau", bestätigte Dr.CM "Jetzt noch schnell ein Fläschchen Bier und atmet noch ein paar Mal kräftig durch. Es könnten eure letzten Atemzüge sein."

Seinen Humor habe ich immer geschätzt, dachte Luko, hat so etwas Erfrischendes.

Kapitel 14: Der Einstieg
Und die Beweise

Ihr Einstieg war glitschig, feucht, moosig und von stinkender Luft begleitet oder besser, von stinkender Luft umhüllt.

Dazu kam ein von Pausen unterbrochenes summendes Geräusch, das sich wie ein Klagelied anhörte.

Die an ihren Helmen installierten LED-Lampen warfen ein kaltes, fahles Licht auf die trotz täglicher Dunkelheit bemoosten Stufen und die vor Feuchtigkeit triefenden Wände. Die Wände rechts und links der Treppe waren schwärzer als schwarz, aber von grauen Streifen durchzogen.

Luko fragte sich, ob hier wohl noch Licht eindringen würde, wenn die Grabplatte geschlossen war.

Mühsam hielten sie sich, einer nach dem anderen, an dem, rechts von ihnen in der Wand verankerten aber verrosteten, brüchigen, nur noch teilweise vorhandenem Geländer fest. Ohne Handschuhe wäre das nur schwer gegangen und alle vier hätten sich wahrscheinlich die Hände verletzt und sich so möglicherweise eine Blutvergiftung zugezogen.

“Ich frage mich wie die Kattscheff mit ihren Pumps bekleidet hier herunter gekommen ist, ohne sich den Hals zu brechen?”, sagte Dr.CM auf einmal.

“Wie kommst du denn darauf, dass die Kattscheff hier unten war?” fragte Luko und dachte dabei, dass er in diesem Augenblick wahrscheinlich blass geworden war. Unsichtbar blass geworden.

“Ach nur so eine Vermutung”, antwortet Dr.CM. “Wenn das die Familiengruft ist, hat sie doch bestimmt gewusst wie man hier rein kommt.”

“Möglich”, antwortete Luko und dachte dabei, dass Geldgier schon ganz andere Sachen möglich gemacht hatte.

Vorsichtig, immer schön eine Hand am Geländer, tasteten sie sich nach unten. Gut, dass Sie vorhin im “Fisch” ein paar Bier getrunken hatten. So ließ sich der Gestank besser aushalten.

Man macht sich eben keinen großartigen Kopf mehr, wenn man ein paar Bier getrunken hat, dachte Luko. Ganz praktisch für Stammtischpolitiker.

"Bier macht mutig", sagte Charly plötzlich, so, als könnte er Lukos Gedanken lesen.

Nach ungefähr fünfzig Stufen endete die Treppe in einem schwarzen Nichts. Aneinander gedrängt standen sie in einer Art Raum und leuchteten sich gegenseitig mit ihren Helmlampen in ihre bleichen Gesichter.

Luko hatte, bevor sie hinunter gestiegen waren, noch Taschenlampen verteilt. Eine gute Idee, wie sich jetzt herausstellte. Die Helmlampen waren für das Ausleuchten von längeren Entfernungen nicht wirklich geeignet.

Sie konnten ihr gegenseitiges atmen hören und in der kühlen, feuchten Luft kondensierte sogar ihr Atem.

"Wo sind wir hier?", fragte sich Trixi, laut hörbar, selber.

Niemand antwortete bis sich Dr.CM räusperte. "Ganz offensichtlich unterhalb der Erdgleiche. Und wir bilden einen kleinen Haufen ängstlicher alter Männer."

"Ich hab keine Angst", sagte Charly. "Es ist nur ein bisschen unheimlich".

"Lasst uns vorsichtig auseinander gehen und den Raum ausleuchten. Nehmt dazu auch eure Taschenlampen", sagte Luko und ergänzte, "sonst sind wir morgen noch in diesem Drecksloch."

"Wird gemacht, Sir", antwortete Charly.

Sie gingen vorsichtig zwei, drei Schritte auseinander und leuchteten, jeder für sich, wild herum. Niemand sagte etwas während sie herumleuchteten.

Und wieder war es Dr.CM. der sich als erster äußerte. "Das hier scheint ein Raum zu sein. Ungefähr drei bis vier Meter hoch und ungefähr drei Meter breit. Länge noch undefinierbar aber bestimmt sehr lang. Das Ganze ziemlich schräg abfallend und eine große Kurve bildend. Wir befinden uns an einem Ende des Raumes."

Niemand antwortet Dr.CM.

Währenddessen hatte Luko weiter mit seiner Taschenlampe den Raum abgesucht.

"Oberhalb von uns befindet sich ein rundes Loch in der Wand. Ich schätze mal mit einem Durchmesser von einem Meter. Und irgendetwas lebt in dem Loch. Da bewegt sich etwas.

Und das was da lebt, das piept und singt. Hört sich jedenfalls so an oder so ähnlich, oder so."

Kaum hatte Luko das gesagt, machte Trixi einen Schritt nach vorne, rutschte aus, schrie so was Ähnliches wie Scheiße und setzte sich auf seinen Hintern.

"Bah, ist ja ekelhaft, so eine Scheiße". Trixi schrie so laut er konnte und war sofort wieder auf den Beinen. "Bah, was für ein Schlamm und voller Tiere. Ich glaub ich hab eine Ratte am Handschuh gehabt.

"So, wie es hier wimmelt, kommst du mit einer Ratte nicht aus", antwortete Charly und fuhr fort "wir wollen uns hier mal nicht wie die Kinder benehmen. Das hier Ratten und anderes Zeugs leben wird muss ja wohl jedem von uns klar gewesen sein bevor wir gerade hier runter sind."

"Klar hin, klar her", erwiderte Trixi, "scheiße ist es trotzdem."

Trixi versuchte sich den Schlamm von seinen Sachen zu wischen, unterstützt von Luko, der ihn dabei anleuchtete.

Währenddessen hatten sie sich langsam vorwärts bewegt. Als sich die Szene beruhigt hatte meinte Dr.CM: "Und ich sehe Licht am Ende des Tunnels und da hinten liegt irgendetwas herum, wenn ich mich nicht täusche."

"Lasst uns nachsehen, Mutige voran", antwortete Luko spontan.

"Und schießt die Ratten einfach zur Seite, wenn sie im Wege sind. Ratten sind nicht nachtragend, soweit ich weiß", ergänzte Charly.

"Die beißen dir nur den Sack ab. Denken sich aber nichts weiter dabei", antwortete Trixi.

Luko wurde langsam aber sicher warm und wärmer. Trotz der Kälte in dieser Hölle.

"Ich kann euch sagen, da wimmeln noch ganz andere Tiere am Boden und an den Wänden herum", sagte Luko. "Manche sind so klein, die sieht man gar nicht. Die nisten sich bei euch ein und ehe ihr euch verseht seid ihr Vergangenheit und keiner interessiert sich mehr für euch. Dann gibt es Ohrenkneifer, die sich in euren Gehörgängen einnisten, nachdem sie an euch hochgekrabbelt sind um dann eure Trommelfelle aufzufressen. In aller Ruhe tun die das. Das kann Tage dauern. Oder hier an der Wand, die ich gerade anleuchte, Niedliche weiße, krabbelnde, also hochlebhafte Maden."

"Du hast echt einen an der Klatsche", antwortete Trixi, der jetzt wieder wild an sich herumklopfte. "Musst du hier so einen Scheiß erzählen, ist wirklich nicht schön?"

"Ja, jetzt sehe ich sie auch, diese niedlichen kleinen Krabbeldinger", sagte Dr.CM und leuchtete mit seiner Lampe die Wände ab, "aber hier gibt es ja auch genug Leichen in denen sie geboren werden und aus denen die dann schlüpfen können und wenn es nur fette Rattenleichen sind. Hier ist gerade wieder eine davon", und damit schoss Dr.CM irgendetwas nicht Definierbares von sich weg.

Allerdings fand das nicht definierbare Schwarze diesen Schuss überhaupt nicht witzig und quiekte laut und vernehmlich während des Fluges.

"Und wenn es gar keine Rattenleichen sind, sondern eine menschliche Leiche?", fragte Charly, "schließlich sind die doch früher hier abgelagert worden, in diesem Loch."

"Ja, früher eben", antwortete Luko, "das ist aber so lange her, die sind lange vermodert, zerfallen, aufgelöst, weg."

"Aber es stinkt hier unten nach Verwesung", beharrte Charly, "das riecht ihr doch auch. Das können doch keine Rattenleichen sein, die so riechen. So intensiv riechen."

Niemand sagte mehr etwas während sie sich vorsichtig weiter vortasteten. Jeder von ihnen bekämpfte die Übelkeit auf seine Art und Weise. Man muss nur an etwas Schönes denken, dann gehts", sagte Luko. "Zum Beispiel an ein Blumenfeld oder an eine schöne Frau."

"Wie soll ich an eine schöne Frau denken, wenn ich zwischen Ratten herumkrabbele? Du Heiopei. Dazu bin ich zu alt. Ich weiß gar nicht mehr wie eine schöne Frau aussieht", antwortete Trixi.

"Du kannst ja zur Abwechslung mal an deine eigene Frau denken", antwortete Charly und vergaß, mit Grinsen beschäftigt, einen Augenblick den Schiss in seiner Hose.

"Ich sehe nicht nur ein Licht am Ende des Tunnels, ich sehe auch das vor dem Licht noch was rumliegt", sagte Dr.CM.

"Du meinst die Schatten da, vor dem Licht? Die sehen wir auch", antwortete Charly.

"Jetzt weiß ich auch wo die Maden rauskriechen", sagte Trixi "die kriechen aus den Schatten, die Süßen. Da schließ ich jede Wette ab."

"Gut, dann folgen wir der Spur der Maden", antwortete Luko und fuhr fort, "vergessen wir mal für einen Moment die Maden. Ich hab die Zeichnung von dem Kattscheff nicht mehr so richtig im Kopf, aber mir scheint, dass hier Einiges anders aussieht als auf dem Plan, den wir gesehen haben. Aber eigentlich ist es auch wurscht. Wir sind hier drin und gut ist."

Sie wanderten langsam weiter, bevor Luko fortfuhr: "Außerdem stinkt die Luft nicht nur, sie ist auch irgendwie neblig graublau oder so ähnlich."

"Das ist die Luftfeuchtigkeit", sagte Trixi, "daher der Nebel. Und grau, weil hier alles so dunkel ist, außer dem hellen Fleck da hinten am Gangende."

"Danke", antwortete Luko, "hätte ich jetzt so nicht gedacht."

"Was ist jetzt", sagte Trixi "wenn wir so weiter vorankommen schlagen wir beim Laufen noch Wurzeln. Lasst uns mal vorwärts machen, ich will möglichst schnell wieder aus diesem Stinkeloch verschwinden."

"Und deine nasse Schlammhose fühlt sich sicher auch nicht gut an, vermute ich mal", antwortete Charly und grinste wieder, aber so, dass es keiner sehen konnte.

"Wenn du mich verarschen willst, trägst du nachher auch eine nasse Schlammhose", antwortete Trixi. "Das geht ganz schnell."

"Mutige voran, wie Luko schon sagte", bemerkte Charly und beschleunigte seinen Schritt.

Etwas schneller ging es jetzt an der Wand des Ganges entlang. Möglichst so, dass sie die Wand nicht berühren mussten, da erkennbar immer mehr Maden unterwegs waren die scheinbar ziellos auf der Wand rumkrabbelten.

"Weiß man eigentlich wie sich Maden vermehren?", wollte Charly jetzt wissen.

"Früher sind die, glaub ich, gezüchtet worden. Dann hat man die Maden bei Menschen auf die eiternden Wunden gesetzt und die Maden haben dann den Eiter gefressen und so kam es zu Heilungen der Wunden."

"Und die Behandelten haben ohne Wundinfektionen überlebt", ergänzte Trixi, "will ich jetzt aber trotzdem nicht wissen,
wenn es recht ist."

"Kommt mir bekannt vor, die Geschichte", sagte Luko

Das Gewimmel und Gequieke an ihren Füßen nahm nicht
ab. Es schien so als würden sich immer mehr Ratten versammeln, die scheinbar auch dem Licht zustrebten.

"Ich komme mir vor wie der Rattenfänger von Wattwig", sagte Charly jetzt, "so ähnlich muss der sich gefühlt haben. Nur
dass ich die Ratten nicht fangen will."

"Passt nicht ganz, es fehlen die Kinder", antwortet Dr.CM.

"Leck mich", erwiderte Charly.

"Liebe in den Tunneln unter der Stadt", sagte daraufhin Trixi. "Ohne euch beide wäre es hier unten nur halb so spannend".

Die Lage scheint angespannt zu sein, dachte Luko als er das
hörte.

"Was man für einen Scheiß erzählt, wenn man Schiss hat",
bemerkte Trixi weiter.

"Sobald ich hier raus bin, lass ich mich komplett desinfizie-
ren und Wärme behandeln. Und nicht nur in meiner Badewanne."

"Du kannst dich ja von deiner Frau lausen lassen", sagte
Dr.CM, "das sieht bestimmt niedlich aus. Du in der Wanne und
deine Alte laust dich."

"Hört endlich mit dem scheiß Gerede auf", sagte Charly,
"das nervt gewaltig."

Das Licht am Ende des Tunnels war ihnen in der Zwischenzeit ziemlich nahe gekommen.

"Ich weiß nicht, ob man Schmeißfliegen daran erkennen
kann, auf welche Nahrung sie sich spezialisiert haben?", bemerkte Luko, "oder ob es denen egal ist was sie fressen. Oder
besser in sich einsaugen. Glaub ich. Ich hab so den Eindruck,
hier kribbelt und krabbelt es nicht nur, hier fliegt es auch. In
der Höhle des Bösen. Die kleinen Schatten im fahlen Licht sind
Schmeißfliegen, denke ich."

"Denke ich auch", antwortete Dr.CM, "ich wollte es nur
nicht sagen."

"Summ, summ, summ, Bienchen summ herum", tonierte jetzt Trixi.

"Pass auf, dass dir die Schmeißfliegen nicht ins geöffnete Maul fliegen beim Singen", bemerkte Charly an Trixi gewandt. Trixi verstummte auf der Stelle.

Es ging wieder langsamer voran. Irgendwie wollte keiner von ihnen als erster bei dem da vorne im fahlen Licht, angekommen sein.

"Und achtet auch auf den Boden", sagte jetzt Luko, "nicht das da irgendwo Löcher im Boden sind, die wir nicht sehen und es setzt sich noch einmal einer in die Matsche oder verletzt sich möglicherweise."

"Nein, das wollen wir nicht", antwortete Trixi wie aus der Pistole geschossen.

Sie waren fast angekommen. Nur noch wenige Meter trennten sie von den Schatten dieser Gegenstände.

"Das ist der Ausgang zum Rurlsee", sagte jetzt Dr.CM. "Durch die Schräge des Ganges dringt hier zwar Wasser ein, aber ich schätze mal, höchstens zwei, drei Meter weit. Wenn überhaupt."

"Dann frage ich mich, wo der Schlamm in dem wir hier stehen, herkommt", antwortet Luko, "der Wasserstand unseres Sees verändert sich ja nicht. Jedenfalls nicht sonderlich, will ich meinen."

Luko hatte einen Schritt zugelegt. Er war es jetzt leid und wollte endlich wissen was sich hinter den Schatten, die sie da sehen konnten, verbarg.

Luko sah nach unten. Was er da vor sich im fahlen Licht seiner Helmlampe erkannte, oder besser zu erkennen glaubte, löste in ihm gleichzeitig eine Gemengelage aus Unglaube, Angst, Grauen und anderen Gefühlen aus. Gleichzeitig wurde ihm so schlecht wie nie zuvor in seinem Leben. Da lag ein, oder besser irgendwelche Reste davon, da lag der Kadaver eines Delphins. Oder die sterblichen Reste eines delphinähnlichen ehemaligen Lebewesens. Ein Torso, ein Etwas, ein Rest. Etwas Unbeschreibbares. Etwas was ihm Angst machte und in ihm sofort eine unbeschreibliche Übelkeit, die ihm den Hals zuschnürte, auslöste.

Luko drehte sich abrupt um und taumelte zwei Schritte zurück.

Verschwommen hörte Luko Trixi so etwas sagen wie: "Bah, wie ekelhaft."

Mehr hörte Luko nicht. Da war nur noch Gegrummel in weiter Ferne. Er musste sich an der Wand festhalten um nicht in den Schlamm zu fallen und er wusste nicht woher das Schwarze vor seinen Augen kam.

Plötzlich wurde er geschüttelt und eine Stimme, die ihm wie die Stimme von Dr.CM vorkam flüsterte ihm etwas zu. Wieder wurde er geschüttelt und diesmal sprach die Stimme von Dr.CM ganz laut zu ihm.

"Irgendetwas stimmt hier nicht", sagte Dr.CM.

"Die Ratten sind plötzlich verschwunden. Nicht eine einzige Ratte ist mehr hier. Sie haben auch aufgehört zu piepen. Sie sind komplett verschwunden. Wir wollen schnell zurück und dann überlegen wie es weitergeht."

Dr.CM sah Luko von ganz nah an "Geht es? Kannst Du?"

"Ja, alles okay", murmelte Luko.

Dr.CM. nahm Luko am Arm und zerrte ihn von der Mauer weg. Wahrscheinlich waren einige Minuten vergangen von denen er nichts mitbekommen hatte.

Sie machten sich auf den Rückweg.

"Habt ihr das gesehen?", fragte Luko.

"Ja sicher", antwortete Dr.CM.

"Was war das?", fragte Luko weiter.

"Ein irgendwie verwester komischer Delphin, eine Schubkarre und eine modrige Decke. Vermutlich eine Wolldecke", antwortet Charly.

Charly antwortete mit einer Gelassenheit, als würde ihn das Ganze nichts angehen.

"Ist euch denn nicht auch schlecht geworden?", fragte Luko.

"Sicher ist mir schlecht geworden", antwortet Trixi, "den anderen auch, aber dich hat es wohl am Schwersten getroffen".

Mühevoll war er, der schnelle Rückzug.

Es war mindestens genau so schwer auf diesem schlammigen Untergrund aufwärts, wie vorhin abwärts zu gehen. Mit gegenseitiger Unterstützung kamen sie zügig voran und hatten nach wenigen Minuten die Treppe erreicht.

Niemand hatte während ihres Rückweges einen Ton herausgebracht. Kaum waren sie an der Treppe angekommen, hörten sie ein langgezogenes gurgelndes Geräusch.

Im selben Augenblick schoss eine unübersehbare Menge Flüssigkeit aus der Wand. Geistesgegenwärtig drückten sie sich gegenseitig einige Stufen hoch und kamen dort zum Stehen.

"Das war knapp", sagte Dr.CM.

"Nochmal davongekommen", sagte Trixi.

"Warten wir es ab", sagte Charly.

"Das kommt da oben aus dem Loch", sagte Luko.

Und richtig. Diese Flüssigkeit, vermutlich oder möglicherweise Wasser, schoss mit höchster Geschwindigkeit, und einem unglaublichen Getöse, den vollen Umfang des Loches nutzend, heraus. Als würde ein Wasserhahn voll aufgedreht, nur größer das Ganze.

Nach wenigen Minuten war der Boden des Ganges mit dieser Flüssigkeit bedeckt, die scheinbar nicht so schnell ablief wie sie durch dieses runde Loch in der Wand in den Gang gepumpt wurde.

Alle vier hielten das Licht ihrer Lampen in den Tunnel und sahen diesem Ereignis fasziniert zu.

"Das hätte uns aus den Stiefeln gespült, sozusagen", sagte jetzt Dr.CM.

"Die Ratten haben uns gewarnt", antwortete Trixi.

"Nette, possierliche, intelligente Tierchen", sagte Luko.

Offensichtlich hatte Luko seine Fassung zurückgewonnen.

"Hoffentlich bilden die sich darauf nichts ein, die Süßen", sagte Charly.

Gefühlte zehn Minuten vergingen.

Genau so plötzlich wie die Flüssigkeit gekommen war, versiegte sie auch wieder.

Ein kleiner Fluss ergoss sich noch aus dem Loch in der Wand, dann versiegte auch dieses Rinnsal.

"Das wird Wasser gewesen sein", sagte Luko.

"Schaun wir mal", sagte Dr.CM.

Dr.CM stieg zwei Stufen hinunter und beugte sich vor um so ganz nahe an die Flüssigkeit zu kommen.

"Ich würde sagen", sagte Dr.CM. "das riecht wie Wasser, das hat was Frisches, wenn man das mal so sagen kann in dieser Umgebung, und das ist nicht ölig oder so. Ich würde sagen, das ist Wasser. Ganz harmloses Wasser. Vielleicht nicht unbedingt Trinkwasser, aber Wasser."

"Und was machen wir jetzt?", wollte Trixi wissen.

Ein paar Sekunden vergingen, keiner hatte eine Antwort auf die Frage.

"Wir warten bis das Wasser abgeflossen ist und dann gehen wir wieder rein", sagte Luko. "Ich will mir den verwesten Delphin noch einmal ansehen".

"Stimmt, du hast ja nicht viel davon mitbekommen", sagte Dr.CM und ergänzte, "bist du sicher, dass du das auch durchhältst?"

"Arschloch", antwortete Luko.

"Ich gehe erst wieder rein, wenn auch wieder ein paar Ratten da drin sind", sagte Charly.

"Dem stimme ich zu", ergänzte Trixi.

"Ich wusste nicht, dass man Ratten so lieb haben kann", ergänzte Dr.CM.

"Ich habe so manche anderen Geschöpfe lieb, da wundere ich mich ebenfalls sehr drüber", sagte Trixi.

"Ich frage mich, wo das Wasser in dieser großen Menge so plötzlich hergekommen ist und warum es so schnell wieder verschwunden ist?", fragte Luko.

"Und das war nicht das erste Mal", antwortet Trixi

"Die Ratten kannten das Spielchen schon, sonst wären sie nicht so schnell verschwunden, und der Schlamm auf dem Boden muss ja auch irgendwoher kommen. Der ist vermutlich nach und nach mit dem Wasser da rein gespült worden. Vielleicht über viele Jahre hinweg."

"Das Geheimnis des Schlamms", sagte Charly, "gruselig", und kicherte.

"Ist schon seltsam. Das Wasser wurde aufgedreht und wieder abgestellt, vermute ich", sagte Dr.CM.

"Die Frage ist für mich nur: Von wem wurde gedreht, wer hat das getan und warum?"

"Was meint ihr, Jungs", fragte Trixi, "wollen wir für einen Moment an die frische Luft gehen".

Sie überlegten einen Augenblick, dann sagte Charly: "wenn ich einmal hier raus bin, gehe ich da nicht mehr rein, da bin ich sicher".

"Charly hat ganz recht", antwortete ihm Dr.CM.

"Wenn wir einmal oben an der Luft sind vergeht uns die Lust, da wieder runter zu gehen. Lasst uns lieber noch etwas warten und nach den Ratten horchen. Und dann sehen wir nach. Ich denke, wenn die Ratten zurück sind haben wir Zeit genug uns noch einmal umzusehen."

"So wird es gemacht", antwortet Luko, dem langsam kalt wurde.

Und tatsächlich, wenige Minuten später vernahmen sie die ersten vertrauten Piepser und Geräusche von den Ratten.

Das Wasser war verschwunden und die Ratten zurück.

"Es funktioniert", sagte Dr.CM. "Ich glaub, wir können da wieder rein. Die Ratten sind zurück." Dr.CM. knipste seine Lampe an und stieg die ersten zwei Stufen hinunter um wie angewurzelt stehen zu bleiben.

"Tote Ratten gibt es auch", sagte Dr.CM, "hier liegt eine auf den Stufen". Während er das sagte beugte sich Dr.CM nach vorne hinunter um sich den Rattenleichnam genauer anzusehen.

"Bah", Dr.CM richtete sich ruckartig auf, drehte sich und seinen Kopf zur Seite und verzog das Gesicht, "das ist kein Rattenleichnam", sagte er, "das ist irgendein halbverwestes Stück Fleisch. Von wem oder was auch immer."

Es entstand eine kurze Pause.

" Ja, wo kommt das denn her?", fragte Luko. Trixi konnte gar nicht so schnell schlucken wie er antwortete, "ist wohl mit dem Wasser gekommen, woher auch sonst", und ergänzte, "und das wird kein Einzelstück sein, da wird es jetzt hier unten noch mehr davon geben."

"Statt Döner, Bratwurst, Hundefutter", sagte jetzt Charly, "Rattenfutter".

"Genau", ergänzte Dr.CM, "und was nicht in den Rurlsee geschwemmt wird, wird vorher von den Ratten gefressen".

"Das nennt man Kreislauf des Lebens oder so", sagte Luko. "Aber nur, wenn die Ratten auch verwertet werden", ergänzte Charly.

"Kannst du das wissen?", fragte Luko.

"In so einen großen Wurstbottich für Formschinken kannst Du alles reintun", sagte Trixi. "Das Zeug wird gehackt, gerührt und gekocht. Da siehst du nichts mehr von. Ich meine, was von was ist. Eine einzige Masse. Zusammen gequetscht und gepresst. Schön rund geschnitten. Fertig ist der Schinken."

"Also illegale Einleitungen hier", sagte jetzt Dr.CM.

"Alles was gar nicht mehr verwertet werden kann, wird hier eingeleitet." Und nach einer kurzen Pause, ergänzend: "Da bleiben ja nicht viele, die das sein können. Und die Schweine kriege ich, da könnt ihr euch drauf verlassen."

Inzwischen war Ihnen kalt geworden und sie fühlten sich überhaupt immer unwohler. Schweigend zogen sie jetzt los.

Sie hatten sich an den Gang und an die Umstände gewöhnt und wollten das Ganze hier so schnell wie möglich beenden. Nach wenigen Minuten waren sie am Tunnelende angekommen. Dort angekommen blieben sie wie angewurzelt stehen und sahen sich gegenseitig an.

"Der hat sich vom Acker gemacht", sagte Luko und zeigte dorthin wo vor ca. zwanzig bis dreißig Minuten noch der Delphin gelegen hatte.

"Ohne sich zu verabschieden, die Sau", antwortete Dr.CM.

"Schade, der roch doch so gut", sagte Charly.

"Aber er hat uns die Schubkarre und die Decke dagelassen", sagte Trixi.

"Netter Zug von ihm, so haben wir wenigstens etwas, das uns an ihn erinnert", antwortete Luko und ergänzte, "und wenn uns kalt wird, wenn wir hier nicht mehr raus kommen, haben wir eine schöne, wärmende Decke"

"Die Flutwelle vernichtet Stadt und Land, drum lebt nicht an der Waterkant", sagte Dr.CM und fing an laut zu lachen.

"Ein seltenes Fischlein schwimmt im See und tut dort niemandem nicht weh", antwortete Trixi und gluckste vernehmlich.

"Ihr seid auch so seltene Fischlein", Charly sah die beiden an und zeigte ihnen einen Vogel.

"Lass sie", sagte Luko zu Charly, "das ist aktive Stressbewältigung".

Einige Minuten vergingen ohne dass einer von ihnen weitere Bemerkungen von sich gab. Sie guckten dumm und froren vor sich hin.

"Scheiße, dass der Fisch weg ist", sagte Dr.CM.

"Und jetzt", fragte Trixi ratlos.

Dr.CM begriff wieder als Erster. "Lasst uns die Karre und die Decke bis zur Treppe bringen, damit sie nicht auch noch im See verschwindet. Von der nächsten Flutwelle, meine ich."

"Du meinst der Delphin, oder was auch immer das war, ist von der Flutwelle in den See geschwemmt worden?", fragte Trixi.

"Von selbst wird er wohl kaum da raus geschwommen sein", antwortete Dr.CM.

Trixi tat seine Frage schon leid, bevor er sie gestellt hatte.

"Wir müssen uns hier jetzt nicht streiten", sagte Luko.

"Dr.CM hat recht, wir müssen das Zeugs hier wegzerren."

"Warum eigentlich", wollte jetzt Charly wissen, "wir sauen uns nur noch mehr ein. Lasst uns doch einfach von hier verschwinden. Soll sich doch ein anderer drum kümmern."

"Seh ich auch so", antwortete Dr.CM und ergänzte, "und der andere wird Hoover und mit ihm das Team von Dr. Knäpper sein, sobald ich Hoover angerufen habe.

Aber dafür müssen wir die Sachen sichern. Wenn die einmal im See sind, hat sich das sonst wahrscheinlich erledigt."

Nach einer kurzen Pause fuhr Dr.CM fort: "Vorschlag: Zwei schnappen sich die Decke an einer Ecke und ziehen sie hier raus. Einer nimmt die umgekippte Karre. Einer leuchtet."

"Moment mal", sagte jetzt Trixi, "wartet mal. Ich glaube, die Karre kenne ich. Die sieht aus wie eine unserer Friedhofskarren. Ihr wisst schon. Die Schiebkarren kann man sich ausleihen in dem man sie mit einem Euro auslöst. Wie diese Einkaufswagen in Supermärkten. Wenn die Karre zurück gebracht wird, die Kette eingesteckt ist, gibt es den Euro zurück. Vor einigen Monaten ist eine Karre verschwunden. Sie wurde nicht zurückgebracht. Das hier könnte die verschwundene Karre sein. Die Kette ist auch noch dran. Wir haben ja nicht so viele von den Karren, deshalb ist es mir gerade aufgefallen."

"Hast du das damals angezeigt", wollte Dr.CM wissen.

"Ich bitte dich", antwortete Trixi, "ich renne doch nicht zur Polizei, wenn eine Schubkarre vom Friedhof verschwindet. Die hätte doch auch irgendwo in einem Busch herumliegen können weil einer keine Lust hatte sie zurückzuschieben. Natürlich habe ich das nicht angezeigt. Ich mach mich doch nicht lächerlich."

"Ist ja gut", antwortete Dr.CM, "ereifere dich nicht. Aber umso wichtiger ist es die Karre zu sichern. Irgendwas geht hier nicht mit rechten Dingen zu."

Wer hätte das gedacht, dachte Charly.

Luko ging drei Schritte voraus und leuchtete.

Dr.CM nahm die Karre an ihren verschlammten Griffen.

Trixi und Charly kümmerten sich um die Decke, die schwer vor Feuchtigkeit und über und über mit Schlamm bedeckt, vorsichtig von ihnen durch den Tunnel gezogen wurde.

Wenn der Hoover und dieser Dr. Knäpper daran noch Spuren finden, fresse ich einen Besen, dachte Luko während er ihnen den Weg leuchtete.

Plötzlich blieb Luko stehen, sodass Dr.CM, der ihm folgte, Luko mit seiner Schubkarre von hinten in die Oberschenkel fuhr.

"Was ist denn", sagte Dr.CM unwirsch.

"Ich glaub es ja nicht was ich da sehe", sagte Luko und rührte mit seinem rechten Fuß im Schlamm herum, "das sind ja fünfzig Euro."

Dr.CM stellte die Schubkarre ab und versuchte ebenfalls nach dem Schein zu suchen.

"Da ist er", sagte Dr.CM und bückte sich nach dem Schein. ""Wo kommt der denn jetzt auf einmal her?"

Sag ich dir nicht, dachte Luko spontan.

Dr.CM sah sich den aufgehobenen Geldschein, so gut er konnte, an.

"Hat einer von euch einen Fünfziger verloren?", fragte Dr.CM in den Raum.

"Sag mal, bist du blöde?", hörten sie Charlys Stimme von hinten.

"Macht hinne", meldete sich jetzt die Stimme von Trixi dazu aus dem Hintergrund, "nehmt den verdammten Schein und weiter. Mir ist kalt, ich brauche eine heiße Badewanne."

Dr.CM hielt den verschlammten Schein fest, nahm die Karre wieder hoch und es ging weiter.

Kaum waren sie ein paar Meter gegangen blieb Luko wieder wie angewurzelt stehen. Wieder fuhr ihm Dr.CM mit der Schubkarre in die Oberschenkel.

"Donnerlüttchen", sagte Luko während er vor sich, in ca. eineinhalb Meter Höhe, auf einen silbernen Gegenstand leuchtete der scheinbar in die noch ca. fünfzig Meter entfernte Wand an der Treppe eingemauert war. Ungefähr so breit wie zwei Ziegelsteine nebeneinander sah das Ding aus.

"Was ist denn jetzt schon wieder", maulte Charly laut vernehmlich, "wieder ein Schein? Wir werden noch reich hier".

Die drei anderen leuchteten jetzt auch in die Richtung von Lukos Lampenschein.

"Wo kommt das denn jetzt her", fragte Trixi aus dem Hintergrund.

"Keine Ahnung", antwortete Luko wahrheitsgemäß.

"Angst essen Sichtweise auf", antwortet Dr.CM. "Wenn man Schiss hat, sieht man nichts mehr wirklich richtig im Leben. Das Ding war schon da, wir haben es nur bis jetzt nicht gesehen."

Mal wieder unser Schlauberger der Doc, dachte Charly.

"Lasst es uns überprüfen", sagte Luko und ging weiter.

Als sie an der Mauer angekommen waren, stellten sie fest, dass der silberne Gegenstand nicht in die Wand eingelassen war sondern auf einem Mauervorsprung lag.

Schräg unterhalb des wasserspeienden Loches lag der Gegenstand, sodass er von den Fluten des Loches nicht erfasst werden konnte.

"Ein geöffneter Aluminiumkoffer", sagte Luko, der den Koffer sofort wiedererkannte und auch sofort sah, dass der Koffer bereits geöffnet worden war.

Mein gefundener Koffer hat einen Zwillingskoffer, dachte Luko, und das hier ist der geöffnete Zwillingskoffer. Kein Zweifel.

"Und was ist da drin?", fragte Charly

"Das wissen wir gleich, wenn wir nachgesehen haben", antwortete Trixi.

"Stopp", sagte jetzt Dr.CM. "Vorsicht, bitte keine Spuren verwischen. Jetzt spätestens ist das Ganze ein Fall für Hoover. Lasst uns nur vorsichtig den Kofferdeckel anheben und da reinsehen. Aber bitte den Koffer selber nicht bewegen."

"Wird gemacht, Freiwillige vor", antwortete Charly.

"Ich mach schon", sagte Dr.CM und stellte sich vor den Koffer. Vorsichtig, als hätte er Angst von irgendetwas angesprungen zu werden, hob er den lose angelehnten Deckel soweit an, bis er den Inhalt des Koffers sehen konnte.

Bruchteile von Sekunden vergingen.

Wie eine heiße Kartoffel ließ Dr.CM den Deckel in der gleichen Sekunde, im gleichen Augenblick, so wie er ihn angehoben hatte, wieder fallen.

Wieder vergingen Sekunden.

"Nun sag schon", fragte Luko. "Was ist da drin?"

"Geld und Messer", antwortete Dr.CM, "Geld und Messer"

Wieder vergingen Sekunden.

"Wie Geld und Messer?", sagte Trixi "Geld und Messer? Lass mich mal!"

Trixi schob Dr.CM zur Seite, stellte sich vor den Koffer und hob den Deckel ruckartig an, um ihn ebenso schnell wieder fallen zu lassen.

"Und?", fragte Charly

"Geld und Messer", antwortete Trixi, "Geld und Messer"

"Ich vermute in dem Koffer befindet sich eine möglicherweise größere Summe Geldes und obenauf liegt ein blutverschmiertes, möglicherweise schimmeliges, oder teilweise verschimmeltes Messer, das so aussieht als wären Blutspuren dran.

Richtig?", fragte Luko.

"Jau", antwortete Trixi, "möglicherweise könnte es so sein".

"Du bist aber gut informiert", sagte Charly und ergänzte "Möglicherweise".

"Dem Informationsvorsprung gehört die Zukunft", antwortete Luko.

"Wie kommst du denn da drauf, das Blut am Messer ist, meine ich", hakte Charly nach.

"Nichts als eine Vermutung, nichts Besonderes", antwortete Luko.

"Nur so ein Bauchgefühl. Hört man doch immer wieder, ist total in. Bauchgefühle sind in."

"Jetzt wissen wir wenigstens wo die Kohle, die wir gerade gefunden haben, vermutlich her kommt", bemerkte jetzt Dr.CM, "nämlich aus dem Koffer".

"Scheint naheliegend", antwortete Luko.

"Ist dir noch etwas im Koffer aufgefallen, lieber Doc. Außer Geld und Messer? Ich meine: Was für Geld, oder was für Scheine sind da drin. Lass es dir nicht aus der Nase ziehen", fragte Luko Dr.CM, weil er nicht unbedingt selber nachsehen wollte.

"Voll mit Fünfzigern und Hundertern der Koffer, soweit ich das sehen konnte", antwortete Dr.CM.

"Kann ich bestätigen", mischte sich Trixi ein. "Fünfziger und Hunderter. Nichts als das, außer dem Messer."

"Ein paar von den Scheinchen sind aber weg, vermute ich mal, weil der Koffer nicht ganz voll ist und einige Geldbündel auseinander gerissen wurden, so wie es aussieht. Und es liegen leere Geldbanderolen drin. Als hätte sich da jemand bedient. Und ja dann wohl auch das Messer in den Koffer gelegt", sagte Dr.CM.

"Muss wohl", bestätigte Trixi. "Stimmt, leere Geldbanderolen"

"Wann dann?", fragte Luko, und fuhr fort "dafür, dass du nur so kurz geguckt hast, hast du aber eine Menge in dem Koffer gesehen".

"Weiß ich doch nicht", sagte Dr.CM und fuhr fort, "ob ich alles gesehen habe. Ich hab ja die Geldscheine nicht durchgewühlt".

"So kommen wir hier nicht weiter", dachte Luko laut.

"Stimmt", antwortet Charly. "Am besten wir lassen den Koffer da wo er ist und legen die Karre und die Decke direkt hier an der Wand ab und dann nichts wie weg hier."

Alle Drei stimmten begeistert zu. Bloß raus aus dem Loch.

Das Rattengepiepse hatte wieder deutlich zugenommen.

"Ich frag mich, wovon die Viecher da unten leben", sagte Luko während sie die glitschigen Treppen erklommen, "aber die nächste Flutwelle scheint nicht im Anmarsch zu sein."

"Sag ich doch", antwortete Dr.CM, "von den Fleischresten leben die, schon vergessen? Immer gefüllte Töpfchen für die lieben Kleinen"

Und immer aus dem Loch da oben, dachte Luko, sagte aber kein Wort.

"Ich habe mal in einem Film gesehen, dass Aale auch von nassem verwestem Fleisch leben. Die werden sogar mit Pferdeköpfen geangelt und dann aus diesen großen Fleischstücken in die sie sich reingefressen haben, herausgezogen. Gruselig", sagte Charly.

"Aber wie sollen Aale in den Rurlsee kommen?", fragte Charly in die Runde. "Die sind aus dem Rhein kommend, wo sie ausgesetzt werden, in den Rurlsee gewandert", antwortete Dr.CM und sagte weiter, "diese Fische gibt es wirklich hier im See. Hat mir Hoover mal erzählt. Die leben im Schlamm am Seeboden. Jetzt weiß ich wovon die leben. Echt lecker."

"Deswegen esse ich seit ich den Film gesehen habe, auch keine Aale mehr. Dass ich im Kino nicht direkt losgekotzt habe, wundert mich bis heute", bemerkte Charly. "Aalfutter gekotzt, echt doppelt lecker. Du hättest Aalfutter gekotzt", antwortete Dr.CM.

"Ich könnte ja jetzt mal eben kotzen, wird höchste Zeit. Hier kommt einiges zusammen", antwortete Charly.

"Lass das bloß", sagte Luko, "du meinst Die Blechtrommel von Grass. Die Verfilmung. Da gibt es diese Pferdekopfszene. Habe ich nicht vergessen, war echt eindrucksvoll. Aal hab ich seit dem nicht mehr angerührt. Werde ich auch nicht. Rate ich dringend von ab".

So ein Unsinn, dachte Dr.CM.

"Was mich wundert ist, dass wir da unten gar keine Skelette oder so was gefunden haben", sagte Trixi plötzlich, völlig losgelöst vom Aalthema.

"Vielleicht findet der Hoover ja welche", antwortete Dr.CM, "ich muss das nicht."

Kapitel 15: Hoovers Angeltag

Hoover geht angeln und angelt etwas mit dem er nie gerechnet hätte.

"Ich habe Freitagnacht einen Koffer gefunden. Und noch so ein paar Sachen", sagte Dr.CM, nachdem Hoover unter Angabe seines Namens und seiner guten Morgen Floskel, abgenommen hatte.

Scheiße, dachte Dr.CM, "ich meinte guten Morgen Herr Kommissar, wir haben einen Koffer gefunden. Also eigentlich war das so gedacht, das hier so zu sagen, damit Sie auf Anhieb verständigt sind und Bescheid wissen."

Mein Gott, was rede ich für einen Unsinn, dachte Dr.CM. Hoover stutzte deutlich vernehmbar und fast, sozusagen, für Dr.CM deutlich sichtbar.

Ein sichtbares Stutzen. "Meyer hier", ergänzte Dr.CM.

"Aha", antwortete Hoover. "Äh, ich habe sie erkannt." Zwei, drei Sekunden vergingen. "Wo denn?" Dämliche Frage, dachte Hoover.

"Im Grab", antwortete Dr.CM.

Doch keine dämliche Frage, dachte Hoover. Also kein Bombenkoffer, da er im Grab gefunden wurde, der Koffer. Am Freitag und er kommt jetzt erst damit. Wenn ein Koffer in einem Grab liegt, ist das kein Verbrechen, dachte Hoover. Er merkte, dass er langsam in Schwung kam. Jetzt noch einen Zahn zulegen und alles konnte gut werden.

Hoover hatte währenddessen langsam seine Füße zusammen mit seinen Beinen vom Schreibtisch genommen. Es gehört sich nicht, mit dem Richter zu telefonieren und gleichzeitig die Füße auf dem Schreibtisch liegen zu haben. Nachher merkt der noch was. Aber irgendwie ist der nicht gut drauf, dachte Hoover. Der merkt nichts, dachte Hoover weiter. Heute nicht.

"In welchem Grab denn? Ich meine, gefunden in einem Grab wo noch ein Sarg rein soll? Also ausgehoben für seine zukünftige Nutzung? Ja wo denn auch sonst, denke ich? Was war denn drin, im Koffer?", fragte Hoover weiter. "Haben Sie nachgesehen was drin ist?" Hoovers Gedanken waren bei seinen juckenden Beinen, die er jetzt gerade nicht kratzen konnte, weil er ja telefonieren musste.

"Im Familiengrab der Kattscheffs", antwortete Dr.CM und fuhr fort: "Und um gleich ihre zweite Frage zu beantworten: In dem Koffer ist viel Geld, vermutlich einige hunderttausend Euro. Ich habe es aber nicht gezählt. Ich melde Ihnen nur diesen Fund."

Es vergingen Sekunden, die den beiden wie Stunden vorkamen.

"Mir fällt nichts ein", antwortete Hoover. "Ich muss mich erst sammeln".

"Ich gebe Ihnen noch einige Fakten und Daten und dann haben sie noch etwas mehr zum Sammeln", antwortete Dr.CM und fuhr fort: "Das Grab von Kattscheffs war geöffnet. Wir sind, nachdem wir wussten wie sich das Grab öffnen und schließen lässt und als wir uns das Grab von außen angesehen hatten, in die Gruft eingestiegen, um uns das auch mal von innen anzusehen. Wir sind eben neugierig."

Dr.CM machte eine kurze Pause um dann fortzufahren.

"Also, wir sind da rein, ich erspare Ihnen Einzelheiten, da Sie da ja auch noch rein müssen und wir sicher noch des Öfteren über den Vorgang sprechen werden. Außer Folgendem, das scheint mir wichtig. In dem Grab befinden sich meines Erachtens Utensilien, wie der Geldkoffer, eine alte Schubkarre, eine Wolldecke und eventuell auch noch andere Teile. Für mich deutet alles darauf hin, dass da Teile rumliegen die uns in diesen Kattscheffgeschichten ein ganzes Stück weiter bringen."

"Wer ist denn wir?", fragte Hoover und fuhr fort: "Ich meine, ich denke es mir fast", und beantwortete so quasi seine eigene Frage.

"Wenn Sie außer an mich auch an Luko, Trixi und Charly denken, liegen sie richtig. Sie wissen schon wen ich meine, bei diesen Namen."

"Sicher", antwortete Hoover. "Wer denn auch sonst?".

"Wie, wer denn sonst", fragte Dr.CM.

"Ja, ihr hockt doch immer zusammen und heckt irgendwas aus. Oder etwa nicht?", fragte Hoover.

"Wir hecken nichts aus", antwortete Dr.CM. "Wir bemühen uns um Teilhabe, damit Sie es leichter haben."

"Ist klar. Vielen Dank. Ich habe eher den Eindruck, sie wissen mehr als Sie zugeben und ich bin hier der Blödian, bei dem Spielchen", antwortete Hoover.

Der einzige der mehr weiß und es nicht zugibt ist Luko, dachte Dr.CM, und hier gibt es nicht einen, sondern mindestens zwei Blödiane. Aber egal.

"Also weitere Fakten, oder wollen Sie blöde sterben?", fragte Dr.CM weiter.

"Wenn es noch mehr Fakten gibt, dann gerne Fakten", antwortete Hoover und wollte nicht beleidigt sein.

"Ich erzähle Ihnen jetzt wie Sie die Grabplatte öffnen können ohne den gesamten Friedhof umzugraben. Hinter den Hecken in Höhe der Gruft, vor der Friedhofsmauer, befindet sich ein Öffnungsmechanismus. Das ist so eine Art Hebel. Wenn Sie das Ding betätigen öffnet sich die Grabplatte, Sie sehen eine Treppe und dann nichts wie runter und Spuren sichern".

Als er Hoover aufgeklärt hatte fühlte er sich besser und hatte das Gefühl sich wieder im Griff zu haben.

"Danke", antwortete Hoover. Verdammt nochmal warum hatten sie eigentlich diesen Mechanismus nicht entdeckt und Dr.CM konnte ihm jetzt einen erzählen, dachte Hoover. Großschnauze dieser Dr.CM, dachte Hoover weiter. Andererseits, wenn ich in der Schule besser aufgepasst hätte, wäre ich heute der Richter und der Dr.CM wäre der Kommissar. Dann müsste der kuschen. Mein Gott, wie oft hatte er das schon gedacht und sich gewünscht. In den letzten Jahrzehnten. Hoover seufzte leise vor sich hin und fühlte sich unglücklich.

"Was ist los Herr Kommissar, sind Sie noch bei uns", fragte die Stimme von Dr.CM. "Warum haben Sie eigentlich seinerzeit den Öffnungsmechanismus nicht entdeckt?"

Hoover seufzte laut auf und legte ohne weitere Worte auf.

Jetzt bin ich erst 20 Minuten im Büro, es ist noch keine 7 Uhr morgens und schon so ein Trubel, dachte Hoover. Das kann ja heute noch heiter werden.

Ich werde jetzt mal sofort den Tulsky quälen, dann geht es mir gleich besser. Ich kann auch ein Schwein sein. Schwein sein will ja auch gelernt sein, dachte Hoover weiter. Wer hatte das noch gesagt?

Armer Kerl, dachte Dr.CM als Hoover aufgelegt hatte, muss sich von mir fertig machen lassen. Ich kann aber auch ein Schwein sein. Andererseits, wie soll ich sonst meinen Job machen. Hilft nichts. Schwein sein will ja auch gelernt sein. Wo hatte er das noch gelesen?

Nicht um diese Zeit das Telefon, dachte Luko als er sein Kommunikationsding hörte. Noch keine 7.00 Uhr morgens, das kann doch nicht sein. Aber immer noch besser als Handy am Bett, dachte er weiter.

Es war dann gestern doch noch etwas später geworden, nachdem er seine Töchter fröhlich mit dem Ledermann flüsternd am Grabmechanismus vorgefunden hatte.

"Und, hast Du ihm auch von dem Delphin erzählt?", fragte Luko seinen Freund Dr.CM, nachdem dieser ihm seine Geschichte vom Anruf beim Hoover erzählt hatte.

"Nee, habe ich nicht", antwortete Dr.CM und stutzte um zu überlegen: "Ich habe es verdrängt, vergessen, ich weiß es nicht. Ich glaube, ich wollte mich nicht lächerlich machen."

"Wieso lächerlich", hakte Luko nach, "hättest du doch sagen können. Da lag doch so was rum, was zumindest in Ansätzen so aussah, und ist dann wohl im See abgetaucht. So was, das aussah wie ein toter, verwester Delphin. Und der Geruch, na ja, der kam ja wohl auch teilweise von dem verwesten Ding".

Dr.CM. wurde knatschig.

"Dann ruf du doch den Hoover an. Kannst du doch machen. Du sagst dann ungefähr so: Hallo Herr Hoover, ich war mit im Grab und wir haben noch was gesehen. Wir haben einen toten Delphin gesehen, der war mausetot und ist dann, als die nächste Flutwelle kam, rausgeschwommen weil er zurück in seinen See wollte. Das war total lustig. So ein netter Delphin. Richtig putzig, Ist einfach weggeschwommen. So mir nichts, dir nichts." Dr.CM atmete zornig. "Was glaubst du wohl was passiert wäre wenn ich dem Hoover so eine Geschichte aufgetischt hätte? Hä, was glaubst du?".

Luko musste lachen. "Die wären sofort los und hätten dich abgeholt."

"Eben, eben" antwortete Dr.CM, der genauso schnell wie er aufgekocht, auch wieder abgekühlt war. "Ich wollte nicht abgeholt werden. Nicht am frühen Morgen."

Einige Sekunden vergingen. Luko grübelte und grummelte ein paar Mal vor sich hin.

"Wie soll er denn selber dahinter kommen, der arme Kerl, wenn wir es ihm nicht sagen. Der muss den oder das doch von Tauchern suchen lassen. Der oder das ist doch sicher ein wichtiges Beweisstück, was meinst du?"

"Ja klar", antwortete Dr.CM." Stimmt natürlich, habe ich mit verdrängt."

"Und was machen wir jetzt?", fragte Luko.

"Weiß ich nicht", antwortet Dr.CM. "Keine Ahnung."

Erneut vergingen Sekunden in denen, diesmal beide, vor sich hin brummelten.

"Ich habe eine Idee und eine Lösung", unterbrach Luko die Halbstille. "Wir lassen einen beim Hoover anrufen und der soll berichten, dass am Seeufer ein toter, halb bzw. ganz verwester Delphin angeschwemmt worden ist. Ein anonymer Anrufer soll das machen."

"Gute Idee", antwortete Dr.CM. "Und damit der Hoover seinen Arsch auch bewegt und das Ganze nicht als schlechten Scherz abtut, soll der Anrufer auch gleich mitteilen, dass er die örtliche Presse informiert."

"Genau", antwortete Luko "und dann kann der anonyme Anrufer ja noch irgendwas von Taschentüchern an abgebrannten Häusern faseln und schon glaubt Hoover, dass er auch den Täter hat".

"Nee, das würde ich nicht", antwortete Dr.CM.

"Den Verdacht auf den Ledermann lenken ist unfair. Das wissen wir doch gar nicht."

"Hast du recht, war blöde von mir", sagte Luko. Wieder einmal vergingen Sekunden. Luko konnte sich nicht erinnern Dr.CM. mit einem schlechten Gewissen erlebt zu haben.

"Wer soll das denn machen? Das mit dem Anruf? Wir können doch nicht irgendeinem mitteilen mal eben den Hoover anzurufen", fragte Luko weiter

"Wir müssen ganz sicher sein, dass Hoover die Stimme nicht erkennt, selbst wenn der Anrufer seine Stimme verstellt und dann irgendwie, weiß ich nicht, der Hoover die Stimme doch erkennt."

"Letztendlich bleibt nur einer von uns über, alles andere geht nicht. Die Mädels fallen natürlich ebenfalls aus. Also wer?"

"Das zieht sich aber", sagte Luko nachdem wieder einige Sekunden vergangen waren.

"Und zurecht, wenn es zu einem guten Ergebnis führen soll", antwortet Dr.CM.

"Und wie sieht es aus, dein Ergebnis?", fragte Luko.

Dr.CM schnalzte mit der Zunge "Trixi soll es machen!"

"Warum Trixi?", fragte Luko.

"Hat Trixi jemals mit Hoover gesprochen?", fragte Dr.CM.

Luko dachte nach. "Ich glaube nicht", antwortete Luko.

"Siehste", antwortete Dr.CM. "Alle anderen kennt der Hoover, nur Trixi nicht."

"Dann wird er Trixi kennenlernen", antwortete Luko "Ich werde gleich mal mit ihm reden".

"Okay", antwortete Dr.CM. "Ich mache mich jetzt vom Acker Richtung Arbeitsplatz, sag mir Bescheid wenn es geschehen ist, küsse deine Töchter von mir, und ganz wichtig, ich will wissen was nach unserem Ausstieg aus der Stinkehölle noch so los war. Aber jetzt muss ich los."

"Machen wir so", antwortete Luko und legte auf.

Machen wir so, dachte Luko, dann aber sofort und zack, zack. Luko wählte die Nummer von Trixis Handy. Trixi war schwer zu verstehen, wohl noch im Bett, aber immerhin sofort erreichbar.

"Warum gerade ich", fragte Trixi als Luko die Geschichte vom Telefonat mit Dr.CM erzählt hatte.

"Eben doch, weil er dich nicht kennt, sag ich doch. Oder hast du schon mal mit Hoover gesprochen?", antwortete Luko um dann fortzufahren: "Wir machen es von irgendeinem öffentlichen Fernsprecher in Bochkum aus und ich komme mit. Wir machen es zusammen, nur sprechen musst du alleine. Wenn uns keiner sieht, halten wir einen Lappen über die Sprechmuschel, dann von einem Zettel ablesen und auflegen. Ganz einfach, Was meinste?"

"Ist gut", antwortete Trixi, dem der frisch ausgebrochene Schweiß jetzt schon auf der Stirn stand, nach kurzer Bedenkzeit. "Und das muss jetzt sofort sein, das mit dem Hoover, ja warum denn?", fragte Trixi mit leicht verzweifelter Stimme.

"Weil? Weil muss! Wir sind schon weg, Morgentoilette danach, Hose sofort an und raus. In zwei Minuten bin ich bei dir und hole dich ab.", antwortete Luko.

"Und was soll ich sagen?", fragte Trixi, als Luko bei ihm angekommen war.

"Das hier", antwortete Luko, "Habe ich gerade eben für dich aufgeschrieben. Du sagst nur, wenn Hoover sich gemeldet hat: Ich habe einen treibenden Delphin in Ufernähe vom Rurlsee gesehen. Der ist tot. Kann auch sein, dass es etwas war, das aussieht wie ein Delphin aber gar kein Delphin ist. Die Presse ist informiert. Wiederhören. Dann legst Du auf. Fertig. Da oben steht die Telefonnummer vom Hoover auf dem Zettel. Direkte Durchwahl."

"Und die Presse", fragte Trixi "muss ich die auch anrufen?"

"Die ruft gar keiner an", antwortet Luko, "wir wollen nur, dass der Hoover seinen Arsch bewegt, und sonst nichts. Die Presseheinis sollen selber dahinter kommen. Die behindern uns im Augenblick nur. Die trampeln in Kürze sowieso wieder auf unserem Friedhof rum. Ein bisschen müssen die auch selber arbeiten."

Zeitgleich mit Lukos Worten fiel Trixi laut hörbar ein Stein vom Herzen.

"Tulsky, ich rufe dich jetzt das dritte Mal in den letzten zwanzig Minuten an. Wo steckst du denn? Warum kommst du nicht pünktlich ins Büro? In zwei Minuten in meinem Büro, wenn ich bitten darf."

Hoover hörte durch das Telefon wie irgendetwas in Tulskys Büro umfiel. Könnte ein Stuhl gewesen sein. Oder etwas anderes, ein größerer Gegenstand jedenfalls.

"Melde jehorsamst", hörte Hoover jetzt Tulskys Stimme durchs Telefon, "sofort dienstbereit. Habe untertänigst nach Beendigung meines Nachtschlafs sowie den üblichen Hygieneprozeduren, der Einnahme einer frühmorgentlichen Nahrung zur Verbesserung meiner Dienstfähigkeit, meinen Arsch innerhalb der angeordneten Gleitzeit ins Präsidium bewegt. Werde mich in diesem Augenblick ohne Wenn und Aber und ohne unnötige Umwege und Pausen, also auf dem schnellsten Dienstwege, sowie den schnellsten Diensttreppen, mindestens zwei Stufen gleichzeitig nehmend, in dein Büro bewegen. Werde versuchen die angeordnete Wegezeit zu unterbieten." Damit legte Tulsky auf.

Hoover war verblüfft. Was ist den in den gefahren. Der war ja fast fröhlich. Was kann das sein? Der klingt wie frisch verliebt. Was soll es denn sonst sein? Der ist glücklich. Der hört sich glücklich an. Na so was. Tja, machste nichts, dachte Hoover.

"Was ist denn in dich gefahren, hat dich am Wochenende irgendwas oder irgendwer gestochen?", fragte Hoover als Tulsky ohne weitere Nachfragen mit Schwung auf dem Stuhl vor Hoovers Schreibtisch Platz genommen hatte.

"Wieso?", fragte Tulsky zurück.

"Haste ne neue Flamme", fragte Hoover weiter.

"Nö", antwortete Tulsky.

"Aber irgendwas ist doch?", bohrte Hoover weiter.

"Nö", antwortete Tulsky.

Also doch ne Neue, oder die Aussicht darauf, dachte Hoover.

"Geht mich ja auch nichts an", sagte Hoover.

"Stimmt", antwortete Tulsky " geht dich gar nichts an."

Ich wette eine neue Perle, dachte Hoover, ich wette, ich wette, ich wette. Nachher mal den Knäpper fragen, ob der was weiß. Der Tulsky geht als erster in die Gruft und dann frage ich den Knäpper. Wäre doch wohl gelacht, wenn ich das nicht rausfinde. Nachdem Hoover sich wieder im Griff hatte, berichtet er Tulsky von seinem Gespräch, oder besser vom Anruf von Dr.CM, als sein Telefon ging.

Hoover nahm ab, meldete sich, schnappte eine Minute nach Luft, schüttelte den Telefonhörer, versuchte noch was zu hören und legte auf.

Hoover schnappte weiter nach Luft.

"Was war das denn?" fragte Tulsky als Hoover immer noch nichts sagen wollte.

"Ich weiß nicht", antwortete Hoover und sah Tulsky mit glasigen Augen an. "Ich weiß nicht".

"Sag es mir einfach, ich bin dein Freund. Soll ich dich streicheln?", fragte Tulsky.

"Streichel deine neue Freundin, und lass bloß deine Griffel, wo sie sind", antwortete Hoover und bekam wieder Farbe ins gerade farblos gewordene Gesicht. Rote Farbe.

"Herztablettchen ?", fragte Tulsky an Hoover gewandt.

"Friss die Dinger selber, sonst bleibst du noch bewusstlos auf deiner neuen Freundin liegen", antwortete Hoover.

"Jetzt wirst du unsachlich", kicherte Tulsky, "neidisch?"

"Entschuldigung, sorry, war nicht so gemeint. Ich bin durch den Wind".

"Was war denn nu? Nu sag schon", fragte Tulsky.

"Also", begann Hoover, "eine männliche Stimme hat mir gerade mitgeteilt, dass im Rurlsee ein toter Delphin rumschwimmt. Und die Presse auch schon informiert ist. Oder dass da was rumschwimmt, was einem toten Delphin ähnelt. Oder so".

"Aha", antwortete Tulsky und überlegte einen Augenblick. "Und was machen wir jetzt, Chef?"

Hoover überlegte einen Augenblick.

"Nichts, wir machen nichts. Ein Bekloppter von vielen Bekloppten, die uns jeden Tag auf den Senkel gehen. Soll sich doch die Presse damit lächerlich machen. Mit der Nachricht, meine ich. Delphin im Rurlsee. Schwachsinn. Wir kümmern uns um das Grab von Kattscheff. Möglichst ohne Presse. Die informieren wir kurz, wenn wir mit dem Friedhof fertig sind. Das reicht".

"Dann mal los", sagte Tulsky und sprang auf.

Ich glaub es ja nicht, dachte Hoover. Wie der hüpft, heute. Wie ein junger Bock.

"Knäpper hast du informiert?", fragte Tulsky beim Verlassen von Hoovers Büro.

"Ja vorhin, als du noch nicht im Büro warst. Der ist mit seiner Truppe vielleicht schon am oder im Grab, den Weg dorthin kennt er ja."

Hoover sagte das ganz ohne Seitenhieb auf Tulsky.

Haben wir die Akte dabei?, dachte Hoover im gleichen Augenblick als Tulsky sagte, dass er die Akte noch schnell von seinem Schreibtisch holt, um sie mitzunehmen.

Es roch gut nach Spiegeleiern mit Speck als Luko die Treppe zu ihre Küche runter stieg. Frisch geduscht, gekämmt und rasiert. Naja kämmen brauche ich ja nicht, dachte Luko. Ob der Hoover schon im oder am Grab rumfummelt, dachte Luko weiter. Der ist bestimmt sofort losgedüst als er Dr.CM`s und Trixis Anrufe verdaut hatte. Bestimmt.

Unten in der Küche angekommen, kam sofort Pieze angelaufen und versuchte ihm den Weg zu seinem Frühstück zu versperren. Erst streicheln, hieß das, dann futtern. Streng in der Reihenfolge und beim Futtern mache ich mit. Da bin ich als erste dran. Luko tat wie ihm befohlen, er streichelte ihre Chefkatze und kraulte ihr das Köpfchen.

Die Zwillinge saßen am Küchentisch vor ihren noch leeren Tellern. In der Pfanne brutzelte es vor sich hin. Scheinbar hatten sie auf ihn gewartet.

"Guten Morgen, Papsi. Gut geschlafen?", vernahm er von seinen beiden Süßen gleichzeitig.

"Keine Frage", bekamen sie zur Antwort. "Mal eben sammeln, bevor es losgeht, heute", sagte er weiter.

"Aber du warst doch schon unterwegs, heute morgen, ganz früh", bemerkte Simone wie nebenbei. "Wo warst du denn?"

Egal wie er sich anstellte, seine Mädels waren immer informiert.

"Ich habe kurz Trixi getroffen, hat ja nur 30 Minuten gedauert".

"Und wieso", hakte Clarissa nach.

Luko wusste, dass er mit einem "nur so" nicht weiter kam und sagte: "Erzähl ich gleich, lasst uns erst frühstücken."

Clarissa stand auf, ging zum Herd und schob ihm und ihrer Schwester und dann sich selber ein Spiegelei mit etwas Speck auf die Teller.

"Erst mal stärken", sagte Simone, "dann kannst du deine Fragen stellen", ergänzte Clarissa.

Luko tat wie ihm befohlen. Herrlich, so ein Frühstück. Pieze streifte währenddessen um Lukos Beine und er wusste, dass Pieze wusste, dass sie im Augenblick abgeschrieben war.

"Hat Pieze schon was bekommen?", fragte Luko zwischendurch.

"Unser Dicki müsste voll satt sein", kam es von Clarissa und Simone gleichzeitig zurück.

Pieze hatte verstanden, ging erhobenen Hauptes zur Küchentür, schmiss sich in den Durchgang und fing mit ihrer Fellpflege an. Nicht ohne zwischendurch mit strengem Blick aufzusehen.

Das hieß: Ihr könnt mich jetzt alle mal kreuzweise und solange ich hier rummache, verlässt hier keiner so schnell die Küche, ohne dass ich was merke. Und ohne das ich dem zustimme, selbstverständlich.

"Also, jetzt habe ich den Ledermann ja mal ohne Helm gesehen, aber der ist ja sofort weg als ich bei euch angekommen bin", begann Luko das Gespräch, um sofort fortzufahren, "erstaunlich, ohne Helm."

"Der weiß eben was sich gehört, wenn man mit Damen spricht", antwortete Simone.

Luko musste grinsen. "Seid ihr jetzt schon Damen geworden? Über Nacht? Ich dachte, das wäre ein jahrelanger Prozess der Reife?"

"Nee, nee, lass mal", kicherten Simone und Clarissa, "so reif sind wir denn doch noch nicht".

"Also jetzt mal ohne Flachs", fragte Luko weiter, "was hat der gute Mann denn so erzählt? Wann ist der überhaupt zu euch gekommen?"

Beide Mädels überlegten ein paar Sekunden.

"Ach, der war eigentlich ziemlich schnell da. Vorher hat es im Gebüsch geraschelt und eine Stimme hat so was wie: "Ich bin es, ich bin es", gesagt, "nicht erschrecken, nicht erschrecken". Du hast uns ja von ihm und seinen Methoden erzählt, da haben wir uns gedacht, dass er bei uns auftaucht. Wir haben uns also nicht erschrocken", sagte Clarissa

"Hattet ihr keine Angst", fragte Luko.

"Nö, gar nicht", sagte Simone "der ist ganz lieb. Außerdem zwei gegen einen, was soll da schon passieren. Man kann auch alles übertreiben."

"Ja und dann?", Luko wurde es zu zähflüssig.

"Und wenn du zuerst erzählst, wir sind ja auch neugierig, gestern wolltest du doch nicht mehr erzählen", sagte Clarissa, und Simone ergänzte, "und nur noch schnell in die Wanne".

"Wenn ihr durchgemacht hättet, was ich durchgemacht habe, wärt ihr auch nur noch in die Wanne. Von mir aus fange ich an", sagte Luko und dachte, jetzt nichts verzögern und nicht so theatralisch. "Aber beschwert euch hinterher nicht, wenn euch schlecht wird und das Frühstück fix wieder raus will."

Nachdem seine Mädels ihm ihre innere Stärke durch deutliche Proteste demonstriert hatten, berichtete Luko im Detail von ihrem Ausflug in die Kattscheffsche Familiengruft, von seinem Telefonat vorhin mit Dr.CM und der anschließenden Aktion mit Trixi und dem Anruf bei Hoover im Präsidium.

Als er geendet hatte, sahen sich seine Zwillinge an und sagten kein Wort mehr.

"Ist euch übel?", fragte Luko in die Runde.

Beide schüttelten ihre Köpfe. Wieso sind die beiden sich bloß immer einig, dachte Luko.

"Aber versäumt haben wir auch nichts, glaube ich", sagte jetzt Clarissa. "Was meinst du, Simone?"

"Nein, wäre ein bisschen gruselig gewesen, aber muss ich nicht haben in so einem dunklen Loch im Schlamm zu stehen", antwortete Simone.

"Musste Trixi auch nicht", sagte Luko und grinste.

"Ich frage mich, wie Trixi seiner Frau seine nasse Buxe erklärt hat. Ich habe ihn vorhin gar nicht gefragt. Vielleicht im besoffenen Kopf in eine Pfütze gesetzt oder besser auf einer feuchten Wiese ausgerutscht. Ich rufe Trixi nachher mal an, wenn er sich von unserer Telefonaktion vorhin, erholt hat."

"So, ihr Süßen, jetzt seid ihr dran mit erzählen. Bin echt gespannt".

"Bevor wir erzählen, habe ich aber noch eine Frage", sagte Clarissa, "hat diese komische Grabstelle irgendwas mit der Zeichnung von Kattscheff zu tun? Ich meine gibt es da noch andere Gänge? "

Luko stutzte bevor er antwortete "Da haben wir gar nicht weiter drüber nachgedacht, das ist vollkommen aus unserem Fokus verschwunden. Jetzt wo du fragst würde ich mal sagen eher nein. Aber ich weiß es nicht? Ich habe nichts gesehen. Vielleicht früher mal. Keine Ahnung."

"Wer fängt an?", fragte Simone.

"Mach du mal", antwortete ihre Schwester.

"Okay, ja also. Wir hockten ja da und erzählten uns was, ich glaube von der Uni, und dann, haben wir ja gerade schon erzählt, kam er angeschlichen. Groß, ganz in Leder mit Helm über seinem Kopf. So wie du ihn ja kennst."

"Und dann hat er ganz höflich gefragt, ob er sich dazu setzen darf", ergänzte Clarissa und fuhr fort: "Er hat erzählt, dass er dich ein paar Mal auf dem Friedhof getroffen hat und wir haben gesagt, dass wir über ihn informiert sind. Wir haben gesagt, dass du uns von ihm erzählt hast. Er hat gesagt, dass er auch wüsste wer wir seien. Simone hat ihn dann gefragt, ob nicht diesen dämlichen Helm abnehmen könnte. Er hat sich entschuldigt und sofort zugestimmt und seinen Helm abgenommen. Ich glaube, dass er ganz froh war mal wie ein normaler Mensch auszusehen. Ach ja, wir haben uns von vornherein geduzt. Ganz selbstverständlich war das. Kein großes rumgehampele. Alles ganz unaufgeregt".

"Hat er denn noch mal von seiner "Menschenerrettung von den Höllentieren" erzählt. Oder so was in der Art?", wollte Luko wissen.

Nach einigen Sekunden antwortete Simone "Nee, eigentlich nicht. Der war eher still. So abwesend. Müde. Zwischendurch dachte ich, der kippt um und schläft auf der Stelle ein. Der sprach auch ganz leise, manchmal mehr zu sich selber. Irgendwie tat der uns leid. Wir mögen ihn, auch wenn er ziemlich gaga im Kopf ist. Wir glauben, dass er glaubt, dass es mit ihm zu Ende geht. Das sein Gehirn abdriftet."

"Wie, sein Gehirn driftet ab?", unterbrach Luko seine Tochter

"Der kann Fantasie und Wirklichkeit nicht mehr unterscheiden", sagte jetzt Clarissa und fuhr fort: "das kann ja jedem mal passieren, aber wir kriegen das wieder hin. Er nicht. Er kriegt das nicht mehr hin. Der ist in sich selber versunken."

"Wieso passiert uns das auch, wieso das denn?", wollte Luko wissen.

"Na klar", antwortete Simone an ihren Vater gewandt, "nimm mal den Liebeskummer. Du bist total verknallt in deine Angebetete. Du siehst nur noch eingeschränkt ihre, sagen wir mal, schlechten Seiten oder bildest dir gute Seiten ein, der

Rest, der ja auch immer da sein muss, wird vollkommen ausgeblendet. Sie wird heilig für dich. Und sie, was macht sie? Sie sieht dich nicht mal, hat dich noch nie beachtet. Und wenn sie dich mal beachtet, rein zufällig, dann bist du hin und weg. Und wenn du deinem normalen Tagesgeschäft nachgehst, schweben diese Gedanken an deine Geliebte immer mit. Oft unbemerkt von dir. Aber immer präsent. Irgendwann, vielleicht nach Jahren, musst du dir dann eingestehen, dass das alles vollkommen deiner Fantasie entsprungen ist. Dann ist Schluss mit fröhlich. Bis zum nächsten Mal. So geht es das ganze Leben lang. Das ist positiv.

Man kann jemanden aber auch hassen. Völlig unbekannte Menschen einfach hassen und dann quälen und sogar kollektiv töten. Weil man einer Gruppe angehört, die das darf. Einfach so. Sich selbst erklärt, dass sie, die Gruppe, und man selber das darf. Und weil man es ja nicht wirklich begründen kann, nimmt man sich einen großen Unbekannten der dir das befiehlt. Das ist eigene, selbst gewollte, fest geklammerte Gehirnwäsche. Damit kann man dann leben, weil man immer weiter macht. Immer und immer weiter. Und weil man andere findet, die genauso abdriften. Man ist nichts und wird was Besonderes. Man ist der Gehilfe von Gott. Und der, der über dir steht, Gott eben, kennt dich zwar nicht, befiehlt es dir aber. Das Töten. Gott hat die Menschen erschaffen und befiehlt dir dann gleichzeitig das von ihm Geschaffene zu töten. Er kennt dich zwar nicht persönlich, befiehlt es dir aber. Was für ein Schwachsinn von Schwachsinnigen. Millionen von Schwachsinnigen laufen frei herum, da ist unser Ledermann eine ganz kleine Nummer dagegen." Simone musste Luft holen.

"Ja, da hast du natürlich recht", sagte Luko nach einer Denkpause, "also er kann Fantasie und Wirklichkeit nicht mehr unterscheiden und er leidet daran, ins Nirwana abzudriften?"

"Ja so ist es", sagte Simone, "das hat er erkannt und deshalb schreibt er alles, was er an für ihn Wichtigem erlebt oder erlebt hat, auf seine Lederjacke oder er macht kleine Zeichnungen davon auf seine Lederjacke. So bleibt es ihm und uns. Wie er sagt"

"Hat er denn auch noch was ganz Konkretes erzählt?", fragte Loko. Eigentlich hatte er die Hoffnung aufgegeben heute noch an vernünftige Informationen zu kommen.

"Der war selber mal in der Grabstelle, hat er erzählt, er weiß ja wie der Mechanismus funktioniert", sagte Clarissa.

"Habe ich es mir doch gedacht", sagte Luko. "Hat er auch erzählt wann er da runter ist?"

Clarissa überlegte einen Moment.

"Er sagte, dass er nur einmal da unten war und zwar als die Kattscheff noch lebte. Die ist da immer kurz runter und einmal hat er gewartet bis die Kattscheff wieder weg war und dann ist er da eingestiegen. Er wollte wissen was da konkret los war, in der Gruft", erzählte Clarissa weiter.

"Ja und er druckste immer zwischendurch so rum. Irgendwie wusste er mehr als er uns erzählt hat, wollte damit aber nicht rausrücken", ergänzte Simone.

"Ich glaube er hätte es gerne erzählt, will sich aber ein Türchen offen halten", sagte Clarissa.

"Ja, er hätte es gerne erzählt, er konnte aber nicht."

"Also so clever ist er dann noch", sagte Luko. "Ganz abgedriftet ist er doch wohl noch nicht."

"Er will sich schützen, der hat Angst, glaube ich", sagte Clarissa.

"Nimmt das denn gar kein Ende mit diesem blöden Beerdigungsminimausoleum auf diesem dämlichen Friedhof?", fragte Tulsky als sie an der allen bekannten Grabstelle angekommen waren.

"Erst die tote, teilzerstückelte, Dorina Kattscheff auf dem eigenen Familiengrab und jetzt das hier."

"Wieso teilzerstückelt?", fragte Hoover.

"Nur wegen der fehlenden Teile in ihrem Gesicht", antwortete Tulsky. "Sonst war ja nichts."

Als Hoover und Tulsky auf dem Friedhof angekommen waren, war der Grabdeckel schon geöffnet worden. Hoover hatte Dr. Knäpper den Mechanismus erklärt, so wie er ihm selber erklärt worden war, und Knäpper war schon voll bei der Arbeit.

"Also wenn du mir nicht erzählt hättest dass dieser Trupp von alten Männern rund um Dr.CM da unten drin gewesen wäre, hätte ich von der Feuerwehr erst mal Gasmasken angefordert. Da kam ja ein Gestank raus, als wir die Kiste geöffnet haben."

Mit diesen Worten begrüßte Dr. Knäpper die angekommenen Kommissare Hoover und Tulsky.

Hoover sah Dr. Knäpper an und beugte sich dann über die geöffnete Gruft.

"Riecht wie bei dir unten im Keller, finde ich", antwortete Hoover.

Dr. Knäpper musste grinsen. "Dann kannst du ja locker da einsteigen, den Geruch kennst du dann ja schon länger", antwortete Dr. Knäpper.

Tulsky hatte sich in der Zwischenzeit über das Grab gebeugt und auch mal gerochen. "Also ich geh da nicht runter, ich habe Lunge", sagte er.

"Du nix Lunge, du sonst tot, Lunge wir alle haben", antwortet Hoover. "Wir gehen da runter, wir alle beide und zwar zackig."

"Ihr seid echt bescheuert", sagte Dr. Knäpper.

"Wo sind eigentlich deine anderen Jungs?", fragte jetzt Hoover.

"Die sind da unten drin", antwortet Dr. Knäpper.

"Und du?", fragte Tulsky.

"Ich bin der Chef", antwortete Dr. Knäpper und grinste dabei erneut.

Nach und nach beförderten die Männer die gefundenen Gegenstände an die Oberfläche. Das waren: Eine Schubkarre, eine alte Decke, ein Stück von einem Seil, schon in einer Plastiktüte verpackt, Stoffreste von irgendwas, auch schon in einer Plastiktüte verpackt, einzelne vermatschte Geldscheine, auch schon in Plastiktütchen verpackt und last but not least der Aluminiumkoffer samt seinem Inhalt.

Einer der weißen Männer machte fleißig Fotos von den unten gefundenen Gegenständen.

Zum Schluss waren Hoover und Tulsky an die Erdoberfläche zurückgekommen.

Hoover und Tulsky hatten sich, bevor sie in das Grabloch gestiegen waren Plastiktüten über ihre Schuhe gezogen und sich von Dr. Knäpper Ganzkörperüberzüge geliehen. Das dreckige Zeug musste jetzt, nachdem sie zurück waren ohne besondere Erkenntnisse, schnell wieder runter von ihren Körpern. Alles war matschig und dreckig.

"Den dreckigen Dr.CM hätte ich gerne gesehen, sehr gerne", sagte Hoover. Und ich hätte ihn gerne in den Schlamm geschmissen. Etwas vorpubertär, aber ich hätte gerne, dachte Hoover.

"Wahnsinn", sagte Dr. Knäpper zu Hoover und Tulsky, als er den Aluminiumkoffer geöffnet hatte.

"Echt nett gelle. Richtig viel Tata, so richtig viel Geld und ein verschimmeltes Küchenmesser".

Hoover und Tulsky sagten nichts. Sie hatten unten zwar den Koffer gesehen aber noch nicht geöffnet.

"Gut, alles zur Untersuchung, vergleichen, vergleichen, Bericht schreiben. Bericht dann möglichst schnell, zu euch. Richtig?".

"Richtig", antwortete Hoover.

"Jetzt wird mir auch klar woher der abgerissene halbe Geldschein gekommen ist, den wir gefunden haben", sagte Tulsky nach kurzem Nachdenken.

"Ach nee?", antwortete Hoover, "schlaues Kerlchen was du bist".

"Ich könnte mal den Pfarrer holen, der kann uns erzählen, ob Freitag noch mehr Gegenstände in dem Loch abgelagert waren", sagte Tulsky.

"Ja, mach das", antwortet Hoover und ergänzte, "der soll auch in den Koffer gucken, bevor der Koffer hier wegkommt".

Zwanzig Minuten später stand Luko mit den Kripobeamten an der Grabstelle.

"Kennen sie diese Gegenstände, Herr Pfarrer?", fragte Hoover.

"Kenne ich", sagte Luko, und weiter, "da diese Gegenstände hier so rumliegen und rumstehen, werden das die Gegenstände sein, die wir Freitag in der Gruft gefunden und gesichert haben."

"Wie gesichert?", fragte Hoover verdutzt.

"Vor den Fluten", antwortete Luko ohne zu zögern.

"Fluten? Fluten aus dem See? Welche Fluten?", fragte Hoover.

"Ja sozusagen in den See", antwortet Luko.

"Aus den Fluten, die oben links, oberhalb der Kofferlagerstelle in der Wand, aus der Wand geschossen sind. Da ist ein großes Loch in der Wand, das scheinbar ab und zu Wasser speit. Und zwar in großen Mengen. Das speit nicht sehr lange, aber dafür heftig. Wir wollten nicht, dass die von uns gefundenen Gegenstände in den Rurlsee geschwemmt werden."

Hoover sah Luko an, drehte sich um und rief zu Dr. Knäpper rüber, ob sie Aufnahmen von einem großen Loch in der linken Höhlenwand gemacht hätten. Das speit angeblich ab und zu Wasser. Von dem Loch bräuchten sie Fotos. Da sie keine Fotos hatten, musste Andreas, ihr Fotograf, noch mal runter in die Gruft.

Kaum war Andreas vier, fünf Minuten verschwunden, hörten sie so etwas wie ein Rauschen, das sich noch kurz verstärkte, um dann wieder abzuebben.

Andreas bot einen erbarmungswürdigen Anblick als er zurück an die Erdoberfläche geklettert war.

Scheinbar hatten die Fluten ihn voll erwischt und auch umgehauen, denn er war von oben bis unten mit einer Schlammschicht bedeckt. Von seinem Gesicht waren weite Teile bis zur Unkenntlichkeit eingeschlammt. Auch Polizeifotografen können super fluchen. Ununterbrochen, wenn es sein muss.

Hoffentlich ist der Kamera nichts passiert, dachte Dr. Knäpper als er seinen Fotografen ansah, und schämte sich dabei ein bisschen.

Jetzt, nachdem Luko den hier gefundenen Koffer noch einmal bei Tageslicht gesichtet hatte, wusste er ganz genau, dass es sich um den, sozusagen, Zwillingskoffer seines Koffers handelte. Wenn überhaupt noch Zweifel bestanden hatten, war jetzt klar, dass der bei ihm lagernde Koffer mit dem Geld der Letromärkte, gefüllt war.

Genau so wie dieser hier.

"Bei dem Koffer hier handelt es sich um einen Aluminiumkoffer wie sie von der Bank bei Aushändigung von großen Geldsummen genutzt werden. Die haben am Griff eine eingeprägte Nummer. Und diese hier eingeprägte Nummer gehört zu einem von zwei Geldkoffern mit den Kattscheffschen Letrogeldern", sagte Hoover.

"Ich habe gerade in der Akte nachgesehen, die Nummer stimmt. Es ist einer von beiden Koffern."

Sag ich doch, dachte Luko.

"Und ich habe die Schubkarre wiedererkannt", sagte Luko jetzt. "Das ist eine Schubkarre wie man sie sich hier ausleihen kann. Solche Karren gibt es zwar auch auf anderen Friedhöfen aber ich wette, diese Karre hier ist von unserem Friedhof. Wir hatten sie vermisst, jetzt ist sie wieder da."

"Wenn der Knäpper die Karre untersucht hat, bekommen sie das Ding zurück", antwortete Hoover.

"Wieviel Geld war eigentlich drin in den Koffern", fragte Luko jetzt.

Hoover sah Luko an und antwortete "Ursprünglich 800.000 € je Koffer".

"Hups", entfuhr es Luko.

In der Zwischenzeit hatten Dr. Knäpper und seine Leute die gefundenen Gegenstände in ihrem Bulli verpackt.

"Ich mache mich vom Acker", sagte Dr. Knäpper und wurde von Hoover unterbrochen bevor er weiter reden konnte

"Habt ihr da an diesem Öffnungsmechanismus auch mal nachgesehen ob da vielleicht..."

"Haben wir", unterbrach jetzt Dr. Knäpper, "haben wir. Aber nichts gefunden, da ist alles zu zertrampelt. Ihr beiden macht jetzt schön die Kiste zu, und wir hauen ab. Es lebe die Kunst".

Damit drehte er sich um, rief seinen Jungs zu "abfahren" und war schon weg.

Nachdem Luko gegangen war, suchten und fanden Hoover und Tulsky den Mechanismus und schlossen die Grabstelle.

"Und was sage ich jetzt der Presse", fragte Tulsky während der Rückfahrt in ihrem alten Passat.

"Sag ihnen einfach, nach anonymen Hinweisen hätten wir eine Schubkarre und einige andere Kleinigkeiten in der Nähe der Grabstelle gefunden. Alles deutet darauf hin, dass die gefundenen Teile etwas mit dem Mord oder besser mit dem Tod von der Kattscheff zu tun hätten. Erzähl bloß nichts von dem offenen Grab, sonst haben wir diese "Schwarze-Messe-Bekloppten" am Hals und Hunderte von Vollidioten, die den Öffnungsmechanismus suchen. Erzähl auch nichts von dem Geldkoffer sonst haben wir wieder Spekulationen über einen Zusammenhang mit den Kattscheffs am Hals, bzw. noch mehr Pressevermutungen über einen Zusammenhang."

"Jau, mach ich", sagte Tulsky und ergänzte: "Der Zusammenhang ist ja jetzt wohl absolut".

"Sehe ich auch so", sagte Hoover.

"Ach so, noch was", ergänzte Hoover, "zukünftig brauchst du der Presse gar nichts mehr erzählen. Wir bekommen eine Pressesprecherin, die wir dann belügen müssen, damit die dann ihrerseits die Presse belügt."

"Aber das ist doch Quatsch", antwortete Tulsky, "das ist doch eine völlig überflüssige Stelle die nur Steuergelder kostet".

"Und wenn sie jung und hübsch ist, die neue Kollegin?", fragte Hoover.

"Das ist was anderes", antwortete Tulsky

Zurück in Hoovers Arbeitszimmer saßen sich Tulsky und Hoover gegenüber.

"Und jetzt", fragte Tulsky. Hoover wippte in seinem Schreibtischstuhl hin und her. "Jetzt mache ich noch schnell die Presseerklärung fertig, ruf bei der Zeitung an, das können die bis morgen noch ins Blatt bringen, wenn sie wollen und dann gehe ich nach Hause und morgen dann zum Angeln, ich habe morgen frei".

"Ich auch, ich gehe auch nach Hause. Überstunden abfeiern. Ich habe so das Gefühl, das in Kürze wieder einige Überstunden dazu kommen. Ab morgen früh bin ich dann hier und halte die Stellung".

"Das ist nett von dir", antwortete Hoover, "wirklich sehr nett von dir."

Tulsky erhob sich. "Ist ja noch reichlich früh heute, oder?"

Hoover ließ zwei, drei Sekunden verstreichen bevor er antwortete: "Es war aber auch schon oft reichlich spät, meine ich".

"Ja, dann tschüss", sagte Tulsky.

"Tschüss, und nun geh endlich.", antwortete Hoover.

"Wie war es denn", fragte Clarissa als ihr Vater vom Kattscheff-schen Familiengrab wieder zurück im Pfarrhaus war.

"Och nichts Besonderes", antwortete Luko. "Die hatten die Teile, die wir gefunden hatten, schon ans Tageslicht befördert. Dazu noch ein zerrissenes Seil und einige Kleinigkeiten. Die Sachen werden jetzt untersucht, auch unsere Karre vom Friedhof wird untersucht. Wenn die mit der Schubkarre dann fertig sind, bekommen wir sie wieder. Sonst war nichts, die wollten nichts weiter wissen."

"Hast du ihnen von uns und vom Ledermann erzählt?" fragte Clarissa trotzdem, "dass wir ihn bei der Aktion in der Nacht getroffen haben."

"Nein, natürlich nicht. Und unser Dr.CM hat, glaube ich, dem Hoover auch nichts von euch erzählt. Was sollt ihr denn da mit reingezogen werden? Das bringt doch nichts, nur unnötigen Ärger", antwortete Luko.

"Ach, Papsi, wir haben dich lieb", sagte Clarissa und sah ihren Vater dabei schräg von der Seite an und hätte ihm am liebsten ein Küsschen gegeben, ließ es aber.

Nee, immer dieses Papsi, dachte Luko.

Tulsky fühlte sich müde, als er am nächsten Vormittag in seinem Büro saß. Müde und einsam. Wer würde ihn heute beschäftigen, sein Arbeitgeber, Hoover, war beim Angeln und er war antriebslos. Ist nichts, ohne Hoover, dachte Tulsky. Egal ob er im Urlaub ist oder nur zum Angeln, ohne Hoover ist der Job nur halb so schön, dachte Tulsky. auch wenn sein Chef oft schwer erträglich ist. Aber immer noch erträglich. Immerhin. Es gibt Schlimmere.

"Der Diensthabende hier, mein Name ist Tulsky", grummelte Tulsky, als er das Telefon von seinem Telefonbimmeln befreit hatte.

Tulsky hörte nichts, außer einem Rauschen.

"So geht das nicht", sagte Tulsky in den Hörer, "vom Rauschen werde ich nicht schlauer", und wurde dabei noch grummeliger.

"Ja guten Tag", hörte Tulsky jetzt eine jüngere weibliche Stimme. Ich heiße Franziska Reibekuchen", sagte die junge Frauenstimme.

Tulsky lief schlagartig das Wasser im Mund zusammen.

"Was ist mit Reibekuchen?" fragte Tulsky.

"Nichts ist mit Reibekuchen", sagte die Frauenstimme "Ich heiße so", sagte die Stimme weiter. "Ich kann nichts dafür, ich habe mir den Namen nicht ausgesucht".

Zwei, drei Sekunden vergingen.

"Entschuldigung", antwortete Tulsky und wurde rot im Gesicht. Es tat ihm leid. "Was kann ich für sie tun?", fragte Tulsky und vermied das Wort Reibekuchen.

"Ja, ich weiß nicht wie ich anfangen soll?", sagte die Stimme.

Tulsky antwortete nichts, er wollte nicht wieder unhöflich sein.

"Also ich erzähle mal der Reihe nach", sagte die Stimme nach einer kurzen Bedenkzeit und machte wieder Pause.

"Gute Idee, vielen Dank", antwortete Tulsky und bemühte sich um Fassung.

"Chronologisch, wie ich es erfahren habe.", sagte die Stimme.

Tulsky atmete durch. Aber unhörbar.

"Also, vor vielen, vielen Wochen oder Monaten, ich weiß nicht mehr so genau wann", begann die Stimme erneut, "hat mir eine unserer Bewohnerinnen erzählt, dass sie Dorina Kattscheff auf dem Friedhof gesehen hat. Also es hat etwas gedauert bis ich das so aus ihr herausbekommen habe."

Die weibliche Stimme schien in Fahrt zu kommen.

"Und sie erzählte, dass sie die Kattscheff mit einer Schubkarre gesehen hat. Und auf dieser Schubkarre oder besser mit dieser Schubkarre hat die Kattscheff etwas Längliches transportiert. Sie konnte aber nicht erkennen was es war, es war schon dunkel und es war ohnehin ziemlich schwer, das hier aus ihr heraus zu quetschen. Und als ich das heute Morgen mit der Schubkarre und dem Friedhof in der Zeitung gelesen habe, dachte ich, ich rufe mal bei der Polizei an. Für Hinweise sind sie doch dankbar, dachte ich. Vielleicht gibt es ja auch eine Belohnung. Damals habe ich gedacht das wäre alles Quatsch, was die Alte erzählt. Zumal sie ja auch schon ziemlich flüssig im Kopf war. Aber da war ja wohl doch was dran".

Die Stimme machte eine Pause und erstarb.

"Danke", antwortete Tulsky" ich bin Ihnen dankbar. Aber bitte verraten Sie mir noch, wo wohnen denn ihre Bewohnerinnen?".

"Ja da wo ich arbeite", antwortete die Stimme.

"Und das wäre wo?", fragte der wieder errötete und schwerer atmende Tulsky.

"Im Alten-und Pflegeheim von Wattwig", sagte die Stimme, "sagte ich das nicht?"

"Und woher soll ihre Patientin, die ja schon ziemlich flüssig im Kopf ist, denn ausgerechnet die Kattscheff kennen? Ausgerechnet die?", fragte Tulsky.

"Weil die Kattscheff regelmäßig bei uns ehrenamtlich gearbeitet hat. Das müssten sie doch wissen. Die kannte die Kattscheff gut, sehr gut sogar", antwortete die Stimme.

"Und warum sollten wir das wissen?", fragte Tulsky.

"Weil die Kattscheff, als die Sache mit ihrem Mann war, doch damals von der Polizei verhört worden ist".

Das leuchtet ein, dachte Tulsky.

Die Akte vom Müller, dachte Tulsky weiter. Stimmt, die Akte vom Müller.

"Hat sie denn erzählt wann sie die Kattscheff gesehen hat, ich meine Tag und Uhrzeit?", fragte Tulsky.

"Na, sie sind gut", sagte die Stimme. "Das weiß ich nicht mehr, das ist zu lange her. Das wusste sie auch nicht. Nein, da hat sie nichts von erzählt. Wusste sie wohl nicht mehr."

"Meinen sie es ist möglich, die Dame zu befragen, vielleicht fällt ihrer Bewohnerin ja doch noch was Entscheidendes ein. Manchmal erinnern sie sich ja doch noch?" fragte Tulsky.

"Der nicht mehr", antwortete die Stimme, "der fällt nichts mehr ein, die spricht nicht mehr".

Tulsky stutzte erneut. "Wieso?"

"Tote sprechen nicht mit Lebenden", sagte die weibliche Stimme.

"Verstehe", sagte Tulsky und fuhr fort, "wenn ihnen doch noch mehr einfällt, bitte gerne wieder anrufen. Ich bin jederzeit für sie da."

"Und sie denken bitte an die Belohnung", sagte die sich verabschiedende Stimme."

Ja selbstverständlich, Belohnung für sachdienliche Hinweise wie es immer so schön heißt, selbstverständlich. Vielen Dank und auf Wiederhören", antwortete Tulsky und legte auf.

Immer nur Kohle, Kohle, Kohle, dachte Tulsky, raffgierige Kuh, blöde.

Schön, dachte Tulsky, als es wieder langweilig wurde, dann fahre ich nachher mal zum See runter und erzähle Hoover was ich gerade gehört habe. Da freut der sich bestimmt.

Frage ist weiter, soll ich auch dem Knäpper davon erzählen oder soll er alleine drauf kommen? Ach quatsch, ich heiße ja nicht Hoover. Ich gehe gleich zu Knäpper und erzähl ihm auch davon. Und Hoover sage ich es wäre mir bei Knäpper nur so rausgerutscht, damit der nicht beleidigt ist, weil er es nach Knäpper gehört hat.

Also gehe ich erst zu Knäpper und dann zu Hoover an die Luft. Und erzähle dem Knäpper, er soll auf keinen Fall Hoover anrufen, denn Hoover soll es ja von mir hören, sonst ist Hoover noch beleidigter und vielleicht sogar wütend. Wütend auf mich und ich muss wieder Akten schleppen. Herrgott ist da alles kompliziert. Wie kann man nur Reibekuchen heißen und so eine raffgierige dumme Kuh sein. Und wenn sie hübsch ist? Bleibt sie eine dumme Kuh! Und ich ein Sexist. Ich bin auch blöde und ein Sexist, dachte Tulsky weiter. Jetzt gehe ich in die Kantine, dann zu Dr. Knäpper und dann zu Hoover. Das ziehe ich ein bisschen und dann gehe ich nach Hause. Es ist einfach langweilig ohne Hoover.

Wonach ist mir denn heute? dachte Hoover Friedfisch oder Raubfisch? Lange Stippangel oder kurze Angel? Rotauge oder Hecht? Oder beides? Oder alle? Oder zwei Angeln? Klar, mehrere Angeln. Was denn sonst? Mach ich doch immer.

Er war heute Morgen um 6 Uhr wach und fast sofort auf gewesen. Gestern war es nicht so spät geworden und er war fit. Duschen, frühstücken, einpacken, los. Von seiner Wohnung waren es ja nur ein paar Meter bis zum See. Zwanzig Minuten laufen.

Er konnte in einer Stunde fertig sein und kurz drauf an seinem Lieblingsplatz am See, am ehemaligen Landabsatz der

Wattwiger Zeche Carl Centrum, später vereinigt mit der Zeche Schacht Pörtingsiepen.

Wo hatte es das schon gegeben, eine Steinkohlenzeche direkt an einem See. Leider ist außer einem denkmalgeschützten abgespeckten Förderturm nichts übrig geblieben. Und statt Gleisanlagen für nostalgische Zugfahrten, sind weitere, wie an den anderen Ufern auch, asphaltierte Radfahrwege für Touristenmassen und Massen von Erholungssuchenden, die sich an schönen Wochenenden gegenseitig verprügeln, entstanden.

Die Radfahrer verprügeln, nicht nur verbal, die Fußgänger, die Fußgänger die Inlineskater, die wieder die Moped- und Autofahrer usw, usw. Ein Gehupe, Geschreie, Gedrohe. Wie schon viel länger an den anderen Ufern.

Es sind neue Baugrundstücke, ohne die Möglichkeit Keller zu bauen wegen der Seenähe, entstanden, an denen die Stadt ein Vermögen verdient hat. Kleine, teure Grundstücke, vorne ohne Sonne, hinten mit einer Felsenwand. Dazwischen Straße und Gärten. Aber sie wohnen in Seenähe und lernen so an schönen Wochenenden immer wieder nette Menschen kennen, die ihnen in die kleinen Vorgärten pinkeln.

Wenn dann im Herbst und Winter die grauen nasskalten Nebelwolken über den See und seine Seeufer wabern, soll sich schon mancher Anwohner, und nicht nur wegen seiner Immobilienschulden, das Leben genommen haben. Depressionswetterlage nennt man das in Wattwig. Verschwunden und nach einigen Tagen, mit dem Gesicht nach unten treibend, am Wehr wieder eingefangen. Todesursache: Immer Ertrinken ohne Fremdeinwirkung.

So in Gedanken versunken, machte sich Hoover auf.

Heute geht es ihnen an den Kragen den Schwimmlingen. Und wenn ich keine fange, auch gut, dann war es trotzdem gut, dachte Hoover, von mir aus können sie im See bleiben. Ich will nur angeln.

Wie immer war er nach rund 20 Minuten an seinem Lieblingsplatz angekommen. Es war schon etwas warm und er schwitzte in seiner regendichten Kluft. Weit und breit war kein anderer Angler zu sehen. Auch kein Regen. Wie schön, dachte Hoover, Ruhe pur, was will ich mehr.

Hoover ließ seine mitgebrachten Sachen fallen und klappte sein Stühlchen auf, um es sich darauf, so gut es ging, bequem zu machen. Eigentlich war er viel zu breit für dieses Stühlchen. Und viel zu schwer. Aber das Stühlchen hatte ihn in den letzten Jahren ausgehalten und hielt ihn immer noch aus. Braves Stühlchen dachte Hoover, als er sich gesetzt hatte.

Hoover hatte sich neben einem direkt am Ufer wachsenden Busch niedergelassen, dessen Zweige bis ins Wasser reichten und der auch zum Teil aus der Uferbefestigung des Seeufers herauswuchs.

Sein Lieblingsplatz am Lieblingsplatz.

Hoover setzte sich aufrecht hin, atmete durch und beugte sich dann nach vorne um sich mit seinen Unterarmen auf seinen Oberschenkeln abzustützen.

So nach vorne gebeugt konnte er stundenlang sitzen und einfach nur auf das Wasser starren. Durch den Busch vor den Blicken anderer geschützt. Niemand nahm es ihm krumm, wenn er gar nicht angelte. Stundenlang vor sich hinstarren ohne zu angeln war sein eigentliches Hobby.

Er wurde ganz ruhig, wenn die Zeit so ganz langsam verging. Minuten wurden so zu Stunden.

An manchen Angeltagen hatte er nicht einmal geangelt wenn er am späten Nachmittag, oder wenn das Wetter mies war, auch eher, nach Hause ging. Nicht einmal geangelt, aber er war ein neuer Mensch. Wenn auch nur für Stunden, aber ein neuer Mensch.

Im Grau des Wassers war die große graublaue Schwimmflosse kaum zu sehen. Sie sah auch eher wie irgendetwas aus, nur nicht wie eine Schwimmflosse. So schlaff wie sie im Wasser hing zwischen den nur teilweise belaubten Ästen. Was die Erkennung auch nicht leichter machte.

Hoover hatte lange vor sich hingestarrt bis er begriff. Begriff, dass da was nicht stimmte.

Nachdem er sich erst geweigert hatte aufzustehen und näher heran zu gehen, tat er es dann endlich doch. Vorsichtig trat er näher an den Busch heran und schob, noch vorsichtiger, die Zweige auseinander. Ein großes Ding, was da, halb von Wasser bedeckt, halb wie ein Luftballon aufgeblasen, aus dem

Wasser herausschaute und einem großen Fisch, oder Teilen davon, ähnelte.

Was auch immer das ist, dachte Hoover, lustig wird das nicht wenn wir es aus dem See holen.

Während er das dachte, starrte er weiter auf das dümpelnde Teil und hätte es am liebsten weggetreten.

Sein Angeltag war im Teich, soviel war klar. Sozusagen in den See gefallen. Warum musste das Ding denn ausgerechnet hier anlegen, statt an irgendeinem anderen Busch im Umkreis. Aber nein. Hier bei ihm. Scheiße.

Hoover raffte seine Sachen zusammen und legte sie auf einen Haufen. Dann klappte er sein Höckerchen zusammen und legte es dazu. Die Truppe die gleich anrückt, muss ja nicht unbedingt alle seine Sachen in Augenschein nehmen.

Nachdem das erledigt war wählte er die Handynummer von Dr. Knäpper.

"Am alten Landabsatz, ist gut", antwortete Dr. Knäpper und legte auf.

Hoover drehte sich um und starrte das dümpelnde Ding wieder an. Jetzt durfte es nicht mehr wegschwimmen. jetzt nicht mehr. Zur Not wäre er sogar ins Wasser gesprungen, um es daran zu hindern. Schauderhaft so ein Notfall, dachte Hoover.

Nach zwanzig Minuten, die ihm diesmal auch wie Stunden vorkamen, sah er den Bulli von Dr. Knäpper und seinen Mannen. Sie hielten punktgenau bei ihm an und sprangen aus dem Wagen. Hoover drehte sich um, um Dr. Knäpper zu begrüßen, als er auch schon eine bekannte Stimme hinter seinem Rücken hörte.

"Da hättest du mich doch fast vergessen, stimmt es oder hab ich recht?", tönte Tulsky.

Tulsky drückte sich neben Dr. Knäpper und beide Herren begrüßten Hoover per Handschlag.

"Ich habe heute meinen freien Tag", antwortete Hoover, "da rufe ich dich nicht an."

"Der ist jetzt vorbei", antwortete Tulsky, "aber du brauchst mich auch nicht mehr anzurufen."

Jesus, Maria und Josef, dachte Hoover.

Die Männer machten sich sofort an die Arbeit und packten ihre Utensilien aus dem Bulli.

Dann überlegten sie gemeinsam wie sie das im Strauch verfangene und vor sich hindümpelnde Ding aus dem See kriegen könnten, ohne dass Teile davon verloren gingen.

Nachdem Andreas seine ersten Fotos gemacht hatte, war sehr schnell klar, was passieren musste.

Die Wasserschutzpolizei musste mit Tauchern ran, die das Ding, da wo es war, wegzerren und bis zum Ufer schieben, drücken, oder sonst wie transportieren konnten. Kollegen von der Einsatzschaft mussten ran um das Gelände großräumig abzusperren. Die ganz große Nummer für ein totes Etwas. Oder was auch immer es war.

Dr. Knäpper erledigte einige Anrufe und spazierte dabei nervös auf und ab. So was hatte er während seiner Karriere auch noch nicht gesehen.

Während sie auf die anderen Einsatzkräfte warteten, erzählte Tulsky von dem Anruf der Pflegerin aus dem Wattwiger Altenheim.

Dr. Knäpper erzählte, dass sie noch keine DN-Analyse von den gestrigen Spuren oder den gefundenen Teilen hätten.

Hoover erzählte nichts vom Angeln, sondern war frustriert.

So hatten alle mehr oder weniger zu erzählen.

Sie wussten, dass sie sich jetzt erst mal die Zeit mit Nichtstun vertreiben mussten. Hoover überlegte, ob er nicht in der Zwischenzeit sein Zeugs einpacken und es ein paar Meter von der Fundstelle entfernt noch einmal versuchen sollte.

Das zu erwartende Gespött der Kollegen und die Angst möglicherweise noch einmal...

Er dachte nicht weiter darüber nach. Stattdessen rief er Tulsky zu sich und sie machten sich auf den Weg, um nach möglicherweise weiterem "Strandgut" Ausschau zu halten.

Knäpper konnte es sich nicht verkneifen noch ein: "Und wer fängt das Ding ein, sollte es wegschwimmen wollen", hinter den beiden her zu rufen, bekam aber keine Antwort mehr.

Nach knapp einer Stunde erreichte sie das Boot der Wasserschutzpolizei. Mit an Bord waren zwei Taucher der Berufsfeuerwehr von Bochkum.

Sie setzten ihre Masken auf, und schnorchelten, nachdem sie ihre Anweisungen bekommen hatten, zu dem halb aufgeblasenen länglichen Sack der da im Gebüsch hing. Was sie da dann zu sehen bekamen, war nicht wirklich schön.

Der nassmorsche, an einigen Stellen aufgerissene Stoff entpuppte sich als eine einem Delphin ähnliche Stoffhülle, in die offensichtlich ein halbverwestes menschliches Skelett eingenäht war.

Während des kurzen Transports vom Busch zum Ufer riss dann zu allem Überfluss auch noch das Kopfende der Hülle auf, und gab, für alle Anwesenden gut sichtbar, auch für die am Ufer stehenden Beamten, einen ziemlich abgenagten menschlichen Schädel frei.

Gleichzeitig wurde dieser Riss im Stoff zum Tor zur Freiheit einer sich mit lautem Quieken verabschiedenden Wasserratte.

In der Zwischenzeit waren Hoover und Tulsky, ohne weitere Erkenntnisse, von ihrem Ausflug zurück und beobachteten zusammen mit den anderen die Geschehnisse.

Nach weiteren zehn Minuten lag das menschliche Skelett nun vor ihnen am dem Ufer.

Die delphinähnliche Hülle hatte angenähte Ärmel und Handschuhe sowie angenähte Hosenbeine, die in einer Art Gamaschen endeten. Auf dem Rücken hatte dieses Gebilde eine Art Rückenflosse angenäht und da wo der Skelettschädel herauslugte, befand sich eine Art, jetzt aufgerissener, Delphinkopf aus Stoff und möglicherweise Schaumstoff und Styropor oder Ähnlichem.

Der Stoff hatte sich, triefnass wie er nun einmal war, an den eingepackten Körper dieses toten Menschen angeschmiegt, ja förmlich an dem Körper festgesaugt, sodass man leicht ein Skelett vermuten konnte.

Das war jetzt ganz deutlich. Der rechte Fuß der Leiche war mit einem Schuh bedeckt, der linke Fuß fehlte ganz.

"Der wird ja vielleicht hier irgendwo in Ufernähe abgetaucht sein, vermute ich mal", sagte Hoover und unterbrach damit die eingetretene Stille nachdem das Gebilde angelandet worden war und alle ehrfürchtig geguckt hatten.

"Der kann sonst wo sein, dieser Fuß", antwortete Dr. Knäpper.

"Ist nichts mit Feierabend für die Taucher", sagte jetzt Tulsky.

"Nicht nur das", antwortete jetzt wieder Dr. Knäpper, "die brauchen Verstärkung, wir müssen den Scheißfuß finden, bevor es badende Kinder tun. Wenn der Fuß noch in einem Schuh steckt, schwimmt der vielleicht lustig vor sich hin."

"Ihr habt ja recht", antwortete Hoover "ich werde das zweite Polizeiboot bestellen, damit die den See absuchen, ich werde um Streifen bitten, damit die Kinder davon abhalten im See zu schwimmen und ich fahre mit Tulsky ins Präsidium und bewache das Telefon. Zuerst rufe ich Klaas de Boer an und berichte ihm von heute, sonst ist der beleidigt."

"Und ich fahre mit dem Delphinsack und den Jungs ins Labor, damit der Delphin schnellstens auf unseren Nirostatisch kommt. Sollte der Fuß gefunden werden, sind wir ratzfatz da, wo der Schuh aufgetaucht ist", sagte Dr. Knäpper

"Und ich werde heute gefahren und habe es gut", sagte Tulsky und ergänzte, "und zwar von meinem Chef."

"Von wegen", antwortete Hoover und warf Tulsky seinen Wagenschlüssel zu, den er trotz seines Spaziergangs mitgenommen hatte. "Ich habe heute frei. Du fährst. Und zwar piano. Und vorher holst du den Wagen, der steht vor meiner Haustür. In der Zwischenzeit warte ich hier auf dich und denke nach."

Kapitel 16: Kirchenasyl
Der Dornenmann trifft sich und zieht um

Klaas de Boer wippte mit seinem Bürostuhl hin und her. Es war etwas zu warm im Zimmer und sein makellos sitzender Schlips schnürte ihm ein wenig die Luft ab, sein Hemd machte eine fette Wurst aus ihm und in seinem Anzug fühlte er sich irgendwie alleine gelassen. Entweder ich specke ab oder ich kaufe mir endlich andere Klamotten. Ich Idiot schnüre mir hier freiwillig die Luft ab, dachte er vor sich hin, während er wippte. Besser ich nehme ab, das spart nicht nur, das ist auch gesünder.

Der Hoover läuft rum wie er will und ich muss immer im Anzug, auch wenn ich nicht will. Nur weil ich der Chef bin. Alles Mist hier, dachte er weiter.

"Also es fehlt ein Fuß mit Schuh an der Wasserleiche!", sagte de Boer nach einer Besinnungspause zu Hoover und setzte so ihr vorhin begonnenes Gespräch über die Ereignisse der letzten Tage fort.

"Oder Fuß und Schuh extra, oder etwas Fuß im Schuh und der Rest ganz weg, oder so oder anders, ich weiß es nicht. Also nehme ich an. Gesehen habe ich ja nichts", antwortete Hoover.

"Ja, ja, ist ja schon gut", sagte de Boer. "Viel machen können wir da ja dann nicht", sagte de Boer und wippte weiter vor sich hin.

Beide überlegten.

"Nein, können wir nicht. Sehe ich auch so. Wir können ja nicht wegen dem dämlichen Wasserleichenfuß den gesamten See absperren", antwortete Hoover und versuchte ebenfalls mit seinem Stuhl zu wippen, was aber nicht gelang.

"Aber die sollen mit ihren Tauchern weiter suchen, das sollen sie", sagte de Boer.

"Machen sie", sagte Hoover und ergänzte, "das habe ich denen schon gesagt. Keiner möchte, dass Kinder mit Wasserleichenfüßen spielen, die vermutlich schon Gerippe sind."

"Das ist schon merkwürdig", sagte Hoover weiter, "wir haben den Anruf von dieser Pflegerin aus dem Altenheim, dass die Kattscheff mit einem, ich sage mal, länglichem Gegenstand auf einer Schubkarre gesehen wurde, ich vermute dieser Gegenstand sollte verschwinden, am besten dann doch in diesem Grab, aber wir haben in dem Grab nichts dergleichen gefunden. Wir haben die Decke, wir haben die Schubkarre und natürlich den Geldkoffer mit einem Messer obenauf, dann ist es doch wohl naheliegend, dass da auch dieser Gegenstand hätte dort liegen müssen. Von der Kattscheff im Grab entsorgt. Und da soll mich doch der Teufel holen, wenn diese Delphin-Wasserleiche nicht dieser Gegenstand ist, der dann in den See gespült wurde."

"Du sagtest dieser Gang unterhalb der Gruft endet im See und du sagtest es hat diesen Wasserschwall gegeben, der diesen Pathologiefotografen umgehauen hat?", fragte Klaas de Boer.

"Ja, ja genau, umgehauen. Knäpper hat danach eine Probe genommen und wird die Flüssigkeit untersuchen. Außerdem schwammen da Fleischreste beziehungsweise Wurstreste drin rum. Hat Knäpper auch was von mitgenommen zur Untersuchung."

"Dann wette ich doch", sagte Klaas de Boer, "dass das nicht der einzige Wasserschwall war, und dann wette ich auch gleich mal weiter, dass diese Leiche tatsächlich in dieser Höhle war."

Einige Sekunden vergingen.

"Diese Richterbande war doch vor uns in der Grabhöhle, hat der Richter was von diesem Delphinsack erzählt?" fragte Klaas de Boer weiter.

Hoover musste lachen als er an die Richterbande dachte. "Nee, hat er nicht erwähnt", antwortete er. "Ich werde ihn mal anrufen und nachfragen, bin mal gespannt was der erzählt. Und ob der überhaupt was erzählt".

"Das kannst du dir auch sparen, denke ich", antwortete de Boer, "wenn der wollte, hätte er dir davon erzählt."

"Ich tippe mal auf illegale Einleitungen", sagte Klaas de Boer nach einigen Sekunden des Nachdenkens.

"Wie illegale Einleitungen? Illegale Einleitungen von was?"

"Von was? Von Fleischabfällen natürlich", antwortete Klaas de Boer.

Ja was denn sonst, so wie das aussah was der Knäpper mir da gezeigt hat, dachte Hoover, während er rot anlief.

"Ein Fall für den Staatsanwalt", sagte Hoover.

"Ein Fall für den Staatsanwalt" antwortete Klaas de Boer. "Ich mache das, ich spreche mit dem Staatsanwalt, sollte Knäpper feststellen, dass das tatsächlich illegal eingeleitete Fleischreste sind, wenn das tatsächlich Gammelfleisch ist."

Wenn das Gammelfleisch ist, dachte Hoover, dann denke ich mir wo dieser Ledermann das Zeug her hat, dass er in den Häusern verbrannt hat.

Klaas de Boer wippte nicht mehr sondern rückte in seinem Stuhl unruhig hin und her.

"Sag mal, du hast mir doch erzählt, das dieser Typ da, dieser Brandstifter, Fleischreste in die Häuser geschleppt hat und das Zeug dann mittels Brandbeschleuniger angesteckt hat? Um irgendwas, ach ja, um die Menschheit zu retten?", fragte de Boer.

Verdammte Gedankenleserei, dachte Hoover, und von Höllentieren hat der Pfarrer irgendwas erzählt, dachte Hoover weiter.

"Hat der sich nicht auch immerzu auf diesem Friedhof rumgetrieben? Wer weiß wie tief der noch in der Geschichte mit drin hängt, vielleicht hat der ja die Kattscheff gekillt", fragte sich de Boer laut weiter.

Hoover überlegte einen Moment bevor er antwortete.

"Wir sind da dran", sagte Hoover. "Ist nur noch eine Frage von Tagen bis wir den gefasst haben. Tulsky liegt beständig als Mopedfahrer verkleidet auf der Lauer.

Da muss der Tulsky jetzt aber wirklich ran, ist vorbei mit früher nach Hause gehen, dachte Hoover während er Klaas de Boer soeben belogen hatte.

"Wir haben ja diese neue Pressesprecherin", sagte de Boer, "habt ihr der was zu der Leiche im Delphinsack erzählt, damit die mit der Presse plaudern kann?"

De Boer hatte wieder angefangen mit seinem Stuhl zu wippen.

"Nee, haben wir nicht. Ich wusste nicht, dass die schon in Amt und Würden ist", antwortete Hoover und versuchte in seinem Stuhl hin und her zu rutschen, was aber ebenfalls, diesmal wegen seiner Breite, misslang.

Wippen konnte er nicht, rutschen konnte er nicht, er kam sich vor wie ein halbtotes Hähnchen in einer Legebatterie.

"Tulsky hat die Presseheinis selber angerufen und denen erzählt, wir hätten eine Leiche aus dem Wasser gezogen, hat das Übliche geblubbert und erzählt Genaueres würde die Obduktion ergeben. Ich habe daneben gesessen als er angerufen hat."

"Also keine Details?", fragte de Boer.

"Wie ich schon sagte", antwortete Hoover.

Klaas de Boer sah Hoover an. Ich weiß, was du denkst, dachte de Boer, du denkst Scheiß Pressesprecherin.

"Anordnung vom Innenminister", sagte de Boer. "Der Minister meint, es wirkt professioneller wenn sich jemand hauptamtlich um die Presse kümmert. Denen was erzählt, täglich den Kontakt hält, ab und zu mal anruft, eine persönliche Beziehung aufbaut usw. Wir müssten einen besseren Kontakt zur Presse bekommen, meint der Minister."

Hoover fühlte sich unwohl. "So, so, meint der Minister. Schlaues Kerlchen, der Minister. Besserer Kontakt? Warum?", fragte Hoover.

"Der Minister ist mein Chef, der ist Politiker und kein Fachmann", sagte de Boer, "Politiker und Fachmann schließt sich aus. Wenn der schlau ist, bin ich auch schlau und dann gebe ich ein bisschen was zu bedenken und nicke schön. Wie es sich gehört".

"Also wir können die Presseheinis jetzt immer an die Presseabteilung verweisen, müssen nichts mehr selber erfinden, macht alles die Presseabteilung?", fragte Hoover weiter.

"Nein, nein, so nicht", antwortete de Boer "die Reihenfolge verändert sich nicht: Überlegen was die schreiben sollen und das dann an die Presseabteilung weiterleiten. Die gibt das dann an die Presse weiter, erfindet aber vorher noch ein allgemeines Blabla dazu, irgendwas, was nichts mit dem Fall zu tun hat, was sich aber toll anhört."

"Und die Presseheinis veröffentlichen dann wie immer, irgendwas, von dem wir meistens denken, wenn wir es lesen, dass es nichts mit dem Fall zu tun hat, zu dem wir denen die Infos gegeben haben. Das ist dann wieder wie immer", sagte Hoover.

"Genau so, wie wir es schon kennen, wie ich schon sagte", antwortete de Boer, "die saugen sich irgendwas dazu aus den Fingern, hübschen die Geschichte auf, spekulieren irgendeinen

Scheiß, schließlich brauchen die Anschläge und Zeilen, sonst verdienen die nichts. Ihr Blatt muss sich verkaufen. Je nach politischer Richtung ist deren Gepinsel dann noch rot oder schwarz eingefärbt. Die Leute glauben es. Und bei vielen, die es nicht glauben, bleibt im Laufe der Zeit doch was hängen, bis sie es auch glauben. Dauert nur länger."

De Boer saß in der Zwischenzeit ganz gerade aufrecht und beugte sich zu Hoover vor. "Du kannst mal zu dieser Pressemaus gehen, lieber Karl, und dich bei ihr vorstellen. Zusammenarbeit ist immer besser als Streit und Zoff. Und nimm den Tulsky mit. Und seit lieb und nett und höflich. Keine unanständigen Bemerkungen", sagte de Boer.

"Selbstverständlich", antwortete Hoover ohne zu grinsen, obwohl ihm danach war. "Ich habe gleich noch einen Termin beim Minister", sagte de Boer und ergänzte, "wegen irgendeiner Statistikscheiße, die kein Mensch braucht."

Hoover hatte sich aus seinem Besucherstuhl hochgepresst um zu gehen und bemerkte: "Na, dann viel Vergnügen oder mein aufrichtiges Beileid, je nach dem, Chef."

"Apropo Chef, mein Lieber", sagte de Boer, der sich ebenfalls erhoben hatte. "In einer Woche will ich den Ledertypen im Präsidium haben. Spätestens in eine Woche."

Will ich auch, dachte Hoover ganz langsam und war währenddessen schon fast an der Tür angekommen.

"Karl Hoover!" ertönte hinter ihm laut die Stimme seines Chefs, "hast du nicht noch etwas vergessen?".

Hoover stutzte, blieb wie angewurzelt stehen, und dachte für Zehntelsekunden er wäre in seiner Kindheit und ein böser Papa würde nach ihm rufen.

"Nein, nicht das ich wüsste, was denn bitte? Was soll ich denn vergessen haben, böser Papa?"

"Du hast vergessen nach dem Namen der Pressemaus zu fragen. Sie heißt: Bettina Böltlinger."

Hoover hatte sich zu de Boer gedreht und war stehen geblieben.

"Okay, Bettina Böltlinger. Noch nie gehört. Merke ich mir. Sonst noch was Wichtiges?"

"Sicher noch was Wichtiges!", antwortete de Boer, "sie ist die Stieftochter vom Innenminister, bei dem ich gleich die Ehre habe, wie du weißt. Merke dir also meine Worte. Sei klug und vorsichtig. Und jetzt tschüss."

Gute Reaktion von dem alten Sack, dachte de Boer grinsend als Hoover gegangen war. Böser Papa, nicht schlecht. Merke ich mir.

"Also ist Klaas de Boer jetzt informiert und wir müssen auf der Hut sein?", fragte Tulsky, als Hoover ihm von seinem Gespräch mit de Boer erzählt hatte.

"Ja sicher, hast du doch gerade von mir gehört", antwortete Hoover und fuhr fort: "Was ist jetzt mit der Fahrbereitschaft und dem Moped für dich. Wann fängst du an? Es muss jetzt was passieren! Der Ledertyp ist der wahrscheinlich wichtigste Schlüssel zu dem Fall oder den Fällen oder was weiß ich. Ich werde langsam sauer. Mir geht das alles auf die Nerven. Und zwar gehörig."

Hoover hatte wieder einen roten Kopf bekommen.

"Reg dich nicht auf, du siehst schon wieder aus wie ein Leuchtturm", antwortete Tulsky und fuhr fort: "Es ist alles geklärt. Die Fahrbereitschaft stellt mir eine von einem Rocker beschlagnahmte Maschine, einen Chopper, zur Verfügung. Die basteln da gerade dran rum, damit die Maschine nicht erkannt wird. Es kommt noch eine Scheibe dran und der Tank wird umlackiert und noch ein paar andere Kleinigkeiten. Morgen ist die Karre dann hoffentlich fertig. Meine alten Lederklamotten passen mir noch, meinen Helm habe ich auch noch. Ab Übermorgen früh kann ich mich am Friedhof auf die Lauer legen und versuchen den Ledermann zu erwischen."

"Gut", antwortete Hoover. "Und ich werde noch zwei Mann mit Fahrzeug anfordern, die sich in deiner Nähe postieren und ebenfalls eingreifen können, sollte der Typ auftauchen. Du hast bei der Aktion das Kommando. Du weißt, dass es Tage dauern kann, bis der auftaucht."

"Weiß ich, nah klar", antwortete Tulsky. "Und das mit der Schlüsselfigur habe ich auch begriffen, ich bin ja nicht blöde."

Nee, blöde bist du nicht, dachte Hoover, nur manchmal etwas undiszipliniert deinen Vorgesetzten gegenüber.

Hoover sah Tulsky aus seiner Dienstvorgesetztenposition heraus an.

"Und, was fragen wir uns jetzt?", fragte Hoover.

Tulsky überlegte einen Augenblick.

"Wir fragen uns zum Beispiel was dieser Typ aus der Hecke heraus alles gesehen hat, wenn er in der Hecke gehockt hat."

Tulsky überlegte weiter "Und wir fragen uns ob, und wenn ja, wie oft der Typ in der Gruft war. Und ob er den zweiten Geldkoffer hat. Und ob er einige Leichen auf seinem Gewissen hat."

"Und ich frage mich weiter", ergänzte Hoover, "ob wir seinen Auskünften trauen können, so bescheuert wie der ja scheinbar ist."

Tulsky überlegte einen Augenblick bevor er antwortete: "Ich glaube nicht das dieser Vogel irgendjemanden umgebracht hat. Du hast doch den Pfarrer gehört. Der hat keine Menschen umgebracht."

"Auch nicht in Notwehr, versehentlich, oder weil ihn jemand auf frischer Tat erwischt hat, meinst du?", fragte Hoover nach.

"Nein, auch deswegen nicht. Mein Gefühl und unsere Erkenntnisse sagen mir, dass wir den oder die Mörder woanders suchen müssen. Definitiv. Und wir sind kurz davor, glaube ich. Lass uns mal die DNA`s abwarten."

"Wahrscheinlich hast du recht, und wir können davon ausgehen...", antwortete Hoover in Gedanken versunken.

"... dass das verbrannte Fleisch aus diesem Friedhofsloch kommt", ergänzte Tulsky.

"Gut, dann lass uns jetzt mal zu dieser Bettina Böltlinger gehen und uns vorstellen", sagte Hoover, "ich habe uns vorhin telefonisch angekündigt, dann haben wir es hinter uns."

"Du meinst zu der Pressemaus?", fragte Tulsky.

Hoover merkte wie er schon wieder zum Leuchtturm wurde.

"Sag mal hörst du mir überhaupt zu? Was rede ich denn gerade? Das ist jetzt das zweite Mal, dass du abwesend bist. Wir gehen zu Frau Böltlinger. Merke dir den Namen der Dame. Wenn dir in ihrer Anwesenheit einmal dieses "Pressemaus" rausrutscht, muss ich mir wahrscheinlich einen neuen Partner suchen weil du dahin strafversetzt wirst, wo kein Mensch hin will. Und das wiederum will ich nicht." Hoovers Kopf hatte in diesem Moment seine volle Röte erreicht. Hoover schnaubte.

"Du bist zwar meistens ungehorsam und vorlaut, aber dafür treu. Und so soll es sein. Und jetzt basta und los".

Hört sich ja fast schon wie eine Liebeserklärung an, dachte Tulsky als sie loszogen.

Bettina Böltlinger war eine Frau Mitte bis Ende Zwanzig, die einfach betörend aussah.

Sie war nicht in eine Polizeiuniform eingeklemmt, sondern trug ihr eigenes Outfit. Einen lässigen figurbetonenden dunkelgrauen Hosenanzug, der eine Figur versteckte, die selbst in ihrem Versteck nicht versteckt war. Dazu lange blonde Haare, zu einem Zopf geflochten, ein Gesicht von makelloser Schönheit, das mit einem leichten Makeup verziert war, obwohl dieses Makeup überhaupt nicht nötig gewesen wäre.

Sie hatte die beiden Kommissare herzlich und freundlich empfangen und ihnen, nachdem die beiden sich gesetzt hatten, Kaffee aus einer Thermoskanne eingeschenkt.

Bettina Böltlinger erzählte, dass sie Journalismus studiert hatte und zurzeit noch nebenher mit ihrem Jura Zweitstudium beschäftigt war. Und was sie für ein Glück hatte, dass ihr Stiefvater ihr diesen Job vermittelt hatte, den sie wahrscheinlich ohne seine Hilfe nicht bekommen hätte. Und wie angewiesen sie auf eine gute Zusammenarbeit mit ihnen beiden wäre.

Die Kommissare erzählten von den aktuellen Fällen, ohne auch nur im Geringsten darüber nachzudenken, was sie erzählen sollten und was nicht.

Nach gefühlten zehn Minuten, aber tatsächlich fast einer Stunde war die Audienz beendet und die Kommissare auf dem Weg zurück in ihr Büro.

Himmel, Arsch und Zwirn, was würde ich gerne in dieses Zimmer zwangsversetzt dachte Tulsky, während Hoover sich ganz leer im Kopf fühlte. So als hätte er alles gegeben, auch das, was er nicht hätte geben sollen.

Ich bin ein alter Sack, dachte Hoover weiter, hört das denn nie auf mit diesen Scheiß Hormonen. Wie alt muss ich eigentlich noch werden? Und eines ist auch klar, was die von mir haben will, kriegt sie auch. Ohne wenn und aber.

Hoover und Tulsky saßen in Hoovers Arbeitszimmer und sahen sich schweigend an.

"Wir hätten uns mal ein bisschen zusammenreißen können, wir sind doch keine Gockel die um eine Henne herumgockeln", bemerkte Hoover.

"Ach nee, was denn? Klar sind wir das. Nur etwas älter, aber dafür genau so faltig am Hals wie so ein Männchen-Huhn. Tock, tock, tock...", antwortete Tulsky.

In diesem Augenblick der Besinnung ging das Telefon von Hoover mit einer unerlaubten Lautstärke los.

Hoover nahm ab, hörte zu, sagte, "das weißt du doch", und legte wieder auf.

Tulsky sah Hoover fragend an. "Das war de Boer. Er wollte wissen ob es schön gewesen wäre bei Frau Böltlinger".

"Jedenfalls weiß die jetzt mindestens genau so viel über die Fälle wie de Boer, vielleicht sogar mehr als de Boer", antwortete Tulsky.

Hoover ging langsamen Schrittes, betont unauffällig, die kleine Straße entlang. Eigentlich war alles gut, der Ledermann kannte ihn wahrscheinlich und er kannte auch Tulsky. Er hatte sicher mal in der Friedhofshecke gehockt und sie beobachtet als sie an der Grabstelle waren. Das wäre sehr gut. Hatte der Pfarrer irgendwas davon erzählt? Er wusste es nicht mehr. Gut, der Ledermann wusste, wahrscheinlich aus der Zeitung, dass er der leitende Kommissar war. Aber in der Zeitung wurden keine Bilder von ihm veröffentlicht. Er würde es trotzdem wissen. Wissen wie er, Hoover, aussieht.

Hoover war gespannt.

Der Ledermann, oder Dornenmann, wie er sich nannte, hatte es mit Sicherheit schon herausgefunden, auch wenn er seines Erachtens normalerweise weiter gegenüber in der Hecke hockte. Er war dann wahrscheinlich über den Spazierweg am Seeufer über die Friedhofsmauer gelangt.

Einige Meter vor sich sah er jetzt den lässig an den Sattel seiner Maschine gelehnten Motorradfahrer.

Der Motorradfahrer schien zu telefonieren, er bemerkte nicht, wie sich Hoover näherte.

"Nah, junger Mann, Maschine kaputt? Kann ich helfen?" Der Angesprochene erschrak sichtbar, drehte sich abrupt um, sprang auf und sah Hoover an.

"Hast du mich erschrocken, Karl, verdammt noch mal. Was willst du denn hier?"

"Ich bin hier um dir mitzuteilen, dass wir heute Abend abbrechen, wenn der Typ bis jetzt gleich nicht aufgetaucht ist. Und er ist es nicht. Es war Quatsch das hier zu machen."

Tulsky schüttelte seinen Kopf. "Du meinst er kommt nicht mehr?", fragte Tulsky. "Ich glaube jetzt, da sich ja wahrscheinlich auch für ihn alles nur um das Kattscheffsche Mausoleum drehte, und am Mausoleum ja alles erledigt ist, und der Pfarrer ihm auch seine Wünsche erfüllt hat, er auch nicht mehr auftaucht. Das Mausoleum ist Geschichte. Wir müssen ihn anders fassen, hier wird das nichts mehr."

Tulsky setzte sich wieder seitlich auf den Sattel seiner Maschine. "Dann hau ich jetzt ab?", fragte Tulsky.

Hoover nickte. "Ich sage jetzt gleich den Jungs im Auto Bescheid, die sollen auch Schluss machen. Wir sehen uns dann morgen früh im Büro."

Hoover war jetzt nur noch ein netter freundlicher älterer Herr, der langsam an einer Friedhofsmauer entlang einen abendlichen Spaziergang machte.

Die auf der anderen Seite der Friedhofsmauer über die Mauerhöhe hinausragenden dornigen Büsche bewegten sich leicht und gleichmäßig im Wind des frühen Abends. Hoover blieb wie zufällig stehen und sah sich dabei um.

"Jetzt kommen sie schon raus", sagte Hoover leise. "Es fällt auf wenn ich hier zu lange stehe und auf sie warte".

Im gleichen Augenblick bewegten sich fast unhörbar die direkt an der Mauer stehenden dichten Büsche der Dornenhecke zur Seite.

"Der Dornenmann ist doch nicht blöde und lässt sich von einem als Motorradfahrer getarnten Polizisten verfolgen", sagte die Stimme eines ganz in schwarzem Leder und mit einem schwarzen Motorradhelm bekleideten Mannes.

"Wenn ich dächte sie wären blöde, wäre ich nicht hier", antwortete Hoover. "Ich bin hier weil ich Ihnen einen für Sie glimpflichen Kompromiss vorschlagen möchte."

"Ihre Ergebnisse geben den Fällen, wie mir scheint, eine ungeahnte Wendung, Herr Dr. Knäpper. Und sie benachrichtigen jetzt sofort Karl Hoover? Super, vielen Dank." Klaas de Boer legte auf.

De Boer wählte die Nummer von Hauptkommissar Jan Müller vom Betrug. Er hatte in Müllers Dezernat schon vor zwei Stunden ausrichten lassen, dass sich Müller für ein Gespräch zur Verfügung halten sollte.

Müller war noch nicht im Präsidium erschienen, als er angerufen hatte und müsste jetzt eigentlich an seinem dienstlichen Arbeitsplatz sein. Einer seiner Leute hatte ihn sicherlich entsprechend benachrichtigt.

Eigentlich hatte er Müller ja nur in der einen Angelegenheit sprechen wollen, aber jetzt konnte er ihm ja noch einige Details über Dr. Knäppers Ergebnisse mitteilen. Wie wunderbar sein neuer Plan doch war.

Fünf Minuten später saß Jan Müller in de Boers Arbeitszimmer. Braun gebrannt, in lockerem Outfit mit weitem Kragen, mit Goldkettchen am Hals und Rolex am Handgelenk.

Ein Hund der darauf wartet sein Herrchen fressen zu können, mit der Duftmarke eines Zuhälters in der Hose und dem genauen Wissen, dass man ihm nie etwas nachweisen können wird. Nicht in den nächsten Jahren. Nicht solange er auf diesem Posten war. Keinen Betrug, keine Bestechlichkeit, keine Vorteilsnahme.

Der Mann hatte Erfolge, aber irgendwie war alles schmierig oder es kam einem so vor. Oder waren es nur Vorurteile diesem völlig anderen Menschen gegenüber, der so sein musste, weil sein Dezernat das von ihm verlangte? Dieser Frauenheld, der vor nichts zurückschreckte, koste es was es wolle.

Jedenfalls sagte man so. Jedenfalls sagte Hoover es so. Nein, er mochte Müller auch nicht. Mit oder ohne Vorurteile, ganz egal.

Jan Müller mochte ihn, Klaas de Boer, ebenfalls nicht. Und das zeigte er auch, und das war ihm auch scheißegal ob de Boer ihn mochte oder ob er ihn nicht mochte.

Er würde etwas nachhelfen müssen bei Müllers dienstlichem Fortschritt, dachte de Boer.

Ein wunderbarer Plan.

"Herr Müller", begann de Boer, "ich sage es mal direkt. So wie es aussieht, ist Horst Kattscheff ermordet worden. Alles spricht dafür, nein wir sind sicher, dass die Leiche aus dem See, sie haben ja sicher davon gehört, der Leichnam von Horst Kattscheff ist. Dann haben wir noch einen Koffer mit dem Geld der Letro-Märkte bzw. den größten Teil des Geldes, es sind noch rund siebenhundertdreißigtausend Euro vorhanden, gefunden. Der zweite Koffer ist immer noch unauffindbar. Es gibt noch weitere Vermutungen zu dem Fall oder den Fällen Kattscheff, die sind jetzt und hier aber nicht relevant. Sie sind übrigens erst der Zweite der diese Informationen bekommt. Nach mir, bekommt."

De Boer sah Müller fragend an.

"Das heißt für mich weiter, dass es jetzt auf jeden Fall kein Betrugsfall, sondern ein Mordfall ist?", fragte Müller.

"Richtig", antwortete de Boer.

"Und der zweite Koffer, gibt es da schon eine Spur?", fragte Müller weiter.

"Wie ich schon sagte. Der ist noch nicht aufgetaucht. Und da beide Kattscheffs tot sind und wir keinerlei Hinweise auf weitere Täter in der Betrugssache haben, wird er möglicherweise auch nicht mehr auftauchen", antwortete de Boer.

"Oder der oder die Mörder der Kattscheffs haben den Koffer".

"Oder so", antwortete de Boer und ergänzte "aber das ist reine Spekulation. In den nächsten Tagen wissen wir hoffentlich mehr."

De Boer lehnte sich in seinem Schreibtischstuhl zurück um eine Pause zu machen. Mehr muss Müller dazu nicht wissen, dachte de Boer und sagte: "Ich wollte sie aber gar nicht so lange von ihren wichtigen Tätigkeiten aufhalten sondern wollte sie bei diesem Termin hier, lediglich bitten, sich einmal bei unserer neuen Pressesprecherin vorzustellen. Sie heißt Bettina Böltlinger und hat ihr Büro im Erdgeschoss, gleich neben dem Pförtner. Zukünftige Presseerklärungen werden nur noch über das Büro Böltlinger abgegeben, keine eigenständigen Erklärungen an die Presse oder auch an andere Beteiligte, oder wen auch immer, mehr." Es entstand eine kurze Pause. "Haben Sie mich verstanden Herr Müller?"

Müller nickte de Boer zu, ohne ein leichtes Grinsen ganz verhindern zu wollen.

De Boer erhob sich und gab Müller die Hand zum Abschied.

"Okay, mache ich sofort, ich stelle mich sofort bei der Pressemaus vor", antwortete Müller, der sich ebenfalls erhoben hatte. "Soll ja eine wirklich süße Pressemaus sein, diese BB wie wir hier im Haus schon scherzhaft sagen. Ich bin echt gespannt wie die es mit uns hier so aushalten wird."

Ich bin ein böser Papa, dachte de Boer, als er wieder, nachdem Müller den Raum verlassen hatte, an seinem Schreibtisch saß. Ich habe ganz vergessen zu erwähnen, dass Frau Böltlinger die Stieftochter vom Innenminister ist. Ich bin ein wirklich böser Papa.

Er hatte in der vergangenen Nacht gut geschlafen, und dann mit seiner lieben Frau ausgiebig gefrühstückt, bevor er in sein Präsidium gefahren war. Seine Gesamtstimmung war, auch schon vor dem Telefonat mit Knäpper, und trotz des Gesprächs mit Jan Müller immer noch ausgezeichnet. Ganz im Gegenteil. Er hatte ein hervorragendes Gefühl wenn er an das Gespräch mit Müller dachte.

De Boer griff erneut zum Hörer und wählte die Nummer von Hoover.

"Wir müssen reden, Karl. Du bist von Knäpper über seine Ergebnisse informiert? Gut, könnt ihr in zehn Minuten bei mir sein? Danke, bis gleich dann."

"Erzähl doch mal, Karl wie du das siehst", sagte de Boer nachdem Hoover und Tulsky Platz genommen hatten.

"Wo soll ich anfangen?", fragte Hoover.

"Wir haben zwei Tote. Zuerst haben wir die tote Dorina Kattscheff. Nachdem was wir jetzt vom Knäpper wissen, handelt es sich bei der Wasserleiche im Delphinanzug um Horst Kattscheff. Warum ist das so? Die DNA von dem Blutfleck vom Teppich, Haare vom Kamm aus dem Bad der Kattscheffs und anderes aus dem Hause Kattscheff, verglichen mit der DNA der Leiche, lassen keinen anderen Schluss zu. Horst Kattscheff ist nicht ertrunken, auch wenn er wie ein Delphin aussah. Oder so ähnlich aussah. Horst Kattscheff wurde laut Knäpper erstochen. Und wie es aussieht mit dem Messer, das wir in dem Koffer in der Gruft gefunden haben. Das Blut an dem Messer stammt von Kattscheff, die Fingerabdrücke an dem Messer sind von Dorina Kattscheff. Weitere Fingerabdrücke gibt es an dem Messer nicht. Wir konstruieren, dass Dorina Kattscheff ihren Mann ermordet hat. Warum auch immer, vielleicht weil sie das Geld aus dem Betrug für sich alleine behalten wollte? Wir wissen es nicht. Die beiden Koffer, oder der Koffer, also der gefundene Geldkoffer waren aber auf jeden Fall im Hause Kattscheff, da Knäpper Fasern bzw. Partikel aus dem Zimmer mit dem Blutfleck, dem Arbeitszimmer von Kattscheff, an dem Koffer gefunden hat."

Hoover merkte, dass er sich verhaspelte und machte eine Sekunde Pause bevor er weiter erzählte.

"Kattscheff hatte an seinem Kostüm Reste eines Taus, das wir in der Gruft gefunden haben, außerdem Schlamm und Fleischstücke, und auch Fasern von der in der Gruft gefundenen Decke. Die Leiche hatte also in der Grabhöhle gelegen und ist vermutlich von diesem eingespülten Dreckswasser in den See geschwemmt worden. Vielleicht war die Leiche von Kattscheff ursprünglich in der Grufthöhle mal angebunden gewesen, der Strick hatte sich dann im Laufe der Zeit gelöst und deshalb wurde die Leiche erst so spät in den See geschwemmt.

Kattscheff ist nämlich schon einige Monate tot, bzw. vor einigen Monaten umgebracht worden. Wir haben die Aussage von dieser Pflegerin aus dem Altenheim, dass Dorina Kattscheff offenbar mit einem länglichen Gegenstand auf einer Schubkarre auf dem Friedhof gesehen wurde.

Dafür spricht, dass wir diese Schubkarre in der Gruft gefunden haben. Auch an der Schubkarre wurden Fasern der gefundenen Decke festgestellt. Das passt also alles zusammen. Was habe ich vergessen?", fragte Hoover nachdem er wieder zu Atem gekommen war.

Klaas de Boer klatschte in die Hände. "Wir sind den Lösungen ein ganzes Stück näher gekommen, immerhin."

"Jetzt müssen wir nur noch den Mörder von Dorina Kattscheff finden und den zweiten Geldkoffer und die Feuerteufel, die die Autos angesteckt haben und dann können wir in Urlaub fahren", sagte Hoover wieder ernüchtert und ganz der Alte.

"Und wir müssen klären, wo die fehlenden neunundsechzigtausend Euro aus dem Geldkoffer hingekommen sind, denn im

Koffer waren nur siebenhunderteinunddreißigtausend Euro",
sagte Klaas de Boer, "denn es hätten, wie wir wissen, achthun-
derttausend Euro sein müssen."

"Die Kohle wird die Kattscheff bis zu ihrem Tod auf den Kopf
gekloppt haben", mischte sich jetzt Tulsky ein.

"Oder dieser Ledertyp", sagte Klaas de Boer.

"Oder beide gemeinsam, vielleicht ohne voneinander zu wissen. Wie gesagt, wo ist der zweite Koffer?"

"Hatte die Kattscheff eigentlich Geld dabei als ihr ihre Leiche
gefunden habt? Ich habe nichts davon in der Akte gelesen",
fragte de Boer.

"Geld hatte sie keines dabei als sie gefunden wurde", antwortete Hoover. "Dann könnte es doch sein, dass sie den zweiten Geldkoffer aus der Gruft geholt hat und ihr Mörder, nachdem er sie getötet hatte, den Koffer mitgenommen hat?", fragte
de Boer.

"Haben wir auch schon überlegt, es gibt aber keine Anhaltspunkte dafür", antwortete Hoover. "Weder in der Gruft, noch
außerhalb der Gruft."

"Ja dann", de Boer erhob sich zum Abschied und um seine
Kommissare zur Tür zu begleiten, "werden wir hoffentlich bald
wissen was tatsächlich los war."

Nachdem de Boer mit Knäpper telefoniert hatte, wählte er die
Nummer seines Vorzimmers und ließ sich mit der Geschäftslei-
tung der Letro-Märkte verbinden.

Nach wenigen Minuten war man sich handelseinig. Er konnte sofort oder jederzeit, ganz wie es ihm passte, vorbeikommen.
Klaas de Boer nahm den eine halbe Stunde später von Dr.
Knäpper bei ihm vorbeigebrachten Geldkoffer an sich und
machte sich auf den Weg zu den Letro-Märkten.

Dem Geldkoffer sah man seine lange Wartezeit in der Familiengruft der Kattscheffs nicht mehr an.

Klaas de Boer musste am Empfang der Letro-Märkte nicht
lange warten. Es war als hätte man ihn genau in diesem Augenblick erwartet. Die Geschäftsführerin des Unternehmens
kam ihm strahlend, mit ausgestrecktem Arm zur Begrüßung
entgegen.

Ein ausgezeichnetes Kamerasystem ist hier installiert, dachte de Boer.

Frau Dr. Döbler hatte den Kriminaldirektor mit ausgesprochen ehrlicher Freundlichkeit empfangen, da war nichts gekünstelt oder antrainiert. Als sie am Konferenztisch in ihrem Chefzimmer Platz genommen hatten, goss sie de Boer, nachdem er ihre Frage gerne mit ja beantwortet hatte, den schon bereitgestellten Kaffee ein.

Nach einem allgemeinen Geplänkel über die Schwierigkeiten und Chancen ein so großes Unternehmen wie die Letro-Märkte zu leiten und die Schwierigkeiten ein Polizeipräsidium zu leiten, hielt de Boer die Zeit für reif um auf den Punkt zu kommen.

"Ich will ihre Zeit nicht über Gebühr strapazieren," sagte de Boer zur Eröffnung, "aber hier ist das gute Stück, und, wenn ich das mal so salopp sagen darf, mit seinem Inhalt von genau Siebenhunderteinunddreißigtausend Euro. Mein Mitarbeiter hat Ihnen ja die genaue Summe wahrscheinlich noch nicht mitgeteilt, aber auch das wir den zweiten Koffer noch nicht gefunden haben."

Frau Dr. Döbler sah de Boer mit einem strahlenden Lächeln in die Augen und antwortete: "Ja, das stimmt genau. Er hat zwar hervorgehoben wie hervorragend und schwierig seine Arbeit war um schon einmal zu diesem Resultat hier zu kommen, aber von genauen Summen hatte er noch nicht gesprochen. Er meinte auch, dass der zweite Koffer möglicherweise nie auftauchen wird."

Die Geschäftsführerin machte einen kleinen Moment Pause bevor sie fortfuhr. "Das wäre dann ein dummer Verlust für uns, denn wir waren nicht versichert. Ich kannte ihren Mitarbeiter ja von einigen Gesprächen seinerzeit. Natürlich tut es mir auch sehr um Horst Kattscheff leid. Er war immer ein fähiger Mitarbeiter gewesen, der für uns bis zu seinem Betrug eine hervorragende Arbeit geleistet hat. Das er dann gleich sterben musste, ist wirklich sehr traurig."

Frau Dr. Döbler hatte sich auf ihrem Stuhl, während sie das sagte, aufrecht hingesetzt und guckte jetzt ernst und traurig. "Wissen Sie, das ist es alles nicht wert."

De Boer dachte einen Augenblick nach bevor er fragte. "Sie sagten, sie waren nicht versichert?"

"Nein", antwortete Frau Dr. Döbler "mit so einem Vertrauensschaden haben wir nie gerechnet, wir wären nie darauf gekommen, dass so etwas möglich ist."

Beide saßen sich gegenüber und schwiegen.

"Da haben Sie recht", unterbrach de Boer ihr Schweigen, "das ist es alles nicht wert."

Wieder vergingen einige Sekunden.

"Dann werde ich mich jetzt von Ihnen verabschieden, muss Sie aber bitten, bevor ich gehe und Ihnen den Koffer mit dem Geld hier lasse, den Inhalt nachzuzählen und mir zu quittieren."

Frau Dr. Döbler sah de Boer wieder in die Augen. "Ich vertraue Ihnen, Herr de Boer. Bitte geben Sie mir ihre Quittung, ich unterschreibe ohne zu zählen."

Nachdem de Boer gegangen war rief Dr. Döbler ihre Sekretärin zu sich.

"Gabi, verbinden Sie mich bitte mit der Anzeigenabteilung unserer größten Tageszeitung. Ich gebe für die morgige Zeitung eine Suchanzeige nach unserem zweiten Koffer auf und lobe einen Finderlohn von zehn Prozent der gefundenen Geldsumme aus. Die Polizei wird uns den zweiten Koffer nicht mehr zurückbringen. Oder wir machen denen mit unserer Anzeige etwas Feuer unter dem Hintern. Mal sehen was passiert."

"Die kam dann aber doch sehr plötzlich, deine Idee", sagte Tulsky und sah dabei aus dem Fenster von Hoovers Arbeitszimmer.

"Sicher, so ist das nun mal mit spontanen Ideen. Sie kommen spontan und sie müssen sofort ausgeführt werden, sonst ist die Chance verpasst bevor man sie wirklich hatte, diese Chance. Das hatte überhaupt nichts mit dir zu tun", antwortete Hoover.

"Und warum hast Du mich nicht angerufen um mir deine Idee mitzuteilen?", fragte Tulsky weiter.

"Na, du stellst Fragen, Tulsky. Du wärst abgehauen und er hätte sich verdünnisiert. So konnte er alles mit ansehen und wusste, dass ihm nichts passieren konnte, wenn ihr weg seid und nur noch ich da bin, getrennt von ihm durch die Friedhofsmauer."

"Und wenn er nicht dagewesen wäre?", fragte Tulsky.

"Dann hätten wir das Spielchen jeden Abend, aber dann mit deinem Wissen, gespielt, bis er dagewesen wäre. Und du müsstest jetzt nicht beleidigt sein. Er war aber da und es hat geklappt."

Tulsky hatte sich in der Zwischenzeit gesetzt und wusste, dass die Idee seines Chefs Klasse war. Mit seiner Art der beleidigten Leberwurst machte er sich jetzt nur lächerlich. Eigentlich war er neidisch, weil er nicht selber drauf gekommen war.

"Geklappt hat es erst, wenn er morgen wirklich kommt", sagte Tulsky um noch irgendwie dagegen zu steuern, obwohl er genau wusste, dass es da nichts mehr gegenzusteuern gab.

"Der kommt, darauf kannst du dich verlassen. Dafür verwette ich mein letztes Hemd. Der will endlich seine Ruhe haben, der ist am Ende", antwortete Hoover um auch gleich fortzufahren: "Ich muss jetzt nur noch sehen wie ich es schaffe den Pfarrer Lukowitsch mit ins Boot zu bekommen. Ich glaube nicht mal, dass er überrascht sein wird, aber nur wenn der komplett mitmacht, haben wir eine Chance."

"Und du willst das da alleine durchziehen?", fragte Tulsky.

"Das habe ich ihm erstens zugesagt und wenn ich mich zweitens nicht daran halten würde, hätten wir ebenfalls keine Chance", sagte Hoover.

"Und du meinst seine Aussagen, wenn sie denn überhaupt kommen, werden glaubhaft sein?", fragte Tulsky weiter.

"Das kann ich ja während unseres Gesprächs anhand der Faktenlage laufend überprüfen", antwortete Hoover, "und im Übrigen, wenn ich nicht glauben würde, dass er glaubhaft ist, würde ich mich auf die ganze Sache nicht einlassen. Wie gesagt, der will einen Schlussstrich ziehen, denke ich."

"Und jetzt?" fragte Tulsky.

"Jetzt rufe ich den Pfarrer Lukowitsch an und mache diesen Termin mit ihm aus. Und gebe Gott, dass er Zeit hat", antwortete Hoover.

Clarissa war als Erste am Telefon im Empfangsraum und meldete sich mit ihrem Namen.

"Ja, mein Vater ist hier, ich hole ihn mal eben. Einen Augenblick bitte Herr Hoover. Sekunde, er kann nicht weit sein."

Clarissa legte den Hörer neben das Telefon und rief laut nach ihrem Vater.

Luko sah von oben in den Empfangsraum herunter, verstand ihre Handzeichen und bat seine Tochter ebenfalls per Handzeichen das Gespräch auf seinen Apparat in seinem Arbeitszimmer zu legen. Gleichzeitig winkte er ihr, sie möge hochkommen wenn sie Zeit und Lust hätte.

Luko nahm das Telefonat entgegen.

"Ich weiß gar nicht wo ich anfangen soll", begann Hoover das Gespräch. "Es ist etwas ungewöhnlich, oder anders, ich habe eine etwas ungewöhnliche Bitte an Sie", sagte Hoover. "Ich würde mich freuen und es wäre auch sehr wichtig, wenn wir uns morgen Abend gegen 19 Uhr bei Ihnen im Pfarrhaus treffen könnten."

"Oh", antwortete Luko ohne lange zu überlegen, "das ist kein Problem und auch nicht besonders ungewöhnlich. Sie waren ja schon mal hier, und ich bei ihnen, und wir wollten ja den Kontakt nicht verlieren und uns gegenseitig informieren, wenn ich das mal so sagen darf."

"Das stimmt", antwortete Hoover. "Da haben sie recht, diesmal wird aber dieser Ledermann, oder wie Sie auch sagen, Dornenmann, ebenfalls zu diesem Termin erscheinen und wohl einige Aussagen machen. Ich werde ihnen vorher über den Stand der Ermittlungen berichten und ich hoffe, wenn der Ledermann ausgesagt hat, dass wir in dem Fall ein ganzes Stück weiterkommen. Ich habe so den Eindruck, dass wir ohne die Aussagen vom Ledermann noch jahrelang im Dunkeln tappen werden. Gerade auch was den Mord an Dorina Kattscheff angeht."

Und was den Koffer angeht, dachte Luko, und ihm wurde schlagartig wärmer.

"Wie sind Sie denn an den Ledermann gekommen?", fragte Luko "der ist doch eigentlich immer, wenn ich das mal so sagen kann, eher zurückhaltend was Kommunikation angeht."

Hoover erzählte kurz die Geschichte des Zusammentreffens mit dem Ledermann bevor er wieder das Thema wechselte.

"Bevor ich es vergesse. Der Ledermann bat mich Ihnen auszurichten, Sie möchten, und Sie wüssten wie und wo, ihm unseren Termin bestätigen, sonst käme er nicht."

Luko stutzte einen Augenblick bevor er antwortete

"Ja klar, das mache ich, kann ich noch gleich eben machen, wenn wir hier fertig sind. Das ist ja ein Ding."

"Ja, dann wäre es so, dass wir für morgen aus meiner Sicht dann klar sind, es sei denn Sie haben noch Fragen, die ich Ihnen natürlich gerne auch jetzt noch beantworte", sagte Hoover.

"Eine Frage hätte ich noch vorab. Ist schon bekannt wer diese Wasserleiche war, die da von Ihnen aus dem See gefischt wurde?", fragte Luko.

"Ja gerne. Ich will jetzt nicht ins Detail gehen, das mache ich dann morgen, aber es handelt sich unzweifelhaft um den Leichnam von Horst Kattscheff. Horst Kattscheff ist ermordet worden und er war mit einem, oder einer Art Delphinkostüm verkleidet, als wir ihn aus dem See gezogen haben", antwortete Hoover.

Sakrament, Arsch und Zwirn dachte Luko nachdem das Telefonat mit Hoover beendet war und sie aufgelegt hatten. Das ist ja ein Ding.

Nachdem Luko seiner wartenden Tochter das gesamte Telefonat erläutert hatte ging er runter in ihre Küche, nahm sich eine Flasche Bier aus dem Kühlschrank und versuchte sie in einem Zuge zu leeren. Was ihm aber nicht gelang.

Clarissa und Simone hatten, ganz die Hausfrauen spielend, für den heutigen Abend Häppchen vorbereitet und waren dabei Teller, Tassen, Gläser, Besteck sowie Servietten auf ihrem großen Tisch im Empfangsraum zurecht zu legen. Eigentlich konnte es jetzt jederzeit losgehen.

"Was für ein bitteres Ende für Horst Kattscheff", sagte Clarissa.

"Wir dachten er hätte sich wahrscheinlich mit dem unterschlagenen Geld in Griechenland versteckt und tatsächlich wurde er ermordet. Ermordet in einem Delphinkostüm. Kurios."

"Aber passend", antwortete Simone, "passt irgendwie zu ihm, so wie der drauf war."

"Wir werden ja heute Abend Genaueres erfahren", mischte sich jetzt Luko ein.

"Ich bin echt gespannt was sich heute Abend hier bei uns noch so abspielt. Vielleicht wurde ihm das Delphinkostüm ja auch erst nach dem Mord übergezogen. Ich denke Hoover wird uns das alles nachher erzählen."

"Wer sollte so etwas denn tun?", fragte Simone.

"Ich weiß es nicht, lasst uns einfach abwarten", antwortete Luko. "Da fällt mir ein", sagte Luko weiter, "wir sollten dem Kommissar Hoover zum besseren Verständnis das Delphinbuch von Kattscheff zeigen und wir sollten ihm auch den Plan von diesen Gängen auf dem Friedhof zeigen. Und wir sollten auch erzählen, was wir so dachten bevor wir da runter sind."

"Wenn er es überhaupt hören will", sagte Clarissa.

"Das ergibt sich gleich alles", antwortete Luko.

Ihre Majestät, Pieze, hatte es sich zu Beginn des abendlichen Trubels einmal mehr, quer in der Küchentür bequem gemacht. Ihr ging es hervorragend. Wenn es in ihrem Reich so zuging, wenn Schnittchen vorbereitet wurden von denen sie selbstverständlich auch schon einen kleinen Anteil während der Zubereitung abbekommen hatte, wenn sie diese süßen Klänge von Geschirr, Gläsern und Besteck hörte, wenn sie sah was sie sah, dann wusste sie, dass es ein schöner Abend wird. Da machte es gar nichts, wenn sie nicht jedes Mal, wenn einer ihrer Untertanen über sie hinwegsteigen musste, gekrault wurde. Darüber konnte man auch mal hinwegsehen. Schließlich hatten ihre Leute zu tun. Da will man nicht im Wege sein. Sie war schon immer großzügig gewesen.

Als es klingelte, war es mit der Ruhe allerdings vorbei. Pieze reckte sich im Schnelldurchgang und marschierte, ein wenig von ihrer majestätischen Gelassenheit einbüßend im mittleren Galopp Richtung Beobachtungsstation zwischen den Geländerstreben auf der Balustrade zu den anderen Zimmern.

Clarissa öffnete die Haustür.

Vor ihr stand der Dornenmann. Auf seine typische Kopfbedeckung hatte er diesmal verzichtet. Bekleidet war er, wie sie es schon kannte, allerdings hatte er diesmal seine Lederjacke über seinen linken Arm gelegt. In der linken Hand hielt er eine zusammengefaltete Zeitung.

Clarissa lächelte ihn an. "Bitte einzutreten", sagte sie fröhlich. Der Dornenmann trat wortlos und zögerlich ein.

Luko trat dem Dornenmann entgegen und gab ihm die Hand. "Willkommen in unserem Haus", sagte er und ergänzte, "ich freue mich auf unseren heutigen Abend."

"Danke", antwortete der Dornenmann und reichte Luko, ohne weitere Worte, seine mitgebrachte Zeitung.

Luko nahm die Zeitung und sah sofort, was er sehen sollte. Wortlos reichte er die Zeitung an seine Töchter weiter.

"Aha", sagte Clarissa.

"Wir haben die Anzeige nicht gesehen", sagte Simone und gab die Zeitung ihrem Vater zurück.

Luko nahm die Zeitung, faltete sie um und legte sie auf die Anrichte im Besucherzimmer.

"Haben Sie etwas dagegen, wenn wir die Zeitung behalten", fragte er den Dornenmann.

"Der Dornenmann hat ihnen die Zeitung mitgebracht, er braucht sie nicht mehr", antwortete der Dornenmann.

"Haben Sie denn etwas dagegen wenn meine Töchter heute Abend dabei sind? Ich nehme mal an, dass Herr Hoover Clarissa und Simone nicht erwähnt hat?", fragte Luko.

"Natürlich nicht", antwortete der Ledermann "Ich freue mich sehr auf Clarissa und Simone, vielleicht können wir ja unser Gespräch von neulich auf dem Friedhof, ein wenig fortsetzen?"

Simone und Clarissa sahen sich an und lächelten.

Nachdem die Schelle ein zweites Mal gegangen war, stand Hoover den Vieren gegenüber im Empfangszimmer.

Nachdem sie sich alle die Hand zur Begrüßung gegeben hatten, entstand eine knisternde Stille.

Keiner sagte etwas, niemand wollte mit den falschen Worten beginnen.

"Vielleicht sollten wir uns setzen", sagte Luko als Hausherr, "und ich verteile als erstes Erfrischungsgetränke. Sie können auch gerne von den Häppchen nehmen sonst schnappt sie sich unser Haustiger. Mit vollem Bauch redet es sich leichter."

Nachdem sie sich gesetzt hatten und die ersten Schnittchen verteilt waren, herrschte wieder eine Stille, diesmal wie auf einem Empfang, vor der großen, jetzt jeden Augenblick beginnenden, feierlichen Rede.

Zu aller Überraschung begann der Ledermann: "Der Dornenmann ist hier in dieses Pfarrhaus gekommen, weil er weiß, dass er hier in Sicherheit ist und dass er hier offen sprechen kann. Niemand wird ihm etwas antun. Herr Hoover bitte stellen sie ihre Fragen."

Boing, dachte Luko, jetzt wird es rappeln.

"Dann beginne ich, gut", sagte Hoover "ich erzähle ihnen alles was wir bisher an gesicherten Erkenntnissen haben und ich hoffe sie erzählen mir auf meine Fragen dann alles, was Sie zu den Fällen wissen."

Nachdem Luko das gehört hatte, wusste er, dass er nicht alles erzählen würde, aber das, was er nicht erzählen würde nur für seine Gemeinde von großem Belang sein würde. Es hätte keinen Wert für die Aufklärung der Morde.

Als Hoover geendet hatte herrschte betretenes Schweigen im Raum, das von Hoover nach einigen Minuten wieder unterbrochen wurde.

"Dann stelle ich jetzt einfach mal meine Fragen in die Runde", sagte Hoover und wartete einige Sekunden "Hat jemand gesehen wie Dorina Kattscheff zu Tode gekommen ist?".

Der Ledermann sah vor sich auf die Tischplatte, als wollte er ein Loch hineinbohren und sagte dann: "Ich habe es gesehen. Der Dornenmann hat es gesehen, die Sicht war schlecht, aber er hat es gesehen."

Es wurde mucksmäuschenstill im Raum bevor er fortfuhr.

"Sie ist aus dem Grab gekommen. Dann hat sie das Grab wieder geschlossen. Das hat sie kontrolliert. Dann ist sie gestolpert. Dadurch hat sie ihr Messer, sie hatte immer ein Messer dabei, sie hatte es immer in ihrer rechten Hand, im Bogen in die Blumenvase geflogen und sie ist dann auf die Blumenvase gefallen aus der die Klinge des Messers heraus sah. Dadurch ist sie gestorben. Ich wollte noch helfen, aber es war zu spät. Die Klinge steckte in ihrem Herz fest."

Hoover sah den Dornenmann an und musste erst einmal begreifen, was er da gehört hatte. Das sollte alles gewesen sein? So einfach war das? Das war die Lösung?

"Und es war niemand sonst beteiligt? Keiner der sie ge- schubst oder gestoßen hat, oder so?", fragte Hoover den Dor- nenmann.

"Niemand sonst, das hat sie ganz alleine hingekriegt, Frau Kattscheff ist einfach gestürzt. Vielleicht ausgerutscht, es war ja alles nass und feucht, und gestürzt in ihr eigenes Messer", antwortete der Dornenmann.

Hoover fasste sich an den Kopf.

"Das erklärt einiges", sagte Hoover und überlegte einen Mo- ment. "Das erklärt die merkwürdige Lage auf der Grabplatte, das erklärt auch den Einstichkanal. Weil sie einfach, schlicht und ergreifend in ihr eigenes, mitgebrachtes Messer gefallen ist. Einfach ein Unfall, nichts als ein einfacher Unfall. Schlicht und ergreifend."

Hoover wirkte erleichtert, atmete hörbar aus und sagte spontan: "Ohne ihre Hilfe, lieber Herr Dornenmann oder Herr Ledermann oder wie auch immer, hätten wir das nie herausge- funden. Niemals. Vielen Dank dafür."

Hoover bewegte sich gelockert auf seinem Stuhl hin und her. Er hatte keinen Zweifel an dieser Aussage.

Hoover fühlte sich auf einem guten Weg, er fühlte sich wie Zuhause. Als nächstes wollte er seine Befragung die Pkw- Brände betreffend, fortsetzen.

Der Dornenmann saß da, als wüsste er was noch auf ihn zukäme.

"Dass Sie", und damit wandte er sich an den Ledermann, "die Hütten in denen die Höllentiere hausten, angesteckt ha- ben, ist uns ja, auch weil Sie uns drauf gestoßen haben, be- kannt. Aber was ist mit den abgebrannten Pkw's in der Stadt. Haben Sie das auch gemacht? Das würde mir nicht in mein Bild passen, aber ich frage Sie trotzdem."

Der Dornenmann stand auf, nahm sich ein Glas Wasser und setzte sich wieder. Dann sah er zu Hoover hinüber. Es schien, als wüsste er nicht, wie er es formulieren sollte. "Ich habe das Auto der Kattscheffs verbrannt, weil es voll war mit Höllentieren. Die anderen Brände sind nicht mein Werk. Wa- rum auch? Einfach Autos verbrennen? Warum?", fragte der Dornenmann.

Wir haben gar keine Fleischreste im Kattscheffschen Wagen gefunden, dachte Hoover, aber was soll es. Es ist, wie es ist. Er hat den Wagen angesteckt. Er hat es zugegeben.

"Okay, vielen Dank", sagte Hoover, "dann bin ich hier ja auch ein Stück weitergekommen. Jetzt muss ich aber noch zweierlei wissen. Meine erste Frage wäre, ob sie die Leiche von Horst Kattscheff in der Gruft gesehen haben und die zweite Frage wäre, ob sie wissen wo der zweite Geldkoffer sein könnte?"

Wieder stand der Dornenmann auf und nahm sich das nächste Glas Wasser. Wieder ließ er sich Zeit mit seiner Antwort.

"Wenn der Dornenmann in der Hölle war, hat er sich um nichts anderes gekümmert als die Höllentiere. Mehr Zeit war gar nicht. Es war dort etwas Längliches eine Zeitlang angeleint. Irgendwann war es dann nicht mehr an seinem Platz. Das könnte ein Delphin gewesen sein. Ich hatte ja nur meine kleine Taschenlampe dabei. Einen zweiten Geldkoffer hat der Dornenmann nie gesehen, wohl aber den Koffer den Sie gefunden haben. Den Koffer mit dem Messer. Der Dornenmann hat ihn nicht angerührt, da hatte er nichts mit zu tun."

"Okay, vielen Dank", sagte Hoover ein zweites Mal.

"Das waren meine dringendsten Fragen. Jetzt kann ich mir ein viel besseres Bild von allem machen. Besonders die Klärung des Todesfalls Dorina Kattscheff ist ein Meilenstein zum Begreifen der Gesamtsituation".

Luko, Clarissa und Simone hatten schweigend dabei gesessen und nur zugehört. Langsam begriff Luko, dass der Ledermann ihn schützen wollte. Es war fast so als könnte er Lukos Absichten vorhersehen und als wäre er einverstanden damit.

"Ich will jetzt gehen", sagte Hoover plötzlich.

"Ich will mir auch noch Gedächtnisprotokolle machen. Die möchte ich dann mit Ihnen, Herr Dornenmann, ihren tatsächlichen Namen muss ich dann auch irgendwann wissen, gerne abstimmen und sie bitten, mir das dann zu unterschreiben. Bitte verlassen sie daher auch unsere Stadt nicht mehr bevor alles geklärt ist. Ich wäre Ihnen sehr dankbar dafür."

"Der Dornenmann möchte die Stadt nie mehr verlassen. Wozu auch? Mein Gedächtnis spielt auch nicht mehr mit, es geht alles den Bach runter und ich bin hier zu Hause", antwortete der Dornenmann. "Das ist auch der Grund warum Ihnen der Dornenmann seine Lederjacke mitgibt. Alles Wichtige ist darauf verzeichnet. Sie ist sein Tagebuch. Der Dornenmann braucht sie jetzt nicht mehr, da alles erledigt ist."

Hoover war völlig perplex als er die Jacke vom Dornenmann entgegennahm. Und während er noch, wie bestellt und nicht abgeholt, dastand, drückte ihm Luko, die Situation nutzend, das Delphinbuch von Kattscheff in die Hand.

"Dieses Buch ist von Horst Kattscheff, es erklärt Ihnen viel zu Kattscheffs Liebe zu den Delphinen", sagte Luko.

"Und hier", meldete sich Clarissa als nächste, "ein alter Plan von den alten Tunnelanlagen unterhalb der Gräber, die jetzt scheinbar für die illegale Entsorgung von Schmutzwasser genutzt werden. Bestimmt wichtig um herauszufinden welches Schwein illegal das Dreckswasser einleitet."

Damit legte sie den Plan auf das von Hoover festgehaltene Kattscheffbuch.

Luko nickte dem noch perplexeren Hoover zu.

"Lassen Sie uns telefonieren und nochmal über alles reden, beziehungsweise über die Sachen die sie jetzt bekommen haben, reden, wenn sie wollen", sagte Luko.

"Es kommt mir vor, als hätten wir soeben ein reinigendes Gewitter erlebt", sagte Luko als Hoover gegangen war.

"Lasst uns noch was trinken und die letzten Schnittchen essen und dann für heute Abend Schluss machen".

Kaum war das letzte Schnittchen, diesmal ohne Piezes Beteiligung, die sich nicht einmal hatte sehen lassen, in den hungrigen Mägen verschwunden, begann Clarissa. "Papsi", sagte sie, "wir haben einen Vorschlag und eine Bitte. Also Simone und ich haben eine Bitte, wir haben uns was überlegt."

Sofort schwante Luko nichts Gutes. Diese Art zu reden, dieser Tonfall, diese Anrede an ihn, kannte er nur zu gut. Luko sagte nichts und sah seine beiden Süßen nur an.

"Hier, unser lieber Dornenmann hat bei uns Kirchenasyl beantragt. Er möchte bei uns einziehen", sagte Simone.

Luko wäre fast von Stuhl gefallen als er das hörte.

"Bitte wie?", fragte Luko und wurde blass.

Simone und Clarissa sahen sich an und lachten. "Nicht was du jetzt denkst, Papsi. Unser Dornenmann möchte im Gemeindezentrum einziehen."

"Im Gemeindezentrum?", wiederholte Luko, "wie, wo denn?"

"In die Wohnung der ehemaligen Haushälterin, direkt neben Trixi`s Wohnung", antworteten Clarissa und Simone im Chor.

Sofort fiel es Luko auch ein. Da gab es diese kleine leerstehende Wohnung, die Wohnung der ehemaligen Haushälterinnen der Pfarrer. Die Haushälterinnen waren aber aus Kostengründen abgeschafft worden. Die Wohnung stand seit Jahren leer, war aber gut in Schuss und sogar teilweise noch eingerichtet. Ab und an ging Trixi rüber und beseitigte die übelsten Spinnweben und lüftete etwas. Soweit also keine schlechte Angelegenheit.

"Aber wie und wann seid ihr denn darauf gekommen", wollte Luko wissen.

"Als wir zu dritt im Gebüsch gesessen haben", lachte Simone.

"Kling wie ein abgekartetes Spiel, drei gegen einen", sagte Luko und musste ebenfalls lachen.

"Wissen sie denn überhaupt auf was sie sich da einlassen? " wandte Luko sich an den Ledermann.

"Ganz gleich wie die Wohnung aussieht. Ist mir ganz egal. Der Dornenmann möchte da auf jeden Fall einziehen", antwortete der Ledermann.

Luko musste verschnaufen und innehalten. Was für eine Überraschung.

"Also gut, meine Lieben", sagte Luko in die kleine Runde.

"Ihr Mädels zeigt unserem Dornenmann morgen die Wohnung und überzeugt Trixi und seine Frau. Die beiden sollen nichts gegen den neuen Nachbarn einzuwenden haben. Und ich spreche mit dem Gemeinderat, ob von deren Seite Einwände bestehen. Wenn das alles ok ist, können wir das machen und unser Dornenmann kann in sein Kirchenasyl einziehen."

Dem Dornenmann sah man leicht an, dass er überglücklich war.

"Wenn sie den Geldkoffer vorher abgestellt hätte, nachdem sie aus der Grabkammer zurück war, wäre das so nicht passiert, dann wäre der Unfall für sie glimpflich ausgegangen", sagte der Ledermann zu Luko beim Abschied. "Als sie fiel, hat sie den Koffer instinktiv losgelassen und der ist weggeflogen. Aber für sie war es zu spät. Sie konnte sich nicht mehr abfangen. So habe ich es gesehen. Alles war nach Zehntelsekunden vorbei."

Der Ledermann gab Luko feste die Hand, so, als wollte er sie nie mehr loslassen. Dann drehte er sich um und ging in die Nacht.

Luko rief, trotz der späten Uhrzeit, noch bei Dr.CM an und erzählte was sich gerade hier im Pfarrhaus zugetragen hatte und vor allem, was Hoover erzählt hatte. Nachdem Dr.CM seinen leichten Anfall von beleidigt sein überstanden hatte, denn er hätte, da war er sich ganz sicher, zu der Runde dazu gehört, waren beide zufrieden und legten auf.

Dr.CM war während ihres Telefonats einige Male die Luft weggeblieben.

Kapitel 17: Letzten Endes
Letzten Endes. Klärungen im letzten Moment

"Letzten Endes", sagte Tulsky "letzten Endes ist es dein Erfolg."

Tulsky stand am Fenster von Hoovers Arbeitszimmer im Polizeipräsidium und sah hinaus.

"Was für einen wunderschönen Blick man doch hat, wenn man aus deinem Fenster sieht", sagte er weiter.

Der ist gaga dieser Tulsky, dachte Hoover.

"Was denn für einen schönen Blick ? Wenn ich mich recht entsinne sieht man auf einen tristen, grauen Hinterhof, verziert durch mehrere Abfallcontainer, man sieht graue, vom Regen verwaschene Fassaden, undichte Fenster und halbdemolierte Polizeifahrzeuge. Und wenn man genau hinsieht, sieht man auch manchmal eingeschlafene Polizeibeamte hinter diesen undichten Fenstern. Erst gestern noch habe ich rausgesehen. Oder hat es über Nacht ein Wunder gegeben?", fragte Hoover.

"Das wunderschöne Wunder läuft gerade über den Hof", antwortete Tulsky, "und sieht aus wie unsere Pressesprecherin."

Hoover versuchte in Windeseile seine schweren Beine vom Schreibtisch zu befördern und stand jetzt neben Tulsky.

"Wo denn? Ich sehe nichts!"

"Siehste", antwortete Tulsky, "der schnellen Jugend gehört die Schönheit, den alten Säcken die lahmen Beine. Sie ist gerade durch die Hintertür raus."

"Ach, leck mich doch, du siehst doch eh nichts ohne Brille", sagte Hoover und begab sich wieder zu seinem Schreibtisch.

"Blödmann", schob er hinterher und musste grinsen.

"Wieso mein Erfolg?", fragte Hoover.

"Ja, eigentlich unser Erfolg. Wenn ich es mal richtig sehe. Du hattest doch die Idee, die Feuerwehrleute zu überprüfen. Und ich habe dich dabei unterstützt. Bei dieser Idee, meine ich. Sonst hätten wir die Jungs nicht gefangen. Oder?"

"Ach Tulsky, du bist albern. Kaum hast Du eine schöne Frau gesehen, erzählst du wirres Zeugs. Die Idee die Feuerwehrleute zu überwachen, hatte de Boer seinerzeit abgelehnt und de Boer hat es auch bei mir abgelehnt. Die Idee zu sehen wo sich die Brände häufen, hatten die in der Sonderkommission auch schon, außerdem ist das auch Routinekrams. Also wo bitte haben wir bis dahin etwas damit zu tun? Kannst Du mir das mal bitte sagen? Im Übrigen waren es zwei Jungs und ein Mädel, im Alter von sechs bis acht Jahren, um genau zu sein."

"Zwei böse kleine Jungs und ein böses kleines Mädel", sagte Tulsky.

"Nein, sind sie nicht", antwortete Hoover. "Die wussten doch nicht was sie wirklich taten. Die Drei wussten, dass sie das nicht durften, aber Kinder sind ja nicht böse wie Erwachsene, die wollten einfach nur ihren Vätern beweisen, dass sie nützlich für sie sind, ihre Väter sollten stolz auf sie sein. Jedenfalls hat mir diese Kinderpsychologin das so erklärt."

"Aha", sagte Tulsky, als im gleichen Augenblick Hoovers Telefon ging.

"Mein Display sagt mir, dass es der Chef ist. Sollen wir direkt rüber gehen oder soll ich annehmen. Was meinst Du?"

"Geh ran", befahl Tulsky.

"Jawoll, sofort zu Diensten, bis gleich", antwortete Hoover und legte auf.

"Komm, Herzilein, kämme dir noch mal dein schütteres Haar und los geht es zum Boss", sagte Hoover fröhlich zu Tulsky, als er aufgelegt hatte.

Klaas de Boer war in bester Laune. Er trommelte auf seiner Schreibtischplatte irgendeine Melodie, die kein Mensch kannte und versuchte dazu irgendetwas zu singen, was keiner hören wollte.

Erst als Hoover und Tulsky auf den Sesseln am Besuchertisch Platz genommen hatten, gab de Boer Ruhe.

"Ha, ein schönes Lied, ich hoffe ihr wisst meine Kunst zu würdigen", sagte de Boer und sah dabei ebenfalls von einem zum anderen.

"Selbstverständlich Chef", sagte Hoover "hörte sich an wie frisch komponiert."

"Die ersten Schritte zum Weltruhm sollen die schwersten sein, was man so hört", antwortete Tulsky.

"Sie sind ein frecher Hund, Tulsky", sagte de Boer "wissen Sie das eigentlich?"

"Jawoll, Chef, weiß ich", antwortete Tulsky.

"Na, dann ist es ja gut", antwortete de Boer.

"Kommen wir zur Sache", sagte de Boer weiter.

"Wir sind jetzt in diesem Augenblick hier versammelt, weil ich stolz auf uns bin. Stolz auf mich und stolz auf euch."

Und stolz auf die ganze Welt, dachte Tulsky.

"Jetzt erzähl doch mal bitte, Karl, wie du diese jugendlichen Straftäter, diese gemeingefährlichen Brandstifter, zur Strecke gebracht hast?"

"Diese gemeingefährlichen jugendlichen Straftäter waren drei Kinder zwischen sechs und acht Jahren, die ihren Eltern was beweisen wollten. Sagt die Kinderpsychologin."

"Aber wie bist du dahinter gekommen, dass es Kinder sein könnten?", fragte de Boer. Hoover überlegte einen Augenblick währenddessen er sich in seinem Sessel neu positionierte.

"Tja, wie war das? Ich kannte die Gegenden wo diese Autos abgefackelt wurden. Fahrzeuge ganz unterschiedlicher Marken, ganz gleich ob große oder kleine Fahrzeuge, ganz gleich ob alte oder neue Fahrzeuge. Also willkürlich herausgesucht. Dann kannten wir die Uhrzeiten an denen die Brände gemeldet wurden. Immer in den Nachmittagsstunden, nie am späten Abend oder nachts. Irgendwann fiel bei mir der Groschen. Weg von der Denke es könnten Jugendliche oder Erwachsene sein. Sozialneid fiel ja sowieso aus, wegen der unterschiedlichen Fahrzeugtypen die betroffen waren. Für mich blieben also nur Kinder, die in Frage kamen. Zunächst ein ungeheuerlicher Gedanke. Ich habe mir dann nochmal die Akten genau durchgelesen und mir fiel auf, dass unter den verbrannten Fahrzeugen Kunststoffreste gefunden wurden, die möglicherweise nichts mit den Fahrzeugen zu tun hatten. Das konnte ich aber zunächst noch nicht in einen Zusammenhang bringen. Ich verglich die Wohnorte der örtlichen Feuerwehrleute.

Tatsächlich wohnten vier Feuerwehrleute in einem Umkreis von 1-2 Kilometern von den Brandstellen entfernt. Wie bringe ich das zusammen? Das war jetzt die Frage? Kinder und Feuer und Feuerwehrleute? Bis hierhin war das alles Intuition sonst nichts. Ich rief in den beiden Schulen der Umgebung der Brandstellen an und erkundigte mich nach den vier Namen, ohne zu erwähnen, dass es um die Brandstiftungen ging. Und bingo, gleich in der angerufenen Grundschule wurde ich fündig. Ein Geschwisterpärchen und ein einzelner Junge. Und sie waren laut Schulleiterin auch befreundet, und die Väter, ich habe mich nach den Berufen der Eltern erkundigt, bei der Feuerwehr. Also, vermutlich kannten sich auch die Eltern. Die beiden anderen Namen der Feuerwehrleute tauchten in den Schulen nicht auf. Das musste noch nichts heißen, war aber erst mal gut. Ich sprach mit dem psychologischen Dienst und einer Kinderpsychologien. Sie wollte helfen."

Hoover musste sich sammeln und machte eine Pause.

"Wo waren sie denn eigentlich während Karls Ermittlungen, lieber Herr Tulsky", wollte de Boer wissen.

"Ich war da, wo auch Beamte mal hindürfen, die ja nicht einmal ihre Überstunden bezahlt bekommen", antwortete Tulsky sofort und auch sofort beleidigt. "Was meint er denn damit, Karl. Überstunden werden doch bezahlt", wandte sich de Boer an Hoover.

"Er meint damit, dass er im Urlaub war, im selbstverständlich hochverdienten Urlaub."

Tulsky konnte schnell platzen. Jetzt war er kurz davor.

"Ja, dann ist er sicherlich noch gut ausgeruht, der Herr Tulsky und nicht mehr so müde, dafür aber doppelt tatkräftig", sagte de Boer.

Tulsky drehte sich beleidigt zur Seite, sodass sich de Boer und Hoover angrinsen konnten, ohne das Tulsky etwas davon mitbekam.

"Gut, und wie ging es weiter?", fragte de Boer.

"Jetzt eigentlich ganz schnell. Die Psychologin und ich haben die beiden Elternpaare besucht um mit den Kindern zu reden und die Kleinen haben dann auch schnell zugegeben, dass sie die Autos angesteckt haben. Die Eltern waren geschockt. Man kann denen aber keine Vorwürfe machen, die Kinder haben nur nachgeahmt, was sie vorher gesehen hatten."

"Wie gesehen hatten?", wollte de Boer wissen.

"Du glaubst es nicht, aber die Kinder haben es auf einem Feuerwehrfest gesehen. Da wurde den Menschen, also auch den Kindern, gezeigt, wie ein brennendes Auto gelöscht wird. Aber vorher muss man es ja anstecken, dieses Auto. Die haben dann da Grillanzünder auf ein Spielzeugauto gelegt, den

Grillanzünder angesteckt und das Ganze dann mit einem Stock unter das zu löschende Auto geschoben. Grillanzünder kennen die Kinder vom Grillen im Garten mit den Eltern und Bekannten, Feuerzeuge liegen auch überall herum. Da kann man noch von Glück sagen, dass den Kindern beim anzünden der Grillanzünder nichts passiert ist oder ihnen, wenn die Autos brannten, nichts passiert ist. Die Kinder haben dann abseits gewartet bis die Feuerwehr kam und gehofft, dass ihre Väter beim Löschen der Feuer dabei sind. Das war auch schon alles", sagte Hoover.

Einige Sekunden vergingen.

"Und wer kommt jetzt für die Schäden auf", wollte de Boer wissen.

"Die Autoversicherungen für die Autos über die Kaskoversicherungen, der Rest geht leer aus, weil Kinder in dem Alter weder schuldfähig noch deliktfähig sind und man die Eltern auch nicht haftbar machen kann."

"Ja klar, weiß ich ja", sagte de Boer "Weiß ich ja."

Wieder entstand eine Pause.

De Boer hatte, was eigentlich gar nicht seine Art war, zwischendurch in seinem Vorzimmer Kaffee und Plätzchen für die Kommissare und natürlich auch sich selber, geordert und es sich ebenfalls auf der Besuchercouch bequem gemacht.

De Boer räusperte sich.

"Ist dieser Ledertyp eigentlich in der Zwischenzeit bei dem Pfarrer Lukowitsch eingezogen?, "wollte de Boer jetzt wissen.

"Der ist da eingezogen und wird, ich will es mal so sagen, von der Familie Lukowitsch liebevoll betreut. Die kümmern sich alle um den Mann. Der ist da glücklich, er wird betreut, denn er weiß ja um seine Krankheit." antwortete Hoover.

"Und was sagt der Staatsanwalt zu der ganzen Situation, hat der keine Bedenken? Keine Bedenken, weitere Brände betreffend?", fragte de Boer weiter.

"Anfänglich ja, natürlich." antwortete Hoover. "Immerhin haben wir es mit schweren Straftaten zu tun. Aber der Mann ist krank. Der verliert sein Gedächtnis und wird bald deswegen ohnehin in einem Pflegeheim landen. Möglicherweise sogar schon im kommenden Jahr. Mit dem geht es rapide bergab in den letzten Wochen. Der ist mehrfach psychologisch befragt worden und befindet sich in ärztlicher Obhut. Die Schuldfähigkeit war meines Erachtens ohnehin schon so reduziert, dass es vermutlich nicht einmal zu einem Prozess gekommen wäre. Wahrscheinlich wird der Staatsanwalt tatsächlich auf eine Anklage ganz verzichten, wen soll er auch noch anklagen. Der Staatsanwalt ist in der Zwischenzeit selber froh, dass der Mann in der Pfarre betreut wird", sagte Hoover weiter.

"Und die Aussagen zu den Geschehnissen?", fragte de Boer.

Hoover überlegte einen Augenblick. "Das war ja soweit stimmig und glaubhaft. Vielleicht hat er das ein oder andere weggelassen, ich habe da so ein Gefühl, seine Wahnvorstellungen hat er ja belegt um uns zu beweisen, dass wir ihm dankbar sein müssen, aber sich da Geschichten ausdenken und uns bewusst täuschen? Das dann nein. So sieht es auch der Staatanwalt", antwortete Hoover.

Außerdem haben wir versucht das Gekritzel auf seiner Lederjacke zu entschlüsseln. Das hat gedauert, aber wir konnten fast alles zuordnen, da gibt es nichts zu rütteln.

"Also alles in trockenen Tüchern?" fragte de Boer.

"Alles in trockenen Tüchern", antwortete Hoover nachdenklich.

"Ich habe Rückenprobleme", beendete Klaas de Boer die eingetretene Stille, "und ich bin so blöde und quäle mich immer wieder in diese Scheiß Polstermöbel... aber wo wir gerade bei den guten Nachrichten sind", sagte de Boer weiter, "habe ich zur Abwechslung jetzt auch mal eine schlechte Nachricht für euch. Jan Müller wird uns in Kürze verlassen."

Bevor Hoover lauthals, einer Bombenexplosion gleich, loslachte war es für Sekunden mucksmäuschenstill in Klaas de Boers Dienstzimmer.

"Das man über schlechte Nachrichten so lauthals lachen kann?", sagte de Boer und schüttelte seinen Kopf.

"Ist der endlich rausgeflogen?", fragte Tulsky, sichtlich erleichtert darüber dass auch für ihn der Tag noch gut werden würde.

"Meine Herren", antwortete de Boer, "jetzt reißen Sie sich bitte mal am Riemen. Unser verehrter Herr Jan Müller hat um seine Versetzung gebeten. Und das natürlich ganz freiwillig."

"Aber doch nicht in den einstweiligen Ruhestand?!", fragte Tulsky, der sich immer besser fühlte.

Klaas de Boer sah streng in die Runde.

"Nein meine Herren. Herr Müller ist erstens zu jung für den Ruhestand und möchte zweitens seiner Karriere bei der Polizei, wie er denkt, weitere Bausteine als Erfahrungsgrundlagen anfügen. Ich habe daraufhin mit dem Minister gesprochen, ich selber bin ja nicht so informiert über vakante Stellen im Land. Der Minister war dann so freundlich und hat etwas Passendes für Herrn Müller gefunden. Herr Müller hat auch sofort zugestimmt, sodass ich ihnen heute von diesem für alle Seiten doch positivem Ergebnis berichten darf."

Wenn Klaas mal in Rente ist, dachte Hoover nach dieser Ansprache, kann er nebenher Friedhofsredner werden.

"Der Minister höchstpersönlich hat sich, wie du sagst, um vakante Stellen bemüht. Für einen kleinen Kriminalbeamten? Wo und was denn? Der muss ja richtig einen Stein im Brett haben, beim Minister, unser Jan Müller?", fragte Hoover.

"So würde ich das jetzt nicht unbedingt sagen, lieber Karl, eher umgekehrt", antwortete de Boer.

"Das ist mir jetzt zu hoch! Verstehe ich nicht? Wo geht der denn hin, der Müller?" Hoover ließ nicht locker.

"Das was ich euch jetzt erzähle ist vertraulich. Nun, der Minister hat ihm zwei Positionen angeboten. Müller bekommt die Leitung eines Reviers in einer ganz weit nördlich liegenden Kleinstadt. Ohne Autobahnanschluss, ohne Bahnstation. Und fragt mich nicht nach dem Namen des Ortes, ich hab in vergessen", antwortete de Boer.

Klaas de Boer sah amüsiert zu, wie Hoover immer unruhiger wurde.

"Was wäre denn für Müller die Alternative gewesen?" fragte Hoover.

"Die Alternative? Ach so, ja die Alternative. Die Alternative wäre irgendeine kleine Stadt weit im Norden unseres Landes gewesen. Ohne Autobahnanschluss und ohne Gleisanschluss. Den Namen habe ich auch vergessen. Frag mich also bitte nicht", antwortete de Boer.

"Das verstehe ich nicht. Hilf mir doch bitte mal auf die Sprünge, lieber Klaas", fragte jetzt ein hilfloser Hoover.

"Nun denn", antwortete ein immer besser gelaunter de Boer. "Die Sache verhält sich folgendermaßen. In Kurzfassung für euch. Auch Jan Müller hat sich bei Frau Böltlinger vorgestellt. Er hatte von ihr gehört, ihr wisst was ich meine, hatte sie aber noch nicht gesehen. Als er sie dann gesehen hat, ist er vollkommen ausgerastet. Das volle Programm. Einladungen zum Essen, Kino, Theater, was weiß ich. Da das bei ihr nicht wirkte, wurde er aufdringlicher, manchmal auch mit obszönen Angeboten mit Swinger Club und allem hin und her. Geprahlt hat er damit in seiner Abteilung und auch, dass sie ihn ja eigentlich unwiderstehlich fände, sich aber nicht traute und bald hätte er sie soweit. Das hat die Runde gemacht. Nicht das Frau Böltlinger das gejuckt hätte, sie weiß wie man Spinner abwimmelt. Die ist sehr souverän. Der Jan Müller war bestimmt nicht ihr erster Fall von besonderem Blödmann. Irgendwann hat die Runde dann aber den Minister erreicht oder vielleicht hat sie dem Minister auch mal was erzählt, oder nur irgendwas erwähnt. Das weiß ich nicht. Der Minister ist aber wohl sehr eifersüchtig..."

An dieser Stelle unterbrach Hoover seinen Chef.

"Eifersüchtig auf seine Stieftochter? Vielleicht wollte er sie schützen?"

De Boer rückte in seinem Sessel in eine andere Sitzposition und fasste sich dabei an den Rücken ohne sich seine Schmerzen anmerken zu lassen.

"Der Minister ist nicht verheiratet, lieber Karl", sagte de Boer.

"Wie jetzt, nicht verheiratet? Dann war er früher mal verheiratet?", fragte Hoover. "Nein, mein lieber Karl, der Minister war nie verheiratet. Jetzt nicht und früher nicht", antwortete de Boer.

"Aber es steht so auf seiner Homepage", widersprach Hoover.

"Auf den Homepages von Ministern und Abgeordneten steht viel wenn der Tag lang ist, das kennen wir doch zur Genüge", sagte de Boer.

De Boer sagte es in einem Tonfall wie man kleinen Kindern die Welt erklärt. Ganz vorsichtig und ganz liebevoll.

"Ihr müsst mich jetzt auch nicht für bescheuert halten. Du willst mir doch nicht erzählen, dass sie die Geliebte von dem Minister ist? Der ist doch auch schon, was weiß ich, an die sechzig?", fragte Hoover.

Klaas de Boer sah man eine gewisse Entspannung an. "Jetzt hat er es, Tulsky, er hat es, er hat es, ihr Chef, unser lieber Karl Hoover, Tulsky, hat es fast von ganz alleine herausgefunden", lachte de Boer.

"Verarschen kann ich mich auch alleine."

Jetzt war es an Hoover, den Beleidigten zu machen.

"Ich habe nichts gesagt, Karl. Nicht mal gedacht. Würde ich nie", sagte Tulsky und grinste.

"Und der Arsch von Müller hat nichts gewusst?", fragte jetzt wieder Hoover.

"Erst nicht. Später wusste er, dass sie die Stieftochter des Ministers ist. Das hat ihn aber nicht abgehalten weiter zu machen. Wie auch immer. Hätte der Minister nicht so funktioniert, wie er funktioniert hat, hätte ich den Müller selber rausbugsiert. Großkotze und Prahlhälse kann ich in meinem Hause in Leitungspositionen nicht gebrauchen. Und übrigens noch etwas. Zum Mitschreiben. Ich bin eingeweiht und ihr jetzt auch und sonst niemand und dabei bleibt es. Da kommt niemand mehr zu. Nochmals. Streng vertraulich. Frau Böltlinger hat mir übrigens mal erzählt, dass der Minister die Liebe ihres Lebens ist. Und wir haben eine Verabredung getroffen über unsere Zusammenarbeit. Der Minister, Frau Böltlinger und ich. Der Minister erfährt nichts, was er nicht ausdrücklich erfahren soll, es sei denn es ist gegen Recht und Gesetz oder persönlich anstößig. Darüber würden Frau Böltlinger und ich aber vorher sprechen. Aber das kommt bei uns ja nicht vor. Nicht mehr vor, hoffe ich", sagte de Boer.

"Hammerhart", sagte Hoover als sie gegangen waren.

"Und so schön romantisch", antwortete Tulsky.

"Das meinte ich jetzt nicht", sagte Hoover.

Luko hatte sich überlegt nach dem Erscheinen der Anzeige noch einige Wochen ins Land gehen zu lassen. Seine Töchter waren da ungeduldiger als er, aber er hatte sich letztendlich durchgesetzt.

"Gilt ihr Angebot noch, Frau Dr. Döbler?", fragte Luko nachdem sie sich am Telefon begrüßt und vorgestellt hatten.

Frau Dr. Döbler war leicht konsterniert.

"Welches Angebot meinen sie jetzt Herr Pfarrer? Wir sind ein großes Haus mit vielen Angeboten."

Zu blöde von mir, dachte Luko.

Er hatte nicht so genau gewusst, wie er das Gespräch eröffnen sollte, aber so etwas Plattes hätte er sich auch sparen können. Das war ja voll daneben gegangen.

"Entschuldigung Frau Dr. Döbler", sagte Luko, "aber ich wusste nicht so genau wie ich mich ausdrücken sollte. Ich wollte sie fragen ob ihr Finderlohnangebot, den zweiten Geldkoffer betreffend, noch gilt. Es ist ja schon einige Tage her, dass Sie diese Anzeige in unserer Zeitung geschaltet hatten."

Frau Dr. Döbler stutzte, und man merkte ihr am Telefon ihre Überraschung an.

"Ja, selbstverständlich gilt unser Angebot noch. Das war zeitlich nicht begrenzt. Wir zahlen zehn Prozent Finderlohn für Teile der Geldsumme oder natürlich gerne auch für die gesamte Geldsumme. Selbstverständlich", sagte sie.

"Und wann können wir uns in der Angelegenheit sehen?", fragte Luko.

"Jederzeit, wann immer sie möchten, Herr Pfarrer."

"Es wäre mir sehr lieb, wenn wir uns unter vier Augen sehen könnten!", sagte Luko.

"Auch das ist von meiner Seite aus, kein Problem", antwortete Frau Dr. Döbler.

"Dann in zwei Stunden bei Ihnen in den Letro-Märkten?", fragte Luko weiter.

"In zwei Stunden bei mir in den Letro-Märkten, Herr Pfarrer, ich erwarte Sie."

Die ist nicht dumm, dachte Luko, als sie beide aufgelegt hatten.

Luko kam sich ziemlich blöde vor als er am Empfang der Letro-Märkte stand, neben sich einen alten Samsonite-Hartschalenkoffer.

Bevor sie gefahren waren, hatte er den Geldkoffer noch schnell in ihren alten Reisekoffer gepackt. Er musste ja nicht unbedingt auffallen, auch nicht in den Letro-Märkten.

Frau Dr. Döbler kam ihm mit ausgestreckter Hand und strahlendem Lachen entgegen. "Schön, dass ich Sie auch mal persönlich kennen lerne, Herr Pfarrer. Und dann auch noch mit einem Überraschungsgeschenk. Nett, dass eine ihrer hübschen Töchter Sie hier abgesetzt hat. Sie hätte aber auch gerne mit hinein kommen können", sagte Sie.

"Überraschungsgeschenk mit Abschlag", antwortete Luko, und fand das Gesagte jetzt auch wieder blöde. "Ein tolles Kamerasystem haben Sie ja hier installiert. Sieht alles, hört alles und vergisst nichts", sagte Luko.

"Und hilft aber auch nicht immer, weswegen wir ja heute hier zusammen gekommen sind", antwortete sie.

Nachdem sie sich gesetzt hatten, nahm Luko seinen Koffer, legte ihn auf den Besuchertisch und öffnete ihn. Dann entnahm er den Geldkoffer und legte ihn, nachdem sein Samsonite-Koffer den Tisch wieder verlassen hatte, auf die Tischplatte.

"Wenn Sie bitte öffnen möchten, Frau Dr. Döbler", bat Luko.

Frau Dr. Döbler tat wie ihr geheißen.

"Sehr schön, sieht vollständig und unberührt aus", sagte sie nachdem sie sich einen Moment an der Geldscheinfülle erfreut hatte.

"Das will ich auch hoffen", antwortete Luko, "ich habe es nämlich nicht nachgezählt."

"Wir haben nach so langer Zeit überhaupt nicht mehr damit gerechnet, dass wir das Geld noch einmal vollständig wiedersehen würden, Herr Lukowitsch. Darf ich einmal fragen woher sie es haben?"

Luko hatte diese Frage erwartet und sich gesagt, dass er sagt wie es war, sollte diese Frage tatsächlich kommen.

"Ich habe den Koffer auf unserem Friedhof gefunden. Er war in einem Dornenbusch versteckt", antwortete Luko kurz und knapp.

Frau Dr. Döbler sah ihn an und lachte.

"Da haben Sie aber Glück gehabt, dass die Polizei ihn nicht entdeckt hat."

"Das ist wohl war", antwortete Luko. Ein paar Sekunden saß Frau Dr. Döbler da und grinste Luko an.

"Ich nehme mal an, dass Sie den Finderlohn nicht in bar mitnehmen wollen", sagte Frau Dr. Döbler zu Luko.

"Nein, auf keinen Fall", antwortete Luko

"Ich möchte sie bitten auf unser Gemeindekonto eine Spende zu überweisen", sagte Luko und weiter. "Das wäre dann ein bisschen eine win-win-Situation, denke ich".

Frau Dr. Döbler war in der Zwischenzeit aufgestanden und zu ihrem Schreibtisch gegangen. Dort entnahm sie einem Schubladenschränkchen ein DIN-A4 Heft, das sie Luko hinhielt.

Selbst aus der Entfernung wusste er sofort was das war. Eine Ausgabe ihres Wattwiger Gemeindeblättchens.

"Bekomme ich jeden Monat kostenfrei in meinen Briefkasten. Sehen Sie, Herr Pfarrer. Ich kenne Sie, ihre Töchter, ich glaube ich kenne sogar ihre Katze, ich kenne ihre Sorgen und Nöte, denn schließlich bin ich eines ihrer "Schäfchen", das mindestens regelmäßig diese Heftchen durchblättert."

Luko war platt.

"Es tut mir leid", sagte Luko, "aber ich habe Sie noch nicht einmal bei uns in der Gemeinde gesehen".

"Das wird sich vielleicht ändern", antwortete Dr. Döbler und lachte wieder.

"Wenn ich zukünftig ab und an vorbeischaue um zu sehen wie sie das Geld der Letro-Märkte sinnvoll in Ihrer Gemeinde anlegen."

"Das wäre mir ein großes Vergnügen", antwortete Luko.

"Ich habe noch einen Vorschlag", sagte Frau Dr. Döbler als sie sich verabschiedeten. "Was halten sie davon, wenn die Letro-Märkte ein Jahr lang in ihrer, ich darf einmal sagen, unserer Gemeindezeitung eine DIN-A 4 Seite Werbung schalten und ich Ihnen einmalig zusätzlich zwanzigtausend Euro dafür überweise?"

Luko war schon wieder platt.

"Das wäre aber außerordentlich großzügig, ich weiß gar nicht was ich sagen soll", antwortete er.

"Sagen sie nichts", sagte Frau Dr. Döbler, "es ist in Ordnung. Wir möchten allerdings eine Rechnung von der Gemeinde. Das wäre dann sozusagen eine win-win Situation." Auch jetzt lachte Frau Dr. Döbler wieder als sie das sagte.

Kaum hatte Luko das Chefzimmer von Dr. Döbler verlassen, rief sie ihre Sekretärin zu sich. "Wir müssen das hier zählen. Und danach überweisen wir sofort achtzigtausend Euro an die evangelische Gemeinde von Wattwig."

Das war kein Klopfen, das war ein Hämmern, was Hoover da an seiner Bürotür vernahm.

So als wollte jemand die Tür zu seinem Arbeitszimmer im Polizeipräsidium von Bochkum ein für alle Mal, aber in Scheibchen, zertrümmern. Oder Löcher reinhauen. Oder die Tür wurde gerade von außen festgenagelt, damit er dieses Präsidium nie mehr verlassen könnte.

"Herein!", schrie Hoover, "reinkommen!"

Die Tür flog auf und ein ganz in grün gekleideter Mann von circa sechzig Jahren und einmeterachzig Größe stand in seinem Arbeitszimmer. An der rechten Hand hielt er an einer kurzen Leine einen Jagdhund fest und in der linken Hand eine große, mit irgendetwas gefüllte, Plastiktüte. Ohne zu fragen setzte sich der Mann, offenbar ein Jäger, auf Hoovers Besucherstuhl. Der Jäger stank, als hätte er in den letzten Jahren nicht geduscht. Er nicht und sein Hund auch nicht.

"Moment", sagte Hoover "ich rufe mal eben meinen Kollegen dazu."

Tulsky betrat Hoovers Büro durch die noch immer offen stehende Bürotür.

"Mach bloß die Tür nicht zu", sagte Hoover zu Tulsky, als der eintrat.

"Bah", was ist denn hier los?", fragte Tulsky, kaum hatte er den Raum betreten.

Tulsky ging zu Hoovers Fenster zum Hof und riss es auf. Die frische Luft versuchte sofort ihr Bestes zu tun.

"So etwas ist auch einem Jagdhund nicht zuzumuten", donnerte der grüne Mann los.

"So etwas muss man doch wegmachen, das kann man doch nicht einfach da rumschwimmen lassen", donnerte der Mann weiter.

Dann trat Stille ein.

"Von was reden wir denn hier", fragte Tulsky in den Raum und versuchte dabei seinem Ekel Luft zu machen, indem er sich von dem geöffneten Fenster nicht mehr wegbewegte.

"Dann müssen Sie schon hier in die Tüte sehen, junger Mann", sagte der Jäger zu Tulsky. "Dann wissen Sie es."

Tulsky bewegte sich keinen Millimeter von seinem Platz.

"Dann musst du schon in die Tüte sehen, junger Mann", sagte Hoover zu Tulsky. "Dann sieh jetzt mal nach lieber Tulsky".

Tulsky wollte sich immer noch nicht bewegen.

"Das ist ein Befehl", sagte Hoover und musste trotz des Gestankes grinsen.

"Ich kann hier auch nicht ewig warten", donnerte jetzt der Jäger los, stand auf und reichte Tulsky die Tüte, die dieser widerwillig annahm.

"Tun Sie schon was ihr Chef ihnen sagt, ich muss auch wieder los. Ich hab nicht ewig Zeit."

Dem Jagdhund sah man deutlich an, dass er von dem Gestank die Schnauze noch lange nicht voll hatte.

"Sie wiederholen sich", sagte Tulsky, und zog dabei die Tütenhälften auseinander. Tulsky machte ein Gesicht wie es Hoover noch nie an ihm gesehen hatte. Er wurde kreidebleich, drehte seinen Kopf zum geöffneten Fenster, hielt die Tüte soweit er konnte auf Abstand und sagte nichts mehr. Nur noch sein lautes, langsames Atmen war zu hören.

Hoover hatte seinen Telefonhörer schon in der Hand bevor Tulsky in die Tüte gesehen hatte. Er bat Dr. Knäpper sofort in sein Arbeitszimmer hoch zu kommen, da sie einen Notfall hätten. Dr. Knäpper war fünf Minuten später zu Stelle und sah sich die Bescherung an.

"Da ist ja das gesuchte Stück", sagte Dr. Knäpper als er in die Tüte gesehen hatte.

"Wohlgemerkt das ist erst eine Annahme. Aber die Wahrscheinlichkeit, dass es mehrere skelettierte Füße in Schuhen gibt, das Ganze zusammen in einer schwarzen, nicht sehr angenehm riechenden Masse, ist ja eher unwahrscheinlich.

Ich tippe mal auf Kattscheffs Fuß."

"Wo haben Sie das gute Stück denn gefunden?", fragte Dr. Knäpper den Jäger.

Der Jäger sah zu Dr. Knäpper hoch, bevor er losdonnerte.

"Den Schuh mit dem Fuß hat Hasso beim Schwimmen aus dem Rurlsee gefischt. Ich lasse Hasso immer einige Runden schwimmen, am Landabsatz, wissen Sie. Das tut dem Hund gut. Aber sowas hat er noch nie mitgebracht."

"Ja, das ist auch gut so", antwortete Dr. Knäpper. "Wir haben hier auch schon genug zu tun."

"Ich nehme an, das da ist Hasso?", fragte Dr. Knäpper und zeigte auf den Hund.

"Richtig", donnerte der Jäger "das ist mein Hasso."

"Hast du fein gemacht", sagte Dr. Knäpper und streichelte dabei Hasso über den Kopf

"Braver Hund, nicht so ein Weichei wie unsere Kommissare hier, feiner Hund."

Weder Hoover, und erst recht nicht Tulsky, waren in der Lage, darauf irgendwie angemessen zu reagieren.

"Das die Arschlöcher im Empfang den Jäger überhaupt hier hochgeschickt haben, statt gleich zum Knäpper in seinen Keller, ist eine echte Sauerei", sagte Tulsky als der Jäger mit seinem Hund gegangen war und sich der Gestank einigermaßen verzogen hatte.

"Man trifft sich immer zweimal im Leben", antwortete Hoover, "immer zweimal im Leben."

"Jetzt wo der Kattscheff wieder vollständig ist, können die beiden ja auch endlich zusammen beerdigt werden und Knäpper bekommt zwei Tiefkühlkammern frei", sagte Tulsky weiter.

"Schon deswegen wird der Fuß auf jeden Fall zum Kattscheff gehören. Aber es wird schon so sein", antwortete Hoover.

"Und wo werden sie beerdigt?", fragte Luko weiter.

"Beim Lukowitsch, sie waren seine Gemeindemitglieder", antwortete Hoover.

"Wer erbt eigentlich das Kattscheffsche Vermögen, wenn sich keine Erben finden und wenn noch was vom Vermögen über ist?", fragte Luko weiter.

"Der Staat erbt das Vermögen", antwortete Hoover, "das weißt du doch."

"Und der Staat bezahlt uns davon", hakte Tulsky nach.

"Ja, mein Gott, was sind das für Fragen?", sagte Hoover.

"Ich mache jetzt Feierabend. Stelle deine kindlichen Schusselfragen einem anderen. Ab morgen bin ich dann wieder für dich zuständig."

"So wie es aussieht", sagte Dr.CM zu Luko, "hat das Bauunternehmen das seinerzeit einen weiteren Abwasserkanal zum Klärwerk gebaut hat, zufällig bei den Erdarbeiten diese alten Gänge entdeckt. Und auch den Ausgang in den Rurlsee. Die haben dann die neue Leitung an die Gänge angeschlossen und sich so fast zwei Kilometer Abwasserleitung gespart. Aber diese zwei Kilometer mit der Stadt abgerechnet."

"Und niemand hat es gemerkt?", fragte Luko.

"Die zuständigen Mitarbeiter im Tiefbauamt müssen es gemerkt haben", antwortete Dr.CM.

"Also Bestechung?", fragte Luko.

"Davon kann man ausgehen, wahrscheinlich quer durch die Landschaft sozusagen."

"Und das Bauunternehmen, kann man das noch drankriegen?", fragte Luko weiter.

"Die Bauunternehmen gehen nach zwei, drei Aufträgen Pleite und dann machen die Herren ein neues Unternehmen auf und das Ganze fängt von vorne an. Die finden auch immer irgendeinen Trottel der für die den Geschäftsführer macht und bei der Pleite der Firma dann den Kopf hinhalten muss", antwortete Dr.CM und sagte weiter: "Gib diesen Trotteln einen schicken Dienstwagen, eine schicke Sekretärin, ein schickes Gehalt und fertig ist das. Die sind einfach zu blöde!"

"Wo kamen denn die Fleischreste her?", wollte Luko wissen.

"Vom Überlaufbecken des Schlachthofes. Das Becken wurde ebenfalls an die neue Abwasserleitung angeschlossen und immer wenn es entleert wurde kam der Wasserschwall".

"Und das dürfen die, ihre Fleischreste so entsorgen?" fragte Luko.

"Natürlich nicht!", antwortete Dr.CM.

Den "Fisch" gibt es nicht mehr.

Ein Nachruf

Manni Mannort war geschäftstüchtig. Sehr geschäftstüchtig. Eine Geschäftsidee war es, von Reisenden die seine Lokaltoiletten im "Fisch" benutzen wollten, mangels Toiletten am Wattwiger Hauptbahnhof, einen Mindestverzehr zu verlangen.

Wer kein Geld dafür hatte, oder keine Zeit hatte seinen Mindestverzehr auch zu verzehren und deswegen nicht wollte, hatte Pech und wurde abgewiesen.

Eines frühen Abends hatte eine junge Frau das dringende Bedürfnis, aber leider war sie mittellos.

So hockte sie sich dann, etwas abseits an dem langen Bahnsteig, direkt neben die Bahnsteigkante auf das Durchfahrgleis, um so nicht von anderen Reisenden gesehen zu werden.

Ein durchrasender ICE sorgte für ihr zerkleinertes Ende.

Ungefähr eine Woche später nahm sich eine andere Frau an der gleichen Stelle, ebenfalls durch einen durchrasenden ICE das Leben. Ob es einen Zusammenhang gibt, ist der Allgemeinheit unbekannt, es hat sich auch niemand mehr dafür interessiert.

Manni Mannort ist einige Monate nach diesen Ereignissen mitsamt seiner Kneipeneinrichtung ausgezogen. Ob es da einen Zusammenhang gibt ist der Allgemeinheit unbekannt. Es hat sich auch niemand mehr für ihn interessiert.

Fisch stinkt immer am Kopf zuerst.

Kriminalromane im HeRaS Verlag
www.herasverlag.de

Gerhard Schumacher: MARRASCAS ERBE, Der Mallorca-Krimi

Jakob Zimmermann kommt 1932 nach Artà auf Mallorca, das Erbe des ihm unbekannten Xavier Marrasca anzutreten. Marrasca macht in einem persönlichen Schreiben an ihn einige mysteriöse Andeutungen über die Umstände des Erbes, was ihm umso verwunderlicher ist, da Marrasca um die Jahrhundertwende vor Canyamel ertrunken ist und Zimmermann gar nicht kennen kann. Zusammen mit zwei dem guten Leben zugetanen Geistlichen bemüht sich Zimmermann um Klärung und gerät immer tiefer in den Sog von Intrigen und Verbrechen um politische Macht und sehr viel Geld

In dem Roman, bestehend aus vier Büchern, die von 1932 bis 1980 reichen, gibt es viele überraschende Wendungen, die Geschichte ist verschachtelt und ausgesprochen klug aufgebaut. Gleichzeitig ist die literarische Sprache von Gerhard Schumacher ist ein Hochgenuss!
Lesart 1/13

Antje Wilding: IM KERNSCHATTEN

Das ungewöhnliche Verbrechen an einer jungen Frau im Berlin von heute. Zugleich Einblick in ein Land, das es nicht mehr gibt und das es so nie gab. Außer vielleicht in den Köpfen.

"Der Kernschatten ist der düsterste Bereich eines Schattens...
Ist die Lichtquelle klein genug oder ausreichend weit entfernt, so gibt es im Inneren des Schattens einen Bereich, in dem die Lichtquelle vollständig verdeckt ist. Dieser Bereich ist der Kernschatten." (Quelle: Wikipedia)

www.herasverlag.de